U0475726

THE MASTERS OF

ROME

罗马
主宰

12

十月马

THE OCTOBER HORSE

下

Colleen McCullough

[澳大利亚]考琳·麦卡洛◎著

成 鸿◎译

文化发展出版社
Cultural Development Press

目 录

第七章
裂痕出现
（从公元前46年闰月到公元前45年9月）

第 1 节

十一月，恺撒的外甥昆图斯・皮狄乌斯和昆图斯・法比乌斯・马克西穆斯带着四个新兵军团从山内高卢的普拉森提亚[①]出发，并且在一个月后到达远西班牙。这个时候按照季节正是炎热的夏末。他们高兴地发现这个行省并不是全都支持那三个共和派的统帅，所以他们可以在巴埃提斯河上游舒舒服服地扎营，还买下了那个地区刚刚收割的粮食。恺撒的命令是等待他的到来，并且利用这段时间补充物资，尽管他并不认为这场战争会持续很长时间。有备无患是恺撒组织后勤事务的格言。

十二月之后是一个为期六十七天的闰月，在这个闰月刚刚开始时，这种相安无事的情况发生改变了。拉比恩努斯带着两个训练有素的罗马军团和四个新招募的当地军团出现了，然后就把这座军营团团围住。在阵地战中，恺撒的副将皮狄乌斯和法比乌斯・马克西穆斯会有很好的表现，

① 普拉森提亚（Placentia）现称皮亚琴察，是位于意大利北部的城市。——译者注

但是在围攻战中拉比恩努斯却发挥了他最大的优势。有备无患果然是正确的，至少恺撒的士兵还有东西可吃。因为不确定流经军营的溪水是否安全，所以四个被围困的军团挖井取水，然后就安安心心地等着恺撒来救援。

在远西班牙的围攻战开始时，恺撒带着第五、第十军团和两个新招募的军团从普拉森提亚出发了，这两个新军团基本是由那些无聊的老兵组成的。从多米提娅大道前往科尔杜巴的距离是一千里，恺撒还是用他的经典速度行军。他们每天走三十七里路，一共走了二十七天。这次行军的优势是他们不必在夜晚搭建军营。多米提娅大道沿线的高卢地区很太平，就连恺撒也觉得没必要建造一座包括围墙、战壕和栅栏的军营。等到他们从近西班牙的拉米尼乌姆山道下来进入远西班牙时，情况就开始改变了，不过这时他们只剩下一百五十里路。

恺撒一出现，拉比恩努斯就落荒而逃。

赛克斯图斯・庞培掌管着重兵把守的首府科尔杜巴，他的哥哥格涅乌斯带着大部分军队去围攻尤利亚，因为这个城镇一直在跟共和派对抗。拉比恩努斯送去消息说恺撒已经带兵去攻打科尔杜巴，而赛克斯图斯根本就来不及补充兵力，于是格涅乌斯・庞培就放下围攻战赶回科尔杜巴。他回来得正及时！

“我们有十三个军团，恺撒只有八个军团，”格涅乌斯・庞培对拉比恩努斯，阿提乌斯・瓦鲁斯和赛克斯图斯・庞培说，“我认为我们现在就应该跟他开战，一劳永逸地结束这场战争！”

“没错！”赛克斯图斯兴奋地大叫。

“没错。”阿提乌斯・瓦鲁斯跟着说，不过他的语气没有那么热烈。

“绝对不行。”拉比恩努斯说。

“为什么？”格涅乌斯・庞培问，“让我们了结这件事，拜托了！”

“现在恺撒还有东西可吃，但是冬季很快就要来了，根据当地人的说法，这个冬季会很难熬，”拉比恩努斯有理有据地说，“让恺撒去面对这个冬季。时不时地对他发动突袭，让他无法收集物资，让他的物资逐渐耗尽。”

“我们比他多了五个军团，”格涅乌斯说，他还没有被说服，“我的十三个军团中有四个是久经沙场的罗马军团，另外五个几乎同样精良，这样我就只剩下四个新兵军团，而且这些军团并不赖。我记得你也这样说过，拉比恩努斯。”

“格涅乌斯·庞培，有一件事我已经知道，而你还不知道。恺撒还有八千名高卢骑兵。他们跟在他的后面，但他们眼下已经在这里。今年很干燥，可以给马匹食用的草并不多，如果巴埃提斯河的上游在这个冬季下雪，那恺撒就会失去这些骑兵了。你也知道高卢骑兵是什么样的，”他停下来，哼了一声，露出一丝嘲讽之色，“不，你当然不知道。但是我知道。我曾经跟他们一起待了八年时间。你以为恺撒为什么更喜欢日耳曼骑兵？因为当他们的宝贝马匹开始挨饿时，高卢骑兵就会骑着马儿回家了。所以，我们要把恺撒拖到明年春季。等到那些马匹开始挨饿，恺撒的骑兵就自己走了。”

这个消息让庞培兄弟非常失望，但是他们继承了父亲的传统，他们父亲只有在兵力远超敌人时才会开战。八千名骑兵就意味着恺撒的兵力超过他们了。

格涅乌斯·庞培一声长叹，一只拳头郁闷地砸在桌面上：“好吧，拉比恩努斯，我明白你的意思。这个冬季我们要困住恺撒，让他不能到巴埃提斯河下游那些没有下雪的地方去放马吃草。”

“拉比恩努斯学聪明了。”恺撒对他的副将说，现在他的副将人数大大扩充，其中包括多拉贝拉、卡尔维努斯、梅撒拉·鲁弗斯、波尔利奥、盖乌斯·狄狄乌斯。当然，恺撒手下还有提贝里乌斯·克劳狄乌斯·尼禄，他的唯一价值就是他的名字。恺撒需要找到尽可能多的贵族，以此来显示自己的正义性：“要给马匹找到足够的草料是件困难的事。马匹在任何战役中都是讨厌的累赘，但是因为有拉比恩努斯在战场上，所以我们需要骑兵帮忙。他的西班牙骑兵非常厉害，而且他的骑兵至少有几千人。

他还可以继续招兵买马。”

“恺撒，你有何打算？”昆图斯·皮狄乌斯问。

“目前先紧紧地守着这里。等到冬季真的到来，我会有一些安排。首先，我们要让拉比恩努斯相信他的策略奏效了。”恺撒看着昆图斯·法比乌斯·马克西穆斯，“昆图斯，我想让你手下的初级军官闲暇时在军团中找一些可靠的人，然后通过这些人来监视军中的情况。我并没有发现任何叛乱的征兆，但是我信任自己手下士兵的时代已经结束了。温提狄乌斯在普拉森提亚招募的大多是老兵，而且我知道他已经仔细地排除了那些危险分子。尽管如此，还是要安插一些人密切监视。”

现场落入一片尴尬的沉默。知道身为统帅的恺撒竟然有这种心思，这是多么可怕的事！但他这么想是正确的。叛乱总是暗中潜伏。只要那些善于操纵士兵情绪的人有机可乘，就会采用这种方式来威胁他们的统帅。自从盖乌斯·马略让没有财产的无产贫民进入军团，军队就陷入了某种不稳定，而叛乱只是这种不稳定的症状之一。不过恺撒会设法解决问题。

时间来到了一月初，现在日历和季节实现了完美的统一。恺撒开始进行他的第一个安排，这个安排就是围攻阿特瓜，从科尔杜巴往南沿着萨尔逊河走上一天路程就能到达这座城镇。围攻阿特瓜可以说是直捣要害。因为阿特瓜储存着大量食物，更重要的是那里还存放着拉比恩努斯的冬季草料。

天气非常寒冷，恺撒的军队出其不意地悄悄逼近，等到格涅乌斯·庞培发现敌军并从科尔杜巴派兵去援救阿特瓜时，恺撒已经把这座城镇包围了。这次包围就像阿勒西亚围城战那样：围在城外的军队有两圈，内圈把城镇围在里面，外圈把格涅乌斯·庞培的救兵挡在外面。恺撒的八个军团都在包围圈中，而他的八千名高卢骑兵则不停地对格涅乌斯·庞培发动袭击。提图斯·拉比恩努斯刚好因为其他事情去往别处，等到他赶到这里时，只能郁闷地看着恺撒的包围圈。

“格涅乌斯，你不能给阿特瓜提供援助，也不能突破包围圈，”拉比恩努斯说，“你现在做的只是让更多士兵落入恺撒的骑兵手中。我们只能退回科尔杜巴，阿特瓜已经失守了。”

这座城镇经过一番英勇的抵抗之后还是陷落了。对于共和派来说，这个沉重打击造成了多方面的消极影响。现在恺撒能够喂饱他的马匹了，但拉比恩努斯却不得不到更靠近海岸的地方去让马匹吃草，而且当地的西班牙人也开始失去信心。在当地招募的西班牙士兵大量叛逃。

对恺撒来说，这本来是一件值得开心的好事，但他的好心情却被来自赛尔维利娅的一封书信和一桶书卷破坏了。

恺撒，对于随信送去的东西，我想你会像我一样生气。因为你是我知道的人中唯一一个对加图恨之入骨的。这部书是加图那个乡巴佬写的，而且由阿提库斯出版了。阿提库斯是个左右逢源的财阀，他既讨好你也讨好你的敌人，我碰巧遇到这个家伙时狠狠地骂了他一顿，我想他有好一阵子都忘不了我的训斥。

“阿提库斯，你是个虚伪的寄生虫！”我说道，“你自己一无是处，却靠着两面三刀赚了大钱。好吧，我很高兴恺撒把你在伊庇鲁斯的大庄园作为安置那些罗马贫民的地方！我希望你还活着就浑身腐烂，还希望恺撒安排的那些穷人把你的庄园彻底毁掉！”

我实在找不到更好的办法来教训他。他跟西塞罗显然认为他们能把你的安置点转移到某个更遥远的地方，避开阿提库斯那些位于布斯罗图姆的养牛场和制革厂。现在他们发现那个安置点还是在布斯罗图姆。恺撒，无论阿提库斯怎么说，你都不要答应转移安置点的位置！阿提库斯并不拥有那片土地，他也没有为那片土地付租金，所以他本来就应该承受你和那些无产贫民给他带来的一切后果！他竟敢为有史以来最恶劣的元老院成员出版这本令人作呕的颂歌！我真是气得半死！等你看完西塞罗的《加图》，你也会气得半死。当然，我那个白痴儿子认为这本书好极了。他好像写了一本小册子来歌颂他的加图舅舅，不过他看过西塞罗的颂歌之后就把那本小册子撕掉了。

布鲁图斯说，等维比乌斯·潘萨到山内高卢去接替他的位置，他就会回到罗马。恺撒，恕我直言，你是从哪里找的这些无名小辈？不过，潘萨很有钱，所以娶了弗菲伊乌斯·卡勒努斯的女儿，所以我敢肯定潘萨以后会前途无量。你的好几个旧手下都从高卢回到罗马了，包括大法官德基穆斯·布鲁图斯和前任执政官盖乌斯·特里波尼乌斯。

我知道克娄巴特拉给你写信的频率是一天四次，不过我想你也许愿意听听别人的客观描述。她在努力坚持，但是你不在身边，她真的过得很凄惨。你怎么敢跟她说这场战争很快就会结束呢？我估计，罗马人得有一年时间见不到你。还有，你为什么让她住在那座大理石坟墓里？那个可怜的小东西一直在挨冻！今年的冬天来得很早,而且特别寒冷,台伯河都结冰了,罗马城里也已经下雪了。我猜测，亚历山大里亚的冬季大概就像罗马的暮春时节。她的儿子倒是挺适应，那个孩子觉得在雪地里玩耍是最有趣的事。

现在我要说点家长里短了。弗尔维娅怀了安东尼乌斯的孩子，她看起来还是那么容光焕发。想象一下！她很可能又生个男孩，这样她就有三个小恶棍了。克洛狄乌斯，库里奥和安东尼乌斯。

还有西塞罗——噢，我实在摆脱不了这个家伙！——他娶了十七岁的普布利利娅。你怎么看待这件事情？我觉得很恶心。

看看《加图》吧。顺便一提,西塞罗很想把这本书献给布鲁图斯,不过布鲁图斯拒绝了这个殊荣。为什么？因为他知道如果他接受了，那我一定会把他杀死。

恺撒看了《加图》，结果就像赛尔维利娅一样气得半死，等到他读完整本书时，他的怒火已经在熊熊燃烧了。西塞罗说，加图是有史以来最高尚的罗马人，是共和国最忠贞不屈的仆人，是包括恺撒在内的一切暴君的敌人，是罗马传统的坚定维护者，是结束自己生命的英雄，是完美的丈夫和父亲，是优秀的演说家，是控制自身欲望的大师，是坚持到底的纯正斯多葛派，还有很多、很多、很多。如果西塞罗不是说得这么过分，那么恺撒也许会容忍《加图》这本书。但是西塞罗说得太过分了。整本书的重点就在于：马尔库斯·波尔基乌斯·加图这个无与伦比的圣人跟独裁官恺撒这个罄竹难书的罪人之对比。

恺撒气得浑身发抖，他浑身僵硬地坐在椅子上，把自己的嘴唇咬出血来。所以，这就是西塞罗的想法？好吧，西塞罗，你的前途完蛋了。恺撒再也不会对你提出任何请求。你永远都不能进入恺撒的元老院，就算你跪地恳求也不行。至于你，阿提库斯，你竟然出版了如此恶毒的偏颇之词。恺撒会采纳赛尔维利娅的建议。会有很多穷人涌到布斯罗图姆！

在行军到远西班牙的路上，恺撒写了一首诗来消耗时间。这首诗的题目是《旅程》。恺撒后来重读这首诗时，发现这首诗比他原本以为的要好得多。这是他近年来写出的最佳作品。这个水平完全可以出版。

他本来打算把这首诗送到阿提库斯那儿，因为阿提库斯手下的抄写员字体非常漂亮。但现在他准备把《旅程》送到索西乌斯兄弟那里出版。阿提库斯再也不会得到独裁官的青睐。想要进行报复并不需要成为罗马国王，身为罗马的独裁官就够了。

恺撒的怒气没有平息，而是变成冷静的决心。他开始写文章反驳西塞罗的《加图》，他准备把西塞罗的每个论点都彻底驳倒。他的文采会让西塞罗自觉羞惭。《加图》这本书不能置之不理。因为那些看了这本书的人会认为恺撒比希腊人的暴君还要坏，但这只是扭曲事实的一面之词。恺撒必须做出回应！

通常都是恺撒急着要正面交战来结束战争，但在西班牙急着开战的却是共和派。恺撒正忙着反驳《加图》，根本就没时间考虑战斗的事。

赛克斯图斯·庞培很喜欢西塞罗的《加图》，不过他很失望这本书没有提及加图的长征。对赛克斯图斯·庞培来说，这是他最后一段真正快乐的时光。在非洲行省的日子糟透了，而在西班牙的甚至更糟糕。他不喜欢提图斯·拉比恩努斯，还发现阿提乌斯·瓦鲁斯是个唯利是图的小人。

只有可怜的格涅乌斯值得为之战斗，但是格涅乌斯似乎丧失了为共和派战斗的激情。

“赛克斯图斯，我不擅长在陆地上打仗，这是实际情况，”格涅乌斯满面愁容地说，他们兄弟正一起走去跟拉比恩努斯和阿提乌斯·瓦鲁斯开会。这是三月的第一天，科尔杜巴冰雪消融，西班牙的太阳又带来一些温暖，“我是一个海军将领。”

“我也觉得在海上更舒服一点，”赛克斯图斯说，“接下来会发生什么事？”

“噢，我们会尽快迫使恺撒开战。”格涅乌斯停下来，紧紧抓住他弟弟的手腕，“赛克斯图斯，答应我一件事情。”

“你知道，任何事情我都答应。”

“如果我在战场上倒下了，或者遇到什么不测，你能不能跟斯克里波尼娅结婚？”

赛克斯图斯浑身紧绷，鸡皮疙瘩都起来了。他甩开了哥哥的紧握，反过来握住他哥哥。“不，不！”他高声尖叫，顿时又变成一个小孩子，“这是绝不可能的事！你不会有任何不测！”

“我有一种预感。”

“你和大家要一起上战场！”

“我知道，这也许是错觉，但如果这是真的呢？我不想让我心爱的斯克里波尼娅变成恺撒的俘虏，她在恺撒那边没有任何资金或亲戚。”格涅乌斯的蓝眼睛显出一种真诚的绝望，赛克斯图斯曾经在他父亲说要逃到遥远的塞利卡时看过这种眼神，“赛克斯图斯，不知为何，我没有关于你的任何预感。无论我们跟恺撒的战争是输是赢，你都会活下来。拜托了，我求求你，带上斯克里波尼娅一起走！我没能跟她生个孩子，所以你要跟她一起生下我们家族的后裔！说你愿意！答应我！”

赛克斯图斯不想让格涅乌斯看到他的眼泪，于是他紧紧地抱着格涅乌斯，心中涌出无限的爱意和悲伤：“我答应。”

“好。现在让我们去听听拉比恩努斯要说什么。”

会议的结论是他们应该离开科尔杜巴到南方去，诱使恺撒远离他的大本营和物资供应。拉比恩努斯让格涅乌斯·庞培大吃一惊，他竟然拒绝担任大军的指挥。

“我不像恺撒那么幸运，”拉比恩努斯说，“经过了两次战役，我才终于看出这个事实，但我现在终于知道了。之前每次都是我做出决策，结果都失败了。所以，现在轮到你了，格涅乌斯·庞培。我会指挥骑兵部队，并且按照你的命令行事。”

格涅乌斯·庞培惊恐地瞪着脸色灰暗的拉比恩努斯，如果连这个身经百战、铁血手腕的人都说出这种话，那接下来会怎么样？好吧，他知道接下来会怎么样。拉比恩努斯也许把这一切都归咎于恺撒的幸运，但格涅乌斯·庞培知道这主要是因为恺撒的才能。

三月五日，在一个叫做索里卡里亚的城镇附近发生了一次交锋，格涅乌斯·庞培的推测得到了证实。格涅乌斯·庞培发现他在陆地战时没有父亲的那种天赋和直觉，他和他的步兵大受重创，但是这次失利还不能代表共和派的彻底失败。格涅乌斯·庞培退回去舔舐伤口。一个奴隶向他报告,他手下的西班牙军官和士兵正在偷偷逃走。听到这个消息之后，他的信心更受打击了。他不确定应该怎么做，于是让那些想要逃走的士兵再等一夜。第二天早晨，他耸耸肩膀，让那些士兵离开了。如果这些士兵不想战斗，那留下他们又有什么用呢？

“我们没有足够的力量去投入这场战争，”他对赛克斯图斯说，眼里闪着泪光，“这个世上根本就没有人能战胜恺撒，我精疲力竭了。”他伸出手，递给赛克斯图斯一张小纸条。“今天早晨从恺撒那里送来的。我还没有给拉比恩努斯和阿提乌斯·瓦鲁斯看，但我必须让他们看看。”

格涅乌斯·庞培，提图斯·拉比恩努斯与共和派的全体将领和士兵：恺撒的仁慈已经耗尽。这封信就是为了告诉你们这件事情。恺撒再也不会宽恕任何人，甚至是那些从未得到宽恕的人。那些西班牙士兵也会自食恶果，还有所有支持共和派的城镇。在任何城镇中参与战斗的任何成年人都会立即处决。

“恺撒非常生气！”赛克斯图斯低声说，“噢，格涅乌斯，我感觉我们好像踢了一个马蜂窝！他为什么这么生气？为什么？”

“我不知道。”格涅乌斯说。然后就把这张纸条给拉比恩努斯和阿提乌斯·瓦鲁斯看了。

拉比恩努斯知道为什么。他的额头冒出冷汗，那双黑眼睛像石头般冷硬。他看着庞培兄弟说：“他已经忍无可忍了。他上一次这么做是在乌克塞罗杜努姆，当时他砍掉了四千个高卢人的手，让他们走遍整个高卢去哀求。”

“天啊，为什么？”赛克斯图斯惊骇地问。

“为了向高卢表明，如果他们继续抵抗，那就再也不能得到他的仁慈。他认为八年时间已经足够仁慈了。格涅乌斯，你的年纪比较大，应该记得恺撒的脾气。当他忍无可忍时，他就不再忍了。没有任何东西能够改变他的心意。”

“我该怎么办？”格涅乌斯问。

“在我们战斗之前，对着所有士兵念出这封信。”拉比恩努斯挺起肩膀，“明天我们要找个合适的地方开战。我们会奋战到死，我会让恺撒体验到他有生以来最艰苦的一战。”

他们在一个叫做蒙达的城镇附近找到合适的战场，这里位于从阿斯提吉到卡尔普海岸的路上，赫拉克勒斯之柱在靠近西班牙一边的海峡。这是一条地势低缓的山道，蒙达为共和派提供了一个居高临下的有利战场。对恺撒来说，他只能一边爬坡一边领军作战。恺撒的计划是守住步兵的阵地，直到骑兵大部队绕过他的左翼，然后突破共和派的右翼，再绕到整个共和派大军的后方。这么做很不容易，因为他正处于战场的劣势，而且他已经正式警告敌军：战时不会停歇，战后不会宽恕。

天刚亮，两军就相遇了，随之而来的是一场特别漫长、血肉飞溅的残酷战斗。在蒙达根本就没有机会使用什么计策或战术，这可能是恺撒经历的战争中最简单直接的一次，也是恺撒最接近失败的一次。因为共和派寸步不让,而且让恺撒无法使用他的骑兵。蒙达战役是一场近身肉搏，恺撒带着四个规模较小的步兵军团，一边爬坡一边战斗，这种局势对他很不利。格涅乌斯·庞培的士兵把恺撒那封信中的内容都记在心上，不屈不挠地奋勇作战。

八个小时候，蒙达战役还是胜负难分。恺撒骑着“大脚丫”在一个土堆上观察战局，他看到最前线快被敌军击溃了。于是他立刻下马，拿起盾牌和刀剑,从士兵中间挤到最前线,守在这里的第十军团快顶不住了。

“冲啊，你们这些发动叛乱的混蛋，敌军士兵还乳臭未干！”他四处走动着高声呼喊，“如果你们不能拼死抵抗，那今天就是你们和我生命的最后一天，因为我会跟你们并肩作战！”第十军团迅速做出反应，他们收紧队形，与恺撒一起拼死战斗。

太阳很快就要落山，但交战双方还是不能一决输赢。这一次轮到昆图斯·皮狄乌斯站上那个观察战局的土堆，他接受过恺撒的军事训练，很快就看出骑兵终于有机可乘。于是他命令骑兵向着格涅乌斯·庞培的右翼进攻，一个叫做撒尔维狄恩乌斯·鲁弗斯的年轻军官带头往前冲。这些高卢骑兵又加上了一千名日耳曼骑兵，他们跟着撒尔维狄恩乌斯冲进拉比恩努斯的骑兵部队，打破了敌军的保护圈，向着格涅乌斯·庞培的后方发动进攻。

夜幕降临时，战场上有三万名共和派和西班牙士兵倒下了。恺撒的第十军团也几乎全军覆没。他们终于洗刷了曾经发动叛乱的耻辱。提图斯·拉比恩努斯和普布利乌斯·阿提乌斯·瓦鲁斯都战死了，他们是有意如此。不过庞培兄弟逃走了。

格涅乌斯逃到伊斯帕利斯[①]想在那里找到藏身之处，但是恺撒手下一个叫做卡伊斯·恩尼乌斯·伦托的低级副将追上他并把他杀死。他砍下

① 伊斯帕利斯（Hispalis）即现代西班牙南部城市塞维利。——译者注

格涅乌斯的脑袋，并把这个脑袋钉在市集广场。盖乌斯·狄狄乌斯在清理附近战场时发现了这个脑袋，并把这个脑袋送去给恺撒。他知道恺撒不会因为这种野蛮行径而高兴。卡伊斯·恩尼乌斯·伦托会因为这件事而失去恺撒的赏识。

赛克斯图斯精疲力竭地爬上一匹无主的战马，朝着科尔杜巴奔去，因为格涅乌斯把斯克里波尼娅留在那里。现在西班牙人都因为当初选择支持共和派而悔恨，所以赛克斯图斯要在不同地方之间躲藏，他骑着马绕了一百多里路，才来到一个可以远远望见科尔杜巴的地方。这已经是蒙达战役之后的第二个夜晚。

他听到一支队伍的走路声，于是赶紧躲进树林里。通过树林的缝隙，他看到一支队伍在月光下经过。在那支队伍中有一根长矛，上面插着他哥哥的脑袋，蓝绿色的眼睛望向天空，嘴巴痛苦地向下张开着。不，不，不！

格涅乌斯的预感是真的。先是我父亲，现在是我哥哥。他们都丢了脑袋。我也会丢掉脑袋吗？我向“无敌者”索尔、特鲁斯和自由神发誓，我会活得比恺撒更长久，跟他的继承人势不两立。因为共和国再也不会恢复，我可以从骨子里感觉到这一点。我父亲当初想逃到塞利卡是正确的，但是已经太迟了。我要留在地中海区域，不过是在海上。格涅乌斯的船队还在巴勒阿瑞斯。皮库斯，我们皮塞努姆人的保护神，会替我保护这些船队！

他在科尔杜巴城门外面遇到了格涅乌斯·庞培·菲利普，这个被释奴曾经在佩鲁西乌姆的沙滩上火化了他父亲的尸体，后来又离开科尔涅利娅·梅特拉跟着他们两兄弟来到西班牙。菲利普提着一盏灯在那里走来走去，因为他已经很大年纪，不容易引人注意。

“菲利普！”赛克斯图斯低声呼唤。

这个被释奴趴在赛克斯图斯的肩膀上哭了起来：“主人，他们杀了你哥哥！”

“是的，我知道。我看到他了。菲利普，我答应格涅乌斯会照顾斯克里波尼娅。他们有没有把她关起来？”

"没有，主人。我把她藏起来了。"

"你能不能悄悄带着她来找我？还要带上一点食物。我会再找一匹马。"

"主人，城墙上有一个排水渠的口子。我会在一个小时内把她带到这儿。"菲利普转身消失了。赛克斯图斯利用这段时间到四周寻找马匹。像大部分城市那样，科尔杜巴城内并没有很多马厩，而他清楚地知道科尔杜巴的马匹都养在哪里。等到菲利普带着斯克里波尼娅和她的女仆出现时，赛克斯图斯已经准备好了。

这个可怜的漂亮女孩被悲伤击垮了，她疯狂地抓住赛克斯图斯。

"不，斯克里波尼娅，现在没有时间悲伤！我也不能带上你的女仆。只有我和你。现在擦干眼泪。我给你找了一匹温顺的老马，你只要骑在上面坚持到底就可以。来吧，为了格涅乌斯，勇敢一点。"

菲利普给他带来了西班牙人的日常服装，还让斯克里波尼娅穿上了不容易引起注意的衣服。他们想把斯克里波尼娅扶到马上,但是她拒绝了。噢，不，张开双腿骑马太不像样了！她是女人！于是赛克斯图斯只好又浪费一点时间给她找了一头驴子。最后，他终于能跟菲利普告别了。斯克里波尼娅坐在驴子上面,他拉着驴子的缰绳,骑着马奔向一片夜色之中。格涅乌斯的妻子很漂亮，但她的见识太短浅。

他们白天躲藏夜晚赶路，绕过新迦太基上方的海岸地区，然后进入近西班牙，庞培・马格努斯的旧领地就在那里。菲利普给了赛克斯图斯一袋钱，这样他们的食物吃完之后就可以向那些偏僻地区的农户买东西。他们向着北方走过数百里，绕开恺撒的势力范围。等到他们渡过埃贝鲁斯河之后，赛克斯图斯终于松了一口气，他知道接下来要去哪里。他们会去到拉塞塔尼人的领地，当地人多年来一直为他父亲饲养马匹。他跟斯克里波尼娅可以安全地待在那里，直到恺撒及其手下都离开西班牙。然后他会去到大巴勒阿里克岛。他会在那里接管格涅乌斯的船队，然后就跟斯克里波尼娅结婚。

“我想，我们可以安心地下结论了，蒙达战役彻底结束了共和派的抵抗，”恺撒对卡尔维努斯说，他们一起骑马前往科尔杜巴，“拉比恩努斯终于死了。不过，这确实是一场漂亮的战役。我觉得再也不会有这么漂亮的一战。我跟士兵们并肩作战，而他们也献出了我记忆中最好的表现。”他伸伸胳膊，因为肌肉酸痛而皱起眉头，“但是，我承认，身为一个五十四岁的老头，我确实有点吃不消。”他的语气冷却下来，“蒙达战役还解决了第十军团的问题。这个军团剩下的人少得可怜，无论我把他们安置在哪里都无法闹意见。”

“你准备把他们安置在哪里？”卡尔维努斯问。

“在纳尔波[①]附近。”

“蒙达战役的消息会在三月底传到罗马，”卡尔维努斯高兴地说，“等你回去时，你会发现罗马不得不接受既成现实。元老院可能会投票让你成为终身独裁官。”

“随便他们怎么投票，”恺撒说，听起来满不在乎，“明年的这个时候，我已经在前往叙利亚的路上了。”

“叙利亚？”

“巴苏斯占据了阿帕梅亚，科尔尼菲基乌斯占据了安条克，而安提斯提乌斯·维图斯正赶往那个地区去担任总督，看看如何收拾那个烂摊子。答案已经很明显了。帕提亚人在两年内就会入侵。所以我必须先入侵帕提亚人的王国。我很想效法亚历山大大帝，征服从亚美尼亚、巴克特里亚、索格狄阿纳、革德罗西亚、卡尔马尼亚到美索不达米亚的地区，然后把印度也纳入我们的版图，”恺撒平静地说，“帕提亚人试图吞并以弗所以西的土地，所以我们也必须吞并以弗所以东的土地。”

“天啊，如果这样，那你至少要离开五年时间！”卡尔维努斯惊叹道。“恺撒，你能撇下罗马那么长时间吗？想想看，你在埃及时，罗马发生了什么事，可你当时只是离开了几个月，而不是几年。恺撒，你出去四处

---

① 纳尔波（Narbo）是位于法国南部的古代城镇，现称纳尔旁，最初是罗马人在纳尔旁高卢建立的重镇。——译者注

闲逛征战，就别指望罗马还能繁荣发展！”

“我没有这么指望，”恺撒咬牙道，“四处闲逛！卡尔维努斯，我很惊讶，你还没有发现内战会耗费很多钱，而罗马根本就没有那么多钱！所以我要到帕提亚人的王国去弄钱！”

他们兵不血刃地进入科尔杜巴城，当地人打开城门请求恺撒的仁慈，因为恺撒曾经对好几个地方显示出这种仁慈。但这一次他们没有得到恺撒的仁慈。恺撒把城里的所有成年男人都聚在一起处决了，然后对这座城市进行罚款，数额就像他给乌提卡的罚款一样。

第 2 节

在前往西班牙充当恺撒的私人随从之前一天，盖乌斯·奥克塔维乌斯爆发了严重的肺炎。一直等到二月中旬，他的身体终于恢复了，于是他在母亲的强烈反对下离开罗马。现在日历和季节终于实现了近百年来的首次统一，这样在二月出发就意味着要经受路途中的风霜雨雪。

“你不可能活着到达那里！”阿提娅绝望地大叫。

“妈妈，我可以。我坐在舒适的骡车上，里面装着暖炉、铺满毛毯，这样还能有什么危险？”

于是奥克塔维乌斯不顾母亲的反对出发了。他在路上发现只要保持温暖，这个时节的天气并不会引发哮喘。他知道这个病叫做哮喘，因为恺撒派了哈德凡伊去看他，并且给他提供了许多有用的建议。这个时候路上都是积雪，所以空气中没有灰尘和花粉，骡子的毛发也不会四处飞扬，而且这种寒冷的气候空气比较干爽。车子在半路被积雪卡住时，他高兴地发现自己可以下来帮忙铲雪，而且这么一番运动之后感觉更好了。唯一一段让他觉得呼吸困难的路程是在经过罗达努斯河[①]河口的堤道时，不过这段路程只有一百里。在比利牛斯山道的最高处，他停下来看着庞培·马

① 罗达努斯河（Rhodanus）现称罗纳河，是流经现代瑞士和法国的大河，也是流往地中海的除非洲的尼罗河以外的第二大河。——译者注

格努斯的记功碑，这座记功碑已经因为风吹雨打而变得有点残旧。当他在拉塞塔尼人的领地进入近西班牙时已经是早春时节，即便如此他的哮喘还是没有发作。这里的空气比较温润，也没有什么大风。

在卡斯图罗，他听说在蒙达发生了一场决定性的战役，现在恺撒已经到了科尔杜巴。于是他又赶往科尔杜巴。

三月二十三日，他终于来到科尔杜巴，发现这座城市到处都是散发着恶臭的血泊和冒着烟雾的火葬堆。幸好总督所在的府邸在一座堡垒上面，那里远离大型处决的现场。他意外地发现自己可以平静地面对那些血腥的场面，而没有表现出比其他人更多的恐慌，这个事实让他非常高兴。他很清楚，自己的外貌会让人觉得他是个漂亮的娘娘腔，所以很担心大屠杀的场景和气味会让自己表现得不像个男子汉。

总督府的门厅坐着一个身穿军装的年轻人，显然是正在执行接待或盘问的任务。门外的哨兵看到奥克塔维乌斯的一小群仆从和私人骡车，就直接让他进去了，但是这个年轻人看来没有那么好说话。

“什么事？”他厉声问，一双眼睛从浓密的眉毛下抬起来。

奥克塔维乌斯默默地看着他。这是一个天生的军人！奥克塔维乌斯多么希望自己能长成这样，但这永远都不可能。那个人站起来，他的身材跟恺撒一样高大，他的肩膀就像两座小山，他的脖子就像公牛一样健壮。但这一切跟他的面孔相比都不值一提，他的面孔非常英俊，但又充满阳刚之气。一头浓密的头发，一双浓密的黑眉，深邃的棕色眼睛，挺拔的鼻梁，坚毅的嘴巴和下巴。他那双赤裸的手臂肌肉饱满，他的手掌宽大而优雅，能够同时胜任粗重和细致的工作。

“什么事？”他再次问，语气变得比较温和。他的眼神中流露出一丝笑意。他心想，这个陌生人是亚历山大那种类型（他不习惯用“漂亮”这个词来形容男人），但又显出一种非常微妙的神情。

“请原谅，”这个来访者说话时非常客气，但又带着一丝淡淡的贵族气息，“我来向盖乌斯·尤利乌斯·恺撒报告。我是他的贴身随从。”

“哪个大贵族派你来的？”这个负责接待的人问，“等他看到你，肯定会有一番挑剔。”

奥克塔维乌斯露出一个微笑，这冲淡了他那种高贵的气息：“哦，他已经知道我的长相，是他亲口叫我来服役。”

“喔，亲戚！你出自哪个家族？”

“我的名字是盖乌斯·奥克塔维乌斯。”

“我对这个名字没有任何印象。”

“你叫什么名字？”奥克塔维乌斯问，这个人对他来说太有吸引力了。

“马尔库斯·维普撒尼乌斯·阿格里帕，我是昆图斯·皮狄乌斯手下的初级军官。”

“维普撒尼乌斯？”奥克塔维乌斯皱着眉头问，“这个氏族名很特别。你来自哪里？”

“我是来自阿普利亚[①]的萨莫奈人，但这个氏族名来自梅萨皮亚人。一般都直接叫我的家族名阿格里帕。”

“这个名字的意思是‘脚部先出生’，但你的脚看起来不像有问题。”

“我的脚非常完美。你的家族名是什么？”

“我没有家族名，就直接叫奥克塔维乌斯。”

“二楼，左边走廊，第三个门口。”

“你能先照看一下我的跟班，等我回来再带他们离开吗？”

“跟班”进来了，阿格里帕用嘲讽的目光看了看这个新来的私人随从。他的“跟班”简直比得上一个高级副将。他是恺撒的什么亲戚呢？肯定是某个远房亲戚。他看起来挺不错，不是那么傲慢自负，但是又带着一种奇特的清高。总之他肯定不是什么优秀的军人！如果说他让阿格里帕想起了什么人，就是盖乌斯·马略的那个远房亲戚了。那个远房亲戚因为在军中搞同性恋被一个士兵杀死，但是马略没有处决那个士兵，而是处决了那个亲戚。

---

① 阿普利亚（Apulia）是意大利东南部的历史地区，从萨莫尼乌姆一直延伸到古代的卡拉布里亚。——译者注

盖乌斯·奥克塔维乌斯……肯定是从拉丁姆[①]来的。元老院中就有很多出自奥克塔维乌斯氏族的人，甚至有一些执政官也是。阿格里帕耸耸肩膀，继续检查他的处决名单。

“进来。”恺撒听到敲门声说。

恺撒转向门口的脸上神色严厉，但是他一看到是奥克塔维乌斯站在那儿，脸色马上就变得很柔和。他放下笔站起来。“我亲爱的外甥孙，你挺过这段路途了。我很高兴。”

“我也很高兴，恺撒。我很遗憾错过那场战役。”

“不必遗憾。这场战役并不能体现我的战略水平，而且我损失了太多士兵。所以我希望这不是最后一战。你看起来很好，不过我会让哈德凡伊来看看你，确保你没有什么问题。山道上的积雪很多吧？”

“蒙热内夫尔山道上很多，不过比利牛斯山道上还好。”奥克塔维乌斯坐下来，“舅公，我刚进来时，你的脸色看起来很严肃。”

“你有没有看过西塞罗的《加图》？”

“那些可恶的屁话？看过了，我在罗马卧床养病时就靠这个消磨时间。我想你应该会写文章反驳？”

“你敲门时我正在写这个文章，”恺撒一声长叹，“卡尔维努斯和梅撒拉·鲁弗斯都认为我无须反驳。他们相信，无论我写了什么东西，都会被人说是小家子气。”

“他们也许是正确的，但还是有必要进行反驳。毫无回应就等于承认那本书说的是实情。如果那些人说你小家子气，那他们本来就不会相信你写的东西。西塞罗指控你一直在扼杀民主，也就是一个罗马人不受干预地贯彻自己信念的权力，还把加图的死也归咎于你。等我以后有钱了，我会买下《加图》的所有抄本，把这些抄本全部烧掉。”奥克塔维乌斯说。

“真是好主意！我现在就可以解决这个问题。”

---

① 拉丁姆（Latium）位于意大利中部，是台伯河下游一块山丘密布的平原。拉丁姆的中心是阿尔班山，原始的拉丁人最初就聚居在此。公元前7世纪左右，此地成为原始拉丁城市的中心。——译者注

“不，人们会怀疑是谁在幕后指使。再过一些时间，等到这个轰动平息了，我再来干这件事。你的反驳是如何展开的？”

“一开始是对西塞罗的几个精准嘲讽，然后我就开始剖析加图的性格，总之我的言辞比盖乌斯·卡西乌斯对马尔库斯·克拉苏的描述还要尖刻。从他的吝啬小气，到他的肆意纵酒，到他的哲学教条，再到他的恶待妻子，所有事情都会写出来，”恺撒得意地说，“我敢肯定，赛尔维利娅会很高兴给我提供一些不为人知的细节，来丰富加图的形象。”

盖乌斯·奥克塔维乌斯的从军生活跟一般人很不一样。他本来希望有更多机会去跟那个迷人的马尔库斯·维普撒尼乌斯·阿格里帕交往，但他到达的第二天就发现恺撒的安排并不是让他去融入军队的社交圈。

一旦幸运女神把恺撒送到某个地方，他就要彻底解决那里的问题才肯离去。远西班牙成为罗马行省已经很长时间，现在恺撒的工作主要是在这里建立罗马殖民地。除了第五和第十军团，他带来的其他军团都会在远西班牙定居，他会把士兵安置在那些支持共和派的西班牙人的土地上。尤尔索将会成为一个罗马城市贫民定居的殖民地，这个地方将改名为格尼提瓦－尤利娅殖民城，不过其他地方将会留给退役的老兵。士兵的安置点一个在伊斯帕利斯附近，一个在菲登提亚附近，两个在尤库比附近，三个在新迦太基附近，还有一个在卢西塔尼人的领地以西。每个殖民地的居民都将拥有完全的罗马公民权，被释奴也可以进入政府机构，尽管这种情况不会太常见。

奥克塔维乌斯的工作是陪伴恺撒乘着马车从一个安置点跑到另一个安置点，监督那里的土地分配，确保那些负责后续工作的人知道应该怎么做，同时还要发布一些殖民地的法令和条例，并亲自选出第一批公民去组成当地政府。奥克塔维乌斯知道这是一个考验，不仅是对他能力的考验，也是对他健康的考验。

“舅公，我希望自己发挥了一点作用。”奥克塔维乌斯对恺撒说，他们刚刚从伊斯帕利斯回来。

“你发挥了很大作用，”恺撒的语气显得有点吃惊，“奥克塔维乌斯，你善于处理那些琐碎的事情，而且你对这种大多数人都会感到厌烦的工作很有兴趣。如果你是无精打采地做事，那我会认为你只是个理想的官僚罢了，但是你毫不懈怠。再过十年，你就可以管理罗马了，而我可以做些更适合我的事。我不介意制定一些法令，让罗马的事务更好地运行。但是我恐怕不太适合待在一个地方太长时间，即便那个地方是罗马。罗马牵动着我的心，但是不能绑住我的脚。”

他们的交谈轻松而随意，似乎忘记了彼此之间隔着三十岁的距离。奥克塔维乌斯那灰色的眼眸中充满笑意，他说道：“我知道，恺撒。你的脚想去行军。你能不能推迟一下对帕提亚人的征战，等到我能真正派上用场？罗马不会乖乖地听一个少年领导，而且我怀疑你委任的那些人在你离开时也不会乖乖听话。”

“马尔库斯·安东尼乌斯。”恺撒说。

“是的，或者多拉贝拉，可能还有卡尔维努斯，不过他的野心还不足以让他想要这个位置。此外还有希尔提乌斯、潘萨、波尔利奥，还有那些家世背景不像安东尼乌斯和多拉贝拉那么显赫的人。你一定要那么快就渡过幼发拉底河吗？”

“只有两个地方的财富足以把罗马拉出目前的经济危机，那就是埃及和帕提亚王国。出于非常明显的原因，我不能入侵埃及，所以就必须是帕提亚王国。”

奥克塔维乌斯把头靠在座位上，转过脸看着外面飞驰而过的风景，不想让恺撒看出他的内心想法：“从这个角度来说，我可以理解为什么必须是帕提亚王国，因为埃及的财富根本就不能与之相比。”

他这句话让恺撒笑得眼泪都出来了：“奥克塔维乌斯，如果你跟我一样见过那些东西，你就不会这么说了。”

“你见过什么东西？”奥克塔维乌斯问，看起来就像个小男孩。

“埃及的宝库。”恺撒说，仍然止不住笑声。他现在确实有心情发笑，因为他们并不急着赶路。

“你的工作可真够奇怪的，”阿格里帕事后对奥克塔维乌斯说，“这更像是秘书的工作而不是军人的工作，不是吗？”

“物尽其用，”奥克塔维乌斯说，并没有因为阿格里帕的话而恼火，“我的天赋不在于行军打仗，但我觉得我在政府管理上确实有一些才能，这么近距离地跟着恺撒工作对我来说是很好的培训。他跟我谈论他做过的所有事，而我非常认真地听着。”

“你并没有跟我说他是你舅舅。”

“严格说来，他并不是我舅舅，他是我舅公。”

“昆图斯·皮狄乌斯说你在恺撒眼里是宝贝中的宝贝。”

“那就是昆图斯·皮狄乌斯言谈不慎！”

“我敢说他也是你的亲戚。他有时候自己念念有词，”阿格里帕说，试图掩饰自己的言谈不慎，“你只在这里待一小会儿？”

“是的，只有两个晚上。”

“那明天过来跟我们一起吃饭吧。我们没有什么钱，所以吃的东西不太好，但是我们欢迎你过来。”

所谓的“我们”原来就是阿格里帕和一个叫做昆图斯·撒尔维狄恩乌斯·鲁弗斯的军团指挥官，这是个红头发的皮塞努姆人，大概二十五六岁。

撒尔维狄恩乌斯好奇地看着奥克塔维乌斯。“所有人都在谈论你。”他一边说，一边把凳子上的军队用品扫到地上，给奥克塔维乌斯腾出一个位置。

“谈论我？为什么？”奥克塔维乌斯问，他坐在凳子上，这种家具他以前几乎没有见过。

“首先，你是恺撒最宠爱的人。其次，我们的老大皮狄乌斯说你比较娇贵，不能骑马也不能打仗。”撒尔维狄恩乌斯解释说。

一个非作战人员带来食物，有一只煮得硬邦邦的鸡，一盆鹰嘴豆炖腊肉，一些过得去的面包和橄榄油，还有一大盘上好的西班牙橄榄。

“你吃得不多。”撒尔维狄恩乌斯狼吞虎咽着说。

“我比较娇贵。”奥克塔维乌斯有点生气地说。

阿格里帕咧嘴一笑，往奥克塔维乌斯的杯子里倒了一些酒。奥克塔维乌斯喝了一小口就放下杯子，阿格里帕笑得更厉害了。“我们的酒不合你胃口？”他问道。

“我本来就不喜欢喝酒，恺撒也不喜欢喝酒。”

“在某些奇怪的地方，你跟他真的很像。”阿格里帕说。

奥克塔维乌斯脸色一亮：“是吗？真的吗？”

“是的。你脸上有些神情跟他很相似，我觉得昆图斯·皮狄乌斯就不太像他了。而且你看起来有一种特别的清高。”

“我的生长环境不一样，”奥克塔维乌斯解释说，“老皮狄乌斯的父亲是一个坎帕尼亚的骑士，所以他是在那里长大的。而我一直都在罗马，我的父亲好多年前就去世了，我的继父是卢基乌斯·马尔基乌斯·菲利普斯。”

这是一个如雷贯耳的名字，另外两个人都一副恍然大悟的样子。

“一个享乐派，”撒尔维狄恩乌斯说，他比年轻的阿格里帕更了解这些事，“还是前任执政官。难怪你的行头简直比得上一个副将。”

奥克塔维乌斯看起来很尴尬。“噢，那是我母亲安排的，”他说，“她总觉得我就要死了，特别是我要离开她时。我并不需要这些东西，也很少用得上这些东西。菲利普斯可能是享乐派中的享乐派，但我不是。”他看着这个穷酸脏乱的房间，“我羡慕你们，”他说着叹了一口气，“像我这么娇贵一点都不好玩。”

“你们的聚餐愉快吗？”恺撒对着刚刚回来的奥克塔维乌斯问，他意识到自己并没有给这个小伙子太多机会去跟同伴相处。

“是的，但是这让我意识到自己享有太多特权了。”

“奥克塔维乌斯，为什么这样说呢？”

“哦，我钱包里有很多钱，有我需要的一切东西，还有你的赏识，”奥克塔维乌斯坦率地说，“阿格里帕和撒尔维狄恩乌斯没有钱也没有你的赏识，但我觉得他们是很好的人。”

“如果他们确实如此，那他们肯定会得到恺撒的提拔。我应该让他们参与帕提亚的战争吗？”

“当然了。但是由你自己决定，还要带上我，因为我还不够年龄在你离开时管理罗马。”

“你真的想去？那里的灰尘很吓人。”

“我还有很多要向你学习的东西，所以我很想去。”

“我知道撒尔维狄恩乌斯。在蒙达战役，他带领骑兵发动进攻，还因此赢得了九个金盘。我觉得他是个典型的皮塞努姆人，非常勇敢，具备军事天赋，善于排兵布阵。不过我对阿格里帕没有什么印象。我们明天出发时,你让他过来。”恺撒说,很好奇奥克塔维乌斯看上的到底是什么人。

恺撒一见到阿格里帕就明白了。他私下里认为阿格里帕是自己见过的年轻人中最引人注目的。如果阿格里帕长得平凡一些，那倒是很像昆图斯·塞尔托里乌斯，但是他的英俊相貌让他自成一类。如果他进入一所骑士子弟的罗马学校，那他肯定会成为那里的孩子王，因为他值得信赖、非常可靠、勇敢无畏、体格健壮、冰雪聪明。可惜他没有接受更好的教育，还有他的血统实在太一般。这两项都会成为他在罗马攀登仕途的障碍。恺撒为什么决心要改变罗马的社会结构，其中一个原因就是为了让像阿格里帕这样的十七岁少年有出人头地的机会。因为他不是西塞罗那样的奇才，也不像盖乌斯·马略那样心狠手辣，这两个新人都出人头地了。阿格里帕需要的是一个保护人，而恺撒就是那个保护人。他的外甥孙很有看人的眼光，这真是一件令人欣慰的事。

阿格里帕有点僵硬地站在那里，回答着恺撒那些和颜悦色又充满刺探的问题。奥克塔维乌斯只是用眼角瞥了瞥恺撒，然后就站在一旁用崇拜的目光盯着阿格里帕。不过他的眼神跟他看着恺撒时那种崇拜截然不同。

恺撒有时会让秘书同车随行，但这天早上恺撒选择跟奥克塔维乌斯单独在一起。是时候好好谈谈了，恺撒之所以一再推迟，是因为他自己并不喜欢这个话题。

“你很喜欢阿格里帕。”恺撒说。

“比其他任何人都喜欢。”奥克塔维乌斯立刻回答。

如果你要切开一个毒疮，那就要下狠手切得更深一些：“奥克塔维乌斯，你是一个非常漂亮的家伙。”

奥克塔维乌斯并不觉得这是对自己的称赞。“恺撒，我希望自己以后会变样。”他低声说。

“我看不出你以后会变样，因为你不能长时间高强度地锻炼，把自己的身体变得像我或阿格里帕那样健壮。你永远都会是现在这个模样，非常漂亮，有点柔弱。”

奥克塔维乌斯脸红了：“恺撒，如果我没有会错意的话，你是说我有点娘娘腔吗？”

“是的。”恺撒毫不掩饰地说。

“难怪卢基乌斯·恺撒和格涅乌斯·卡尔维努斯之类的人会那样看着我。”

“没错。奥克塔维乌斯，你对男人有没有什么特殊的感情呢？”

奥克塔维乌斯脸上的红潮完全退去，现在变得满脸煞白：“恺撒，我自己并不觉得。我承认，我看着阿格里帕的眼神就像个花痴。但是，我，我，我太崇拜他了。”

“如果你没有这种特殊感情，那我建议你不要再表现出这种花痴的样子。你要确保自己永远都不会产生那种特殊感情。没有什么事能比这个更影响一个人的前途，我自己就深受其苦。”恺撒说。

“他们指控你跟比希尼亚的尼科美德斯国王有染？”

“正是如此。这是一个不公的指控，但是我很不幸没有赢得当时的上司卢库卢斯和同事比布路斯的好感。他们故意以此为乐，利用这个作为我的政治污点，而且这件事一直到我的凯旋式都阴魂不散。”

“第十军团的歌。”

“是的，”恺撒板着脸说，“他们付出了代价。”

“你怎么应对这种指控？”奥克塔维乌斯好奇地问。

“我妈妈是个了不起的女人，她建议我给自己的政敌戴上绿帽子，弄得越多人知道越好。而且绝对不要跟其他男性友人闹出绯闻。她说，永远都不要让人抓住一丁点把柄，让人以为那些指控说的是实情，”恺撒目视前方说，“她还说，不要待在雅典。”

“我对她的印象很深刻。”奥克塔维乌斯咧嘴一笑，“她让我怕得要命。”

“她也让我怕得要命，这是常有的事情！”恺撒伸手拉起奥克塔维乌斯的手，紧紧地握住，“我把她的建议传给你，不过具体方式很不一样，因为我们是很不一样的人。你不像我年轻时那样，对女人有着强大的吸引力。我勾起她们的欲望，让她们总是想要征服我，想要抓住我的心，但是我让所有人都看出，我根本就不可征服，而且我根本就没有心。你不能这么做，因为你没有那种傲慢和自负。不管是否公平，你确实透着一股女子气。我认为这是因为你的疾病，你母亲因为这个病对你太多宠溺。这个病也让你不能经常去参加男孩们的军事训练，让你不能更多地去认识同龄人。每个时代都有马尔库斯·安东尼乌斯那样的人，这种人认为一个男人如果不是力大如牛，不能让许多女人给他生下一堆孩子，那他就是个娘娘腔。安东尼乌斯曾经在公开场合跟他那个叫做盖乌斯·库里奥的好朋友亲吻，但却没有人会说他娘娘腔，没有人相信安东尼乌斯跟库里奥是真正的情人。”

“他们真的是吗？”奥克塔维乌斯好奇地问。

“不是。他们只是想戏弄一下那些老古板。但是如果你这样做，大家的反应会完全不同，而安东尼乌斯会第一个出来对你进行指控。”

恺撒深吸一口气。“因为我不觉得你有那个魅力或体力去营造身为花花公子的名声，所以我建议你采取一种完全不同的策略。你应该早点结婚，而且要给自己竖立一个好丈夫的名声。奥克塔维乌斯，有些人可能会觉得你太懦弱，但这样确实能发挥作用。人们最多只能说你不够厉害，是个妻管严。所以，你最好选一个能一起安静生活的妻子，但是这个女人会让外人觉得家里都是她在管事。”他说着哈哈大笑，“这是一件困难的事，你不一定能完成，但是你要记得这个建议。你很聪明，我注意到你总能得到你想要的东西。你跟上我的思路了吗？你是否明白我在说什么？”

“哦，是的，”奥克塔维乌斯说，“哦，是的。”

恺撒松开他的手：“所以，不要再用那种崇拜的眼神看着马尔库斯·阿格里帕。我知道你为什么会这样，但是其他人不会明白。你要维护跟他的友谊，但是永远都要保持一点距离。我说要维护跟他的友谊，是因为他跟你同龄，而且你有一天会需要像他这样的追随者。他是一个信守承诺的人，如果你帮助他开拓前程，他一定会对你忠心耿耿，因为他就是这种人。我说要跟他保持一点距离，因为你永远都不能让他认为他是跟你平起平坐的密友。如果你是埃涅阿斯，那他就应该是阿卡特斯[①]。毕竟你拥有维纳斯和马尔斯的血统，而阿格里帕是一个没有显赫祖先的乡下人。所有人都应该有权力去成就伟大的事业，我正在努力打造一个可以让所有人出人头地的罗马。但是我们之中有些人具备从家世背景而来的额外馈赠，而我们也因此要担负起更多责任。我们必须对得起自己的血统，而不是去另外建立新血统。”

窗外的风景飞驰而逝，他们很快就会度过巴埃提斯河来到塔古斯河。奥克塔维乌斯盯着窗外，但完全没有注意到外面的风景。然后他舔舔嘴唇，咽下一口唾沫，转头直视着恺撒那双充满关爱和同情的眼睛。

“恺撒，你说的我都明白，而且我对你非常感激。这是非常明智的建议，我会认真执行。”

“年轻人，那你会化险为夷。”恺撒的眼睛闪闪发亮，“顺便说一句，这个春季你一直跟着我在远西班牙东奔西走，但是你的哮喘一次都没有发作。”

“哈德凡伊解释过其中原因。”奥克塔维乌斯说。现在他感觉更轻松、更自信、更有活力：“恺撒，当我跟你在一起时，我觉得很安全。你的肯定和保护就像一张毯子那样把我包起来，所以我不会感到紧张焦虑。”

---

① 阿卡特斯（Achates）是埃涅阿斯的忠诚朋友。——译者注

“即便我说起这些不太愉快的话题？”

“恺撒，我跟你越熟悉，就越是把你当成我的父亲。我自己的父亲很早之前就去世了，所以不能跟我谈论这些身为男人需要注意的事，而卢基乌斯·菲利普斯，卢基乌斯·菲利普斯……”

“卢基乌斯·菲利普斯差不多在你出生时就放弃了身为父亲的责任，”恺撒说，他感到非常高兴，因为他害怕讨论的问题竟然进行得如此顺利，“我也缺少一位父亲，但是我那独特的母亲给了我很多帮助。阿提娅是个好妈妈。但是我母亲既当爹又当妈。所以，如果我能从父母的角度提供一点帮助，那我非常乐意。”

奥克塔维乌斯心想，这不公平，我认识恺撒的时间太迟了。如果我从小就像现在这样认识他，那也许我根本就不会有哮喘。我对他的爱无穷无尽，我愿意为他做任何事情。我们很快就会完成西班牙的工作，然后他就会回到罗马。回到台伯河对岸那个可怕的女人身边，看着她那张丑脸，还有她那些长着禽兽脑袋的神像。因为她和那个小男孩，他不会去夺取埃及的财富。她真是个聪明的女人。她征服了世界之主，还让自己的国家得到保护。她会把国家的财富留给她儿子，而这个儿子并不是罗马人。

“恺撒，跟我说说埃及的宝库。”他大声说着望向他的偶像，一双灰色的大眼睛充满天真无邪的神情。

恺撒很高兴可以换一个新话题。他不能向任何罗马人谈论这个话题，只有眼前这个人可以，因为这个少年把他当成自己的父亲。

第 3 节

对西塞罗来说，这个日历和季节首次保持一致的年份真是祸不单行。

一月份，图利娅生了一个病弱的早产儿，小普布利乌斯·科尔涅利乌斯采用了他祖母的家族名伦图卢斯。这是西塞罗建议的，因为多拉贝拉到远西班牙去找恺撒，所以不能出来反对给他儿子取这个名字。这是西塞罗对多拉贝拉的报复，因为多拉贝拉并没有给回图利娅的嫁妆。

图利娅一直生病，对自己的孩子不太关心，也不肯吃饭和运动。二月中旬，她静静地去世了。这让西塞罗伤心欲绝，但更让他伤心的是图利娅的母亲态度冷淡，还有他的新妻子普布利利娅一直在闹脾气，因为她无法理解西塞罗为什么会那么伤心地冷落她。而且普布利利娅对自己嫁给这么一个大名人的婚姻生活也感到很失望，她在自己的母亲和弟弟每次登门拜访时都会跟他们抱怨。西塞罗本来就很伤心，这些姻亲的拜访更是让他不堪忍受，所以西塞罗一看到他们登门就会找借口溜走。

吊唁的书信纷迭而至。布鲁图斯在离开山内高卢之前寄来一封信，西塞罗迫不及待地打开了，他相信这个跟自己在哲学和政治上都看法一致的人肯定能写出最恰当的言辞来安慰他。但是，他却发现信中只是一些冰冷的套话表示慰问，好像在指责他的悲伤实在太过泛滥。当西塞罗收到恺撒的来信时，他发现这封信表达的正是他期望布鲁图斯能够给予的那种体贴安慰。这对西塞罗来说又是一个打击。噢，为什么错的人写了对的信呢？

错的人，错的人，错的人！当他收到勒皮杜斯的一张纸条时，这种感觉更加强烈了。勒皮杜斯是元老院中辈分最高的贵族，是身为元老院领袖的首席元老。但他却在纸条中质问西塞罗，说他为什么没有出席元老院的会议，还提醒他根据恺撒的新法令，如果不参加元老院会议就会失去自己的席位。自从共和国建立以来，元老院成员如果不想出席会议或参加陪审团就可以不去。但现在不一样了。元老们必须按照要求参加陪审团，还必须亲自出席元老院的会议。如果西塞罗以生病的理由不出席会议，那他必须请另外三位元老为他作证。

如果一个元老在意大利，那只有生病这个理由可以让他缺席会议。现在，一个元老想要离开意大利都要提出申请！举目四顾，到处都是法令和规定，这让罗马最高级的政府机构成员蒙受了多少羞辱！啊，真是无法容忍！西塞罗不得不忍着悲伤和愤怒，找到三位元老并请求他们向勒皮杜斯作证：马尔库斯·图利乌斯·西塞罗因为长期的严重疾病无法出席元老院会议。

雪上加霜的是，西塞罗准备给图利娅在公园中建造一座豪华陵墓，但却发现本来只要付出十塔兰特的价钱现在竟然变成二十塔兰特。恺撒的限奢法令规定，每一座坟墓花了多少钱就要向国库上缴多少钱。不过，已经有律师找出避税的办法，西塞罗只要把图利娅的坟墓叫做神坛就行了，因为建造神坛不用交税。所以图利娅可以拥有一座神坛，而不是一座坟墓。有时候想想，跟特伦提娅一起度过的三十年婚姻生活还是有一些好处，她知道如何避开一切税收，就连恺撒都不如她足智多谋。

当然，西塞罗的悲痛也有缓解的时候，特别是听到他的《加图》大受欢迎的时候。纳尔旁高卢的总督奥卢斯·希尔提乌斯寄来一封信，告诉西塞罗恺撒正准备写一本书来反驳他的《加图》。噢，写吧，恺撒，赶紧写吧！这本书会让你大失体面。

远西班牙的消息来得很慢，所以希尔提乌斯在四月十八日从纳尔旁高卢写信时还不知道格涅乌斯·庞培已经被砍头了。但是大家都知道蒙达战役，所有罗马人都不得不接受这个消息。共和派的抵抗彻底结束了。再也没有任何东西能够阻止恺撒用他那些可恶的法令去对付第一等级。阿提库斯一直都支持恺撒,但就连他也开始担心。不过他还是在尽力活动，希望那些无产贫民不会被船只送到布斯罗图姆，但是任何人都无法向他保证那些贫民会被送去其他地方。恺撒的手下不想给自己惹麻烦。

“我们要等到恺撒回来才知道，”西塞罗说，“不过有一件事情是肯定的，用船只运送贫民漂洋过海不可能在很短的时间内完成，在恺撒回来之前任何人都不会起航。”他顿了一顿，“提图斯，你最好现在就知道，我要跟普布利利娅离婚。我再也不能忍受她和她的家人。”

提图斯·蓬波尼乌斯·阿提库斯用同情的目光看着他的朋友。阿提库斯出自显赫的凯基利乌斯氏族，他原本可以拥有光明的政治前途，上升到执政官的位置，但是他喜爱经商，可是身为元老不能涉及除了地产之外的其他商业经营。他也喜爱年轻的男孩，还因为喜爱雅典而得到“阿提库斯[①]”的绰号。雅典不会对同性之爱加以批判，所以他把雅典当做自己的第二家园，并且在那里度过自己的大部分时间。他比西塞罗年长四岁，一直等到年纪老大才与一个叫做凯基利娅·皮利娅的堂妹结了婚，然后终于有了一个女儿来充当继承人，他很宠爱这个叫做凯基利娅·阿提卡的女儿。他与西塞罗的关系不仅仅是因为友谊，还因为他的妹妹蓬波尼娅嫁给了昆图斯·西塞罗。这是一桩动荡不安的婚姻，总是在离婚的边缘徘徊。他总结出来，西塞罗兄弟都没有愉快的婚姻，他们都为了金钱而结婚，所以他们娶的都是女继承人。但是兄弟俩都没有想到，罗马的女继承人可以控制自己的钱，法律并没有规定她们要跟丈夫分享自己的财产。令人遗憾的是这两个女人都爱她们的丈夫，只是她们不知道如何表达自己的爱，而且她们都是勤俭节约的女人，都讨厌丈夫大手大脚地花钱。

“我想，跟普布利利娅离婚是明智的，”阿提库斯温和地说，“图利娅生病时，普布利利娅对她很不好。”阿提库斯说着一声长叹，“不过，普布利利娅比你女儿还要年轻十岁，而你这个传奇人物比她祖父还要年长，所以普布利利娅确实很为难。”

六月初，普布利乌斯·科尔涅利乌斯·伦图卢斯夭折了，他那脆弱的生命只坚持了六个月。他在娘胎里七八个月就出生了，但是来自多拉贝拉的生命力还是足以让他努力活下去，可惜他的奶妈觉得这个瘦骨嶙峋的红色小人实在令人恶心，不能像他母亲那样去爱他。不过，他母亲实在太爱他父亲，这种爱也许让她丧失了再爱别人的能力。于是他像母亲一样静静地放弃了挣扎，从噩梦进入了长眠。西塞罗把他的骨灰跟他母亲的混在一起，准备把他们一起放进神坛里。不过西塞罗暂时还没能找到一块合适的土地去建造神坛。

这个孩子的死亡以某种奇怪的方式缓和了西塞罗的悲伤，关于图利

① 阿提库斯（Atticus）是以雅典（Athens）的首字母创设的名字。——译者注

娅的记忆似乎终于在他脑海中翻篇。他开始恢复，当他拿到恺撒的《反加图》时，这个恢复的过程又进一步加快了。恺撒的书还没有出版，不过他知道索西乌斯兄弟正着手出版这本书。西塞罗发现这本书充满可鄙的恶意。恺撒究竟从哪里得到那么多关于加图的消息？其中包括：加图对梅特卢斯·西庇阿的妻子艾弥利娅·勒皮达胡搅蛮缠地求爱；加图遭到艾弥利娅·勒皮达拒绝后写的那些糟糕透顶的诗歌；加图控告艾弥利娅·勒皮达打破婚约的法庭记录；加图冷酷地告诉两个年幼的孩子，他们再也见不到自己的母亲了。加图最隐私的秘密都被披露了！因为恺撒曾经跟加图的第一任妻子通奸，所以恺撒现在大肆披露加图的隐私就显得更不地道了！毕竟加图已死！

哦，但是恺撒真是文采飞扬！西塞罗郁闷地自问：为什么我写不出这么漂亮的句子？还有恺撒那首名为《旅途》的诗歌，就连瓦罗和卢基乌斯·皮索这样的文学鉴赏家都认为这是大师之作。一个人拥有这么多天赋实在太不公平，所以西塞罗很高兴恺撒被自己对加图的憎恨战胜了。

然后，西塞罗发现自己必须站在恺撒那边。这个立场让他很难受，但这是正义的要求。

小盖乌斯·马尔塞鲁斯向恺撒下跪哀求，然后恺撒就宽恕了他的兄弟马尔库斯·克劳狄乌斯·马尔塞鲁斯。于是马尔库斯·克劳狄乌斯·马尔塞鲁斯离开莱斯沃斯前往雅典，但后来却在比雷埃夫斯[1]被人谋杀了。一些以讨厌恺撒而出名的人开始散播谣言，指控恺撒买凶杀了马尔库斯·克劳狄乌斯·马尔塞鲁斯。虽然西塞罗很讨厌恺撒，但他却无法认同这种指控。于是西塞罗公开宣布恺撒肯定与此事无关，尽管西塞罗这么做并不情愿。恺撒通过他的《反加图》谋杀了加图这个角色，但他绝对不会采取卑鄙的手段去杀人。西塞罗的立场有效地打击了这个谣言。

现在格涅乌斯·庞培被砍头的消息已经传遍整个罗马，不过这个消息还有一些后续。下此狠手的人叫做卡伊斯·恩尼乌斯·伦托，他本来

---

① 比雷埃夫斯（Piraeus）是希腊第一大港，距雅典市中心约10公里路程。——译者注

正得到恺撒的青睐和提拔，但是恺撒收到盖乌斯·狄狄乌斯送来的人头之后，就剥夺了伦托应得的战利品，并把他遣回罗马。伦托回到罗马，但恺撒的怒斥还一直在他耳边回响：干出如此野蛮行径的人，再也不能在仕途中上升。事实上，等到恺撒有时间去履行监察官的职责（这是他不得不包揽的任务），伦托就会发现自己被逐出元老院。

西塞罗心想，这就是恺撒：一方面小心谨慎地做个文明人，一方面又肆意妄为地践踏道德。但恺撒会买凶杀人吗？绝对不会。西塞罗终于表现出对恺撒的一点了解，只是这远远不够。西塞罗永远都不明白，正是由于他的冲动和鲁莽才激起了恺撒的反抗。如果他没有在《加图》中抹黑恺撒，那恺撒就不会在他的《反加图》中抹黑加图。事情总是有因有果。

第 4 节

钱都到那里去了？虽然安东尼乌斯从高卢战争的战利品中分到了一千塔兰特银子，但是等他准备去还债时却发现他欠债的数目是这个数字的两倍。他的债务高达七千万塞斯特尔提乌斯，弗尔维娅在他们结婚之前已经掏出了三千万塞斯特尔提乌斯，所以现在也没有足够的现金来替他还债了。问题是现在的土地价格因为恺撒的财产拍卖而降低，而在其他收入进账之前弗尔维娅只能通过卖出土地来筹钱。这第三个丈夫实在太费钱。

弗尔维娅的巨额财富来自她的外曾祖母，也就是格拉古兄弟之母科尔涅利娅。这是一个传统的罗马女人，她的孙女就是弗尔维娅的母亲。因为弗尔维娅的母亲认为没必要改变自己的财富结构，所以弗尔维娅的很多财产和收益都来自潜在股份或者以其他人的名义持有。但是出售固定资产并不容易，这不仅要耗费很长时间，还遭到她的银行管理人盖乌斯·奥皮乌斯的反对，因为盖乌斯·奥皮乌斯很清楚这些现金将去往何处。

“问题就在于我没有更早一些到达高卢。”安东尼乌斯郁闷地对德基穆斯·布鲁图斯和盖乌斯·特里波尼乌斯说。

他们三人先在维斯塔阶梯碰面，然后就一起去了诺瓦大道上穆尔基乌斯的酒馆。

“没错，你等到维尔金革托里克斯起来之后才到达高卢。”特里波尼乌斯说，他跟着恺撒五年时间，得到了一万塔兰特银子。“即便是那时候，”他咧嘴笑道，“我记得你还是迟到了。”

“噢，你们说的是什么话！”安东尼乌斯咆哮道，“你们是恺撒的将军，而我只是一个财务官。我总是在年龄上差了那么一点，所以不能挣到大钱。”

“这个跟年龄没有任何关系。”德基穆斯·布鲁图斯拉长音调说，扬起一道清秀的眉毛。

“你这是什么意思？”安东尼乌斯皱着眉头问。

“我的意思是，我们再也没有在适当年龄当选为执政官的机会。我去年参加的大法官竞选就是一场笑话，就跟特里波尼乌斯三年前的竞选一样。我们要等待独裁官的指示，看看我们什么时候才能当上执政官。这不是投票人的选择，而是恺撒的选择。再过两年我就到了担任执政官的年龄，但是看看特里波尼乌斯，他一年前就应该当上执政官了，可是他到现在都不是。像瓦提亚·伊绍里库斯和勒皮杜斯这样的人有更大的势力，所以他们的需求要优先考虑。”德基穆斯·布鲁图斯说，他越来越生气，也没有心思再拉长音调了。

“我不知道你有这么强烈的情绪。”安东尼乌斯慢悠悠地说。

“安东尼乌斯，所有人都这么觉得。如果说到恺撒的能力、聪明和勤劳，我愿意用一切言辞来表示称赞。是的，是的，他是个全面的天才！你的家世背景本来应该让你大放光芒，但是你的光芒全都被掩盖了，你应该知道这是什么感觉。你的血统一半是安东尼乌斯，一半是尤利乌斯。我的血统一半是朱尼乌斯·布鲁图斯，一半是塞姆普罗尼乌斯·图狄塔努斯。我们都拥有高贵的血统，我们都应该有机会爬到最顶峰。我们应该穿着雪白的托迦，向那些投票人讲话，面带微笑向他们许诺一切。但是，我们却只能等着恺撒这个罗马国王的命令。我们得到的一切都出于他的赏赐，而不是因为我们自己的努力。我很生气！很生气！”

“我知道了。”安东尼乌斯干巴巴地说。

特里波尼乌斯坐在那儿听着，心想安东尼乌斯和德基穆斯·布鲁图斯真的知道自己在说什么吗。从特里波尼乌斯自己的情况来说，因为家世背景而大放光芒根本就与他无关，因为他并没有什么显赫的家世。特里波尼乌斯完全是恺撒的人，如果不是恺撒的提拔，他根本就不可能得到如今的地位。是恺撒想要得到他的服务，才贿买选票让他当上保民官；是恺撒发现了他的军事天赋；是恺撒给予的信任才让他能够在高卢战争中自由发挥；是恺撒让他当上大法官；是恺撒让他成为远西班牙的总督。我，盖乌斯·特里波尼乌斯是恺撒的人，他对我有再造之恩。我的财富都是因为他，我的地位也是因为他。如果恺撒没有注意到我，那我就是个无名小卒。这一切只是让我对恺撒的怨恨变得更深，因为我每次踏步向前，都会想到只要我行差踏错，那恺撒就可以让我变得一无所有。这两人拥有显赫的家世，所以他们也许可以得到原谅，但是像我这样的无名小卒根本那就没有从头再来的机会。我在远西班牙的表现让恺撒失望了，他认为我没有竭尽全力赶走拉比恩努斯和庞培兄弟。所以当我和恺撒在罗马见面时，我不得不卑躬屈膝地求他原谅。我就像他的那些女人一样。他表现得宽宏大量，他说我无须乞求他的原谅，因为事实根本就不是这样。但是我知道，我可以分辩。他再也不会重用我了，我永远都不可能成为真正的执政官，我只是一个替补。

“安东尼乌斯，你真的想要杀死恺撒吗？”特里波尼乌斯问。

安东尼乌斯眨了眨眼，转过头看着特里波尼乌斯，“嗯，是的，我已经试过了。”他说着耸耸肩膀。

“是什么让你这样做呢？”特里波尼乌斯好奇地问。

安东尼乌斯咧嘴大笑。“钱，还能有什么别的呢？我当时跟波普利科拉、科提拉和辛贝尔在一起，他们之中有一个人——我不记得是谁了——提醒说我是恺撒的继承人，所以只要恺撒死掉我就能拿到他的钱。最后为什么没有成功？因为恺撒派人守着公共圣所的四周，所以我不能进去。”

他咆哮道，“我只想知道是谁出卖了我，因为肯定有人这么做了。恺撒在元老院说我被人看见了，但是我并没有被人看见。我猜是波普利科拉。”

“安东尼乌斯，恺撒是你的亲戚。”德基穆斯·布鲁图斯说。

“我知道！当时我根本就不在乎，但是恺撒在元老院中说出这件事之后，弗尔维娅就哄着我把整件事情都说出来了，她还让我保证再也不会对恺撒动手。”他做了一个鬼脸。“她让我向我的祖先赫拉克勒斯发誓。”

“恺撒也是我的亲戚，”德基穆斯·布鲁图斯沉吟道，“但是我并没有发誓。”

盖乌斯·特里波尼乌斯那平凡的相貌中带着天然的愁容，他那双灰色的眼眸也带着一丝悲伤。他把目光转移到安东尼乌斯脸上。“问题是，”他说道，“你会不会像波普利科拉那样，一听到谋杀的计划就去向恺撒告密。”

大家都静了下来。安东尼乌斯惊讶地瞪着特里波尼乌斯，还有德基穆斯·布鲁图斯也是如此。

“特里波尼乌斯，我不会告密，就算是谋杀的计划也不会。”

“我也觉得你不会，只是想确认一下。”特里波尼乌斯说。

德基穆斯的手大声地拍在桌面上。“说这些根本就没有用，所以我建议我们换个话题。”他说道。

“什么话题？”特里波尼乌斯问。

“由于种种原因，我们现在都没有得到恺撒的重用。他让我成为今年的大法官，但我却没有什么真正的职责，所以他为什么不带着我一起去远西班牙呢？我带兵打仗的本领比昆图斯·皮狄乌斯那些笨蛋好多了！但是我不能赢得恺撒的欢心。我镇压了贝罗瓦基人的叛乱，但是恺撒并没有拍拍我的后背表示赞许，而是说我对他们太过严厉。”德基穆斯脸上的皮肤特别白皙，连带着他的五官都显得平淡无奇，现在这张面孔开始扭曲，“不管我们是否乐意，我们的前途都取决于恺撒的欢心，而我以前确实得到过他的欢心。我想要当上执政官，即便这是来自他的恩赐。你，特里波尼乌斯，也应该当上执政官。还有你，安东尼乌斯，如果你想要继续上升，那就要努力讨得他的欢心。”

“你到底想说什么？”安东尼乌斯不耐烦地说。

“我想说的是，我们不能像三个等待宠幸的妓女一样待在罗马，”德基穆斯说，又像惯常那样拖着长音，“我们要在恺撒回家的路上跟他见面，越快越好。等他到达罗马，就会有很多阿谀奉承的小人围着他，到时我们就很难跟他说上话。我们都是他曾经共事多年的人，他知道我们能够带兵打仗。大家都知道他准备入侵帕提亚王国，所以我们要尽快从他那里争取到参与这场战争的高级职务。经过亚细亚、非洲和西班牙的战争，他知道有很多人能够带兵打仗，从卡尔维努斯到法比乌斯·马克西穆斯等一大批人。从某种程度上说，我们已经有点过时了，高卢战争已经是很多年前的事。所以我们必须找到他，让他想起我们比卡尔维努斯或法比乌斯·马克西穆斯更能干。”

另外两人专注地听着。

“我在高卢战争中挣了很多钱，”德基穆斯接着说，“但是在帕提亚抢来的财富会让我变得像庞培·马格努斯一样有钱。安东尼乌斯，我像你一样也有一些非常费钱的爱好。既然谋杀亲戚是罪大恶极，那我们最好是找到其他财源，而不是指望着恺撒的遗产。我不知道你准备怎么做，但是我明天就要出发去见恺撒。”

“我会跟你一起去。”安东尼乌斯立刻说。

“我也去。”特里波尼乌斯说，他的身体悠闲地往后靠着。

特里波尼乌斯已经提出这个话题，而恺撒这两个亲戚的反应还比较让人满意。当特里波尼乌斯觉得恺撒必须死掉时，他的内心还不太肯定，因为这个念头是从无意识的深处冒出来的，而且这并不是什么高尚的念头。这个念头源自纯粹的憎恨：一无所有者对一无所缺者的憎恨。

第 5 节

布鲁图斯终于从山内高卢回来，他母亲发现他的状态很奇怪。他显然很享受恺撒交给他的工作，但他却表现出异乎寻常的漫不经心，赛尔维利娅那些尖酸刻薄的批评似乎都对他失去了杀伤力。

最令人惊奇的是他皮肤的变化。他的皮肤突然变好了，现在已经可以紧贴着皮肤剃须，只有脸上残留的痘印可以证明他在过去二十五年中一直深受青春痘的困扰。他和盖乌斯·卡西乌斯明年就四十岁了，今年就应该参加大法官的竞选。只是他们的前途现在都取决于恺撒的好恶。

恺撒！恺撒现在是无可置疑的世界之主。身为赛尔维利娅的情人，卢基乌斯·蓬提乌斯·阿奎拉每次跟她见面都要说出这句话。阿奎拉现在是个保民官，但他的权威受到恺撒的极大压制。因为恺撒是在任的独裁官，所以阿奎拉不能否决恺撒通过的法令。但是他迫切地想找到一些自己能做的事，来表明他对恺撒的所作所为深恶痛绝。

至于盖乌斯·卡西乌斯，他在罗马到处游荡，因为当上大法官的希望实在太渺茫，所以他只好跟西塞罗和菲利普斯之类的人在一起打发时间。让罗马人大为吃惊的是，卡西乌斯突然放弃了禁欲主义而转向享乐主义，就连赛尔维利娅都不明白他为什么会有这种转变，而布鲁图斯更是因为这种转变而大受打击，甚至连跟卡西乌斯的来往都尽力回避。这不是容易的事，因为他们两个都是西塞罗的常客。

赛尔维利娅把她的大部分时间用于跟克娄巴特拉王后来往，因为克娄巴特拉在她那座冷冷清清的大理石宫殿里非常寂寞。克娄巴特拉当然知道赛尔维利娅跟恺撒保持了许多年的情人关系，但是她非常清楚地表明这不会影响她们的友谊。相反的，克娄巴特拉认为这是她跟赛尔维利娅的纽带。这种想法赛尔维利娅也可以明白。

“你觉得他会回来吗？”克娄巴特拉对着赛尔维利娅问，此时已经是五月底了。

“我同意西塞罗的看法，他必须回来，”赛尔维利娅肯定地说，“如果他准备去跟帕提亚人打仗，那他就要先处理好罗马的许多事。”

“噢，西塞罗！”克娄巴特拉满脸鄙视地说，“我从未见过比西塞罗更虚伪的家伙。”

“他也不喜欢你。”赛尔维利娅说。

“妈妈，”恺撒里昂大叫道，他骑着木马冲进来，“菲洛米娜说我不能出去！”

“如果菲洛米娜说你不能出去，那你就不能出去。”克娄巴特拉说。

“我简直不敢相信，他长得跟恺撒这么像。”赛尔维利娅喉咙发紧地说。噢，为什么不是我给恺撒生了一个儿子？我的儿子会是罗马人，而且是纯粹的贵族。

那个小男孩又冲出去了，他像往常那样高高兴兴地听从母亲的吩咐。

“是的，他的样子很像，”克娄巴特拉说，满脸都是温柔的微笑，“但是你能想象恺撒这么听话吗？即便是在这个年纪。”

“确实不能。他为什么不能出去？今天的阳光正好适合在外面玩耍，晒点太阳对他有好处。”

克娄巴特拉的脸上笼罩着一层阴云：“这是我希望他父亲回来的另一个原因。特兰斯提贝林人一直在跟我的卫兵对着干，他们不怀好意地在周围走来走去。他们带着刀子，而且用那些刀子割掉我手下人的耳朵和鼻子。我们这边一些像恺撒里昂一样年纪的孩子已经受到伤害了，还有我的一些女仆也遭了殃。”

“我亲爱的克娄巴特拉，你养着这些卫兵是干什么的呢？你应该让卫兵陪着孩子出去，而不是把孩子关在屋里！”

“那样他就会跟卫兵一起玩耍。”

“为什么不行？”赛尔维利娅惊讶地问。

“他只能跟自己同一阶层的人玩耍。”

赛尔维利娅撇撇嘴：“克娄巴特拉，我的祖先比你的祖先高贵多了，但是就连我都觉得没必要这样严加管制。他不久之后就会分辨哪些是跟他同一阶层的人，但他现在就需要阳光、空气和运动。”

“我有别的办法。”克娄巴特拉说，看起来很顽固。

“说来听听。”

“我准备在房子周围建一道高墙。”

“这样也不能把特兰斯提贝林人挡在外面。”

“可以的，我会让人在围墙下守着。”

赛尔维利娅翻了个白眼表示投降。她跟克娄巴特拉已经相处了好几个月，这段时间足以让她看出罗马女人和东方女人是多么不一样。埃及王后也许统治着数百万人，但是她根本就没有一丁点常识。她们的第一次见面就让赛尔维利娅确认了一个令人安慰的事实：无论恺撒对克娄巴特拉是什么感情，总之并不是什么深入的爱情。按照赛尔维利娅对恺撒的了解，恺撒也许是因为自己成为一个未来君王的父亲而着迷。恺撒曾经跟好几个王后上过床，但是那些王后都是别人的妻子。而这个王后是他的，是他一个人的。噢，克娄巴特拉确实有她的魅力。虽然她没有什么常识，但是她知道法律和政府的事。不过赛尔维利娅跟克娄巴特拉认识的时间越长，她对克娄巴特拉就越少忌惮。

布鲁图斯看望的是另外一个女人。他回到罗马之后第一个登门拜访的人是波尔基娅。波尔基娅欣喜若狂地迎接了他的到来，但是并没有跟他亲吻，也没有把他举起来的经典熊抱。这并不是因为她缺乏爱意，也不是因为她有所顾虑，而是因为斯塔提卢斯。

斯塔提卢斯本来要到普拉森提亚去投奔布鲁图斯，但后来却来到罗马并出现在比布路斯的家中请求小卢基乌斯・比布路斯收留他。因为卢基乌斯从未想过要问问继母的看法，于是波尔基娅发现自己又回到了他小时候在父亲家中的情形。她只能坐在一边看着这个哲学家不停喝酒，而且斯塔提卢斯还在拼命劝说卢基乌斯跟他一起喝。噢，这不公平！她之前为什么没有多花点力气，让小比布路斯到西班牙去为格涅乌斯・庞培服役？他已经到了可以充当初级军官的年纪，但是加图的去世让他那么伤心，所以波尔基娅觉得不应该把他逼得太紧。可是斯塔提卢斯一出现，波尔基娅就后悔了。

于是波尔基娅现在只能眼巴巴地看着布鲁图斯，装出一副冷淡客气的样子，因为她知道斯塔提卢斯就在后面盯着。

“亲爱的布鲁图斯，你的皮肤变好了。”她说道，很想过去摸摸他那光滑的皮肤。

“我想，这应该是因为你。”他说道，满脸笑意。

“你母亲肯定很高兴。”

布鲁图斯哼了一声：“她？她正忙着跟台伯河对岸那个恶心的外邦人来往。”

“克娄巴特拉？你是说克娄巴特拉？”

“当然是她。赛尔维利娅简直要在那里住下。”

“我还以为，赛尔维利娅是最不可能跟克娄巴特拉来往的。”波尔基娅惊讶地说。

“我也这样认为，但是我们显然猜错了。噢，我敢肯定她正在打什么坏主意，但是我还没猜出来。她只是说，克娄巴特拉让她觉得很有意思。”

于是这第一次见面只有目光的交流，他们只能羞答答地眉目传情。接下来的每一次见面也是如此，因为有时是斯塔提卢斯在一边站着，有时是斯塔提卢斯和小比布路斯都在看着。

六月份，布鲁图斯终于把波尔基娅约到外面。“波尔基娅，你愿不愿意嫁给我？”他非常直白地问。

波尔基娅从头到脚都发出亮光，简直要变成一道烈焰。“愿意，愿意，愿意！”她大叫道。

布鲁图斯赶回家里让克劳狄娅收拾东西走人，他想要离婚的心情实在太紧迫，竟然顾不上用没有孩子之类的理由作为说辞。他只是把她叫过来，然后递给她一份离婚文书，又把她打发上一架轿子抬到她哥哥家里。这个哥哥先是一顿大吼，弄得大半个罗马城都听到了，然后又上门去找那个铁石心肠的丈夫理论。

“你不能这么做！”阿皮乌斯·克劳狄乌斯大吼大叫。他在中庭走来走去，等不及布鲁图斯把他拉到一个比较私人的房间里，就忍不住大发脾气。

赛尔维利娅立刻赶来了，她很好奇到底是谁来闹事。于是布鲁图斯发现，他不仅要面对一个生气的大舅子，还要面对一个更加生气的母亲。

“你不能这么做！”赛尔维利娅跟着说。

布鲁图斯有点弄不清，究竟是突然变好的面容给了他勇气，还是对波尔基娅的爱给了他勇气。不管是出于什么原因，总之他抬头挺胸地面对这两人。

“我已经这么做了，”布鲁图斯说，“事情就到此为止。我不喜欢我的妻子。我从来都不喜欢我的妻子。”

“那就把她的嫁妆给回来！”阿皮乌斯·克劳狄乌斯·普尔克尔咆哮道。

布鲁图斯抬起他的眉毛。“什么嫁妆？”他问道。“你那已故的父亲根本就没有给她嫁妆。滚！”他说完就转身离开,跑到书房里把门关起来。

“九年的婚姻！”他可以听到阿皮乌斯·克劳狄乌斯跟赛尔维利娅说话，“九年的婚姻！我要把他告上法庭！”

一个小时后，赛尔维利娅开始在书房外面大声敲门。布鲁图斯在房里听着，感觉如果自己不开门，那他母亲就会一直敲个不停。还是速战速决比较好。好吧，至少是解决一部分。他跟波尔基娅结婚的事还要再等一等。于是他把门开了，一脸坚决地站着。

“你这个白痴！”赛尔维利娅大声痛斥，那双黑色的眼眸简直要冒出火来，“你为什么要这么做？克劳狄娅是个好人，所有人都喜欢她，你不能毫无理由地跟她离婚！”

“我不在乎是不是所有人都喜欢她，反正我不喜欢她。”

“你这么做不会赢得任何朋友。”

“我没有这个想法，也不想这么做。”

“这样会让整个罗马城都议论纷纷！布鲁图斯，她出自显赫的克劳狄乌斯氏族！而且她没有嫁妆！你至少要给她一点钱，让她有一点经济来源，”赛尔维利娅说，她稍微冷静下来。她突然眯起眼睛，“你到底想要干什么？”

“我要让我的家恢复秩序。”布鲁图斯说。

“给她一点钱。”

“一分都不给。”

赛尔维利娅气得直咬牙，布鲁图斯以前一听到母亲的咬牙声就会吓得浑身发抖，但他现在却面不改色。

“两百塔兰特。”赛尔维利娅说。

“一分都不给，妈妈。”

“你这个该死的小气鬼！你想让整个罗马城的人都来骂你吗？”

“走开。”布鲁图斯终于变脸了。

最后赛尔维利娅只好自己掏出两百塔兰特送给克劳狄娅，希望能平息大家的议论。布鲁图斯铁石心肠地休了他那个毫无过错、让人怜爱的妻子，虽然小伦图卢斯·斯宾特尔也因为很不体面地休妻而备受指责，但是他遭到的指责跟布鲁图斯相比简直不值一提。尽管布鲁图斯遭到所有人的唾骂，但他一点都不在乎。

赛尔维利娅非常清楚自己已经失去了对她儿子的控制，于是她退到暗处静观其变。布鲁图斯肯定是要干什么，时间会揭露出这个事实。他的皮肤差不多全好了，而且他看起来很有精神。但如果他以为母亲已经对他束手无策，那他很快就要吃苦头了。

噢，赛尔维利娅的人生究竟是怎么回事？从她记事以来，令人失望的事情总是接踵不断。

第二天布鲁图斯就离开罗马，前往他那位于图斯库卢姆的别墅。赛尔维利娅以为儿子这么做是为了避开她，她也许因此而略感宽慰，但事实并非如此。布鲁图斯根本就没有心思去考虑他母亲。这段路程有十五里，他舒舒服服地坐在一辆租来的车上，心花怒放地想着其他事情，而他的新妻子波尔基娅就坐在他身边。

他们在首席占卜官和奎里努斯祭司的家里结婚，只有卢基乌斯·恺撒的被释奴充当证婚人。布鲁图斯请求卢基乌斯·恺撒为他们主持婚礼，卢基乌斯·恺撒相当平静地答应了。从卢基乌斯·恺撒如此平静的反应来看，也许主持突如其来的婚礼对他来说是每天都可能发生的事。卢基乌斯·恺撒用他的红色皮带把他们的手绑在一起，然后宣布他们现在已经结为夫妇，最后又把他们送到门口并献上祝福。虽然卢基乌斯·恺撒不想跟罗马城里的任何人分享这个惊人消息，但他一送走这对兴高采烈的夫妇，就赶紧趴在书桌上给他的堂兄弟恺撒写信，恺撒正在从西班牙返回罗马的路上。

因为图斯库卢姆离罗马很近，所以这里不像米塞努姆、巴亚和赫库兰尼姆那样有许多罗马富人的豪华别墅。图斯库卢姆的别墅大多又小又旧，邻居之间也离得很近。布鲁图斯的别墅一边是李维乌斯·德鲁苏斯·尼禄的房子，另外一边是加图的房子（这片地产现在属于一个因为军功而成为元老的前任百夫长），第三边是图斯库拉纳大道，第四边是西塞罗的别墅。这最后一个邻居实在令人讨厌，因为西塞罗只要知道布鲁图斯来到这里就会不请自来。不过在布鲁图斯和波尔基娅来到这里的那天傍晚，布鲁图斯知道西塞罗就算知道他已经来到这里，也不会在这天晚上来敲门。

仆人准备了晚餐，但是他们两人都没有胃口吃饭。他们匆匆结束了这顿结婚宴，接着布鲁图斯就带波尔基娅参观了这所房子。然后布鲁图斯战战兢兢地领着他的新娘走向他们的婚床。他从之前跟波尔基娅的谈话中得知，波尔基娅跟比布路斯结婚之后对夫妻同床没有多少兴致，他也知道自己的性魅力相当有限。

在青少年时，布鲁图斯并不像大多数男人那样深受肉欲的困扰，他的天然冲动基本都转向了对知识的追求。这很大程度上是加图的错误，因为加图认为男人娶妻时也应该像女人一样保持处子之身，这源自古老的罗马传统，也源于加图坚持的禁欲主义。不过这在某种程度上也有赛尔维利娅的责任，她对儿子缺乏男性气概相当鄙视，这种鄙视让布鲁图斯失去了在生活中的一切自信。然后布鲁图斯又爱上了尤利娅，他对尤利娅的痴爱持续了很多年。因为尤利娅比他小九岁，所以他跟尤利娅的接触最多只是纯洁的亲吻。等到尤利娅十七岁时，布鲁图斯的等待终于快要到头了，但是恺撒却把她嫁给了庞培·马格努斯。这是一件可怕的事，但更可怕的是赛尔维利娅还幸灾乐祸地告诉布鲁图斯，尤利娅热烈地爱上她嫁的老头子，因为她觉得布鲁图斯丑陋而沉闷。

波尔基娅虽然当过比布路斯的妻子，但她面对这个新婚之夜也像布鲁图斯一样忐忑。因为比布路斯之前已经结过两次婚，娶了阿赫诺巴布斯家族的两个多米提娅，而这两个多米提娅都被恺撒那个大色鬼勾引了。波尔基娅十八岁时，父亲就专横地把她嫁给比布路斯。此时的比布路斯年近五十，他满心怨毒，而且已经跟第一个多米提娅生了两个儿子，又跟第二个多米提娅生了小卢基乌斯·比布路斯。虽然比布路斯因为加图把唯一的女儿嫁给他而深感荣幸，但波尔基娅并不符合他的口味。首先，波尔基娅有六尺高，而他的身高只有五尺四寸。其次，波尔基娅并不是什么公认的美人。

比布路斯对夫妻义务只是敷衍了事，然后就退到一边为这第三个妻子而洋洋自得：这是加图的女儿，这个妻子绝对不会被恺撒攻克。后来比布路斯的两个大儿子在亚历山大里亚被杀了，只有神明才知道比布路斯从叙利亚总督的任上回到罗马之后会有什么计划。如果他能回到罗马，那他也许会让波尔基娅给他生孩子。但是，他并没有回到罗马。比布路斯还在以弗所逗留时，恺撒渡过了卢比孔河，而罗马再也不能见到比布路斯了。波尔基娅还没有好好地履行妻子的义务，就成了一个寡妇。

于是他们肩并肩地坐在床边，相顾无言、忐忑不安。虽然他们很相爱，但是都不确定这种亲密接触会对他们的爱情造成什么影响。因为现在是仲夏时节，所以外面的光线还很明亮。最后布鲁图斯终于转过头，看着波尔基娅那头光泽浓密的红发。他感到自己心中涌起一阵欲望，而且相信她不会因为他的欲望而反感。

“我可以放下你的头发吗？”他问道。

她的眼神中充满惊骇之色，那双灰色的眼睛跟加图如出一辙。“如果你喜欢的话，”她说道，“只是不要把发卡弄坏，我忘记带一些发卡过来。”

布鲁图斯性情谨慎，本来就不会把发卡弄坏。他把发卡一个个拔出来，在旁边的桌子上摆成一小堆，这个过程让他满心喜悦。这些从未修剪的头发充满生命力，他用手指轻轻梳理抖动，红艳艳的头发就像一道火瀑落在床上。

“喔，真漂亮！”他低声说。

从来没有人夸过她漂亮。波尔基娅高兴得浑身发颤。然后他伸手解开她的粗布衣服，把腰带解开，又解开背后的扣子，然后把衣服从她肩膀往下扯，想把她的手臂从袖子中解放出来。她帮着他扯开衣服，直到她发现自己的胸部完全裸露，于是抓住衣服盖住胸口

“让我看看吧，”他请求道，“求求你啦！”

这种情况真新鲜。为什么会有人想看？不过，当他的手掌覆在她的手上，温柔地往下拉时，她松开手了。她咬紧牙关，直视前方。

布鲁图斯欣喜若狂地盯着看。谁能想到，在她那粗陋的衣服下面，竟然有一对小巧挺拔的乳房，还有一对迷人的粉色小乳尖。

“噢，真美啊！”他叹息着说，吻上一个乳房。

她肌肤颤栗，一股暖流顿时涌起，流过整个身体。

“站起来，让我看看你的全身。”布鲁图斯说，从来都不知道自己可以发出如此浑厚有力的声音。

波尔基娅惊异于这个声音，也惊异于自己的感情。她乖乖站起来，衣服落在她脚下，身上只剩下一件粗麻布的内衣。布鲁图斯把那件内衣也扯下来，他的神情是如此虔诚，让波尔基娅觉得没必要掩盖自己的私处。比布路斯对这个部位从来都懒得看上一眼，他之前娶的两个多米提娅都是红色体毛。

“你身上到处都是火焰！”布鲁图斯惊叹道。

然后他伸出手臂把她拉进怀里。她仍然站着，他把自己的脸贴在她的肚皮上，开始在她的皮肤上摩挲，把自己的肌肤贴在她身上，双手抚摸着她的后背和两肋。她向前倒在床上，而他忙着摆脱自己的托伲，现在轮到她来帮他脱衣。这样真切的触碰好像带着魔力，他们都惊叹不已。他们难舍难分地四肢交缠，如饥似渴地热烈亲吻。他顺滑地进入她的身体，让她充满阵阵惊喜。她体验到前所未有的奇妙快感，那种感觉越来越强烈，

直到她和他都忍不住叫出声来。

“我爱你。”布鲁图斯说，他的下身仍然坚硬挺立。

“我一直都爱你，一直都是！”

“要不要再来？”

“要，要！永远都要！”

布鲁图斯离开罗马前往图斯库卢姆，赛尔维利娅失去了攻击目标，于是她又去看望克娄巴特拉。她发现卢基乌斯·恺撒也在那里，这真是令人高兴,因为他是罗马城中最有修养的男人。他们三人热烈地讨论起《加图》和《反加图》,当然他们都站在恺撒一边,但赛尔维利娅和卢基乌斯·恺撒都认为《反加图》不算是精英读物。

“特别是里面的生花妙笔,”赛尔维利娅说，“让这本书有了广泛的阅读群体。”

“卢基乌斯·皮索说，他根本就不在乎这本书在讲什么，只看看那些文字就够了，这是恺撒最精彩的造句遣词。”克娄巴特拉说。

“是的，但这是皮索的看法。对他来说，只要一本书文采飞扬，就算书里讲的是虫子，他也会去看的。”卢基乌斯·恺撒表示反对。他对着卢基乌斯·恺撒扬起一根眉毛。“是你给恺撒提供那些隐私材料吗？”他问道。

“当然啦,”赛尔维利娅得意扬扬地说，“不过我没有恺撒的天赋去挑重点，比如说加图的诗歌。我只是把一大堆诗稿都送给他。你知道，那些诗有满满的好几抽屉。”

“批评已故之人，会惹恼诸神。”卢基乌斯·恺撒说。

两个女人都惊讶地瞪着他。

“我不这么觉得,”克娄巴特拉说，“如果一个人活着时就很坏，那为什么神明就要让别人在他死后说好话呢？我可以告诉你，我父亲去世时，我向诸神献祭表示感谢了。我当然不会改变对他的看法，也不会改变对我兄弟的看法。在阿尔西诺伊死去之后，我也不会为她说一句好话。”

“我同意,”赛尔维利娅，“虚情假意最卑鄙。”

卢基乌斯·恺撒举手投降了。“女士们，女士们！我只是说出大多数罗马人的想法！”

“其中就包括我那愚蠢的儿子，”赛尔维利娅咬牙切齿，“他竟然有胆子写一本《反反加图》，或者说一本对反驳的反驳。”

“我可以理解，”卢基乌斯·恺撒说，“毕竟他跟加图有很强的情感联系。”

“再也没有联系了，”赛尔维利娅沉着脸说，“加图已死。”

“你不认为布鲁图斯跟波尔基娅结婚，就是在延续跟加图的情感联系吗？”卢基乌斯·恺撒问，他并不知道布鲁图斯家的情况。

一个宽敞明亮的房间，怎么可能像遭遇全日蚀那样突然变得一片黑暗？但是这个房间确实突然就陷入黑暗，空气中好像充满了滋滋作响的隐形闪电，赛尔维利娅浑身僵硬地坐在那里发出强大的电场。

克娄巴特拉和卢基乌斯·恺撒都目瞪口呆地僵坐了一会儿，然后克娄巴特拉走到她这个密友的身边。“赛尔维利娅！赛尔维利娅！你怎么啦？”她一边问，一边拉起赛尔维利娅的手拍了拍。

赛尔维利娅猛地把手甩开：“跟波尔基娅结婚？”

“你应该知道啊。”卢基乌斯·恺撒磕磕巴巴地说。

现在空气中充满黑暗气息：“我不知道！你怎么知道？”

“我今天早晨给他们主持了婚礼。”

赛尔维利娅猛地站起来，大步流星地往外走，一边走一边大声喊着她的轿夫和仆人。

“我以为她知道！”卢基乌斯·恺撒对克娄巴特拉说。

克娄巴特拉倒吸一口气：“卢基乌斯，我并不是一个以怜悯著称的人，但我现在真的怜悯布鲁图斯和波尔基娅。”

等赛尔维利娅回到家里时，想要动身去图斯库卢姆已经太晚了。仆人们一看到她的脸色，就吓得浑身发抖。她浑身都笼罩着一层密不可破的乌云。

“以巴弗狄图斯，给我一把斧子。”她对管家说。她一般都不会叫管家的全名，除非发生了相当严重的事情。以巴弗狄图斯跟其他仆人不一样，他侍候赛尔维利娅已经很多年了。当时布鲁图斯还是一个婴儿，一个保姆不慎将小布鲁图斯掉落，结果以巴弗狄图斯遵照赛尔维利娅的命令把那个保姆在十字架上钉死了。现在，他赶紧跑去找斧子。

赛尔维利娅在布鲁图斯的书房里大肆破坏。她举起斧子砍坏书桌、躺椅和座椅。她打飞了酒壶和水壶，把那些玻璃酒杯都摔碎。她从书架上掏出所有书卷，把书桶里的书都倒出来，在地板上堆成一座小山。然后她冲过去拿起一盏油灯，把里面的油都倒在那些书上，接着就用火点燃。以巴弗狄图斯闻到烟味，赶紧让那些惊愕的仆人到厨房里拿来一桶桶沙子，又从花园的喷泉和中庭的水池中打了一桶桶水。他暗自祈祷，但愿女主人能在火势失控之前离开那个房间。赛尔维利娅一走出书房，他就冲过去扑火，他对火灾的惧怕更甚于拿着斧头的克吕泰涅斯特拉[①]。

直到布鲁图斯的卧室和他珍爱的雕像全部毁坏，赛尔维利娅才停下来。但她还是满腔怒火，只想找到更多东西来发泄怒气。啊！那尊出自斯特隆奇里翁之手的男孩半身铜像！这尊铜像让布鲁图斯那么自豪又高兴！就在中庭！她立刻跑过去，在熊熊烈怒的助力下拿起那尊铜像，使劲拖到自己的起居室。她坐在那儿，瞪着桌面上的铜像。如果不动用熔炉，要怎么样才能破坏这么一尊铜像？

“狄图斯！”她高声大叫。

以巴弗狄图斯马上赶来了。

“夫人有什么吩咐？”

“看到这个了吗？”

“看到了。”

“立刻把这尊铜像拿到河边丢进河里。”

① 克吕泰涅斯特拉（Klytemnestra）是希腊神话中阿伽门农的妻子。她手提利刃杀了阿伽门农，驱逐了自己和阿伽门农的儿子俄瑞斯忒斯，与情夫埃吉斯托斯一起统治迈锡尼。俄瑞斯忒斯长大后替父报仇，杀掉了克吕泰涅斯特拉和埃吉斯托斯。——译者注

“但这是斯特隆奇里翁的作品！”他弱弱地抗议。

“就算这是菲迪亚斯或普拉克西特利斯的作品，我也毫不在乎！照我说的去做！”那双黑色的眼眸像黑曜石一样冷酷，恶狠狠地盯着他，“以巴弗狄图斯，照我说的去做！赫米俄尼！”她又一声大叫。

她的贴身女仆立刻冒出来了。

“跟以巴弗狄图斯一起到河边，盯着他把这个东西丢进河里。不然，你们都要钉死在十字架上。”

这两个老仆人合力抬起那尊铜像，摇摇晃晃地搬出去。

“出了什么事？”赫米俄尼轻声问，“自从恺撒拒绝娶她为妻，我还没见过她这么生气！”

“我不知道出了什么事，但我知道如果我们没有照办，她就会把我们钉死在十字架上，”以巴弗狄图斯说着把那尊铜像交给一个年轻力壮的奴隶，“福尔米翁，把它丢进台伯河。立刻！”

天刚亮，一辆租来的车子就停在门口。赛尔维利娅没有换衣服，也没有带上奴仆，就直接坐进车里。

“一路狂奔。”她简单直接地命令车夫。

“夫人，不行！这样太颠簸了！”

“听着，你这个白痴，”她从牙缝间喷出这句话，“我说狂奔就狂奔。我不在乎你多久一次替换骡子。总之，我说狂奔就狂奔！”

布鲁图斯和波尔基娅起得很晚，他们刚刚坐上早餐台，赛尔维利娅就冲了进来。

“你这婊子！你这狡猾多端的毒蛇！”赛尔维利娅破口大骂。她脚步不停地冲到波尔基娅面前，握紧拳头、抡起手臂，狠狠地朝她儿媳的太阳穴打去。波尔基娅被打倒在地，赛尔维利娅又对着她从头到脚一顿猛踢，特别对准她的胸部和阴部狠狠攻击。

布鲁图斯和另外两个男仆一起使劲才把赛尔维利娅拉开。

“你这个忘恩负义的东西，你怎么能做出这种事？”赛尔维利娅对着她儿子大吼大叫。她还在使劲挣扎，双脚乱蹬、张嘴咬人。

波尔基娅显然没有受到什么重创，她自己爬起来冲着赛尔维利娅扑过去，一手抓住赛尔维利娅的头发，一手在赛尔维利娅的脸上连扇耳光。

“不要对我说脏话，你这个不可一世的怪物！”波尔基娅大叫道。“不要碰我！也不要碰布鲁图斯！我是加图的女儿，没有什么不如你的！你敢再碰我一下，我一定会让你悔不当初！去给那个外国王后拍马屁，让我们自己待在这里！”

在这番话结束时，又有另外三个仆人过来把波尔基娅拉到攻击范围之外。两个女人鼻青脸肿、披头散发，龇牙咧嘴地互相逼视。

“婊子！”赛尔维利娅咆哮道。

布鲁图斯站在两个女人中间。

“妈妈，波尔基娅，我是这里的主人，你们都要听我的！妈妈，你无权为我挑选妻子。你也看到了，我已经给自己选了一个妻子。你要对她保持礼仪，你要欢迎她住进我家里，否则我会把你赶出去。我说到做到！一个男人有责任让母亲住在他家里，但如果你对我妻子不客气，我就不会让你住在家里。波尔基娅，我为我母亲的行为道歉，我只能请求你原谅她。”他站到一边，“都听明白了吗？如果听明白了，那我就让这些人放开你们。”

赛尔维利娅甩开那些抓住她的仆人，举起手整理自己的头发，“布鲁图斯，你终于长出脊梁骨了？”她嘲讽地问。

“是的，正如你看到的。”布鲁图斯硬邦邦地回答。

“你这个妖婆，是怎么让他落入网罗？”赛尔维利娅对着波尔基娅问。

“赛尔维利娅，你才是妖婆，”波尔基娅说着走到布鲁图斯身边，“我和布鲁图斯是天造地设的一对。”他们双手紧握，叛逆地看着赛尔维利娅。

“布鲁图斯，你以为自己大局在握了？好吧，你还没有，”赛尔维利娅说，“如果你以为，我会客客气气地对待一个凯尔特伊比利亚奴隶和图斯库卢姆农民的后代，那你就想错了！如果你敢把我赶出去，那我就会给你抹黑，让你的前途彻底完蛋。布鲁图斯是个懦夫，他逃避军事训练，还在法萨卢斯战役丢下手中的剑！布鲁图斯是个高利贷者，他把一些老人活活饿死！布鲁图斯休了毫无过错的妻子，而且不肯给那个嫁给他九年的妻子一丁点补偿！我还能跟恺撒说上话，而且我在元老院中还能发挥影响！至于你，你这丑陋的大傻个，你甚至不配给我儿子擦鞋子！”

“你这个恶毒的淫妇，你甚至不配给加图舔屎！”波尔基娅大叫大喊。

“天啊，天啊，天啊！”门口也有人在大叫大喊。西塞罗兴奋地走进来，两眼发光地看着这出闹剧的表演者。

布鲁图斯应对自如。他笑容满面地从妻子和母亲身边走过去，热情地拉着西塞罗的手。“我亲爱的西塞罗，见到你真高兴，”他说道，“我正想找你，寻求你的一点建议。我开始整理法尼乌斯那部奇怪的罗马史书稿，但是伊庇鲁斯的斯特拉托说这是在做无用功……”他的声音终于消失，因为他把书房门关上了。

“波尔基娅，你活不长了！”赛尔维利娅大声嚎叫。

“我不怕你！”波尔基娅大声回答，“你只会虚张声势！”

“我没有虚张声势！我在李维乌斯·德鲁苏斯的家里坚持下来了，没有人保护我，也没有人拉着我的手，但是你父亲就不是这样了。他紧紧地缠着我们的兄弟凯皮欧。我母亲是个荡妇，她跟你的祖父通奸，所以你别跟我讲什么道德！至少我的奸夫拥有可以充当罗马国王的血统，但是那个叫做加图的垃圾就差远了。亲爱的，你最好别想着生孩子。你和布鲁图斯生的小崽子，活不到断奶时就得死。”

“威胁，空洞的威胁！赛尔维利娅，你就像一根芦苇那样空虚无力！”

“我想说的其实并不是法尼乌斯。”布鲁图斯说，外面的女人声音穿透门板传进来。

“我也觉得不是，”西塞罗一边说，一边竖起耳朵，“哦，对了，祝你新婚快乐。”

“消息传得很快。”

“布鲁图斯，这种消息传得比闪电还快。我是今天早晨从多拉贝拉那里听说的。”

“多拉贝拉？他不是跟恺撒在一起吗？”

“他是跟恺撒在一起，但是他已经得到他想要的东西，所以就回去安抚他的债务人了。”

“他想要什么东西？”布鲁图斯问。

“执政官和一个好行省。恺撒向他承诺，会让他成为明年的执政官，然后就到叙利亚去了，”西塞罗说着叹了一口气，“虽然我竭尽全力，但我还是对多拉贝拉恨不起来，即便他现在拒绝给回图利娅的嫁妆。他说图利娅已死，所以之前的协议都一笔勾销了。我恐怕他是正确的。”

“任何一个罗马人都不应该具备让别人当上执政官的权力。”布鲁图斯板着脸说。

“我完全同意。你想讨论什么问题？”

“这个问题我之前已经有所考虑。我觉得，我应该在恺撒回家的路上去见他。”

“噢，布鲁图斯，我希望你从未这么想！”西塞罗大叫道，“现在有很多人赶去跟恺撒见面，他们卷起的烟尘都有一里高了。你不要去凑这个热闹，这样会降低你的身份。”

“我想我必须去。卡西乌斯也必须去。可是我应该跟他说什么呢？我怎样才能知道他心里打着什么主意？”

西塞罗一脸茫然：“亲爱的布鲁图斯，你问我也没用。而且我不会去凑热闹，我会留在这儿。”

“我的计划是，”布鲁图斯说，“跟恺撒说说我和你的想法。让恺撒知道我已经跟你讨论过了，而且我跟你看法一致。”

“不，不，不！”西塞罗大叫道，“绝对不要！提起我的名字对你不会有任何好处，特别是在我写出《加图》之后。既然我的书气得他专门写书反驳，那我肯定不是恺撒国王喜欢的人。”他脸色一亮，“我开始把他叫做国王。总之，他的行为确实像个国王，不是吗？盖乌斯·尤利乌斯·恺撒国王听起来很有气势。”

“西塞罗，我很遗憾你这样觉得，但这并不能改变我到普拉森提亚去见恺撒的决定。”布鲁图斯说。

“你就按照你觉得正确的去做。”西塞罗站起来，“我是时候走回自己的住处了。这些天有许多来客。总有人突然冒出来要见我。”他匆匆忙忙地走到门口，听到房子的另一头已经安静下来，“我有没有跟你提起，不久之前我收到一封很奇怪的信？这个写信的人自称是盖乌斯·马略的孙子，他竟然请我给他提供帮助。我回信说，既然他有恺撒这样的亲戚，就不需要我那可怜的帮助了。”他站在前门继续说话，“我的儿子在雅典，你应该知道吧？他想要买一辆马车。我倒想问问了，为什么要买一辆马车？我亲爱的布鲁图斯，我们长着脚是用来干什么？难道不是用来走路吗？特别是在他那种年纪。”他说着笑出声来，“我给他回信，让他去跟他母亲要钱。希望渺茫！”

西塞罗刚离开，赛尔维利娅就走了过来。“我要回罗马。”她简明扼要地说。

“妈妈，这是个好主意。我希望等我带着波尔基娅回到她的新家时，你已经调整好心情了。”他扶着赛尔维利娅坐进车子，“你知道，我是认真的。如果你继续攻击，我就把你赶出去。”

“我会继续攻击，但是你不能把我赶出去。你要是敢试一试，就会发现我对你的财产还有多少控制。能够战胜我的人只有恺撒一个，而你，我的儿子，你甚至比不上恺撒的小拇指。”

布鲁图斯走去找波尔基娅。他觉得自己的五脏六腑都在翻腾，不过很高兴今天这两个令人讨厌的来客都走了。妈妈控制我的财产？这怎么可能？通过什么人？我的银行管理人弗拉维乌斯·赫米基卢斯？不是。我的经理人马提尼乌斯？不是。应该是我的经理人司卡普提乌斯。他一直都是她的狗腿子。

他的妻子正坐在花园里，看着树上一颗已经成熟的桃子。她听到他的脚步声，立刻转过头来，脸上发出喜悦的光彩，然后对着他伸出双手。噢，波尔基娅，我是多么爱你！你是我的生命之火。

“你认为这件事怎么样？”赛尔维利娅对着卡西乌斯问。

“赛尔维利娅，我当然明白你为什么会反对，”卡西乌斯说，“是的，我知道你不愿承认他们其实很相似，但你不承认并不意味着那种相似就不存在。他们都很古板、很执着、很狭隘。这就是我放弃禁欲主义的真正原因。我实在不能忍受那种狭隘。”

赛尔维利娅充满爱意地看着这个她最欣赏的男性亲戚。他是如此勇敢、如此阳刚、如此果断。她很高兴卡西乌斯是这个家庭的一员！瓦提亚·伊绍里库斯娶了大朱尼娅，勒皮杜斯娶了小朱尼娅，但这两个女婿都是自视清高的贵族，他们既想赢得恺撒的青睐，又因为岳母跟恺撒通奸而耿耿于怀。恺撒是特尔图拉的生父，所以卡西乌斯受到的影响大多了，但是他却没有让这件事干扰他的行动决策。

“特尔图拉说你准备去见恺撒。”赛尔维利娅说。

“是的。我希望跟布鲁图斯一起去，如果波尔基娅没有让他改变主意。”卡西乌斯咧嘴一笑，“我无法想象，她会同意布鲁图斯去讨好恺撒。”

“噢，他会瞒着她偷偷去见恺撒，”赛尔维利娅说，“不过，你们究竟为什么要去见恺撒？”

“蒙达战役，”他简单直接地回答，“听到恺撒赢得胜利，我真是松了一口气。我向来讨厌这个罗马的无冕之王，但是他终于让事情尘埃落定。现在共和派再也不可能死灰复燃。我之前已经得到恺撒的宽恕，当然他太聪明了，所以从未直接说出宽恕这个词。现在我准备从恺撒那里再讨得一些好处，尽管要去讨好他让我如鲠在喉。我希望明年能当上大法官，布鲁图斯也希望如此，但是等恺撒回到罗马，所有职位都被分走了。”他有点揶揄地看着赛尔维利娅，他们之间无话不说，“呃，身为恺撒非正式的女婿，我想我应该得到一个好职位。事实上，我觉得我比多拉贝拉更适合叙利亚？你觉得呢？”

“当然了，”她说道，“带着我的祝福去吧。”

第 6 节

恺撒和奥克塔维乌斯一路上不停地谈话，他们走过近西班牙的海岸，又翻过比利牛斯山，来到海港城市纳尔波。恺撒在长发高卢战斗时，卢基乌斯·恺撒曾经把纳尔波作为他的大本营。在此之后，纳尔波从未像现在这样热闹。这座美丽的城市位于阿塔克斯河口，这里的海鲜很出名，据说世上最美味的鱼就产于此地。这种扁平的鱼生活在河口的海床上，必须从泥土里挖出来，所以这种鱼叫做泥鱼。

六月底，六十多个罗马元老突然来到纳尔波，但是纳尔波不会真的以为这些大人物是来这里吃海鲜。他们知道，恺撒即将到来，而这些大人物是为了见到恺撒而来。他们之所以选择纳尔波，是因为其他地方不能同时给这么多大人物提供舒适的住处。德基穆斯·布鲁图斯、盖乌斯·特里波尼乌斯、马尔库斯·安东尼乌斯和卢基乌斯·米努基乌斯·巴西卢斯这些元老在高卢战争时期就很出名了，他们是第一批来到纳尔波的贵客，这四人马上就住进了卢基乌斯·恺撒的大宅子。卢基乌斯·恺撒在当地保留了这所房子，因为他希望有一天能有机会回到这个他深爱的地方。其他贵客有的住在附近一些比较好的旅馆，有的请求当地的罗马商人给自己提供住宿。在纳尔波有很多罗马商人，因为这个港口为一大片富饶的内陆地区提供航运服务，其中就包括位于加龙纳河边的内陆城市托洛萨。

最近这段时间，纳尔波的地位又有所上升，恺撒建立了一个叫做纳尔旁高卢的新行省，这个行省从罗达努斯河以西延伸到比利牛斯山，从地中海延伸到大西洋边杜拉尼乌斯河与加龙纳河在布尔狄加拉[1]的交汇处。所以这个行省包括了沃尔卡·特克托萨季人和阿奎塔尼人的领地。这个行省的首府就是纳尔波，所以纳尔波现在有了一座新的总督府，可以作为恺撒及其随从人员到达之后的住处。总督府的第一任主人是奥卢斯·希

① 布尔狄加拉（Burdigala）即今天法国的西南部城市波尔多。——译者注

尔提乌斯，他是恺撒手下一名能文能武的副将。

安东尼乌斯只在卢基乌斯·恺撒的房子里过了一夜，就被希尔提乌斯邀请到总督府去了。于是就只剩下盖乌斯·特里波尼乌斯、德基穆斯·布鲁图斯和巴西卢斯住在卢基乌斯·恺撒的房子里，这种情况对特里波尼乌斯来说很适宜，也让他松了一口气。他觉得现在是时候了，要试探一下大家对谋杀恺撒的看法。

他从德基穆斯·朱尼乌斯·布鲁图斯·阿尔比努斯开始，因为他们之前在穆尔基乌斯的酒馆提过这个话题。

"德基穆斯，你之前说过竞选的事，如果我们要赢得竞选，那唯一的机会就是恺撒不再统治罗马。"他说道，他们正一起走过那个繁忙的码头。

"我知道，特里波尼乌斯。"

"如果你知道，那你觉得我们怎样才能结束恺撒的统治呢？"

"只有一个办法。杀了他。"

"很久以前，"特里波尼乌斯的语气显得有点哀戚，他看着一艘正在靠岸的船只，"恺撒指控安东尼乌斯的叔叔海布里达，因为海布里达在希腊犯下许多恶行。当时引起了一些争议，因为恺撒跟安东尼乌斯有点亲戚关系，但是恺撒这个大人物（他当时还不算什么大人物）说，他并没有违背任何约定俗成的规矩，因为他们之间只有姻亲关系。"

"我记得那个案子。海布里达利用保民官的权力阻止了审讯，但是恺撒让他恶名远扬，所以他不得不自我流放，"德基穆斯说，"我跟尤利乌斯氏族存在血缘关系，但这只是非常遥远的姻亲，只是通过卡图卢斯·恺撒的祖母波皮利娅。"

"这样遥远的亲戚关系，是不是可以让你放下顾虑，去加入一个准备谋杀恺撒的团队？"

"哦，是的，"德基穆斯·布鲁图斯毫不犹豫地说。他继续往前走，闻着海鱼、海藻和船只的味道皱起眉头，"但是，特里波尼乌斯，你为什么需要一个团队呢？"

"因为我不想因此而牺牲我自己的生命和前途，"特里波尼乌斯坦诚地说，“我想多拉一些有地位的人进来，这样看起来就像是一场爱国行动，元老院就没有勇气对我们加以惩罚。”

“所以你不准备在纳尔波动手？”

“我只准备在纳尔波找到一些愿意动手的人，不过在这之前我要好好观察和打听。我现在就在这里问你，是因为这样我们就有两个人可以一起观察和打听。”

“你可以问问巴西卢斯，这样我们就有三个人了。”

“我有想过他。你认为他会加入吗？”

“他会立马加入，”德基穆斯说。他撇撇嘴，但不是因为那些海腥味，“他是另一个海布里达，他折磨奴隶，我听说他的事已经传到恺撒那儿，所以他再也不会得到重用。恺撒给了一点钱把他打发走了。”

特里波尼乌斯皱起眉头：“像他这种黑历史，不会给我们的团队带来什么好名声。”

“他的事很少人知道。对于那些唯唯诺诺的元老，他可以发挥很大的作用。”

确实如此。卢基乌斯·米努基乌斯·巴西卢斯是一个皮塞努姆的大地主，他声称自己的家族可以追溯到辛辛纳图斯[①]时代，尽管他说的一切都是空口无凭。他发现这些空口无凭的话就足以让大多数第一等级的人相信，于是他在仕途上走得很远。今年他被恺撒委任为大法官，所以他原本期待着坐上执政官的位置，但是却听说有人向恺撒透露了他悄悄犯下的恶行，还有一个遭受折磨的奴隶去作证。然后巴西卢斯收到了恺撒的一封简短书信，恺撒在信中说他的政治生涯到此为止，于是他从恺撒的崇拜者变成了恺撒的仇恨者。在高卢战争中，他在恺撒手下当了整整四年的副将，现在突然被赶出权力核心，这对他来说简直是晴天霹雳。

① 辛辛纳图斯（Cincinnatus，前519年—前430年）曾担任罗马执政官和独裁官，是罗马共和国时期的英雄人物。公元前458年，执政官米努基乌斯率领的罗马军队遭到敌军围困，退隐务农的辛辛纳图斯临危受命担任罗马独裁官。他指挥罗马军队抗击外敌入侵，打败敌人后便辞职返回农庄，只担任了16天的独裁官。——译者注

特里波尼乌斯和德基穆斯·布鲁图斯对他进行试探时，他立即同意加入德基穆斯所说的这个“谋杀恺撒团”。

已经有三个人了。现在还有谁呢?

卢基乌斯·斯泰乌斯·穆尔库斯充满自信地来到纳尔波，因为他知道恺撒对他相当看重。他的特长在于海上作战，而且他为恺撒带领船队时干得很漂亮。不过他站在恺撒这边主要是因为:他知道恺撒会赢得胜利，而他想站在胜利的一边。问题在于他很讨厌恺撒，而且可以感觉到恺撒也很讨厌他。所以恺撒对他的看重随时都可能改变，特别是现在不需要他去打仗。他已经当过大法官，还想当上执政官，但是他非常清楚，每年只有两位执政官，而恺撒看重的人有很多，所以他自己的胜算不是很大。

巴西卢斯提出卢基乌斯·斯泰乌斯·穆尔库斯这个人选，但是他们达成共识，先不要在纳尔波接近穆尔库斯。他们只在纳尔波确定一些名字，而不会在纳尔波接近目标。

在纳尔波，另外一些人的名字也进入了这个“谋杀恺撒团”的名单，但是这些人都是后座元老，根本就没有多大实力。德基穆斯·图鲁利乌斯，凯基利乌斯·梅特卢斯和凯基利乌斯·布基奥拉努斯兄弟，普布利乌斯·赛尔维利乌斯·卡斯卡和盖乌斯·赛尔维利乌斯·卡斯卡兄弟都被记下来了。还有那个满腔愤恨的卡伊斯·恩尼乌斯·伦托，就是他砍掉了格涅乌斯·庞培的脑袋。

七月三日，恺撒一行终于来到纳尔波，一起到来的还有所剩无几的第十军团和所剩略多的第五军团。

安东尼乌斯注意到，恺撒脸色红润、身体健康。

“我亲爱的安东尼乌斯，”恺撒一边亲切地说着，一边亲了亲他的脸颊，“看到你真高兴。当然，还有奥卢斯·希尔提乌斯。”

安东尼乌斯没有注意恺撒接下来的言语，他的目光集中在从恺撒车子中出来的那个瘦小身躯。小盖乌斯·奥克塔维乌斯？是的，就是他！但是奥克塔维乌斯发生了巨大的改变。他从未真正留意过这个远房亲戚，他一直以为奥克塔维乌斯就是个娘娘腔，以后肯定会让家族蒙羞。现在奥克塔维乌斯虽然还是像以前那么娇弱漂亮，但却散发出一股沉稳的自信，这说明他得到了恺撒的垂青。

恺撒面带微笑地转向奥克塔维乌斯，把他拉到前面。“你也看到了，我的亲戚几乎都在这儿，现在马尔库斯·安东尼乌斯也来了。”恺撒伸手搂着奥克塔维乌斯的肩膀，给了他一个轻轻的拥抱，“进去吧，盖乌斯，看看他们把我安排在哪儿。”

奥克塔维乌斯自然地对安东尼乌斯微笑致意，然后就去执行恺撒的吩咐。昆图斯·皮狄乌斯正在走过来，安东尼乌斯必须迅速行动，于是他赶紧说：“恺撒，我到这里来向你道歉，希望得到你的原谅。”

“我接受你的道歉，你已经得到原谅了，安东尼乌斯。”

下一刻，大家都聚在一起了，从昆图斯·皮狄乌斯到小卢基乌斯·皮纳里乌斯，皮纳里乌斯是恺撒的另一个外甥孙，现在是皮狄乌斯的初级军官。此外还有昆图斯·法比乌斯·马克西穆斯、卡尔维努斯、梅撒拉·鲁弗斯和波尔利奥。

“我最好搬出去，”安东尼乌斯对希尔提乌斯说，他看到恺撒的随从人员实在太多了，“我可以住在卢基乌斯·恺撒的房子里。”

“没这个必要，”恺撒和蔼地说，“我们会让阿格里帕、皮纳里乌斯和奥克塔维乌斯一起住到别处去。”

“阿格里帕？”安东尼乌斯问。

“那儿，”恺撒指向阿格里帕说，“安东尼乌斯，你见过比他更有潜力的军人吗？”

“他是长了一张俊脸的昆图斯·塞尔托里乌斯。”安东尼乌斯脱口而出。

“跟我想的一样。他现在是皮狄乌斯的初级军官，但是等我出发前往东方时，我就会把他转到自己手下。还有皮狄乌斯的军团指挥官撒尔维狄恩乌斯·鲁弗斯，他在蒙达战役率领骑兵发起攻击，而且干得很漂亮。”

“真高兴，罗马还能出些好人。”

“安东尼乌斯，不是罗马，是意大利！拜托你不要那么狭隘！”

“我数了一下，有六十二个元老来到这里给你拍马屁，”安东尼乌斯说，他和恺撒一起走进屋里，“这些人大多是你委任的后座元老，但是特里波尼乌斯和德基穆斯·布鲁图斯也在这儿，还有巴西卢斯和斯泰乌斯·穆尔库斯。”他停下来，有点嘲弄地看着恺撒，“你看起来很喜欢奥克塔维乌斯那个小娘娘腔。”他突兀地说。

“安东尼乌斯，你不要被外表蒙蔽了。奥克塔维乌斯绝对不是一个娘娘腔。他一根手指上的政治才能比你整个大个子上的加起来还要多。在蒙达战役之后，他一直陪着我，从来没有一个年轻人的陪伴让我如此享受。他病歪歪的，所以他永远都不可能成为一个军人，但是他的头脑既聪明又成熟。不过他的名字是奥克塔维乌斯，真是可惜了。”

安东尼乌斯心中警铃大作，他整个身体都僵住了。“你在考虑收养他，然后把他的名字变成尤利乌斯·恺撒？”他问道。

“哎呀，不是。我跟你说了，他病歪歪的。这样体弱多病，很可能活不长久。”恺撒故作轻松地说。

奥克塔维乌斯过来了。“恺撒，你的房间在二楼，就在走廊尽头的套房，”他说道，“你现在不需要我了，所以如果你不介意，那我想去看看阿格里帕和皮纳里乌斯在哪里收拾东西。我能不能跟他们待在一起？”

“我本来就准备这么安排。好好享受纳尔波的生活吧，不要惹出什么麻烦就好啦。你现在可以离开了。”

那双灰色的美丽大眼睛盯着恺撒的脸，眼神中充满崇拜之色，然后他就点点头走开了。

“他觉得你放的屁都是香的。”安东尼乌斯说。

“安东尼乌斯，知道有人这么崇拜自己，这真是令人愉快的事，特别是那个人是你的家族成员时。”恺撒说。

“得了吧！如果没有你的同意，皮狄乌斯简直不敢放屁。”

“那你呢？”

“恺撒，只要你对我好，我就会对你好。”

“我已经接受了你的道歉，但是你最好要记得，你还在考察期中。你已经摆脱债务了？”

“没有，”安东尼乌斯咕哝道，“不过我给那些高利贷者的钱已经足够让他们闭嘴了。只要弗尔维娅的现金进来，他们就会得到更多钱，我想用帕提亚战争的战利品来了结这件事。”

他们走到了恺撒的套房，哈德凡伊正在那里给一些水果削皮。安东尼乌斯厌恶地看着这个埃及医生。

“我对你有其他安排。”恺撒说着吞下了一个桃子。

安东尼乌斯浑身都僵住了，他愤怒地瞪着恺撒。“噢，不，不要再来一次！”他咆哮道，“你别指望我又替你在罗马守上五年时间，因为我再也不会乖乖听话了！我想要一场像样的战争，想要分到像样的战利品！”

“安东尼乌斯，你会得到这些东西，但不是跟我一起，”恺撒语气平稳地说，“明年你会当上执政官，然后你就会带着六个军团去马其顿。瓦提尼乌斯会留在伊利里库姆，所以你们俩会在达努比乌斯和达西亚的北部地区联合作战。在我离开时，我可不想看到罗马领地遭到布瑞比斯塔斯国王的威胁。你和瓦提尼乌斯会攻下从萨乌斯河与德拉乌斯河到黑海的全部土地。你将以统帅的身份分到战利品，而不是以副将的身份。”

“但是那里的战利品肯定比不上帕提亚的。”安东尼乌斯抱怨说。

“安东尼乌斯，之前那些总督只是在马其顿小打小闹就大发横财，”恺撒忍住脾气说，“我可以预测，等你结束马其顿的战争时，你的财富简直可以跟克罗伊斯相提并论了。达努比乌斯河流域的居民都藏着金山银山。”

“我还要跟瓦提尼乌斯分享战利品。”安东尼乌斯说。

“如果你参与帕提亚战争，那些战利品你要跟二十多个同样等级的人一起分。而且你身为统帅，可以获得售卖奴隶的所有收益，这个你忘了吗？你知道我售卖高卢奴隶得到多少钱吗？三万塔兰特！”恺撒嘲弄地看着他，“安东尼乌斯，对于那些不做功课、不懂数学的罗马男孩，你就是一个活生生的反面教材。而且你真是贪得无厌。”

恺撒在纳尔波停留了两个市集日的间隔，为新建立的纳尔旁高卢行省打好基础，并且给第十军团的少数幸存者分配了肥沃的土地，第五军团会跟着他去到罗达努斯河谷，他准备把那里的沃土分给这些士兵。他们对高卢来说是无价之宝，因为这些勇猛的士兵会跟高卢女人结婚，把两个英勇善战的血统融合起来。

“他向来是论功行赏，”盖乌斯·特里波尼乌斯对德基穆斯·布鲁图斯说，他们看着恺撒在那些逢迎拍马的元老中走动，“但他的青睐变化太快了。恺撒国王！如果我们让所有举足轻重的罗马人都相信，恺撒准备让自己成为罗马国王，那我们就可以全身而退了。罗马从来都不会惩罚弑君者。”

“我们需要一些跟他比较亲近的人，来让那些举足轻重的罗马人相信恺撒想让自己成为罗马国王，”德基穆斯若有所思地说，“像安东尼乌斯这样的人，我听说他会成为明年的执政官。我知道安东尼乌斯不会亲自动手，但我一直都觉得他也不会反对这件事。也许他还会让这件事看起来更体面一些。”

“也许吧，”特里波尼乌斯笑着说，“我要去问问他吗？”

安东尼乌斯正努力地让自己保持清醒，在恺撒面前好好表现，所以要找到他独自一人的时候并不容易。不过他们在纳尔波的最后一夜，特里波尼乌斯想法设法地邀请安东尼乌斯来看看一匹特别漂亮的战马。

“安东尼乌斯，这匹马才配得上你，而且也值得马主人的要价。我知道，你欠了那些吸血鬼很多钱，但是身为执政官需要一匹更好的国家公马，你原来的那匹马已经老了，应该退役了。别忘记，购买国家公马的钱是国库来出。”

安东尼乌斯上钩了，他看到那匹马时很高兴，这是一匹强壮的高头大马，动作矫捷，身上是灰白相间的斑点。他接受了这个提议，然后和特里波尼乌斯一起走回城里。

“我想说一些话，”特里波尼乌斯说，“但是我不需要你回答我。我只希望你能听我说话就好了。你也不必告诉我，我跟你提起这个话题，就等于把自己的生命交在你手里。但是，无论你是否同意，我都认为你不会向恺撒告密。当然，你知道我要说的是什么话题，就是杀死恺撒。现在我们有好几个人都相信，如果要让罗马重获自由，那就必须杀死恺撒。但是我们不能着急，因为我们必须让第一等级的人认为我们是自由卫士，让他们相信我们是为罗马做出伟大贡献的爱国者。”

有两个元老经过这儿，于是他停下了：“你不能打破当着弗尔维娅之面发出的誓言，所以我不会要求你加入‘谋杀恺撒团’。这个名字是德基穆斯想出来的，因为这听起来既像是阴谋又像是玩笑。总之，隔墙有耳。我希望你提供的帮助，并不会影响你的誓言。具体来说，就是要制造假象，让人以为恺撒要成为国王。已经有人这么说了，但这么说的都是恺撒的公开敌人，所以像弗拉维乌斯·赫米基卢斯和阿提库斯之类的财阀都不会相信这种说法。正如德基穆斯所说，必须有一些跟恺撒亲近的人，让大家相信恺撒真的要称王。”

又有两个元老经过，特里波尼乌斯假装他跟安东尼乌斯正在讨论那匹新的国家公马。

“现在，已经有传言，说你明年会成为执政官，”特里波尼乌斯继续原来的话题，“等到恺撒离开罗马去对付帕提亚人，你会留下来管理罗马，然后下一年再跟瓦提尼乌斯一起去达西亚打仗。不要问我是怎么知道的，总之我确实知道了。我想，你可能没有恺撒以为的那么高兴，而且我可以明白你为什么会这么觉得。因为要得到战利品并不容易。那里不像阿图阿图卡一样藏着日耳曼人的宝藏，也没有守着金库的德鲁伊特人。你必须强迫那些野蛮人说出他们埋藏宝物的地方，而你并不是拉比恩努斯那样凶狠的人，不是吗？至于售卖奴隶，有谁会购买那些奴隶？最大的购买市场就是帕提亚王国，而他们如果被恺撒打败了，还有什么能力去购买奴隶呢？但只要恺撒一死，一切都不一样了，是不是？”

安东尼乌斯停下来，弯下腰去系鞋带。特里波尼乌斯注意到，他的手指在微微发抖。是的，这些话安东尼乌斯听进去了。

“总之，你今年将是候选执政官，而明年是在任执政官，所以你完全可以搞点小动作，让大家认为恺撒要称王。有人说要在奎里努斯神庙里摆放恺撒的雕像，但如果元老院投票决定在奎里努斯神庙旁边给恺撒修建一座宫殿，并且在宫殿中建造一个神坛呢？如果有人因为恺撒的仁慈而顶礼膜拜，而且这种膜拜像是对神明的崇拜呢？如果你是祭司，那大家都必须严肃看待这件事，不是吗？”

特里波尼乌斯停下来吸了一口气，然后又接着说："按照这种思路，我还有很多主意，我相信你也能想出许多主意。我们要做的是，让大家以为恺撒永远都不会卸任，永远都不会交出他的权力，也就是说恺撒想要成为地上的神明。第一步是成为国王，所以成为国王和成为神明可以合在一起。你知道，'谋杀恺撒团'的每一个成员都不想被处以叛国大罪，甚至不想因此而受到指责。我们想要成为英雄。但这需要挑起第一等级的情绪，因为只有第一等级才能解决这个问题。其他更低等级的人已经把恺撒看成国王和神明，而且他们热爱这个国王和神明。因为恺撒给了他们工作、机会和财富。他们在乎是什么人、以什么方式来施行统治吗？不，他们不在乎，甚至连第二等级也是如此。所以我们要挑起第一等级对恺撒国王的仇恨。”

他们快走到卢基乌斯·恺撒的房子前面了："安东尼乌斯，一句话都不用说。你的行动就是我们需要的答案。”

特里波尼乌斯点头微笑，就好像他们刚刚进行了一场愉快的闲聊，然后就走进房子里。安东尼乌斯继续往前走到总督府。他也面带微笑。

第二天早晨，当恺撒的大部队离开纳尔波时，他邀请安东尼乌斯跟他同乘一辆车。奥克塔维乌斯转移到德基穆斯·布鲁图斯的车上，不过他并没有表现出失望的模样。

“奥克塔维乌斯，我们是远房亲戚。”德基穆斯·布鲁图斯说。他坐进自己的位子里，疲惫地叹了一口气。在纳尔波期间，他一直很紧张，而这种紧张要持续到他可以确定安东尼乌斯没有告密为止。

“是的。”奥克塔维乌斯阳光灿烂地说。

他们就这么随意地说着话，直到三天后到达阿莱拉特[①]。恺撒在阿莱拉特待了八天，处理好第五军团的安置工作。等到车子沿着多米提娅大道前往蒙热内夫尔山道时，奥克塔维乌斯又回到了恺撒的车上，而安东尼乌斯又跟德基穆斯·布鲁图斯同车。不,他没有告密。真是松了一口气！

“你又失宠啦？”德基穆斯问，“安东尼乌斯，你真的要管住自己的口舌。”

安东尼乌斯咧嘴一笑：“不，我跟恺撒相处得很好。问题是我的个子太大，他还带着一个秘书在车里，这样实在太拥挤。而那个漂亮的小娘娘腔就不会占据太多空间。他还值得一瞧，不是吗？”

“噢，是的，”德基穆斯立刻说，“但不是你说的那个意思。盖乌斯·奥克塔维乌斯非常危险。”

“你在开玩笑！你一直紧张地等着，想知道我有没有告密，所以你只顾着想那些危险的问题。”

“并非如此，安东尼乌斯。奥瑞利娅曾经恳求苏拉饶过恺撒一命，当时恺撒的年龄比现在的奥克塔维乌斯大不了多少。你还记得苏拉说了什么吗？他说，‘好吧，如你所愿！我会饶他一命！但是，我有一个提醒。我在这个年轻人身上看到了马略的身影。’现在，我在奥克塔维乌斯身上也看到了马略的身影。”

“你肯定是头脑出了问题，”安东尼乌斯说着发出一声粗鲁的嘲笑，然后就转换了话题，“我们下一站会停在库拉罗。”

“到那里干什么？”

“要召集弗尔康提人，恺撒准备让弗尔康提人完全拥有一些土地，以此表达对老格涅乌斯·庞培·特罗古斯的敬意。”

“这又是一个我必须称赞恺撒的地方，”德基穆斯·布鲁图斯，“他从来都不会忘记报恩。在高卢战争期间，特罗古斯给我们提供了很多帮助，而弗尔康提人也成了罗马的盟友。在特罗古斯的干预之后，弗尔康提人

---

① 阿莱拉特（Arelate）是位于法国南部的古代和现代城市。——译者注

就停止了对我们的可怕袭击，而且再也没有跟维尔金革托里克斯站在一起。”

“等我们到了陶拉西亚，我就要转道回家。”安东尼乌斯说。

“为什么？”

“弗尔维娅快要生孩子了，我想回家陪着。”

德基穆斯·布鲁图斯爆发出一阵大笑：“安东尼乌斯！你终于也成了裙下之臣！你已经有几个孩子？”

“只跟前妻有过一个孩子，但是那个孩子是个白痴。别忘了，法狄娅生的孩子都跟她一起在那场瘟病中死掉了。不过，既然是法狄娅的孩子，那他们死掉也不是什么损失。但是弗尔维娅的孩子就不一样了。这个孩子可是盖乌斯·格拉古的外曾孙。”

“如果这是一个女孩呢？”

“弗尔维娅说她怀的是个男孩，她说她能感觉到。”

“她跟克洛狄乌斯生了两个男孩和两个女孩，又跟库里奥生了一个男孩。你说得对，她能感觉到。”

他们沿着多米提娅大道来到帕都斯河平原上的普拉森提亚，这里是山内高卢的首府，也是总督府的所在处。现任总督叫做盖乌斯·维比乌斯·潘萨，他是恺撒手下最为忠诚的食客。他是在布鲁图斯之后继任的，所以当布鲁图斯和卡西乌斯来到普拉森提亚时，他兴高采烈地迎接了他们。

“我亲爱的布鲁图斯，你的工作干得漂亮极了，”他热情地说，“在你之后继任，我根本就不用操心任何事情，只要跟着你制定的法令去做就行。你来这里是为了跟恺撒见面？”

“是的，你这里很快就会挤满许多客人，”布鲁图斯说，如此热烈的称赞让他觉得有点惊讶，“我跟盖乌斯·卡西乌斯会住在提革利乌斯的旅馆里。”

“不是这样！不，不，我听到的消息不是这样。恺撒给我送信，说他们一行只有他自己，还有昆图斯·皮狄乌斯、卡尔维努斯跟另外三个随从。德基穆斯·布鲁图斯和盖乌斯·特里波尼乌斯直接回罗马了，其他那些去跟恺撒见面的人也都打道回府。”潘萨说。

“潘萨，那就谢谢你的招待啦。”卡西乌斯高兴地说。

卡西乌斯和布鲁图斯住进了一套有四个房间的套房。他对布鲁图斯说，“我希望，我们不用等太长时间。潘萨这人无趣得很。”

“嗯。”布鲁图斯心不在焉地说，他满脑子都是波尔基娅。布鲁图斯心中充满对波尔基娅的思念，而且他还因为不敢告诉波尔基娅自己的真正行程而满心愧疚。

他们等待的时间很短。恺撒第二天就到了,而且正好赶上吃饭的时间。在卡西乌斯看来，恺撒的反应也许略显傲慢，但恺撒表现出来的高兴颇为真诚。

当天一起吃饭的人有七个：恺撒、卡尔维努斯、昆图斯·皮狄乌斯、潘萨、布鲁图斯、卡西乌斯和盖乌斯·奥克塔维乌斯。按照惯例，潘萨的妻子弗菲娅·卡勒娜并没有跟他一起来到行省，所以现场并没有任何女人，也没有各种家长里短来拖慢他们的谈话节奏。

“昆图斯·法比乌斯·马克西穆斯到哪儿去了？”潘萨对着恺撒问。

“他跟安东尼乌斯一起回去了。他在西班牙的表现很出色，所以他即将举行凯旋式，还有昆图斯·皮狄乌斯也会举行凯旋式。”

卡西乌斯板起脸，不过他没有说什么。他没有想到，恺撒居然会为一场对手是罗马人的战争举行凯旋式。恺撒肯定不会公然宣称这是西班牙人的叛乱！因为远西班牙并没有多少当地人卷入其中，而近西班牙根本就没有参与。

“你自己也会举行凯旋式吗？”潘萨问。

“当然啦。”恺撒回答道，他的笑容中带着一丝戏谑。

卡西乌斯心想，这场战争的对手是罗马人，但恺撒甚至懒得掩饰这个事实。他竟然要为这场可悲的胜利而狂欢作乐！我怀疑，他有没有把格涅乌斯·庞培的脑袋保存起来，用于凯旋式上的游行展示。

现在一片寂静，大家都把注意力放在食物上面。这场战争的对手是罗马人，所以心中不快的人不只是卡西乌斯。

“布鲁图斯，你最近有没有写什么文章？”恺撒问。

布鲁图斯吓了一跳，从对波尔基娅的遐想中回过神来，他那双忧郁的棕色眼眸望向恺撒。“哦，有的，”他回答道，“有三篇文章。”

“三篇。”

“是的，这几个主题我想同时进行，”他一不留神就脱口而出，“幸亏手稿都放在图斯库卢姆，所以没有在火灾中烧掉。”

“火灾？”

布鲁图斯顿时满脸通红。他咬了咬嘴唇说，“呃，是的，我在罗马的书房发生火灾。我的所有书卷和文章都烧掉了。”

“天啊！那你的房子化为灰烬了？”

“没有，房子没事。我们的管家救火很及时。”

“以巴弗狄图斯。是的，我记得，他是个能干的家伙。你说，你的所有书卷和文章都烧掉了？可是，一个男人的书卷和文章，应该分散在书房的四面墙上，甚至是各种桌面上。”恺撒一边说，一边嚼着坚果。

“是的。”布鲁图斯说，他的难堪已经清楚可见。

恺撒那双敏锐的眼睛已经看出其中必有隐情，就连卡西乌斯都猜到究竟发生了什么事。恺撒知道布鲁图斯不愿透露其中奥秘，于是他雍容大度地转移了话题：“跟我们说说你在图斯库卢姆的手稿吧。”

“一篇是关于道德，一篇是关于顺从的忍耐，还有一篇是关于学习。”布鲁图斯说，脸色渐渐恢复过来了。

“布鲁图斯，关于道德你有何高见呢？”

“哦，只要具备道德，就足以让一个人过得很快乐。如果一个人真的拥有美德，就算是贫穷、疾病或流放都不能破坏他的快乐。”

“真是一番高论！你让我刮目相看，特别是考虑到你拥有的巨额财产。这种斯多葛派的论调应该会让波尔基娅很高兴。我衷心祝福你新婚快乐。”恺撒郑重其事地说。

“噢，多谢，多谢。”

“顺从的忍耐,这是美德吗？”恺撒问,然后就自问自答,“绝对不是！”

卡尔维努斯哈哈大笑：“这就是恺撒的回答。”

“这是身为男人的回答,”一个声音从边上的躺椅传来，“忍耐是一种真正的美德，但顺从只是女人的美德。”奥克塔维乌斯大声说。

卡西乌斯看看一脸尴尬的布鲁图斯，又看看奥克塔维乌斯，他那双棕色眼眸中充满惊奇之色。卡西乌斯差点就脱口而出：他认为现场没有人比这个出言放肆的小子更像女人了。不过卡西乌斯还是忍住了自己的冲动。阻止他的是恺撒的脸色。诸神啊，我们的大统领对这个小娘娘腔很欣赏！而且，他很尊重这个小娘娘腔的意见！

最后一道菜也撤掉了，桌面上只剩下酒水。真是一场奇怪的宴会，现场充满了许多隐藏的紧张。卡西乌斯觉得很难确定这些紧张的源头出自哪里。一开始，他自然而然地把责任归结到恺撒头上，但宴会进行的时间越长，他越清楚地意识到奥克塔维乌斯是这种紧张的根源。奥克塔维乌斯出人意料地受他舅公赏识，这是显而易见的事实。奥克塔维乌斯每次说话时，恺撒都认真聆听，就像对待一个副将而不是一个低等随从。而且恺撒还不是唯一这样的，卡尔维努斯和皮狄乌斯也在认真留意奥克塔维乌斯的发言。但是，卡西乌斯又对奥克塔维乌斯挑不出什么刺，甚至不能说这个小子粗鲁无礼或傲慢自负。大部分时间，奥克塔维乌斯都静静地待在那个角落里，把发言的舞台留给他的长辈。他只是偶尔冒出几句精辟的言语，而且他的语气平和而坚定。卡西乌斯在心中自语：盖乌斯·奥克塔维乌斯，你还真是心思深沉。

“现在说说正事。”恺撒说，他这句话相当突然，让卡西乌斯从自己的沉思默想中突然醒过神。

“正事？”潘萨惊讶地问。

“是的,但不是行省的事。所以,潘萨,你别紧张。布鲁图斯,卡西乌斯,我要分派明年的大法官职位了,”恺撒说，“布鲁图斯，我想让你担任城市大法官。卡西乌斯，我想让你担任外事大法官。你们接受吗？”

"是的，当然了！"布鲁图斯大叫道，脸上发出光来。

"是的，我接受。"卡西乌斯说，没有显得那么兴奋。

"布鲁图斯，我相信城市大法官最适合你，而外事大法官更适合卡西乌斯。你擅长精细琐碎的工作，所以你可以发布适当的法规，并贯彻执行，"恺撒对布鲁图斯说，然后转身看着卡西乌斯，"至于你，卡西乌斯，你对那些非公民又比较熟悉，而且你擅长四处奔走，雷厉风行地采取行动。所以，外事大法官最适合你。"

卡西乌斯浑身松弛地斜躺着。啊，真是不虚此行！所以，叙利亚就交给多拉贝拉，对吧？

布鲁图斯兴高采烈。城市大法官！这是最好的职位！噢，波尔基娅会理解的，我知道她会的！

奥克塔维乌斯心想，他们看起来就像偷了腥的猫儿。

第 7 节

恺撒离开普拉森提亚之后就独自前行，甚至连奥克塔维乌斯都在他的吩咐下返回罗马。于是恺撒一行只剩下几辆车子，带着他和几个秘书和仆人以及哈德凡伊继续前进，他们沿着艾弥利娅司考里大道来到海岸边，又沿着奥瑞利娅大道来到埃特鲁里亚。

现在已经是七月，所以还有不到七个月的时间，恺撒就要出发到叙利亚去打仗。这意味着两个方面的大量工作：罗马和意大利那些需要完成的工作；还要准备十五个军团的步兵、一万名日耳曼人、高卢人和加拉提亚人的骑兵来应付这场可能会持续五年时间的战争。军需官是盖乌斯·拉比里乌斯·波斯图穆斯，还有普布利乌斯·温提狄乌斯这个忠诚能干的老手下也忙着征集和训练士兵。这场战场不会有未经沙场的新兵，因为之前退役的那些士兵已经安安静静地休息了一年，再长时间他们就会感到难以忍受的无聊，于是这些老兵又纷纷入伍了。在温提狄乌斯的监督之下，这些重新入伍的老兵经过严格的筛选，那些最好的士兵将会组成六个最为精锐的军团，剩下的士兵将会组成另外九个经验老道的军团。每个军团有一百门大炮，那些比较小型的武器还没有计算在内。此外还需要许多工具和各种非作战人员……

路上的时间过得很快，恺撒的时间基本都用来给那些秘书交代工作，有时候是军队的事，有时候是意大利的事，有时候是那些急需完成的公共工程。这些工程包括：穿越科林斯地峡的运河；奥斯提亚的新港口；排干蓬普廷沼地的积水；给罗马建造更多供水渠；让台伯河改道，从而让战神原野和瓦提卡努斯原野都位于台伯河靠近罗马的一侧。此外，意大利还没有一条尤利娅大道，所以必须在罗马和菲尔乌姆－皮塞努姆之间修建这条大道，让偏远的亚平宁山区也能够通行……

督促那些该死的土地分配员加紧干活，免得恺撒那些被分配在意大利的老兵要等上好几年才能得到他们的土地。恺撒已经通过法令，规定这些士兵的土地要等二十年后才可以出售，以防他们的土地被他们那贪婪的妻子、狡猾的骗子和黑心的地主抢走。布鲁图斯在普拉森提亚说的一些话让恺撒很厌烦，因为恺撒对于人性的认识实在太少了（竟然说什么“顺从的忍耐”）。布鲁图斯竟然相信，恺撒规定这些土地要二十年后才能出售，是为了阻止士兵们卖出土地去换钱买酒和嫖妓。这就是布鲁图斯对底层人的认知。布鲁图斯根本就不知道贫穷、疾病和流放是什么样子，但他竟然说这些都不会破坏一个人的快乐！那些住在帕拉丁山的富人，都应该像恺撒一样在贫民中长大才对。恺撒并不像苏拉那样经历过彻底的贫穷，但是他亲眼见过穷人是如何艰难谋生……

在山内高卢担任总督的一年中，布鲁图斯的青春痘全好了，这真是一件奇事。权力让他摆脱了自己的悲剧，也终于让他摆脱了赛尔维利娅。于是他回到罗马之后就和克劳狄娅离婚，又娶了加图的女儿。恺撒非常清楚布鲁图斯的书房是怎么起火的，就好像他当时就在现场一样……

是时候把山内高卢变成意大利的一部分了，而不是作为一个行省去施行统治。现在那里的居民都拥有完全的罗马公民权，所以为什么还会存在这些人为的障碍？为什么罗马要派去总督，而不是直接管理？西西里人应该得到完全的公民权，尽管这将会遭到激烈的反对，甚至连恺撒的手下都会反对。那里有太多希腊人后裔，但罗马以南的意大利地区不也是这样吗？只是那片地方更狭小阴暗罢了……

亚历山大里亚的图书馆拥有近百万藏书，而罗马却连一个公共图书馆都没有，这实在太不像话了。瓦罗！这项工作交给马尔库斯·特伦提乌斯·瓦罗最好不过，要让他去搜罗一切能够搜罗的书籍，还要把这些书籍都放在一起……

至于恺撒离开之后，罗马的命运如何，这一点恺撒并没有跟他的秘书透露。从他决定去叙利亚打仗的时候开始，恺撒就因为这个问题而深受困扰了。如果要让地中海地区继续留在罗马手里，那就必须消灭帕提亚王国。恺撒知道只有他才能入侵并打败帕提亚王国，这并不是因为自视过高，而是因为他对自己的清楚认识，因为他的意志、才能和天赋。这是事实，而不是自负。

如果恺撒没有征服帕提亚人，那他们总有一天会入侵西方世界。政客很少具备长远目光，但恺撒却目光深远，未来的一百年在他脑海中展开，他更重视的是未来，而不是历史书上的过去。帕提亚人勇猛善战，他们的国家是由国王和中央政府联系起来的松散联盟。这跟罗马的情况很相似，只是罗马缺少一个国王。但是，只要有人决心把这个广阔的帕提亚王国统一起来，那其他文明都会面临灭顶之灾。只有恺撒能够阻止这种情况，因为没有其他人具备这种远见。

问题在于罗马并不是一个团结合作的整体，所以罗马在恺撒离开后将会面临可怕的问题。恺撒知道要让他已经完成的一切在他离开后还能维持下去，唯一的办法就是在他建立的体系中扶持互相牵制的力量，防止任何人像他自己那样去推翻重建。苏拉的办法是建立一套新法律，但是这套法律在十五年内就被推翻了，因为这套法律并不是什么革新，而是试图回到过去。

恺撒的办法更加复杂。现在罗马共和国的情况已经比他刚刚担任独裁官时好多了。法令都制定好了，而且都是一些好的法令，尽管某些第一等级的人并不这么认为。商业经营也恢复得很好，所以再也没有人闹着要全面取消债务。他重整罗马经济的措施让债务人和债权人都得到好处，因此也得到了双方的称赞。法庭在过去几十年来首次正常运转，再也不会缺乏陪审团，要维护特权也变得更困难。各种民会终于明白自己在罗马政府中的职责,元老院再也不会被“好人帮”那样的一小群人操纵。

问题的核心并不在于任何一个团体。如果说恺撒有什么地方做得不够好，那就是他独自完成了这些事。他是一个独裁者。这样就会有其他人相信自己也能这么做。恺撒担任独裁官的时间这么长，这已经制造了一个全新的氛围，他对这一点非常清楚。只是他也没有找到其他办法，只能在有生之年一直担任独裁官，并希望在自己死后罗马已经积累了足够的力量，能够继续前进而不是陷入衰退。但是要继续前进到哪里呢？这个他也不知道。他只能尽力展示自己的改革具备许多优点，并相信那些跟随他的人能够清楚地看到这些优点，从而继续坚持这些改革。

但这些都不能解决他离开五年时间可能带来的问题。一开始，他觉得最好的办法是带着安东尼乌斯一起去。安东尼乌斯是一个喜欢滥用权力的人。但是安东尼乌斯会在军队中制造麻烦，他想要控制军队，这样就算不能成为独裁官，也能成为罗马第一人。所以带上安东尼乌斯会有风险，只要军队遇到的情况比较困难，那安东尼乌斯就可能会煽动兵变。这样恺撒的远征就会变成卢库卢斯和克洛狄乌斯在安纳托利亚东部的历史重演。不行，必须把安东尼乌斯留在后方，这就意味着要让他成为执政官，还要让他在任期结束之后，以前任执政官的身份去带兵打仗。而且这个战场必须远离意大利，这样才能让他顾不上打意大利的坏主意。

但是怎样才能让安东尼乌斯在身为执政官时受到控制呢？首先，恺撒要保留独裁官的职位，这样留在意大利的军队就只能由骑兵统帅来管辖。而恺撒绝对不会再让安东尼乌斯担任骑兵统帅。勒皮杜斯可以胜任这个职位，不过勒皮杜斯可能会坚持要去行省担任总督。如果这样，那就让卡尔维努斯来接替这个位置好了。其次，要确保安东尼乌斯是低级执政官。恺撒要亲自担任高级执政官，直到他出发前往东方。在他离开之后，担任高级执政官的人必须是安东尼乌斯的敌人，这个敌人会极力牵制安东尼乌斯，直到安东尼乌斯带兵前往马其顿。这个敌人有一个合适人选，那就是普布利乌斯·科尔涅利乌斯·多拉贝拉。

意大利和山内高卢不会有任何老兵军团。恺撒会把他没有带走的老兵军团都派去守卫行省，而在阿尔卑斯山周边地区只有刚招募受训的新兵。赛克斯图斯·庞培在西班牙，卡里纳斯正在设法对付他，但是赛克斯图斯·庞培不会轻易投降。赛克斯图斯·庞培势单力薄，不能造成巨大的危险，但是西班牙和高卢还是必须由比较强悍的总督去管理。必须是恺撒能够信任的人，而且还必须是安东尼乌斯的敌人。

时间过得飞快，恺撒来到他位于拉努维姆郊外的别墅时，他的所有准备工作还没有全部完成。恺撒有一件事急需完成，这件事真的不能继续拖延了。这件事就是订立遗嘱。因为要完成这件事，所以恺撒特意绕开罗马，待在一个距离罗马只有二十里远的地方。他需要一个清净之地来考虑问题。

恺撒家族在拉丁姆拥有家传的地产，不过这座别墅是恺撒从弗尔维娅那里买来的。因为弗尔维娅开始售卖地产来给安东尼乌斯还债。弗尔维娅从普布利乌斯·克洛狄乌斯那里继承了这座房子。恺撒买下这座房子时房子还没有完工，因为克洛狄乌斯在查看房子建筑进度之后就在回家路上被刺身亡了，所以弗尔维娅很讨厌这座房子，不愿继续这座房子的建筑工程。不过恺撒以新主人的身份让这座房子得以完工。这座房子位于拉努维姆郊外的阿尔班山，距离阿皮娅大道比较远。房子建在至少有一百尺高的山崖上，从房子的露台可以看到极为壮观的风景，因为此处可以从附近的山地一直望到拉丁平原和托斯卡纳海，阿特纳山和弗卡尼埃岛常常会向空中喷出大量烟气，让落日的风景显得格外美丽。瓦罗是自然现象的专家，他坚称意大利的火山正处于活跃期，因为普特奥利和那波利斯后面的火山地带越来越躁动不安。

谁，谁，谁？谁将成为恺撒的继承人？

恺撒对安东尼乌斯已经毫无指望了。当他在纳尔波的总督府中见到那个正在等待的熟悉身影时，一种怪异的心情让他彻底放弃了安东尼乌斯。虽然安东尼乌斯的身体并没有因为他的过度纵欲而损坏，他的胸膛还是那么健壮、他的肩膀和手臂还是那么有力、他的肚子还是那么平坦、他的大腿和小腿还是那么肌肉饱满，但恺撒在夕阳的余晖中望向安东尼乌斯时，他看到一种可怕的内心朽坏、道德堕落和情感贫乏。是的，他太多奢侈享乐，但更重要的是他太为自己的债务而焦虑，他的野心太大而他的格局太小。

虽然昆图斯·皮狄乌斯一直是个好人，但他永远都只能是一个坎帕尼亚的骑士。他的血统不够好，虽然他的妻子是贵族出身的瓦勒里娅·梅撒拉，但他的儿子还是跟他一样毫无过人之处，他们父子的相貌和言行都没有一丝尤利乌斯氏族的影子。小卢基乌斯·皮纳里乌斯看起来也没有什么潜力。皮纳里乌斯曾经是一个显赫的贵族氏族，但家道中落已经很长时间了。恺撒的姐姐大尤利娅嫁给了皮纳里乌斯的祖父，但是这个浪荡公子很快就去世了。恺撒实在受不了女人挑选丈夫的坏眼光，于是就做主让他姐姐嫁给了昆图斯·皮狄乌斯的父亲。他的姐姐一开始不愿意，但后来发现身为一个有钱老男人的小甜心是多么快乐的事。恺撒的另外一个姐姐小尤利娅没有机会去给自己挑选丈夫，因为恺撒以一家之主的身份给她找了一个富有的拉丁骑士，这个来自阿里基亚的骑士叫做马尔库斯·阿提乌斯·巴尔布斯。小尤利娅跟巴尔布斯生了一个儿子和一个女儿，这个叫做阿提娅的女儿先是嫁给了盖乌斯·奥克塔维乌斯（此人来自拉丁地区的维利特莱），然后又嫁给了那个声名远扬的菲利普斯。至于阿提娅的兄弟，他没有留下后代就去世了。

最终人选落在了德基穆斯·朱尼乌斯·布鲁图斯·阿尔比努斯或盖乌斯·奥克塔维乌斯身上。

德基穆斯·布鲁图斯正当盛年，而且他从未行差踏错。他在长发高卢和在海上领兵作战都有出色表现，而且还是谋杀罪法庭的优秀法官。不过恺撒对他有一件事相当不满，那就是他在长发高卢担任总督时残酷镇压了贝罗瓦基人的叛乱。不过恺撒已经接受了德基穆斯的解释，德基穆斯说贝罗瓦基人一直隐藏自己的实力直到恺撒离开那个地区，他们认为无论是谁来管理这个行省都不会有恺撒那样的坚毅果断。

恺撒很快就会让德基穆斯当上执政官。但是恺撒并不想带着德基穆斯一起前往东方，只是不带上他的理由跟安东尼乌斯很不一样。恺撒需要德基穆斯这个信得过的人来盯着罗马和意大利。等到德基穆斯完成执政官的任期之后，他就会去山内高卢担任总督，在这个行省担任总督最方便盯着罗马和意大利。

盖乌斯·奥克塔维乌斯今年九月就十八岁了。恺撒很喜欢这个小伙子，但是他太年轻，而且身体多病。恺撒跟哈德凡伊有过一番长谈，但并没有完全消除他对奥克塔维乌斯哮喘病的担忧。他原本希望可以消除这种担忧，因为奥克塔维乌斯在西班牙和返回罗马的那几个月都没有发病。但是哈德凡伊说，这是因为奥克塔维乌斯在恺撒身边感觉很安全，只要恺撒在奥克塔维乌斯身旁，他就能保持健康，包括即将到来的东方之行。

但是恺撒的继承人要在恺撒去世后才开始继承。恺撒的继承人肯定不会有恺撒陪在身旁。恺撒心想：如果德鲁伊教团的主教卡特巴德所言不虚，那我的死期应该不会太远了。他跟恺撒说，恺撒不会活到垂暮之年，恺撒会在鼎盛时期死去。恺撒现在已经五十五岁，他的鼎盛时期也许还有十年……

恺撒闭上眼睛，回忆着那他们的面孔。

德基穆斯·布鲁图斯，他的皮肤很白，看起来几乎毫无血色。但是仔细端详，就会发现他的目光坚定睿智，他的嘴巴显出坚毅果断的神情，他的面相显示出他绝非泛泛之辈。但是不利之处在于他母亲的血统。是的，塞姆普罗尼乌斯·图狄塔努斯家族的血统被冲淡了，而且恺撒也听过一些关于德基穆斯·布鲁图斯的不良风闻。

盖乌斯·奥克塔维乌斯，他的面容有点像亚历山大。有一点女子气，显得过于优雅，他的头发有点太长，除了遮住那对招风耳之外并没有什么好处。但是仔细端详，那双眼眸中流露出他是一个意志坚强、心思细腻的人，那个嘴巴和下巴也显出坚毅果断的神情。他的不利之处在于他有哮喘病。

恺撒，恺撒，下定决心！

卢基乌斯是怎么说来着？他说，恺撒的名字会带来恺撒的幸运，恺撒只需要相信自己的幸运。

“成败在天！”他用希腊语说，这是他第二次说出这句话。第一次说出这句话时，他正准备渡过卢比孔河。

他抽出一张纸，把笔尖伸进墨池，开始奋笔疾书。

第八章
巨人倒下
（从公元前45年10月至公元前44年3月）

第 1 节

恺撒在公共圣所中处理了许多事务，又安排好远西班牙战争的凯旋式，然后他就离开罗马城去看望克娄巴特拉。克娄巴特拉见到他时欣喜若狂。

“我可怜的姑娘，我没有好好照顾你。”恺撒有点伤感地对克娄巴特拉说。他们刚刚经过一夜缠绵，但克娄巴特拉想为恺撒里昂生下一个妹妹的希望还是很渺茫。

她的目光中充满沮丧。“我是不是在信里太多抱怨？”她紧张地问，“我并不想让你担心。”

“你从来都没有让我担心，”他说着亲了亲她的手，“除了你的书信，我还有其他信息来源。你有一个好朋友。”

“赛尔维利娅。”她马上说。

“赛尔维利娅。”他肯定道。

“我跟她交朋友，这没有让你生气吧？”

“我为什么要生气呢？”一个灿烂的笑容点亮了他的面孔，“事实上，你跟她交朋友是非常聪明的事。”

“我想，是她主动跟我交朋友。”

“无论如何，这个女人都非常危险，就算是对一个王后来说也是如此。不过，她应该是真的喜欢你。在她眼里，我跟外邦王后在一起总好过跟其他罗马女人在一起。”

“比如毛里塔尼亚的欧诺王后？”她认真地问。

恺撒哈哈大笑。“这些谣言真可笑！我怎么可能跟她上床呢？我在西班牙的时候，甚至没有去到加迪斯，更别提渡过海峡去拜访波古德。”

“这个其实是我自己瞎说的，”她皱着眉头说，伸出一只手搭在恺撒的手臂上，“恺撒，我想自己弄清一些事。”

“什么事？”

“你这个人太神秘了，在所有方面都是如此。我从来都不知道你是在什么时候射精，”她看起有点痛苦，但显然是铁了心要弄个清楚，“我生了恺撒里昂，所以我知道你肯定有射精的时候，但如果让我知道究竟是什么时候就好了。”

“亲爱的，”恺撒拉长音调说，“这样会让你掌握太多权力。”

“噢，你总是不相信人！”她大叫道。

他们原本可能会吵起来，但是恺撒里昂的出现扭转了局面。他跑进来，张开双臂叫着：“爸爸！”

恺撒把他抱起来，又把他抛向空中，引得他一阵尖叫和大笑。然后恺撒又亲了亲他，把他搂在怀里。

“妈妈，他瘦得像根芦苇。”

“是吗？我看不出他有什么跟我相似之处，我应该为此感谢伊西斯。”

“法老，我爱你的模样，我也爱你，尽管我是个神秘的人。”他一边说，一边悄悄地看着她的脸色。

她叹了一口气，放下这个令人不快的话题。“你准备什么时候出发去攻打帕提亚？”

“爸爸，我能不能跟你一起去？”

“儿子，这次不行，你的任务是保护你妈妈。”他摸摸孩子的后背，看着克娄巴特拉。“我准备在明年三月望日之后的第三天[①]出发。你也可以考虑是不是要回到亚历山大里亚。”

“我在亚历山大里亚更容易见到你。”她说道。

“没错。”

“在你离开之前，我会一直待在这儿。恺撒，你会留在罗马六个月，这真是值得庆贺的事。我已经有点习惯这里了，而且除了赛尔维利娅，我还交了另外几个朋友。我还有一些计划！”她天真烂漫地说，“我想请菲洛斯特拉托斯来讲课，我还雇了你最喜欢的歌手马尔库斯·提革利乌斯·赫尔摩吉尼斯来表演。拜托你了，我们要一起好好娱乐！”

“我很乐意。”恺撒还抱着恺撒里昂，他走出房间去到外面的花园，看着这个盖乌斯·马提乌斯精心设计的院子，“亲爱的，我很高兴你没有建起围墙，那样会让马提乌斯心碎的。”

“真奇怪，”她说道，看起来有点困惑，“那些特兰斯提贝林人一直在闹事，可是我正准备建起围墙时，他们就消失了。我很担心我们的儿子！我肯定没有跟你说起这件事，是不是赛尔维利娅跟你说的？”

“是的，她告诉我了。你再也不用担心。那些特兰斯提贝林人都走了。”他露出一个微笑，但是并不高兴，“我把他们运到阿提库斯位于布斯罗图姆的农场了。他们可以换换胃口，在那里欺负阿提库斯的牲畜。”

因为克娄巴特拉挺喜欢阿提库斯，所以她有点惊愕地瞪着恺撒。“噢，这样公平吗？”她问道。

“很公平，”恺撒说，“他和西塞罗已经因为我给无产贫民建立殖民地的事去找过我。我几个月前就下令把那些特兰斯提贝林人运过去，他们

---

① 古罗马的日期并非连续计数，而是与三个已定名的日期相关。朔日是每月的第一天，相当于中国农历的初一。诺奈是望日之前的第9天，相当于5号（或为31天一个月的7号），最初就是一个太阴月的第一个四分之一。望日是13号（或为31天一个月的15号），最初与太阴月的满月日相应，相当于中国农历的十五。日期的号数便用朔日、诺奈、望日之前或之后的多少天来表示。此处的三月望日相当于三月十五日。——译者注

现在肯定已经到达了。”

“你跟阿提库斯是怎么说的？”

“我说，那些移民以为自己会留在布斯罗图姆，但他们会转移到其他地方。”恺撒一边说，一边摸着恺撒里昂的头发。

“那事实是怎样呢？”

“他们会留在布斯罗图姆。下个月，我还会再送两千人去那儿。阿提库斯肯定高兴不起来了。”

“阿提库斯出版了《加图》，你就这么恨他吗？”

“恨得要死。”恺撒沉着脸说。

西班牙战争的凯旋式在十月五日举行，第一等级的人很讨厌这个凯旋式，但其余的罗马人却很喜欢。恺撒毫不掩饰被打败的对手也是罗马人，不过他并没有展示格涅乌斯·庞培的脑袋。当他经过罗马广场上的新演讲台时，所有官员都站起来向他致敬，只有卢基乌斯·蓬提乌斯·阿奎拉例外，他终于找到在保民官任期内证明自己与众不同的办法。阿奎拉向恺撒比着蔑视的手势，让恺撒气得半死。凯旋式之后在“至善至尊者”朱庇特神庙的宴席也让恺撒很不满意，在恺撒看来这场宴席实在太寒酸、太小气。于是他选了另外一个吉日，自己出钱举办了另外一场宴席。不过他派人通知蓬提乌斯·阿奎拉，让他不要出席。恺撒的行动清楚显示，赛尔维利娅的情人再也不能取得仕途的上升。

盖乌斯·特里波尼乌斯赶紧到阿奎拉家拜访，为“谋杀恺撒团”增加了一名新成员。不过特里波尼乌斯让阿奎拉发誓，绝对不会向赛尔维利娅透露一个字。

“我又不是傻子，特里波尼乌斯，”阿奎拉说，他扬起一条褐色眉毛，“她是个好床伴，但你以为我不知道她还爱着恺撒吗？”

另外一些人也加入了：德基穆斯·图鲁利乌斯，这人恺撒甚为厌恶；凯基利乌斯·梅特卢斯和凯基利乌斯·布基奥拉努斯兄弟；普布利乌斯·赛尔维利乌斯·卡斯卡和盖乌斯·赛尔维利乌斯·卡斯卡兄弟，这两兄弟的家族属于赛尔维利乌斯氏族中的平民一支；卡伊斯·恩尼乌斯·伦托，这人杀了格涅乌斯·庞培；最有意思的是还有卢基乌斯·提利乌斯·辛贝尔，这人是今年的大法官；还有卢基乌斯·米努基乌斯·巴西卢斯、德基穆斯·布鲁图斯和卢基乌斯·斯泰乌斯·穆尔库斯；这几人也是今年的大法官。这些人都是"谋杀恺撒团"的成员。

十月份，又有一个人加入了"谋杀恺撒团"。这个人叫作昆图斯·利伽里乌斯，恺撒很讨厌他，尽管他向恺撒求饶，但恺撒还是禁止他从非洲回到罗马。于是利伽里乌斯找了好几个很有影响力的朋友向恺撒求情，恺撒碍于情面终于让他回到罗马了。后来西塞罗在法庭上对利伽里乌斯进行叛国罪的指控，尽管利伽里乌斯成功地摆脱了指控，但他很清楚自己再也不能取得仕途的上升。

是的，这个"谋杀恺撒团"正在发展壮大，但是缺乏一些真正有势力的人，缺乏那些能够让整个第一等级都心悦诚服的人。特里波尼乌斯只能耐心等待。安东尼乌斯也没有开始行动，让人以为恺撒想要称王或封神。安东尼乌斯因为弗尔维娅给他生了一个儿子而满心欢喜，这个孩子的名字是小马尔库斯·安东尼乌斯，不过他和弗尔维娅满腔爱怜地把这个孩子叫做安提鲁斯。

在凯旋式后的隔天，恺撒从执政官的位子上退下来，不过他并没有从独裁官的位子上退下来。然后恺撒委任昆图斯·法比乌斯·马克西穆斯和盖乌斯·特里波尼乌斯为临时执政官，在这一年剩下的三个月里履职。既然他们是"临时"执政官，那就还要举行执政官的竞选。不过只要通过一道元老院决议就能解决这个问题。

恺撒宣布了接下来一年的总督人选：特里波尼乌斯将接替瓦提亚·伊绍里库斯前往亚细亚行省；德基穆斯·布鲁图斯将前往山内高卢，此人也是"谋杀恺撒团"的成员；斯泰乌斯·穆尔库斯将接替安提斯提乌斯·维图斯前往叙利亚；"谋杀恺撒团"的另一个成员提利乌斯·辛贝尔将担任比希尼亚和本都的总督。西部各行省的总督包括：波尔利奥就任远西班牙总督，勒皮杜斯就任近西班牙和纳尔旁高卢总督，卢基乌斯·穆纳提乌斯·普兰库斯就任长发高卢和罗达努斯河高卢总督，德基穆斯·布鲁图斯就任山内高卢总督。

“但是，”恺撒在元老院中宣布，“我还不能从独裁官的位子上退下来。这意味着我必须找到另外的人来接任现在的骑兵统帅，因为马尔库斯·艾弥利乌斯·勒皮杜斯明年要去出任总督，接替他的人是格涅乌斯·多米提乌斯·卡尔维努斯。”

安东尼乌斯最近一直表现得很好，他满怀希望地等着听到自己的名字，顿时感觉好像掉进冰窟里了。卡尔维努斯！这个家伙比勒皮杜斯还难对付，而且他从不掩饰对安东尼乌斯的厌恶。恺撒真该死！为什么就不能让我好过呢？

恺撒确实没打算让他好过。他又接着宣布了明年的执政官人选，在出征东方之前，恺撒将会亲自担任高级执政官，而安东尼乌斯一整年都是低级执政官。在恺撒离开之后，高级执政官的职位将由普布利乌斯·科尔涅利乌斯·多拉贝拉接任。

“噢，不，你不能这样！”安东尼乌斯站起来大吼大叫，“在多拉贝拉之下担任低级执政官？我宁愿去死！”

“安东尼乌斯，让我们看看到时的竞选结果吧，”恺撒气定神闲地说，“如果投票人给你的选票比给多拉贝拉的更多，那你就可以如愿以偿。如果不是，那你只好接受现实。”

多拉贝拉的身材跟安东尼乌斯一样高大健壮，他坐在折椅上身体后仰，双手交叉地放在脑后，露出得意的笑容。他和安东尼乌斯都很清楚，安东尼乌斯曾经让全副武装的军队在罗马广场屠杀了八百个罗马公民，所以投票人会把票投给谁并不是什么难以推测的事。

“安东尼乌斯，你做过的恶事会给你带来恶果。”多拉贝拉得意扬扬地说。

“绝对不会！”安东尼乌斯咬牙切齿道。

卡西乌斯聚精会神地听着，他绝对不会支持安东尼乌斯，至少恺撒还有点理智！多拉贝拉是个贪财小人，而且有时候会表现得像个白痴，但他在过去那些年中也有所成长了，而且他绝对不会害怕安东尼乌斯，这一点是可以肯定的，也许罗马会逃过一劫。除此之外，卡西乌斯自己也有值得高兴的事，恺撒宣布他将成为占卜官，这可是无上荣光。

布鲁图斯听完恺撒的宣布也满怀希望。事后他向没有出席会议的西塞罗说，恺撒的安排让他觉得恺撒终于要完全恢复往昔的共和国。

“布鲁图斯，”西塞罗恶狠狠地说，“你有时候尽说蠢话！因为恺撒让你成为城市大法官，你就突然觉得他是个伟人。不，他不是。他是个败类！”

在这次元老院会议之后，给予恺撒的荣誉突然多了起来。之前元老院就提出要授予恺撒很多荣誉，但这些提议都没有得到实行。可是现在情况改变了。他们给恺撒打造了一尊雕像准备摆在奎里努斯神庙，雕塑上面还有一块牌子写着：献给不可战胜的神。安东尼乌斯在一次恺撒没有出席的会议上说，这句话是献给奎里努斯而不是献给恺撒。在这个会议上，元老院还通过一笔拨款，用来制作一尊恺撒的象牙雕像，这尊雕像会乘着黄金马车，在所有的国家庆典中展示，还有另外一尊恺撒雕像会摆在罗马共和国的建立者卢基乌斯·朱尼乌斯·布鲁图斯的雕像旁边。恺撒位于奎里纳尔山的宫殿，还有宫殿中的圣坛，也得到了一笔拨款。

因为帕提亚战争日益临近，所以恺撒并没有什么时间去参加元老院会议。在十二月初，他不得不抽出时间赶往坎帕尼亚，去为退役士兵分配土地。安东尼乌斯和特里波尼乌斯立刻抓住机会，不过他还是小心谨慎地通过其他人来提出法案。从今往后，七月将被称为尤利乌斯月。罗马将设立第三十六个公民部落，称为尤利娅部落。第三批牧神祭司将会称为尤利乌斯祭司团，而已经身为牧神祭司的安东尼乌斯将会担任这个祭司团的领头人。罗马要设立一个叫做“恺撒之仁慈”的教团，安东尼乌斯将会担任这个新教团的祭司。恺撒的雕像会坐在一把黄金打造的折椅上，他的头上会戴着一顶镶满宝石的黄金冠冕。恺撒的象牙雕像会跟其他神像摆在一起，而且恺撒的雕像还会摆在一个特别打造的基座上面。

这些法令都会用金字写在银板上，以此表彰恺撒给国库带来的巨额财产。

“我反对！”卡西乌斯对着特里波尼乌斯大叫，特里波尼乌斯现在是主政的执政官，他提议元老院进行分组表决。“我再说一次，我反对！恺撒不是一个神，但你们却要把他捧成一个神！他是不是故意躲到坎帕尼亚，这样才不用假惺惺地出来表示反对？在我看来就是这样！执政官，撤销这些法案！这简直是亵渎神圣！”

“盖乌斯·卡西乌斯，如果你反对，那你就站到讲台的左边好了。”特里波尼乌斯回答说。卡西乌斯怒气冲冲地站到左边，按照以往的经验，站到左边的人通常会在分组表决中落败，所以站在左边并不是什么吉祥之兆。这一天的情况也是如此。只有少数几个人站到左边，其中包括布鲁图斯、卢基乌斯·恺撒、卢基乌斯·皮索、卡尔维努斯和菲利普斯。但是几乎整个元老院都站到了右边，安东尼乌斯就带头站到右边。

“如果要给予恺撒神明般的荣誉，才能得到大法官的位置，那我觉得一点都不值得。”在宴席上，卡西乌斯对布鲁图斯、波尔基娅和特尔图拉说。

“我也觉得不值得！”波尔基娅声若洪钟地表明立场。

“卡西乌斯，要给恺撒一点时间，拜托了！”布鲁图斯恳求道，“我不相信这些荣誉是他主动要求的，我真的不相信。我觉得他会大为震惊。”

“这些荣誉只会让他蒙羞。”特尔图拉说。她的心情一直很矛盾，因为她既为自己是恺撒的女儿而高兴，又为恺撒从未给她任何承认而痛苦。

“这些荣誉当然是恺撒主动要求的！”波尔基娅一边说，一边生气地瞪了布鲁图斯一眼。

“不，亲爱的，你错了。”布鲁图斯继续坚持，“这些荣誉是那些想要讨好恺撒的人提出来的，而元老院通过这些法案是因为大多数元老都认为恺撒真的想要这些荣誉。但是这件事有两个值得注意的地方。第一，安东尼乌斯的眼神显示出他不怀好意；第二，他们是趁着恺撒不在场才提出这些法案。”

但是恺撒要等上很长时间才知道这些荣誉法案，理由很简单：他要处理的公务实在太多了，所以他把自己缺席的那些元老院会议记录都推到一边没空去看。即便是在克娄巴特拉盛情接待恺撒时，他也只顾着批阅文件，根本就没有时间去吃东西，这让克娄巴特拉很生气。

“你给自己揽的活儿太多了！”克娄巴特拉没好气地说，“哈德凡伊告诉我，你总是顾不上喝你的饮料，而且这些饮料现在并不是果汁。恺撒，就算你不喜欢，你也要喝掉！难道你想在大家面前瘫倒在地吗？”

“我没事。”恺撒心不在焉地说，眼睛还是盯着文件。

她一把抓走文件，把一杯饮料递到他鼻子下面。“喝掉！”她大声咆哮。

恺撒这个世界之主乖乖听话了，不过他喝完之后还是坚持继续他的文件工作。等到马尔库斯·提革利乌斯·赫尔摩吉尼斯唱起一首歌时，恺撒才抬起头来，然后又拿起七弦琴来伴奏，这首歌是恺撒用萨福的诗歌配乐而成。

“只有音乐能让他的注意力从工作上转移开来。”克娄巴特拉对着卢基乌斯·恺撒低声说。卢基乌斯握了握她的手说：“总算有东西能引开他的注意力。”

那些荣誉还在继续。安东尼乌斯的弟弟卢基乌斯在十二月十日成为保民官，他一上任就干了一件大事。他向平民大会提议：恺撒在东方战场时，可以在除了执政官竞选之外的所有竞选中指定一半的候选人，还可以委任包括执政官在内的所有官员。这个提案在第一次预备大会时就通过了，虽然这样并不符合法律程序，但执政官特里波尼乌斯还是核准了这道法令。

“只要是关于恺撒的事，就没有什么不符合法律程序的。”特里波尼乌斯说。西塞罗事后听人说起这句话，虽然特里波尼乌斯是恺撒的坚定支持者，但西塞罗还是觉得特里波尼乌斯说出这句话有点奇怪。

十二月中旬，恺撒宣布明年的执政官是奥卢斯·希尔提乌斯和盖乌斯·维比乌斯·潘萨，后年的执政官是德基穆斯·朱尼乌斯·布鲁图斯和卢基乌斯·穆纳提乌斯·普兰库斯。这些人都不会支持安东尼乌斯。

然后元老院第四次委任恺撒为独裁官，尽管他的第三个任期还没有结束。保民官卢基乌斯·卡西乌斯显然对法律的事一无所知，他竟然在平民大会中通过法令，允许恺撒委任新的贵族。这么做是违法的，因为贵族本来就跟平民大会没有任何关系。不过，恺撒还是委任了一个新贵族，这个唯一得到委任的新贵族就是恺撒的外甥孙盖乌斯·奥克塔维乌斯，奥克塔维乌斯正忙着做好准备，以私人随从的身份跟着恺撒一起出征。虽然他现在已经是一个贵族，但他在军中的职位并没有任何提升，这是菲利普斯疾言厉色对他说的。他平静地接受了菲利普斯的提醒，把主要精力都用来说服他母亲不要给他准备那么多奢侈的东西，他现在知道这些东西只会让人觉得他是个纨绔子弟。

一月一日，新任执政官和大法官正式就职，一切都进展顺利。执政官在守夜时并没有发现什么不好的预兆，献祭的白色公牛也吃了迷药引颈就戮，卡皮托尔山上"至善至尊者"朱庇特神庙中的宴席也相当成功。现在低级执政官安东尼乌斯趾高气昂地四处走动，尽力忘掉多拉贝拉的事情，而多拉贝拉则躲在后面偷笑，因为等到恺撒出战东方，他就是安东尼乌斯的长官。

高级执政官在元旦日的一项职责就是选定拉丁节的日期，这一天会在阿尔班山上为"晓瑜者"朱庇特举办宴席。这个节期通常是在三月，也就是在战争开始的季节之前，但是恺撒想要参加这次宴席，所以他宣布今年的节期是二月五日。

尤利乌斯氏族是阿尔巴·隆伽[①]的世袭祭司，这个城市比罗马的建城历史还要久远。如果高级执政官刚好是尤利乌斯氏族的人，那么他就可以穿上阿尔巴·隆伽国王的盛装去庆祝拉丁节。当然，自从刚刚建立的罗马把阿尔巴·隆伽夷为平地之后，就再也没有阿尔巴·隆伽国王了，因为这个王国并没有得到重建。但是这个王国是尤卢斯建立的，他是埃

① 阿尔巴·隆伽（Alba Longa）位于现今罗马东南的甘多尔福堡附近，是古代拉丁姆地区的中心，也是许多罗马古老贵族家庭的故乡。公元前7世纪，此地被罗马国王图路斯·荷斯提利乌斯攻陷并夷为平地，居民被安置到罗马去。——译者注

涅阿斯的儿子，而尤利乌斯氏族就是他的直系后裔，所以尤利乌斯氏族的人一直担任国王和大祭司。

恺撒打开那个气味芬芳的香柏木箱子，看到了阿尔巴·隆伽国王的服装，他发现这些服装仍然完好无损。他在十五年前第一次担任执政官时就穿过这些衣服。因为他的身材很高，所以特地让人做了一对新的红色高筒靴子。现在，这对靴子看起来有点变形了。恺撒心想，最好还是试一试，然后就试穿了这双靴子。他穿着靴子走来走去，发现小腿处的疼痛神奇地消失了。于是他赶紧去找哈德凡伊。

"我之前怎么就没有想到呢？"恺撒的医生有点懊恼地说。

"想到什么？"

"恺撒,你的血管肿胀,可是罗马的靴子太短,不能给血管适当的支撑。这双高筒靴子用鞋带紧紧地绑在膝盖以下的小腿上，所以你的腿痛就得到缓解了。你应该穿高筒靴子。"

"天啊！"恺撒一声惊呼，然后就哈哈大笑。"我马上就让我的鞋匠过来，不过，既然我的族人是阿尔巴·隆伽的祭司，那我现在为什么不能穿着这双靴子呢？等到鞋匠给我做出几双新靴子，我再换成那些普通的棕色靴子就好了。哈德凡伊，你非常称职！"

然后恺撒就去到演讲台上，坐在那儿处理有关国库的事。低级执政官安东尼乌斯、前任低级执政官特里波尼乌斯、前任大法官卢基乌斯·提利乌斯·辛贝尔、前任大法官德基穆斯·布鲁图斯，还有另外二十个精心挑选的后座元老，这群人郑重其事地排成一队来面见恺撒。其中有六个人拿着闪闪发光的银板，这些银板的大小差不多是一张纸那么大。恺撒有点恼火自己的工作被打断了，他抬起头正准备让他们退下，但安东尼乌斯已经抢先一步走过来，一脸虔诚地单膝跪下。

"恺撒，"他大声说，"按照元老院通过的法令，我们给你增加了六项荣誉，这些荣誉法令都用金字写在银板上！"

围观的群众一阵惊呼。

新任财务官德基穆斯·图鲁利乌斯走上前来，捧着一块银板单膝跪地，这是关于七月命名的法令。

凯基利乌斯·梅特卢斯捧着一块银板，这是关于尤利娅部落的法令。

凯基利乌斯·布基奥拉努斯捧着一块银板，这是关于尤利乌斯祭司团的法令。

马尔库斯·鲁布里乌斯·鲁伽捧着一块银板，这是关于“恺撒之仁慈”教团的法令。

卡西乌斯·帕尔门西斯捧着一块银板，这是关于黄金座椅和黄金冠冕的法令。

佩特罗尼乌斯捧着一块银板，这是关于象牙雕像摆在神像旁边的法令。

在这个过程中，围观群众越来越多，而恺撒就像一尊石雕般坐在那儿，他因为太过震惊而一动不动，虽然张着嘴巴却说不出话。最后，六块银板都展示完毕，这群人都站起来满怀期待地围着他，每个人都自恃聪明地露出骄傲的微笑。直到此时，恺撒的嘴巴才终于闭上了。虽然他努力尝试，但却发现自己站不起来，就好像疾病发作时那样两腿酸软、头晕目眩。

“我不能接受这些荣誉，”恺撒说，“这不是一个人应该接受的荣誉。把这些银板拿走，融掉之后收归国库。”

这群人都愤愤不平。

“你是在侮辱我们！”图鲁利乌斯大叫道。

恺撒没有理会他，而是转头看着安东尼乌斯，他看起来就像其他人一样失望。“马尔库斯·安东尼乌斯，你应该比他们更清楚状况。身为主政的执政官，我将在一小时后召集元老院会议。”然后恺撒叫来给他准备饮料的仆人，接过一大杯饮料喝光了。这是刻不容缓的大事。

新建的元老院会堂不像战神原野上的庞培会堂那么豪华，但是西塞罗在外面偷偷窥探了一番（他现在已经开始后悔自己再也不能坐在元老院里面）之后也承认这座建筑极具品味。只有简单的白色大理石台阶和讲台，抹上灰浆的墙壁粉刷成白色，墙上只有少量的装饰花纹，地板是黑白相间的大理石，屋顶就像原来的元老院会堂那样，裸露的杉木架子上铺着一层层瓦片。除了建造年代,这个会堂几乎跟原来的会堂一模一样，所以没有人反对这个会堂沿用原来会堂的名字。

这次会议来得如此仓促，所以出席会议的人数不是很多，不过恺撒跟在二十四名扈从的后面进入会堂时，欣慰地发现出席会议的人已经达到法定人数了。因为今天是进行法庭审判的日子，所以全部的大法官都出席了，大部分的保民官也来了，除了图鲁利乌斯那个渣滓，还有少数几个财务官也在现场，还有大概两百名后座元老，还有多拉贝拉、卡尔维努斯、勒皮杜斯、卢基乌斯·恺撒、托尔夸图斯、皮索。他拒绝接受那些荣誉的消息显然已经传开了，因为他进来之后现场的纷纷议论不仅没有平息反而变得更加热烈。恺撒心想，我真的老了，我甚至没办法对这种事情发脾气，我实在是筋疲力尽。他们在消磨我的精力。

恺撒让新任大祭司布鲁图斯说出祈祷词，又让新任占卜官卡西乌斯进行占卜。然后他就走到讲台上，头上戴着市民冠接受众人的鼓掌致意，接着又等到另外三个拥有市民冠的前任百夫长也逐一接受众人的鼓掌，最后才开始讲话。

“尊敬的低级执政官、前任执政官、大法官、营造官、保民官和诸位元老，我召集你们过来开会，是想要通知你们，你们强加给我的这些荣誉必须停止。身为罗马的独裁官，接受一些荣誉是可以的，但是这些荣誉必须是适合给予凡人的荣誉。凡人！人类中的普通一员，不是国王或神明。今天，你们一些人给予我的荣誉违背了罗马传统，而且这种公开吹捧让我觉得很恶心。我们的法令写在铜板上，而不是写在银板上，所有的法令记录都应该使用铜板。这些写上金字的银板并不合适，这些贵重的金属应该用在更有价值的地方。我命令融化这些银板，这些金银必须送回国库。”

恺撒停下来，他的目光跟卢基乌斯·恺撒的目光相接。卢基乌斯微微转头，朝向恺撒座位后面的安东尼乌斯。恺撒点点头：是的，我明白你的意思。

“元老们，我告诉你们，这些荒唐可笑的阿谀奉承必须停止。我没有要求这些荣誉，我不想要这些荣誉，我不会接受这些荣誉。这就是我的命令，你们必须遵照执行。我不会允许元老院通过任何法令，让人以为我要成为罗马国王！共和国建立时，我们就废除国王的头衔了，而且我对这个头衔深恶痛绝。我根本就不需要成为罗马国王！我是罗马合法委任的独裁官，这就足够了！”

昆图斯·利伽里乌斯站起来，引起了一阵骚动。“如果你不想成为罗马国王，”他大声说，指着恺撒的右腿，“那你为什么要穿着国王的红色高筒靴子？”

恺撒抿紧嘴唇，他的脸上显出两团红晕。要向这些人承认自己血管肿胀吗？绝不！“‘身为晓瑜者’朱庇特的祭司，我有权穿着祭司的靴子，我绝不容许任何人因此而妄加猜测！利伽里乌斯，你说完了吗？如果说完，就赶紧坐下。”

利伽里乌斯气呼呼地坐下了。

“关于这些荣誉，我要说的话都已经说了，”恺撒接着说，“但是，为了进一步表明立场，为了让你们明白我不想要任何超出我应得范围的荣誉，我将现场解散我的二十四位扈从。因为国王拥有卫队，而高级官员的扈从就相当于共和国的卫队。只要我在罗马城内执行公务，我都不会让扈从跟随。”他转向法比乌斯，法比乌斯跟其他扈从坐在讲台右侧的台阶上。“法比乌斯，带着你的同伴返回扈从团。等我需要你们时，我会通知你的。”

法比乌斯大吃一惊，他垂下那只举起来表示反对的手，领着扈从队伍静静地离开这个鸦雀无声的会堂。

“解散扈从是合法的，”恺撒说，“一个官员的权力并不是扈从及其法西斯赋予的，而是法律赋予的。因为这是一个繁忙的日子，所以你们赶紧去处理各自的事。但是要记得我说过的话。无论如何，我都不想以国王的身份来管理罗马。国王只是一个词语，并不能代表任何东西。恺撒不需要成为国王。恺撒是他自己就够了。”

并不是所有的保民官都想讨好恺撒。有一个叫做盖乌斯·赛尔维利乌斯·卡斯卡的保民官已经加入了“谋杀恺撒团”，而且这个团体的创始人还在密切留意另外两个保民官：卢基乌斯·凯塞提乌斯·弗拉乌斯和盖乌斯·埃皮狄乌斯·马鲁卢斯。但是特里波尼乌斯和德基穆斯·布鲁图斯决定不让弗拉乌斯和马鲁卢斯加入，因为这两人虽然都痛恨恺撒，但他们都是出了名的大嘴巴子，而且他们在第一等级中没有任何势力。

在恺撒让元老院知道他对成为罗马国王的看法的这一天，弗拉乌斯和马鲁卢斯刚好在新建的演讲台附近。这个演讲台是恺撒自己花钱建造的，上面有一个高高的底座摆着恺撒的半身雕像。虽然那一天很阴冷，但罗马广场的常客都来了，他们想看看尤利娅巴西利卡里面会不会有一场有趣的法庭审判。能够在一个遮风避雨的房间里观看审判真是太好了！人们在街角的一个个摊档边上吃着点心，期待会有一些新的演说者登上某个空旷的阶梯或某个法庭的审判台来发表一番高见。总之，这就是二月初的平常一天。

弗拉乌斯和马鲁卢斯突然开始大喊大叫，很快就吸引了一大群人。

“看！看！”马鲁卢斯指指点点地大声尖叫。

“这是耻辱！这是犯罪！”弗拉乌斯也在指指点点地大声尖叫。

他们那指指点点的手指都对准了恺撒的雕像。这尊雕像的色彩非常逼真，在那变得有点灰白的眉毛和变得有点稀薄的金色头发上，有人绑了一条白色宽条缎带，缎带在脖子后面绑了一个结，两端垂落在雕塑的肩膀上。

“他想成为罗马国王！”马鲁卢斯大叫大喊。

“王冠！王冠！”弗拉乌斯也在大叫大喊。

他们又大喊大叫了一番，然后就把雕像上的缎带扯下来，扔在脚下狠狠地踩踏，然后夸张地撕成几条。

一天后，二月五日，拉丁节在阿尔班山举行，恺撒穿着国王的古老服饰出席庆典，这是尤利乌斯氏族的特权。

这个庆典很快就结束了，因为参加庆典的人要在早上骑马离开罗马城，还要在日落之前赶回来。恺撒骑着“大脚丫”，领着一群官员回到罗马城。在罗马城里，刚刚成为贵族的小盖乌斯·奥克塔维乌斯第二次在独裁官和执政官都不在时充当了代理执政官。对于普通老百姓来说，这是一个颇受欢迎的庆典，那些住在阿尔班山附近的人回去参加庆典和随后举办的公共宴席，而那些住在罗马城的人会来到阿皮娅大道观看官员回城。

“你好,国王！”恺撒经过时,路边的群众中有人在大叫。“你好,国王！你好，国王！”

恺撒仰起头哈哈大笑。“不，你叫错了！我是恺撒，不是国王！”

马鲁卢斯和弗拉乌斯骑着马从保民官的队列中跑到恺撒身边，他们拉紧缰绳，坐在翘起前腿的马匹上，指着人群开始高声大喊。

“扈从，把那个说恺撒是国王的人带走！”马鲁卢斯叫了好几次。

安东尼乌斯的扈从开始行动，恺撒举起手来制止他们。“别动，”他斩钉截铁地说，“马鲁卢斯，弗拉乌斯，回到属于你们的位置。”

“他说你是国王！恺撒，如果你放任不管，那就证明你想成为国王！”马鲁卢斯大喊大叫。

现在整个队伍都停了下来，马匹在嘶鸣，扈从和官员都饶有兴趣地看着。

“带走那个人，给他定罪！”弗拉乌斯高声大吼。

“安东尼乌斯，让你的扈从把弗拉乌斯和马鲁卢斯带回他们的位置！”恺撒生气地说，脸上泛出红晕。

安东尼乌斯坐在他的马上，一副沉思默想的模样。

“安东尼乌斯，照我说的去做，不然你明天就会失去一切官职！”

“听到了吗？听到了吗？恺撒就是国王，他像对待仆人一样对着执政官呼来喝去！”马鲁卢斯继续大喊大叫，而安东尼乌斯的扈从已经过来抓住他的马缰把他拉到队伍后面。

“国王！国王！国王！恺撒国王！”弗拉乌斯还在大喊大叫。

“明天早上召集元老院会议。”恺撒对安东尼乌斯抛下这句话，然后就骑马返回公共圣所。

这一次，恺撒真的发怒了。

祈祷和占卜结束之后，为战斗冠冕获得者的掌声致敬被大大缩短了。

“卢基乌斯·凯塞提乌斯·弗拉乌斯，盖乌斯·埃皮狄乌斯·马鲁卢斯，出来！”他一声怒喝，“走到前面中间，立刻！”

两个保民官站起来，离开了他们那位于讲台前面的保民官长凳。他们走到恺撒跟前，下巴翘起，目光坚毅。

“我受够这些诬陷了！你们听清楚了吗？你们明白我的意思吗？”恺撒声若惊雷，“我受够了！我再也不会容忍！弗拉乌斯，马鲁卢斯，你们让自己的官职蒙羞！”

“国王！国王！国王！国王！”他们开始大喊大叫。

“闭嘴，白痴！”恺撒一声大吼。

事后大家都搞不清楚恺撒是怎么做到的，总之恺撒脸上出现那种神情，又用那种声调一声大吼，整个世界就开始颤抖。他不是国王。他是复仇之神。顿时间，每个元老都想起独裁官不用成为国王就可以做出什么事。比如鞭打，比如斩首。

“你们的表现还不如两个小混混，身为保民官为什么沦落至此？”恺撒大声质问，“如果有人在我的雕塑上绑了缎带，那你们只管拿下来！这样会得到我的赞赏！但是你们却故意把事情闹大，吸引了成百上千人来听你们大吼大叫。对于任何罗马官员来说，这种行为都不可接受，就连最无耻的煽动者都不会做出这种事！另外，如果人群中有人说了俏皮话，那就让他去说好了！一个温和的回答或一个玩笑就可以把他顶回去，就会让他显得很滑稽！但你们在阿皮娅大道上的行为简直是胡闹！你们把人群中一句调笑变成一场闹剧！你们想要给他定下什么罪？大叛国罪？小叛国罪？不敬罪？谋杀罪？偷窃罪？侵占罪？贿赂罪？强取豪夺罪？暴力罪？挑动暴力罪？破产罪？巫术罪？亵渎神圣罪？根据我所知道的，这就是罗马法律规定的全部罪行！一个人站出来说了不恰当的话并不是什么罪行！一个人毁谤他人也不是什么罪行！一个人中伤他人也不是什么罪行！如果这些是罪行，那马尔库斯·西塞罗早就应该被处以永久流放，因为他竟然说卢基乌斯·皮索是个贪婪的吸血鬼！还有一些元老说其他同僚喜欢吃屎或侵犯自己的孩子！你们怎么敢把这些小事说成是大罪呢？你们怎么敢无事生非地给我难堪？我会结束这一切！听清楚了吗？你们听清楚了吗？如果再有任何一个元老敢私下暗示或直接宣称我想成为罗马国王,那他最好小心一点！国王只是一个词语。这个词语具有特殊含义，但是在我们的罗马世界根本就毫无意义。国王？国王？如果我想成为永久的绝对统治者，那我为什么要把自己称为国王呢？为什么不把自己称为恺撒就好了？恺撒也是一个词语！恺撒也可以拥有国王的含义！所以，你们要小心！身为独裁官，我可以剥夺你们的公民权和财产！我可以让你们接受鞭刑，也可以让你们被斩首！我不需要成为国王！元老们，相信我，你们已经激怒我了！你们激怒我了！我的话到此为止。你们可以退下了！”

恺撒的声音在房顶屋檐间震荡回响，但那凝重的寂静比这回响还要令人心悸。

盖乌斯·赫尔维乌斯·秦纳离开保民官的长凳，走到一个能看到恺撒和这两个肇事者的地方，这两人现在正站着瑟瑟发抖。

“元老们，身为保民官的领头人，”秦纳说，“我提议终止卢基乌斯·凯塞提乌斯·弗拉乌斯和盖乌斯·埃皮狄乌斯·马鲁卢斯的保民官任期。我还提议把他们逐出元老院。”

整个元老院一片骚动，大家都挥舞着拳头大吼：“驱逐！驱逐！”

“你不能这么做！”老卢基乌斯·凯塞提乌斯·弗拉乌斯站起来高声大叫，“我的儿子不应该受到这样的惩罚！”

“凯塞提乌斯，如果你还有点理智，那就应该剥夺你这个蠢儿子的继承权！”恺撒咆哮道，“现在，你们都走吧！走吧！走吧！在你们能表现得像个负责的罗马人之前，我再也不想看到你们的脸！”

赫尔维乌斯·秦纳立刻走到外面，他召集了平民大会，把弗拉乌斯和马鲁卢斯从保民官团队和元老院中驱逐出去。然后他又举行了一次快速的选举，让卢基乌斯·德基狄乌斯·撒克萨和普布利乌斯·霍斯提利乌斯·撒塞尔纳成为保民官。

“秦纳，我希望你能意识到，”恺撒在会议结束后对赫尔维乌斯·秦纳柔声说，“今天是节庆日。你明天还要把这些事再过一次，就是在能够召开民会时。不过，我还是很欣赏你的举措。到我家里来喝杯酒吧，跟我说说你的新诗。”

“罗马国王”的事突然平息了，仿佛从未出过这件事。那些没有听到恺撒亲口解释为什么“国王”和“恺撒”可以是同一个意思的人，后来都听说了恺撒的这段话并大受震撼。正如西塞罗对阿提库斯说的：人们总是忘了恺撒是什么样的人，非得等到恺撒真的发怒才能醒悟。当然，对于布斯罗图姆的移民，西塞罗和阿提库斯仍然束手无策。

二月一日，在安东尼乌斯的主持下进行了一次元老院会议，也许是为了回应那次令人难忘的会议，元老院委任盖乌斯·尤利乌斯·恺撒为终身独裁官。没有一个人胆敢在分组表决时站在讲台的左边，从布鲁图斯、卡西乌斯、德基穆斯·布鲁图斯到特里波尼乌斯都是这样。元老院决议一致通过了。

第 2 节

现在“谋杀恺撒团”有二十一个成员：盖乌斯·特里波尼乌斯、德基穆斯·布鲁图斯、斯泰乌斯·穆尔库斯、提利乌斯·辛贝尔、米努基乌斯·巴西卢斯、德基穆斯·图鲁利乌斯、昆图斯·利伽里乌斯、安提斯提乌斯·拉比奥、赛尔维利乌斯·卡斯卡兄弟、凯基利乌斯兄弟、波皮利乌斯·利古里恩西斯、佩特罗尼乌斯、蓬提乌斯·阿奎拉、鲁布里乌斯·鲁伽、奥塔基利乌斯·纳索、卡伊斯·恩尼乌斯·伦托、卡西乌斯·帕尔门西斯、斯普里乌斯·迈利乌斯和塞尔维乌斯·苏尔皮基乌斯·伽尔巴。关于斯普里乌斯·迈利乌斯加入“谋杀恺撒团”的原因，除了对恺撒的痛恨，他还给出了一个特别的理由，尽管这个理由看起来有点不可理喻。

四百年前，他有一个也是叫做斯普里乌斯·迈利乌斯的祖先，这个祖先试图让自己成为罗马国王，他的家族从那时候开始就没落了，而杀死恺撒是除去他们家族恶名的一种方式。伽尔巴的加入让“谋杀恺撒团”的建立者很高兴，因为伽尔巴是个贵族，还是前任大法官，而且拥有庞大的势力。在恺撒领导高卢战争的初期，伽尔巴在一场阿尔卑斯山区的战役中表现糟糕至极，于是恺撒迅速终止了他的服役。除此之外，伽尔巴还被恺撒戴上了绿帽子。

其中的六个成员拥有一定地位，但可惜其余的人都没有什么影响力，正如特里波尼乌斯沮丧地对德基穆斯·布鲁图斯所说的：这只是一群想入非非的可怜虫。

“最大的优点就是他们的口风都很严，我从没听说任何人提起‘谋杀恺撒团’的存在。”

“我也没有听说，”德基穆斯·布鲁图斯说，“如果我们能再拉到两个像伽尔巴那么有势力的人入伙，那我们这个团队就足够强大了。一旦我们的成员超过二十三人，那这件事就会变成一场大混战，就像争夺十月马的马头那样。”

“这件事确实跟十月马有点相似，”特里波尼乌斯若有所思地说，“仔细想想，这就是我们的目的，不是吗？杀死罗马最优秀的战马。”

“我同意你的观点。恺撒是个自成一类的人，任何人都没有希望超越他。如果有希望，那就没必要杀死他了。不过安东尼乌斯的野心很大。特里波尼乌斯，我们应该把安东尼乌斯也杀了。”

“我不同意。”特里波尼乌斯说。如果我们想好好地活下来，那我们就应该把这件事变成爱国行动！哪怕我们只杀死恺撒的一个手下，都会把自己变成乱臣贼子。

“到时多拉贝拉会成为执政官，不过他是一个可以对付的人，”德基穆斯·布鲁图斯说，“至于安东尼乌斯，他本来就是个狼子野心的家伙。”

德基穆斯·布鲁图斯的管家在书房外面敲门。“主人，盖乌斯·卡西乌斯求见。”

这两人不安地交换了一下眼神。“让他进来，波库斯。”

卡西乌斯犹犹豫豫地进来了，这看起来很奇怪，因为他从来都不是一个犹犹豫豫的人。

“我没有打扰你们吧？”他问道，似乎感觉到空气中的异样。

“没有，没有，”德基穆斯·布鲁图斯说着拉过第三把椅子，“喝些酒？吃些点心？”

卡西乌斯砰地一声坐下去，他的两只手扭在一起。“谢谢你，我不需要任何东西。”

现场陷入一种难以打破的沉默，最后卡西乌斯终于打破了沉默。“你们觉得我们的终身独裁官怎么样？”他问道。

“这是我们给自己套上的枷锁。”特里波尼乌斯说。

“我们再也没有自由了。”德基穆斯·布鲁图斯。

“我的感觉跟你们完全一致。还有布鲁图斯也是这么觉得，但是他不相信我们能够改变处境。”

“这么说，你相信我们能够改变处境？”特里波尼乌斯问。

“如果我有办法，那我会杀了他！”卡西乌斯说。他抬起那双浅棕色的眼眸看着特里波尼乌斯的脸，那张脸上的某种细微表情让他屏住呼吸：“是的，我会打碎这个套在我们身上的枷锁。”

“怎样才能杀了他？”德基穆斯·布鲁图斯问，故作糊涂。

“我不，我不，我不知道，”卡西乌斯结结巴巴地说，“你们知道，这是一个新想法。在我们投票让他成为终身独裁官之前，我想我已经说服自己再忍受他几年，但是他永远都不会下台！就算到了九十岁，他还是会参加元老院会议。他的身体很健康，他的头脑永远都不会糊涂。”卡西乌斯的声音越来越响亮，那两双发亮的眼睛紧紧地盯在他脸上，热切地回应着他这些汹涌澎湃的思想。他知道自己遇到了同道中人，所以非常明显地放松下来。“只有我一个人吗？”他问道。

“当然不是，”特里波尼乌斯说，“直接说吧，你可以加入我们的团队。”

“团队？”

“‘谋杀恺撒团’。我们之所以用这个名字，是因为如果这个团队被人发现了，那我们就可以解释说这是一个玩笑，是一群不喜欢恺撒的人聚在一起准备在政治上杀死他，”特里波尼乌斯说，“这个团队现在已经有二十一个成员。你想加入吗？”

卡西乌斯迅速做出决定，就像他在比勒卡斯河边决定抛下马尔库斯·克拉苏跑到叙利亚那样迅速。“把我算进去，”他说着往后一靠，“现在我可以喝点酒了。”

“谋杀恺撒团”的两个创立者高高兴兴地向卡西乌斯介绍情况，包括这个团队的建立、目的，还有他们为什么决心要杀死恺撒。卡西乌斯兴致勃勃地听着，直到他听说了成员的名字。

“这些人都不值一提。”他语气平淡地说。

“你说得对，”德基穆斯说，“但是他们给我们带来一个重要的好处，那就是人多势众。这可以是一个政治同盟，比如说好人帮就没有多少人。至少这些人都是元老，而且这么多人就不可能是暗地里的密谋了。我们绝对不想让人把密谋这个词语贴在我们团队身上。”

特里波尼乌斯接过话头。“卡西乌斯，你的加入是我们期待已久的，因为你拥有真正的势力。但是，就算有一个卡西乌斯和一个贵族出身的苏尔皮基乌斯·伽尔巴，还是不足以让人觉得这是一次爱国行动。我的意思是，我们是除灭暴君者，而不是谋杀者！这是事成之后必须呈现的画面。我们必须走到演讲台，向所有罗马人宣布，我们已经让亲爱的祖国摆脱了暴君的奴役，我们不该道歉也不该遭到报复。让自己国家摆脱暴君的人应该得到称赞。罗马以前也摆脱过暴君，而那个除灭暴君的人成了罗马历史上最伟大的人。这个人就是布鲁图斯，他驱逐了最后一任国王，并处死了试图恢复王政的亲生儿子！还有赛尔维利乌斯·阿哈拉，他在斯普里乌斯·迈利乌斯试图成为罗马国王时把迈利乌斯杀死了。”

“布鲁图斯！”卡西乌斯大叫一声，突然灵光一闪，“布鲁图斯！现在加图已经死了，我们必须让布鲁图斯加入！他是第一个布鲁图斯[1]的直系后裔，而且通过他的母亲，他也是赛尔维利乌斯·阿哈拉的后裔！如果我们能说服布鲁图斯加入，那我们就能彻底洗清罪责。没有人会来指控我们。”

德基穆斯·布鲁图斯僵住了，眼睛里闪着冷酷的光芒。“我也是第一个布鲁图斯的直系后裔，你以为我们没有想到这个吗？”他质问道。

“是的，但你跟赛尔维利乌斯·阿哈拉没有血缘关系，”特里波尼乌斯说，“德基穆斯，马尔库斯·布鲁图斯比你更有说服力，你没必要因为这个而生气。他是罗马最有钱的人，所以他的势力极为庞大，他拥有布鲁图斯的血统，还拥有赛尔维利乌斯的贵族血统。卡西乌斯，我们一定要把他拉进来！这样我们就有两个布鲁图斯，那我们就不可能失败！”

“好吧，我明白啦，”德基穆斯说，怒气渐渐平息，“卡西乌斯，但是我们能让他加入吗？我承认，我对他不是很了解，但是据我所知，他不可能成为弑君者。他是那么温顺、软弱、怯懦。”

“你说得对，他确实如此，”卡西乌斯沉着脸说，“他被他母亲控制住了？”他顿了顿，脸色一亮，“直到他娶了波尔基娅。噢，她们大打出手！毫无疑问，布鲁图斯娶了波尔基娅之后勇敢多了。而且终身独裁官的法令让他非常震惊。我会说服他，让他相信身为朱尼乌斯·布鲁图斯和赛尔维利乌斯·阿哈拉的后人，让罗马摆脱暴君是他的道德义务。”

“我们敢向他挑明吗？”德基穆斯·布鲁图斯谨慎地问，“他可能会跑去跟恺撒告密。”

卡西乌斯一脸震惊。“布鲁图斯？不，绝对不会！就算他不肯加入我们，我也敢用性命担保，他会守口如瓶。”

“你敢担保就行，”德基穆斯·布鲁图斯说，“你敢担保就行。”

---

① 第一个布鲁图斯是指卢基乌斯·朱尼乌斯·布鲁图斯（Marcus Junius Brutus），他是罗马共和国的第一任执政官，在公元前509年结束了古罗马的王政时代，开创了罗马的共和制。——译者注

终身独裁官在战神原野召开百人团大会[①]，准备“选举”普布利乌斯·科尔涅利乌斯·多拉贝拉为高级执政官，以便在恺撒离开罗马之后接任他的执政官职位。投票的过程快速而顺利，这是理所当然的事情，因为多拉贝拉是唯一的候选人，不过每个百人团的投票还需要清点，至少要算清所有第一等级百人团的投票，还有很大一部分第二等级百人团的投票，才能达到多数通过的要求。百人团大会的投票主要取决于第一等级，所以在今天这样的“竞选”中，第三、第四和第五等级的百人团都懒得出席。

恺撒和安东尼乌斯都出席了，恺撒是监督竞选的官员，而安东尼乌斯是竞选的占卜官。身为低级执政官，安东尼乌斯花了很长时间来完成他的占卜。他拒绝了第一头准备献祭的绵羊，说那头羊不够干净。然后又拒绝了第二头羊，说那头羊的牙齿太少了。等到第三头羊过来时，他才终于接受了。他仔细查看这头羊的肝脏，因为占卜规则清楚地刻在一个青铜器上面，所以罗马的占卜官不需要什么异能，也不需要找到拥有异能的人来担任占卜官。

恺撒是个急性子，安东尼乌斯还在磨磨蹭蹭，他就下令开始投票。

“有什么问题吗？”恺撒说着走到安东尼乌斯身边。

“那个肝脏看起来很可怕。”

恺撒看了一下，用一根棍子把那个羊肝翻过去，观察了肝叶的数目和形状，然后说：“安东尼乌斯，这个肝脏没问题。身为大祭司长和占卜官，我宣布这是吉祥之兆。”

安东尼乌斯耸耸肩膀走到一边，然后占卜官的助手就开始清理现场。恺撒回去监督投票，而安东尼乌斯则站在一边凝视远方，嘴上露出一抹微笑。

---

① 百人团大会（Comitia Centuriata）是古罗马最高级别的人民大会，只有拥有至高统帅权的高级官员才能担任大会主席，召开的地点是罗马城外的战神原野。投票者被分成叫做百人团的表决单位。百人团以罗马公民的财产为基准，表决时按照五个等级的顺序依次投票。大会的决议案只要有超过半数的百人团投赞成票就可以通过，第一、二等级公民拥有的百人团超过总数之半，控制着大会的多数票，如果他们投票一致，决议就可以通过。百人团大会负责选举包括执政官、大法官、监察官在内的高级官员，并在刑事案件中行使死刑上诉法庭的职能。此外，百人团大会还是宣布战争或缔结合约的机构。——译者注

“安东尼乌斯，别生闷气了，”安东尼乌斯喃喃自语道，“你还没有放大招。”

等到现场的九十七个百人团大概有一半已经投完票，安东尼乌斯突然跳起来一声怪叫。然后他就走到监票台上，望着下面一排排正在投票的白色身影。

“一个火球！这是不祥之兆！”他扯着喉咙大喊，“身为这场竞选的占卜官，我命令所有的百人团立刻回家！”

干得漂亮。恺撒措手不及，他还没来得及查问还有谁看到这颗转瞬即逝的陨石，所有的百人团就开始匆忙撤退了。

多拉贝拉从那些等着投票的队伍中跑过来，脸色铁青地对着笑嘻嘻的安东尼乌斯吐了一口唾沫。“混蛋！”

“安东尼乌斯，你太过分了。”恺撒板着脸说。

“我看到一个火球，”安东尼乌斯固执地坚持，“在我的左边，靠近地平线。”

“我想，你是想通过这个来证明，就算我再次举行竞选也不行。因为再次竞选也会中途暂停。”

“恺撒，我只是告诉你我看到的东西。”

“安东尼乌斯，你是个肆无忌惮的白痴。我还有其他办法。”恺撒说着就转身离开，走下监票台的阶梯。

“你这混蛋，我要打死你！”多拉贝拉大叫着扑过去。

“扈从，拦住他。”安东尼乌斯一声令下，然后就去追赶恺撒。

西塞罗大模大样地走上前，两只眼睛闪闪发亮。“马尔库斯·安东尼乌斯，你这样真是太愚蠢了，”他说道，“你应该以执政官的身份看着天空，而不是以占卜官的身份。因为占卜官要受到正式委派才能观察天象，而执政官不用受到委派。”

“西塞罗，谢谢你告诉安东尼乌斯应该如何正确地搞砸以后的竞选！”恺撒咆哮道，“我要提醒你，普布利乌斯·克洛狄乌斯的法令规定，执政官也必须得到委派才能观察天象。你应该先看看在你流放期间通过的法令，再来干这种自以为是的事情。”

西塞罗被噎得说不出话，只好灰溜溜地走开了。

“我怀疑，”恺撒对安东尼乌斯说，“你还会试图阻止我委任多拉贝拉为补缺执政官。”

“不，我不会，”安东尼乌斯得意扬扬地说，“身为补缺执政官，多拉贝拉不能盖过我。”

“安东尼乌斯，安东尼乌斯，你的法律知识和数学知识一样糟糕！他当然能盖过你，只要他补缺的是高级执政官就可以。去年十二月的最后一天，高级执政官法比乌斯·马克西穆斯去世了，当时我就委任了一个任期只有几个小时的补缺执政官，你以为我为什么要这么麻烦？除了那些记录下来的法律，那些没有遭到异议的先例也有法律效力。我在一个多月前就设置了这个先例，而你和其他人都没有提出异议。你以为今天终于能打败我，但你现在才知道我总是抢先一步。”恺撒笑容满面地走到卢基乌斯·恺撒那儿，而卢基乌斯正目光凌厉地瞪着安东尼乌斯。

“我们该拿这个臭小子怎么办呢？”卢基乌斯绝望地问。

“在我离开时？卢基乌斯，压着他就好了。只要你仔细想想，就会发现他已经被死死地压制住了。在今天的事情之后，多拉贝拉肯定对他恨之入骨，不是吗？骑兵统帅是卡尔维努斯，国库完全掌握在大巴尔布斯和奥皮乌斯手中。是的，安东尼乌斯被死死地压制住了。”

安东尼乌斯也知道自己被压制住了，他怒火冲天地回到家里。这不公平，这不正确！那只狡猾的老狐狸熟悉各种政治和法律的诡计，而且还亲自发明了一些诡计。很快每个元老都会被迫发誓，承诺在恺撒离开之后继续维持他的法令。他们要在“半神”狄乌斯·费狄乌斯[①]的露天神庙里发誓，而恺撒身为大祭司长，早就解决了手里握着一块石头让誓言失效的问题。恺撒实在太老练，不会被任何事情蒙骗。

① “半神”狄乌斯·费狄乌斯（Semo Sancus Dius Fidius）是古罗马的誓言和谈判神。——译者注

特里波尼乌斯。我要跟特里波尼乌斯谈一谈。不是德基穆斯·布鲁图斯，而是特里波尼乌斯。要找个隐蔽的地方好好谈谈。

元老院召开会议，委任多拉贝拉在恺撒卸任之后担任补缺执政官。虽然是补缺执政官，但却是高级执政官。会议结束之后，安东尼乌斯开始行动了。

“我的马从西班牙运来了。你想不想一起走到拉那塔里乌斯原野去看看？”安东尼乌斯兴冲冲地问。

“当然了。”特里波尼乌斯说。

“什么时候？”

“择日不如撞日，安东尼乌斯。”

“德基穆斯·布鲁图斯在哪里？”

“他跟盖乌斯·卡西乌斯在一起。”

“这就怪了。”

“最近的事，没什么奇怪的。”

他们继续往前走，没有再说什么话，先是过了卡皮纳城门，然后又走向那片罗马人用来养马和屠宰牲畜的区域。

天气很冷，寒风呼啸。他们在罗马城内还不觉得，但一出了城门就开始冷得牙齿打架了。

“这里有个小酒馆，”安东尼乌斯说，“仁慈可以再等等，我需要一点酒和一个温暖的火炉。”

“仁慈？”

“我那匹新马的名字。因为我是‘恺撒之仁慈’教团的祭司。”

“噢，我们给他献上银板时，他都快气死了！”

“别提了。我第一次见到他时，他就狠狠地踢了我的屁股，让我好多天都不能坐下。”

酒馆里只有少数几个人，他们看着这两个新来的客人都惊呆了。这个地方从未有过两个穿着宽条紫边托迦的人大驾光临！店主冲过去把两位贵客带到最好的位置，同时把三个商人赶出去，这三人惊讶得顾不上抗议。然后店主又拿来一瓶最好的酒，摆上腌制的洋葱和饱满的橄榄给他们当下酒菜。

“我们在这里很安全，这些人说是罗马人，其实跟拉丁人差不多。”特里波尼乌斯用希腊语说。他试探着喝了一口酒，然后一脸惊讶地挥挥手，向那个满脸堆笑的店主表示赞许。

“安东尼乌斯，你在想什么呢？”

“你的小计划。已经没剩下多少时间，那件事进行得怎么样？”

“从某个方面来说很好，但从另外的方面来说不太好。我们现在已经有二十二人，但还缺少一个领军人物，这实在令人担心。如果我们不能堂堂正正地摆脱罪责，那做这件事就没有任何意义了。我们是除灭暴君，不是谋害人命，”特里波尼乌斯说出他的口头禅，“但是，盖乌斯·卡西乌斯已经加入，而且他准备说服马尔库斯·布鲁图斯来充当领军人物。”

“天啊！”安东尼乌斯大叫道，“他肯定不会答应。

“我也觉得卡西乌斯成功的希望很渺茫。”

“如果你们不能得到这个领军人物，那再来点别的保证怎么样？”安东尼乌斯说，把腌洋葱一层层地撕开。

“保证？”特里波尼乌斯问，一脸谨慎。

“别忘了，我会成为执政官。还有，绝对不要以为多拉贝拉会造成什么问题，因为我决不允许。如果那个人死了，那多拉贝拉也会倒下来，向我露出他的肚皮。”安东尼乌斯说，“我想说的是，我会在元老院和民会中替你摆平一切。我的二弟盖乌斯是大法官，我的三弟卢基乌斯是保民官。我可以保证，所有参加的人都不会被审判，他们的官职、行省、财产和权利都不会被人夺走。别忘了，我是恺撒的继承人。我控制着军队，而这些军队对我的好感远远超出对勒皮杜斯、卡尔维努斯和多拉贝拉的好感。没有人敢在元老院或人民大会[①]中跟我作对。”

---

① 人民大会（Popular Assemblies）是罗马共和国进行统治的重要机构。不同类型的人民大会通过投票执行包括选举官员、制定法令、审判案件、决定战和等不同职能，主要的人民大会有百人团大会、部落大会、平民大会。——译者注

安东尼乌斯那张夹杂着丑陋和英俊的面孔顿时变得十分凶狠。“特里波尼乌斯，我可不是恺撒以为的大白痴。如果他被杀了，那我会不会被杀呢？还有卢基乌斯舅舅、卡尔维努斯和皮狄乌斯，总之我的生命也岌岌可危。所以我要跟你谈谈，而且我只跟你一个人谈！这是你的计划，是你让这些人聚集在一起。我想跟你说的话只限于我们两个，不可以传到别人那儿。只要你保证我不会成为目标，那我就会保证没有人会因为这件事而受罪。”

特里波尼乌斯那双灰色眼睛显出若有所想的神情。他当然不会拒绝如此有利的提议。安东尼乌斯是个政治上的懒汉，他不像恺撒那么积极能干。只要他大权在握，只要他能成为罗马第一人，只要他有恺撒的大笔财富可供挥霍，那他会高高兴兴地看着罗马沦落。

“成交了，”盖乌斯·特里波尼乌斯说，“安东尼乌斯，这是我们的秘密。其他人根本就没必要知道。”

“德基穆斯也不例外吗？我加入克洛狄乌斯帮派的时候就认识他了，他可不像大部分人以为的那么可靠。”

“我不会告诉德基穆斯，我可以向你发誓。”

二月初，恺撒得到了开战的借口。叙利亚传来消息，安提斯提乌斯·维图斯奉派去接替科尔尼菲基乌斯，他把巴苏斯围困在阿帕梅亚城中，想着这应该是一场速战速决的围城战。但是巴苏斯却把他的叙利亚“首府”守得固若金汤，结果这场围城战一再拖延。更糟糕的是，巴苏斯还派人向帕提亚王国的奥罗德斯国王求援，然后援兵真的到来了。帕科鲁斯王子领着一支帕提亚军队入侵了叙利亚。整个叙利亚行省的北部都被占据了，而安提斯提乌斯·维图斯仍然被困在安条克。

因为现在没有人能说不需要保卫叙利亚或不需要对付帕提亚人，所以恺撒让国库掏出了比他原先预计还要多得多的拨款，并且把这些准备用于战争的拨款送到布伦狄西姆。为了安全起见，他把这些钱放在自己的银行管理人盖乌斯·奥皮乌斯那里。他下达命令，要尽快召集船只把所有军团从布伦狄西姆运到马其顿。他的骑兵将从安科纳乘船出发，因为这个港口最靠近他们准备扎营的拉韦纳。恺撒在此前一天已经下令，让副将和其他军官出发前往马其顿，他还通知元老院自己会在三月望日卸下执政官一职。

盖乌斯·奥克塔维乌斯大吃一惊，因为他突然收到了普布利乌斯·温提狄乌斯的简短来信，让他出发前往布伦狄西姆。他将在二月底和阿格里帕和撒尔维狄恩乌斯·鲁弗斯一起动身。他很高兴接受这个命令，因为他母亲一直哭哭啼啼，说她再也不能看到自己亲爱的独子，而菲利普斯也因为妻子的哭闹而变得特别烦躁。奥克塔维乌斯故意把母亲为自己准备的东西扔下三分之二，只租了三辆马车和两辆货车就赶紧从拉提那大道出发了。自由！冒险！恺撒！

在他出发之前的那天晚上，恺撒登门拜访并跟他简短道别。

“奥克塔维乌斯，我希望你能继续学习，因为我觉得你的前途并不在于领兵打仗。”恺撒说，他看起来很疲倦。

“我会的，恺撒，我会的。我带上了马尔库斯·埃皮狄乌斯和来自亚历山大里亚的阿里乌斯，让他们帮我增强修辞和法律知识，还有来自帕加马的阿波罗多鲁斯帮我磨炼希腊语。”说到这儿，他的脸拉长了，“我的希腊语有点进步了，但无论我怎么努力，还是不能用希腊语来思考。”

“阿波罗多鲁斯的年纪已经很大了。”恺撒说，皱着眉头。

“是的，但他向我保证，他的身体很健康，完全可以出门旅行。”

“那就带上他吧。还要让马尔库斯·阿格里帕也开始接受教育。我对这个年轻人充满期待，他应该是能文能武的人才。菲利普斯有没有给你安排在布伦狄西姆的住处？那里的旅馆肯定都客满了。”

“是的，他安排我住在他的朋友奥卢斯·普劳提乌斯那里。”

恺撒哈哈大笑，顿时显得像个小男孩。“多方便啊！你可以顺便帮我看着战备资金。”

“战备资金？”

“让一支军队吃饭、行军和打仗需要很多钱，”恺撒严肃地说，“一个谨慎的统帅总会在他出征时准备好资金，如果他离开之后再向罗马要求资金，那元老院可没那么容易答应。所以我的战备资金已经存在奥皮乌斯那里，而奥皮乌斯就住在奥卢斯·普劳提乌斯隔壁。”

“恺撒，我保证会替你看着战备资金。”

恺撒跟他握握手，又在他脸上轻轻一吻，然后就离开了。奥克塔维乌斯站在那儿，看着那个空荡荡的门廊，感到一阵难以言喻的心痛。

在牧神节的前一天，安东尼乌斯寻思着要再来一次关于罗马国王的小阴谋。今年会有三个队伍参加节庆，而安东尼乌斯是尤利乌斯祭司团的领头人。

在所有的罗马节庆中，牧神节是最古老、最受欢迎的节庆之一。这个节庆的古老仪式充满性意味，让一些比较保守的罗马上层人不忍直视。

帕拉丁山上有一处山崖正对着大竞技场和屠牛广场，在这个山崖之下有一个小山洞和一处泉水被称为卢佩卡尔。此处靠近“场地精神”[①]的圣坛，位于一棵古老的橡树下面（最初是一棵无花果树），那只母狼就是在这里给双生子罗慕路斯和雷穆斯哺乳。后来罗慕路斯在帕拉丁山上建立了最初的罗马城，并因为雷穆斯“跳过城墙”犯了僭越之罪而杀了自己的兄弟。现在帕拉丁山上还保存着一座罗慕路斯建造的椭圆形茅屋，罗马人也仍然对卢佩卡尔山洞满怀敬仰，并经常向罗马的“场地精神”祈祷。

这一切已经是六百年前的事，但牧神节一直延续着。

牧神祭司的三个祭司团在卢佩卡尔山洞会合，然后赤身裸体地在山洞外面屠宰许多山羊和一只公狗。这三个祭司团的领头叫做尤利乌斯祭司团，另外两个是法比乌斯祭司团和昆克提利乌斯祭司团，他们负责监督自己的祭司团切断这些祭牲的喉咙，他们要站在那儿任由那些血淋淋

① “场地精神”（Genius Loci）是古罗马人的一种信仰，他们相信每一种事物、每一个地方都有自己的灵魂和精神，这种精神赋予事物和场地生命，同时决定其本质和特性。——译者注

的刀子在自己的额头上涂抹，与此同时还要发出疯狂的大笑。另外两个祭司的笑声都不像安东尼乌斯那么响亮而疯狂，他眨着眼睛不让鲜血流进自己的眼睛，直到他那个祭司团中的人拿着浸泡了羊奶的羊毛替他把鲜血擦掉。已经屠宰的山羊和公狗会被剥皮，这些羊皮会被切割成长片，然后所有的祭司都要在腰上绑着羊皮盖住自己的下身，还要确保这块可怕的缠腰布上有一长条可以用来当做羊皮鞭。

参加牧神节的人成千上万，但只有少数观众能够看到祭司们绑上羊皮的场面。帕拉丁山上有包括房屋、神庙和神坛在内的许多建筑，只有那些站在建筑物顶上的人才能看到这一幕。牧神祭司装扮好之后，就会向那些守卫罗马人的无形之神献上咸面饼。这些咸面饼是维斯塔贞女亲手做的，材料是上一个拉丁节最早收成的麦子。咸面饼才是真正的祭物，而被杀的山羊和公狗只是为了给牧师祭司提供服饰。献上咸面饼之后，那三十六个健壮的牧神祭司就会躺在地上享受“盛宴”。不过这场“盛宴”除了大量的酒水之外只有少量食物，因为“盛宴”一结束，牧神祭司就要开始一段超过二里地的长跑。

安东尼乌斯跑在最前面，领着一群祭司从卢佩卡尔跑下卡库斯阶梯，冲向下方的围观群众。他们一边哈哈大笑，一边挥舞着手中的羊皮鞭。奔跑路线已经准备好了，他先是跑过靠近大竞技场一边的帕拉丁山，然后又拐过弯来进入宽阔的凯旋大道，再经过帕卢斯－塞罗利艾湿地，然后又奔向罗马广场上方的威利亚山，又从神圣大道来到罗马广场上的演讲台，最后一小段路是绕回罗马的第一座神庙，也就是那个小小的雷吉亚圣殿。他们的奔跑每一步都变得越来越困难，因为穿过人群的路线只能容纳一个人通过，而且还常常有人穿过这条路线等着挨鞭子。

这种鞭打有着庄严神圣的目的：任何一个被打中的人都能生下孩子。于是那些不育的男人和女人都会恳求围观人群让他们挤到路线中间，等着某一个牧神祭司举起血淋淋的羊皮鞭打在他身上。对安东尼乌斯来说，弗尔维娅就是一个活生生的例子。弗尔维娅的母亲是盖乌斯·格拉古的女儿塞姆普罗尼娅，塞姆普罗尼娅到了三十九岁还从未怀孕。她实在不知道还能怎么办，所以就在牧神节上尝试了羊皮鞭。九个月后，她就生下了唯一的孩子弗尔维娅。于是安东尼乌斯热情地挥舞着他的鞭子，毫不吝惜力气地向人们身上抽去。他一路上都在大笑，时不时停下来喝一口好心人献上的清水，完全沉浸在这种欢乐的气氛之中。

不过，他给围观人群带来的欢乐还不仅如此。人们一看到他就疯狂地大喊大叫，因为他根本就没有用羊皮遮住自己的生殖器，所以大家都看到了有史以来最雄壮的阴茎和最硕大的阴囊。这可真是意外之喜！所有人都为之着迷！噢，噢，噢，快抽我！快抽我！

在奔跑接近尾声时，安东尼乌斯带领着所有牧神祭司从山上跑到罗马广场。独裁官恺撒就坐在演讲台上面，他总算没有忙着批阅文件，而是有说有笑地跟大家插科打诨。当他看到安东尼乌斯时，他指着安东尼乌斯的生殖器，说了一些什么佳言妙句，让许多男女都笑得瘫倒在地。恺撒确实聪明绝顶，这是任何人都无法否认的事情。好吧，恺撒，受我一鞭！

安东尼乌斯跑到演讲台下面时，伸出左手从人群中接过什么东西，然后就突然冲上阶梯跑到恺撒背后，准备把一条白色缎带绑在恺撒头上。恺撒的反应迅如闪电！那条缎带根本就没有碰到恺撒头上的橡叶冠冕，只见恺撒站起身用右手高高地举着一个王冠，声若洪钟地呼喊：

"'至善至尊者'朱庇特是罗马的唯一国王！"

人们发出震耳欲聋的欢呼声，但恺撒举起双手让大家安静下来。

"小伙子，"恺撒对着他下面一个穿着托迦的年轻人说，"把这个王冠摆在'至善至尊者'朱庇特的脚下，这是恺撒献给祂的礼物。"

人们又开始欢呼，那个小伙子跑上演讲台，满腔自豪地接过王冠。恺撒对着他微微一笑，然后在他耳边说了几句悄悄话。这个小伙子简直受宠若惊，他走下演讲台，然后就大步流星地沿着卡皮托利努斯坡道前往"至善至尊者"朱庇特的神庙。

"安东尼乌斯，你还没有跑完全程，"恺撒说，安东尼乌斯气喘吁吁地站在那里，他的阴茎微微勃起，引得女人们一阵大呼小叫，"你想成为最后一个到达雷吉亚圣殿的人吗？等你洗完澡换好衣服，还有另外一项任务。召集元老院会议，明天清晨在元老院会堂举行。”

元老院会议开始时，许多人都吓得浑身发抖，但他们却发现恺撒神色如常。

“这件事要记录在铜板上面，”恺撒语气平和地说，“在盖乌斯·尤利乌斯·恺撒和马尔库斯·安东尼乌斯担任执政官的那年牧神节，执政官马尔库斯·安东尼乌斯给恺撒献上一个王冠，但恺撒公开拒绝了，并因此赢得民众的热烈欢呼。”

“恺撒，干得漂亮！”安东尼乌斯说，元老院已经开始讨论其他事情了，“现在所有罗马人都看到你拒绝戴上王冠，都认为是我在给你拍马屁。”

“安东尼乌斯，不要再纠缠这件事。否则总有一个脑袋要从你身上离开。只是我有一个问题没有弄明白，控制你思想的究竟是哪一个脑袋？”

二十二人并不是一个很大的数目，但是想要找到一个房间可以容纳“谋杀恺撒团”的二十二个成员却非常困难。没有一个成员（他们并不认为自己是密谋分子）有一个足够大的餐厅可以招待这么多人，而在自家花园或公共花园聚集实在太引人注意。他们因为内心的不安和恐慌而不敢公开聚集，哪怕是在元老院的会议之前。

如果不是因为特里波尼乌斯曾经是个优秀的保民官，并且一直在保民官中保持一定的影响力，那这个俱乐部可能会因为没有一个安全的聚会地点而失败。幸好特里波尼乌斯正在负责整理保民官的档案，而这些档案就保存在阿芬丁山的刻瑞斯[①]神庙中。在这个罗马最美丽的神庙里面，他们可以在天黑之后悄悄聚集，只需确保不要频繁聚集，就不会引起他们家中女眷的注意。

① 刻瑞斯（Ceres）是古罗马的谷物女神，象征着大自然的生产力量。——译者注

刻瑞斯神庙像其他神庙那样，除了四面的柱廊之外并没有窗户，而且门口有双重的铜门，所以他们只要关上大门，就不会让外面的人看到屋里的灯光。神庙的内殿很大，里面有一尊二十尺高的刻瑞斯雕像，女神手里抱着一捆麦穗，身上穿着一件美丽的衣袍，衣袍上面画满了玫瑰、三色堇和紫罗兰等美丽的夏季鲜花，脚下是装满各种水果的篮子。不过神庙里最引人注目的是一幅巨型壁画，上面描绘着色欲熏心的普鲁托把普洛塞皮娜强掳到冥府，而泪流满面的刻瑞斯正在一片枯萎凋零的冬季大地上寻找她心爱的女儿。

恺撒下令把自己拒绝戴上王冠的事记录在铜板上。在这个会议后的第三天夜晚，"谋杀恺撒团"的所有成员都来到刻瑞斯神庙。他们看起来都焦灼不安，有些人甚至显得有点疯狂。特里波尼乌斯看着他们的面孔，寻思着自己到底还能不能让这些人聚集在一起。

卡西乌斯抢先发言。"还有不到一个月的时间，恺撒就要离开了，"他说道，"而我到目前为止还没有见到你们任何一个人在认真对待这件事。夸夸其谈很容易！但我们需要的是行动！"

"你劝说马尔库斯·布鲁图斯加入的事怎么样了？"斯泰乌斯·穆尔库斯咄咄逼人地问，"卡西乌斯，不要光说不做！我早就应该出发前往叙利亚，但是因为我现在还留在罗马，我们的主子已经开始斜着眼睛看我了。还有我的朋友辛贝尔，他的情况也是如此。"

卡西乌斯之所以这么着急上火，就是因为他在布鲁图斯那边还没有突破。布鲁图斯正陷于对波尔基娅的疯狂热恋，同时还要应付波尔基娅和赛尔维利娅永无休止的战斗，所以他根本就没有什么时间，就连他极为重视的秘密商业活动都顾不上了。

"再给我八天时间，"卡西乌斯硬邦邦地说，"如果还是不行，那就彻底放弃布鲁图斯好了。但这并不是最让我担心的。杀死恺撒还不够，我们必须把安东尼乌斯和多拉贝拉也杀了，还有卡尔维努斯。"

"如果这么做，"特里波尼乌斯平静地说，"那我们就会成为国家公敌，就算能保住脑袋，也会失去全部财产，被迫永久流放。内战不可能发生，因为山内高卢没有军队可以给德基穆斯使用，而驻扎在卡普亚[①]和布伦狄西姆之间的所有军团都转移到马其顿了。这并不是一场试图推翻罗马政府的阴谋，而是一个让罗马摆脱暴君的行动。如果我们只是对恺撒动手，那我们就可以说自己是替天行道，既符合法律又符合罗马传统。如果杀死执政官，那我们就是大逆不道，这是必须搞清楚的问题。"

马尔库斯·鲁布里乌斯·鲁伽是个无名小卒，他的家庭曾经出过一个马其顿总督，不过很倒霉地碰上了小加图。鲁伽完全没有任何道德原则，于是他说道："我们为什么要这么麻烦呢？我们悄悄杀死恺撒，然后闭口不提，不就行了？"

现场笼罩着一阵凝重的沉默。直到特里波尼乌斯开口说："马尔库斯·鲁布里乌斯，我是体面人，这就是为什么。一次暗杀有什么荣誉可言？做了却不承认？不！绝不！"

所有人都义愤填膺地表示赞同，吓得鲁布里乌斯·鲁伽赶紧缩进一个阴暗的角落。

"我觉得卡西乌斯说的不无道理，"德基穆斯·布鲁图斯说着鄙夷地看了鲁布里乌斯·鲁伽一眼。"安东尼乌斯和多拉贝拉会来对付我们。他们跟恺撒的关系太密切，肯定会这么做。"

"得了吧，德基穆斯，你怎么能这样说安东尼乌斯呢？他一直在跟恺撒作对。"特里波尼乌斯说。

"那是为了他自己，而不是为了我们。别忘了，他用自己的祖先赫拉克勒斯向弗尔维娅发誓，保证他永远都不会对恺撒动手，"德基穆斯反驳说，"这就让他变得有点危险了。如果我们杀了恺撒，而让安东尼乌斯活着，那他就会担心接下来会轮到他自己。"

"德基穆斯说得对。"卡西乌斯坚定地说。

特里波尼乌斯一声叹息。"你们都回家吧。我们八天之后再回来，希

① 卡普亚（Capua）是位于意大利半岛南部坎帕尼亚大区的一个城市。这个城市建于公元前6世纪，大约公元前4世纪后期属于罗马。此处有许多罗马军营和角斗士培训学校，是公元前73年斯巴达克斯起义的发生地。——译者注

望到时卡西乌斯能把布鲁图斯也带过来。我们要把注意力集中在这里，而不要老想着来一场大屠杀，那样就没有人来管理罗马，而罗马就会陷入彻底的混乱。”

因为钥匙在特里波尼乌斯手中，所以他等着其他人三五成群或独自一人陆续离开，然后在屋子里走了一圈吹灭灯火，只留下自己手中的一盏灯。他心想，完蛋了，完蛋了。他们坐在这里侧耳倾听，只要有一丁点动静就吓得要命。他们毫无士气，他们尽出馊主意。绵羊。咩，咩，咩！包括辛贝尔、阿奎拉、伽尔巴、巴西卢斯，这些人都像绵羊一样。二十二头绵羊怎么能杀死像狮子一样的恺撒？

第二天早晨，卡西乌斯去到布鲁图斯家里，把布鲁图斯推进书房里，然后就关上门，站在那儿瞪着受惊的布鲁图斯。

“坐下，大舅子。”卡西乌斯说。

布鲁图斯坐下了。“盖乌斯，怎么了？你看起来不太正常。”

“考虑到罗马的情况，我这样才算正常！布鲁图斯，你什么时候才能看出恺撒已经是罗马国王？”

布鲁图斯的肩膀垮下了，他看着自己的手，叹了一口气。“我早就看出来了，早就看出来了。他说得对，‘国王’只是一个词语而已。”

“那你准备做点什么呢？”

“做点什么？”

“是的，做点什么！布鲁图斯，醒醒吧，看在你那些显赫的祖先面子上！”卡西乌斯大叫道，“此时此刻，罗马正好有第一位布鲁图斯和赛尔维利乌斯·阿哈拉的共同后人，这肯定有一个理由！为什么你就不能看到自己的责任呢？”

布鲁图斯那双黑色的眼眸瞪大了。“责任？”

“责任，责任，责任！你的责任是杀死恺撒。”

布鲁图斯吓得张大嘴巴，他的脸上满是恐慌。“我的责任是杀死恺撒？”他震惊地问。

“除了重复我说的话，你就不能做点别的吗？如果恺撒不死，那罗马就再也不是一个共和国了。他已经是罗马国王，他已经建立了君王的统治！如果他继续活下去，那他就会在有生之年选出一个继承人，而独裁官的职位就会传给这个继承人。所以，现在有一些人准备杀死恺撒国王。我也在其中。”

“卡西乌斯，不要！”

“布鲁图斯，一定要！其他人包括布鲁图斯·德基穆斯、盖乌斯·特里波尼乌斯、辛贝尔、斯泰乌斯·穆尔库斯、伽尔巴、蓬提乌斯·阿奎拉，我们总共有二十二人。布鲁图斯，我们需要你成为第二十三人。”

“天啊！天啊！我做不到，卡西乌斯，我做不到！”

“你当然做得到！”一个声音突然炸响。波尔基娅从柱廊那边的侧门走进来，脸上和眼里都在发光。“卡西乌斯，这是唯一的选择！布鲁图斯会成为第二十三个。”

两个男人都盯着她，布鲁图斯满脸恐慌，而卡西乌斯满脸欣赏。他怎么忘了柱廊那边还有一个侧门呢？

“波尔基娅，以你死去的父亲发誓，你不会向任何人透露一个字！”卡西乌斯大叫道。

“我很乐意发誓！卡西乌斯，我不是傻子，我知道这件事是多么危险。噢，但这是正义之举！杀死国王，恢复加图深爱的共和国！还有什么人比布鲁图斯更适合去做这件事？”她开始在房间里走来走去，因为喜悦而浑身发抖，“是的，正义之举！噢，想一想，我能够帮我父亲报仇雪恨，能够带回他的共和国！”

布鲁图斯终于开口说话：“波尔基娅，你知道，加图不会同意，绝对不会同意！谋杀？加图痛恨谋杀！这不是正义之举！在加图反对恺撒的那些年中，他从未想过要使用谋杀的手段！这会玷污他的形象，会毁灭他为自由而战的理想！”

“你错了，你错了，你错了！”她疯狂地大喊，像个战士一样逼视他，两只眼睛冒出火光，“布鲁图斯，你是不是害怕了？我父亲当然会同意！

加图还活着时，恺撒只是共和国的威胁，还不是共和国的终结者！但现在恺撒已经是共和国的终结者！加图的看法跟我一样，跟卡西乌斯和所有正派人一样！”

布鲁图斯捂住耳朵跑出书房。

“别担心，我会让他答应，”波尔基娅对卡西乌斯说，“等我说服他了，他就会承担起自己的责任。”她抿着嘴唇，站在那儿双眉紧锁，“我知道应该怎么办，我真的知道。布鲁图斯是一个思想者。必须逼着他去做事，而不能给他一丁点思考的时间。我要做的，就是让他觉得不这样做比这样做更可怕。啊！”她一声感叹，然后就走出书房，留下卡西乌斯一脸惊奇地站在那个地方。

“她跟加图真是一个模子里印出来的。”卡西乌斯低声说。

“这是怎么回事？”赛尔维利娅在第二天大声质问，“看看那尊雕像！太不像话了！”

那里有第一位布鲁图斯的一尊半身雕像，这尊雕像留着胡子，脸上没有任何表情。现在，雕像上面被人写了字：布鲁图斯，你为什么把我忘了？我驱逐了罗马的最后一任国王。

布鲁图斯手里拿着一根笔从书房里走出来，准备再一次去为他的妻子和母亲调解纷争，但却发现妻子和母亲并不是因为什么鸡毛蒜皮而生气。噢，天啊！

“乱写乱画！”赛尔维利娅愤怒地说，“我会拿一桶松节油把那些涂鸦抹掉，但是原来的色彩也会一并抹掉！这是谁干的？‘你为什么把我忘了’，这是什么意思？狄图斯！狄图斯！”她大声嚷嚷着走开了。

但这只是刚刚开始。布鲁图斯和他的食客们一起走去罗马广场的城市大法官办公所，他发现那里的墙壁也被写了字：布鲁图斯，你为什么沉睡不醒？布鲁图斯，你为什么让罗马失望？布鲁图斯，什么才应该是你的第一道法令？布鲁图斯，你的荣誉在哪里？布鲁图斯，快醒醒！

在罗马列王的雕像旁边有第一位布鲁图斯的雕像，这尊雕像上面也写着字：布鲁图斯，你为什么把我忘了？我驱逐了罗马的最后一任国王。这尊雕像旁边的赛尔维利乌斯·阿哈拉上面写着：布鲁图斯，你不记得我了吗？当迈利乌斯试图称王时，我就把他杀了！

市场上的松节油突然断货了，布鲁图斯只好派仆人到处去求购松节油，但是松节油却突然大幅涨价。

他吓坏了，主要是因为他相信明察秋毫的恺撒肯定知道这些涂鸦，而且恺撒肯定会推测这些涂鸦背后的目的。在布鲁图斯那双惊恐的眼睛看来，这些涂鸦背后的目的很明显，那就是催促他去杀死终身独裁官。

第二天早晨，当以巴弗狄图斯让食客们进入布鲁图斯的房子时，那些涂鸦又回到了那尊已经掉色的布鲁图斯雕像上面，而且现在雕像上面还写着：布鲁图斯，把他杀了！而赛尔维利乌斯·阿哈拉的雕像上也写着：我杀了迈利乌斯！难道我是这所房子里唯一的爱国者？中庭的墙上整整齐齐地写着一排大字：你还有脸说自己是布鲁图斯？如果你不把他杀死，你就配不上这个光荣不朽的名字！

赛尔维利娅正在捶胸顿足地大喊大叫，而波尔基娅却爆发出一阵阵狂笑，食客们都满脸迷惑地站在中庭。布鲁图斯可怜兮兮，感觉好像有什么怪物从冥府中跑出来要把他逼疯。

至于波尔基娅的喋喋不休就更不用说了。躺在他身边的不再是那个甜美的娇妻，而是一个喋喋不休、不依不饶的泼妇。

“不，我不同意！”他一次又一次地怒吼，“我不会参与谋杀！”

最后，波尔基娅直接把布鲁图斯拖到自己的起居室。她把布鲁图斯按在一把椅子上，然后拿出一把小刀。布鲁图斯以为她要在自己身上动刀子，所以赶紧缩到一边，但她却撩起自己的衣裙，把刀子插在自己白皙丰满的大腿上。

“看到了？看到了？布鲁图斯，你可能害怕去杀人，但是我不害怕！”她大声嚎叫，鲜血从伤口中喷涌而出。

“好吧，好吧，好吧！”他气喘吁吁，脸色灰白，“好吧，波尔基娅，你赢啦！我答应了。我会把他杀死。”

波尔基娅晕了过去。

就这样，“谋杀恺撒团”终于得到了宝贵的领军人物——马尔库斯·朱尼乌斯·布鲁图斯·赛尔维利乌斯·凯皮欧。他太害怕了，所以不敢拒绝。而且他还惊恐地意识到，波尔基娅斗争的时间越长，罗马就会传出越多谣言。

“布鲁图斯，我不瞎也不聋，”赛尔维利娅对布鲁图斯说，医生刚刚处理完波尔基娅的伤口，“我也不傻。这一切都是为了杀死恺撒，是不是？那些正在密谋的人需要你的加入。既然如此，那你就要把所有细节都说出来。说吧，不然你就死定啦。”

“妈妈，我不知道什么密谋，”布鲁图斯说，他说出这句话时还直视着他母亲的眼睛，“有人要破坏我的名声，要让我失去恺撒的信任。那个人很恶毒，很疯狂。我猜测，那个人可能是马提尼乌斯。”

“马提尼乌斯？”她有点疑惑地问，“你的商业总管？”

“他挪用资金，我前几天把他解雇了，但是我忘记告诉以巴弗狄图斯，不许这个人再进入我的房子。”他有点不好意思地笑了，“我最近太忙了。”

“我知道了。接着说。”

“妈妈，现在以巴弗狄图斯已经知道了。我想，你会发现这些涂鸦都停止了，”布鲁图斯接着说，他变得越来越自信了。真庆幸，马提尼乌斯确实是因为挪用资金而被他解雇了，“我今天早上就要去跟恺撒见面，亲口向他解释清楚。我已经雇了保镖，让他们日夜守着我的办公所和那些雕像，所以马提尼乌斯想要挑拨我和恺撒关系的行动应该会停止。”

“听起来像是那么回事。”赛尔维利娅慢慢说道。

“妈妈，本来就是这么回事。”他有点紧张地笑了一下，“我是说，你真的觉得我能够杀死恺撒吗？”

她仰起头哈哈大笑。“真的？像你这样胆小如鼠的家伙。你就是只兔子，就是条蠕虫，就是个被老婆死死捏住的软骨头。我宁愿相信你那个泼妇能杀死恺撒。至于你，我还不如相信母猪会上树！”

“你说得对，妈妈。”

"好吧，别像个傻子一样站在那儿啦！在恺撒指控你要谋杀他之前，赶紧去跟他见面。"

布鲁图斯按照他母亲说的去做了。好吧，他不是向来如此吗？最后总是证明这是最佳选择。

"恺撒，情况就是这样，"布鲁图斯来到公共圣所的书房，对终身独裁官进行了一番解释，"我很抱歉，这件事肯定让你担心了。"

"布鲁图斯，这件事让我觉得很奇怪，但是并没有让我担心。人终有一死，有什么可担心的呢？我想做的事基本都做了，不过我相信自己还有足够的时间去征服帕提亚王国。"恺撒那双颜色浅淡的眼眸近来显得特别疲惫，繁重的工作压力连恺撒也难以承受，"如果没有征服帕提亚，那我们早晚都会后悔。不过,我可以坦白说,离开罗马我一点都不觉得难过。"他的眼神中染上一丝笑意，"如果我想成为国王，那我就不会这么觉得了，是不是？噢，布鲁图斯，对于这么一群不停折腾的罗马人，有哪个头脑正常的人会想给他们当国王呢？反正我不想！"

布鲁图斯突然涌起一股热泪，他垂下眼帘。"恺撒，这是一个好问题。我也不想成为国王。问题是那些涂鸦已经引起谣言，大家都说有人在密谋杀害你。你还是继续使用扈从吧！"

"不了，"恺撒语气轻快地说，把他的客人送到门口，"如果我这么做，那大家就会说我害怕了，我可不想这样。最糟糕的是卡尔普尔尼娅已经听到谣言，而且开始为此烦恼了。还有克娄巴特拉也是。"他哈哈大笑，"女人！只要对她们稍加纵容，她们就会让一个男人变得很怂。"

"你说得对极了。"布鲁图斯说，然后就走回家去面对他的妻子。

"赛尔维利娅说的是真的吗？"波尔基娅恶狠狠地问。

"你得告诉我她说了什么，我才能告诉你是不是真的。"

"她说你去跟恺撒见面了。"

"波尔基娅，在那些公共场所的涂鸦之后，我除此之外别无选择，"布鲁图斯有点生硬地说，"你没必要这么生气。幸运女神刚好站在你这边。

我把责任都推给马提尼乌斯。这个理由既然可以让我母亲满意，那也可以让恺撒满意。”他拉过波尔基娅的手，紧紧握住，“我亲爱的女孩，你要学会谨言慎行！不然我们就不可能做成这件事情。那些大吵大闹和自我伤害的事必须停止，听清楚了吗？如果你真的爱我，就要保护我，不要让我背上罪名。结束了跟恺撒的见面，我现在还要去跟卡西乌斯见面。他肯定像我一样担心。其他牵涉其中的人就更不用说了。因为你，这个秘密现在变成了街谈巷议。”

“我必须逼你同意。”她说道。

“是的，你已经成功了。但是你的情绪不稳定。你忘了我母亲也住在这里吗？她当了恺撒的情妇很多年，而且她现在还疯狂地爱着恺撒。”他的面孔有点扭曲，“我最亲爱的，你要相信我，我对恺撒确实没有什么好感。我的痛苦都是拜他所赐。如果我是卡西乌斯那样的人，那杀死恺撒就是轻而易举的事。但我并不是卡西乌斯，这一点你并不明白。说要杀人和真正去杀人，这是很不一样的两件事。除了蜘蛛，我这辈子还没有杀过比这更大的动物。让我去杀死恺撒，”他忍不住打了个寒战，“这简直就是故意去赴汤蹈火。我知道，这从某个角度来说是正义之举，但是从另外的角度来说……噢，波尔基娅，我不能说服自己，杀了他会给罗马带来好处或带回罗马共和国。我的直觉告诉我，杀死他只会让情况变得更糟糕。因为杀死他违背了神明的意思。所有的谋杀都是如此。”

她听进去一部分，但是只听了她愿意听的那部分。她的怒火熄灭了，她的身体放松下来。“亲爱的布鲁图斯，我知道，你对我的批评是正确的。我的情绪不稳定，我总是控制不住自己的脾气。我保证，我会保持克制。但杀死恺撒确实是名垂青史的正义之举！”

二月结束了，恺撒在三月一日召开了元老院会议。按照计划，这将是他在三月十五日卸任执政官之前的最后一次会议。军队正在加紧运往亚得里亚海对岸，士兵达到马其顿那边的海岸之后会在底拉西乌姆和阿波罗尼亚之间扎营，而恺撒的私人随从则集中在阿波罗尼亚。底拉西乌姆是埃格纳提亚大道北部的终点，而阿波罗尼亚是埃格纳提亚大道南部的终点。这条罗马人修建的大道位于色雷斯和赫勒斯滂海峡的东边。这些军队要在一个月内完成八百里的行军。

三月一日的会议上，恺撒大致说明了普布利乌斯·瓦提尼乌斯和马尔库斯·安东尼乌斯即将跟达西亚的布瑞比斯塔斯国王开战。恺撒说，这场战争无可回避，因为他准备让罗马的无产贫民到黑海沿岸地区定居。然后他又说，等到这一年结束了，多拉贝拉就会到叙利亚担任总督，负责为恺撒提供战争物资。参加会议的人很少，不过他们都静静地听着这个不算新鲜的消息。

“三月望日的会议将在神圣边界之外举行，因为这场会议的主题是对外战争。会议地点是庞培娅会堂而不是贝娄娜[①]神庙，因为贝娄娜神庙太小了。在这个会议上，我还会为今年的大法官分派行省。”

那天晚上，“谋杀恺撒团”在刻瑞斯神庙聚会。当卡西乌斯和布鲁图斯一起走进去时，所有人都难以置信地瞪大双眼，包括盖乌斯·特里波尼乌斯也是如此。

“我简直不敢相信自己的眼睛！”普布利乌斯·卡斯卡大叫道。就像所有人一样，他也非常不安，因为谋杀恺撒的传闻已经沸沸扬扬，“布鲁图斯，你跟恺撒见面时，有没有出卖我们？”

“有没有？”普布利乌斯·卡斯卡的兄弟也跟着质问。

“我们讨论的是我的一个手下挪用资金的事情。”布鲁图斯冷冷地说，他跟卡西乌斯一起坐在普鲁托下面的一张长凳上。他现在已经不害怕了，已经接受了将要发生的事。不过，看到这里的某些人，他还是很不高兴。卢基乌斯·米努基乌斯·巴西卢斯！这样崇高的事情要被这样的人渣玷污吗？这人就是个暴发户，他自称是辛辛纳图斯的后裔，但却虐待折磨自己的奴隶！还有佩特罗尼乌斯，他的父亲是从事煤矿和奴隶生意的商

① 贝娄娜（Bellona）是罗马神话中的女战神，所有跟对外战争有关的会议都在贝娄娜神庙举行。——译者注

人！还有卡伊斯·恩尼乌斯·伦托，他已经害死了一个伟人！还有阿奎拉，他是我母亲的情人，但是他比我还要年轻！噢，真是一群无名小辈！

“安静，安静！”特里波尼乌斯厉声说，他也有点紧张，“马尔库斯·布鲁图斯，欢迎你。”他走到刻瑞斯的雕像下面，看着眼前的二十二张面孔，这些面孔在灯光下有点发红，在奇异的阴影之下显得陌生而凶险，“今晚我们必须做出一些决定。现在距离三月十五日只有十四天了。虽然恺撒说他在三月十五日之后还会在罗马多留三天，但我们不能保证一定会这样。如果布伦狄西姆传来消息说需要他过去，那他随时都可能离开。不过在三月十五日之前，他肯定会留在罗马。”

特里波尼乌斯在屋里转了一圈，他看起来毫不起眼，中等身材、相貌平凡。但是在场的人都知道，他非常能干。虽然他在那个短暂的执政官任期上没有什么突出表现，但这只是因为恺撒没有把什么重要的事交给他。他曾经担任过亚细亚行省的总督，虽然他去那里并没有担任军事统帅，但因为行省的经济状况很糟糕，所以他的工作其实很困难。他最大的优势就是那种独特的罗马人智慧，混合了实用主义、准确判断、预知危险和强大的组织能力。所以他们聚集在这里听他讲话时才没有更加不安和焦虑。

“为了马尔库斯·布鲁图斯，我最好简单说说我们已经做出的决定，也就是采取行动的地点。恺撒没有扈从跟随，这一点非常重要，但是他在罗马城中走动时总是有几百个食客跟着。所以我们的选择就只剩下一个地方了，那就是奥瑞利娅大道和克娄巴特拉的宫殿之间那段狭长的小路，因为他到克娄巴特拉那里时，只会带着两三个秘书。现在那些特兰斯提贝林人都被他送到外地定居，那个地方基本没有什么人。所以我们要在那里暗中偷袭。至于日期，目前还没有确定。”

“偷袭？”布鲁图斯问，有点难以置信，“你们怎么能偷袭恺撒？这样人们怎么知道是谁杀了恺撒？”

“暗中偷袭是唯一途径，”特里波尼乌斯理直气壮地地说，“至于要证明是我们做的，那我们只要拿着他的脑袋到罗马广场去就好了。然后我们要在广场上发表一些动人的演讲，打动所有听众的内心，接着还要召开元老院会议，让元老院对我们除去罗马暴君的义举进行表彰。如果有必要，我们还要拉着西塞罗去参加这场会议，他肯定会替我们说话。”

“这真是骇人听闻！”布鲁图斯大叫道，“简直令人恶心！恺撒的脑袋？还有，西塞罗为什么没有加入？”

“因为西塞罗胆小怕事，而且不能守口如瓶！”德基穆斯·布鲁图斯生气地说，“我们会在事后利用他，而不是在事前或事中。布鲁图斯，你觉得应该怎么杀死恺撒？难道要在大庭广众之下？”

“是的，在大庭广众之下。”布鲁图斯毫不犹豫地说。

大家都倒吸一口气。

“我们会被当场弄死。”伽尔巴一边说，一边咽唾沫。

“这是除灭暴君，不是谋害人命，”布鲁图斯的语气非常坚定，卡西乌斯知道他绝对不会改变主意，“这件事必须在大庭广众之下进行。任何偷偷摸摸的行为都会让我们变成暗杀者。”

“我相信，我们是在效法第一位布鲁图斯和阿哈拉，而他们是解放者，也得到了大家的赞赏。我们的动机是纯正的，我们的目标是高尚的。我们要为罗马除灭暴君，所以我们的行动必须充满勇气。你们难道看不出来吗？”他伸出双手激动地发问，“如果我们的行动偷偷摸摸，那我们就不可能得到大家的赞赏。”

“噢，我看出来了，”巴西卢斯鄙夷道，“就是说，我们要在神圣大道上面，在恺撒的上千个食客中间，分开人群抬头挺胸地走到他面前说，‘你好，恺撒，我们是讲究荣誉的，我们要把你杀死。现在你站在那儿，脱下你的托迦，把你的胸膛露出来对着我们的匕首。’真是扯淡！布鲁图斯，你住在什么地方？在奥林匹斯山上的云朵？还是在柏拉图的理想国？”

“不是，但我也不是那种用烙铁和钳子，以折磨别人为乐的渣滓！”布鲁图斯咆哮道，他被自己的烈怒吓了一跳。虽然他是在波尔基娅的逼迫之下加入的，但就算有一千个加图也不能让他屈服于米努基乌斯·巴西卢斯这样的渣滓！既然已经加入，他发现自己也开始在乎。

听着布鲁图斯这番慷慨激昂的发言，卡西乌斯产生了前所未有的改变，他心中突然涌起一股强大的豪情，原来一心想着如何保护自身安全，现在却恨不得把自己的生命献给布鲁图斯描述的这个圣坛。布鲁图斯说得对！在大庭广众之下杀了恺撒，还有什么比这更好的办法吗？他们可能会血溅当场，但是罗马人会永远供奉他们的雕像。这并不是最糟糕的下场。

“你们都闭嘴！”卡西乌斯大叫道，加入到这场争论之中，“布鲁图斯说得对，你们这些白痴！我们应该在大庭广众之下完成这件事！根据我的经历，那些偷偷摸摸的事情更容易出问题。直来直去就对了，不要搞那些曲里拐弯的。当然，我们并不是要走到恺撒面前，然后说明我们的动机，但是刀子在什么地方都能杀人。而且，这样就给了我们一个机会，可以把他们三个人一起解决了。因为恺撒习惯站在低级执政官和补缺执政官的中间。”他一手握拳砸向另外一只手掌，“我们不仅可以除掉恺撒，还能顺便杀了安东尼乌斯和多拉贝拉。”

“不！”布鲁图斯大声反对，“不，不！我们是除灭暴君，不是谋害人命！我不同意杀掉安东尼乌斯和多拉贝拉！如果他们要保护恺撒，那就让他们去好啦。我们要杀的是国王，只有国王！我们行动的时候甚至还可以高声大喊：我们正在为罗马除掉暴君！然后我们就要丢下刀子，走到演讲台上，堂堂正正、兴高采烈地向罗马人发表演讲！那些优秀的演讲家可以让山岳转移、妖怪哭泣，而我们之中也有一些演讲家可以发挥这种威力。我们要把自己叫做罗马的解放者，要戴着自由之帽站在那儿。”

噢，为什么我会以为马尔库斯·布鲁图斯是个宝贝呢？特里波尼乌斯在心中自问，他听着布鲁图斯这些白痴言论，一颗心变得像铅块那样沉重。他与德基穆斯·布鲁图斯目光相接，德基穆斯·布鲁图斯正在无可奈何地翻白眼。如果布鲁图斯被大家击溃，那这个计划也会变得支离破碎。暗中杀了恺撒，在适当的时间宣布消息，再加上安东尼乌斯已经事先同意，这样就会一切顺利。但是布鲁图斯的提议就是纯粹的自毁。那样的话，安东尼乌斯就必须杀了他们为恺撒报仇！特里波尼乌斯的脑筋飞速运转，想在这一片混乱中力挽狂澜。

“等一等！等一等！我有办法了！”他一声大喝，镇住了一片乱哄哄的争执。每个人都转头看着他，“我们不可能在大庭广众之下行动，然后还能全身而退，”他说道，“三月十五日，在庞培娅会堂。布鲁图斯，你觉得这样可以吗？”

“元老院会堂当然是个很好的公共地点。”布鲁图斯叹息道。他瞪大双眼，额头上的汗水滚滚而下，“我的意思并不是必须在一大群广场群众中完成这件事，我只是认为现场应该有一些声誉良好的人来见证。这些人可以发出神圣的证词，证明我们动机纯正、心地正直。特里波尼乌斯，元老院会议完全符合我的要求。”

“那么时间和地点的问题都解决了，”特里波尼乌斯高兴地说，“恺撒总是直接进入会堂，他从来都不会停下来跟别人聊天。在他进入会堂到会议开始这段时间，他通常是用来处理那些没完没了的文件。但是他从来都不会打破元老院的规矩，把秘书也带进去，而且他现在也没有扈从。只要他进入会堂，那他就完全失去保护。布鲁图斯，我完全同意你的看法，我们只能杀死恺撒一个人。这意味着在杀死他之前，我们必须让其他高级官员待在外面，因为他们有扈从跟随。扈从不会思考，他们只会行动。如果当着扈从的面对恺撒动手，那他们肯定会扑上去保护他。这样我们就不能成功了。所以关键是让其他高级官员都待在外面。”

大家的脸上都开始发光，特里波尼乌斯的新计划立刻让众人都兴高采烈。没有一个人想要暗中下手，然后再选择适当的时机公开承认，而且还要提着恺撒的脑袋。他们之中已经有人开始怀疑，会不会这二十三人最后都会失去公开承认的勇气。

“我们要迅速出击，”特里波尼乌斯接着说，“会堂里肯定会有一些后座元老，但是我们会围住恺撒，而大部分人不会知道发生了什么事，等到他们知道时也已经太晚了。然后我们就可以发表演讲，还可以戴上自由之帽，以及其他各种手段。所有人都会被吓呆，等到安东尼乌斯回过神来，德基穆斯（我认为他是我们之中最优秀的演说家）已经开始演讲了。安东尼乌斯是一个非常现实的人。无论恺撒是不是他的亲戚，他都会接受已经发生的现实。元老院会遵从他的意思,而不是多拉贝拉的意思。所有人都知道恺撒和安东尼乌斯曾经有过嫌隙。真的，在座诸位，我敢肯定，安东尼乌斯会听我们解释，而且不会进行报复。”

噢，特里波尼乌斯，特里波尼乌斯！你知道了什么我们其他人都不知道的事？德基穆斯一边听着特里波尼乌斯的精彩发言，一边在心中暗自发问。你跟安东尼乌斯达成了某种协议，是不是？你真是太聪明了！还有安东尼乌斯也很聪明！他得到他想要的东西，而且不用亲自对恺撒动手。

“我还是认为应该杀死安东尼乌斯。”卡西乌斯固执地说。

德基穆斯回答道：“不，我并不这么认为。特里波尼乌斯说得对，如果我们堂堂正正地说自己是解放者——布鲁图斯，这个词真是棒极了，我觉得我们就应该把自己称为解放者——那安东尼乌斯就有很多理由接纳我们了。首先，他可以率兵入侵帕提亚。”

“这样他不就接替了恺撒的位置？”卡西乌斯咕哝道。

“这是一场战争，而安东尼乌斯喜欢战争。但是接替恺撒的位置？他永远都做不到，因为他太懒惰。唯一的纷争就在于他和多拉贝拉会争夺高级执政官的位置，”斯泰乌斯 · 穆尔库斯说，“不过，我建议我们要派一个人跑去告诉西塞罗，他不会跟恺撒同时出现在元老院里，但他会很高兴看到恺撒的尸体。”

“还有一个更加重要的问题，”德基穆斯说，“也就是说，我们动手的时候，要让安东尼乌斯、多拉贝拉和其他高级官员都待在外面。我们之中有一个人要待在外面的花园。他必须是跟安东尼乌斯最要好的，能够让安东尼乌斯高高兴兴地跟他聊天。如果安东尼乌斯没有进去，那其他人也不会进去，包括多拉贝拉在内。”他深吸一口气，“我提议由盖乌斯·特里波尼乌斯待在花园里。”

特里波尼乌斯跳了起来，德基穆斯走过去紧紧地握住他的手。“我们这些一起参加过高卢战争的人都知道你不怕动刀子，所以没有人会认为你是个胆小鬼。亲爱的盖乌斯，我认为必须由你留在外面，只是这样你就没有机会为了自由而亲手插上一刀。”

特里波尼乌斯也用力地回握了德基穆斯。“我愿意，不过有两个条件。第一，你们要通过投票。第二，德基穆斯，你要替我补上一刀。二十三人，二十三刀。这样就没有人能分清杀死恺撒的是哪一刀。”

“我很乐意补上一刀。”德基穆斯说，目光灼灼。

投票结果出来了：大家一致推选盖乌斯·特里波尼乌斯留在外面拖住安东尼乌斯。

“在十五日之前我们还要不要再见面呢？”凯基利乌斯·布基奥拉努斯问。

“不要，”特里波尼乌斯笑着说，“不过我强烈建议，我们在天亮之后一个小时就聚集在花园里。不用担心别人看到我们聚在一起，或只顾着聚在一起讨论而没有招呼别人，因为等到事成之后，所有人都会知道我们在讨论什么。到时候我们可以仔细谈谈所有细节问题。恺撒不会准时到达。别忘了，十五日就是望日，这意味恺撒必须承担起朱庇特祭司的职责，领着一头羊沿着神圣大道而下，然后爬到阿尔克斯山去献祭。他还有一些无法避免的事，因为他很快就要离开罗马了。当然，他要继续活下去，才能离开罗马。”

大家听到这句话都笑了，除了布鲁图斯和卡西乌斯。

“我想，在恺撒出现之前，我们还有一些讨论的时间。”特里波尼乌斯接着说。

“德基穆斯，如果你那天早晨能赶去公共圣所就最好了，然后你就可以跟着恺撒一起参加朱庇特的仪式和恺撒做的其他事。等到他开始赶往战神原野，你就给我们发送一个信号。你可以大大方方地发出信号，并且告诉恺撒他已经迟到了，所以要通知大家他正在赶路。”

“穿着他的高帮红靴在赶路。”昆图斯·利伽里乌斯说着笑了起来。

他们在刻瑞斯的门口，郑重地互相握手，热切地彼此凝视，然后就融入夜色之中。

“盖乌斯，我希望你召回扈从，”卢基乌斯·恺撒对他的堂兄弟说，他正好碰到恺撒从国库里出来，“还有，你别想着，一边给秘书吩咐事，一边就把我糊弄过去了！你这么卖命地工作简直不可理喻。”

“卢基乌斯，我也希望能休息一会儿，但这是不可能的事，”恺撒说着让秘书跟在他后面，“我要拟定一百五十三道土地法令，这都是因为我们缺乏国家公敌，而我要购买的那些大庄园又不太配合，还有差不多数量的海外殖民地，这些地方都需要单独的法令。因为我承担起监察官的职责，所以数不清的国家合同都需要我来处理。每天都有三四十个罗马公民向我喊冤，他们的冤情都很严重。这些还只是我工作的一部分。我们的元老和官员不是太懒惰就是太高傲，对于这些政府职责根本就漠不关心。到目前为止，我还没有时间建立起一套官员体系，可以在我卸下独裁官的职位之后来接替。”

“我就在这儿，非常乐意帮你做事，但你根本就没有叫我。”卢基乌斯有点生气地说。

恺撒笑着挽住他的手臂。“你是个年高体弱的前任执政官，而且光凭你在高卢战争中的贡献，就不应该再让你劳神费力来处理这些文件。不，那些后座元老是时候多承担一些责任了，而不只是在元老院开会时呆呆地坐着，其他时间就在各种法庭审判中闲逛，而且他们参加这些审判是出于自己的兴趣而非罗马的利益。”

卢基乌斯看起来脸色略有缓和，他跟恺撒一起走过朱图尔娜水井和维斯塔的小圆殿。他们身后跟着恺撒的一大群食客，这就是身为大人物的负担了。一想到这一点，卢基乌斯就很高兴恺撒现在拒绝使用扈从。

虽然罗马广场上的摊档大都被清理掉了，不过还是有人推着临时货车向广场常客售卖小吃。法律并没有禁止罗马人在广场上占用一小块地方，所以总有人守着某个地方做些跟算命占卜相关的营生。罗马人很迷信，他们喜欢占星、算命和东方魔法之类的事情。只要在这些算命先生的手上放一个银币，他就会告诉你明天会发生什么事情，或者为什么你的生意会失败，或者你那刚出生的儿子会有什么前程。

在这些算命先生中，老斯普里纳享有无与伦比的声誉。他守着的地方在公共圣所的正门，里面就是维斯塔贞女的住所，罗马公民如果想把遗嘱放在维斯塔贞女那里，就要从这个门口进去。这里是做算命生意的理想之地，因为那些心里想着死亡、手里拿着遗嘱的人总会停下来，给老斯普里纳一个银币，问问自己还有多少日子。他的外形也让人相信他确实会算命，因为他瘦骨嶙峋、衣服破烂、满脸皱纹。

斯普里纳守在这里已经几十年，所以恺撒家的两兄弟毫不在意地从他面前走过去。但是斯普里纳却站了起来。

“恺撒！”他大叫道。

两个恺撒都停下来看着他。“哪个恺撒？”卢基乌斯笑着问。

“只有一个恺撒，首席占卜官！这个名字的意思是罗马的统治者。”斯普里纳高声说。他那黑色的虹膜环绕着一个死人般的白色瞳孔，“恺撒的意思就是国王！”

“哦，不，不要再说了。”恺撒叹息道，“斯普里纳，是谁掏钱让你这么说？是马尔库斯·安东尼乌斯吗？”

“恺撒，这不是我想说的，也没有人给我钱。”

“那你想说什么？”

“三月十五日要小心！”

恺撒在腰带上的钱包里摸了摸，然后抛出一个金币，斯普里纳动作敏捷地接住了。

“三月十五日会发生什么事？”

“你会有生命危险！”

“谢谢你的提醒。”恺撒说着往前走了。

“他总是说得很准，”卢基乌斯说着打了个寒战，“恺撒，召回你的扈从！”

“然后让所有罗马人都知道我相信谣言和算命，承认我真的害怕了？

绝不。”恺撒说。

西塞罗自作自受，所以在制定法令和进行元老院表决时只能坐在外面旁观。他只需要走进元老院会堂，让他的奴隶为他打开折椅，把自己的屁股放上去，置身于前排的前任执政官之间就可以。但是骄傲、固执和他对恺撒的痛恨让他无法这么做。更糟糕的是，自从他的《加图》出版之后，他就感觉到来自恺撒的强烈敌意，还有阿提库斯也失去了恺撒的欢心。无论阿提库斯如何努力，无论他通过什么人去求情，那些罗马贫民窟的穷人一直在涌向布斯罗图姆的郊区。

西塞罗终于得知有人要谋杀恺撒的传言，这还是多拉贝拉第一个告诉他。

“谁？什么时候？”他急切地问。

“只是有这么一个传闻，没有人知道究竟是怎么回事。这就是那种典型的谣言，都是‘他们说’、‘我听说’和‘感觉有点不对劲’之类的，我没有找到任何实质的证据。我知道你不喜欢恺撒，但我完全是恺撒扶持起来的，”多拉贝拉说，“所以我在认真观察和打听。如果恺撒出了什么事，那我肯定会被撕成碎片，安东尼乌斯会肆无忌惮。”

“没有透露出什么人的名字吗？连一个都没有？”西塞罗问。

“没有。”

“我要去找布鲁图斯，”西塞罗说着就把他的前女婿打发走了。

“你有没有听到一些传闻，据说有人要刺杀恺撒？”西塞罗问道，他刚刚接过布鲁图斯递过来的一杯酒水。

“哦，这回事！”布鲁图斯说，听起来有点生气。

“所以，真的有这回事？”西塞罗急切地问。

“没有，绝对没有的事，所以我才有点生气。据我所知，是马提尼乌斯那个疯子在罗马城里到处涂鸦，说我要杀死恺撒，然后才有了这些谣言。”

“噢，那些涂鸦！我没有看到，但是我听说了。事实就是如此？真是太令人失望了。”

“对啊，不是吗？”布鲁图斯说。

“终身独裁官。我还以为有人敢帮我们干掉恺撒。”

布鲁图斯那双黑色的眼眸显出前所未有的刚毅，他的目光中还带着一丝嘲讽，“那你为什么不帮我们干掉恺撒呢？”

“我？”西塞罗惊愕地说，夸张地按住自己的胸膛，“我亲爱的布鲁图斯，这不符合我的风格。我的行动是用纸笔和声音来完成的，这只是各尽其责。”

“西塞罗，问题在于，你待在元老院外面，这样就不用运用你的纸笔和声音。元老院里没有人用声音来攻击恺撒。你是唯一的希望。”

“跟那个坐在独裁官位子上的人一起在元老院会堂中坐着？我宁愿去死！”西塞罗高声说。

他们陷入一阵短暂而尴尬的沉默。最后是布鲁图斯打破沉默。

“一直到三月十五日，你都会待在罗马吗？”布鲁图斯问。

“当然啦。”西塞罗轻轻一咳，“波尔基娅还好吧？”

“不太好。”

“那你母亲还好吧？”

“哦，她是坚不可摧的，不过她现在不在这儿。特尔图拉怀孕了，妈妈觉得乡下的空气对她有好处，所以她们去到图斯库卢姆。”布鲁图斯说。

西塞罗离开了，他相信布鲁图斯肯定瞒着他什么，不过他也说不清究竟是怎么回事。

西塞罗在罗马广场遇到安东尼乌斯和特里波尼乌斯聊得正欢，他一开始还以为他们根本就不会注意到自己，不过特里波尼乌斯很快就看到他并露出一个微笑。“西塞罗，见到你真高兴！我想，你会在罗马待一阵子吧？”

安东尼乌斯就是安东尼乌斯，他只是咕哝一声，拍拍特里波尼乌斯的手臂，然后就朝着卡里奈山走去。

“我讨厌这个家伙！”西塞罗大叫道。

“哦，他只会叫，不会咬，”特里波尼乌斯安抚道，“他的问题就在于他的神器。拥有这样的神器，要觉得自己是个普通人确实很不容易。”

西塞罗的保守是出了名的，现在他整个脸都红了。“不要脸！”他大叫道，“真不要脸！”

“你是说牧神节的事？”

“当然了！他竟然露出自己的下体！”

特里波尼乌斯耸耸肩膀。“安东尼乌斯就是这种人。”

“他还给恺撒献上王冠？”

“我想，这是他们事先商量好的。这样恺撒就可以把他公开拒绝王冠的事刻在铜板上了。我得到可靠的消息，这块铜板不仅写上了拉丁文和希腊文，还会挂在恺撒新建的演讲台上。”

西塞罗看到阿提库斯从阿尔吉来图姆那边走过来，于是赶紧跟特里波尼乌斯告辞匆忙离开。

特里波尼乌斯很高兴能摆脱这个啰啰唆唆的西塞罗。他在心里想着：事情办好了，时间和地点已经告诉安东尼乌斯。

三月十三日，恺撒终于抽出时间去看望克娄巴特拉。她张开双臂，用许多狂热的亲吻来迎接恺撒。虽然恺撒很疲累，但他胯下的那个叛徒却要求立刻得到满足，于是他们躲在克娄巴特拉的床上，一起亲热到下午。然后恺撒里昂过来跟他爸爸一起玩耍，恺撒发现自己越来越喜欢这个小家伙。他在高卢时由希安娜生下的儿子已经毫无踪影，那个孩子也长得很像父亲，但恺撒记得那个孩子不太聪明，甚至不能说出他的特洛伊玩具木马中那五十个人的名字。恺撒也送给恺撒里昂一个玩具木马，而且非常高兴地发现只教了一次，恺撒里昂就能认清那五十个木头小人。这说明他一点都不笨，这对他的前途大有好处。

“只有一件事让我担心。”克娄巴特拉在吃饭时说。

“亲爱的，什么事？”

“我还没有怀孕。”

“因为我不能经常渡过台伯河来看你，”恺撒平静地说，“而且我好像不是那种很快就能让女人怀孕的男人。”

“我之前很快就怀上恺撒里昂。”

“总有意外情况。”

“肯定是因为我没有带着塔阿一起来。她会观察圣杯，知道应该在什么时候做爱。”

“你可以向‘守护神’朱诺献祭，这位女神的神庙在神圣边界之外。”恺撒轻松地说。

“我已经向伊西斯和哈托尔献祭，但我怀疑祂们不喜欢离尼罗河那么远。”

“别担心，祂们很快就会回家。”

她在躺椅上转过身，那双大大的金色眼眸看着恺撒。是的，他太累了，而且有时候会忘记喝糖水。他有一次在公众场合中倒下抽搐，幸好哈德凡伊就在那里及时给他灌下糖水。恺撒很快就恢复了，他说自己是肌肉痉挛，围观的人好像都相信了。这件事的一个好处是给恺撒提了一个醒，所以他从那之后更加注意，而哈德凡伊也更加警惕。

“我觉得你越来越漂亮了。”恺撒一边说，一边伸手摸着她的肚子。可怜的小女孩，被剥夺了怀孕的机会，因为一个身为大祭司长的罗马人，绝对不能容许自己的后代乱伦。她伸展着身子，发出舒服的咕噜声，垂下长长的黑色睫毛，伸出手去抚摸恺撒。

“我，大大的鹰钩鼻，还有瘦小的身子？”她问道，“尽管到了六十岁，赛尔维利娅还是比我漂亮。”

“赛尔维利娅是个邪恶的女人，这一点毫无疑问。我曾经觉得她很漂亮，但我跟她在一起并不是因为她漂亮。她聪明、风趣、狡猾。”

“我发现她是个很好的朋友。”

“相信我，这是出于她的什么目的。”

克娄巴特拉耸耸肩膀。“她有什么目的又有什么关系？我不是一个她能毁掉的罗马女人，而且你说得对，她聪明又风趣。你在西班牙时，她让我不会因为无聊而死。通过她，我认识了好几个罗马女人。那个克洛狄娅！”她笑出声来，“一个女浪子，很好的伙伴。她还带来了霍尔滕西娅，这个女人是最聪明的。”

“我不知道。在卡皮欧去世之后——那已经是二十年前的事——她一直穿着丧服，并拒绝了所有的求婚者。我很惊讶，她竟然会跟克洛狄娅混在一起。”

“也许，”克娄巴特拉认真地说，“霍尔滕西娅更想要一些情人。也许她和克洛狄娅坐在一起，从那些在特里加里乌姆河游泳的裸男中挑选情人。”

“克洛狄乌斯家族有一个特点，那就是他们从来都不在乎自己的名声。克洛狄娅和霍尔滕西娅现在还来吗？”

“经常来。事实上，我见到她们的次数比见到你的更多。”

“这是在批评我吗？”

“不是，我可以理解，但是这并不会让那些见不到你的日子好过一些。不过，自从你回来之后，我见到的罗马男人也更多了。比如卢基乌斯·皮索和菲利普斯。”

“还有西塞罗？”

“我跟西塞罗合不来，”克娄巴特拉说着拉长了脸，“我想知道，你什么时候才会带一些有名望的罗马人来我这儿？比如马尔库斯·安东尼乌斯。我很想会会他。但他对我的邀请毫无回应。”

“他有弗尔维娅这样的妻子，肯定不敢接受邀请了。”恺撒笑着说，“弗尔维娅的占有欲很强。”

“好吧，那安东尼乌斯过来时不要告诉她就好了。”她停了一下，又恋恋不舍地说，“是不是要等到十五日之后，我才能再见到你？我希望明天也能见到你。”

“亲爱的，我今晚可以待在这儿，但天一亮我就要赶回城里。我还有很多事情要处理。”

“那明天晚上呢？”她继续追问。

“不行。勒皮杜斯举办了一个男人的宴席，我不能错过。我在宴席上也会继续工作，但我至少可以顺便见见几个人。如果等到元老院会议，当着大家的面才第一次告诉布鲁图斯和卡西乌斯他们分到的行省，那样就显得太生硬无礼。”

“这两个人也挺出名，我都没有见过他们。”

“法老，你现在已经二十五岁，所以你应该能明白为什么大部分罗马显贵不愿跟你接近，”恺撒语气平和地说，“他们把你叫做‘野兽王后’，还说是因为你的怂恿我才想成为罗马国王。在他们看来，你发挥的是负面影响。”

“真愚蠢！”她大叫道，生气地坐起来，“你的意见根本就不会因为别人的影响而改变。”

自从恺撒成为独裁官，马尔库斯·艾弥利乌斯·勒皮杜斯就一路上升。他的父亲跟布鲁图斯的父亲一起反叛苏拉，而他是父亲三个儿子中最小的那一个，他出生时脸上盖着一层胎膜，大家都说这是一生好运的标志。他确实很幸运，因为他年纪太小，所以没有卷入他父亲的叛乱。他父亲的大儿子在叛乱中死去了，二儿子保卢斯有很多年都在外流放。他们出自一个极为高贵的贵族家庭，但是在老勒皮杜斯因为心碎而死之后，他们家看来是没有希望再次成为罗马最显赫的家族了。保卢斯被召回罗马之后，恺撒通过贿买选票让他当上执政官，希望他能让自己无须越过神圣边界就能缺席竞选。可惜保卢斯是个蠢材，根本就不值得恺撒为他花费的大价钱。

总之恺撒想要摆脱迫害的一切努力都失败了，所以他不得不以叛军的姿态越过卢比孔河。这是不得已之举，也是他的唯一选择。这时候，在三兄弟中排行最小的马尔库斯·勒皮杜斯立刻就看到自己的机会，他坚定地站在恺撒一边，而且从未改变立场。他个性随和、粗枝大叶，总是通过最不费力的途径去达成目的，在大家眼中他并不是什么值得重视的政坛新秀。但在恺撒看来，他具备两个优点：第一，他是恺撒一手扶持起来的；第二，他那显赫的贵族背景可以给恺撒的派系增加影响力。

他的第一任妻子是科尔涅利娅·多拉贝拉，这个妻子没有嫁妆，而且生下孩子后不久就去世了。他的第二任妻子带来了五百塔兰特银子，这个妻子是赛尔维利娅和她第二任丈夫西拉努斯的女儿。朱尼拉嫁给他时，距离恺撒渡过卢比孔河还有好几年时间，在那些年里他都是靠着朱尼拉的钱维持生活。内战到来时，他和瓦提亚·伊绍里库斯站在恺撒一边，布鲁图斯和特尔图拉站在庞培一边，这让赛尔维利娅很高兴，因为不管哪一边赢得胜利，赛尔维利娅都立于不败之地。

勒皮杜斯是赛尔维利娅最不喜欢的女婿，这主要是因为勒皮杜斯仗着自己出生高贵而懒得讨好她。不过勒皮杜斯根本就不在乎赛尔维利娅的看法，他是一个英俊的男人，而且他跟尤利乌斯·恺撒家族的血缘关系也在他的脸上展现无遗。朱尼拉也不在乎赛尔维利娅的看法，因为她很爱勒皮杜斯。他们生了两个儿子和一个女儿，这三个孩子都很乖巧。

勒皮杜斯因为支持恺撒而飞黄腾达，他在帕拉丁山的吉尔马鲁斯峰峰买了一座豪宅，这座豪宅可以俯瞰罗马广场，而且还有一个足以容纳六只躺椅的餐厅。他的厨子跟克娄巴特拉的厨子一样优秀，他的酒窖里藏着许多上等美酒。

勒皮杜斯非常清楚，恺撒很可能在十五日的元老院会议之后就离开罗马，于是他早早地邀请恺撒在十四日晚上来家中赴宴。他还邀请了安东尼乌斯、多拉贝拉、卡西乌斯、布鲁图斯、德基穆斯·布鲁图斯、特里波尼乌斯、卢基乌斯·皮索、卢基乌斯·恺撒、卡尔维努斯和菲利普斯。他很想让西塞罗也来赴宴，但是西塞罗用“身体不适”为由拒绝了。

恺撒竟然第一个到达，这让勒皮杜斯非常惊讶。

“亲爱的恺撒，我以为你会最晚到达，最早离开。”勒皮杜斯在他那美轮美奂的中庭迎接恺撒。

“骑兵统帅，我有一个不情之请，”恺撒说着指了指他身后的随从，其中就包括那个埃及医生，“我恐怕必须在宴席中工作，这样实在太不礼貌了，所以我准备早点过来，请你在角落里给我安排一张躺椅。你想让谁坐在尊位上都可以，只要在角落里给我一张躺椅，让我可以在那里批阅文件、处理事情而不打扰其他宾客就行。”

勒皮杜斯波澜不惊地接受了这个不情之请。“恺撒，你想怎么样都行，”他说着把这位贵客带到餐厅，“我会让人搬来第五只躺椅，你可以选择你喜欢的那一只。”

“有几个人？”

“十二个，包括你我在内。”

“天啊！这样你的某一只躺椅上就只有两个人了。”恺撒说。

“别担心，恺撒。我会让安东尼乌斯坐在我那只躺椅上的尊位，而且不会让其他人坐在我们中间，”勒皮杜斯说着咧嘴一笑，“他的个子太大，如果三个人共用一张躺椅就太挤了。”

“确实如此，我就算是给你们腾出空间了。”恺撒说。仆人已经抬着第五只躺椅过来，放在了主座左边那只躺椅的一侧，刚好摆成一个马蹄形，“我就选这只躺椅，这个位置对我来说很合适。我有很多空间来摆放文件。你能否在躺椅后面多加一把椅子，这样我的秘书就可以坐在那儿。我每次只需要一个秘书，其他人可以在外面等着。”

“我会在外面给他安排一些舒适的椅子，还有很多好吃的。”勒皮杜斯说着就赶紧走开去吩咐管家了。

于是等到其他客人到达时，他们发现恺撒已经占据了最不尊贵的位置，还有一个秘书坐在他后面的椅子上，而他所在的躺椅上摆满了文件。

“可怜的勒皮杜斯！”卢基乌斯·恺撒有点哭笑不得地说，“你最好把卡尔维努斯、菲利普斯和我安排在恺撒对面的那只躺椅上。我们都不会不好意思跟他说话。谁知道呢？也许他真的会跟我们聊上几句。”

第一道菜上来了。安东尼乌斯和勒皮杜斯斜靠在中间的主座上，多拉贝拉、卢基乌斯·皮索和特里波尼乌斯在右边第一只躺椅，菲利普斯、卢基乌斯·恺撒和卡尔维努斯在右边第二只躺椅，布鲁图斯、卡西乌斯和德基穆斯·布鲁图斯在左边第一只躺椅，恺撒在左边第二只躺椅。

对赴宴的人来说，恺撒的勤奋并不是什么令人意外的事，所以宴席和谈话都高高兴兴地进行着。宴席有上好的法勒尼亚白葡萄酒搭配作为开胃菜的鱼类，有一流的基安红葡萄酒搭配作为主菜的肉类，还有来自阿尔巴－弗森提亚的白色气泡酒搭配作为尾菜的奶酪和甜点。

菲利普斯对勒皮杜斯的厨子新发明的一道甜点大为赞赏，这道甜点是用奶油、蜂蜜、草莓、蛋黄和打发的蛋白混合而成，然后用孔雀形状的模子进行冷冻，上面还有用蔬果汁染成粉色、绿色、蓝色、紫色和黄色的奶油来点缀。

“尝尝这个，”菲利普斯边吃边说，“我承认，我的雪糕有点太甜腻。这个真是太完美了！绝对是人间美味！恺撒，你一定要尝尝！”

恺撒看了一眼，咧嘴一笑，吃了一口，满脸震惊，“菲利普斯，你说得对，这真是人间美味。第十条：免费发放的粮食不能售卖、转赠或进行其他交易，如果违反就要连续五个市集日在贫民窟的乱葬场填埋石灰作为处罚。”他又吃了一口，“很好！我的医生也会赞同。第十一条：一个可以分得免费粮食的人如果去世，就要把这个人的死亡证明和免费粮食交给平民营造官……”

“恺撒，”德基穆斯·布鲁图斯说，“我以为，分发免费粮食的法令已经完成了。”

“是的，但是我重新审阅时，发现这些法令太含糊了。德基穆斯，好的法令不应该存在漏洞。”

“我喜欢你说到的惩罚，”多拉贝拉说，“在恶臭的乱葬岗填埋石灰，任何人一想到这种事情就不敢违背法令。”

“我想着能够进行什么惩罚，那些没有财产的穷人根本就不可能缴纳罚款，而享受免费粮食的人都很穷。”恺撒说。

“既然你现在没有埋头看文件，那就回答我一个问题吧，”多拉贝拉说，“我注意到，在参加帕提亚战争的军队中，你要求每个军团都要配备一百门大炮。恺撒，我知道，你很喜欢使用大炮，但这样不会太多了吗？”

“重甲骑兵。”恺撒说。

“重甲骑兵？”多拉贝拉皱着眉头问。

“帕提亚的骑兵，”卡西乌斯说，他曾经在比勒卡斯河边看到几千个这种骑兵，“他们从头到脚都穿着锁子甲，他们骑着的高头大马也穿着锁子甲。”

“是的，卡西乌斯，我记得你曾经把这种情况报告给元老院。你说他们不能快速冲锋，我就想到如果两军一交锋就对他们开炮，那他们可能会伤亡惨重，”恺撒沉吟道，“这些大炮还可以用来轰炸那些向帕提亚弓箭手运送箭头的骆驼队。如果我的想法错了，那我会把多余的大炮存放起来，但是我觉得应该不会有错。”

“我也觉得不会有错。”卡西乌斯满脸钦佩地说。

安东尼乌斯不喜欢只有男人参加的这种沉闷宴会。他一边听着这些谈话，一边用目光扫视着他左边躺椅上的三个人：布鲁图斯、卡西乌斯和德基穆斯·布鲁图斯。然后他的目光又转移到恺撒身上。明天，恺撒，明天！明天你就会死在这三个人手中。还有他们对面那个不为人知的天才特里波尼乌斯。他已经安排好了，这一切即将发生。你有见过谁的脸色比布鲁图斯更难看吗？既然他这么害怕，那他为什么还要加入呢？我敢打赌，他绝对不会捅刀子！

“说回石灰坑、乱葬岗和死人，”安东尼乌斯突然大声问，“什么才是最好的死法呢？”

布鲁图斯一哆嗦，脸色煞白，赶紧放下他的勺子。

“在战场上。”卡西乌斯立刻说。

“在睡梦中。”勒皮杜斯说，他想起自己的父亲。父亲被迫跟他深爱的妻子离婚，然后就因为她而日渐憔悴。

“年老寿终。”多拉贝拉笑着说。

“嘴里吃着这样的美味。”菲利普斯舔着勺子。

“在自己孩子的身边。”卢基乌斯·恺撒说，他唯一的儿子实在太令人失望。没有什么比白发人送黑发人更悲惨。

“出了心中恶气。”特里波尼乌斯说，他狠狠地瞪了安东尼乌斯一眼。这个大老粗是不是要出卖他们了？

“读到一首比卡图卢斯写得还要好的诗歌，”卢基乌斯·皮索说，“我想，赫尔维乌斯·秦纳也许有一天能做到。”

恺撒抬起头，扬了扬眉毛。“怎么死的无所谓，”他说道，“只要是突然死去就好了。”

卡尔维努斯已经翻来覆去、低声呻吟了好一会儿。这时他按着自己的胸膛，发出一声惨叫。“我恐怕，”他脸色灰白地说，“我马上就要死了。痛！痛！”

恺撒本来打算放下手中的工作，跟布鲁图斯和卡西乌斯说说他们明年将会分到的行省，但这时什么都不顾上说。他赶紧把哈德凡伊从中庭叫过来。这件事被忘掉了，大家都紧张地围着卡尔维努斯，恺撒也站在前面看着他。

“这是心脏痉挛，”哈德凡伊说，“但是我觉得他不会死。他应该回到家里接受治疗。”

恺撒看着卡尔维努斯被抬进一乘轿子。“你这个话题真倒霉！”恺撒对着安东尼乌斯低声训斥。安东尼乌斯心中暗道：比你想象的还要倒霉。

布鲁图斯和卡西乌斯一起走路回家，在到达卡西乌斯的家门之前他们都没有说话。

“明天天亮之后半个小时，我们都在卡库斯阶梯下面集合，”卡西乌斯说，“这样会有充足的时间一起走去战神原野。我到时会在那里等你。”

“不，”布鲁图斯说，“不要等我。我宁愿自己去。我的扈从陪着我就够了。”

卡西乌斯皱起眉头，看着布鲁图斯那张苍白的脸。“你不是想退缩吧？”他语气尖锐地问。

“当然不是。”布鲁图斯说着深吸一口气，“只是因为可怜的波尔基娅现在变得……她知道这件事……”

卡西乌斯气得直咬牙。“这女人是个威胁！”他猛地捶在自己门上，“总之，你不要反悔，听到了吗？”

布鲁图斯转过街角，走向自己的房子。他敲了门，门童开了门，然后他就踮着脚尖轻轻走过通往主人卧室的走廊，暗自祈祷波尔基娅已经睡着了。

波尔基娅没有睡着。他提着的灯火刚刚照亮门口，波尔基娅就从床上跳起来。她扑向布鲁图斯，紧紧地抱着。

“怎么了，怎么了？”她问道，声音大得整个房子里的人都可以听见。“你这么早就回来了！是不是被人发现了？”

“小声点，小声点！”他关起房门。“没有，没被发现。卡尔维努斯突然生了重病，所以宴会提前结束。”他把托迦和托伲甩在地上，然后坐在床边解开自己的鞋子，“波尔基娅，睡觉吧。”

“我睡不着。”她回答道，砰地一声坐在他身旁。

“那就喝点罂粟糖浆。”

“那个东西会让我便秘。”

“好吧，你把我搞得太紧张啦。噢，拜托了，你躺到床上，装作已经睡着了！我需要安静。”

她一边叹气，一边嘀咕着，按照布鲁图斯说的去做了。布鲁图斯觉得自己的肚子不舒服，他站起来穿上托伲和拖鞋。

“怎么了，怎么了？”

“没什么，就是有点肚子疼。”他说道，拿着灯火走向厕所。他在厕所里拉完肚子，在冰冷的夜色中浑身发抖。他站在走廊中，直到寒冷让他不得不走回卧室的方向。他经过斯特拉托的门口，门关上了，门缝里没有透出光线。他走过沃伦尼乌斯的门口，门关上了，门缝里没有透出光线。他走过斯塔提卢斯的门口，门还微微开着，里面有光线透出来。他刚敲了敲门，斯塔提卢斯出来把他拉进屋里。

波尔基娅跟他结婚之后，就问他能不能让斯塔提卢斯过来跟他们一起生活，他并没有觉得这样有什么奇怪的，而波尔基娅也没有告诉他，这么做是为了把斯塔提卢斯跟卢基乌斯·比布路斯隔开，让卢基乌斯·比布路斯不再酗酒。对布鲁图斯来说，让加图的哲学家朋友住在自己家里是件令人愉快的事。现在就更是如此了。

“我能不能睡在你的躺椅上？”布鲁图斯问，冷得牙齿打架。

“当然可以。”斯塔提卢斯说。

“我无法面对波尔基娅。”

“唉，唉。”

“她有点歇斯底里。”

“唉，躺下吧，我去给你拿被子。”

布鲁图斯家里的三个哲学家都不知道谋杀恺撒的阴谋，不过他们都知道肯定出了什么事。他们的结论是波尔基娅快要疯掉了。加图的女儿是这么骄傲又敏感，但是只要布鲁图斯一出门，赛尔维利娅就会用那些刻毒的话攻击波尔基娅。所以波尔基娅变成这样又有什么奇怪的呢？不过，斯塔提卢斯是看着波尔基娅长大的，而另外两个哲学家并不是。当他发现波尔基娅爱上布鲁图斯时，他想法设法阻止他们的结合。他的反对存在嫉妒的因素，但主要是因为他担心波尔基娅如此激烈多变的性情会让布鲁图斯受不了。不过他没有考虑到赛尔维利娅的反对，尽管她肯定会反对，因为她对加图恨之入骨！现在布鲁图斯就可怜兮兮地坐在这儿，因为太过害怕而无法面对自己的妻子。于是斯塔提卢斯低声安慰着布鲁图斯，把他安顿在自己的躺椅上，然后又点着一盏灯守在他旁边。

布鲁图斯进入一个轻浅的睡梦，他在躺椅上不安地呻吟扭动，在刺杀恺撒的行动进行到最血腥的关键时刻突然醒来了。斯塔提卢斯还坐在椅子上，他本来正在打盹，但布鲁图斯刚刚把脚放到地板上，他就立刻醒过来了。

“再睡一会儿吧。”斯塔提卢斯说。

“不，元老院要开会，我已经听到鸡叫，所以还有不到一个小时天就亮了，”布鲁图斯说着站起来，“斯塔提卢斯，谢谢你，我需要一个地方避一避。”他叹了一口气，拿起一盏灯。“现在我要去看看波尔基娅怎么样了。”他在门口停下，突然笑了一声，“感谢诸神，我母亲今天下午才从图斯库卢姆回来。”

波尔基娅总算睡着了，她仰面躺着，两只手在头顶上，脸上的泪痕清晰可见。布鲁图斯的洗澡水准备好了，于是他躺在热水中泡了一会儿。他的男仆站在一边，一看到他从水中出来，就用一块柔软的亚麻毛巾包住他的身体。他感觉好些了，于是穿上干净的托伲，又穿上高级官员的专用鞋子，然后就走到他的书房里去看柏拉图的书。

“布鲁图斯，布鲁图斯！”波尔基娅大叫着冲进书房。她两眼发直、披头散发、衣衫不整，“布鲁图斯，就是今天了！”

“亲爱的，你身子不好，”他说着站起来，“回到床上，我让阿提利乌斯·斯提洛来给你看看。”

“我不需要医生！我没病！”她完全没有意识到，她的动作和表情都显示出她确实有病。她在书房里绕圈，在空荡荡的书架上乱翻，从书桌上的一个笔筒里抽出一根笔，然后就抓着这根笔对着空气乱刺。“受死吧，你这个恶魔！受死吧，你毁了共和国！”

“狄图斯！”布鲁图斯大叫道。“狄图斯！”

管家立刻过来了。

“狄图斯，把波尔基娅的女仆找过来，让她们带她回去。她病了，你去把阿提利乌斯·斯提洛也叫过来。”

“我没病！受死吧！恺撒！去死！去死！”

以巴弗狄图斯惊恐地看了她一眼，很快就带着四个女仆过来了。“来吧，夫人，”西尔维娅说，她从小侍候波尔基娅，“先躺下，等阿提利乌斯来给你看看。”波尔基娅不肯离开，她一直使劲挣扎，最后在两个男仆的帮助下才被拉走了。

“狄图斯，把她锁在房间里，”布鲁图斯说，“但是要把她的剪刀和裁纸刀都拿走。我担心她神志不清，我真的很担心。”

“确实令人担心。”以巴弗狄图斯说。他看起来很害怕，不过他更担心的是布鲁图斯。“我给你拿点吃的。”

“天亮了吗？”

“是的，天刚亮，太阳还没有升起来。”

“给我拿些面包和蜂蜜，还有厨子煮的那种草药茶，我肚子疼。”布鲁图斯说。

布鲁图斯身上穿着紫边托迦，手里拿着准备在刺杀恺撒之后发表的演讲，他刚刚走到门口，就碰到了罗马城的名医阿提利乌斯·斯提洛。

“斯提洛，你无论如何都要用点药，让波尔基娅安静下来。”布鲁图斯说着就走进巷子里，他的六个扈从已经扛着法西斯在那里等着。

布鲁图斯思绪繁乱，他每走一步都能感觉到自己腰带上别着的匕首。这把匕首比较长，所以皮套的尖端一直戳着他的大腿根。他这辈子还从未在托迦下面佩刀。他知道事情就要发生了，但是除了这把匕首，其他的一切都显得不太真实。他的身边走过一些装满蔬菜的货车，那些车上有包菜和芥蓝、萝卜和菜头、芹菜和洋葱，总之是那些这个季节生长在战神原野和瓦提卡努斯原野外围的蔬菜。布鲁图斯惊讶地发现，地上到处是烂泥和水坑。昨天晚上下雨了吗？那些扈从真是太麻木了！他们只是毫不在意地走着。

“好大的雨啊！”一个菜农说。他站在自己的货车后面，把一捆捆的水萝卜扔给一个女人。

“我觉得天都要塌了。”那个女人回答，灵巧地接住萝卜。

下雨了？下雨了吗？他没有听到雨声，也没有感觉到打雷和闪电。是不是因为他的内心惊涛骇浪，所以连真实的大雨都感觉不到？

走过弗拉米尼乌斯竞技场之后，就可以看到那座巨大的大理石剧院矗立在战神原野的绿地上面，这座半月形的剧院在战神原野的最西边。剧院的东边是一座气势恢宏的方形柱廊式花园，花园的四边各有一百根带着凹槽的柱子，这些柱子的科林斯式柱头上面有极为精美的鎏金，还粉刷成深深浅浅的蓝色，而柱子后面的墙上有一组组壁画，在这些壁画之前的墙面则粉刷成深红色。这个花园的一头紧挨着剧院的舞台墙，花园的另一头有一些台阶通往庞培娅会堂。庞培修建的这个豪华会堂经常用于举行元老院会议。

布鲁图斯从南门走进柱廊，他停下来，突然出现的阴影让他眨了眨眼睛。他举目四望，想看看那些解放者到底在哪里。只有一直想着这个词，才能让他坚定心志准备迎接即将到来的事。他们是解放者，不是杀人犯。解放者，就在那儿！他们在花园里一个阳光灿烂的背风处，旁边有一座无论冬夏都在流淌的喷泉，这座喷泉的水罐可以加热。卡西乌斯挥挥手，离开其他人迎向布鲁图斯。

“波尔基娅怎么样？”卡西乌斯问。

“很不好，我已经让阿提利乌斯·斯提洛过去了。”

“好。过来听听特里波尼乌斯的安排，他一直在等你过来。”

第 3 节

恺撒听到了这场暴雨，这是初春的第一场雨，这个天气多变的时节经常刮风下雨。恺撒走到花园里，看着闪电给乌云镶上美丽的花边，听着阵阵惊雷在罗马上空炸响。当大雨倾盆而下时，恺撒回到卧室里，躺下来酣畅无梦地睡了四个小时。天亮之前两个小时，暴风雨停止了。恺撒醒过来，负责早班的秘书和文书过来汇报工作。天亮时，特罗古斯给他带来新鲜出炉的脆皮面包，还有一些橄榄油，以及他坚持多年的热饮。在这个时节，他可以喝上柠檬水，这比喝醋好多了，特别是哈德凡伊还给柠檬水里加了蜂蜜。

恺撒感觉好极了，他很高兴马上就可以离开罗马。他刚吃完早餐，卡尔普尔尼娅就走了进来，她的眼皮好像有点睁不开，而且还有两个疲倦的黑眼圈。恺撒立刻站起来，给了她一个早安的亲吻，然后伸出一只手托着她的下巴，仔细地看着她的脸庞。

“亲爱的，怎么了？昨天晚上的暴雨吓到你了吗？”

“不，恺撒，吓到我的是一个梦。”她说着紧张地抓住恺撒的手臂。

“一个噩梦？”

她打了一个寒颤。“一个可怕的梦！我看到一些人围着你，把你捅死了。”

“天啊！”恺撒一声惊叹，感觉有点无可奈何。怎么安慰一个忧心忡忡的妻子呢？“这只是一个梦，卡尔普尔尼娅。”

“但那个梦很真实！”她大叫道。“在元老院，但不是在元老院会堂，而是在庞培的会堂，因为那里有他的雕像。恺撒，求求你，不要参加今天的会议！”

他挣开她的手，握住她的手，轻轻抚摸着。“亲爱的，我必须参加。今天我要卸任执政官，要最后处理好我在罗马的公务。”

“不要去！求求你，不要去！那个梦太真实了！”

“那我要谢谢你的提醒，而且我会努力不让人把我捅死在庞培的会堂里。”恺撒说，他的语气温和而坚定。

特罗古斯拿着恺撒的托迦进来，恺撒已经穿上了紫色与红色条纹相间的托伲，脚上穿着红色高筒靴子。他站在那里，让特罗古斯把宽大的托迦给他披在身上，然后又调整好左边肩膀上的布料皱褶，这样他活动时托迦就不会从他的左肩滑落下来。

卡尔普尔尼娅心里想着：他看起来棒极了，紫色和红色比白色更难衬托他的肤色。“你今天要履行大祭司长的什么职责？”她问道，“你不能用这个作为借口吗？”

“不，我不能，”他有点不耐烦地说，“今天是望日，要进行一个短暂的献祭。”

然后他就走出去，跟那些在神圣大道上等着他的人在一起。他迅速地检查了献祭的羊，然后就沿着山坡而下，走向罗马广场和卡皮托尔山的方向。

一个小时后，他回家换衣服，但却无奈地发现中庭里挤满了食客，其中有一些食客是他再次出门之前必须接待的。他来到书房，发现德基穆斯·布鲁图斯正在跟卡尔普尔尼娅聊天。

“我希望，”恺撒穿着他的紫边托迦走进去，“你能说服我的妻子，让她相信我今天不会遭遇刺客。”

“我正在努力，不过我不确定自己能否成功。”德基穆斯说，他的身体靠着恺撒的书桌边缘，他的两只脚随意地交叉着。

“我大概要接待五十多个食客，不过时间不会很长，也没有什么秘密的事情要谈，你要是愿意可以留在书房。你这么早过来有何贵干？”

“我想着，你走去开会的路上，可能会顺便去看望卡尔维努斯，我想跟他见一面，”德基穆斯轻松自在地说，“如果我自己去看他，那他可能会拒绝，但如果我和你一起去看他，他就不可能拒绝了。”

“聪明。”恺撒笑着说。他看着卡尔普尔尼娅，扬起眉毛，“亲爱的，谢谢你了。我现在我要开始工作。”

“德基穆斯，照顾好他！”她在门口恳求道。

德基穆斯露出一个灿烂的笑容，这个笑容多么让人心安！“卡尔普尔尼娅，别担心，我保证会照顾他。”

两个小时后，他们两人离开公共圣所，准备沿着维斯塔阶梯爬上帕拉丁山，一大群食客跟在他们后面。他们绕过公共圣所的转角，走向维斯塔贞女的住所，看到老斯普里纳像往常那样蹲在门口。

“恺撒！要小心三月望日！”他大叫道。

“斯普里纳，今天就是三月望日，你也看到了，我好得很。”恺撒说着哈哈大笑。

“今天是三月望日，但是三月望日还没有过去。”

“这是个老糊涂。”德基穆斯嘀咕道。

“德基穆斯，他有很多问题，但肯定不是老糊涂。”恺撒说。

在维斯塔阶梯下面，人群向他们涌过来，有人想把一张纸条递给恺撒。德基穆斯拦截了这张纸条，然后把纸条塞进他的托迦里面。“我们接着往前走，”他说道，“等会儿我再把纸条给你。”

他们来到格涅乌斯·多米提乌斯·卡尔维努斯的门口，然后直接被带到卡尔维努斯的书房，卡尔维努斯正躺在一张躺椅上面。

“恺撒，你的埃及医生真厉害，”卡尔维努斯看到他们进来说，“德基穆斯，很高兴见到你！”

“你看起来比昨天晚上好多了。”恺撒说。

“我感觉好多了。”

"老朋友，我们不会留在这里，不过我必须亲自来看看你。卢基乌斯和皮索说他们不会参加今天的会议，他们会陪着你。不过，如果他们让你觉得受打扰，那你只管把他们赶跑。你的身体出了什么问题？"

"心脏痉挛。哈德凡伊给我一些洋地黄提炼的药剂，然后我立刻就觉得好多了。他说，我的心脏在'扑腾'。他说得对极了！我的内脏周围可能有积液。"

"只要你能恢复到可以担任骑兵统帅的程度就好。今天勒皮杜斯出发前往纳尔旁高卢，所以元老院里又少了一个人。菲利普斯今天也不会去元老院，因为他昨天晚上吃得太多了。他和他的人间美味！所以，我担心，在我出席的最后一次会议，前排座位上的人会少得可怜。"恺撒说。他有点出人意料地俯身亲吻卡尔维努斯的脸颊，"你多保重。"

然后恺撒就离开了，德基穆斯·布鲁图斯紧随其后。

卡尔维努斯皱着眉头躺下去，他放下眼皮，开始打盹。

恺撒和德基穆斯走过弗拉米尼乌斯竞技场，小心翼翼地避开地上的水坑。"恺撒，我能不能派人去送信，让他们知道我们就快要到了？"德基穆斯问道。

"当然可以。"

德基穆斯的一个仆人加紧脚步跑开了。

他们走进柱廊时，发现花园里大概有四百个元老，有些在阅读，有些在向文书口授文字，有些展开身体在草地上睡觉，有些聚在一起聊天，还有些在一起哈哈大笑。

安东尼乌斯迎上前来，他跟恺撒握了握手。"你好，恺撒。如果不是德基穆斯的仆人跑来送信，我们都以为你不会来了。"

恺撒放下安东尼乌斯的手，他那冷淡的脸色好像在说，没有人能够指责独裁官姗姗来迟。然后他就爬上阶梯进入庞培娅会堂，有两个仆人跟在他身后，一个拿着象牙折椅和折叠桌子，另一个拿着蜡板和一麻袋文件。他们在演讲台的前面摆好桌子和椅子，看到恺撒点头示意之后就走开了。恺撒很满意桌子和椅子都摆在正确的位置，他从麻袋里掏出几份文件，然后把文件打开整整齐齐地叠放在桌子上，然后在自己左边摆上蜡板和铁笔以备记录之需。

“他已经开始工作了，”德基穆斯说，他和其他二十二人一起聚集在阶梯下面，“里面大概有四十个后座元老，没有人靠近演讲台那边。特里波尼乌斯，是时候开始行动了。”

特里波尼乌斯马上走到安东尼乌斯身边，安东尼乌斯认为让多拉贝拉待在外面的最佳办法就是跟他一起留在外面，并尽可能地保持友善。他们每人各有十二个扈从，这些扈从离开他们一段距离，他们的法西斯（现在是三月，所以法西斯属于高级执政官多拉贝拉）都放在地上。虽然会议在神圣边界之外举行，但这个地方距离罗马城不到一里地，所以那些扈从都穿着托迦，他们的法西斯也没有插上斧头。

昨天晚上特里波尼乌斯想到一个好主意，然后他在布鲁图斯带着六个扈从出现时就立刻执行了。这个好主意就是，为了表示对恺撒的尊重，从现在开始要暂时解散一些扈从，所有的大法官和两位贵族营造官都要解散他们的扈从，不能带着扈从去开会。卡西乌斯征询这些官员的意见时，他们都表示赞同。大法官和营造官的扈从都没有想到会临时放假，所以他们都高高兴兴地回到扈从团。扈从团位于奥比乌斯坡道酒馆的后面，所以扈从们想去喝点小酒很方便。

“跟我在外面待一会儿，”特里波尼乌斯兴奋地对安东尼乌斯说，“我有点事情要跟你讨论。”

多拉贝拉发现他的一个好朋友正在跟另外两个人玩骰子游戏，于是他对着他的扈从点头示意，让他们不用着急，然后就加入游戏。他觉得今天一定会有好手气。

安东尼乌斯和特里波尼乌斯在阶梯下面说话，德基穆斯带着解放者进入会堂。如果花园里的元老抬眼看看他们，就会奇怪他们为什么脸色如此凝重，还有他们的动作也有点不自觉的偷偷摸摸，但是根本就没有人抬眼看看。

布鲁图斯落在后面，他感觉有人扯了一下他的托迦，转头一看发现他家里的仆人正面红耳赤、气喘吁吁地站在那儿。

“怎么了？”布鲁图斯问，很高兴有点什么事情来拖延他除灭暴君的行动。

“主人，波尔基娅夫人！”那个仆人喘着粗气说。

“她怎么了？”

“她死了！”

没有天崩地裂，也没有天旋地转，布鲁图斯难以置信地瞪着那个奴隶。“胡说八道。”他说。

“主人，她死了，我发誓，她死了！”

“告诉我发生了什么事。”布鲁图斯平静地说。

“噢，她情况很糟糕，像疯了一样跑来跑去，大叫着恺撒死啦。”

“阿提利乌斯·斯提洛没有给她看病吗？”

“看了，主人，但是她不肯吃药，所以斯提洛气呼呼地走了。”

“然后呢？”

“她倒下了，一动不动。以巴弗狄图斯找不到她还活着的迹象，什么迹象都没有了！她死了！死了！主人，回家，回家吧！”

“告诉以巴弗狄图斯，等我能走开的时候就会回去，”布鲁图斯说着踏上了第一级台阶，“她没有事，我敢保证。我了解她。她只是晕死过去。”然后他就登上其余的台阶，留下那个奴隶目瞪口呆地站在那里。

这个会堂足以容纳六百人，里面看起来非常空旷，尽管已经有几个后座元老坐着看书，他们都是抓紧一切机会看书的饱学之士。这些人没有一个把自己的椅子放在靠近演讲台的那一头，虽然从天窗透进来的光线在靠近门口的一侧比较好，但坐在会堂两侧看书的人几乎一样多，在左侧和右侧的后排都有一些人。德基穆斯心想，好极了。他领着一群人走在前面，回头一看发现布鲁图斯还在外面，他是不是失去勇气了？

恺撒低头看着一卷展开的文件，完全忽略了周围的情况。他突然动了一下，但却不是看着那群正在走来的人。他伸出左手拿过一张蜡板打开，右手拿起铁笔开始在蜡板上奋笔疾书。

距离演讲台十尺开外，那群人有点迟疑地停了下来。对于这些正在逼近的刺客，恺撒完全没有留意，这实在不太合理。德基穆斯的目光望向庞培的雕像，这尊雕像在四尺高的台基上显得非常高大。雕像的前面就是演讲台，这个演讲台特别大，因为上面要容纳十六到二十位享有官座资格的高级官员。德基穆斯的手顿时变得有点笨拙，他摸索着自己的匕首，拔出来藏在比较隐蔽的一边。德基穆斯可以感觉到其他人也在进行同样的动作，他的眼角望到布鲁图斯走进会堂里。布鲁图斯终于鼓起勇气。

卢基乌斯·提利乌斯·辛贝尔走上讲台旁边的台阶，这些台阶原本是扈从的座位。他的匕首已经明晃晃地摆出来。

“等一下，你这个没有耐心的白痴，等一下！”恺撒生气地大叫。他仍然低着头，手中的铁笔还在蜡板上勾画。

辛贝尔气愤地抿紧嘴唇，向自己的同伴投去一个恶狠狠的眼色。我们的独裁官是多么粗暴，看到了吗？他大步向前，把恺撒左边颈侧的托迦一把拽下。但是盖乌斯·赛尔维利乌斯·卡斯卡从辛贝尔的左边冲上来，他从恺撒身后举起刀子刺向恺撒的喉咙。结果他的刀子一偏擦过锁骨，在上胸部留下一个比较浅的伤口。恺撒动作快得让人看不清，他猛地跳起来，本能地用铁笔反击。铁笔插进盖乌斯·卡斯卡的手臂，其他解放者受到鼓舞，都举起刀子往前冲。

虽然恺撒在奋力搏斗，但他没有说话也没有大叫。那张桌子飞了起来，象牙折椅也腾空而起，文件四散飘落，鲜血到处喷溅。现在，后排的元老都在看着，他们惊恐地大叫，但是没有人过来帮助恺撒。恺撒往后退，撞到了庞培雕像的基座。正在此时，卡西乌斯向前猛扑，他的刀子插到恺撒脸上，转了一圈挖出一只眼，彻底毁了那张俊脸。那些解放者一拥而上，许多刀子举起又落下，现在鲜血喷涌而出。突然间，恺撒停止挣扎，接受这不可避免的命运。他那颗独特的心灵对衰败的肉体下了命令，要保持无损的尊严结束生命。他伸出左手，拉过托迦盖住自己的脸，又伸出右手死死抓住托迦，这样他倒地时就可以体面地遮住下身。这些凶徒没有一个能看清恺撒死去时的表情，也没有一个能把恺撒赤裸的下身作为笑柄。

凯基利乌斯·布基奥拉努斯刺进恺撒的后背，卡伊斯·恩尼乌斯·伦托刺进恺撒的肩膀。恺撒血流如注，但他在这疯狂的攻击中仍然站着。德基穆斯·布鲁图斯是倒数第二个动手的冷酷战士，他用尽全力刺出第一刀，这一刀深深地插进恺撒的左胸。匕首直接刺中恺撒的心脏，恺撒终于轰然倒地。然后德基穆斯又俯身刺出第二刀，这是替特里波尼乌斯补上的一刀。布鲁图斯是最后一个动手的，他满头大汗、身体因为恐惧而发僵。他跪下来，把刀子刺向恺撒的下身，这是他母亲深深迷恋的部位，刀尖穿透了层层叠叠的托迦，因为他的刀锋一路向下。他听到金属刮到骨头的声音，感觉胸口一阵恶心。他挣扎着站起来，感觉手背上一阵剧痛，有人刺伤了他的手。

大功告成。全部二十二人都在恺撒身上刺入刀子，而德基穆斯·布鲁图斯刺了两次。恺撒倒在庞培的雕像下面，他的脸庞和下身都遮住了，他那件白色托迦的前胸和后背变成红色的碎片，红艳艳的鲜血在演讲台的白色大理石地板上流淌。他的鲜血倾泻而出，汪洋恣肆地涌向四处。到处都是鲜血。有人赶紧挪开躲避，但德基穆斯却没有留意，等到他终于醒过神，鲜血已经涌进他的鞋里。他一声惨叫，仿佛这鲜血烫到他的脚。

这些解放者面面相觑，呼吸急促、眼神狂乱。布鲁图斯全神贯注地给自己的手止血。在那无声的一瞬间，大家好像达成某种共识，然后就转身跑向门外了。德基穆斯也像其他人一样恐慌。那些亲眼目睹的后座元老已经跑到外面，大叫大喊着恺撒死了，恺撒死了！那些解放者跑到花园里，他们的托迦血迹斑斑，他们沾满鲜血的手上还握着刀子。所有人都陷入恐慌。

大家朝着远离庞培娅会堂的各个方向四散奔逃。元老、扈从和奴隶都撒腿就跑，他们边跑边喊：恺撒死了，恺撒死了，恺撒死了！

那些解放者也都跑了，他们本来准备发表一些气势恢宏的演讲，但这些伟大的计划现在都抛之脑后了。谁能想到事实跟他们的预想是如此不同呢？随着恺撒的死亡，他们的理念、哲学和激情都烟消云散。直到事情已经完成，他们才真正明白这究竟意味着什么，就连德基穆斯·布鲁图斯也是如此。巨人倒下，天地巨变，共和国再也无法重现。恺撒的死亡是解放，但解放的是混乱。

在直觉的带领下，解放者们跑到“至尊至善者”朱庇特神庙避难，他们的双腿像转轮一样在战神原野的草地上狂奔。他们跑到卡皮托尔山腰的罗慕路斯避难所，然后又跑到最顶峰的朱庇特神庙。这二十二人跑进神庙里，他们气喘吁吁，两膝酸软地跪倒在地。他们上方是身高五十尺的朱庇特雕像，这尊漂亮的雕像装饰着黄金和象牙，他的脸庞涂成鲜艳的红色，他的笑容咧到耳根下。

那些后座元老冲出庞培娅会堂大叫着恺撒被刺杀了，安东尼乌斯听到之后大叫一声，然后就跑出柱廊奔向罗马城！安东尼乌斯这种出人意料的反应把特里波尼乌斯惊呆了，他在安东尼乌斯身后追赶，大叫着让安东尼乌斯停下来，回来召开元老院会议。但是已经太迟了。多拉贝拉和他的扈从也逃跑了，所有元老、奴隶和解放者都逃跑了。特里波尼乌斯唯一的选择就是拦住安东尼乌斯。

会堂里面一片死寂。庞培的雕像无法看看是谁倒在他脚下，因为他的眼睛正仰望着门口的方向，他的瞳孔缩得像针尖那么小，因为艺术家想让他的眼睛显出一片纯净的蓝色。恺撒侧身蜷缩在地上，他的脸被托迦遮住，他的鲜血终于不再流淌，在演讲台边缘形成一个小瀑布。

时不时有一只小鸟飞进来，在天花板上描绘的玫瑰花旁徒劳地盘旋，直到光线又把它引到外面。时间慢慢流逝，但是没有人进入会堂。恺撒和庞培都不能动弹。

管家进入卡尔维努斯的书房时已经是下午时分，卡尔维努斯虽然有点虚弱，但病情已经大为好转，他正在跟卢基乌斯·恺撒和卢基乌斯·皮索说话。管家的身后还跟着那个叫做哈德凡伊的埃及医生。

“不是又要检查身体吧？”卡尔维努斯大叫道。他自我感觉良好，实在不想被医生打扰。

“不是，主人。我请哈德凡伊过来只是为了以防万一。”

“赫克托尔，什么万一？”

“整个罗马城都在议论一个可怕的传言。”赫克托尔迟疑了一下，然后脱口而出，“大家都在说，恺撒被刺杀了。”

“天啊！”皮索一声惊叫，卡尔维努斯也从躺椅上跳下来。

“哪里？怎么回事？快说啊！”卢基乌斯·恺撒咆哮道。

“躺下，卡尔维努斯大人，请躺下。”哈德凡伊对着卡尔维努斯低声恳求。

与此同时，赫克托尔对着卢基乌斯·恺撒回答道：“主人，好像没有人清楚是怎么回事，他们只是说恺撒已经死了。”

“卡尔维努斯，回到躺椅上面，不要着急追问。我和皮索会去了解情况。”卢基乌斯·恺撒说着已经快走到门口了。

“要告诉我啊！”卡尔维努斯大叫道。

“不可能，不可能。”卢基乌斯·恺撒喃喃自语，一步五个台阶地冲下维斯塔阶梯，皮索紧随其后。

他们冲进大祭司长的接待室，这是公共圣所里面的第一个房间。他们发现昆克提利娅和科尔涅利娅·梅鲁拉在房间里走来走去，而卡尔普尔尼娅瘫坐在一张长凳上，朱尼娅在旁边扶着她。这两个男人一进来，所有女人都向他们跑去。

“他在哪里？”卢基乌斯·恺撒大声问。

“没有人知道，首席占卜官，”昆克提利娅说，这个丰满开朗的女人是首席维斯塔贞女，“只是罗马广场上的人都在说，他被人杀死了。”

“他结束了庞培娅会堂的会议之后没有回家吗？”

“没有，他没有回来。”

“有什么官员来过这里吗？”

“没有，没有人来。”

“皮索，你守在这儿，”卢基乌斯·恺撒命令道，“我去庞培娅会堂看看那里还有没有人。”

“你要带着扈从一起去！”皮索高声说。

“不，特罗古斯和他几个儿子跟我一起去就行了。”

卢基乌斯加紧脚步穿过维拉布鲁姆，特罗古斯带着三个儿子跟着他一路狂奔。到处都有人三五成群地聚在一起，有人扭着双手，有人正在哭泣，但是没有人能够回答卢基乌斯的问题。他们只知道恺撒死了，恺撒被人杀死了。他们走过弗拉米尼乌斯竞技场，来到剧院外面，又进入庞培娅会堂的柱廊。卢基乌斯抓着身侧的衣服，他停下来喘口气。这里空无一人，但是有许多迹象表明，之前有一大群人匆忙离开。

“待在这儿。”卢基乌斯对特罗古斯说，然后就登上阶梯进入庞培娅会堂。

他还没有看到任何东西，就已经闻出有问题。他是一个军人，绝对不会认错那种血腥味，那是正在凝固的鲜血。象牙折椅摔成许多碎片落在紫色和白色相间的大理石地板上，演讲台右边的第一个台阶上是一张折叠桌子。所以，他们是从演讲台左边发动攻击？周围散落着许多文件，一个身体倒在空荡荡的演讲台上,那个身体纹丝不动。卢基乌斯俯下身子，他可以看出恺撒已经死去好几个小时。他轻轻地把托迦从恺撒头上掀开，结果差点一口气上不来。恺撒的左脸一片血肉模糊，露出森森白骨，一只眼睛向外凸出。喔，恺撒！

“特罗古斯！”他大叫一声。

特罗古斯跑进来，然后像个孩子一样嚎啕大哭。

“伙计，现在没有时间哭泣！让你两个儿子跑到霍利托里乌姆广场，找一辆手推车过来。快，快去！等事情办好了再哭。”

卢基乌斯听到两个年轻人跑开了，当特罗古斯和他留下来的一个儿子准备进入会堂时，他摆摆手让他们留在外面。

“在外面等着。”他说道，然后倚在演讲台的边上。从这个地方可以看到他亲爱的堂兄弟，恺撒躺在血泊之中，一动不动。恺撒流了这么多血，杀死他的肯定是最后几刀。

“噢，盖乌斯，为什么会这样？我们该怎么办？这个世界没有你怎么办？就算是失去我们的神明都没有这么绝望。”卢基乌斯开始泪流满面，他的眼泪是因为那些年华、那些回忆、那些欢乐、那些自豪，也是因为罗马星空中最璀璨的星辰无辜陨落。恺撒让所有人都显得平淡无奇。当然，这就是为什么他们要置他于死地。

特罗古斯说手推车到了，卢基乌斯已经擦干眼泪。“把车子弄进来。”他说着站起身。

车子进来了。这是一辆没有油漆的老木车，下面有两个轮子，上面虽然很窄，但长度足以容纳一个人。车子的一头有两个用来推车的把手。卢基乌斯神情恍惚地捡起车上的几片落叶，又用手扫去车上的一些沙土，并确保恺撒那张已经毁容的面孔盖好了。

“伙计们，把他轻轻抬起来，放在车子上面。”

恺撒的身体还没有僵硬。现在他仰面躺着，但是有一只手臂拒绝待在身旁，总是落在车子一边晃荡。卢基乌斯脱下自己的紫边托迦，把这件托迦盖在恺撒身上，在恺撒的身体四周掖好。让那只手自由晃荡好了，这样世人就会知道这辆旧推车上载着什么。

“我们带他回家。”

特里波尼乌斯在安东尼乌斯身后疯狂地追赶着，大声喊着让他镇定下来，帮助收拾残局，召开元老院会议。安东尼乌斯虽然块头很大，但跑起来却迅疾如风，他领着他的扈从一路狂奔。

特里波尼乌斯又生气又无奈，只好放弃追赶安东尼乌斯。他努力稳住心神，吩咐为特里波尼乌斯搬椅子的奴隶先来了回去庞培娅会堂，看看那里是什么情况，然后再到西塞罗的家里向他报告。他安排好这一切，就爬上帕拉丁山，要求跟西塞罗见面。

西塞罗不在家，但是随时都可能会回来。特里波尼乌斯坐在中庭，从管家手里接过酒水，然后就开始等待。给他拿椅子的奴隶，这个奴隶报告说庞培娅会堂里面没有人，那些解放者都跑到“至尊至善者”朱庇特神庙去避难了。

特里波尼乌斯目瞪口呆，他双手捧着脑袋，想要弄清到底出了什么问题。他们本来应该在演讲台上宣扬自己的行动，为什么会跑去避难呢？

“我亲爱的特里波尼乌斯，出了什么事？”西塞罗那美妙的声音传了过来。他只是看到特里波尼乌斯捧着脑袋觉得很奇怪，而不是因为听到了什么传言，他刚刚一直在跟昆图斯的妻子蓬波尼娅讨论儿女嫁娶的事。

“我们私下说。”特里波尼乌斯说着站起来。

“什么事？”西塞罗关上房门问。

“四个小时之前，一群元老在庞培娅会堂杀了恺撒，”特里波尼乌斯平静地说，“我没有参与刺杀，但我是他们的指挥者。”

西塞罗那张布满皱纹的老脸像亚历山大里亚的灯塔一样亮起来。他一声欢呼，激动地鼓起掌来，然后狂喜地抓住特里波尼乌斯的手。“特里波尼乌斯！噢，真是天大的好消息！他们在哪里？在演讲台吗？还在庞培娅会堂演讲吗？”

特里波尼乌斯甩开他的手。“啊！我倒希望是这样！”他愤怒地咆哮，“不，他们不在庞培娅会堂！不，他们没有在演讲台上！先是安东尼乌斯那个白痴惊慌失措地跑向卡里奈山，我想这应该是他一路狂奔的方向，因为他肯定不会在罗马广场停下！他本来应该带头歌颂杀死恺撒的行动，而不是像被复仇女神追赶一样跑回家！”

“安东尼乌斯也参与了？”西塞罗难以置信地问。

特里波尼乌斯想起自己是在跟谁说话，于是赶紧挽回话题。“不，不，当然不是！但我知道他不是很喜欢恺撒，所以我想我应该能说服他，让他看出既然刺杀已经发生了，那让这件事和平过渡是最明智的选择。这就是全部事实。但是他撒腿就跑，我只好来找你，我本来也准备来找你。因为我觉得你应该能给我们一些支持。”

“乐意支持，乐意支持！”

“太迟了！”特里波尼乌斯绝望地大叫，“你知道他们做了什么吗？

他们害怕了！害怕了！像德基穆斯·布鲁图斯和提利乌斯·辛贝尔这样的人都害怕了！这群除灭暴君的人冲出庞培娅会堂，逃到‘至善至尊者’朱庇特神庙，他们像丧家之犬一样躲在那儿！还有四百个后座元老四散奔逃，他们大叫着恺撒被人杀死了，然后大概是跑回家里关起大门。民众涌到罗马广场，但是没有任何一个有权威的人告诉他们究竟发生了什么事。”

“德基穆斯·布鲁图斯？不，他从不害怕！”西塞罗说。

“我告诉你，他害怕了！他们全都害怕了！卡西乌斯、伽尔巴、斯泰乌斯·穆尔库斯、巴西卢斯、昆图斯·利伽里乌斯，现在有二十二人躲在朱庇特神庙，他们对着朱庇特的雕像请求庇佑，他们都吓得屁滚尿流！西塞罗，这一切都白费力气了。”特里波尼乌斯脸色阴沉地说。“我以为把这些人召集起来是最困难的，我从未想过大功告成之后会发生这种事！害怕了！这个计划已经毁了，现在没有人能够重申我们的立场。是的，他们做了这件事，但是他们没有坚守自己的立场。笨蛋，笨蛋！”特里波尼乌斯大叫大喊。

西塞罗挺起肩膀,他拍了拍特里波尼乌斯的肩膀。“也许还没有太迟,”他轻快地说。“我马上赶到朱庇特神庙，但是我建议你要召集德基穆斯·布鲁图斯手下的角斗士，这些角斗士正在罗马参加葬礼表演。总之，我之前听他说起这件事。既然发生这种情况，那他也许能把这些角斗士当做保镖。”他向着特里波尼乌斯伸出一只手。“好伙计，振作起来！你去给他们找一些保镖，我去让他们登上演讲台。”他又发出一声尖叫，自己嘿嘿傻笑。“恺撒死了！噢，这真是自由的献礼！他们应该得到称赞，他们应该被捧到天上！”

那天傍晚，西塞罗走进朱庇特神庙，他的被释奴提罗跟在身后。

“热烈祝贺！”西塞罗大声说，“元老们，你们立了大功！这是共和国的胜利！”

西塞罗的大嗓门吓得那些人跳了起来，他们尖叫着跑到圣殿的角落。西塞罗的眼睛慢慢适应了屋里的昏暗，他满心震惊地反复游说。天啊！马尔库斯·布鲁图斯也在这儿。他们是怎么把他吓成这样的？但他们真的吓得要命！恺撒之死让他们彻底崩溃了，甚至是卡西乌斯和德基穆斯·布鲁图斯，甚至是那个心狠手辣的米努基乌斯·巴西卢斯。

于是西塞罗开始极力说服他们放下恐惧，但却发现无论他说什么都不能让他们离开朱庇特神庙，到演讲台上慷慨陈词。最后他派提罗去买酒，然后用酒馆老板提供的粗陶碗给他们倒酒，看着他们饥渴难耐地一眨眼就把酒喝光了。

特里波尼乌斯走进来时，西塞罗还在鼓励他们。“我带了一些角斗士在外面，”特里波尼乌斯开门见山，然后又嗤之以鼻地说，“正如我担心的，安东尼乌斯跑回家里躲起来，还有多拉贝拉和其他元老也是如此。”他对着这些解放者愤怒地质问，“你们为什么害怕？你们为什么没有在演讲台上？民众像苍蝇围着尸体一样聚在那里，但却没有人告诉他们发生了什么事。”

“他看起来可怕极了！”布鲁图斯呻吟道，他的身体前后摇晃，“一个活生生的人，怎么就死了呢？可怕，可怕！”

“来。”西塞罗突然说，他把布鲁图斯拉起来。然后西塞罗又走到卡西乌斯身边，卡西乌斯的脑袋埋在两膝之间。他把卡西乌斯也拉起来。“我们三个要到演讲台去，我们不想听到任何争议。必须有人向民众说明情况，既然安东尼乌斯和多拉贝拉都不露面，那你们两个就算是民众最熟悉的人。走！快走！”

西塞罗一手拉着卡西乌斯，一手拉着布鲁图斯。他把这两人拉出神庙，拖着他们走下卡皮托利努斯坡道，然后把他们推上演讲台。民众已经聚集起来，但人数还不算太多，他们看起来温顺、困惑、迷茫。布鲁图斯看着人群，开始镇定下来。他终于明白，西塞罗说得对，必须给个说法。他那黑色的鬈发上面戴着自由之帽，他的托迦早就不见了。他走到演讲台前方。

“罗马人民，”他的声音有点低沉，“恺撒确实死了。对于所有热爱自由的人来说，他继续活下去是难以忍受的事。包括我在内的一些人决定把罗马从恺撒的独裁统治之下解放出来。”他那满是血迹的手把匕首高高举起，手上缠着的绷带透出更多红色。人群中一片哀鸣，民众听说有人在演讲台上发言，所以聚集的人数迅速增多，不过他们没有任何动作，也没有表现出任何愤怒。

“恺撒为了把他的老兵安置在意大利，要把许多土地从数百年来的主人手中夺去，我们不能让恺撒这样肆意妄为，”布鲁图斯的声音还是很低沉，“我们这些解放者杀了独裁官恺撒，杀了罗马的国王。我们知道退伍的士兵应该得到土地，我们也像恺撒一样热爱罗马的士兵，但是我们也同样热爱罗马的地主。所以，我要问问你们，我们应该怎么做呢？恺撒太过偏袒某一方，所以恺撒必须离开。我们让罗马摆脱了恺撒，虽然我们也热爱罗马士兵，但罗马不只是由士兵组成。”

他绕来绕去说的都是退役士兵和他们的土地，这些对城市平民来说根本就不是什么大事，而且他完全没有解释杀死恺撒的原因和方式。这些人努力想弄明白布鲁图斯说的是什么意思，但他们根本就不知道这些解放者究竟是谁，还有究竟是谁让谁从什么东西中解放出来了。西塞罗站在那里听着，他的心情越来越沉重。必须等到布鲁图斯结束发言，他才能上去演讲，但是布鲁图斯讲话的时间越长，他就越是什么都不想讲。他的脑子里闪过“这是用语言在自杀”，问题在于这里并不是适合他的场地，他需要一个会堂让他的声音传播回响，他需要看着一群拥有理智的面孔，而不是眼前这种乌合之众。

布鲁图斯再也说不出什么了，他非常突然地走下来。而围观群众仍然静静地待在那里一动不动。

一阵尖叫刺破了这片寂静，这尖叫声是从维拉布鲁姆传来的，然后是一阵接一阵的尖叫声。这些尖叫声越来越靠近，尤利娅巴西利卡在卢伽里乌斯大街投下的阴影中也传来这种声音。尖叫的声音一直持续不停。布鲁图斯站在演讲台上，看到人群中让出一条路，两个又高又壮的年轻人看起来像是高卢人，他们推着一辆运送蔬菜的手推车。车上盖着一件紫边托迦，车子的一侧有一只毫无血色的手臂在晃荡。在这两个推着车子的高卢人后面又有两个人，最后面的那个人是身上只穿着托伲的卢基乌斯·尤利乌斯·恺撒。

布鲁图斯开始尖叫，那凄厉的声音中充满恐惧和痛苦。然后，西塞罗还没得及拉住他，他就逃跑了。卡西乌斯也跟着跑下演讲台。他们又跑回卡皮托尔山上的神庙。西塞罗不知如何是好，只好跟着他们逃跑。

“他在罗马广场！他死了，他死了，他死了，他死了！我看到他了！”布鲁图斯跑到神庙里面之后就开始大声嚎叫。他倒在地上，哭得像是精神错乱。卡西乌斯也好不了多少，他缩在一个角落里低声抽泣。接下来，所有人都开始大声哭嚎。

“我放弃了。”西塞罗对特里波尼乌斯说，特里波尼乌斯看起来已经精疲力竭。“我去给大家拿些食物和酒水。你待在这儿，特里波尼乌斯。他们早晚会恢复理智，不过我觉得在明天早晨之前是没希望了。我还会带一些毯子过来，这里很冷。”他在门口转过头，悲哀地看着特里波尼乌斯。“听到了吗？他们在痛哭，而不是在欢呼。还有罗马广场上的那些人，他们宁可要恺撒，也不想要自由。”

他们先把恺撒带到大祭司长的浴室。哈德凡伊已经从卡尔维努斯的家里赶回来了，他保持着身为医生的冷静，剥开了恺撒那撕裂的托迦和托伲，穿着托迦的人不会再围上缠腰布。特罗古斯脱下阿尔班国王的红色高筒靴，哈德凡伊开始洗去恺撒的血迹，而卢基乌斯·恺撒在一边看着。虽然已经五十五岁，但恺撒仍然是个英俊的男人，他那些没有晒到太阳的皮肤向来很白皙，但他的皮肤现在是彻底的惨白，因为他的鲜血都流光了。

“二十三个伤口，”哈德凡伊说，“但如果他能得到及时的救护，大部分伤口都不会致命，只有那个伤口除外。”他指着最专业的一击，那个伤口不是很大，但却直击心脏。“他被刺中心口的那一刻就死了，我根本不用打开他的胸腔，就知道刀子刺中了心脏。有两个攻击者对他怀着某种私人的怨恨，那儿，”他指着恺撒的脸，“那儿，”他又指着恺撒的下身。“这两人比其他人更熟悉他。他的英俊面孔和男性雄风招致了他们的怨恨。”

“你能否修补好他的身体，让他可以体面地参加葬礼？”卢基乌斯问。他在心里想着，到底是哪两个人对恺撒怀有如此私人的怨恨，因为他还不知道那些凶手都有什么人。

“卢基乌斯大人，我接受过制作木乃伊的训练。我知道一个要火化的身体没必要做成木乃伊，但等我全部处理好时，就连他的脸都会完好如初。”哈德凡伊说。他迟疑了一下，他那双微微上翘的黑眼睛沉痛地盯着卢基乌斯。“法老，她知道了吗？”他问道。

“噢，天啊！可能不知道。”卢基乌斯说着一声叹息，“哈德凡伊，我现在就去看她，恺撒会希望我这么做。”

“他那些可怜的女人。”哈德凡伊说，然后就继续手头的工作。

于是卢基乌斯披上一件恺撒的托迦，跟特罗古斯的两个儿子一起出发去看望克娄巴特拉。他并没有坐船到河对岸，而是沿着艾弥利乌斯大桥和奥瑞利娅大道前进，一点都不讨厌这段漫长而孤独的步行。盖乌斯，盖乌斯，盖乌斯……你太累了，太累了。我看着这种疲惫像浓雾一样慢慢降临在你身上，自从他们迫使你渡过卢比孔河之后就开始了。这从来都不是你想要的。你只想得到自己应得的东西。那些拒绝你的人是一些鸡肠小肚的家伙，他们鼠目寸光，毫无理智。他们受到情绪的控制，而不是用理智来行事。这就是为什么他们永远都不能理解你。你淡然超脱的态度，就是对这种偏执和愚蠢的控诉。哦，但是我会想念你！

克娄巴特拉不知从哪里知道了，因为她穿着黑色的丧服来迎接卢基乌斯。

“恺撒死了。”她的语气非常沉稳，她的下巴高高抬起，那双美丽的眼睛没有流下眼泪。

“你在这儿也听到传言了？”

“不。高级祭司用沙子占卜时看到了。他开始占卜，是因为我们看到阿蒙－拉在台基上转向西边，而奥西里斯在地上变成碎片。”

“河这边地震了。我没有听到罗马城里的人说有地震。”卢基乌斯说。

“卢基乌斯，神明去世时，就会震动大地。我的身体为他哀悼，但我的灵魂并没有哀悼，因为他没有死。他只是到西方去了，那是他来临的地方。恺撒会成为神明，即便是在罗马。高级祭司在沙子中看到了，还看到他的神庙矗立在罗马广场。神明尤利乌斯。他被谋杀了，是不是？”她问道。

“是的，那些小人杀了他，因为恺撒让他们显得黯淡无光。”

“因为他们以为他想要成为国王。但是他们根本就不了解他，不是吗？卢基乌斯，这真是一件可怕的事。因为他们把他杀死了，所以整个世界都会发生改变。杀死一个人是一回事，但是杀死一个在地上的神就是另外一回事了。他们要为自己的罪恶付出代价，但是整个世界的人付出的代价会更多。他们违逆了阿蒙－拉的旨意，阿蒙－拉也就是朱庇特和宙斯。他们干预了神明的事。”

“你准备怎么告诉他的儿子？”

“实话实说。他是法老。等我们回到埃及，我就会让我那个混蛋兄弟下台，让恺撒里昂坐在我旁边的王座上。他有一天会继承恺撒的世界。”

“但是他不能成为恺撒的继承人。”卢基乌斯柔声说。

那双黄色的眼眸瞪大了，显出鄙夷之色。“噢，恺撒的继承人必须是罗马公民，我知道这件事情。但恺撒里昂是恺撒的亲生儿子，他会继承恺撒的血统。”

“我不能久留，”卢基乌斯说，“但我要提醒你尽快返回埃及。那些杀死恺撒的人，也许还想杀死他的血脉。”

“哦，我要离开了。这里还有什么让我留恋的呢？”她的眼睛波光闪闪，但是没有泪水落下，“我没有机会跟他告别。”

“我们都没有机会。如果你需要什么，就来找我。”

克娄巴特拉看着他走进外面的寒夜，还派了几个人拿着特有的火把去送他。这些火把浸透了来自犹地亚的上好柏油，但是任何火把都不能燃烧很长时间，就像任何人都不能活很长时间。只有神明可以永远活下去，但是就连神明也可能被人忘记。

卢基乌斯心想，她是多么平静！也许君王跟一般的男人和女人都不一样。恺撒就是天生的君王。这不是说他戴上了王冠,而是他的精神本身。

在艾弥利乌斯大桥，他遇到了跟恺撒交情最深的老朋友。盖乌斯·马提乌斯是一个骑士，他住在奥瑞利娅位于苏布拉的公寓楼，他们家跟恺撒家一起住在公寓楼的底层。

卢基乌斯和盖乌斯·马提乌斯抱头痛哭。

“马提乌斯，你知不知道是谁干的？”卢基乌斯抹着眼泪问。他把自己的手臂搭在马提乌斯肩膀上，两个人一起往前走。

“我听说了一些人的名字，这就是为什么皮索让我过来找你。马尔库斯·布鲁图斯，盖乌斯·卡西乌斯，还有跟着恺撒参加高卢战争的两个统帅，德基穆斯·布鲁图斯和盖乌斯·特里波尼乌斯。呸！”马提乌斯吐了口水，“他们的一切都是恺撒给的，而他们就这样恩将仇报。”

“马提乌斯，嫉妒是万恶之首。”

“特里波尼乌斯是主谋，”马提乌斯接着说，“不过他没有动手。他的任务是让安东尼乌斯待在会堂外面，而其他人都进去动手。会堂里面没有扈从。他们的计划很聪明，只是后来发生了意料之外的事情。他们害怕了，于是跑到‘至尊至善者’朱庇特神庙躲起来。”

卢基乌斯感到腹中一阵恶寒：“安东尼乌斯也参与这个阴谋了？”

“有人说是，有人说不是，不过卢基乌斯·皮索觉得不是，菲利普斯也觉得不是。卢基乌斯，这个猜测没有确凿的证据来支持，而且特里波尼乌斯不得不留在外面挡住安东尼乌斯，”他一声抽泣，接着又是几声抽泣，然后终于忍不住再次痛哭，“噢，卢基乌斯，我们该怎么办呢？如果连恺撒这样的天才，都不能找到一条出路，那还有谁来带领我们呢？我们失去方向了！”

赛尔维利娅这一天过得很心烦，特尔图拉的情况还是不容乐观，而图斯库卢姆的接生婆又反对她们一路奔波地回到那个憋闷阴冷的罗马城。

接生婆说，如果旅途奔波，那特尔图拉肯定会早产！于是赛尔维利娅只好独自上路，她回到罗马时已经天黑了。

赛尔维利娅急匆匆地从门童面前走过，根本就没有注意到门童正张着嘴准备告诉她什么。她那两条小短腿在柱廊中迈动，走在女眷房间的一侧。一些吱哇乱叫的声音从柱廊的另一侧传来，那边有三个套房，住着几个毫无用处的读书人，这几个混吃混喝的哲学家肯定又在喝酒了。如果由她来处理，那这几个人就应该住在垃圾堆上，或者还有更好的处理方式，那就是在花园里的玫瑰花圃里竖起三个十字架，然后把他们挂在上面。

赛尔维利娅的女仆一路小跑地跟在她后面，她进入自己的套间，把累赘的外衣扔在地上。她感觉到自己的膀胱急需释放，有点犹豫要不要到厕所里去小便，不过她还是耸耸肩膀，继续走向前方的走廊，这条走廊连接着餐厅和布鲁图斯的书房。她要到书房去找布鲁图斯，因为那里的灯全都亮着。以巴弗狄图斯跑到她前面，不安地扭着自己的双手。

“又出了什么事？”她咆哮道，听起来很烦躁，“那个该死的女人现在怎么样？”

“今天早上，我们都以为她死了，所以就派人到庞培娅会堂去找主人。但是主人说得对，他说她只是晕过去了，结果真是如此。”

“所以他回家之后，就一直在她床边守着？”

“要是这样就好了！他让那个仆人带回口信，说她只是晕过去了。而且他也没有回家！”以巴弗狄图斯开始放声大哭。“噢，噢，噢，现在他不能回家了！”他大叫道。

“你说他不能回家，这是什么意思？”

“他的意思是，”波尔基娅大叫着跑进来，“恺撒死了。我的布鲁图斯，我的布鲁图斯把他杀死了！”

赛尔维利娅惊呆了。她站在那儿，感觉一股热流沿着自己的腿流下来。她浑身僵硬，呼吸暂停，张大嘴巴，瞪大双眼。

“恺撒死了，我父亲报仇雪恨了！你的情人死了，因为你的儿子把他杀了！我让布鲁图斯做的，我让他做的！”

赛尔维利娅恢复了行动能力。她扑向波尔基娅，挥起拳头狠狠击打。波尔基娅躺倒在地，赛尔维利娅双手抓住波尔基娅的头发，把她拖向那摊尿，又把她的脸按在那摊尿里，直到她快喘不上气。“婊子！狗日！脏货！疯子！贱婢！”

波尔基娅跳起来，用牙齿和指甲开始反击。两个女人扭在一起，怒火熊熊地无声打斗，以巴弗狄图斯高声求救，过来六个男人才把她们分开。

“把她关起来！”赛尔维利娅气喘吁吁地下令。她很高兴，因为她在这场战斗中大占上风。波尔基娅被她抓得鲜血淋漓，被她咬得体无完肤。“快去！”她咆哮道，“按照我说的，不然我把你们全部钉死！”

那三个温顺的哲学家走出他们的房间来观看，但没有一个人敢靠近，也没有一个人敢抗议，只能眼睁睁地看着波尔基娅大哭大叫地被拖走关起来。

“你们看什么看？”赛尔维利娅对着那三个哲学家大声质问，“你们这些醉生梦死的混蛋，是不是想被挂在十字架上？”

他们赶紧逃回自己的房间，不过以巴弗狄图斯还站在原地。碰上赛尔维利娅大发脾气，最好是坚持到底。

“狄图斯，她说的是真的吗？”

“恐怕是真的，布鲁图斯和其他人都躲在朱庇特神庙中避难了。”

“其他人？”

“好像有一群人。盖乌斯·卡西乌斯也在其中。”

她一个踉跄，一把抓住管家。“扶我回房，让人把这里收拾好，有什么消息随时向我报告。”

“是的，女主人。那波尔基娅呢？”

“让她待在那里。没有食物，没有水喝。让她烂在那儿！”

女仆退下了。赛尔维利娅关起门，瘫倒在躺椅上，陷入深深的悲伤。恺撒，死了？不，不可能！但事实就是如此。加图，加图，加图，但愿你在地狱里永无穷尽地服苦役！这一切都是因为你。你养大了那个臭婊子，你让布鲁图斯想要娶她，你和你那个混蛋老爹毁了我的人生！恺撒，恺撒！我多么爱你。我会永远爱你，我不能把你从我心中除去。

她身体后仰，低垂的眼帘在苍白的脸上投下阴影。她最先想的是要如何结束波尔基娅的生命。噢，那一天肯定大快人心！然后她睁开那双冷酷凌厉的黑眼睛，开始考虑另外一个更加重要的问题。如何把布鲁图斯从这场疯狂的灾难中救出来？如何让赛尔维利乌斯·凯皮欧和朱尼乌斯·布鲁图斯家族摆脱这件事，不让财富和名誉遭受任何损失？恺撒已经死了，就算摧毁这些家族也不能让他死而复生。

“现在已经天黑两个小时，”安东尼乌斯对弗尔维娅说，“我现在应该安全了。”

“什么安全？”弗尔维娅问，她那双紫蓝色的眼眸在昏暗中显得特别朦胧，“马尔库斯，你想干什么？”

“我想去公共圣所。”

“为什么？”

“去亲眼看看恺撒是不是已经死了。”

“他当然已经死了！如果他没有死，那肯定会有人来告诉你。留在这儿，拜托了！不要留下我一个人！”

“你不会有事。”

然后，安东尼乌斯就披上一件斗篷离开了。

卡里奈山是一个豪宅聚集的高级社区，这个山峰是埃斯奎林山朝向罗马广场的一部分，几座神庙和一片橡树林隔开了山后的贫民区。所以安东尼乌斯不用走很远的路。神圣大道上有许多灯火朝着罗马广场的方向移动，许多人走出家门前往罗马城的中心，去等候关于恺撒的消息。安东尼乌斯遮住自己的脸，夹杂在人群中缓慢前进。人们持续不断地涌向罗马广场，而公共圣所周围已经人满为患。安东尼乌斯本来想要低调一些，但现在他不得不挤过人群，在大祭司长的门口使劲敲门。不过没有人过来阻止他。大部分人都在悲伤地哭泣，而他们都是罗马的普通老百姓。恺撒的住处外面没有一个元老。

特罗古斯看到安东尼乌斯的面孔，于是打开一条门缝让他挤进来，然后又立刻把门关上。卢基乌斯·皮索站在后面，黝黑的脸上一片黯然。

“他在这里吗？”安东尼乌斯一边问，一边把斗篷递给特罗古斯。

“是的，在圣殿里。来吧。”皮索说。

“卡尔普尔尼娅呢？”

“我的女儿在床上，那个埃及医生给她配了安眠药。”

圣殿位于公共圣所的中间，这个宽敞的房间里没有任何神像，因为这里属于罗马神明，这些神明没有面孔或人形。这种无形之神的概念比希腊神明领先几百年，而且直到现在仍然是罗马人崇拜的真正核心。这些神明代表着种种力量，控制着各种功能、行动和实体，比如橱柜、仓库、水井和路口。圣殿里面灯火通明，两头的大铜门都敞开着，一道门通往主花园的柱廊，另一道门通往摆着诸王雕像的门廊，从这个门廊过去又有三条铺着马赛克的过道通往另外几扇门。圣殿的两侧摆放着从第一个艾弥利娅以来的所有首席维斯塔贞女蜡像，这些真人大小的蜡制面具放在一个个小小的神龛中，每个蜡制面具都摆在昂贵的底座上。

恺撒挺直身体坐在圣殿中间的一具黑色棺材里，看起来像是睡着了。只有哈德凡伊知道，恺撒的大半个左脸是用蜡油黏合起来的，他的眼睛和嘴巴都闭着。安东尼乌斯受到的惊吓比他自己想象的还要强烈，他慢慢地走到棺材旁边，看着那张似乎已经进入梦乡的脸。恺撒穿着大祭司长紫红相间的托迦和托伲，他的头上戴着橡树枝叶编织的冠冕。他唯一佩戴的只有那个用来盖章的戒指，但现在那个戒指不见了，那双修长的手交叠在一起放在大腿上，他的指甲经过了打磨和修剪。

突然间，安东尼乌斯有点受不了了。他转身离开圣殿，走到恺撒的书房，皮索跟在后面。

“这里有钱吗？”安东尼乌斯突然问。皮索一脸的莫名其妙。

“我怎么会知道呢？”他问道。

“卡尔普尔尼娅肯定知道。你去叫醒她。”

“什么？”

“叫醒卡尔普尔尼娅！她肯定知道恺撒的钱放在哪里。”安东尼乌斯一边说，一边打开书桌的抽屉，开始在里面东翻西找。

“安东尼乌斯，住手！”

“我是恺撒的继承人，反正他的钱都是我的。所以现在或以后拿钱又有什么不同呢？我欠了钱被追债，明天之前要找到足够的钱去应付那些债主。”

皮索发怒的样子很可怕。他那张丑陋的面孔本来就有点吓人，当他张开嘴巴大声咆哮时，一口烂牙都露出来了，看起来简直像个张牙舞爪的怪物。他现在非常生气，把安东尼乌斯的手从抽屉里拉开，然后砰地一声把抽屉关上。“我说了，住手！我也不会叫醒我女儿！”

“我告诉你，我是恺撒的继承人！”

“我是恺撒的遗嘱执行人！在我看到恺撒的遗嘱之前，你不能做任何事，也不能拿走任何东西！”皮索大声说。

“好吧，这个可以安排。”

安东尼乌斯大步流星地走到圣殿那边，首席维斯塔贞女昆克提利娅正坐在椅子上为恺撒守夜。

“你！”安东尼乌斯一声大吼，粗暴地把昆克提利娅从椅子上拽起来。“去给我拿恺撒的遗嘱！”

“但是……”

“我说了，去给我拿恺撒的遗嘱。立刻！”

“你竟敢冒犯罗马的神明侍者！”皮索咆哮道。

“我需要一点时间。”昆克提利娅害怕地说。

“那就不要在这里浪费时间！找出遗嘱，拿到恺撒的书房！快去，你这头愚蠢的大肥猪！”

“安东尼乌斯！”皮索高声怒吼。

“恺撒已经死了，他还在乎什么呢？”安东尼乌斯问，他伸手指着恺撒的身体，“他用来盖章的那个戒指呢？”

“我收起来了。”皮索低声说，他气得快说不出话了。

“给我！我是他的继承人！”

“等我看到遗嘱才算数！

“他肯定有一些现金，还有各种银钱票据。”安东尼乌斯一边说，一边在恺撒的书架上乱翻。

“是的，他肯定有，你这个丧心病狂的白痴！他的东西都存在银行里了，他可不是布鲁图斯，拥有私家宝库！”皮索抢在安东尼乌斯前面护住恺撒的书桌。“我会祈祷，”他冷酷地说，“让你缓慢而痛苦地死掉。”

昆克提利娅拿着一卷文书过来，文书上面用蜡油严严实实地封住。安东尼乌斯过去抢夺文书时，昆克提利娅出人意料地灵敏避开了。她把文书交给皮索，皮索拿着文书凑到灯下，检查上面的封印。

“谢谢你，昆克提利娅，”皮索说，“请让科尔涅利娅和朱尼娅过来当证人。这个忘恩负义的家伙非要我现在就打开恺撒的遗嘱。”

三位维斯塔贞女一起站在书桌旁边。她们一身白色衣袍，头上戴着纱巾，纱巾下面有七股羊毛线圈束着头发。皮索弄开封印，展开那卷小小的文书。

皮索颇能识文断墨，而且恺撒总是在每个新词的前面加上一个点，所以他很快就通读了这份遗嘱。而安东尼乌斯的视线却被他的胳膊故意挡住，接着他毫无预警地仰天狂笑。

“什么？什么？”

“安东尼乌斯，你不是恺撒的继承人！事实上，遗嘱里根本就没有提起你！”皮索好不容易才说出话来，他掏出手绢擦掉自己的眼泪，这眼泪一半是苦涩一半是欢乐。“恺撒，干得好！干得好！”

“我不相信！遗嘱给我看看！”

“安东尼乌斯，这里有三个维斯塔贞女作为见证人，”皮索一边交出遗嘱，一边发出警告，“你别想着把遗嘱毁掉。”

安东尼乌斯双手发抖，他只看到了一个可怕的名字，顾不上去看那些收养条款。“盖乌斯·奥克塔维乌斯？那个傻不愣登、装腔作势的娘娘腔？这是一个玩笑！恺撒要么在开玩笑，要么在写遗嘱时已经疯掉。我会上诉！”

“你尽管去，”皮索说着抢回遗嘱。他对着三位维斯塔贞女面露微笑，很高兴恺撒给了漂亮的一击。“安东尼乌斯，你也知道，一切都安排得井井有条。恺撒的财产分成八份，其中七份给盖乌斯·奥克塔维乌斯，还有一份由昆图斯·皮狄乌斯、卢基乌斯·皮纳里乌斯、德基穆斯·布鲁图斯和我的女儿卡尔普尔尼娅平分，不过德基穆斯·布鲁图斯是刺杀恺撒的凶手之一，所以他的那一份不能继承。”

安东尼乌斯摔门而去，而皮索身体后仰，闭上眼睛开始细想。他仍然笑容满面，自己在心中默默思量，恺撒的财产至少有五万塔兰特。八分之一是六千两百五十塔兰特……除去德基穆斯·布鲁图斯，他犯了罪，不能继承财产，这样卡尔普尔尼娅就可以分到超过两千塔兰特。好，好，好！恺撒身为丈夫，总算是待她不薄。如果没有她的赞同，这笔钱我一点都不能动。

他睁开眼睛，发现房间里只剩下他一个人，那几位维斯塔贞女肯定是回到她们自己的房间了。他把遗嘱塞进托迦里面，然后站起身。两千塔兰特！这足以让卡尔普尔尼娅成为一个富婆了。等她守满十个月的丧期，就可以把她嫁给某个有权有势的人，让这个人来扶持他那尚在襁褓之中的儿子。鲁提利娅会不会很兴奋呢？

有趣的是，恺撒并没有为卡尔普尔尼娅可能怀有的孩子留一份。这说明恺撒知道卡尔普尔尼娅没有怀上孩子，就算怀上孩子，那个孩子也不是他的。他常常到河对岸去看望克娄巴特拉，根本就忙不过来。盖乌斯·奥克塔维乌斯将成为罗马最富有的人。

勒皮杜斯在经过罗马北部不远处的维伊时听到恺撒遇刺的消息，于是他一大早就赶到安东尼乌斯的家里。他因为震惊和疲惫而脸色灰白，所以先喝了一杯酒才望着安东尼乌斯说：“你的样子比我的感觉还要糟。”

“我的感觉比我的样子还要糟。”

“这就怪了，安东尼乌斯，我没想到恺撒的死会让你这么大受打击。想想你继承的那些钱。”

安东尼乌斯开始疯狂地大笑，在屋子里走来走去，捶胸顿足地大喊大叫：“我不是恺撒的继承人！”

勒皮杜斯惊讶地张大嘴巴。“你在开玩笑！”

“我没有开玩笑！”

“但是他的继承人还能有谁呢？”

“想想最不可能的那一个。”

勒皮杜斯深吸一口气，弱弱地问：“盖乌斯·奥克塔维乌斯？”

“就是那个该死的盖乌斯·奥克塔维乌斯，”安东尼乌斯说，“那些钱都给了一个娘娘腔。”

“天啊！”

安东尼乌斯瘫倒在一把椅子上。“我之前还那么肯定。”他说道。

“但是盖乌斯·奥克塔维乌斯？安东尼乌斯，这简直匪夷所思！他才十八九岁吧？”

“十八岁。正在阿波罗尼亚准备乘船渡过亚得里亚海。我在想，恺撒有没有告诉他？他们在西班牙时很亲近。但是我没有多想，不过他肯定已经被恺撒收养。”

“更重要的是，”勒皮杜斯倾身向前问，“现在会发生什么事呢？你不跟多拉贝拉谈一谈？他是高级执政官。”

“我们会看情况，”安东尼乌斯沉着脸说，“那你有没有带着军队？”

“有，大概两千人。他们都在战神原野。”

“那第一件事就是守住罗马广场。”

“我赞同。”勒皮杜斯话音刚落，多拉贝拉就走进来了。

“别吵了，别吵了！”多拉贝拉大声说，他伸出双手，掌心向外。“安东尼乌斯，我来这儿是想说，现在恺撒已经死了，应该由你来担任高级执政官一职。这件惊人的事把一切都改变了。如果我们不团结一致，那只有诸神才知道会发生什么事。”

“这是我听到的第一个好消息！”

“得了吧，你是恺撒的继承人！”

“闭嘴！”安东尼乌斯愤怒地咆哮。

“他不是恺撒的继承人，”勒皮杜斯解释说，“盖乌斯·奥克塔维乌斯才是。他是恺撒的外甥孙，你知道吧？就是那个漂亮的娘娘腔。”

“天啊！”多拉贝拉说，“你准备怎么办？”

“先拖住那些吸血鬼，然后再从元老院里弄些钱。现在恺撒已经死啦，所以他关于谁可以从国库里拿钱的规定也该废除了吧？我希望你能同意，多拉贝拉。”

“我绝对同意，”多拉贝拉高兴地说，“我也欠了钱。”

“那我呢？”勒皮杜斯有点不高兴地问。

“先让你当上大祭司长吧。”安东尼乌斯说。

“噢，朱尼拉肯定很高兴！我可以卖掉我的房子了。”

“我们应该如何处理那些刺客？知不知道参与的人总共有多少个？”多拉贝拉问。

“二十三个，如果把特里波尼乌斯也算进去的话。”安东尼乌斯说。

“特里波尼乌斯？为什么说也算进去呢？”

“他留在外面拖住我，这样你也就待在外面，所以里面没有扈从。他们差点把那个老家伙剁成肉酱。为什么你都不知道呢？勒皮杜斯是从外地赶来的，连他都知道了。”

“因为我一直待在家里！”

“我也是，但是我知道了。”

“噢，别吵了！”勒皮杜斯说，“按照我对西塞罗的认识，他已经跟你见过面了，是不是？”

“是的。他倒是很高兴！当然，他想让他们都得到特赦。”安东尼乌斯说。

“不行，绝对不行！”多拉贝拉大叫道，“我不能让这些杀死恺撒的人逃脱罪责！”

“平静一点，”勒皮杜斯说，“想一想，伙计，想一想！如果我们不以最平和的方式来处理这件事，那肯定又要发生内战了，这是任何人都不愿看到的。我们必须搞定恺撒的葬礼，所以我们必须召开元老院会议。他必须举行国葬。你看到广场上的人群了吗？他们没有发怒，但聚集的群众在迅速增加。”他站起来。“我最好到战神原野去调遣我的士兵。元老院会议什么时候在哪里举行？”

“明天一早在我家附近的特鲁斯[①]神庙。这样我们会比较安全。”安东尼乌斯说。

“大祭司长！”勒皮杜斯高兴地说。他走到门口时，又回过头说，“这不是很奇怪吗？在我举办的宴席上，我们在讨论怎样死去最好。恺撒说，‘只要突然死掉就好了。’我很高兴他终于如愿以偿。你们能想象恺撒慢慢死去吗？”

“那他宁可挥剑自刎，”多拉贝拉咕哝着说，眨眨眼睛压下自己的泪水，“噢，我会想念他！”

“西塞罗告诉我，那些刺客都吓坏了。他们竟然把自己叫做解放者，是不是让人难以置信呢？”安东尼乌斯说。

“这就是为什么我们要放过他们。我们对他们越是严厉打击，那像德基穆斯·布鲁图斯这样的人就会越生气。而他是会带兵打仗的人。温和一些，温和一些，多拉贝拉。”

“现在只能这样，”多拉贝拉说，“安东尼乌斯，但是只要我抓住一丝机会，他们就会付出代价！”

西塞罗对一切都很满意，除了那些解放者的糟糕演讲。那一天，他两次说服布鲁图斯去演讲，第一次是在演讲台，第二次是在神庙的阶梯。他的演讲真是低沉压抑、毫无助益、愚不可及！当他没有来来回回地说私人土地被分给退役士兵时，就开始说起他是多么关心那些士兵，还说

① 特鲁斯（Tellus）是古罗马的土地女神，被视为土地生产力的化身。她和其他农业神一起在节日中受到崇拜，也以特鲁斯母神（Tellus Mater）为人所知。——译者注

他们这些解放者并没有违背支持恺撒的誓言，因为那些誓言本来就是无效的。噢，布鲁图斯，布鲁图斯！西塞罗恨不得替布鲁图斯发言，但是他想要自保的愿望更加强烈，于是他一直保持沉默。西塞罗还有点生气他们没有事先告诉他这件事，如果他提前知道这件事，这些乱七八糟的事情就不会发生了，那些第一等级的人也不用因为担心暴乱和谋杀而躲在帕拉丁山的家里。

西塞罗花了很多时间，说服安东尼乌斯、多拉贝拉和勒皮杜斯，让他们逐渐相信独裁官恺撒被刺并不是什么严重的罪恶。

恺撒去世后的第二天早晨，元老院在卡里奈山的特鲁斯神庙召开会议。那些解放者都没有出席会议，他们还是躲在“至尊至善者”朱庇特的神庙里，还是不肯出来。大部分元老都出席了，除了卢基乌斯·恺撒、卡尔维努斯和菲利普斯。提贝里乌斯·克劳狄乌斯·尼禄首先发言，他提出应该让这些帮助罗马摆脱暴君的解放者享有特殊荣誉，这引起了许多后座元老的强烈抗议。

“尼禄，坐下，没有人请你发表意见，”安东尼乌斯说，然后就开始了一番入情入理、措辞得体的发言。他在演讲台上的讲话就像风儿一样吹进元老们的耳中：事已至此，人死不能复生。是的，他们被人误导了，但是这些杀死恺撒的人都是值得尊重的爱国者。安东尼乌斯一再强调，最重要的是政府必须在他的领导下继续运作，所以高级执政官应该是安东尼乌斯。有一些人惊讶地望向多拉贝拉，但却看到多拉贝拉点点头表示同意。

“这就是我想要的，也是我必须坚持的，”安东尼乌斯就事论事地说，“但是，元老院必须确认恺撒的法令和规定，包括那些他想要通过但还没有通过的法令。”

很多人都知道其中的含义。每当安东尼乌斯想要做什么事情，他就会假装恺撒正准备通过相关的法令。但是在恺撒去世之前，安东尼乌斯从来都没有如愿。噢，西塞罗多想说说这件事！但是他不能，他的发言必须集中在为那些解放者脱罪，他必须说明这些人怀着高尚的动机，必须说明他们杀死恺撒时是多么满怀激情。让他们脱罪才是关键！他直到最后才提起恺撒准备通过的那些法令，并且说他认为没必要去考虑那些恺撒还没有确定的事情。

这个会议的结果是：政府应该在马尔库斯·安东尼乌斯，普布利乌斯·科尔涅利乌斯·多拉贝拉和各位大法官的领导下继续运行；而且元老院还通过一项决议，认定那些解放者都是忠心爱国的人，所以他们不应该受到惩罚。

各位高级官员还有奥卢斯·希尔提乌斯、西塞罗和另外三十多人一起离开特鲁斯神庙，走向“至尊至善者”朱庇特的神庙。安东尼乌斯在那里告诉那些蓬头垢面的解放者说，元老院已经通过决议对他们进行特赦，所以他们不用担心遭到惩罚。噢，终于松了一口气！然后那些解放者全都登上演讲台，在围观群众的默默注视下互相握手致意。群众既没有表示支持，也没有表示反对，只是麻木不仁地看着。

“为了给这件事一个好结局，”安东尼乌斯在大家离开演讲台时说，“我建议今天每人都邀请一个解放者到家里吃饭。卡西乌斯，你愿意成为我的客人吗？”

勒皮杜斯邀请布鲁图斯，奥卢斯·希尔提乌斯邀请德基穆斯·布鲁图斯，西塞罗邀请特里波尼乌斯，就这样每个解放者当天下午都受邀赴宴。

“我简直不敢相信！”卡西乌斯对布鲁图斯说，他们一起爬上维斯塔阶梯，“我们就这么自由回家了！”

“是的。”布鲁图斯若有所思地说。他直到此刻才想起波尔基娅可能死掉了。自从他甩开那个奴隶走进庞培娅会堂，这还是他第一次想起波尔基娅的名字。可是，波尔基娅当然还活着。如果她死了，那西塞罗肯定会第一个告诉他。

赛尔维利娅就在门房后面等着布鲁图斯，她站在那儿就像克吕泰涅斯特拉刚刚杀了阿伽门农那样，只不过她手上少了一把斧子。克吕泰涅斯特拉！这就是我母亲。

“我把你的妻子关起来了。”她单刀直入。

“妈妈，你不能这么做！这是我的房子。”他低声抗议。

“布鲁图斯，这是我的房子，在我死去之前都是如此。我不会把那个臭婊子放在眼里，就连法律我都不会放在眼里。她竟然撺掇你去杀死恺撒。”

“我让罗马摆脱了暴君，”他说道，极度渴望能够说赢她母亲，只要这一次就好了！布鲁图斯，但是无论你如何渴望，这都是不可能发生的事。“元老院已经赦免了所有解放者，所以我仍然是城市大法官，我仍然保有我的财富和地产。”

她开始放声大笑。“别跟我说你相信这个？”

“妈妈，这是事实。”

“杀死恺撒是事实，我的儿子。元老院决议根本就不值一提。”

德基穆斯·布鲁图斯的头脑一片混乱，他简直怀疑自己是不是快疯了。他竟然会害怕！光凭这个事实，就足以说明他的头脑肯定是出问题了。害怕！他，德基穆斯·朱尼乌斯·布鲁图斯，竟然会害怕？他可是久经沙场的老兵，经历过许多生死攸关的时刻，但是他看着恺撒的尸体竟然害怕了。他，德基穆斯·朱尼乌斯·布鲁图斯，竟然逃跑了。

现在他要跟另外一个参加过高卢战争的老兵一起吃饭。这个人是奥卢斯·希尔提乌斯，此人能文能武，使起笔杆跟挥起刀剑一样漂亮，而且他绝对是恺撒最忠诚的追随者。如果恺撒的安排继续生效，明年希尔提乌斯就会和维比乌斯·潘萨一起担任执政官。但希尔提乌斯只是一个无名小卒。而我，出自朱尼乌斯·布鲁图斯家族和塞姆普罗尼乌斯·图狄塔努斯家族。我最首要的是对自己忠诚。当然，还有对罗马忠诚。这是无须多说的事。我杀死恺撒，是因为他正在毁坏我祖先的罗马。他正在制造一个我们都不想要的罗马。德基穆斯，不要自我欺骗了！你快疯了！你杀死恺撒，是因为他的光芒让你显得那么黯淡。你意识到，杀死他是让人们永远记住你的唯一方式。这是事实。因为恺撒，你会名留史册。

直视希尔提乌斯的眼睛并不是什么容易的事，那双灰蓝色的眼睛平凡无奇，但却显得平静而坚毅，那种坚毅是如此强烈。但是希尔提乌斯却伸出手，热情地拉着德基穆斯进入他那座漂亮的房子。就像德基穆斯一样，这座房子也是用高卢战争的战利品买来的。他们两个人单独吃饭，这对德基穆斯来说真是如释重负，因为他害怕面对其他人。

终于，最后一道菜和仆人都退下了，只有酒瓶和水瓶还在那儿。希尔提乌斯在躺椅上转过身，这样他可以更舒服地看到德基穆斯。

“你让自己陷入了可怕的灾难。”希尔提乌斯一边说，一边倒了没有加水的酒。

“奥卢斯，何出此言呢？解放者都得到赦免了，一切都会照常进行。”

“我恐怕并非如此。一切都不会照常进行，因为这是前所未有的事情。这是全新的事情。”

德基穆斯吓了一跳，把自己杯中的酒都洒出来了。“我不明白你是什么意思。”

“跟我过来，我带你看看。”希尔提乌斯把双腿从躺椅上挪开，双脚穿上拖鞋。

德基穆斯疑惑不解地跟着，他和希尔提乌斯一起穿过中庭走到露台上，这个露台可以俯瞰罗马广场。太阳还没有下山，广场上人山人海。目光所及之处，都是密密麻麻的人。他们只是站在那儿，没有移动，也没有说话。

“所以呢？”德基穆斯问。

“那里有很多女人，但是看看那些男人。仔细看看他们！你看到了什么？”

“男人。”德基穆斯说，越来越摸不着头脑了。

“德基穆斯，这难道是很久以前的事？看看他们！人群中的男人有一大半是老兵，他们是恺撒的老兵。他们身为士兵的资历很老，但他们的年龄并不老。二十五，三十，三十五，没有年纪更大的了。他们是老兵，但他们还很年轻。恺撒遇刺身亡的消息已经传遍意大利，所以他们来到罗马参加恺撒的葬礼。成千上万的人来到这里。元老院还没有确定葬礼的日期，但是看看那里已经聚集起多少人。等到恺撒火化时，这些人的数目会大大超出勒皮杜斯手下的士兵。”希尔提乌斯打了一个寒战，于是转过身说，“太冷了，我们进去吧。”

他们回到躺椅上，德基穆斯喝下大半杯酒，然后语气平稳地问：“奥卢斯，你想让我血债血偿吗？”

“我为恺撒感到深深的悲伤。”希尔提乌斯回答说。“他是我的朋友，也是我的恩人。但是木已成舟。如果我们不团结一致，那又会爆发内战了，而这是罗马无法承受的。但是，”希尔提乌斯一声叹息，又接着说，“我们受过良好教育，拥有财富和特权，在某种程度上可以置身事外。德基穆斯，你要担心的是那些老兵，而不是像我或潘萨这样的人，尽管我们都深爱恺撒。我不想让你血债血偿，但是那些老兵想。如果那些老兵想要这样，那么掌权的人就不得不满足他们的愿望。等到那些老兵想让你血债血偿，安东尼乌斯也会让你血债血偿。”

德基穆斯冒了一身的冷汗。“你言过其实了。”

“不，我没有。你曾经在恺撒手下领兵。你知道他的士兵对他是什么感情。他们对他满腔爱戴，这种感情真挚而单纯。就算是那些曾经发动叛乱的士兵，对他也有很深的感情。葬礼一结束，他们就会改变态度。安东尼乌斯也会改变态度。如果不是安东尼乌斯，那就是其他掌权的人。也许是多拉贝拉，或者那个滑头的勒皮杜斯，或者是某个我们没有注意的人，因为那个人一直隐藏着。”

德基穆斯又喝了更多酒，然后才觉得好受一些。“我会在罗马坚持到底。”他低声说，好像是对自己说的话。

“我怀疑，你根本就不能在罗马坚持到底。因为人民和老兵的坚持，元老院会撤销特赦。老百姓太爱恺撒了，因为他就是他们中的一分子。他身居高位时，从来都没有忘记他们。他总是给他们鼓舞，总是停下来听他们诉苦。德基穆斯，自由是个抽象的政治概念，这对一个苏布拉的男人或女人来说有什么意义呢？他们的选票，甚至无法影响百人团大会、部落大会或平民大会的竞选结果。恺撒属于他们。而我们之中永远都不会有这样的人。”

“如果我离开罗马，就等于承认自己做错了。”

“确实如此。”

“安东尼乌斯实力强大，而且他对我们很好。”

“德基穆斯，不要相信马尔库斯·安东尼乌斯！”

“我有很好的理由去相信他。”德基穆斯说，他知道希尔提乌斯无法知道的事实：安东尼乌斯也参与了谋杀恺撒的事。

“是的，我相信他想保护你们。但是人民和老兵不会让他这么做。而且，安东尼乌斯想要恺撒那样的权力，而任何一个拥有恺撒那样权力的人都会落得跟他一样的结局。这次刺杀立了一个先例。安东尼乌斯会开始担心，他将是下一个被砍倒的人。”希尔提乌斯清清喉咙，“我不知道他会怎么做，但你可以听我一说，无论他做出什么事，都不会有利于那些解放者。”

“你在暗示，”德基穆斯语气沉缓地说，“我们这些解放者应该找一个体面而合法的理由离开罗马城。这对我来说很容易，我可以立刻前往我的行省。”

“你可以去，但山内高卢不是你的久留之地。”

“胡说！元老院已经同意继续维持恺撒的法令和安排，而恺撒亲自把山内高卢交给我了。”

“德基穆斯，相信我，你能保住山内高卢的时间，取决于安东尼乌斯和多拉贝拉的各种衡量。”

德基穆斯·布鲁图斯一回到家里，就赶紧坐下来给布鲁图斯和卡西乌斯写信，转达了希尔提乌斯告诉他的事情。他又陷入那种盲目的恐慌，于是赶紧宣布他要离开罗马前往自己的行省。

他的信越写越混乱，开始狂乱地说起他们这些解放者都应该搬到塞浦路斯或西班牙的坎塔布里亚[①]这些最偏远的地方。他们还能逃到哪里

① 坎塔布里亚（Cantabria）是西班牙北部的历史地区，毗邻比斯开湾，沿海地带丘陵起伏，地势逐渐升高到坎塔布里安山脉。——译者注

呢？他问道。没有一个像庞培·马格努斯那样的人来带领他们，他们中没有一个在海外地区或外邦君王那里拥有实力。他们早晚都会成为国家公敌，这会让他们丢掉公民权和自己的性命，最好的结局也许是被判永久流放，然后身无分文地前往流放的地方。在书信的中间，他恳求他们要努力做好安东尼乌斯的工作，让安东尼乌斯相信他们一点都不想夺取国家政权或杀死执政官。在书信的结尾，他要求他们三人在天黑之后的第五个小时在某个约定的地方见面。

于是他们在卡西乌斯的家里见面，他们关起门来低声交谈，免得被某个好奇的仆人听见。德基穆斯的慌乱让布鲁图斯和卡西乌斯都惊呆了，所以他们并不认为德基穆斯知道自己在说什么。卡西乌斯说，也许希尔提乌斯是出于什么个人目的，想吓唬他们离开这里。因为他们只要一离开罗马，就等于承认自己犯了罪。所以，布鲁图斯和卡西乌斯都不会离开罗马，也不会开始收拢自己的流动资产。

"要走要留都随便你们，"德基穆斯说，"我不管了。反正我一安排妥当，就会出发到我的行省。如果我在山内高卢的势力很稳固，那安东尼乌斯和多拉贝拉也许会放过我。不过，为了保护自己，我会偷偷地在那里招募一些老兵。这样能够以防万一。"

"啊，这实在太可怕！"布鲁图斯对卡西乌斯说，这时那个神神叨叨的德基穆斯已经离开了。"我的母亲诅咒我，波尔基娅根本就不能正常说话。卡西乌斯，我们要倒霉了！"

"德基穆斯说得不对。"卡西乌斯自信地说。"我受邀到安东尼乌斯家里吃饭，所以我可以向你保证，德基穆斯说的完全不是那么回事。我很震惊，安东尼乌斯看到恺撒死去竟然那么高兴。"他露齿一笑，"当然，恺撒的遗嘱让他很不高兴。"

"你会参加明天的元老院会议吗？"布鲁图斯问。

"当然了。我们都应该参加，其实我们都必须参加。别担心，德基穆斯也会出席，我敢肯定。"卢基乌斯·皮索召集这个会议是为了讨论恺撒的葬礼。解放者们进入破旧的特鲁斯神庙时并没有遭遇太多敌意，不过所有后座元老都刻意跟他们保持距离，免得一不小心碰到他们。恺撒的葬礼定在两天之后，也就是三月二十日。

“就这样吧，”皮索说着望向勒皮杜斯，“马尔库斯·勒皮杜斯，罗马城安全吗？”他问道。

“罗马城很安全，卢基乌斯·皮索。”

“皮索，那你是不是应该公开宣读恺撒的遗嘱？”多拉贝拉问，“我猜测，这份遗嘱里应该包含了对民众的遗赠。”

“我们现在就到演讲台去。”皮索说。

元老院的人都站起来，一起穿过人山人海走向演讲台。德基穆斯心惊胆战、浑身发抖，他发现奥卢斯·希尔提乌斯说得太对了。人群中有很多是老兵，而且今天的人数比昨天更多。还有一些广场常客也在那儿，他们能认出每一个属于第一等级的人。当布鲁图斯、卡西乌斯、安东尼乌斯和多拉贝拉一起登上演讲台时，那些广场常客开始给身边那些不如他们内行的人介绍情况。人群中开始发出一声声的怒吼，而且这种怒吼的声音还在逐渐增强。多拉贝拉、安东尼乌斯和勒皮杜斯都对布鲁图斯、卡西乌斯和德基穆斯·布鲁图斯表现得很友好，直到人群中的怒吼渐渐平息。

卢基乌斯·卡尔普尔尼乌斯·皮索全文朗读了恺撒的遗嘱。这份遗嘱不仅指定盖乌斯·奥克塔维乌斯为恺撒的继承人，还正式收养他为恺撒的儿子，所以他从今往后的名字就是盖乌斯·尤利乌斯·恺撒。人群中响起一阵惊奇的嗡嗡声，没有人知道这个盖乌斯·奥克塔维乌斯是什么人，那些广场常客可以说出他的家世背景，但却说不出他是什么模样。当皮索提到德基穆斯·布鲁图斯是次要继承人之一时，人群中又响起一阵怒吼，不过皮索迅速跳到人们最感兴趣的遗赠：每个罗马公民都可以得到三百塞斯特尔提乌斯，而且恺撒在台伯河对岸的花园将开放给公众使用。人群以惊人的沉默迎接这些消息。没有人欢呼，没有人向空中抛物，没有人鼓掌。皮索最后宣布了葬礼的日期，然后元老院成员就迅速离开演讲台，每个成员都有勒皮杜斯手下的六名士兵护送。

仿佛整个世界都在等待恺撒的葬礼，仿佛罗马的男人和女人在恺撒葬礼结束之前都不会表明态度。第二天，元老院会议在“息戈者”朱庇特神庙中举行，就连安东尼乌斯宣布他将永久废除独裁官一职时，大家也没有什么反应，只有多拉贝拉表现得比较热情。面无表情，到处都是面无表情！而聚集的群众越来越多。

天黑之后，整个罗马广场和通往广场的街道都被灯火照得一片明亮，住在附近的居民都不敢睡觉，因为他们担心可能会发生火灾。

天亮了，终于迎来恺撒的葬礼，大家都松了一口气。

在罗马广场靠近公共圣所和圆形维斯塔圣殿的地方，已经搭起了一个特别的神殿。这个神殿是对恺撒新建广场上那个“母神”维纳斯神庙的缩略模仿，神殿是由木头搭建，不过那些木头都粉刷成大理石的样子。神殿的上面是一个平台，平台的一侧有阶梯可以爬上去，那些支撑的木梁也做成了柱子的模样。

卢基乌斯·恺撒和卢基乌斯·皮索是葬礼负责人，经过在元老院中的一番商量，他们认为在演讲台上展示遗体并发表悼词实在太危险。这个位于罗马广场中部的地方更加安全。从这个地方，送葬队伍无须穿越人群就可以直接转向图斯库斯大街和维拉布鲁姆。送葬队伍走到弗拉米尼乌斯竞技场时，就可以进入竞技场中绕行一圈，因为这个竞技场可以容纳五万名观众，所以罗马市民可以好好地为他们深爱的罗马之子哀悼。然后葬礼队伍就可以从这里前往战神原野，恺撒的遗体会在那里火葬，国家已经出钱买了数百担香料和木材准备作为火葬堆的燃料。

送葬队伍的起点在帕卢斯－塞罗利艾湿地旁边，因为那里有足够的空间让所有参与者聚集起来。恺撒的棺材会在队伍经过公共圣所时加入进来。勒皮杜斯的两千士兵全部在神圣大道上挡开人群，并且在展示遗体和发表悼词的地方给庞大的送葬队伍留出足够空间。

五十辆镶着金边的黑色马车由一对对黑马牵引着，车上是戴着恺撒祖先蜡面的演员。这些祖先从埃涅阿斯和马尔斯到尤卢斯和罗慕路斯，还有他的两位姑父盖乌斯·马略和卢基乌斯·科尔涅利乌斯·苏拉。马车队从威利亚山下来，来到神殿的平台前面围成一个半圆。那些柴火担中有一百担堆满了乳香、没药、甘松和其他昂贵的可燃香料。这些柴火担排成一道围墙，挡在马车队后部和围观群众的中间，还有肩并肩的士兵作为第二道围墙。马车队和柴火担从威利亚山一路走下来，期间还有穿着黑袍的专业送葬人员在捶胸顿足、撕扯头发、尖叫哭嚎。

人群非常庞大，这是自从撒图尔尼乌斯那次著名的暴乱之后人数最多的一次。恺撒坐在灵柩中，从摆放着诸王雕像的门厅中出来，人群中响起一片哀叹和悲声，就像数百万叶子在簌簌颤抖。卢基乌斯·恺撒、卢基乌斯·皮索、安东尼乌斯、多拉贝拉、卡尔维努斯和勒皮杜斯抬着恺撒的灵柩，每个人都穿着黑色的托伲和托迦。送葬队伍跟在灵柩后面，士兵们的后背紧贴着柴火担，他们的表情开始显出不安，因为他们可以感觉到那些柴火担被后面的群众挤得吱呀乱晃。他们的紧张情绪传染到那些拉车的马匹，马匹开始变得躁动不安，而这又开始影响到那些演员。

恺撒坐在灵柩中的一个黑色垫子上面，身上穿着大祭司长的鲜艳衣袍，头上戴着市民冠，脸色平静，双眼紧闭。他就像一个国王那样被高高抬起，为他抬棺的六个人都特别高大，而且看起来都威仪堂堂。

这六人抬着灵柩脚步平稳地爬上阶梯，他们登上平台时恺撒的遗体几乎没有晃动。灵柩摆放在平台上面，这样大家都可以看到恺撒的遗容。

安东尼乌斯走到前面，望着那一片人海，他注意到许多包着头巾、留着胡须的犹太人也来了，还有各种各样的外国人，还有那些退役老兵。这些老兵在他们的黑色托迦上别着一束月桂枝叶。罗马人在公共场合通常都会穿上白色托迦，但他们现在都穿着黑色衣袍。好了，安东尼乌斯想着，准备发表他有生以来最了不起的演讲，眼前的观众是自从撒图尔尼乌斯事件以来人数最多的一次。

但是这次演讲根本就无法完成。安东尼乌斯只开了个头。他刚呼吁全体罗马人都为恺撒哀悼，千千万万的观众就发出了震耳欲聋的哀恸之声。人们都不约而同地开始行动，那些站在前面的人伸手拿起柴火担中的木材和香料，拉车的马匹开始惊跳嘶鸣，车上的演员赶紧逃命。空中顿时飞舞着各种木材和香料，这些木材和香料像雨点般落在平台上，整个神殿很快就被柴火包围起来。所有抬棺者，包括安东尼乌斯，都跑下平台，逃往公共圣所。

有人扔了一根火把，整个地方顿时燃起熊熊烈焰，就像在他之前去世的女儿一样，恺撒的火葬是遵照人民的愿望而非元老院的决议。

在这么多天的沉默之后，群众开始咆哮着要那些解放者血债血偿。“杀死他们！杀死他们！”他们不停地怒吼。

但是现场并没有发生暴乱。人群高喊着要解放者血债血偿。但他们只是站着凝望那个平台，灵柩和神殿都被火光吞没了。直到火焰熄灭，整个罗马城都弥漫着迷人的香气，群众才开始行动。

此时此刻，愤怒终于转化成暴力了。群众对勒皮杜斯的士兵视若无睹，开始跑向各个方向去寻找他们的猎物。解放者！解放者在哪儿？那些解放者都该死！许多人冲上帕拉丁山，那里的小巷中矗立着许多关门闭户的豪宅，但是群众根本就不知道那些解放者住在哪一所房子里面。一个因为悲伤而陷入疯狂的广场常客发现了一个元老，那个正在逃命的元老叫做盖乌斯·赫尔维乌斯·秦纳，但是这个广场常客把他错认为卢基乌斯·科尔涅利乌斯·秦纳，这个秦纳曾经是恺撒的妻舅，而且据说他也是解放者。于是完全无辜的赫尔维乌斯·秦纳就被群众撕成碎片了。

夜色降临，但是并没有什么可靠的复仇对象出现，于是这些悲痛流泪的暴民终于离开现场。罗马广场变成一片浓烟滚滚的无人之地。

第二天，筹办葬礼的人才去收集恺撒的骨灰，他们把能够找到的骨头碎片都装进一个镶满宝石的金瓮。

第三天，晨光照亮那个已经烧成黑炭的神殿，人们发现那个地方摆上了早春的鲜花、小小的羊毛玩偶和小小的羊毛球。这些鲜花、玩偶和毛球很快就堆起厚厚一片。鲜花是女人带来的，玩偶是罗马男性公民带来的，毛球是奴隶带来的。这些祭品带有特殊的宗教含义，也显示出各个阶层的罗马人都对恺撒满怀爱戴。在所有五个等级中，只有第一等级中并不是每个人都喜爱恺撒，而因为太过低贱而不能列入任何等级的无产贫民对恺撒最为爱戴。奴隶不会被当成一个人来统计，所以他们只能献上一个毛球，不过现场的玩偶和毛球几乎一样多。

有的人受到爱戴，而有的人就无人喜爱。这种事有谁能说得清其中原因呢？对于满心愤怒的安东尼乌斯，这个问题他是无法解答的。不过，如果他问问奥卢斯·希尔提乌斯，那希尔提乌斯就会告诉他，任何一个人只要看到他就会想起恺撒，因为他也像恺撒那样散发出某种强大的吸引力。也许，他也将成为一位传奇英雄。

安东尼乌斯气呼呼地命人清走那些鲜花、玩偶和毛球，但结果证明这是白费力气的事。因为每次清走一批，又有更多的出现。无可奈何，安东尼乌斯只好放弃了。他只好闭上眼睛，不去看那些聚集在恺撒火化之地的民众。一批批的民众来到这里，向恺撒祈祷，向恺撒献祭。

葬礼之后第四天，人们在晨光中看见一座大理石圣坛挺立在恺撒的火葬现场，而现场的鲜花、玩偶和毛球已经蔓延到演讲台那边。

葬礼之后第九天，一根二十尺高的纯白大理石柱矗立在那座圣坛的旁边。这些建筑都是在夜里完成。勒皮杜斯说他们什么都没有看见，他们对恺撒也是深深爱戴。恺撒，几乎所有罗马人都把他当成神明来崇拜。

卢基乌斯·恺撒并没有留在罗马城见证这些事。他四肢疼痛地爬上一架轿子，前往他那座位于那波利斯近郊的别墅。他还顺道去看望了克娄巴特拉。

克娄巴特拉的宫殿变得十分荒凉，只剩下幽暗光滑的石墙和许多木板箱。大部分东西已经通过货船运到奥斯提亚。

“卢基乌斯，你的身体不好吗？”克娄巴特拉关切地问。

“克娄巴特拉，我只是精神不好。我实在无法待在罗马城里，看着那两个谋杀犯仍然穿着紫边托迦，大摇大摆地履行身为大法官的职务。”

“布鲁图斯和卡西乌斯。不过我相信，他们现在还不敢出来履行身为大法官的职务。”

“是的，在那些老兵离开罗马之前，他们肯定不敢。赫尔维乌斯·秦纳无辜被杀，你听说了吗？皮索很伤心。”

“听说了，他被错认为另一个秦纳。另外那个秦纳真的是刺客之一吗？”

“那个忘恩负义的家伙？不是。恺撒把他从流放之地召回，而他却当众脱下大法官的衣袍，只因为是恺撒让他当上大法官。他就是在哗众取宠。”

“现在一切都结束了，不是吗？”克娄巴特拉问。

“是结束，或者是开始。”

“恺撒收养了盖乌斯·奥克塔维乌斯。”她说着打了个寒战，“卢基乌斯，恺撒真是太聪明了。盖乌斯·奥克塔维乌斯是个厉害角色。”

卢基乌斯哈哈大笑。“一个十八岁的男孩？我不觉得。”

“三岁看老。”

卢基乌斯心想，她看起来既悲伤又坚强。毕竟，她是在王室中成长。她会平安无事。“恺撒里昂在哪儿？”他问道。

“他跟保姆和哈德凡伊先走了。对于两个托勒密王室的人，同乘一条船，甚至同在一个船队，都犯了政治上的忌讳。我们会分成两批离开。我要再等十多天。查米安和埃拉斯留下来陪我，赛尔维利娅也经常来看我。噢，卢基乌斯，她伤心极了！她说布鲁图斯之所以会加入，都怪波尔基娅，也许她说的是事实。不过恺撒的离世让她大受打击。她对恺撒的爱比任何人都要深。”

“比你的爱还深？”

“我会一直爱着恺撒。不过，她的爱跟我的不一样。我有一个国家要照顾，还有恺撒的亲生儿子。”

“你会再婚吗？”

“卢基乌斯，我必须再婚。我是法老，我要孕育子女，才能给尼罗河和人民带来好运气。”

然后卢基乌斯·恺撒就继续赶路前往那波利斯，他感觉恺撒离世给自己带来的悲伤越来越沉重了。马提乌斯说得对。如果像恺撒这样的天才都不能找到一条出路，那还有谁能担起这个重负？一个十八岁的孩子？

绝无可能。那些第一等级的恶狼会把奥克塔维乌斯撕成碎片，比无产贫民对赫尔维乌斯·秦纳所作的更凶狠。我们这些第一等级的人，是我们自己最可怕的敌人。

第九章
恺撒的继承人
（从公元前44年4月到12月）

第 1 节

副将、军团指挥官、各级军官，甚至私人随从，这些人都拥有显赫的家庭背景，所以他们不像普通士兵或百夫长那样必须遵循军中的种种规定，比如他们可以随时离开军营。

于是当奥克塔维乌斯、阿格里帕和撒尔维狄恩乌斯在三月初到达阿波罗尼亚时，他们无须按照规定住在由皮革帐篷组成的军营，这个大型军营一直从阿波罗尼亚绵延到底拉西乌姆北部。恺撒为了这场战争征集了十五个军团，这些军团士兵正在忙着扎营，他们对那些上等人的到来毫不关心，因为这些贵族子弟有时候只是顶着一个空头衔，不会真的在战斗中领兵作战。除了在战场上，这两拨人很少见面。

对奥克塔维乌斯和阿格里帕来说，住宿并不是一个难题，他们直接去到阿波罗尼亚专门为恺撒准备的一座房子，住进一个比较狭小简陋的房间。撒尔维狄恩乌斯比他们出身贫困，他比奥克塔维乌斯和阿格里帕年长八岁，不过他要等到恺撒亲自指定才能知道自己具体是什么职位。

他去向军需官普布利乌斯·温提狄乌斯报告，温提狄乌斯把他安排在一栋为初级军官租下来的房子里，住在这里的初级军官还没有到达竞选军团指挥官的年龄。问题在于，军需官给撒尔维狄恩乌斯安排的那个房间里已经有一位住客，已经住在那里的这位初级军官叫做盖乌斯·马塞纳斯。马塞纳斯找到温提狄乌斯，说他不想跟另外一个人共享一个房间，特别是一个皮塞努姆人。

温提狄乌斯已经年届五十，他也是一个皮塞努姆人，不过他的个人经历没有撒尔维狄恩乌斯那么辉煌。他年幼时曾经以俘虏的身份参与过凯旋游行，这个凯旋式是庞培·马格努斯的父亲在意大利战争中打败意大利人之后举行的。然后他就渡过了一个无父无母的艰苦童年，后来是因为娶了罗西亚－卢拉[①]地区一个有钱的寡妇才开始获得上升的机会。因为罗西亚－卢拉出产最好的骡子，所以他开始饲养骡子，并把军用骡子卖给像庞培·马格努斯这样的统帅。于是他被人取了一个绰号叫做穆利奥[②]，这个绰号的意思就是“卖骡子的人”。他缺乏良好的教育和家世，所以他想要获得军队指挥权的愿望根本就无法实现，尽管他内心知道自己能够领兵作战。在恺撒渡过卢比孔河时，恺撒已经很熟悉他了，因为他一直追随恺撒，并且默默地等待自己的机会。不幸的是，恺撒交给他的职务是军需后勤，而不是带领士兵。尽管如此，温提狄乌斯还是勤勤恳恳地对待这份后勤工作。

无论是管理初级军官的后勤生活，还是给军团发放粮食和武器，温提狄乌斯的工作都很有效率。不过，他心中仍然希望能有机会去领兵作战。这个希望越来越靠近。因为恺撒已经答应让他担任明年的大法官，而大法官会去领兵，而不是去管理后勤。

那个有钱有势的马塞纳斯找到温提狄乌斯，抱怨说不想让一个出身低微的皮塞努姆人搬进自己的房间，温提狄乌斯自然不会答应他的要求。

---

① 罗西亚-卢拉（rosea rura）是在意大利中部城市瑞阿特附近的一片优质草场，以出产上好的驴子和骡子著称。——译者注

② 穆利奥（Mulio）是从骡子（Mule）一词衍生而来的。——译者注

“马塞纳斯，答案很简单，”温提狄乌斯说，“你只要按照其他人在这种情况下的办法去做就行了，那就是自己掏钱去租一所房子。”

“如果有房子可租，你以为我不会这么做吗？”马塞纳斯回答说，“我的仆人现在住得糟透了！”

“真遗憾。”温提狄乌斯的回答不咸不淡。

对于上级的消极对待，身为一个有钱有势的公子哥儿，马塞纳斯采取了最典型的方式：他不能把撒尔维狄恩乌斯赶出去，但是他也不会为撒尔维狄恩乌斯腾出空间。

“所以在一个足够给两个人住的房间里，我占据的空间只有五分之一。”撒尔维狄恩乌斯愤愤不平地对奥克塔维乌斯和阿格里帕说。

“我很惊讶，你没有把他的东西扔到属于他的半个房间，然后告诉他将就住吧。”阿格里帕说。

“如果我那么做，那他就会直接去向上级报告说我在惹麻烦，而我不想落下一个惹麻烦的坏名声。你没有见过这个马塞纳斯，他是个很有实力的纨绔子弟。”撒尔维狄恩乌斯说。

“马塞纳斯，”奥克塔维乌斯沉吟道，“一个特别的名字。听起来像是埃特鲁里亚人。我倒想去见见这个盖乌斯·马塞纳斯。”

“好主意，”阿格里帕说，“我们一起去。”

“不，”奥克塔维乌斯说，“我想自己去。你们两个可以去野餐或者去散步。”

于是奥克塔维乌斯独自来到那些初级军官所在的房子，马塞纳斯从他眼前的文稿中抬起头来，皱着眉头看着这个不速之客。

房间里有五分之四摆满了马塞纳斯的东西，一张铺着皮革垫子的大床，一个装满各种书卷和纸张的书架，一张镶嵌着精美图案的胡桃木桌子，一把跟桌子相配的椅子，一把躺椅和一张用来吃饭的矮桌，一张小桌上摆着酒水和点心，一张军用床铺给他的贴身仆人使用，还有十多个大木箱。

拥有这一切东西的主人看起来一点都不像是军人。马塞纳斯身材矮胖、相貌平凡，身上穿着一件昂贵的羊毛托伲，脚下踩着一双拖鞋。他那深色的头发经过精心修剪，他的眼眸颜色也很深，他那红润的嘴唇有点凸出。

“你好。”奥克塔维乌斯说着在一个大木箱上坐下。

马塞纳斯一眼就看出这个来客是跟自己同一阶层的人，于是他站起来微笑着说，“你好，我是盖乌斯·马塞纳斯。”

“我是盖乌斯·奥克塔维乌斯。”

“那个出过执政官的奥克塔维乌斯家族？”

“是同一个家族，不过是另外一个分支。我父亲是大法官，他在我四岁时就去世了。”

“来点酒？”马塞纳斯问。

“谢谢，不用了，我不喝酒。”

“奥克塔维乌斯，很抱歉，不能给你一把椅子，但是我必须把客人的椅子挪出去，才能腾出空间给一个来自皮塞努姆的傻子。”

“你是说昆图斯·撒尔维狄恩乌斯？”

“就是他。呸！”马塞纳斯鄙夷道，“那个家伙没有钱，只有一个仆人，连像样的东西都吃不起。”

“恺撒很看重他。”奥克塔维乌斯气定神闲地说。

“一个皮塞努姆的无名小卒？胡说！”

“不要以貌取人。撒尔维狄恩乌斯在蒙达率领骑兵发动攻击，还因此得到了九个金盘的奖赏。等我们出发时，他会成为恺撒的随行人员。”奥克塔维乌斯心想，谙熟军中之事，这种感觉真是好极了！他翘起二郎腿，双手环抱着膝盖。“你有过从军的经验吗？”他和颜悦色地问。

马塞纳斯脸红了。“在叙利亚，我曾经是马尔库斯·比布路斯的手下。”他回答道。

“哦，共和派！”

“不。比布路斯是我父亲的朋友，”马塞纳斯的语气有点生硬，“不过我们决定不要卷入内战，所以我从叙利亚回到了阿瑞提乌姆老家。但是罗马现在已经安定下来了，所以我准备开始攀登仕途。我父亲认为，我应该增加一点从军经历，这样对我的仕途有益。所以，我来到这里参军。”说到最后，他的语气已经变得很轻松。

“但是你的态度不对。”奥克塔维乌斯。

“怎么不对？”

“恺撒可不是比布路斯。在他的军队里面，不能因为阶层背景而享有特权。照我看，哪怕是他的亲戚昆图斯·皮狄乌斯这样的高级副将，都不能在行军时享有特权。我敢打赌，你肯定带了很多马匹，但是因为恺撒自己选择步行，所以全部人都要步行，就连高级副将也不例外。留下一匹马去战斗还说得过去，但是更多的马匹只会给你招来批评。还有一大货车的个人物品，也会招来批评。”

马塞纳斯盯着这个不同寻常的年轻人，他的眼神变得越来越迷茫，他脸上的红晕变得更深了。“但我是来自阿瑞提乌姆的马塞纳斯！我的排场要对得起我的家世！”

“在恺撒的军队中不是这样的，你看看他的祖先就知道了。”

“你竟敢批评我，以为你是什么人？”

“一个朋友，”奥克塔维乌斯说，“我只想看到你改正错误。如果温提狄乌斯决定让你和撒尔维狄恩乌斯同住一间房，那你们还要在一起待上许多天。撒尔维狄恩乌斯之所以没有给你教训，是因为他不想在战斗开始之前就落下一个爱惹麻烦的坏名声。马塞纳斯，你好好想想吧，”奥克塔维乌斯的话很有说服力，“等我们打过几场战役，恺撒对撒尔维狄恩乌斯的评价会比现在更高。到时候，温提狄乌斯就会给你一个教训了。在你这柔弱的外貌之下，也许藏着一个勇猛的军人，但我觉得这不太可能。”

“你知道什么？你只是个乳臭未干的小子！”

“是的，但是我知道恺撒是什么样的统帅，或者说是什么样的人。我曾经跟着恺撒在西班牙。”

“只是个随从罢了！”

“没错。但我知道他的为人。而且，我希望在恺撒带领的这场战争中，我们这个小小的角落能保持和平。这意味着你和撒尔维狄恩乌斯要学会和睦相处。撒尔维狄恩乌斯对我们来说很重要。而你只是一个娇生惯养的势利小人，”奥克塔维乌斯心平气和地说，“但是出于某个原因，我对你还是有一些好感。”他的手指着那成百上千的书卷，“我看到的是一个善于使用笔墨的人,而不是一个善于使用刀剑的人。如果你听从我的建议，那等到恺撒到达之后，你可以在他手下充当私人秘书。盖乌斯·特瑞巴提乌斯没有跟着恺撒，所以你可以借着恺撒的帮助，用自己在文字上的特长来攀登仕途。”

“你是什么人？”马塞纳斯心虚地问。

“一个朋友，”奥克塔维乌斯说着露出一个微笑，然后就站起身，“想想我说的话，这是明智的建议。不要因为你拥有的财富和教育，而对撒尔维狄恩乌斯这样的人怀有偏见。罗马需要各种人才，如果各种不同的人能够互相包容，这对罗马会有许多好处。除了你的书卷，其他东西都送回阿瑞提乌姆，腾出半个房间给撒尔维狄恩乌斯。还有，不要在恺撒的军中奢侈享乐。他不像盖乌斯·马略那样严格，但他也很严格。”

他点点头，然后就离开了。

当马塞纳斯终于缓过神时，他看着自己的家具，眼泪都快出来了。他看到自己那舒服的大床时，有几滴眼泪掉了下来。但马塞纳斯并不是一个傻子。那个漂亮的小伙子散发出一种奇异的权威。没有傲慢，没有自大，没有冷淡。不过也没有丝毫的引诱，尽管奥克塔维乌斯肯定从一些蛛丝马迹中看出，马塞纳斯不仅喜欢女人，也喜欢男人。关于这一点，他的言语和神情都没有流露出任何异样，不过他肯定知道马塞纳斯之所以想把撒尔维狄恩乌斯赶出去，最主要的原因是要保护自己的隐私，而不是要专心写作。总之，在这个军营，士兵只能找女人，而不能找男人。

几个小时后，撒尔维狄恩乌斯回来时，发现房间里已经清掉许多东西，马塞纳斯坐在一张折椅上面，靠在一张简单的折叠桌子旁边。

马塞纳斯伸出一只手。“我道歉，亲爱的昆图斯·撒尔维狄恩乌斯，”马塞纳斯说，“如果我们还要在一起待上许多天，那我们最好还是学会和睦相处。我性子比较软，但我这人并不笨。如果我让你不高兴了，那你就告诉我。我也会这么做。”

“我接受你的道歉，”撒尔维狄恩乌斯说，他这人也很会察言观色，“奥克塔维乌斯来过了，是不是？”

“他是什么人？”马塞纳斯问。

“恺撒的外甥孙。他对你发号施令了吗？”

“哦，没有，”马塞纳斯说，“这不是他的风格。”

一直到三月底，恺撒还没有到达阿波罗尼亚，大家都觉得这是因为风力的问题，现在的风总是断断续续，恺撒肯定是被困在布伦狄西姆了。

四月一日，温提狄乌斯把奥克塔维乌斯叫过来。

“这是特别信使刚刚给你带来的，”温提狄乌斯说。他的语气中有点不满，因为在他看来一个小小的初级军官根本就不应该收到特别信使的来信。

奥克塔维乌斯接过那封信，上面盖着菲利普斯的封印。他的心中顿时一阵恐慌，不过这种担心跟他的母亲或姐姐完全无关。他脸色煞白，没有经过温提狄乌斯的同意，就瘫倒在温提狄乌斯书桌旁边的一张椅子上。他凝视着这个忠诚可靠的卖骡人，眼神中的无助和痛苦让温提狄乌斯无法说出任何指责。

“抱歉，我腿软了，”他说着舔了舔嘴唇，“普布利乌斯·温提狄乌斯，我现在就打开书信可以吗？”

“打开吧。也许没有什么事。”温提狄乌斯咕哝着说。

“不，这是关于恺撒的坏消息。”奥克塔维乌斯打开封印，展开那张信纸，艰难地阅读着。他看完信，抬起头来把那张纸递给温提狄乌斯。“恺撒遇刺身亡了。”

他在看信之前就知道了！温提狄乌斯心里想着，猛地抓过那封信。他难以置信地看着，然后惊恐地盯着奥克塔维乌斯。“可是，为什么要把这样的消息送给你呢？还有，你是怎么知道的？你能未卜先知？”

“以前从未有过，普布利乌斯·温提狄乌斯。我不知道我是怎么知道的。”

“噢，天啊！现在会发生什么事呢？还有，为什么这个消息没有送给我或拉比里乌斯·波斯图穆斯？”他的眼中涌起泪水，然后就把脸埋在手臂上痛哭起来。奥克塔维乌斯站起身，他的呼吸突然变得很粗重。“我必须回到意大利。我继父说，他会在布伦狄西姆等我。我很遗憾，是我最先接到这个消息，不过官方通知可能是因为什么事情延误了。”

“恺撒死了！”温提狄乌斯泣不成声地说，“恺撒死了！这个世界完蛋了。”

奥克塔维乌斯离开这个办公室，他径直走到码头租了一艘船。然后就气喘吁吁地走回去，他已经好几个月没有这么难受了。加油，奥克塔维乌斯，你现在不能发病！恺撒死了，世界完蛋了。我必须尽快了解全部情况，我不能气喘吁吁地躺在阿波罗尼亚。

“我今天要出发去布伦狄西姆，”一个小时后，他对阿格里帕、撒尔维狄恩乌斯和马塞纳斯说，“恺撒被刺杀了。谁想跟我一起去，我都非常欢迎，我租的船只足够大。现在不会有前往叙利亚的远征。”

“我跟你一起去，”阿格里帕立刻说，然后离开那个公用的房间去收拾行李，并叫上他唯一的仆人。

“我和马塞纳斯会留在这儿，”撒尔维狄恩乌斯说，“如果军队要撤退，那我们还有很多工作要做。也许我们会在罗马相遇。”

撒尔维狄恩乌斯和马塞纳斯盯着奥克塔维乌斯，仿佛他是一个完全的陌生人。他走进来时，不仅口唇青紫，而且还在呼哧呼哧地喘息。不过他看起来很镇定。

“我没有时间去告诉埃皮狄乌斯和其他老师，”奥克塔维乌斯说着摸出一个大大的钱包，“拿着，马塞纳斯，把这个交给埃皮狄乌斯，告诉他把所有人和所有东西都运回罗马。”

“一场风暴就要来了。”马塞纳斯紧张地说。

“风暴从来都不能阻止恺撒。那凭什么风暴就能阻止我？”

“你的身体不好，这就是原因。”马塞纳斯大胆地说。

“无论我是在亚得里亚海还是在阿波罗尼亚，我的身体都不会好。但是疾病不能阻止恺撒，所以疾病也不能阻止我。”

然后他就转身离开去让仆人收拾行李，留下撒尔维狄恩乌斯和马塞纳斯在那儿面面相觑。

“他太镇定了。”马塞纳斯说。

“也许，”撒尔维狄恩乌斯若有所思地说，“他从恺撒那里继承的特质，要比我们看到的多得多。”

“哦，我第一次见到他时就知道了。但是他在危急关头的镇定自若，就连历史书上记录的恺撒也从未有过。噢，糟透了，想想看，恺撒现在已经成了历史书上的人物。”

“你看起来不太好。”阿格里帕说，他和奥克塔维乌斯顶着大风走回宿舍。

“这个话题不必再提。我有你一起就够了。”

“谁敢谋杀恺撒呢？”

“我猜测，应该是比布路斯、加图和好人帮的继承人。他们不会逃脱惩罚。”他的声音变得很低沉，在阿格里帕听来几不可闻。“‘我向无敌者’索尔、特鲁斯和自由神发誓，我一定会报仇雪恨！”

船只进入翻腾的大海，阿格里帕发现自己成了奥克塔维乌斯的仆人，因为奥克塔维乌斯的贴身仆人斯库拉克斯比他的主人更快进入晕船状态。在阿格里帕看来，斯库拉克斯可能会死去，但这肯定不是奥克塔维乌斯的结局。奥克塔维乌斯不停呕吐，还因为哮喘发作而面色青紫。虽然这确实让阿格里帕担心他会死去，但是他们除了向着西边的意大利前进之外别无选择，狂风和巨浪推着他们朝着那个方向前进。不过奥克塔维乌斯并不是一个诸多要求的病人。他只是躺在船底的一块木板上，让自己不至于被飞溅进来的海水弄湿，而阿格里帕唯一能做的就是让他侧着头抬高下巴，以免他被自己吐出来的东西呛到。

现在阿格里帕心中出现了一个前所未有的信念：这个比他小几个月

的年轻人不会死，也不会变成一个默默无闻之人，即便他那个掌握一切权力的舅公已经死去,再也不能给他的仕途提供任何助力。在未来的某一天，当奥克塔维乌斯长大成人，能够效法他的先人进入元老院时，他将变成罗马的重要人物。他会需要像我和撒尔维狄恩乌斯这样的军人，也会需要像马塞纳斯那样的文人，而我们必须在那儿给他支持，无论在他成为重要人物之前要经历多少艰难险阻。马塞纳斯的身份太高贵，不太可能成为奥克塔维乌斯的食客，但是等到奥克塔维乌斯开始上升时，我就会请求成为他的第一个食客，还会建议撒尔维狄恩乌斯成为他的第二个食客。

奥克塔维乌斯挣扎着坐起来，阿格里帕把他抱在怀里，找到一个让他能够比较轻松呼吸的姿势，然后又用一件斗篷把他抱起来，让他不至于被雨水和海水弄湿。阿格里帕心想，这段旅程应该不会太长。我们会在不知不觉中到达意大利，等我们一到陆地上面，就算他的哮喘没有好转，那他晕船的状况也会好转。哮喘？谁听说过这种毛病呢？

不过等到他们终于登上陆地时，却发现了一个令人失望的事实。风暴把他们吹到了巴里乌姆，这里距离布伦狄西姆还有六十里。

阿格里帕自己已经没有钱了，于是他拿着奥克塔维乌斯的钱包，给船主付了钱，然后就抱着他的朋友上岸，留下斯库拉克斯在他的同伴福尔米翁照顾下慢慢醒来。在阿格里帕看来，福尔米翁和斯库拉克斯代表着完全赤贫和略有资产的区别。

“我们必须雇两辆马车，立刻赶往布伦狄西姆。”奥克塔维乌斯说，他一离开海面就好多了。

“明天。”阿格里帕坚定地说。

“现在还没天黑。阿格里帕，就今天，不要争了。”

一路上，奥克塔维乌斯的哮喘只是略有好转，他们乘着两辆互相轮换的骡车在米努基娅大道上赶路。除了换车的时间，奥克塔维乌斯根本就不愿停下休息。夜幕降临时，他们终于赶到奥卢斯·普劳提乌斯的房子。

“菲利普斯不能过来，他必须留在罗马附近，”普劳提乌斯一边说，一边给阿格里帕指着可以放下奥克塔维乌斯的位置，“但是他派人快马加鞭送来一封信，还有阿提娅也送来了一封信。”

奥克塔维乌斯的呼吸慢慢顺畅起来，他躺在一张舒适的躺椅上，有好几个靠枕垫在他身后。他伸出手，对着一脸紧张的阿格里帕挥了挥。

“你看到了吧？”奥克塔维乌斯说着露出一个微笑，他的笑容就像恺撒的笑容一样迷人。“我知道跟马尔库斯·阿格里帕在一起肯定会没事。谢谢你了。”

“你们最后一次吃饭是在什么时候？”普劳提乌斯问。

“在阿波罗尼亚。”阿格里帕说，他已经饿得要命。

“我的书信在哪里？”奥克塔维乌斯问，他更关心的是看信而不是吃饭。

“给他吧，不然就不得安静啦，”阿格里帕说，“他可以一边看信一边吃饭。”

菲利普斯的信比他送到阿波罗尼亚的通知长多了，其中还包括了所有解放者的名单，以及恺撒指定奥克塔维乌斯为他的继承人，并且在遗嘱中收他为养子的消息。

我无法理解，安东尼乌斯为什么会容忍这些可恶的人，甚至似乎暗暗赞同这些人的行为。这些人得到特赦，不过布鲁图斯和卡西乌斯还没有出现在他们的办公所去履行大法官的职责，据说他们很快就会出来做事。事实上，我觉得他们本来可能准备出来工作了，如果不是突然冒出一个人的话。在恺撒葬礼后的第三天，这个人出现在恺撒的火葬地点。他说他叫做盖乌斯·阿马提乌斯，还说他是盖乌斯·马略的孙子。当然，他的口才还不错，所以能雄辩滔滔地论证自己并不是一个乡巴佬。

群众仍然每天都聚集到广场上，于是他首先告诉群众说，那些解放者都是彻头彻尾的恶棍，都必须被处死。他的愤怒主要集中在布鲁图斯、卡西乌斯和德基穆斯·布鲁图斯身上，不过我自己认为盖乌斯·特里波尼乌斯才是最大的恶棍。他并没有亲自动手，但他是这次刺杀的主谋。第一天，阿马提乌斯激起了群众的愤怒。在葬礼上，群众就开始愤怒了，他们大叫着要血债血偿。阿马提乌斯第二次出现时发挥了更强的威力，群众都气愤得面目扭曲。

但昨天阿马提乌斯第三次出现时，发挥的威力就更厉害了。他指控马尔库斯·安东尼乌斯参与了这次阴谋！他说安东尼乌斯对那些解放者的宽容（奇怪的是，安东尼乌斯确实用了“宽容”这个词）是故意的。安东尼乌斯公开抚慰那些解放者，给了他们不少好处。他们杀了恺撒，但却像鸟儿一样自由地来来去去。安东尼乌斯跟布鲁图斯和卡西乌斯一样心怀不轨，大家难道没有亲眼看到吗？他还说了很多类似的话。于是群众开始出现骚乱。

我准备赶到我位于那波利斯的别墅，我会在那里跟你见面。不过我刚刚听说，在这个盖乌斯·阿马提乌斯出现之后，一些解放者已经决定要离开意大利。辛贝尔急匆匆地赶往他的行省，还有斯泰乌斯·穆尔库斯、特里波尼乌斯和德基穆斯·布鲁图斯都是如此。

元老院开会讨论行省的问题，布鲁图斯和卡西乌斯出席了会议，他们很想知道自己明年会被派往哪个行省。但是安东尼乌斯只说了他自己的行省是马其顿，而多拉贝拉的行省是叙利亚。而且完全没有说到恺撒准备对帕提亚人发动的战争。安东尼乌斯宣布接手驻守在马其顿西部的六个军团，他坚持说这些军团现在应该由他来接管。也许是因为要对布瑞比斯塔斯和达西亚发动战争？不过他没有说。我想他只是想要保护自己的安全，以防局势恶化发生内战。而其余的九个军团还没有达成决议，也没有被召回意大利。

恺撒一死，西塞罗就回到元老院。他在元老院里把那些解放者都快捧上天了。现在他们正忙着废除恺撒的法令，这真是一个悲剧。他们如此毫无理智，让我觉得就像熊孩子把妈妈缝到一半的袖子抢走了。

在我结束这封信之前，我必须说说另外一件事，那就是关于你的继承权。奥克塔维乌斯，我恳求你放弃继承权！你要跟另外那些继承八分之一财产的人达成协议，更加公平地解决财产分配的问题，而且你还要拒绝成为恺撒的养子。你要是坚持继承权，那肯定会招来杀身之祸。在安东尼乌斯、多拉贝拉和那些解放者的夹攻之下，你可能活不过今年。他们肯定会碾碎你这个只有十八岁的孩子。安东尼乌斯气得要死，因为他的继承权被人抢走了，更何况抢走继承权的人是一个孩子。我没有说，他确实参与刺杀恺撒的密谋，因为没有证据支持这个指控，但我可以肯定地说，他是个无法无天的人。所以，等我见到你时，我希望听到你说，你已经决定放弃恺撒的继承权。奥克塔维乌斯，我希望你能平安到老。

奥克塔维乌斯放下这封信，饥饿地咬着一个鸡腿。感谢诸神，哮喘终于缓解了。他觉得自己充满力气，可以解决任何问题。

“我是恺撒的继承人。”他对普劳提乌斯和阿格里帕说。

阿格里帕正在狼吞虎咽地享用这丰盛的一餐，就好像这是他的最后一餐那样。他停下来，浓密的眉毛下一双眼睛闪闪发光。普劳提乌斯显然已经知道这个消息，只是一脸凝重地坐在那里。

“恺撒的继承人，”阿格里帕说。“这究竟意味着什么？”

“这意味着，”普劳提乌斯回答道，“盖乌斯·奥克塔维乌斯继承了恺撒所有的金钱和资产，他的财富多得不可想象。但是安东尼乌斯以为自己是继承人，所以现在很不高兴。”

“恺撒收养了我。所以我再也不是盖乌斯·奥克塔维乌斯，而是盖乌斯·尤利乌斯·恺撒·菲利乌斯。”奥克塔维乌斯说出这句话时，散发出一种强大的气场，那双灰色的眼眸就像他的笑容一样光彩灿烂。“普劳提乌斯没有提及的是，身为恺撒的养子，我还继承了他庞大的势力，以及他的食客。至少四分之一的意大利人都是我的食客，他们是我的合法追随者，要按照我的要求去做事。还有几乎整个山内高卢的人都是我的食客，因为恺撒吸收了庞培·马格努斯在那里的全部食客，而且恺撒在那里本来就有很多食客。”

“这就是为什么你的继父不想让你接受继承权！”普劳提乌斯大叫道。

“但是你会接受继承权。”阿格里帕说着咧嘴一笑。

“当然了。阿格里帕，恺撒信任我！我继承了他的名字，这证明恺撒认为我有能力继续他的事业，让罗马再次站起来。他知道，我没有继承他的军事天才，但是他认为军队没有罗马那么重要。”

“这等于给你判了死刑！”普劳提乌斯哀声道。

“恺撒的名字永远都不会死，我可以保证。”

“不要，奥克塔维乌斯！”普劳提乌斯恳求道，“千万不要！”

“恺撒信任我，”奥克塔维乌斯重复道，“我怎么可以辜负他的信任？如果他在我这个年纪接受这个重任，那他会推辞吗？不会！我也不会。”

恺撒的继承人又打开他母亲的书信，他瞥了一眼就把信扔到火炉里。“糊涂，”他说着叹了口气，“不过她向来如此。”

“我猜，她也请求你不要接受继承权？”阿格里帕问，他的注意力又回到食物上面。

“她说，她想要一个活着的儿子。但是，阿格里帕，我不想死，无论安东尼乌斯多想让我死。不过，我实在不明白他为什么想让我死。无论遗产如何分割，他都不是继承人。也许，”奥克塔维乌斯接着说，“我们误会安东尼乌斯了。也许他的主要目的不是恺撒的金钱，而是恺撒的势力和食客。”

“如果你不想死，那你就该好好吃，”阿格里帕说，“吃啊，恺撒，吃啊！你并不是一个强壮的人，而且你的肚子里根本就没有任何东西。吃啊！”

“你不能叫他恺撒！”普劳提乌斯反对道，“就算他被收养了，那他的名字也是恺撒·奥克塔维阿努斯[①]，而不是单纯的恺撒。”

---

① 盖乌斯·奥克塔维乌斯（Gaius Octavius）被恺撒收养之后就继承了恺撒的名字盖乌斯·尤利乌斯·恺撒（Gaius Julius Caesar），按照古罗马人的习俗，被收养者的名字后面会加上原来的氏族名并以“阿努斯”（anus）结尾，代表被收养者原来所属的家族，于是奥克塔维乌斯的正式名字是盖乌斯·尤利乌斯·恺撒·奥克塔维阿努斯（Gaius Julius Caesar Octavianus）。如果奥克塔维乌斯是恺撒的亲生儿子，那么通常会直接称呼他为“恺撒”，但因为他是养子，所以按理说应该称呼他为奥克塔维阿努斯。——译者注

“我就要叫他恺撒。”阿格里帕说。

“我永远都不会忘记第一个叫我恺撒的人是马尔库斯·阿格里帕，”奥克塔维乌斯说，他的目光充满温情，“无论是祸是福，你是不是会一直支持我？”

阿格里帕握住奥克塔维乌斯伸出的手。“是的，恺撒。”

“那么，我发誓，你会跟我一起上升。你会成为一个有权有势的人，可以挑选最好的罗马女人为妻。”

“你们都太年轻了，根本就不知道自己在干什么！”普劳提乌斯扭着手说。

“你知道，我们并非如此，”阿格里帕说，“我想，恺撒也知道自己在做什么。他做出了明智的选择。”

因为阿格里帕说得很有道理，所以奥克塔维乌斯开始专心吃东西。他暂且放下对自己神奇命运的考虑，而把注意力集中在一个更加迫切的问题——哮喘。恺撒通过哈德凡伊救了他一命。哈德凡伊用简单而严肃的措辞向他解释了这个疾病。这是以前的医生从未做过的事。如果他真的要活下去，那他就必须遵循哈德凡伊的一切建议，比如避免食用蜂蜜或草莓之类的东西，避免情绪过度兴奋。另外，灰尘、花粉和动物毛发也会引发他的病症，所以他必须尽量避开这些东西，尽管有时候要完全避开这些东西并不容易。此外，因为风浪和晕船，他永远都不可能成为一个优秀的航海员。他还必须驱除恐惧，尽管这一点也很不容易，因为他母亲在他心中种下了深深的恐惧。恺撒的继承人必须无所畏惧，就像恺撒一样无所畏惧。如果我站在那里像个风箱一样呼呼喘气，而且还满脸青紫，那又怎么配得上恺撒的名字和威仪？我要克服这个障碍，因为我必须这么做。哈德凡伊说，我需要锻炼，营养的食物，还有平静的心情。但是，我现在拥有了恺撒的名字，怎么可能心情平静呢？

他疲累至极，所以在吃完饭后就陷入沉沉睡眠，直到天亮之前的两个小时才醒来。普劳提乌斯的家很宽敞，所以他跟阿格里帕不在一个房间，不过这个并没有让他感到任何遗憾。当他醒来时，他感觉好多了，而且呼吸也变得更顺畅。一阵噼啪声把他引到窗口，他发现布伦狄西姆正在暴风雨中。他抬头一看，天上的乌云在狂风中飞速略过空中。今天街上肯定没有人，天气实在太糟糕了。今天街上肯定没有人……

他的思绪在脑海中漫无目的地飘荡，这些思绪突然跟一个他刚刚意识到的事实发生碰撞。按照普劳提乌斯说的，整个布伦狄西姆的人都知道他是恺撒的继承人，现在整个意大利的人都知道了。恺撒去世的消息像野火般蔓延开去，连带着恺撒继承人的消息。这个十八岁的外甥（他宁愿忘记还有一个“孙”字）也以同样的速度广为人知。这意味着只要他一露面，人们就会特别关注他，特别是他说出自己是盖乌斯·尤利乌斯·恺撒。好吧，他就是盖乌斯·尤利乌斯·恺撒！他再也不会用其他名字来称呼自己，除了加上“菲利乌斯”作为后缀。至于奥克塔维阿努斯,这是一个验证敌友关系的好办法。那些把他叫做奥克塔维阿努斯的人，就是拒绝承认他的特殊地位[①]。

他站在窗前,看着狂风卷着大雨落到地上。他的面孔,甚至他的眼睛,都一动不动，好像一个绝不流露任何情绪的面具。在那个硕大的脑袋里面——恺撒和西塞罗都有一个大脑袋——他的思维正在急速运转，不过那些思维一点都不混乱。安东尼乌斯迫切需要金钱，但是他却不能从恺撒那里得到一分钱。国库里的钱可能比较安全，但是在这座房子的隔壁就是盖乌斯·奥皮乌斯的宝库，这个宝库中存着许多钱。因为盖乌斯·奥皮乌斯是布伦狄西姆的大银行家，也是恺撒最忠诚的追随者，所以恺撒把准备用于战争的钱都交给他保管了。隔壁的宝库里也许有三万塔兰特银子，按照恺撒之前的说法，他要把这些钱全部自己带着，如果没有管好这些钱，那再向元老院要求拨款根本就没有指望。三万塔兰特，也就

① 奥克塔维乌斯希望他身为恺撒养子的身份得到承认，所以更喜欢别人称呼他为“恺撒”。为了强调这一点，他给自己取名为盖乌斯·尤利乌斯·恺撒·菲利乌斯（Gaius Julius Caesar Filius），“Filius”的意思是“某某之子”。于是，奥克塔维乌斯把那些直接称呼他为“恺撒”的人看成朋友，而把那些称呼他为“奥克塔维阿努斯”的人看成敌人。英文原著中对奥克塔维乌斯有好几个称呼，在“奥克塔维乌斯”、“奥克塔维阿努斯”和“恺撒”之间转换，为了避免跟被刺身亡的恺撒混肴，也为了方便读者的阅读，中文译著主要采用“奥克塔维乌斯”，只在必要时采用“奥克塔维阿努斯”和“恺撒”。——译者注

是七亿五千万塞斯特尔提乌斯。

如果用我在西班牙看到的那种大货车，再加上十头牛来拉车，那么每辆货车可以运多少塔兰特银子？这里应该也有恺撒的货车，这些货车从车轴到润滑油都是最好的，还有来自高卢的铁轮子。这样一辆货车，能够运送三百、四百还是五百塔兰特？这种事恺撒马上就会知道答案，但是我却不知道。还有，一辆装满银子的货车能走得多块呢？

首先，我必须从宝库中拿出那些战备资金。怎么办呢？面不改色。我就直接走进去,要求拿走那些钱就好了。毕竟,我是盖乌斯·尤利乌斯·恺撒！我必须这么做。是的，我必须这么做！但就算我能拿走这些钱，又该藏到什么地方？这个很容易，就藏到我在苏尔摩附近的土地，这些土地是我祖父在意大利战争中得到的战利品。这些土地只是用来存放木材，那里的木材会运到安科纳去售卖。所以，在银子上面盖一层木板就好了。我必须这么做！我必须这么做！

奥克塔维乌斯拿着一盏灯，走到阿格里帕的卧室去叫醒他。阿格里帕是一个真正的战士，他睡着时就像个死人，但是只要轻轻一叫就完全清醒了。

“起来，我需要你。”

阿格里帕穿上一件托伲，拿起梳子梳梳头发，弯下腰系好鞋带，听着哗哗的雨声不由得露出苦笑。

“一辆军用货车能够运多少塔兰特，还有需要多少牛来拉车？”奥克塔维乌斯问。

“恺撒的那种货车，再加上十头牛，至少可以运送一百塔兰特，但是还要看运的是什么东西，如果是比较小、比较整齐的东西，那就可以装上更重的货物。还有道路的状况也要考虑。恺撒，如果我知道你要运什么东西，那我就可以更好地解答你的问题。”

“布伦狄西姆有没有货车和拉车的牛呢？”

“肯定有，还有很多沉重的货物在这里运送。”

“当然了！”奥克塔维乌斯一拍大腿，对自己的迟钝有点懊恼，“恺撒把战备资金从罗马运到这儿，然后还要亲自过来带走这些钱，所以这里肯定有货车和拉车的牛。阿格里帕，你去帮我找到货车和拉车的牛。”

“我可以问问到底要干什么吗？”

“我要抢在安东尼乌斯前面运走那些战备资金。这些是罗马的钱，但是安东尼乌斯会用来还债，还会用来挥霍享乐。等你找到货车和牛时，就让这些货车排成一队进入布伦狄西姆，然后就遣散那些车夫。我们会等车子装好货物之后再雇佣其他车夫。你把货车带到隔壁奥皮乌斯的银行门口就行了。我会组织搬运货物的人，”奥克塔维乌斯轻快地说，“你装作是恺撒的财务官就好了。”

阿格里帕披上一件防水斗篷就出门。然后奥克塔维乌斯就过去跟奥卢斯·普劳提乌斯共进晚餐。

“马尔库斯·阿格里帕出去了。”奥克塔维乌斯说，一脸倦态。

“这种天气还出去？”普劳提乌斯问，然后吸了吸鼻子，“肯定是去找妓院了。我希望你比他更明智！”

“奥卢斯·普劳提乌斯，我的哮喘就够我受了。现在我还开始头疼，所以我最好安安静静地卧床休息。很遗憾，我不能在这种糟糕的天气里跟你作伴。”

“哦，我会窝在书房的躺椅上看书，所以我才把妻子和孩子都送去我的别墅，我就想安安静静地看书。我准备跟卢基乌斯·皮索一起讨论这本书。噢，你怎么不吃东西！”普劳提乌斯有点惊讶。“好吧，你可以离开了。”

于是奥克塔维乌斯离开了，一头扎进大雨之中。为了避免大街上货车来往的噪声，普劳提乌斯的房门都开在后巷。如果普劳提乌斯沉浸在书卷里，那他根本就听不到任何声音。奥克塔维乌斯心想，幸运女神站在我这边，这种天气再适合不过，而且幸运女神眷顾我，一定会保佑我一切顺利。布伦狄西姆本来就有很多货车和军队在来来去去。

布伦狄西姆城外驻守着两个步兵大队，这些都是来不及加入军团的老兵，因为他们入伍的时间太迟，而且出发的地方太远，所以没能在军团出发之前赶到卡普亚。不知道带领他们的是哪位军团指挥官，反正他们现在被扔在那儿自生自灭了。在这样的天气里，那些士兵肯定是在玩骰子、打牌、聊天。自从第十和第十二军团的叛乱之后，军队里面就不许喝酒了。这些士兵属于原来的第十三军团，他们对那些叛乱的军团没有任何好感，之所以再次入伍完全是因为他们喜爱恺撒，而且期待能跟帕提亚人好好打一仗。他们听说恺撒遇刺惨死，都非常伤心，也不知道自己将何去何从。

奥克塔维乌斯对军营的布局并不熟悉，所以他这个披着斗篷的小小身影只好去询问哨兵，弄清第一先锋百夫长住在什么地方，然后就沿着一排排小木屋往前走，在一座比较大的木屋前面停下来敲门。屋里的声音静下来了，有人过来开门。

奥克塔维乌斯抬头看着眼前这个大高个，这个人穿着一件缝补过的红色托伲，还有另外十一个人围在一张桌子边上，所有人都穿着同样的服装，这说明两个步兵大队的百夫长都在这儿。

“这天气糟透了，”开门的人说，“我是马尔库斯·科坡尼乌斯。”

奥克塔维乌斯脱下斗篷，直到整理好自己的衣服才开始说话。他穿着皮革战衣和短裙，一头浓密的金发并没有湿透。他身上的某种气质让其他十一个百夫长都站了起来，虽然是何原因他们自己也不明白。

“我是恺撒的继承人，所以我的名字是盖乌斯·尤利乌斯·恺撒。”奥克塔维乌斯说，他那双灰色的眼睛凝视着眼前这一张张刚毅的脸庞。他脸上挂着的微笑在这些老兵看来是如此熟悉。他们都深吸一口气，不由自主地挺直身体。

“天啊！你看起来很像恺撒！”科坡尼乌斯惊叹道。

“只是个子小一些，”奥克塔维乌斯有点郁闷地说，“不过，我希望我能再长高一些。”

“噢，他死了，真是太糟了！”桌子旁边的一个百夫长说着眼泪都快出来了，“没有他，我们该怎么办？”

“我们要对罗马效忠，”奥克塔维乌斯肃然道，“这就是我来到这里的原因，我想请你们帮罗马干一件事情。”

“任何事情都行，小恺撒，任何事情都行。”科坡尼乌斯说。

“我要把战备资金从布伦狄西姆尽快运出去。现在不会有针对叙利亚的战争了，我相信你们也知道这件事，但是元老院到目前为止还没有决定如何处置那些乘船前往马其顿的军团，或者是像你们这样还在等待乘船的士兵。我的任务是代表罗马来收回战备资金。我的助手马尔库斯·阿格里帕正在召集货车和拉车的牛，不过我还需要一些搬运工，但是我不能信任那些普通市民。你们能不能帮我把银子搬到货车上？”

“哦，乐意效劳，小恺撒，乐意效劳！在这种天气里无所事事，没有比这个更糟的。”

“非常感谢，”奥克塔维乌斯再次露出那种神似恺撒的微笑，“现在我是布伦狄西姆城中最能承担这项任务的人，但是不想让你们误以为我拥有统帅权，因为我并没有统帅权。所以我只是谦卑地请求帮助，而不是命令你们必须提供帮助。”

“小恺撒，既然恺撒让你成为他的继承人，还让你拥有他的名字，那你就不需要什么统帅权了。”科坡尼乌斯说。

科坡尼乌斯召集了一千名士兵，同时给六十辆货车装货。恺撒发明了一个巧妙的方法来运送他的资金，这些资金是钱币，而不是没有铸造的银条。每塔兰特银子是六千二百五十狄纳里乌斯，每一份银币都装在一个带有两只把手的麻袋里，这样两个士兵就可以轻松地合力抬起一塔兰特银子。士兵们迅速地装载货物，而大雨一直倾盆而下，所有布伦狄西姆人都留在屋里，就连这条最繁忙的街上也没有什么人。然后货车开往一个木材厂，他们把木板盖在麻袋上，让那些货车看起来像在运送木材。

“这样比较明智，”奥克塔维乌斯镇定自若地对科坡尼乌斯说，“对货车进行掩饰。因为我没有统帅权，不能命令军队来充当护卫。我的助手正在雇佣车夫，但是我们不会让车夫知道运送的货物，车夫会等你们离开之后才到。”他指着一辆手推车，车上装着几个比较小的麻袋。“科坡尼乌斯，这些是给你和你手下的，作为我的一点谢礼。如果你们要用这些钱去买酒，请注意低调一些。如果我以后有什么能帮你的，你尽管来找我好了。”

于是那一千名士兵推着手推车回到他们的军营，他们发现恺撒的继承人给了每个士兵两百五十狄纳里乌斯，每个百夫长是一千狄纳里乌斯，科坡尼乌斯是两千狄纳里乌斯。货币统计的单位是塞斯特尔提乌斯，但是狄纳里乌斯铸造起来更方便，因为一个狄纳里乌斯等于四个塞斯特尔提乌斯。

“科坡尼乌斯，你相信他说的吗？”一个百夫长问。

科坡尼乌斯有点鄙视地看了他一眼。“你以为我是什么人？一个阿普利亚的乡巴佬吗？我不是不知道小恺撒想干什么，但他是恺撒的儿子，这个是肯定的。他会遇到许多艰难险阻。至于他要干什么，这不是我能管得了的。我们是恺撒的老兵。在我看来，小恺撒想干什么都没问题。”他用食指按住鼻翼，擤了擤鼻涕。“伙计们，要记住，如果有人来问，就说我们什么都不知道，因为我们没有出去淋雨。”

另外十一个百夫长都点头同意。

于是六十辆货车在大雨中沿着空旷无人的米努基娅大道来到巴里乌姆附近，然后转向坚硬的碎石地面朝着拉里努姆前进。阿格里帕穿着平民服饰，押运着这些装满贵重物品的木材货车。那些车夫跟拉车的牛并排走着，而不是坐在后面拉着缰绳。他们得到的酬劳挺高，但又不至于高到令他们产生怀疑，他们只是很高兴在这个淡季还有活儿可干。布伦狄西姆是全意大利最繁忙的海港，总是有货物和军队来来去去。

奥克塔维乌斯八天后才离开布伦狄西姆，沿着米努基娅大道前往巴里乌姆。然后他又离开巴里乌姆去跟车队会合，车队仍然朝着北方的拉里努姆前进。考虑到车队在巴里乌姆之后就没有走大路，这种前进速度可以说是相当惊人。当他找到车队时，才知道阿格里帕让车队在白天一直赶路，晚上只要有月光也照常前进。

“这是没有任何障碍的平地，等我们到了山区就没有那么容易。”阿格里帕说。

“然后就沿着海岸前进，不要转向内地，直到你看见那条通往苏尔摩的路南边十里处另外一条没有铺上路面的小路。你在这条路上会比较安全，只要别走其他路就好了。我要赶在前面到我的土地去，确保那里没有太多七嘴八舌的本地人，还有一个既方便又安全的隐藏地点。”

幸运的是，那里没有什么七嘴八舌的本地人，因为那片土地位于森林之中，远离居民点。奥克塔维乌斯发现，他父亲的代理人昆图斯·诺尼乌斯仍然住在别墅中的工人宿舍。阿提娅曾经在夏天带着他来过这座别墅，让这个病恹恹的儿子呼吸一下山间的空气。在别墅后面几里地外有一片空地，奥克塔维乌斯觉得把货车藏在这个地方应该很安全。诺尼乌斯说，伐木场在另外一个地方，而且当地人也不会四处游荡，因为这里有太多狗熊和野狼。

奥克塔维乌斯惊讶地发现，即便在这里，人们也已经听说了恺撒去世和盖乌斯·奥克塔维乌斯成为继承人的消息。这让诺尼乌斯很高兴，因为他喜欢这个安静病弱的男孩，还有他那个紧张兮兮的母亲。不过，本地人几乎不知道这个林场的主人是谁，他们仍然把这个地方叫做“帕皮乌斯的林场”，帕皮乌斯是原来的主人。

“这些货车属于恺撒，但是有很多无权得到这些货车的人在四处寻找，所以不能让任何人知道货车就藏在帕皮乌斯的林场，”他向诺尼乌斯解释说，“等到货车到达时，你就会见到马尔库斯·阿格里帕。我会时不时派他过来，带走一两辆货车。拉车的牛就交给你处理，不过你要随时备着二十头牛。幸好你本来就用牛车把木材拉到安科纳，所以突然出现这么多牛也不会显得太奇怪。诺尼乌斯，这件事很重要，我能否保住生命，就取决于你和你的家人能否守口如瓶。”

“小盖乌斯，你不用担心，”那个老伙计说，“我会照看好一切。”

奥克塔维乌斯相信诺尼乌斯会照顾好一切，于是他回到米努基娅大道和阿皮娅大道在贝内文图姆[1]的交叉处，然后沿着阿皮娅大道前往那波利斯。他在四月底到达那儿，发现菲利普斯和他母亲都快担心死了。

"你到哪里去了？"阿提娅大叫一声，一把抱住他，眼泪把他的衣服都打湿了。

"因为哮喘发作，所以在米努基娅大道的某个小旅馆躺了很长时间。"奥克塔维乌斯解释说，他挣脱母亲的怀抱，感觉有点难以掩饰自己的不耐烦。"不，不，放开我，我现在已经好了。菲利普斯，告诉我发生了什么事？自从你送信到布伦狄西姆，我就没有再听到任何消息。"

菲利普斯把他领到书房里。菲利普斯是个相貌英俊的男人，但在他的继子看来，他这两个月里老了很多。恺撒之死让菲利普斯大受打击。菲利普斯联合少数几位前任执政官，比如卢基乌斯·皮索和塞尔维乌斯·苏尔皮基乌斯，努力想要找到一条中间路线，确保无论如何都能保住自己一家人。

"阿马提乌斯，就是那个自称是盖乌斯·马略孙子的人，他怎么样了？"奥克塔维乌斯问。

"死了，"菲利普斯说着露出一个苦笑，"他来到罗马广场的第四天，安东尼乌斯带着勒皮杜斯的一百名士兵过来。阿马提乌斯指着安东尼乌斯，大声说他就是谋杀恺撒的真凶。于是那些士兵抓住阿马提乌斯，把他关进图利亚努姆地牢。"菲利普斯耸耸肩膀。"阿马提乌斯再也没有出来，于是群众只好回家了。安东尼乌斯直接在卡斯托尔神庙里举行了一个元老院会议，多拉贝拉在会议上问他，阿马提乌斯怎么样了。安东尼乌斯说，'我把他处决了。'多拉贝拉提出质疑，说那个人是罗马公民，应该接受审判。但是安东尼乌斯说阿马提乌斯不是罗马公民，他只是一个出逃的希腊奴隶，原来的名字是希罗菲卢斯。然后这件事就结束了。"

"这就说明罗马现在的政府是什么样子，"奥克塔维乌斯若有所思地说，"现在去指责安东尼乌斯确实不太明智。"

---

① 贝内文图姆（Beneventum）是意大利南部的古城，现称贝内文托。——译者注

“我也这么觉得，”菲利普斯脸色凝重地表示赞同，“卡西乌斯试着再次提出给大法官分配行省的事，但是安东尼乌斯直接让他闭嘴了。卡西乌斯和布鲁图斯数次试图进入他们的办公所，但是都被阻止了。虽然阿马提乌斯已经被处死，虽然他们的特赦仍然有效，但群众还是无法接纳他们。哦，马尔库斯·勒皮杜斯成了新任大祭司长。”

“他们有没有举行竞选？”奥克塔维乌斯惊讶地问。

“没有，他是其他大祭司推举的。”

“这是不合法的。”

“奥克塔维乌斯，现在无所谓是否合法了。”

“我的名字不是奥克塔维乌斯，而是恺撒。”

“这个还没有确定。”菲利普斯站起来，走到书桌边上，从抽屉里拿出一个小东西。

“给你，这是你的了。不过，我希望你只是暂时留着。”

奥克塔维乌斯接过来，双手颤抖地拿着这个东西细细打量。这是一个美丽的印章戒指，玫瑰金的底座上镶嵌着一块完美无瑕的紫水晶。戒指上面精工雕刻着一只狮身人面像，在狮身人面像的人头上面刻着恺撒的名字。他把戒指套上自己的无名指，发现戒指的大小刚好合适。恺撒身材高大，但他的手指比较修长，而奥克塔维乌斯的手指比较粗短。感觉真奇妙，这只戒指仿佛吸取了恺撒的精神，而这种精神现在又传递到奥克塔维乌斯身上。

“这是一个征兆！这也许是专门为我打造的戒指。”

“我相信，这只戒指是克娄巴特拉为恺撒打造的。”

“我就是恺撒。”

“奥克塔维乌斯，不要胡思乱想了！”菲利普斯咆哮道，“刺杀恺撒的凶手之一，那个叫做盖乌斯·卡斯卡的保民官，还有那个叫做克里托尼乌斯的平民营造官，他们把恺撒广场上的雕像从底座上拿走，搬到维拉布鲁姆去销毁。群众发现了，他们跑到那个雕刻师的院子去抢救那些雕塑，不过已经有两尊雕塑被破坏。于是群众就放火烧了那个地方，最后火势蔓延到图斯库斯大街。那可真是一场大火！大半个维拉布鲁姆都被烧毁了。群众在乎吗？不。那些完好无损的雕塑被放回原处，那两个破损的雕塑被送到另外一个雕刻师那儿去修复。然后群众开始大声怒吼，要求执政官放出阿马提乌斯。这当然是不可能的事。于是一场可怕的骚乱爆发了。这是我记忆中最糟糕的一次。在暴民离开之前，已经有几百个公民和勒皮杜斯的五十个士兵丧生。一百个暴民被抓进监狱，然后分成公民和非公民，那些公民被人从塔尔皮安巨石上扔下来，而那些非公民被处以鞭刑和斩首。”

“所以，为恺撒讨回公道竟然是叛国罪，”奥克塔维乌斯说着深吸一口气，“我们的安东尼乌斯露出本来面目了。”

“噢，奥克塔维乌斯，他本来就是个畜生！我觉得，他根本就没有想到这种行为会被看做是反对恺撒。多拉贝拉曾经雇佣街头混混作乱，看看安东尼乌斯当时做了什么事就知道了。他对付公共暴力的手段就是大开杀戒，因为大开杀戒就是他的本性。”

“我想他要取代恺撒的位置。”

“我不这么认为。因为他取消了独裁官的职位。”

“如果‘国王’只是一个词，那‘独裁官’也只是一个词罢了。所以，我猜测，没有人敢歌颂恺撒，就连群众也不敢？”

菲利普斯放声大笑。“安东尼乌斯和多拉贝拉倒是巴不得！不，没有什么能阻止普通民众。多拉贝拉发现民众公开称呼恺撒为‘神明尤利乌斯’时，他就把恺撒火葬地点上的圣殿和柱子搬走了。奥克塔维乌斯，你能想象吗？在恺撒刚刚冷却的火葬地点，人民竟然把他当成神明来崇拜！”

“神明尤利乌斯。”奥克塔维乌斯说着露出一个微笑。

“这只是一个过渡阶段。”菲利普斯说，他不喜欢奥克塔维乌斯的那个微笑。

“也许是，菲利普斯，但你为什么不能看出其中的意义呢？人民把恺撒当成神明来崇拜。人民！政府中没有人带头。事实上，政府中的每个人都竭尽全力予以打击。人民深爱恺撒，他们不能忍受恺撒已经离去的事实，所以他们才把他当成神明。这样他们就可以向这位神明祷告，可以向这位神明寻求安慰。你没有看出来吗？他们在告诉安东尼乌斯、多拉贝拉和那些解放者——呸，我真痛恨这个名字——还有罗马上流阶层的所有人，他们不愿跟恺撒分离。”

“奥克塔维乌斯，不要想入非非。”

“我的名字是恺撒。”

“我永远都不会叫你这个名字！”

“总有一天，你会别无选择。告诉我，还有什么事。”

“另外有点价值的消息是，安东尼乌斯把他跟安东尼娅·海布里达生下的女儿许配给勒皮杜斯的长子。因为两个孩子都距离结婚年龄很长时间，所以我推测这次订婚只能维持到双方父亲的合作结束时。半个月前，勒皮杜斯去管理近西班牙和纳尔旁高卢。赛克斯图斯·庞培现在带领着六个军团，所以两位执政官认为勒皮杜斯要尽力守住西班牙行省。根据我们听到的消息，波尔利奥仍然维持着远西班牙的秩序。如果那些消息可靠的话。”

“布鲁图斯和卡西乌斯这对宝贝呢？

“离开罗马了。布鲁图斯心神稍定之后，就把城市大法官的职责交给了盖乌斯·安东尼乌斯。而卡西乌斯至少还能装装样子，他在意大利东游西逛，让人觉得他仍然在履行身为外事大法官的职责。布鲁图斯带着波尔基娅和赛尔维利娅一起离开了。我听说,这两个女人的战斗相当惨烈，她们互相撕咬、拳打脚踢。卡西乌斯放弃他的职责，说他需要在安提乌姆守护他那快要生产的妻子，但是他刚刚离开罗马，特尔图拉就回到罗马了，所以谁知道他们的婚姻是怎么回事？”

奥克塔维乌斯向他继父投去一个不安的眼神。“到处都有麻烦，而我们的执政官处理得并不漂亮，不是吗？”

菲利普斯一声长叹。“是的，孩子，他们处理得并不漂亮。虽然他们之间的和睦超出了所有人的想象。”

“还有那些军团，安东尼乌斯怎么处理呢？”

“我听说，那些军团逐渐从马其顿撤回。不过，六个最精锐的军团没有撤离，安东尼乌斯让他们留在那个地方，这样等他到那里担任总督时就能派上用场。那些老兵仍然等着他们在坎帕尼亚的土地，但他们开始蠢蠢欲动，因为恺撒一死……”

“恺撒一遇刺。”奥克塔维乌斯打断道。

“恺撒一死，那些负责分配土地的人就停止分配土地，开始收拾行李。安东尼乌斯只好去到坎帕尼亚,让那些人继续工作。他现在还在那儿。现在罗马由多拉贝拉掌管。”

“恺撒的圣殿，还有恺撒的柱子呢？”

“我已经告诉你了，圣殿和柱子都被弄走了。奥克塔维乌斯，你到底在想什么？”

“我的名字是恺撒。”

“听了这些事，你还觉得接受继承权能活着？”

“哦，是的。我拥有恺撒的幸运。”奥克塔维乌斯说着露出一个神秘莫测的微笑。这个微笑简直就像一个谜。当然，如果一个人戴着刻有狮身人面像的戒指，那他像个谜也是理所当然的事。

奥克塔维乌斯回到他的房间，发现他的房间变成了一个套房。虽然菲利普斯试图说服他放弃继承权，但这个老狐狸还是足够聪明，知道恺撒的继承人和主人的继子应该享有不一样的住宿条件。

他的心情很不平静，但他的思路还是很清晰。菲利普斯说的那些事很有意思，不过这些事跟神明尤利乌斯的故事相比起来都黯然失色，这个故事也让他意识到自己接下来应该如何表现。神明尤利乌斯，这是罗马人民为自己设立的新神明。尽管执政官安东尼乌斯和多拉贝拉严厉打击，甚至为此牺牲许多生命，但罗马人民还是坚持要崇拜神明尤利乌斯。在奥克塔维乌斯看来，这就像是引领他前进的灯塔。成为盖乌斯·尤利乌斯·恺撒之子是一件好事，但是成为盖乌斯·尤利乌斯·恺撒·神之子就是一个传奇了。

不过，这是以后的事。首先，我必须让更多人知道我是恺撒的儿子。那个叫做科坡尼乌斯的百夫长说我跟恺撒很像。但是我知道，我跟恺撒并不像。科坡尼乌斯用了情绪化的眼光来看待我，他虽然在恺撒手下服务很多年,但他可能从来都没有近距离看过恺撒。因为恺撒长着金色的头发，还有颜色浅淡的双眸，看起来英姿飒爽、威仪堂堂。我必须让人们相信，包括让罗马的士兵相信，等我到了恺撒的年纪时，我也会是恺撒的样子。我不能把头发剪得太短，因为我的耳朵长跟恺撒的耳朵很不一样。但是我脑袋的形状跟恺撒很像。我可以学着像恺撒一样微笑,像恺撒一样走路，像恺撒一样挥手，可以忽略自己的高贵出身而表现得平易近人。我的身上也流淌着马尔斯和维纳斯的血液。

但是恺撒很高大，而我清楚知道自己不可能长得很高。也许我还能再长高一两寸，但这比起恺撒的身高还是差远了。所以，我要穿上四寸高的靴子，为了看起来不太明显，这双靴子必须包住整只脚。这样远远看着，士兵们本来就只是远远看着，我就像恺撒一样高了。当然，这样还是达不到恺撒的高度，但是也接近六尺高了。我要确保站在我身边的人都比较矮。如果我所在阶层的人嘲笑我，那就让他们去笑好了。哈德凡伊说肉、蛋和奶酪可以帮助身体长高，所以我要多吃这些食物。我还要多多锻炼，伸展身体。那么高的靴子走起路来很不容易，但是这样可以让我练就轻快的脚步，因为穿着这种靴子需要技术。我会在托伲和盔甲下面垫宽自己的肩膀。幸好恺撒不像安东尼乌斯那样身材壮硕。总之，我只需成为一个好演员。

安东尼乌斯会阻止我成为恺撒的继承人。收养法令不会那么容易通过，但是法令是否通过并没有那么重要，只要我表现得像是恺撒的继承人或是恺撒本人就好了。而且我想动用恺撒的钱也不会那么容易，因为安东尼乌斯会阻碍遗嘱的执行。我自己有很多钱，不过我还需要更多钱。幸好我已经得到那些战备资金！我真纳闷，安东尼乌斯那个白痴什么时候才会想起这些钱呢？老普劳提乌斯毫不知情，而奥皮乌斯的代理人会说是恺撒的继承人拿走了那些钱。但是我会矢口否认。我会说，肯定是有哪个聪明人在冒充我。毕竟，我刚刚从马其顿赶到那里的第二天就发生了资金转移的事情。我的动作怎么可能那么迅速呢？不可能！我是说，一个十八岁的孩子，怎么可能如此胆大心细呢？哈哈哈，真是太好笑啦！我有哮喘病，而且我当时还头痛欲裂。

是的，我会按照这些计划行事。阿格里帕是我可以用生命去信任的，撒尔维狄恩乌斯和马塞纳斯就没有那么可信了。但是只要我穿着高跟靴子，表现出跟恺撒如出一辙的样子，他们也会成为我的得力助手。最重要的是，我要表现得跟恺撒如出一辙。这是我要首先集中精力做好的事。然后，就等着幸运女神给我下一个机会好了。幸运女神一定会给我机会的。

菲利普斯转移到他在库迈[①]的别墅，那些急着见到恺撒继承人的访客络绎不绝地登门拜访。

最先上门的是大卢基乌斯·科尔涅利乌斯·巴尔布斯，他到来时认为这个年轻人肯定无法承担起恺撒交托的重任，但他离开时想法却完全改变了。这个小伙子就像腓尼基的银行家一样狡猾，虽然他的相貌和身高跟恺撒很不一样，但却十分神奇地拥有类似恺撒的气质。他那双清秀的眉毛修得跟恺撒一模一样，他的嘴巴微笑时拥有跟恺撒同样的曲线，他的面部表情也跟恺撒如出一辙，还有他的手部动作也是如此。巴尔布斯记得他的声音是比较尖锐的，但现在却变得更加低沉。巴尔布斯只从他口中套出一个确定的信息，那就是他已经决心要成为恺撒的继承人。

“太神奇了，”巴尔布斯对小巴尔布斯说，这个小巴尔布斯是他的侄子和生意合伙人，“是的，他有他自己的风格，但是他也拥有恺撒的一切特质。这一点是毫无疑问的。我准备给他提供支持。”

接着上门的是盖乌斯·维比乌斯·潘萨和奥卢斯·希尔提乌斯，这两人将成为明年的执政官，如果安东尼乌斯和多拉贝拉没有推翻恺撒之前安排的话。他们也知道情况可能有变，所以他们都很紧张。他们之前

① 库迈（Cumae）是意大利那不勒斯以西的古城，是罗马人喜爱的海边度假区。——译者注

都见过奥克塔维乌斯，希尔提乌斯在纳尔波见过，而潘萨在普拉森提亚见过。这两人原先都对他没有过多留意，但现在看着他的目光却充满了疑惑和惊奇。他之前有没有让他们想起恺撒呢？反正他现在肯定是让他们想起恺撒了。问题在于，恺撒生前总是让其他人相形见绌，而这个小伙子向来谦虚低调。最后希尔提乌斯对奥克塔维乌斯极为欣赏，而潘萨一直记得跟奥克塔维乌斯在普拉森提亚的那一餐，所以他还是持保留意见，相信安东尼乌斯肯定会把这个小伙子的雄心壮志撕成碎片。不过这两人都不觉得奥克塔维乌斯有丝毫胆怯，而且他们都认为奥克塔维乌斯毫无惧色不是源于他对将临的危险一无所知。他拥有像恺撒那样坚持到底的坚毅，而且以一种少年老成的沉稳冷静来面对波澜壮阔的命运。

西塞罗的别墅就在隔壁，潘萨和希尔提乌斯都住在那里。奥克塔维乌斯没有等着西塞罗登门拜访，而是主动上门。

西塞罗看到他有点惊讶，不过他的微笑——噢，这微笑跟恺撒的微笑多么相似！——却让他心中一动。恺撒拥有难以抗拒的微笑，所以要抵抗恺撒的微笑是非常困难的事。但是当这种微笑出自一个像盖乌斯·奥克塔维乌斯这样亲切随和的男孩时，他只能毫无保留地被这个微笑征服了。

“马尔库斯·西塞罗，你还好吗？”奥克塔维乌斯关切地问。

“盖乌斯·奥克塔维乌斯，我可以说是好些了，也可以说是更糟了。”西塞罗叹息道，他实在无法让自己的舌头忍住不说话。如果一个人是天生的演说者，那他甚至会对着一根柱子说话，而恺撒的继承人显然不是一根柱子。“你上门拜访的时间，刚好碰上国家的动荡和个人的不安。我的弟弟昆图斯刚刚跟蓬波尼娅离婚，他们已经结婚多年。”

“天啊！她是提图斯·阿提库斯的妹妹吧？”

“是的。”西塞罗苦涩地说。

“不是体面的离婚，是不是？”奥克塔维乌斯同情地问。

“恐怕如此，他不能归还她的嫁妆。”

“我必须对图利娅的去世表示哀悼。”

西塞罗那双棕色的眼眸被泪水湿润了。他眨着眼睛，呼吸颤抖地说，“谢谢你，多谢你的慰问。我感觉这件事好像已经过了大半辈子。”

“这期间发生了许多事。”

“是的，是的。”西塞罗满眼疲惫地看着奥克塔维乌斯，“我必须对恺撒的去世表示哀悼。”

“谢谢你。”

“你知道，我永远都不可能喜欢恺撒。”

“这是可以理解的。”奥克塔维乌斯柔声说。

“我无法为他的去世感到悲伤，因为我非常期待这一天。”

“你这么觉得也是理所当然。”

奥克塔维乌斯逗留了一会就离开了，这时西塞罗已经觉得他很可爱，或者说相当迷人。奥克塔维乌斯跟西塞罗想象的完全不一样。奥克塔维乌斯那双美丽的灰色眼眸没有丝毫的冷淡或傲慢，而是充满温情。是的，这个小伙子亲切随和、谦卑有礼。

于是奥克塔维乌斯后续几次拜访西塞罗时，他都受到了热情的接待，可以坐下来听这位大演说家侃侃而谈。

“我相信，”西塞罗对他的新客人小伦图卢斯·斯宾特尔说，“这个小伙子真的很崇拜我。”他扬扬自得，“等我回到罗马，我就会把奥克塔维乌斯纳入我的羽翼之下。我刚刚透露出这个意思，他就高兴极了。他跟恺撒太不一样了！我觉得只有他们的微笑比较相似，不过我听到别人说他简直是恺撒再生。好吧，斯宾特尔，不是每个人都像我这么有见识。”

“所有人都说他准备接受继承权。”斯宾特尔说。

“哦，他会的，这是毫无疑问的。但是我一点都不担心，为什么要担心呢？”西塞罗一边问，一边咬着一个蜜饯无花果。“谁继承恺撒的巨额财富就像一个无花果那样无关紧要，”他挥舞着手中的无花果，“最重要的是谁继承了恺撒的大批军队和食客。你觉得那些军队和食客会追随他吗？这个十八岁的小伙子就像刚屠宰的肉一样鲜嫩，就像青草一样稚嫩，就像阿普利亚的牧羊人一样天真。哦，我不是说小奥克塔维乌斯没有什么潜力，但就算是我也需要时间来成长，而我年少时是公认的神童。”

西塞罗也受到邀请，跟大巴尔布斯、希尔提乌斯和潘萨一起到菲利普斯的别墅中赴宴。

“我希望你们四人能帮帮我和阿提娅，劝说盖乌斯·奥克塔维乌斯放弃继承权。”菲利普斯在宴席开始时说。

虽然奥克塔维乌斯很想纠正他的继父，但他还是没有说出自己的名字是恺撒，只是斜靠在一个毫不起眼的位置，强迫自己吃下许多鱼、肉、蛋和奶酪。他一直保持沉默，除非有人向他问话。身为恺撒的继承人，当然有人向他问话了。

“你绝对不该接受继承权，”巴尔布斯说，“这实在太危险。”

“我同意。”潘萨说。

“我也同意。”希尔提乌斯说。

“小盖乌斯，听听这些大人的话，”阿提娅坐在唯一的座椅上恳求道，“听听吧！”

“阿提娅，别说啦，”西塞罗笑着说，“无论我们说什么，盖乌斯·奥克塔维乌斯都不会改变主意。你已经决定要接受继承权了，是不是？”

“是的。”奥克塔维乌斯平静地说。

阿提娅站起来转身离开，她的眼泪差点掉下来。

“安东尼乌斯想要继承恺撒的大批食客，”巴尔布斯用拉丁语说，他的拉丁语有点咬字不清，“如果他被指定为恺撒的继承人，这就是自然而然的事。但小奥克塔维乌斯让情况变得有点复杂了。安东尼乌斯应该向幸运女神献祭，感谢她没有让恺撒指定德基穆斯·布鲁图斯为继承人。”

“没错，”潘萨说，“亲爱的奥克塔维乌斯，等你长到能够对抗安东尼乌斯的年纪，他已经过了全盛时期。”

“我挺惊讶的，安东尼乌斯没有过来表示祝贺。”西塞罗说。他一个接一个地吃着那盘牡蛎，这些牡蛎今天早晨还生活在巴亚的暖水池里。

“他正忙着给老兵分配土地，”希尔提乌斯说，“这就是为什么又要出台新的土地法令。你们都知道，安东尼乌斯没有什么耐心，所以他决定通过法令，让不愿卖出土地的人为老兵放弃他们的土地，而且他们得到的经济补偿微乎其微。”

“恺撒就不会这么干。”潘萨皱着眉头说。

“噢，恺撒！”西塞罗轻蔑地挥挥手，“潘萨，这个世界已经变了，恺撒已经死了，真是感谢诸神。我想，国库里的大部分银子都成了恺撒的战备资金，而安东尼乌斯根本就不能动用国库的金子。恺撒设计的体系本来就缺乏补偿金，所以安东尼乌斯才要采取更加严厉的措施。”

“那安东尼乌斯为什么不收回战备资金呢？”奥克塔维乌斯问。

巴尔布斯呵呵笑着：“他可能忘记了。”

“那应该有人去提醒他。”奥克塔维乌斯说。

“财务官就要从各个行省回来了，”希尔提乌斯回应说，“我知道，恺撒本来打算让这些财务官去继续购买土地。别忘了，他对那些支持共和派的城市进行了巨额罚款。现在应该轮到布伦狄西姆缴纳罚金了。”

“安东尼乌斯真的应该到布伦狄西姆去。”奥克塔维乌斯说。

“你别操心安东尼乌斯要到哪里筹集资金，”西塞罗点评道，“奥克塔维乌斯，你该操心的是提高自己的演讲技能。这才是成为执政官的必经之路。”

奥克塔维乌斯对着他微微一笑，又接着吃东西。

“我们六人至少还能自我安慰，我们在提阿努姆和沃尔图努斯河之间都没有土地。”希尔提乌斯说，他简直是无所不知。“我想，安东尼乌斯应该会在这个地区搜罗土地。只是针对大庄园，而不是葡萄园。”然后他没有再提起关于土地的惊人消息，开始发表自己的意见。“不过，土地是安东尼乌斯最不关心的问题。六月一日，他准备向元老院提出申请，把他的马其顿行省换成山内高卢和山外高卢[①]两个行省。他没有把纳尔旁高卢也列入其中，因为勒皮杜斯明年会继续在那里担任总督。看来波尔利

① 山外高卢（Transalpine Gaul）也称山北高卢，泛指阿尔卑斯山和比利牛斯山以北的广大地区，相当于现在的法国、比利时、荷兰南部、德国西部以及瑞士的一部分。这个地区的南部，即现代法国东南罗纳河谷和马赛一带的海岸地区后来改称为纳尔旁高卢。——译者注

奥明年也会继续担任远西班牙行省的总督，而普兰库斯和德基穆斯·布鲁图斯则必须卸任。”他发现大家看着他的眼神都有点惊恐，索性把这种惊恐弄得更加耸动。“他还准备让元老院同意他保留在马其顿的六个精锐军团，而且要在六月把这些军团用船运到意大利。”

“这说明安东尼乌斯不信任布鲁图斯和卡西乌斯，”菲利普斯语气平缓地说，“他们发布公告，说他们杀死恺撒是对罗马和意大利的重大贡献，并请求意大利部族支持他们。但如果我是安东尼乌斯，那么我更担心的应该是在山内高卢的德基穆斯·布鲁图斯。”

“安东尼乌斯什么人都担心。”潘萨说。

“噢，神啊！”西塞罗大叫道，一脸震惊。“这真是太蠢了！我对德基穆斯·布鲁图斯说不准，但是我知道布鲁图斯和卡西乌斯从未想过要对抗现在的政府。我是说，我现在已经回到元老院，这就向所有人表明我支持现在的政府！布鲁图斯和卡西乌斯是绝对的爱国者！他们绝对，绝对，绝对不会在意大利境内煽动叛乱！”

“我同意。”奥克塔维乌斯出人意料地说。

“那么瓦提尼乌斯对战布瑞比斯塔斯和他手下的达西亚人会怎么样呢？”菲利普斯问。

“哦，这场战争随着恺撒的去世烟消云散了。”巴尔布斯有点嘲讽地说。

“那么按理说，多拉贝拉应该拥有最好的军队去应付叙利亚的战争，其实那里现在就需要军队。”潘萨说。

“安东尼乌斯铁了心要让最精锐的六个军团留在意大利。”希尔提乌斯说。

“为什么呢？”西塞罗大声追问，他脸色灰白，浑身冒汗。

“为了保护他自己，以防有人要把他拉下台。”希尔提乌斯回答道，“菲利普斯，你可能是正确的，威胁可能来自在山内高卢的德基穆斯·布鲁图斯。他只需要找到一些军队就行了。”

“噢，我们永远都不能摆脱内战吗？”西塞罗大叫道。

“在恺撒被谋杀之前，我们已经摆脱了内战，”奥克塔维乌斯肃然道，

“这是无可争辩的事实。但现在恺撒死了，于是大家又陷入权力之争。”

西塞罗皱起眉头，这个小伙子那么直白地说到了“谋杀”。

“至少，”奥克塔维乌斯接着说，“我听说，那个外邦王后和她的儿子已经走了。”

“走得好！”西塞罗恶狠狠地说，“就是她给恺撒灌输了称王的思想！她可能还给恺撒下毒了，那个狡猾的埃及医生经常配药给恺撒喝。”

“但是她不可能让罗马人把恺撒当做神明来崇拜，”奥克塔维乌斯说，“这是他们自己想出来的。”

其他人都有点尴尬不安。

“这个被多拉贝拉破坏了，”希尔提乌斯说，“他把圣坛和柱子都挪走了。”他哈哈大笑。“但是他仍然有所保留！他没有毁掉圣坛和柱子，而是把它们藏起来了。真的！”

“奥卢斯·希尔提乌斯，还有没有你不知道的事？”奥克塔维乌斯问，他也跟着哈哈大笑。

“奥克塔维乌斯，我是一个作家，身为作家总会留意一切信息，而执政官也会谈论国家大事。”然后他又说出另外一个惊人的消息，“我还听说，安东尼乌斯准备通过法令，让所有西西里人都成为罗马公民。”

“那他肯定是拿了许多好处！”西塞罗咆哮道，“噢，我越来越讨厌这个混蛋！”

“我不能肯定他拿了西西里人的好处，”希尔提乌斯说着咧嘴一笑，“但是我知道，德奥塔鲁斯国王提出要给两位执政官好处，让加拉提亚恢复到恺撒时代之前的版图。不过，两位执政官还没有明确答复。”

“让西西里人拥有完全的公民权，就等于让那里的人都成为他的食客，”奥克塔维乌斯沉吟道，“因为我年少无知，所以我不知道安东尼乌斯有什么机会，但是我知道他给自己争取了一个宝贵的礼物，那就是我们最近的产粮区的投票。”

奥克塔维乌斯的仆人斯库拉克斯进来了，他对在座诸位鞠了一躬，然后就恭敬地走到主人身边。“恺撒，”他说道，“你的母亲急着见你。”

“恺撒？”巴尔布斯问，奥克塔维乌斯一走开他就坐起身。

“唉，他的仆人都叫他恺撒，”菲利普斯无奈地说，“我和阿提娅好说歹说，但他还是坚持这么做。你们注意到了吗？他会认真倾听、频频点头、面露微笑，但他还是会按照自己的想法去做。”

“我很庆幸，”西塞罗说，努力压下奥克塔维乌斯在他心中引起的不安，“这个孩子由你来指引。恺撒刚刚去世，奥克塔维乌斯就迅速赶回意大利了。我承认最初听说这个消息时，我马上就想到如果他要推翻现在的政府，这就是最好的时机了。但真正跟他见过面后，我现在一点都不担忧。是的，他是挺谦虚，但他不是傻子，绝对不会让人把他当枪使。”

“我更担心的是，他会把别人当枪使。”菲利普斯郁闷地说。

第 2 节

在德基穆斯·布鲁图斯、盖乌斯·特里波尼乌斯、提利乌斯·辛贝尔和斯泰乌斯·穆尔库斯都前往他们的行省之后，罗马人的注意力就集中在布鲁图斯和卡西乌斯这两位大法官身上。他们哆哆嗦嗦地进入罗马广场，想试试看进入自己的办公室会有什么情况。一番尝试之后，他们都认为还是不要去办公比较明智。元老院给他们每人配备了五十个没有法西斯的扈从充当保镖，但这只是让他们变得更加引人注目。

“离开罗马避避风头。”赛尔维利娅建议说。“如果群众没有看到你的面孔，那他们就会忘记了。”她一声嗤笑，“再过两年，你就可以去竞选执政官，到时就没有人记得你谋杀恺撒了。”

“这不是谋杀，这是正义之举！”波尔基娅大叫道。

“你闭嘴！”赛尔维利娅平静地说。她现在可以表现得比较大方，因为她已经在这场战斗中占了上风。波尔基娅变得越来越疯癫，自然就落了下风。

“离开罗马就是承认自己有罪，”卡西乌斯说，“照我说，我们应该在这里坚持到底。”

布鲁图斯的内心很矛盾。从公开的一面来说，他同意卡西乌斯的说法。但是从私人的一面来说，他非常期待能够摆脱她母亲的生活。自从母亲让蓬提乌斯·阿奎拉滚蛋之后，她的情绪一直都不太好。“我会好好考虑。”他说道。

他的考虑方式就是跟安东尼乌斯见面，因为安东尼乌斯看起来似乎能包容一切异议。布鲁图斯知道，元老院中充满了恺撒的爪牙，安东尼乌斯这样做有利于把这些人收入自己麾下。而且安东尼乌斯确实在各个方面都善待这些解放者，这一点也给了布鲁图斯不少安慰。安东尼乌斯站在他们一边。

“安东尼乌斯，你认为如何？”布鲁图斯问，他那双棕色的眼眸还是那么哀怨，“我们从来没有想过要跟你对抗，或者跟共和国的政府对抗。从个人的角度来讲，你取消独裁官一职让我非常欣慰。如果你认为我们的离开对政府有好处，那我会劝说卡西乌斯离开。”

“卡西乌斯本来就要离开，”安东尼乌斯皱着眉头说，“他身为外事大法官的任期已经过了三分之一，但是他到目前为止只在罗马处理过案件。”

“是的，我明白，”布鲁图斯说，“但是我的情况不一样。身为城市大法官，我每次离开罗马的时间不能超过四天。”

“哦，我们总能找到办法绕开这个规定，”安东尼乌斯安抚道，“我的弟弟盖乌斯在三月十五日之后就接替了城市大法官的职责，因为你已经在公告中说明了，所以这并不是什么难事。对了，顺便说一句，他觉得你的公告棒极了。总之，他可以继续替你履行职责。”

“多长时间呢？”

“至少再继续四个月。”

“但是，”布鲁图斯惊讶地说，“这就意味着，我不能在罗马主持七月的阿波罗节。”

“不是七月，”安东尼乌斯柔声说，“而是尤利乌斯月。”

“你是说尤利乌斯月的名称会继续保留？”

安东尼乌斯露出他的小白牙。“当然了。”

“盖乌斯·安东尼乌斯愿意以我的名义举办阿波罗节的庆典吗？当然了，我会出资。”

“当然愿意，当然愿意！”

“可以上演我指定的戏剧吗？我已经想好了。”

“当然可以，亲爱的朋友。”

布鲁图斯下定决心。“那你能否请求元老院的批准，给我一个不确定时间的假期？”

“明天第一件事就解决这个问题，”安东尼乌斯说，“这样比较好。”他陪着布鲁图斯一起走到门口，“人民为恺撒哀悼时，就不要让他们看见你了。”

“我在想，布鲁图斯还能坚持多长时间，”那天晚些时候，安东尼乌斯对多拉贝拉说，“留在罗马城里的解放者越来越少了。”

“除了德基穆斯·布鲁图斯和盖乌斯·特里波尼乌斯，其他人都成不了什么事。”多拉贝拉轻蔑道。

“我同意你对德基穆斯和特里波尼乌斯的看法，但是特里波尼乌斯现在不是问题了，因为他已经跑到亚细亚行省。真正让我担心的是德基穆斯。他的能力和背景都比其他人优越，而且我们不该忘记，按照恺撒的安排他将和普兰库斯在后年担任执政官。”安东尼乌斯皱起眉头，“他可能会非常危险。身为恺撒的继承人之一,他至少可以招纳恺撒的一些食客。而且他在山内高卢，那里有许多恺撒的食客。”

“还真是！真该死！”多拉贝拉大叫道。

“恺撒让那些住在帕都斯河那一边的人拥有完全的公民权，而庞培·马格努斯的食客现在都保不住了，所以帕都斯河这一边的食客也都被恺撒纳入麾下。你会打赌，德基穆斯没有游说这些食客转投到他门下吗？”

“不，”多拉贝拉非常严肃地说，“我当然不会这样打赌。天啊！我一直想着，山内高卢是一个没有任何军团的行省，但却没想到那里到处都是恺撒的老兵！而且还是最优秀的老兵，那些老兵已经分到土地，而且还有自己的家庭。山内高卢是招募恺撒老兵的最佳地点。”

“没错。而且，我还听说，那些进入恺撒军队准备参与帕提亚战争的士兵已经开始回家了。我还留着几个精锐的军团，但是另外九个军团都成了散兵游勇从山内高卢返回。而且他们并不是从布伦狄西姆回家，而是从伊利里库姆零零散散地回来。”

“你的意思是，德基穆斯已经开始招募军队？”

“坦白说，我并不确定。我只能说，这一切都提醒我要盯着山内高卢。”

四月九日，布鲁图斯离开罗马，但他不是独自出发。波尔基娅和赛尔维利娅都坚持要跟他一起去。出了罗马的塞维安城墙，沿着阿皮娅大道前进十四里地就来到伯维拉耶[①]。那天晚上，布鲁图斯和家人住在伯维拉耶最大的旅馆。经过这不得安宁的一夜，布鲁图斯彻底受够了。

“我一刻都不想跟你同行了，”布鲁图斯对赛尔维利娅说，“明天你有两个选择。要么坐上我给你雇的车子到安提乌姆去找特尔图拉，要么让车夫把你带回罗马。波尔基娅继续跟我前进，但是你不行。”

赛尔维利娅露出一个扭曲的微笑。“我会去安提乌姆，等着你承认没有我就无法做出任何正确决定，”她说道，“没有我，布鲁图斯，你就是个白痴。你听加图女儿的而不听你母亲的，看看从这之后都发生了什么事。”

于是赛尔维利娅就到安提乌姆去找特尔图拉，而布鲁图斯和波尔基娅则从伯维拉耶继续往前来到他位于拉努维姆的别墅。在这座拉丁小镇，他们只要抬头看看山上，就能看到恺撒那座矗立在峭壁上的豪宅。

“我觉得恺撒选择一个十八岁的孩子作为他的继承人非常聪明。”布鲁图斯对波尔基娅说，只有他们两人在一起吃饭。

“聪明？我觉得这真是太蠢了，”波尔基娅说，“安东尼乌斯会把盖乌斯·奥克塔维乌斯剁成肉酱。”

---

① 伯维拉耶（Bovillae）在罗马附近，是位于拉丁姆的一个古镇。——译者注

“这就是问题所在。安东尼乌斯根本就无须这么做，”布鲁图斯耐心地说。“我虽然很讨厌恺撒，但是他唯一的错误就是解散他的扈从。波尔基娅，你没有看出来吗？恺撒选定的继承人如此年轻稚嫩，所以即便是最小心谨慎的人，也不会认为他是个对手。从另外一方面说，这个年轻人拥有恺撒的所有金钱和地产。也许在未来的二十多年，任何人都不觉得盖乌斯·奥克塔维乌斯会带来什么危险。他有时间慢慢成长。恺撒没有选择森林中的大树，而是种下一颗未来的种子。他的金钱和地产会给这颗种子提供养分，让它慢慢成长而不会有人来把它砍倒。事实上，他给罗马和他继承人的信息是，以后将会出现另一个恺撒。”他打了一个寒战，“这个小伙子肯定跟恺撒有许多相似之处，恺撒肯定是从他身上看到了某些特质。所以二十年后，另一个恺撒又会从森林的阴影中冒出来。是的，非常聪明。”

“大家都说盖乌斯·奥克塔维乌斯是个娘娘腔。”波尔基娅说着亲了亲他丈夫皱起的眉心。

“亲爱的，我怀疑并非如此。我对恺撒的了解胜过我对荷马的了解。”

“你准备就这样悄悄地走掉吗？”她问道，又回到她最热衷的话题。

“不，”布鲁图斯平静地说，“我已经给卡西乌斯送去一封信，说我准备以我们两人的名义起草一份公告,然后发给所有的意大利乡镇。我会说，我们为他们谋取了最大的利益，并请求他们的支持。我不想让安东尼乌斯觉得，我们被迫离开罗马就孤立无援了。”

“好！”波尔基娅高兴地说。

并不是每个意大利城镇和乡村地区都喜爱恺撒，一些地区因为支持共和派而失去了大量的公共土地，而另外一些地区从来就没有一个罗马人得到喜爱和信任。于是布鲁图斯和卡西乌斯发现他们的声明在某些地区得到很好的回应，甚至还愿意给他们提供年富力强的士兵去对抗罗马。

这种情况让安东尼乌斯焦虑不安，特别是在他亲自去坎帕尼亚给老兵分配土地之后，那个富饶地区的萨莫奈人都议论纷纷，想在布鲁图斯和卡西乌斯的领导下开始一场新的意大利战争。于是安东尼乌斯给布鲁图斯送去一份措辞严厉的书信，指责他和卡西乌斯正在有意或无意地煽动叛乱，并警告他们这样可能会招致叛国罪法庭的审判。布鲁图斯和卡西乌斯用另一份公告回应了安东尼乌斯的书信。他们在公告中提出恳求，请那些深怀不满的地区不要给他们提供军队，只要让一切顺其自然就好。

除了萨莫奈人对罗马的怨恨，还有一些支持共和派的人把布鲁图斯和卡西乌斯当成救星。这对布鲁图斯和卡西乌斯来说很不幸，因为他们真的不想煽动叛乱。这些人中有一个名叫盖乌斯·弗拉维乌斯·赫米基卢斯，他是庞培·马格努斯的朋友、军需官和银行管理人。他找到阿提库斯这个大财阀，主动提出可以通过他借钱给那些解放者。虽然他没有规定借款的具体用途，但阿提库斯还是委婉拒绝了。

“我私下为赛尔维利娅和布鲁图斯效劳是一回事，”阿提库斯对赫米基卢斯说，“但公然树敌却是另外一回事。”

然后阿提库斯就把赫米基卢斯的事告诉两位执政官。

“这就结了，”安东尼乌斯对多拉贝拉和奥卢斯·希尔提乌斯说，“我明年不去马其顿担任总督了，我就带着六个军团守在这儿。”

希尔提乌斯扬起眉毛。“山内高卢是你的行省？”他问道。

“当然了。六月一日，我会请求元老院把除了纳尔旁高卢的山内和山外高卢都交给我。驻扎在卡普亚附近的六个精锐军团可以打击布鲁图斯和卡西乌斯，还可以让德基穆斯·布鲁图斯三思而后行。此外，我已经写信给波尔利奥、勒皮杜斯和普兰库斯，问他们会不会把手中的军队交给我，如果德基穆斯在山内高卢起兵造反的话。他们都不会支持德基穆斯，这是肯定的。”

希尔提乌斯微微一笑，没有说出自己的想法：他们会袖手旁观，然后支持更强大的一方。“那在伊利里库姆的瓦提尼乌斯呢？”他大声问。

“瓦提尼乌斯会支持我。”安东尼乌斯自信地说。

“那就让霍尔滕西乌斯去管理马其顿？他跟那些解放者有着盘根错节的联系，”多拉贝拉说，“霍尔滕西乌斯会干什么呢？他还不如我们的大祭司长勒皮杜斯。”

安东尼乌斯轻蔑道：“不会有什么叛乱。我是说，你能想象布鲁图斯和卡西乌斯向罗马进军吗？或者德基穆斯，向罗马进军？现在还活着的人中没有一个敢向罗马进军。除我之外，但我并不需要这样做，不是吗？”

对西塞罗来说，这个世界自从恺撒去世之后变得更疯狂了。他实在想不明白为什么，不过他觉得解放者之所以不能成功掌控政府，都是因为他们没有事先找他帮忙。他，马尔库斯·图利乌斯·西塞罗，拥有那么多的智慧、经验和法律知识，但却没有一个人来征询他的建议。

他的弟弟昆图斯也是如此。现在昆图斯已经摆脱了蓬波尼娅，但却无法归还前妻的嫁妆。他从西塞罗那里找到一个解决办法，娶了年轻的女继承人阿奎利娅。这样他不仅可以把钱还给他的前妻，还能留点钱来生活。不过这让他儿子大发雷霆。于是小昆图斯跑到他的马尔库斯伯父那里请求支持，但是他竟然愣头愣脑地向西塞罗表明，他仍然对恺撒满怀爱戴，他对恺撒的爱会一直持续下去，如果那些杀死恺撒的刺客胆敢靠近他，那他一定会把他们杀了。于是西塞罗也大发雷霆，然后就让小昆图斯卷包裹滚蛋。这个年轻人无处可去，只好去投奔安东尼乌斯，这对西塞罗来说又是一个侮辱。

西塞罗唯一能做的就是不停写信，他给在罗马的阿提库斯写信，给在路上的卡西乌斯写信，给还在拉努维姆的布鲁图斯写信。他一再追问：为什么人们就看不出安东尼乌斯是比恺撒还要糟糕的暴君呢？他的法令简直就是瞎胡闹。

“布鲁图斯，无论你做什么，”西塞罗在信中说，“你都必须在六月一日回到罗马履行职责。如果你不在那儿，那你的政治生涯就结束了，而且还可能会有更糟糕的灾难发生。”

不过有一个传闻让西塞罗很高兴，克娄巴特拉的弟弟托勒密和恺撒里昂好像在回家途中沉船淹死了。

“你听说了吗？”西塞罗对着巴尔布斯问，巴尔布斯来到西塞罗位于庞贝的别墅拜访（西塞罗连续不断地买下不少别墅），“赛尔维利娅干了什么事？”他夸张地长出一口气，表现出一脸震惊。

“没有，什么事？”巴尔布斯问，他的嘴唇都开始哆嗦了。

“她竟然住进了蓬提乌斯·阿奎拉的别墅！据说，她就跟蓬提乌斯·阿奎拉睡在一张床上！”

“天啊，天啊！我听说，她一发现蓬提乌斯·阿奎拉是解放者，就跟他闹翻了。”巴尔布斯轻声说。

“是的，但是布鲁图斯把她赶出去了，所以她这么干是为了给布鲁图斯和波尔基娅难堪。一个六十岁的女人,而她的情人比布鲁图斯还年轻！”

“更令人担心的是意大利越来越不太平，”巴尔布斯说，“西塞罗，我开始感到绝望。”

“不必如此！真的，布鲁图斯和卡西乌斯都不准备发动内战。”

“可惜安东尼乌斯不认同你的看法。”

西塞罗的肩膀往下一垮，他一声长叹，仿佛突然间就苍老了。“是的，局势正在滑向战争，”他悲伤地承认，“当然，德基穆斯·布鲁图斯是最主要的威胁。噢，为什么他们都不征求我的意见呢？”

“谁？”

“那些解放者！他们的行为很有勇气，但是就像一个四岁的孩子那样有勇无谋。他们就像育儿室里的孩子，只管把他们的布娃娃捅死。”

“能够提供帮助的人，也许只有希尔提乌斯。”

西塞罗脸色一亮：“那我们一起去见见希尔提乌斯。”

第 3 节

奥克塔维乌斯在五月七日进入罗马城，跟他一起回来的只有仆人，他的母亲和继父都不愿卷入这种疯狂的冒险。他在白天的第四个小时经过卡皮纳城门，然后就开始走向罗马广场。他穿着一件洁白无瑕的托迦，露出的托侃右肩上有一道代表骑士身份的紫色窄边。幸好他练了很长时间如何穿着高跟靴子走路，于是他一进入罗马城就给人们留下了深刻的印象，大家都回过头来看着他那令人惊叹的模样。他身材挺拔、仪表堂堂，他那笔挺的身姿显得神圣不可侵犯。他昂首挺胸，一头浓密的金发闪闪发亮，嘴唇上挂着一个优雅的微笑。他沿着神圣大道前进，脸上的表情就像恺撒一样和蔼可亲。

“这是恺撒的继承人！”他的一个仆人对围观的人说，“恺撒的继承人回到罗马了！”另一个仆人说。那天的天气很好，天空中万里无云，但是空气的湿度高得令人窒息，大量的水汽甚至让天空都失去了那种透亮的蓝色。太阳的四周有一个美丽的光圈，大家都指指点点地说这是一个征兆。每个人多多少少都见过月亮外面的光圈，但是从来没有人见过太阳外面的光圈。这是一个特殊的征兆。

要找到恺撒的火化地点很容易，因为那里还是摆满鲜花、玩偶和毛球。奥克塔维乌斯转出神圣大道进入这个地点的边缘。围观的人群还在聚集，而他拉起托迦盖在自己头上开始默祷。

保民官的办公所就在附近的卡斯托尔神庙下方，身为保民官的卢基乌斯·安东尼乌斯走出神庙的地下室门口时，刚好看到奥克塔维乌斯把托迦从自己头上扯下。

卢基乌斯·安东尼乌斯是安东尼乌斯三兄弟中最小的一个，大家都认为他是三兄弟中最聪明的，而他之所以无法像他大哥那样爬上高位是因为他存在形象缺陷：他容易发胖，有点秃头，而且他性格乖张，不止一次跟他大哥闹翻。

他停下来看着这个正在祈祷的小伙子，强压下仰天大笑的冲动。真是一幅奇景！所以这就是恺撒的继承人！他们三兄弟都没有融入卢基乌斯舅舅的圈子，所以他不记得自己是否见过盖乌斯·奥克塔维乌斯，但盖乌斯·奥克塔维乌斯现在就站在那儿。这个人就是盖乌斯·奥克塔维乌斯没错了。而且，他知道自己那个正在履行城市大法官职责的哥哥收到了盖乌斯·奥克塔维乌斯的来信，希望等他在五月七日到达罗马时能够得到批准在演讲台上发表公开演讲。

是的，这就是恺撒的继承人。这个人太可笑了！看看那双靴子！他以为自己在糊弄谁呢？还有，他就不能剪一下头发吗？他的头发简直跟布鲁图斯的一样长。这就是一个小娘娘腔,看他仔细整理衣袍的那副模样。恺撒，这就是你的最佳选择？你宁可要这个娘娘腔，也不要我的大哥？那么，你写遗嘱的时候，肯定是脑壳被夹了。

“你好。”他说着走到奥克塔维乌斯身边，对着奥克塔维乌斯伸出一只手。

“你是卢基乌斯·安东尼乌斯？”奥克塔维乌斯问，露出一个跟恺撒如出一辙的微笑。这个微笑真是摄人心魄！卢基乌斯·安东尼乌斯的握手简直快把他的手骨捏碎了，不过他还是面不改色。

“我就是卢基乌斯·安东尼乌斯，奥克塔维乌斯，”卢基乌斯语调轻快地说，“我们是亲戚，你见过卢基乌斯舅舅了？

“是的,我之前在那波利斯见过他了。他不太好,不过很高兴看到我。”奥克塔维乌斯顿了顿，然后接着问，“你的哥哥盖乌斯在办公所吗？”

“今天不在。他给自己放假了。”

“哦，那可太糟了，”奥克塔维乌斯说，仍然微笑着面向群众，那些群众正发出阵阵惊叹，“我写信问他，能否批准我在演讲台上发表公开演讲，但是他没有给我回信。”

“没问题，这个我能给你准许。”卢基乌斯说，他那双棕色的眼睛闪闪发亮。他有点欣赏这个娘娘腔的勇气,这是安东尼乌斯兄弟的典型反应。但是奥克塔维乌斯那双长着长睫毛的大眼睛却没有流露出任何情绪，恺撒的继承人还真是深藏不露。

“你穿着那双高跟鞋能跟上我吗？”卢基乌斯问，指着奥克塔维乌斯的靴子。

“当然了，”奥克塔维乌斯说，大步跟在他旁边，“我的右腿比左腿短，所以要用鞋子垫一垫。”

卢基乌斯哈哈大笑。“只要你的第三条腿够长就好！”

“我还真不知道它够不够长，”奥克塔维乌斯镇定自若地说，“我是个处男。”

卢基乌斯眨巴着眼睛，惊讶得说不出话。过了一会儿才说：“你暴露这个秘密真是太蠢了。”

“我没有故意暴露，而且为什么这必须保密呢？”

“你的意思是，你想甩出这条腿了？我很乐意带你到合适的地方去。”

“不，谢谢你。我在这方面很挑剔，这才是我想表达的意思。”

“那你就不像恺撒了。他可是处处留情。”

“是的，在这方面我确实不像恺撒。”

“你说出这种事，是不是想让我嘲笑你呢？”

“不是，不过就算有人嘲笑，我也不在乎。他们总会嘲笑某些东西，也总会为某些东西而哭泣。”

“噢，说得真漂亮！”卢基乌斯赞叹说，然后又笑起来，“你简直让我刮目相看。”

“卢基乌斯·安东尼乌斯，这个只有时间才能证明。”

“小瘸子，跳上台阶，站在那两根柱子中间。”

奥克塔维乌斯依言而行，第一次站在那儿面对广场上的听众。广场上已经聚集起大批群众。他心想，真可惜，演讲台的朝向让演讲者无法背对着太阳。我真希望，太阳的那个光圈就在我头上。

“我是盖乌斯·尤利乌斯·恺撒·菲利乌斯！”他的声音出人意料地清晰嘹亮。“是的，这就是我的名字！我是恺撒的继承人，是他在遗嘱中正式收养的儿子。”他举起手指向太阳，现在太阳几乎到了正上方，“恺撒给他的儿子送来了一个征象！”

不过，他并没有继续强调这个征象，而是自然而然地说起恺撒对罗马人的遗赠。他在这个话题上讲了好一会儿，并且承诺等到遗嘱正式执行时，他就会以恺撒的命名发放这些慷慨赠送的礼物，因为他现在就是恺撒。

卢基乌斯·安东尼乌斯有点不安，因为他注意到群众对他很有好感。广场上的人没有在乎他右脚穿的高跟靴子（左边的靴子被托迦的下摆挡住了），也没有人嘲笑他。他们只顾着赞叹他的英俊、他的风度、他那漂亮的头发和他跟恺撒的惊人相似。他的微笑、动作和表情都跟恺撒如出一辙。消息肯定已经迅速传开，因为一大批恺撒的拥护者匆匆赶来，其中有犹太人、外邦人和无产贫民。

奥克塔维乌斯不只是因为外形赢得好感，他的演讲也相当漂亮，这说明他以后很可能会成为罗马最了不起的演说家。演讲一结束，他就得到持续很久的欢呼。然后他走下台阶，无所畏惧地走进人群之中。他挥着手，脸上一直挂着微笑。一些女人上去触摸他的衣袍，兴奋得差点要晕倒。卢基乌斯·安东尼乌斯心想：他真的是处男吗？看来人群中任何一个女人都愿意跟他上床。我开始怀疑，他只是想让我麻痹大意。这个狡猾的小兔崽子，竟然给我使起障眼法了。

"你现在要回去菲利普斯的房子？"卢基乌斯·安东尼乌斯问，奥克塔维乌斯开始沿着维斯塔阶梯走向帕拉丁山。

"不，回我自己的房子。"

"你父亲的房子？"

那双清秀的眉毛向上飞起，这又是对恺撒的完美模拟。"我父亲住在公共圣所，他在这儿没有其他房子。所以，我买了一所房子。"

"不是买了一座宫殿？"

"卢基乌斯·安东尼乌斯，我的需求很简单。我喜欢的只是神庙里的艺术品，我喜欢的食物都很简单。我不喝酒，也没有任何恶习。再见了。"奥克塔维乌斯说完就轻快地登上维斯塔阶梯。他的胸口开始发紧，这个艰巨的任务他总算圆满完成。现在，哮喘发作会让他大吃苦头。

卢基乌斯·安东尼乌斯没有跟上他，只是站在那儿皱着眉头。

"那只狡猾的小狐狸，他故意让我麻痹大意。"卢基乌斯事后对弗尔维娅说。弗尔维娅又怀了孩子，而且正在热切地想念安东尼乌斯，所以她的脾气有点暴躁。"你本来就不该让他发表演讲，"弗尔维娅说，她的脸色很难看，"卢基乌斯，你有时候就是个白痴。如果你准确地复述了他说的话，那他指着太阳的光圈说的话，就是在暗示恺撒是神明，而他是神明的儿子。”

“你不会真的这么认为吧？我只是觉得他很狡猾，”卢基乌斯说，还在呵呵笑着，“弗尔维娅，你当时不在现场。他是个天生的演员，就是这样。”

“苏拉也是这样。而且，他为什么要告诉你，他是个处男呢？年轻人不会这么做，他们宁死都不愿承认这种事。”

“我怀疑，他真正想告诉我的是他并不是同性恋者。我是说，他太漂亮了，所以任何人都会产生怀疑。但是他说，他没有任何恶习。他还说，他的需求很简单。不过，他是个优秀的演说者。这一点确实让我印象深刻。”

“卢基乌斯，我觉得他很危险。”

“危险？弗尔维娅，他才十八岁！”

“十八岁就可以预测到八十岁的事。他在争取恺撒的食客和追随者，而不是那些出身显贵的同辈。”她站起来，“我要给马尔库斯写信。我觉得他应该知道这件事情。”

十多天后，弗尔维娅关于恺撒继承人的书信送到安东尼乌斯那儿，同时到达的还有平民营造官克里托尼乌斯的书信。克里托尼乌斯告诉安东尼乌斯，恺撒的继承人准备在刻瑞斯的庆典上展示恺撒那把黄金打造的椅子和那个镶满宝石的金冠。安东尼乌斯觉得，自己是时候回罗马了。这个小杂种没有得逞，因为克里托尼乌斯是刻瑞斯节的负责人，他不同意进行这些展示。于是小奥克塔维乌斯再次请求，希望在游行时展示那顶曾经被恺撒拒绝的王冠。他的请求又被克里托尼乌斯否决了，但是他并没有表现出丝毫的懊恼，也没有被吓倒。更离谱的是，克里托尼乌斯说，他还要求大家称呼他为“恺撒”！他在罗马到处跟人交谈，而且还自称“恺撒”！他不愿意别人叫他“奥克塔维乌斯”，甚至连别人叫他“奥克塔维阿努斯”都不太乐意。

安东尼乌斯带着几百个老兵作为保镖，在五月二十一日骑着一匹棕色马匹进入罗马城。他的屁股很酸痛，在长时间骑马赶路之后，他的情绪变得更糟糕了。他的重要工作受到干扰，如果他不带着这些老兵作为保镖，谁知道那些解放者会干出什么事？

还有另外一件事让他的怒气火上浇油。他派人到布伦狄西姆去征召从各个行省回来的财务官，还让人去拿回恺撒的战备资金。那些财务官都按计划到达提阿努姆，这让他松了一口气，因为他可以通过这些财务官去购买土地，还能设法偿还自己的一些债务。安东尼乌斯并没有急着利用罗马国库里的钱去达成自己的私人目的。身为执政官，他只是告诉负责管理国库的马尔库斯·库斯皮乌斯，说他会给国库送回两千万塞斯特尔提乌斯。但是那些战备资金并没有送到提阿努姆，因为那些钱根本就不在布伦狄西姆。那个一脸疑惑的银行主管告诉卡福（他曾经是一个百夫长，也是安东尼乌斯的副将），战备资金被恺撒的继承人以恺撒的名义拿走了。卡福知道他不能就带着这么一个消息回到坎帕尼亚，于是他在布伦狄西姆和周边地区进行了大量的调查。但是他的调查却没有得到任何结果。战备资金被拿走的那一天下着倾盆大雨，驻守在那里的两个步兵大队说没有人会在那种天气里出去，也没有人看到由六十辆货车组成的运钱队伍。他又询问了奥卢斯·普劳提乌斯，但普劳提乌斯却一脸茫然，而且愿意以全家性命发誓，盖乌斯·奥克塔维乌斯肯定跟隔壁银行的钱款丢失没有关系。因为盖乌斯·奥克塔维乌斯前一天刚刚从马其顿赶到，而且他病得很严重，脸上的气色难看极了。于是卡福自己骑马返回提阿努姆，同时还派了几个人去打探消息，看看有没有一个车队去到北边的巴里乌姆或西边的塔伦图姆或南边的希德伦图姆，还派人去打听有没有一些装满货物的船只出海。

直到安东尼乌斯返回罗马时，这些调查都一无所获。没有人看到任何车队，也没有人看到装满货物的船只出海。看来，那些战备资金就这么凭空消失了。

因为天色已晚，所以安东尼乌斯没有当天就叫来奥克塔维乌斯，而是让自己酸痛的身体在温泉水中泡一泡，接着又跟弗尔维娅洗了个鸳鸯浴。然后去看看正在熟睡的安提鲁斯，又大吃大喝了一顿，接着就上床睡觉了。

天亮时，安东尼乌斯才听说，多拉贝拉几天前就离开了罗马城。他心情郁闷地吃着早餐，正在这时奥卢斯·希尔提乌斯登门拜访了。

“安东尼乌斯，你带着全副武装的士兵进入罗马城是什么意思？”希尔提乌斯大声质问，“现在没有发生暴乱，而且你也没有骑兵统帅的特权。整个罗马城都议论纷纷，说你准备逮捕还留在这里的解放者。已经有七个解放者来找过我了！他们正在给布鲁图斯和卡西乌斯写信，你正在挑起战争！”

“我觉得没有保镖不安全。”安东尼乌斯怒气冲冲地说。

“谁能威胁你的安全呢？”希尔提乌斯一脸茫然地问。

“就是盖乌斯·奥克塔维乌斯这条躲在草里的毒蛇！”

希尔提乌斯坐在一把椅子上。“盖乌斯·奥克塔维乌斯？”他忍不住哈哈大笑，“得了，安东尼乌斯，瞎说什么呢！”

“这个小混蛋偷走了恺撒放在布伦狄西姆的战备资金。”

“胡说八道！”希尔提乌斯说着笑得更厉害了。

一个仆人过来说：“主人，盖乌斯·奥克塔维乌斯来了。”

“让我们问问他好了。”安东尼乌斯皱着眉头说，他的心情并没有因为希尔提乌斯的不以为然而改善。问题在于他不敢跟希尔提乌斯翻脸，因为希尔提乌斯是恺撒的追随者中在罗马最有影响力的，他不仅在元老院中发挥着重要作用，而且还是明年的执政官。

奥克塔维乌斯的高跟靴子让希尔提乌斯和安东尼乌斯都大吃一惊，不过他这个样子看起来一点都不像是藏在草里的毒蛇。这个安安静静的年轻人穿着托迦，还有这么一身奇怪的打扮，他能有什么危险？为了防备他竟然要几百个士兵来充当保镖？希尔提乌斯向安东尼乌斯投去一个意味无尽、充满揶揄的眼神，然后就身体向后靠在椅背上，准备欣赏这两人的对战。

安东尼乌斯懒得站起来，也懒得跟奥克塔维乌斯握手。他直接说：“奥克塔维乌斯。”

“我是恺撒。”奥克塔维乌斯温和地纠正。

“你不是恺撒！”安东尼乌斯咆哮道。

“我是恺撒。”

“我禁止你使用这个名字！”

“这是合法收养赋予我的名字，马尔库斯·安东尼乌斯。”

“这个要等到确认收养的法令通过才算数，不过我怀疑这道法令永远都不会通过。我是高级执政官，我不会召开会议去通过这道法令。而且，奥克塔维乌斯，我会竭尽全力不让这道法令通过！”

“温和一点，安东尼乌斯。”希尔提乌斯柔声说。

“不，我就不！你这个恶臭的小娘娘腔，你以为你是谁，竟敢跟我对抗？”安东尼乌斯大吼大叫。

奥克塔维乌斯面无表情地站在那儿，那双大眼睛没有流露出任何情绪，他的姿势也没有表现出恐惧，甚至连紧张都没有。他的左手托着托迦的褶皱，他的右手放在身侧，整体姿态很放松，而且他的皮肤也没有冒汗。

“我是恺撒，”他说道，“身为恺撒，我希望得到恺撒那部分准备送给罗马人民的财产。”

“遗嘱还没有执行，你不能得到任何资金。奥克塔维乌斯，用恺撒的战备资金去给人民发钱好了。”安东尼乌斯鄙夷道。

“你说什么？”奥克塔维乌斯问，显得一脸震惊。

“你偷走了放在布伦狄西姆的战备资金。”

希尔提乌斯挺直身子，两眼发光地盯着。

“你说什么？”奥克塔维乌斯重复道。

“你偷走了恺撒的战备资金！”

“我向你保证，我没有。”

“奥皮乌斯的银行主管能够作证。”

“他不能，因为我没有。”

“你是说，你没有找到奥皮乌斯的银行主管，跟他说你是恺撒的继承人，并要求拿走恺撒的三万塔兰特战备资金？”

奥克塔维乌斯开始笑了起来。“天啊！噢，真是个聪明的小偷！”他笑道，“我敢打赌，他肯定没有拿出任何凭证，因为我在布伦狄西姆时也没有任何凭证。也许是奥皮乌斯的银行主管把钱私吞了。天啊，天啊，这真是国家的灾难。马尔库斯·安东尼乌斯，我希望你能找到这些钱。”

“奥克塔维乌斯，我可以找来你的奴隶严刑逼问。”

“我在布伦狄西姆是只有一个奴隶跟着，如果你一定要这么做，那倒是省事多了。既然你说是我干的,那这桩罪案到底是什么时候发生的呢？”奥克塔维乌斯冷静地问。

“就在暴雨倾盆的那一天。”

“哦，那就肯定不是我了！那一天，我的奴隶还因为晕船而卧倒在床，而我犯了哮喘和头痛。”奥克塔维乌斯说，“我真的希望你可以给我应得的东西，并叫我恺撒。”

“我永远都不会叫你恺撒！”

“马尔库斯·安东尼乌斯，因为你是高级执政官，我必须通知你，我准备在阿波罗节之后为恺撒举行凯旋庆典，举行庆典的时间是七月份。我是为了告诉你这件事，才来到这儿。”

“我不准你举行庆典。”安东尼乌斯语气粗暴地说。

“嘿，你不能这样！”希尔提乌斯气愤地说，“我是恺撒的朋友，我们这些朋友都准备出钱给恺撒举办庆典，而且我希望你也能出钱。安东尼乌斯，这个小伙子说得对，他是恺撒的继承人，他必须为恺撒举行庆典。”

“奥克塔维乌斯，赶紧滚出我的视线！”安东尼乌斯咬牙切齿道。

“我的名字是恺撒。”奥克塔维乌斯一边说，一边转身离开了。

“你实在是太粗鲁了，”希尔提乌斯说，“你为什么要这样对他口出恶言呢？你甚至没有让他坐下。”

“我只想让他坐在钉子上！”

“你也不能阻止法令通过。”

“等他拿出战备资金，就可以通过法令。”

这又让希尔提乌斯大笑起来。“扯淡，扯淡，扯淡！如果谁想偷走那些钱，那他至少要花费几天时间来筹备和行动。安东尼乌斯，这个你也知道的。你也听到奥克塔维阿努斯说了，他是前一天才从马其顿赶到那里，而且他当时正在生病。”

“奥克塔维阿努斯？”安东尼乌斯问，仍然皱着眉头。

“是的，奥克塔维阿努斯。不管你喜欢与否，他的名字就是盖乌斯·尤利乌斯·恺撒·奥克塔维阿努斯。我会叫他奥克塔维阿努斯。不，我不会叫他恺撒，但奥克塔维阿努斯是恺撒的继承人应得的名字，”希尔提乌斯说，“他非常冷静，也非常聪明，不是吗？”

当希尔提乌斯走到外面的花园时，他发现安东尼乌斯的士兵正守在花园里，显然在等待高级执政官的命令。而奥克塔维乌斯就站在这些士兵中间，他的微笑跟恺撒一样，他的挥手跟恺撒一样，他的幽默看来也跟恺撒一样，因为他不知说了什么让所有人都哈哈大笑。而且他的声音就像恺撒一样低沉，希尔提乌斯觉得他的声音跟恺撒的声音越来越相似。

希尔提乌斯还没走到他们跟前，奥克塔维乌斯就像恺撒那样挥了挥手离开了。

“噢，他真迷人！”一个老兵一边叹息，一边抹着眼泪。

“奥卢斯·希尔提乌斯，你看到他了吗？”另外一个士兵问，眼中也是满含泪水，“他就跟恺撒一样，他就是小恺撒！”

希尔提乌斯心想，他在玩什么把戏呢？他的心情开始变得沉重起来了。等到他的时候到来时，这些士兵已经不在军队中了。所以，他想要的是这些士兵的儿子。他真的这么老谋深算吗？

恺撒的战备资金不知所踪，这对安东尼乌斯的计划产生了巨大影响。当然，他不准备向希尔提乌斯之类的人仔细说明这些计划。为老兵分配土地并不是一个无法克服的难题，他可以通过法令把私人土地变成国家公地。虽然这样会让十八个百人团中最有势力的骑士（包括许多元老）利益受损，但这些人自从恺撒去世之后都表现得很低调，也没有过多抱怨。

还有安东尼乌斯的私人债务，这也不是最令他担心的事。

自从恺撒渡过卢比孔河之后，就有另外一种风气在逐渐形成，这种风气最后变成军团中的每个士兵都要有利可图才肯去战斗。温提狄乌斯正准备在坎帕尼亚招募两个新军团，而每个士兵要得到一千塞斯特尔提乌斯才肯入伍。政府不仅要提供必需的武器装备，还要马上掏出一千万塞斯特尔提乌斯的现金。仍然留在马其顿的六个精锐军团算是保住了，但是他们的代表正在提阿努姆提出疑问。从达西亚人那里得到的战利品能有从帕提亚人那里得到的一样多吗？因为他们正在返回意大利维护执政官的权力，所以他们甚至不能得到达西亚的战利品，安东尼乌斯怎么能这样告诉他们呢？在安东尼乌斯告诉他们这个消息之前，他必须在他们到达布伦狄西姆时给每个士兵一万塞斯特尔提乌斯。再加上给百夫长的额外津贴，这笔钱大概是三亿塞斯特尔提乌斯。

但是安东尼乌斯根本就没有这么多钱，他也不可能找到这么多钱。除了给士兵发钱，从各个行省回来的财务官执行任务时也需要政府拨款。现在恺撒已经死了，没有任何人能够不掏钱就让军队保持忠诚。如果说安东尼乌斯在坎帕尼亚没有其他收获，那他至少知道了这个事实。

“那存放在奥普斯神庙的紧急资金呢？”弗尔维娅问，安东尼乌斯所有事情都跟她商量。

“那些钱早就没有了，”安东尼乌斯郁闷地说，“从秦纳到卡尔波再到苏拉，他们把那些钱都抢光了。”

“克洛狄乌斯说，那些钱又还回来了。如果他没有成功通过法令，让塞浦路斯为免费粮食出钱，那他就准备从奥普斯神庙中取钱。毕竟，奥普斯是罗马的丰裕女神，是大地和物产之神，所以他觉得让奥普斯提供免费粮食挺合理的。不过，他的法令顺利通过，所以他就不需要去抢劫奥普斯了。”

安东尼乌斯向她扑过去，在她身上一顿乱亲，“你就是我的丰裕女神，我要是没有你可怎么办呢？”

位于卡皮托尔山上的奥普斯神庙并不是很破旧，尽管奥普斯是一位没有具体形象的守护神，这些守护神在罗马诞生时就出现了。奥普斯原来的神庙毁于火灾，现在的神庙是一百五十年前由凯基利乌斯·梅特卢斯建造的。这座神庙不是很大，但是凯基利乌斯·梅特卢斯让这座刷了漆的神庙保持得很干净。唯一的圣殿里面并没有神像，而且这里也不是向奥普斯献祭的地方，因为奥普斯还有一个圣坛在雷吉亚圣殿，这是国家宗教事务的重要地点。就像所有的罗马神庙一样，卡皮托尔山上的奥普斯神庙建在一个高高的台基上，因为这座建筑神圣不可侵犯，受到天上神明的保护，因此常常用来存放贵重物品，包括钱币和金银。

天黑之后，安东尼乌斯带着一个亲信出发了。他闯入奥普斯神庙的地下室，举着灯火照着一堆堆银条，激动得喘不过气。奥普斯的钱还回来了，而且还带上了利息！他找到钱了。

天亮之后,安东尼乌斯派人去把银子搬出来。这些银子不是一次搬空，而且搬去的地方也不是很远，只是绕过卡皮托尔山，穿过阿西鲁姆，送进“警告着”朱诺神庙的地下室,这里是铸币厂。这些银子就放在这个地方，日夜赶工地铸造成银币。他可以给士兵发钱，甚至可以偿还自己的债务。奥普斯神庙中有两万八千塔兰特银子，可以铸造成七亿塞斯特尔提乌斯。

接下来就是六月一日的会议了,他会请求元老院更换他的行省。然后，他会让他的弟弟卢基乌斯在平民大会上剥夺德基穆斯·布鲁图斯在山内高卢的总督职位。

来自布鲁图斯和卡西乌斯的一封信让他很不高兴。

> 马尔库斯·安东尼乌斯，我们非常乐意出席六月一日的元老院会议，但是我们希望你能保证我们的安全。我们都是大法官，但是你和其他官员都没有向我们通报罗马的情况，这让我们觉得很难过。我们感谢你对我们利益的维护，也要再次感谢你在三月十五日之后对我们的保护。但是，我们发现罗马城里充满了恺撒的老兵，而且他们试图再次立起献给恺撒的圣坛和柱子，尽管圣坛和柱子已经被

执政官多拉贝拉明智地移除了。

我们的问题是：我们回到罗马是否安全？我们谦卑地请求你，向我们保证特赦仍然生效，而且我们在罗马会受到欢迎。

安东尼乌斯已经解决了经济危机，所以他的心情现在好多了。于是他毫不留情地回复了这封近乎讨好的书信。

马尔库斯·布鲁图斯，盖乌斯·卡西乌斯，我不能保证你们的安全。罗马城里确实充满恺撒的老兵，他们一边在这里休假一边等待他们的土地，并讨论是否要加入我在坎帕尼亚招募的军团。至于他们对恺撒的感情，我只能说那是对恺撒的崇拜。我只能保证，我不会鼓励这种崇拜。

至于六月一日的会议，要不要出席全凭你们自己决定。

哈哈！这样可以告诉他们，他们在安东尼乌斯的计划中处于什么位置！还可以告诉他们，如果他们想要利用萨莫奈人的不满，那附近就有军团可以镇压叛乱。是的，多亏了奥普斯，情况好极了！

六月一日，安东尼乌斯走进元老院会堂时，他的心情顿时就不好了。因为出席会议的人太少，根本就达不到法定人数。如果布鲁图斯、卡西乌斯和西塞罗都在这儿，那就勉强达到要求了，但是他们并不在这儿。

“好吧，”他咬着牙对多拉贝拉说，“我直接去平民大会。卢基乌斯！”他叫来他弟弟，然后就手挽手一起离去。“两天之后就召集平民大会！”

出席平民大会的人也很少，不过平民大会没有法定人数的规定。只要每个部落有一个人出席，那会议就可以进行。现场来了两百多人，三十五个部落都有人来了。会议的进程很迅速，而且安东尼乌斯很愤怒，所以平民大会中没有人敢跟卢基乌斯·安东尼乌斯争辩，而其他几位保民官也不敢行使否决权。不一会儿，平民大会就把除了纳尔旁高卢的山内和山外高卢都交给安东尼乌斯，而且在他担任总督的五年期间享有无限制的至高统帅权。然后，平民大会又把叙利亚交给了多拉贝拉，他也可以在五年的任期中享有无限制的至高统帅权。安东尼乌斯发布的这道行省法令立即生效，也就是说德基穆斯·布鲁图斯已经被剥夺了行省总督的职位。

安东尼乌斯终于解决了军队的问题，但平民大会的工作还没有完毕，卢基乌斯·安东尼乌斯又通过了一道法令，这道法令给法庭提供了第三种陪审员：高级别的前任百夫长，他们无须达到骑士的收入标准就可以进入陪审团。安东尼乌斯最年轻的弟弟在这道法令之后又通过另外一道土地法令，这道法令规定要由一个七人委员会来把国家公地分配给退役士兵，这个七人委员会包括马尔库斯·安东尼乌斯、卢基乌斯·安东尼乌斯、多拉贝拉和四个手下，其中一个手下是解放者卡伊斯·恩尼乌斯·伦托，这个伦托正忙着拍安东尼乌斯的马屁。

希尔提乌斯之前就听说过加拉提亚的德奥塔鲁斯国王正在贿赂安东尼乌斯，所以当他看到亚美尼亚－帕尔瓦从卡帕多西亚分割出去并入加拉提亚时，他就知道之前那些传言都是真的。

两位执政官站稳了脚跟，并且竖立了他们的统治风格：腐败堕落、自私自利。从六月一日开始，税收减免和售卖特权的交易迅速展开了。之前有些人从法贝里乌斯那里购买公民权，恺撒发现这件事后就永远禁止这些人享有公民权，但这些人现在又可以购买公民权了。与此同时，铸币厂把来自奥普斯神庙的银子源源不断地铸造成钱币。

"如果权力不是为了自己的利益，那权力又有什么用呢？"安东尼乌斯对着多拉贝拉问。

六月五日，元老院再次举行会议，这次会议达到了法定人数。卢基乌斯·皮索、菲利普斯和另外几个坐在前排的人惊讶地发现，老普布利乌斯·赛尔维利乌斯·瓦提亚·伊绍里库斯竟然坐在他们中间。老瓦提亚是苏拉的好友和同盟，他已经退出政坛很长时间，大多数人都已经忘了他的存在。他在罗马的房子里住着他的儿子小瓦提亚，这个小瓦提亚是恺撒的朋友，他刚刚结束了在亚细亚行省担任总督的任期，正在返回罗马的路上。而老瓦提亚大多时间住在他位于库迈的别墅里，醉心于自然、艺术和文学的美丽。

祷告和占卜一结束，老瓦提亚就站起来了，这表示他想发言。因为他是资历最老、辈分最高的前任执政官，所以他有权首先发言。

“等会儿。”安东尼乌斯粗鲁地打断他，让现场响起一片吸气声。

多拉贝拉转过头愤怒地瞪着安东尼乌斯。“马尔库斯·安东尼乌斯，我享有六月的法西斯，所以这个会议应该由我来主持！老瓦提亚，欢迎你回到元老院。请发言。”

“谢谢你，普布利乌斯·多拉贝拉，”老瓦提亚说，他的声音比较小，但还是可以听清，“你们准备什么时候讨论给大法官分配行省的事情？”

“不是今天。”安东尼乌斯抢在多拉贝拉前面回答。

“马尔库斯·安东尼乌斯，也许我们今天就应该讨论这件事。”多拉贝拉的语气有生硬，他决心不让安东尼乌斯盖过自己。

“我说了，不是今天！这件事要再等等。”安东尼乌斯咆哮道。

“那么我请你们特别考虑一下两位大法官，”老瓦提亚说，“这两位大法官就是马尔库斯·朱尼乌斯·布鲁图斯和盖乌斯·卡西乌斯·隆吉努斯。虽然我不同意他们扭曲法律并杀死恺撒，但我还是对他们的安危感到担心。只要他们留在意大利，那他们的生命就会受到威胁。所以，我提议，立刻投票决定马尔库斯·布鲁图斯和盖乌斯·卡西乌斯的行省，无论其他大法官是否还要等一等。我还提议，既然马尔库斯·安东尼乌斯已经放弃马其顿，那就把马其顿交给马尔库斯·布鲁图斯，而盖乌斯·卡西乌斯应该得到西里西亚行省，还有塞浦路斯、克里特岛和昔兰尼加。”

老瓦提亚停了停，但是他没有坐下。现场陷入一片凝重的寂静，元老院后排传来一片不满的嗡嗡声，这些后座元老都是恺撒任命的，所以他们对刺杀恺撒的人没有任何好感。

暂时代理大法官职责的盖乌斯·安东尼乌斯站起来了。“尊敬的前任执政官，还有各位同僚，”他放肆地大叫，“我同意老瓦提亚的部分说法，我们确实应该让布鲁图斯和卡西乌斯离开。只要他们留在意大利，就会给政府带来危机。既然元老院已经通过投票给他们特赦，那他们就不能因为叛国罪而受审。但是，我拒绝给他们分配行省，而像我这样没有犯错的人却只能继续等待！照我说，给他们财务官的位置就好了！派他们去为罗马和意大利购买粮食。布鲁图斯可以去亚细亚行省，卡西乌斯可以去西西里。他们只配得到财务官的职位！”

接下来的争论让老瓦提亚看出，他的提议是多么不受欢迎。紧接着，他又进一步看清了事实：因为元老院通过投票决定，让布鲁图斯和卡西乌斯到亚细亚行省和西西里去购买粮食。然后安东尼乌斯及其爪牙就开始嘲笑他，用他的年纪老迈和思想老旧来攻击他。于是会议一结束，他就回到自己在库迈的别墅。

他一回到家里，就让仆人给他准备洗澡水。老瓦提亚一声叹息舒舒服服地坐进热水里，他用一把小刀子割开了两个手腕上的血管，然后就慢慢进入死神的温暖怀抱。

“噢，我一回家，就发现了这些事，这让我如何忍受呢？”小瓦提亚对着奥卢斯·希尔提乌斯说。“恺撒被谋杀了，我的父亲也自杀了。”他说着又痛哭起来。

“现在罗马落入马尔库斯·安东尼乌斯手中，”希尔提乌斯沉着脸说。“瓦提亚，我真希望我能找到出路，但是我实在找不到出路。没有人能跟安东尼乌斯对抗，无论是肆意枉法还是草菅人命，他干得出任何事情。而且他手中还有军队。”

“他收买了那些军队，”朱尼娅说，她很高兴看到自己的丈夫回家，“布鲁图斯引出这些乱子，我真恨不得把他杀了，不过他这么做都是因为波尔基娅的唆使。”

瓦提亚擦着眼泪，擤擤鼻涕。“希尔提乌斯，安东尼乌斯和他控制的元老院会让你成为明年的执政官吗？”他问道。

“他是这么说的。不过，我尽量不在他面前出现，最好别让他感觉到我的存在。潘萨也是这么觉得。所以，我们很少参加会议。”

“那就没有人能拦住他了？”

“绝对没有。安东尼乌斯就像脱缰之马。”

第 4 节

在三月十五日之后，紧接着是可怕的春天和夏天，在罗马和意大利的商界和政坛精英看来，情况就是这样。布鲁图斯和卡西乌斯在坎帕尼亚的海边到处游荡，而波尔基娅就像钉在布鲁图斯身上的钉子一样。有一次，他们刚好在一座别墅里碰上了赛尔维利娅和特尔图拉，结果这五个人不停吵架。他们已经听到消息，元老院派他们去购买粮食。这让他们大受冒犯，安东尼乌斯竟然让他们去干财务官的活儿？

西塞罗登门拜访，他发现：赛尔维利娅仍然相信自己在元老院中有足够的势力，可以扭转大局；卡西乌斯一心想着要发动战争；布鲁图斯非常沮丧；波尔基娅还是絮絮叨叨；特尔图拉则陷入绝望，因为她的孩子夭折了。

他心灰意冷地离开了。这是一场灾难。他们不知道该怎么做，他们找不到出路，他们只能一天天等着会发生什么糟糕的事。整个意大利都碎掉了，因为控制国家的是一些顽劣的孩子，而我们这些没有那么顽劣的孩子根本就无力阻止灾难。军队唯利是图，控制军队的是一个莽夫，而我们成了这两者的奴隶。那些解放者密谋除掉恺撒时，有没有预见到这一切呢？没有，当然没有。他们根本就没有考虑除掉恺撒之后会发生什么事。他们以为只要恺撒一死，一切就会恢复正常了。他们从来就没有想过自己应该成为国家的掌舵人。因为他们没有成为掌舵人，现在国家就像一艘大船那样触礁了。一场海难。罗马彻底完蛋。

七月有两个节庆，第一个是阿波罗节，第二个是献给恺撒的凯旋庆典。这些节庆给老百姓提供了许多娱乐。南至意大利半岛脚趾处的布鲁提乌姆[①]，北至大腿根处的山内高卢，各个地方都有人前来观看。这是一个炎热而干燥的夏季，真是放松娱乐的好时期。罗马城里的人数几乎翻倍了。

布鲁图斯是阿波罗节的主办人，虽然他没有亲自出现，但却把自己的愿望都压在一出名为《忒瑞俄斯》的戏剧上，这是拉丁作家阿克基乌斯创作的一出戏。这场节庆为期七天，节庆开始和结束时都有马车比赛，节庆的中间几天有阿泰拉的哑剧，还有普劳图斯和特伦斯的音乐剧。虽然马车比赛、喜剧和闹剧才是群众喜欢的东西，但布鲁图斯还是相信民众对《忒瑞俄斯》的反应可以告诉他民众对恺撒遇刺的看法。这出戏讲了除灭暴君的故事，是一部史诗般的悲剧。因此民众对这部戏毫无兴趣，他们根本就没有去看这出戏。因为布鲁图斯对普通民众缺乏认知，所以他实在难以理解这是怎么回事。这出戏的观众是精英人群，其中包括像瓦罗和卢基乌斯·皮索这样的文人学者。这些精英人群对这部戏给予了高度肯定。当布鲁图斯听到这个消息时，他有好几天都觉得自己终于得到肯定了，民众终于接受了恺撒遇刺这件事。而实际情况是，这出戏构思精妙、表演一流，而且这部很少上演的戏剧刚好迎合了那些精英的口味。

奥克塔维乌斯是恺撒凯旋庆典的主办人，他没有在自己的庆典表演中暗藏玄机来揣测民意，但却得到了来自幸运女神的贵礼。他的庆典为期十一天，而且这个庆典的安排跟那些在夏季举行的庆典很不一样。庆典的前七天主要是露天表演，第一天是来自阿勒西亚的剧团在大竞技场表演，然后是许多场模拟战争表演，还有由马塞纳斯亲自组织的许多新奇演出，马塞纳斯在这种类型的表演中展示出罕见的天赋。

奥克塔维乌斯站在台上向庆典指挥者发出开始表演的信号，他在千千万万的观众看来就像是恺撒的化身。他站在那儿接受了将近一刻钟的欢呼，这让安东尼乌斯非常愤怒。奥克塔维乌斯虽然很高兴，但是他清楚知道，这并不代表罗马已经属于他，只是代表罗马属于恺撒。正是这个事实让安东尼乌斯气得半死。

① 布鲁提乌姆（Bruttium）位于意大利南部，是意大利半岛的“脚趾”，现称卡拉布里亚。——译者注

第一天的庆典表演快要结束了，就在维尔金革托里克斯盘腿坐在恺撒的雕像脚下时，一颗巨大的彗星出现在卡皮托尔山北部的上空。一开始没有人发现，接着有几个人指着那颗彗星，然后挤在大竞技场里的二十万人都站起来疯狂地喊着：“恺撒！那颗星星是恺撒！恺撒是天神！”

第二天和接下来五天的表演在比较小的场地中举行，但是每一天那颗彗星都在日落之前的一个小时出现，而且在接下来的大半个夜晚中都散发出奇异的亮光。这颗彗星的头有月亮那么大，彗星的尾巴就像两条光带挂在北边的天空。

庆典的后面四天是狩猎表演、赛马和赛车表演，这些表演在大竞技场中进行时，那颗代表恺撒的彗星一直出现。但是庆典结束的那一刻，彗星也随之消失了。

奥克塔维乌斯迅速行动。庆典的第二天，所有在罗马城的恺撒雕像额头上都多了一颗金光闪闪的星星。

多亏了恺撒的星星，奥克塔维乌斯得到的比失去的更多，因为安东尼乌斯不准他在庆典中展示恺撒的金椅和金冠，也不准他把恺撒的象牙雕像和其他神像一起抬出来展览。在庆典的第二天，安东尼乌斯在庞培的剧院中发表了一个激烈的演讲，他热切地为那些解放者辩护，并刻意贬低恺撒的重要性。但是随着这颗彗星的出现，安东尼乌斯的一切努力都白费了。

对于那些询问他意见的人，奥克塔维乌斯的回答是那颗星表明恺撒已经成为神明，不然它为什么会在凯旋庆典的第一天出现，又在庆典结束时消失？这个问题无法用其他解释来回答。这个回答实在无可辩驳。就连安东尼乌斯也无法否认如此无懈可击的证据，而多拉贝拉则把自己的指甲都咬秃了，暗自庆幸自己当初凭着直觉没有毁掉恺撒的圣殿和柱子。尽管他并没有重新立起圣殿和柱子。

对于奥克塔维乌斯，恺撒的星星让他产生了不同的看法。这自然赋予了恺撒的继承人某些属于恺撒的神性，如果恺撒是神明，那他就是神明之子。他特意在罗马那些普通街区走动，从许多人的眼神中看到了这一点。这个出自帕拉丁山的上层人很快就明白，保持高高在上的姿态无法激起老百姓的爱戴。他也不会以为上演一台充满深沉恐惧和高雅言语的戏剧，就可以告诉他那些生活在普通街区的老百姓有何想法。不，他四处走动，跟遇到的人说他想更多地了解他的父亲，请告诉我你知道的恺撒故事！他遇到的很多人是恺撒的老兵，这些老兵来到罗马城参加这两个节庆。他们真的喜欢奥克塔维乌斯，认为他谦虚、优雅、非常乐意听他们说话。更重要的是，奥克塔维乌斯发现安东尼乌斯对他的粗暴无礼已经有人注意到了，并且他们都对安东尼乌斯表示谴责。

一种不可摧折的安全感开始在他心中形成，因为奥克塔维乌斯非常清楚，恺撒的星星究竟是什么意思。这是恺撒给他的信号，让他知道自己将会统治世界。他想要统治世界的愿望由来已久，但这种愿望是那么微弱，只能当成一个无法实现的白日梦。可是从那颗彗星出现的时候开始，他的想法就改变了。那种宿命感突然变得非常清晰。恺撒想让他去统治世界。恺撒把拯救罗马的重任交给他，让罗马在他的照顾之下变得繁荣富强。我就是那个人。我会统治世界。我有时间保持耐心，我有时间不断学习，我有时间去对付每个人，从那些解放者到安东尼乌斯。恺撒不只是让我成为他财产的继承人，还让我成为他手下食客和追随者的继承人。我要继承他的力量、他的命运、他的神性。我向“无敌者”索尔、特鲁斯和自由神发誓，我不会让恺撒失望。我会成为令他自豪的儿子。我会成为恺撒。

在节庆的第八天，也就是回到大竞技场的第一天，一个由百夫长组成的代表团在安东尼乌斯离开时把他拦住了。因为安东尼乌斯在大竞技场中不遗余力地向群众表明，他是多么鄙视恺撒的继承人。

“马尔库斯·安东尼乌斯，这种行为必须停止。”负责发言的百夫长说。这个百夫长正是马尔库斯·科坡尼乌斯。奥克塔维乌斯在布伦狄西姆请求士兵帮忙运送战备资金时，马尔库斯·科坡尼乌斯就是那两个步兵大队的领头人。现在这两个步兵大队正准备加入第四军团。

“停止什么？”安东尼乌斯咆哮道。

“你对待小恺撒的方式，这是不对的。”

“百夫长，你是想在军事法庭上受审吗？”

“不，当然不是。我只是说，天上那颗长着尾巴的星星叫做恺撒，恺撒已经成为神明了。他正在照耀他的儿子小恺撒，我们认为这是他对小恺撒组织这些精彩表演的称赞。马尔库斯·安东尼乌斯，不只是我有意见，我们所有人都有意见。这里有五十个人跟我在一起，他们都是百夫长，或者是恺撒原来军团中的百夫长。有些人又重新入伍了，比如我。有些人得到了恺撒分配的土地。我之前退伍时，就得到了恺撒分配的土地。我们注意到了，你是怎么对待那个可爱的小伙子。你对待他，就像对待粪土。但他不是粪土。他是小恺撒。我们觉得，这种行为必须停止。你要正确对待小恺撒。”

安东尼乌斯郁闷地发现，自己穿的是托迦而不是盔甲，所以在这些士兵的眼中没有那么威风。他气急败坏地站在那儿，一张俊脸显得十分凶狠，但是那些士兵却假装看不见。他被挫败感控制了，所以急不可耐地表现出那些行为，没有意识到这样会让那些他迫切需要的人受到冒犯。问题在于，他一直觉得自己是恺撒的继承人，并且相信恺撒的老兵也会这么觉得。但是他错了。这些士兵其实就像一群孩子。他们是勇猛的士兵，但他们本质上是一群孩子。他们希望安东尼乌斯能善待恺撒的养子，给这个穿着高跟靴子的娘娘腔好脸色。他们并没有看到他眼中的事实。他们的目光受到情绪的控制，认为恺撒十八岁时就是奥克塔维乌斯现在的样子。

我不知道恺撒十八岁时是什么样子，但他那时看起来可能就是个漂亮的娘娘腔。也许他确实是个漂亮的娘娘腔，如果他跟尼科美德斯国王的传闻是真的。但是我不相信奥克塔维乌斯是一个潜在的恺撒！没有人能发生这么巨大的改变。奥克塔维乌斯没有恺撒的高傲、强硬或天才。不，他之所以能赢得人民的好感，是通过欺骗、甜言蜜语和假惺惺的微笑。他自己也说过，他不能率领军队。他是个无足轻重的小角色。但这些白痴却要我给他好脸色，就因为那颗该死的星星。

“你说要正确对待盖乌斯·奥克塔维乌斯，具体是什么意思呢？”安东尼乌斯问，努力表示出关注而非愤怒。

“好吧，简单说，我们认为，你应该公开表明你们是朋友。”科坡尼乌斯说。

“那节庆结束之后的第二天天亮之后第二个小时，那些关心这件事的人可以来到卡皮托尔山上‘至尊至善者’朱庇特神庙下面的阶梯。”安东尼乌斯说，竭尽全力地保持礼仪。

“来，弗尔维娅。”安东尼乌斯对他妻子说，弗尔维娅有点担心地站在他后面。

“你要小心那个臭小子，”弗尔维娅一边说，一边艰难地登上卡库斯阶梯。她肚子里的孩子已经很大，让她的行走变得很不方便。“他很危险。”

安东尼乌斯把手放在她的后背，开始帮忙推着她上台阶。这就是安东尼乌斯最大的优点，其他丈夫可能会吩咐仆人来帮她，但安东尼乌斯并不觉得自己动手会有损他的威严。

“我的错误就在于，我以为自己在观看节庆表演时不需要保镖。那些扈从根本就不顶用。”他大声说出这句话，然后又小声说，“我以为士兵会站在我这边。我以为他们是属于我的。”

“他们首先是属于恺撒的。”弗尔维娅气喘吁吁地说。

于是在恺撒凯旋庆典结束之后的那一天，一千多个士兵聚集在卡皮托尔山上，分散在各个能看到“至善至尊者”朱庇特神庙阶梯的地方。安东尼乌斯最先到达，因为他想穿过那些聚集起来的人群，跟他们说说话、开开玩笑。然后，奥克塔维乌斯穿着托迦和正常的鞋子出现了。他脸上挂着恺撒的那种微笑，脚步轻快地穿过人群走到安东尼乌斯前面。

噢，真狡猾！安东尼乌斯心想，坐在那儿努力克制自己想要把那张俊脸打烂的冲动。今天，奥克塔维乌斯想让所有人看到他是多少弱小，根本就不会带来任何伤害和威胁。他想把安东尼乌斯衬托成一个大恶人。

"盖乌斯·尤利乌斯·恺撒·奥克塔维阿努斯,"安东尼乌斯开始说,这个可恶的名字让他恨得咬牙切齿,"这些优秀的士兵让我意识到,我没有以足够的尊重来对待你。因此我要诚恳地表示歉意。我不是故意的,只是因为有太多事情要操心了。你可以原谅我吗?"

"非常乐意,马尔库斯·安东尼乌斯!"奥克塔维乌斯高声说道,他的笑容变得更加灿烂,然后又向着安东尼乌斯伸出手。

安东尼乌斯握着他的手,就像捏着易碎的东西一样轻轻摇了摇。他的目光从科坡尼乌斯和那五十个代表脸上扫过,想看看他们对这种装腔作势的表演有何反应。他们的脸色说,还可以,但还远远不够。于是安东尼乌斯压下自己的厌恶,伸出手搭在奥克塔维乌斯肩膀上,把他拉进自己怀里,在他的两颊上弄出响亮的吻声。好了。大家都流露出赞许之色,然后所有人都开始鼓掌了。

"我这么做只是为了让他们高兴。"安东尼乌斯在奥克塔维乌斯耳边低声说。

"我也是。"奥克塔维乌斯轻声说。

他们一起穿过人群离开卡皮托尔山,安东尼乌斯搂着奥克塔维乌斯的肩膀,奥克塔维乌斯的身高比他矮多了,看起来就像个天真无邪的漂亮孩子。

"真感人!"科坡尼乌斯一边说,一边流眼泪,丝毫不觉得不好意思。

奥克塔维乌斯那双灰色的大眼睛望向他,澄澈透亮的目光深处透出一个不同以往的微笑。

八月的到来又给安东尼乌斯带来了新的打击。布鲁图斯和卡西乌斯向所有的意大利乡镇发出大法官的公告,其中的内容跟他们在四月发布的很不同。这份公告的修辞让西塞罗相当欣赏,他们宣称自己不会接受购买粮食这样的财务官职责。他们说,购买粮食对于他们来说是奇耻大辱,因为他们是管理过行省的官员,而且他们的工作完成得很漂亮。卡西乌斯刚刚三十岁,但他已经管理过叙利亚行省,而且还赶走了一大群帕提亚人的军队。而布鲁图斯是恺撒亲自任命的山内高卢总督，拥有同执政官的至高统帅权，尽管他当时还没有担任过大法官。除此之外，他们还听说安东尼乌斯指责他们在征集从马其顿返回意大利的士兵。这是无中生有的指控，他们要求安东尼乌斯收回这样的指控。他们一直都在争取和平与自由，任何时候都没有试图引发内战。

安东尼乌斯的回信对他们来说是当头痛击。

> 你们以为自己是谁？竟然把你们的公告贴遍从布鲁提乌姆、卡拉布里亚[①]、翁布里亚到埃特鲁里亚的每个乡镇。我已经发布了一道执政官的公告送到各个地方，命令从布鲁提乌姆、卡拉布里亚、翁布里亚到埃特鲁里亚的每个乡镇都把你们的公告撕下来。我的公告会告诉意大利人，你们两人的所作所为都是出于私人利益，你们的公告并不具备大法官的权威。我的公告会提醒他们，如果再有什么公告以你们的名义出现，那这些公告将被视为叛国罪的证据，而发布这种公告的人将被列为国家公敌。
>
> 这是我在公告中说的话。在这封信中，我要说的还不仅如此。你们的行为涉嫌谋反，而且你们没有权力向元老院和罗马人民要求任何东西。你们不应该因为购买粮食而抱怨不休，而应该趴在元老院的脚下感谢自己还能得到一份公共职务。毕竟，你们故意谋杀了罗马政府的合法元首。你们犯下叛国罪，难道还想得到金椅和金冠作为回馈？成熟点吧，你们这两个娇生惯养的傻瓜！
>
> 还有，你们竟敢公开指责我，说我诬陷你们勾结马其顿的军团。你们倒是说说，我为什么要制造这种谣言呢？你们最好闭上嘴巴，否则你们会陷入更大的麻烦。

---

① 卡拉布里亚（Calabria）位于意大利南部，但这个地名所指的位置古今不同，现代的卡拉布里亚是意大利半岛的“脚趾”，而古代的卡拉布里亚是意大利半岛的“脚跟”，本书的卡拉布里亚是指“脚跟”部位的萨伦蒂纳半岛。——译者注

八月四日，安东尼乌斯收到布鲁图斯和卡西乌斯给他的私人回信。他本以为会看到一封道歉信，但事实并非如此。布鲁图斯和卡西乌斯仍然顽固地坚持，既然他们是合法的大法官，那他们就可以合法地发布公告。他们还坚持自己无可指责，因为他们一直在努力追求和平、团结和自由。他们说，安东尼乌斯的威胁不会让他们害怕。他们的自由比他们跟安东尼乌斯的友谊更重要，难道他们的行为不是已经表明了这一点吗？

他们最后还撂下一句狠话："我们想提醒你，重要的不是恺撒的生命有多长，而是他的统治有多短。"

安东尼乌斯实在纳闷，他的幸运到哪儿去了？他越来越觉得，一切都在跟他作对。奥克塔维乌斯迫使他意识到，自己对军队的控制并不像自己以为的那样稳妥。而布鲁图斯和卡西乌斯则忙着告诉他，他们可以用结束恺撒的方式来结束他的事业。或者说，他对这封充满挑衅的回信就是这样解读。他咬着嘴唇，独自生闷气。统治的时间有多短？好吧，他可以在山内高卢对付德基穆斯，但他不能双线作战，既在意大利北部对付德基穆斯，又在意大利南部的萨莫尼乌姆对付布鲁图斯和卡西乌斯，那些萨莫奈人本来就恨不得跟罗马再打一仗。

奥克塔维乌斯可以告诉他，为什么他的幸运不见了。不过，安东尼乌斯当然不会想到要去询问这个他最讨厌的敌人。在安东尼乌斯第一次粗鲁地对待奥克塔维乌斯时，他的幸运就不见了。因为已经成为神明的恺撒对此感到不悦。

安东尼乌斯终于决定，是时候对布鲁图斯和卡西乌斯让步了，因为只有这样他才能集中精力去对付德基穆斯・布鲁图斯。于是他在接到他们回信的第二天就召集了元老院会议，然后给他们各自分配了行省。布鲁图斯去管理克里特岛，而卡西乌斯去管理昔兰尼加。

这两个行省都没有任何军队。他们想要行省。好吧，他们现在得到行省啦。再见，布鲁图斯和卡西乌斯。

第5节

西塞罗陷入绝望，他的情绪日渐低沉。虽然他和阿提库斯终于设法把恺撒安置的贫民赶出布斯罗图姆。他们向多拉贝拉求助，多拉贝拉跟西塞罗经过一番长谈之后，高高兴兴地接受了阿提库斯的巨额贿赂，然后就答应帮他保住在伊庇鲁斯的皮革、油料和肥料生意。阿提库斯需要一些好消息，因为他的妻子染上了夏季瘟疫，已经病得很严重了。小阿提卡非常伤心,因为大家都不许她跟妈妈见面。阿提库斯让妻子留在罗马，而把女儿和照顾女儿的仆人送到他在庞贝的别墅隔离。

西塞罗再次面临经济危机，这主要是因为他的儿子马尔库斯，马尔库斯现在还在四处游历，并且不停地写信回家要钱。西塞罗的弟弟和侄子现在都不跟他说话，而他跟普布利利娅的短暂婚姻也没有带来想象中的那么多好处，因为普布利利娅的兄弟和母亲从中干预。而且那个叫做阿穆尼乌斯的埃及人，也就是克娄巴特拉在罗马的代理人，竟然拒绝支付原先预定的款项。西塞罗辛辛苦苦地整理好他的全部演讲和文章，让人用精美的字体抄写在最好的纸张上面，而且特别在正文旁边加上注释！这花了他一大笔钱。之前克娄巴特拉明确承诺会给他提供资金，但现在阿穆尼乌斯却拒绝付钱，理由是：恺撒之死让克娄巴特拉提前离开罗马，而她离开时西塞罗的文集还没有完成。西塞罗回答说：现在完成了，只管给她送去就是！但阿穆尼乌斯却扬了扬眉毛，说既然王后已经安全回到埃及（之前谣传的海难并没有发生），那他相信王后肯定有许多事情要去处理，根本就没有时间去看那几千页用拉丁语写成的无聊文章。于是，西塞罗虽然完成了最为精良的作品全集，但却无人问津！

他决定，自己最想做的就是离开意大利，到希腊去，到那里跟他儿子见面,然后就沉浸在雅典文化里。他最器重的被释奴提罗正在准备行程，但是他的资金要从哪里来呢？西塞罗向特伦提娅求助，他这个前妻一直在忙着挣钱，只是变得越来越尖酸刻薄。特伦提娅的回复是，既然西塞罗在埃特鲁里亚和坎帕尼亚等地至少拥有十所别墅，而且这些别墅里都堆满珍贵的艺术品，那他缺钱时只要卖掉一些别墅和雕塑就好了，不要再写信跟她要钱来应付这些蠢事！

西塞罗跟布鲁图斯的相遇真是意外之喜。布鲁图斯也想到要去希腊，因为他绝对不能接受购买粮食这种任务！于是他和波尔基娅一起乘船来到一个叫做尼西斯的小岛，这个小岛就在坎帕尼亚的海岸边。至于卡西乌斯，他决定去西西里购买粮食，因为粮食收割的季节已经快到了，所以他正忙着组织船队。

多拉贝拉很高兴阿提库斯迅速兑现给他的贿赂，于是就爽快地给了西塞罗离开意大利的批准。一想到身为前任执政官竟然要得到批准才能离开意大利，西塞罗就特别生气！这是恺撒的规定，而现在的执政官并没有废除这些法令。西塞罗强压着怒气卖掉了一座别墅，这所位于埃特鲁里亚的别墅他从未去过。现在他终于得到资金和批准可以离开。

真正促使他离开的原因是，七月的名称改成尤利乌斯月了。西塞罗收到那些日期标注为尤利乌斯月的书信时，就忍无可忍地雇了一艘船从普特奥利起航。卡西乌斯的运粮船队也正好在普特奥利集结。

但是一切都很不顺利！西塞罗的船只刚刚离开布鲁提乌姆的海岸到达维博，就遇到强劲的逆行风不能继续前进。西塞罗觉得，他也许是命中注定无法在这个时候离开意大利，于是就上岸来到一个叫做列科普特拉的小渔村。这个臭烘烘的小渔村实在太可怕了。但是情况总是如此。不知为何，每到即将离开意大利的时刻，他总是无法离开。也许是因为他在意大利的土地上扎根太深。

西塞罗实在太疲惫，需要一个能好好招待他的地方，于是他转向加图在卢卡尼亚的旧宅门口，不过他并没有期待能在那里见到什么人。这片土地早就落入别人之手，新主人曾经是恺撒手下的百夫长，后来因为赢得战功而成为元老院成员。但是这个新主人不希望自己的地产距离老家翁布里亚太远，于是又把这片土地卖给了不知什么人。八月十七日，西塞罗坐着轿子来到这儿，这个可怕的夏天终于快要结束了。他进入这座房子，发现花园里的灯火正亮着。屋里有人！有人作伴！还能好好吃顿饭！

过来迎接他的人是马尔库斯·布鲁图斯。西塞罗顿时热泪盈眶，他扑在布鲁图斯的身上，狂热地拥抱他。布鲁图斯正在读书，他手里还拿着书卷。西塞罗的热情让他非常吃惊，直到西塞罗解释说他是如何千辛万苦地来到这儿，布鲁图斯才终于明白了。波尔基娅跟她的丈夫在一起，不过晚餐时并没有出席。这让西塞罗松了一口气。波尔基娅实在是太絮叨了。

"你还不知道，元老院已经给我和卡西乌斯分配了行省，"布鲁图斯说，"我得到了克里特岛，卡西乌斯得到了昔兰尼加。消息传来时，卡西乌斯正准备起航，于是他决定不去购买粮食，而是把船队交给当地的长官。他现在那波利斯，跟赛尔维利娅和特尔图拉在一起。"

"你满意吗？"西塞罗关切地问。

"不太满意，但是至少我们终于分到行省了。"布鲁图斯说着一声长叹，"我和卡西乌斯的关系最近不太好。我根据观众对《忒瑞俄斯》的反应进行了一番解读，但卡西乌斯对我的解读大加嘲笑。他总是说起奥克塔维乌斯，这个小伙子在恺撒的凯旋庆典上把安东尼乌斯气得半死。当然，他还说到出现在卡皮特尔山上的那颗彗星，现在所有罗马人都说恺撒已经成了神明，奥克塔维乌斯不断煽动民情。"

"我最后一次见到奥克塔维乌斯时，他的改变让我惊呆了，"西塞罗说，他舒舒服服地靠在躺椅上。能够跟一个有教养的罗马人好好吃顿饭真是棒极了！"他很活跃、很聪明、很自信。菲利普斯很不高兴，他私下里跟我说，这个傻小子有点得意忘形。"

"卡西乌斯认为他很危险，"布鲁图斯说，"他试图在庆典上展示恺撒的金椅和金冠，当安东尼乌斯说不行时，他竟然跟安东尼乌斯理论，就好像他跟高级执政官是平起平坐的人！他一点都不害怕，而且特别能说话。"

"奥克塔维乌斯弄不出什么事，"西塞罗说着故意咳了一下，"其他解放者怎么样了？"

“虽然我们分到了行省，但我认为前面的形势很严峻，”布鲁图斯说，“瓦提亚·伊绍里库斯从亚细亚行省回来了，他因为恺撒遇刺和他父亲自杀而大受打击。奥克塔维乌斯一直坚持说，解放者应该受到惩罚。而多拉贝拉是所有人的敌人，也是他自己的敌人。”

“那我应该在天亮时赶回罗马。”西塞罗说。

西塞罗说到做到，他第二天天一亮就准备出发。波尔基娅出来相送，不过西塞罗并不是很高兴。因为他非常清楚，波尔基娅根本就看不起他，认为他只会夸夸其谈、装模作样。好吧，他觉得波尔基娅就是个古怪的男人婆，而且像其他女人那样只会接受男人灌输的观点，而她的观点全都来自她的父亲。

加图的别墅并不豪华，但却有一些很好的壁画。他们站在中庭时，从天井中洒下的光线照亮了一面墙壁，墙上画着赫克托尔出战阿基里斯之前跟安德洛玛刻告别的一幕。在画家的笔下，赫克托尔正把他的儿子阿斯蒂阿纳克斯递回安德洛玛刻怀中，但安德洛玛刻并没有看着孩子，而是用一种凄切的目光看着赫克托尔。

“妙极了！”西塞罗大声说，贪婪地盯着那幅壁画。

“是吗？”布鲁图斯问。他开始看向这幅画，仿佛以前从未留意过。

西塞罗开始引经据典：

不安的心灵，
你想起我时无须悲苦！
没有人过早地结束我的生命，
无论是英雄还是懦夫，
都不能逃脱自己的命运。
回家纺纱织布，
监督奴仆照料各种事情。
战争不是生而为人的义务，
但特洛伊人却坚持到生命燃尽。

而我，更是别无出路。

布鲁图斯哈哈大笑。“好啦，加图，你不是想让我对加图的女儿说出这些话吧？波尔基娅就像男人一样充满勇气和力量。”

波尔基娅的脸上放出光彩，她转向布鲁图斯，拉起他的手放在自己脸上。布鲁图斯觉得当着西塞罗的面有点不好意思，不过他并没有把手拿走。

波尔基娅的眼睛中燃起狂热的火焰，她说道：

“我的父亲和母亲都不在了……所以你，布鲁图斯，就是我的父亲和母亲，也是我最亲爱的丈夫。”

布鲁图斯抽出手，对着西塞罗勉强一笑，他的笑容有点扭曲，但他已经竭尽全力。“现在你看出她是多么博学了吧？她不满足于引经据典，而是自己现场发挥，而且她的发挥让荷马都相形失色。这绝非易事。”

西塞罗哈哈大笑，他朝着壁画上的安德洛玛刻飞了一个吻。“亲爱的布鲁图斯，如果她能让荷马相形失色，那你跟她确实是天造地设。再见啦，我的朋友，希望我们能在局势更好时再见。”

布鲁图斯和波尔基娅都没有在门口等着西塞罗坐上轿子。

八月底，布鲁图斯登上来自塔伦图姆的船只前往希腊的帕特雷，把波尔基娅和赛尔维利娅都留在后面。

西塞罗一到罗马就收到安东尼乌斯的通知，让他参加在每月一日举行的元老院例会。但是西塞罗并没有出席会议，于是安东尼乌斯气呼呼地离开罗马，到蒂布尔[①]去处理一些紧急事务。

安东尼乌斯一离开罗马城，西塞罗第二天就出席了元老院会议，为了安排好九月初的事，元老院会议延长了。西塞罗既自视甚高又优柔寡断，这次他终于鼓起勇气做了一生中最重要的事情：发表了一系列演讲对安

① 蒂布尔（Tibur）是位于意大利中部拉齐奥区的古代和现代城市，现称蒂沃利。——译者注

东尼乌斯进行批评。

西塞罗的第一个演讲实在出人意料，所有人都大吃一惊，许多人都吓坏了。这第一个演讲是所有演讲中最温和、最巧妙的，因为他突然话锋一转直指要害。

西塞罗一开始的说辞很温和。西塞罗说，安东尼乌斯在三月望日之后的行为相当克制，他没有废除恺撒的法令，也没有召回那些被流放的人，只是永久地废除了独裁官一职，并稳住了普通民众的躁动。但是从五月之后，安东尼乌斯就开始发生改变，而在六月一日之后，他已经变得完全不一样了。没有一件事是通过元老院完成的，所有事情都是通过平民大会，有时候就连平民大会都被他甩在一边。即将成为执政官的希尔提乌斯和潘萨根本就不敢进入元老院，那些解放者都被赶出罗马，那些老兵却得到鼓励积极要求新的津贴和特权。西塞罗批评了恺撒在庆典中得到的尊崇和卢基乌斯·皮索在八月一日发表的讲话，指责皮索没有采取任何行动去维护山内高卢的稳定。他支持继续维持恺撒的法令，但是他反对让这些法令只是成为空头文件。他又列举了恺撒的法令中已经有不少被安东尼乌斯违反了，指出安东尼乌斯正在违反恺撒那些好的法令，并维持那些坏的法令。他最后呼吁安东尼乌斯和多拉贝拉要追求真正的荣誉，而不是用恐怖统治来控制罗马人民。

瓦提亚·伊绍里库斯在西塞罗的讲话之后发言，他讲话的主题跟西塞罗相似，只是说得没有西塞罗那么好罢了。西塞罗这位演讲大师又回来了，他的演讲能力无人能比。整个元老院都为他的发言鼓掌喝彩。

于是安东尼乌斯从蒂布尔回到罗马时，他发现元老院中的气氛改变了，而且罗马广场上也兴起种种流言，那些广场常客都在讨论西塞罗的演讲，他们说那些演讲是多么精彩、多么及时、多么勇敢、多么受欢迎。

安东尼乌斯气急败坏，他要求西塞罗出席九月十九日的元老院会议，这样他就可以当面回应西塞罗的质疑。但是安东尼乌斯的怒气中还包含着明显的恐惧，其中包含着一种前所未有的慌乱。因为安东尼乌斯知道，如果像西塞罗和瓦提亚·伊绍里库斯这样显赫的前任执政官敢在元老院中公开跟他唱反调，那他的权势肯定会受到损害。那个月中发生的另外一件事也证明了他的猜测。他在罗马广场摆放了一尊新的恺撒雕像，这尊雕像的额头上也有一颗星星，但是在雕像底座的铭牌上却写着恺撒并不是什么神明。结果保民官提贝里乌斯·卡努提乌斯对着群众演讲，严厉批评了铭牌上所写的内容。安东尼乌斯突然意识到，就连一个小小的保民官都敢跟他作对。

如果说谁的突然变脸最让安东尼乌斯痛恨，那这个人不是西塞罗而是奥克塔维乌斯。这个安静驯良、风度翩翩的年轻人突然对他发起全面攻击。安东尼乌斯在那些百夫长的逼迫下向奥克塔维乌斯公开道歉，从那一刻开始他才明白自己面对的不是一个漂亮的娘娘腔，而是藏在草丛里的眼镜蛇。

于是在九月十九日的元老院会议上，安东尼乌斯发言义愤填膺地一顿痛斥，针对了西塞罗、瓦提亚、提贝里乌斯·卡努提乌斯和所有公开批评他的人。不过他并没有提到奥克塔维乌斯,因为这样会让他自己出丑。然后他又说起那些解放者，这是他第一次谴责他们杀死了一位了不起的罗马人，并指出他们的行为就是违反法律的谋杀。大家都注意到他的态度改变，如果连安东尼乌斯都认为要进行批判，那就说明那些解放者的处境不容乐观。

关于这一点，安东尼乌斯认为全怪奥克塔维乌斯。因为奥克塔维乌斯身为恺撒的继承人，一直在毫不含糊地向一切愿意倾听的人说明：只要那些解放者没有受到惩罚，恺撒的在天之灵就无法平静。那颗彗星不是已经清楚说明恺撒是一位神明吗？一位罗马人的神明！这位神明时时刻刻都对罗马发挥着巨大的影响力，但是这位神明却无法平静！奥克塔维乌斯不只是对普通民众这么说，而且也对那些精英阶层这样说。安东尼乌斯和多拉贝拉应该如此处置那些解放者？这种明显的叛国罪应该得到宽恕，甚至得到称赞吗？奥克塔维乌斯对大家说，从三月十五日到现在已经过去几个月了，但是那些解放者却没有受到任何惩罚，虽然他们杀死了罗马人的神明，但他们仍然自由自在地走来走去。这位神明没有得到任何官方的献祭，所以无法平静。

一月初，安东尼乌斯感觉越来越不安全，于是又安排了一群老兵给他充当保镖。他抓住了几个据说要刺杀他的人，并且说是奥克塔维乌斯掏钱让这些人来刺杀他。奥克塔维乌斯义愤填膺地登上演讲台，慷慨激昂地对着大批民众否认了这个指控。他的演讲非常成功。每一个听了他演讲的人都完全相信他说的话。安东尼乌斯听到消息，只好放了那几个被他抓住的人，他根本就不敢处决这几个人。如果他这么做了，那他在士兵和平民心目中的形象会严重受损。奥克塔维乌斯发表演讲的第二天，军队又派出一个新的代表团来跟他见面，并且告诉他说他们绝对不会容忍他伤害奥克塔维乌斯一根毫毛。安东尼乌斯实在搞不明白，但奥克塔维乌斯不知怎么回事就成为罗马军队的幸运星，现在罗马士兵对他和鹰旗一样充满敬拜之情。

“我简直难以置信！”安东尼乌斯对着弗尔维娅大叫道，像被困在笼子里的野兽一样走来走去。“他只不过是个小孩子！他怎么能做到这些事？我可以肯定，没有什么军师在给他出谋划策！”

“菲利普斯？”弗尔维娅说。

安东尼乌斯嗤之以鼻。“不是他！他太贪生怕死，而且他们家好几代人都是如此。弗尔维娅，没有人，真的没有人！那些阴谋诡计都是他自己想出来！我甚至不明白恺撒怎么能看出他是个人才！”

“亲爱的，你把自己逼到角落里了，”弗尔维娅笃定地说，“如果你留在罗马，那你最后肯定会把西塞罗、奥克塔维乌斯和其他所有人都杀死，这样你自己也要完蛋了。你的最佳选择就是到山内高卢去跟德基穆斯·布鲁图斯战斗。只要你能打赢这个解放者的首要分子，就能夺回你的位置。你最重要的是控制住军队，所以你应该集中精力做好这件事。面对现实，你本来就不是一个天生的政客。奥克塔维乌斯才是一个天生的政客。你要离开元老院和罗马，这样才能拔掉他的毒牙。”

十月望日之前六天，安东尼乌斯带着大腹便便的弗尔维娅离开罗马，一起前往布伦狄西姆，那六个从马其顿回来的精锐军团即将在此处登陆。

安东尼乌斯至少拥有部分的开战理由，因为德基穆斯·布鲁图斯拒绝接受元老院和平民大会的决议，仍然坚持他才是山内高卢的合法总督，而且还在继续招募士兵。在离开罗马前往布伦狄西姆之前，安东尼乌斯就给德基穆斯送去书信，命令他离开这个行省，因为他自己将成为新的行省总督。如果德基穆斯拒绝服从，那安东尼乌斯就有了完全的开战理由。安东尼乌斯相信，德基穆斯肯定不会服从命令。如果德基穆斯服从命令，那他不仅前途尽毁，还难以逃脱叛国罪的指控。

为了争取主动，奥克塔维乌斯在安东尼乌斯和弗尔维娅离开罗马的第二天也出发了。他的目的地是位于坎帕尼亚的军营。一些军团乘船从马其顿回来驻扎在那里，还有几千名老兵和一些达到入伍年龄的年轻人也在温提狄乌斯的招募下入伍。

奥克塔维乌斯也出发了，和他一起出发的有马塞纳斯、撒尔维狄恩乌斯和马尔库斯·阿格里帕，阿格里帕刚刚带着两货车木板翻山越岭地回到罗马。银行家盖乌斯·拉比里乌斯·波斯图穆斯也跟他们一起出发，此外还有马尔库斯·明狄乌斯·马尔塞鲁斯，此人来自拉丁地区的维利特莱，是当地最有权势的大富翁，也是奥克塔维乌斯的远房亲戚。

他们的工作在卡西利努姆和卡拉提亚展开，这两个小镇都位于坎帕尼亚北部，就在拉提那大道的途经之处。在这个地区应征入伍的士兵，无论他们是老兵还是新兵，都能当场得到两千塞斯特尔提乌斯，而且只要他们发誓效忠恺撒的继承人，以后还能得到另外两万塞斯特尔提乌斯。在四天之内，奥克塔维乌斯就得到了五千名追随他的士兵。幸好他拥有那些战备资金！

“我并不认为，”奥克塔维乌斯对阿格里帕说，“有必要招募一整支军队。我没有经验和天赋去跟安东尼乌斯战斗。我这么做只是想让其他军队认为，我需要一个军团来防备安东尼乌斯的攻击。马塞纳斯和他的食客正在散布消息，说恺撒的继承人不想发动战争，只想保住性命。”

在布伦狄西姆，安东尼乌斯的进展并不顺利。当他给刚刚上岸的四个精锐军团每人四百塞斯特尔提乌斯时，竟然遭到这些士兵的嘲笑，他们说从小恺撒那里得到的钱要多得多。对安东尼乌斯来说，这真是一次巨大的打击。他不知道马尔库斯·科坡尼乌斯带领的那两个步兵大队仍然在布伦狄西姆郊外扎营，他们跟那些新来的士兵说可以从恺撒的继承人那里得到一大笔钱。

“那个小兔崽子！”安东尼乌斯咬牙切齿地对弗尔维娅说，“我刚转过身去，他就在背后收买我的士兵！他给那些士兵许多钱，你能相信吗？他的钱是从哪里来的？我可以告诉你，他肯定是偷了恺撒的战备资金！”

“不一定，”弗尔维娅冷静地说。“你的信使说，拉比里乌斯·波斯图穆斯跟奥克塔维乌斯在一起，这就说明他有途径得到恺撒的资金，尽管遗嘱还没有得到执行。”

“我知道怎么对付军中叛乱，”安东尼乌斯咆哮道，“而且我不会像恺撒那样心慈手软！”

“马尔库斯，不要鲁莽行事！”弗尔维娅恳求道。

安东尼乌斯没有听从她的劝告。他让马尔提亚军团出来列队，然后从中抽出十分之一的士兵，以违背军令的罪名处死了这十分之一士兵中的五分之一。这算不上是十一抽杀，但也有二十五个士兵因此而死，而且这些随机分布的士兵根本就没有做错任何事。马尔提亚军团和另外三个军团安静下来了，但是他们现在都非常讨厌安东尼乌斯。

等到另外一个精锐军团也从马其顿回来时，安东尼乌斯让马尔提亚军团和另外两个军团沿着亚得里亚海岸前往山内高卢。然后他就带着剩下的两个军团（其中一个是阿劳达军团，也就是恺撒原来的第五军团），沿着阿皮娅大道朝向坎帕尼亚出发，希望能抓到奥克塔维乌斯，指控他收买执政官的军队。

但是这两个军团的士兵一直在私下议论，他们说小恺撒是多么勇敢，还说小恺撒是多么慷慨大方。而且他们比安东尼乌斯更清楚小恺撒的行动，因为他们知道小恺撒并不是在收买执政官的军队，只是招募了一个军团来保护自己的性命。因为安东尼乌斯对马尔提亚军团的惩罚，这两个军团的士兵都对小恺撒感到同情。于是他们刚走出阿皮娅大道没多远，就发生了新的骚乱。安东尼乌斯的处理方式仍然是随意抽出一些士兵处死，而不是抓住那些扰乱军心的带头分子。在此之后，安东尼乌斯骑马走在前面,而他的士兵则板着脸跟在后面。他们的脸色让安东尼乌斯觉得，还是不要进入坎帕尼亚比较明智，于是他又转向了亚得里亚海岸。

西塞罗心想，这简直是个噩梦。十月和十一月发生了太多事，让他有点头晕目眩了。奥克塔维乌斯真是出人意料！他年纪这么小，而且又没有任何经验，竟然准备跟安东尼乌斯开战！罗马城中议论纷纷，大家都在说战争近在眼前，安东尼乌斯带着两个军团在向罗马进军，而奥克塔维乌斯和他那个松散的军团在坎帕尼亚北部毫无目的地游荡。奥克塔维乌斯真的想跟安东尼乌斯在坎帕尼亚开战，还是想要进军罗马？西塞罗私底下希望奥克塔维乌斯是进军罗马，因为这是最明智的选择。西塞罗怎么会知道这么多呢？因为奥克塔维乌斯经常给他写信。

“噢，布鲁图斯，你在哪里？”西塞罗在心中哀叹，“你错过了多么好的时机！”

叙利亚那边也有令人不安的消息传到罗马。消息的来源是一个奴隶，这个奴隶属于那个反叛的凯基利乌斯·巴苏斯，而巴苏斯现在还困在阿帕梅亚。这个奴隶跟布鲁图斯的总管司卡普提乌斯一起赶路，他把这些消息告诉了赛尔维利娅。于是赛尔维利娅去跟多拉贝拉见面，她告诉多拉贝拉，叙利亚现在有六个军团，全都聚集在阿帕梅亚附近。第一个消息是这些军团现在都躁动不安，还有守卫亚历山大里亚的四个军团也是同样情况。第二个消息更加惊人，那就是所有这些军团都希望卡西乌斯能赶来充当新总督！赛尔维利娅说，如果巴苏斯的奴隶所说的消息属实，那么这所有十个军团都迫切希望卡西乌斯能够成为叙利亚的总督。

多拉贝拉害怕了。在一天之内，他就收拾好行李出发前往叙利亚，把管理罗马的责任交给城市大法官盖乌斯·安东尼乌斯，而且顾不上给安东尼乌斯写信或告知元老院。在多拉贝拉看来，卡西乌斯肯定是在暗中跟叙利亚和亚历山大里亚的军队接触，所以他必须抢在卡西乌斯前面赶到叙利亚。赛尔维利娅告诉多拉贝拉说他误会了，卡西乌斯并不想非法篡夺叙利亚总督之位，但是他根本就不理会。他派自己的副将奥卢斯·阿利恩乌斯乘船赶往亚历山大里亚，并命他把那里的四个军团给他带到叙利亚，而他自己则乘船从安科纳赶到马其顿西部，现在这个季节不适合航海，所以他会走陆路。

西塞罗跟赛尔维利娅一样清楚，卡西乌斯并没有在赶往叙利亚的路上，但是十月结束十一月开始时，他越来越担心坎帕尼亚的局势了。奥克塔维乌斯的书信说他正在考虑进军罗马，并恳求西塞罗留在罗马。他需要西塞罗在元老院中发挥作用，因为他想通过元老院用合法手段废黜安东尼乌斯。他在信中说，请确保等他到达罗马城外时，元老院就召集会议让他可以发言指控安东尼乌斯！

“我无法信任他的年龄，而且我并不清楚他的为人究竟如何，”西塞罗对赛尔维利娅说，他实在太焦虑了，想不出比这个女人更好的倾诉对象，“布鲁图斯不应该在这时候跑去希腊。他应该留在这里为自己和其他解放者辩护。事实上，如果他在这里，那我和他也许能合力把政府从安东尼乌斯和奥克塔维乌斯手中夺走，然后就能恢复共和国。”

赛尔维利娅看着他的眼神充满讽刺，她的心情不太好，因为波尔基娅又回到这所房子里，而且变得比以前更加疯狂。“亲爱的朋友，”她疲惫地说，“布鲁图斯不属于他自己或罗马，他属于加图，虽然加图已经去世两年多了。安东尼乌斯离得太远，而罗马人已经对他忍无可忍，你就接受现实吧。他没有恺撒的聪明才智，而是像一头瞎了眼的公牛横冲直撞。至于奥克塔维乌斯，他根本就不足挂齿。当然，他很狡猾，但是他连恺撒的小指头都比不上。我把他看成年轻时的庞培·马格努斯，满脑子都是幻想。”

“年轻时的庞培·马格努斯，”西塞罗波澜不惊地说，“迫使苏拉给他统帅权，后来还成了无可置疑的罗马第一人。你仔细想想，恺撒其实是大器晚成，他在前往长发高卢之前并没有立下什么丰功伟绩。”

“恺撒，”赛尔维利娅气恼道，“是个遵纪守法的人！他所有事情都要遵照法律。当他违背法律时，那是因为如果他不这么做就要完蛋，他还不至于那么死板！”

“好啦，好啦，赛尔维利娅，我们不要为一个死人吵架。他的继承人还充满活力,而且在我看来简直是个谜。我怀疑他在所有人看来都是个谜，甚至连菲利普斯也不例外。”

“我听说，这个谜一般的小伙子正在坎帕尼亚组织军队，”赛尔维利娅说，“帮助他的也是一些小伙子。我问你，有谁听说过盖乌斯·马塞纳斯或马尔库斯·阿格里帕？”

西塞罗笑了。“从许多方面看来，他们就是纯粹的乡巴佬。奥克塔维乌斯坚信只要他向罗马进军，那元老院就会根据他的要求召集会议，尽管我在信中不停地告诉他，因为两位执政官都不在罗马，所以元老院根本就不能召集会议。”

“我承认，我确实很想见到恺撒的继承人。”

“你听说了吗？好吧，你肯定听说了，因为新任大祭司长的妻子就是你的女儿。可怜的卡尔普尔尼娅在奎里纳尔山外围买了一座小房子，跟加图的遗孀一起住在那儿。”

“我当然听说了，”赛尔维利娅说，她的头发现在是一道道乌黑和雪白的奇异组合。她伸出一只美丽的手顺了顺头发。“恺撒给她留下很多钱，但是皮索无法说服她再嫁，所以他就把她的钱抢走了，或者说他的妻子把钱抢走了。至于马尔基娅，她就是一个忠贞的妻子，就像格拉古兄弟之母科尔涅利娅那样。”

“而你收留了波尔基娅。”

“不会太久了。”赛尔维利娅神秘兮兮地说。

安东尼乌斯改变主意，不准备穿过坎帕尼亚前往罗马，而是调转方向到亚得里亚海岸去追赶之前的三个军团，到山内高卢去跟德基穆斯·布鲁图斯开战。当奥克塔维乌斯听说了这个消息时，他决定向着罗马进军。虽然从他继父菲利普斯到他的笔友西塞罗，都认为他是因为年少无知没有认清现实，但奥克塔维乌斯非常清楚这个选择是多么危险。他并不是因为充满幻想，或者是确定能得到想要的结果才做出这个选择。但是长时间的深思熟虑让他确信，即便这个选择是致命的错误，那他也要放手一搏。如果他留在坎帕尼亚，眼睁睁地看着安东尼乌斯带着军队进入北方的亚平宁山区，那么军队和罗马人都会认为恺撒的继承人光说不做。恺撒一直是他的偶像，而恺撒总是敢想敢干。奥克塔维乌斯一点都不想开战，因为他知道自己没有足够的能力和技巧去对付像安东尼乌斯这样久经沙场的猛将。但是，如果他进军罗马，那就是在告诉安东尼乌斯，他仍然是这个游戏的参与者，他是一股不容忽视的力量。

没有任何军队在路上阻挡，他沿着拉提那大道一路向前，绕过塞维安城墙来到战神原野。他在那里扎营，安顿好他的五千名士兵，然后就带着两个步兵大队进入罗马城，兵不血刃地占领了罗马广场。

他在那里遇到了保民官提贝里乌斯·卡努提乌斯，卡努提乌斯代表保民官对这个新贵族表示欢迎，并邀请他登上演讲台对群众讲话。

“没有元老在场？”奥克塔维乌斯对着卡努提乌斯问。

卡努提乌斯不屑地说，“跑了，恺撒，所有人都跑了，包括所有的前任执政官和高级官员。”

“这样我就不能用合法手段去对付安东尼乌斯。”

“他们怕得要死，根本就不敢对付安东尼乌斯。”

奥克塔维乌斯跟马塞纳斯交代了一下，让他通过食客去拉来更多听众。然后奥克塔维乌斯就回到他的家里，换上托迦和高跟靴子。等他回到罗马广场时，现场已经聚集了大约一千名广场常客。他登上演讲台，发表了一个令人惊叹的演讲。他的演讲无论是遣词用句、节奏布局、姿态语气都无可挑剔。听着他的演讲真是一种享受。演讲一开始是称颂恺撒，他列出恺撒的功绩，并说明这一切都是为了罗马的荣誉，恺撒的所作所为永远都是为了罗马的荣誉。

“他是罗马历史上最伟大的人，因为他就代表着罗马荣誉本身。直到他被谋杀的那一天,他一直都是罗马最忠诚的仆人。他增加了罗马的财富，提高了罗马的地位，他就是罗马的化身！”

等到那疯狂的欢呼安静下来之后，他又说起那些解放者，并要求为恺撒伸张正义。这群小人杀死恺撒是为了维护他们身为第一等级的特权，而不是为了给罗马带来更多荣誉。然后他又展现出像西塞罗一样的表演天赋，他一个个地模仿那些解放者。他第一个模仿的人是布鲁图斯，布鲁图斯在法萨卢斯像个懦夫一样扔下刀剑的样子被他活灵活现地表演出来了。然后他又说起德基穆斯·布鲁图斯和盖乌斯·特里波尼乌斯的忘恩负义，因为他们的一切都是恺撒给的。然后他又模仿米努基乌斯·巴西卢斯虐待奴隶的情景。然后他又说出自己是如何亲眼见到格涅乌斯·庞培那个被卡伊斯·恩尼乌斯·伦托砍下的头颅。他用自己的聪明睿智，毫不留情地讽刺了全部二十三个刺客。

然后他问听众：安东尼乌斯身为恺撒的亲戚，为什么对那些解放者如此宽容、如此同情？而他，恺撒·菲利乌斯，不是在纳尔波这个阴谋开始酝酿的地方看到安东尼乌斯跟盖乌斯·特里波尼乌斯和德基穆斯·布鲁图斯窃窃私语吗？而恺撒遇刺时，其他人都拿着刀子进入会堂，安东尼乌斯不是留在外面再次跟盖乌斯·特里波尼乌斯窃窃私语吗？安东尼乌斯不是在罗马广场上屠杀了几百个手无寸铁的罗马公民吗？安东尼乌斯不是毫无证据就指控他，恺撒·菲利乌斯，说他意图谋杀吗？安东尼乌斯不是把未经审判的罗马公民扔下塔尔皮安巨石吗？安东尼乌斯贪污渎职，从罗马公民权到税赋减免权的一切东西都被他拿去售卖不是吗？

“我说的已经够多了，”奥克塔维乌斯最后说，“我只想说，我是恺撒！我只想通过自己的努力像我亲爱的父亲那样得到应得的地位和荣誉！我亲爱的父亲现在已经成了神明！如果你们不相信我，那你们只要看看恺撒的火化地点，就会知道普布利乌斯·多拉贝拉已经重新立起恺撒的圣殿和柱子，已经承认了恺撒的神性！恺撒在天上的星星足以说明一切！恺撒是神明尤利乌斯，而我是他的儿子！我是神之子，我会竭尽全力让自己配得起这个名字！”

他深吸一口气，在一片欢呼声中从演讲台走向恺撒的圣殿和柱子，在那里拉起托迦盖在自己头上，然后就开始向他的父亲祷告。

奥克塔维乌斯的演讲令人印象深刻，那些被他带到城里的士兵永远难忘，而且事后只要遇到其他士兵都会积极宣扬。

这是九月十日。两天后，有消息说安东尼乌斯正沿着瓦勒里娅大道迅速逼近罗马，他带来了之前驻扎在蒂布尔的阿劳达军团，蒂布尔距离罗马并不远。奥克塔维乌斯的士兵听说安东尼乌斯只带着一个军团，都跃跃欲试地想要开战。

但是奥克塔维乌斯并不希望开战。他去到战神原野向士兵们解释说，他不想让罗马人骨肉相残，然后就拔营带着军队沿着卡西娅大道朝着北方前进。他们来到阿瑞提乌姆，这里是盖乌斯·马塞纳斯的老家，他们家族在这里势力庞大。然后奥克塔维乌斯就跟朋友们一起待在那里，静静等待安东尼乌斯的反应。

安东尼乌斯首先想到的是召集元老院会议，并准备宣布奥克塔维乌斯为国家公敌。如果成为国家公敌，那他就会被剥夺公民权，而且不必经过审判就可以被当场处决。但是这个会议并没有成功召集，因为安东尼乌斯接到了一个可怕的消息，不得不立刻离开罗马城。马尔提亚军团宣布效忠奥克塔维乌斯，已经离开了亚得里亚海岸沿着瓦勒里娅大道赶往罗马，因为他们以为奥克塔维乌斯还在罗马。

安东尼乌斯离开时太匆忙，所以并没有带着军队一起出发，于是当他在阿尔巴－弗森提亚遇见马尔提亚军团时，他无法像在布伦狄西姆时那样处罚这些士兵。安东尼乌斯只能使出他的演讲术，极力劝说这些士兵恢复理智，让他们放弃兵变。但他只是在白费口舌。这些士兵指责他冷酷吝啬，毫不客气地说他们只会为奥克塔维乌斯打仗。安东尼乌斯提出可以给每个士兵两千塞斯特尔提乌斯，但他们拒绝拿钱。于是他只能宣布，这些人再也不是罗马士兵了，然后就乘船返回罗马港。至于马尔提亚军团，他们直接到阿瑞提乌姆去投奔奥克塔维乌斯。马尔提亚军团让安东尼乌斯明白一个事实：就算他下令开战，他的士兵也不会跟奥克塔维乌斯的士兵战斗。那条小毒蛇现在公开称自己为神之子，他可以安安稳稳地待在阿瑞提乌姆了。

安东尼乌斯刚回到罗马又干了一件违反常规的事：他召集元老院在夜晚开会，会议地点是卡皮托尔山上的"至尊至善者"朱庇特神庙。按照规定，元老院不能在日落之后开会，但安东尼乌斯就是这样肆意妄为。安东尼乌斯禁止提贝里乌斯·卡努提乌斯、卢基乌斯·卡西乌斯和德基穆斯·卡尔弗勒努斯这三个保民官出席会议，然后又准备宣布奥克塔维乌斯为国家公敌。但是他还没来得及进行分组表决，又接到了可怕的消息。第四军团也宣布效忠奥克塔维乌斯，还有他手下的财务官卢基乌斯·厄纳图莱乌斯也已经转换阵营。他又一次无法把恺撒的继承人列为国家公敌。火上浇油的是，提贝里乌斯·卡努提乌斯送来一张纸条，说如果安东尼乌斯提出任何对奥克塔维乌斯不利的法案，那等到法案送往平民大会中审核时，他一定会毫不犹豫地否决这个法案。

于是，在第四军团跑到阿瑞提乌姆去投奔奥克塔维乌斯时，安东尼乌斯的元老院会议只能讨论一些无关紧要的事。安东尼乌斯高度称赞勒皮杜斯，因为勒皮杜斯在近西班牙跟赛克斯图斯·庞培达成了协议。然后安东尼乌斯又剥夺了布鲁图斯的克里特岛行省，还有卡西乌斯的昔兰尼加行省。至于他自己原来的马其顿行省（那里的十五个军团现在基本消失了），他把这个行省给了他的弟弟盖乌斯·安东尼乌斯。

最糟糕的是，弗尔维娅不能帮他出谋划策。因为他在元老院发言时，弗尔维娅正在生孩子。虽然弗尔维娅已经生过很多个孩子，但这个孩子出生时却让她大受折磨。最后，弗尔维娅终于给安东尼乌斯生了第二个儿子，但是她自己却病得很厉害。安东尼乌斯决定把这个儿子叫作尤卢斯，他这是故意要给奥克塔维乌斯难堪，因为这个名字强调了安东尼乌斯父子身上拥有尤利乌斯氏族的血统。尤卢斯是埃涅阿斯的儿子，而埃涅阿斯是阿尔巴·隆伽和尤利乌斯氏族的创立者。

安东尼乌斯的朋友都躲起来了，现在他只剩下自己的兄弟可以一起商量，除此之外并没有其他的帮助和安慰。情况变得如此错综复杂，他实在无从下手，特别是多拉贝拉那个狗东西也扔下自己的职责跑到叙利亚。最后，安东尼乌斯觉得，把德基穆斯·布鲁图斯赶出山内高卢是目前唯一能做的事，因为德基穆斯·布鲁图斯已经拒绝了安东尼乌斯让他离开山内高卢的命令。这也是弗尔维娅建议他去做的事，而事实已经多次证明弗尔维娅是正确的。奥克塔维乌斯的事只能等他打败德基穆斯·布鲁图斯之后再去处理了，到时他会得到德基穆斯·布鲁图斯的军队，而这些军队不会效忠于恺撒的继承人。到时他就可以行动了！

安东尼乌斯没有足够的智慧和耐心，没有在奥克塔维乌斯出现时做出适当的反应，没有试着去了解他并对他表示欢迎。安东尼乌斯只是简单粗暴地对待奥克塔维乌斯这个小男孩，但其实这个小男孩已经不小了，他在九月二十三日就满十九岁。于是，安东尼乌斯现在发现，自己面对着一个无法捉摸的敌人，这个敌人的潜力尚未展现而且难以估量。在他离开罗马前往山内高卢之前，他只能发布一系列公告，宣布奥克塔维乌斯拥有的是私人军队，所以奥克塔维乌斯已经犯了叛国罪，并且说他拥有的更像是斯巴达克斯而非喀提林的叛军，这样就可以把奥克塔维乌斯的罗马军队说成是一群由奴隶组成的乌合之众。这些公告还添油加醋地说奥克塔维乌斯是同性恋者，他的继父是个饕餮之徒，他的母亲是个淫妇，他的生父是个无名小卒。罗马人看着这些公告哈哈大笑，他们并不相信安东尼乌斯的话，不过安东尼乌斯并没有看到他们的反应，因为他已经在率军北上的途中。

安东尼乌斯一离开，西塞罗就开始了他的第二轮攻击。这一次他不是发表演讲，而是著书立说。他的文章回答了所有针对奥克塔维乌斯的指控，还给他那些热切的读者提供了许多关于安东尼乌斯的丑闻。安东尼乌斯的密友是像穆斯特拉和提罗这样的角斗士，像福尔米奥和格纳托这样的被释奴，像西特里斯这样的娼妓，像希皮亚斯这样的戏子，像赛尔吉乌斯这样的小丑，像李基尼乌斯·丹提库卢斯这样的赌徒。他还提出非常严肃的指控，说安东尼乌斯也参与了刺杀恺撒的阴谋，所以他才对那些刺客如此宽容。他指责安东尼乌斯偷走了恺撒的战备资金，还有奥普斯神庙中的七亿塞斯特尔提乌斯。他说这些钱全都被安东尼乌斯拿去还债了。然后他又详细说明安东尼乌斯的士兵为什么要弃暗投明。除此之外，他反击了安东尼乌斯说奥克塔维乌斯是同性恋者的指控，他描述了安东尼乌斯在许多年中跟盖乌斯·库里奥的亲密交往，而这个盖乌斯·库里奥还是安东尼乌斯现任妻子的其中一任丈夫。他浓墨重彩地描绘了安东尼乌斯的奢侈享乐，从他那数不胜数的情妇，到他的狮子战车，到他因为纵酒而在演讲台和其他公众场所呕吐。罗马人要读完这些文章得花上许多时间。

安东尼乌斯正在穆蒂纳[1]考察，德基穆斯·布鲁图斯正据守在那个地方，而奥克塔维乌斯仍然在阿瑞提乌姆，于是罗马现在总算属于西塞罗了，他继续发表针对安东尼乌斯的批评文章，而且措辞越来越凌厉。他的文章中开始出现对奥克塔维乌斯的赞赏：如果奥克塔维乌斯没有向罗马进军，那么安东尼乌斯就会把留在罗马的前任执政官都杀死，让自己成为绝对的统治者，所以罗马欠了奥克塔维乌斯很大的人情。西塞罗的演讲和文章都很漂亮，不过他为了达到自己的目的，陈述的事情并不完全属实。

加图和解放者在元老院中的影响力都消失了，现在元老院中分成两个新派系：安东尼乌斯一派和奥克塔维乌斯一派。尽管其中一个是高级执政官，而另外一个连元老都不是。卢基乌斯·皮索和菲利普斯都觉得，想要保持中立是非常困难的。当然，罗马人的注意力还有很大一部分集中在山内高卢，严寒的冬天已经来到那个地方，所以军事行动不得不暂停，要等到明年春天才能决定战局。

十二月底，奥克塔维乌斯回到罗马，而他的三个军团则舒舒服服地

---

① 穆蒂纳（Mutina）是山内高卢的城镇，也是艾弥利娅大道上的重要驿站。——译者注

在阿瑞提乌姆扎营。家人喜忧参半地迎接了他的归来。菲利普斯在公开场合向来跟奥克塔维乌斯划清界限，不过在私下里并不是这样。菲利普斯花了许多时间跟这个任性的继子在一起，告诉他要小心谨慎，告诫他绝对不能向安东尼乌斯发动内战，劝说他不要让别人称呼他为恺撒，还有神之子这个惊人的名字就更不可取了。奥克塔维娅的丈夫小马尔塞鲁斯认为奥克塔维乌斯实力强大，他肯定会迅速登上高位，于是开始殷切地巴结他。还有恺撒的两个亲戚，昆图斯·皮狄乌斯和卢基乌斯·皮纳里乌斯，他们也表示会坚定地站在奥克塔维乌斯这边。另外还有三个不太亲近的家人，因为阿提娅并不是奥克塔维乌斯生父的第一个妻子，所以奥克塔维乌斯还有另外一个同样叫做奥克塔维娅的姐姐。这个大奥克塔维娅的丈夫是赛克斯图斯·阿普列乌斯，他们生了两个儿子叫做小赛克斯图斯和马尔库斯。阿普列乌斯家的两兄弟也开始跟奥克塔维乌斯热络起来，因为这个刚满十九岁的少年已经成了一家之主。

在恺撒的银行管理人中，大卢基乌斯·科尔涅利乌斯·巴尔布斯和盖乌斯·拉比里乌斯·波斯图穆斯首先表示支持奥克塔维乌斯。到了这一年的年底，其他银行管理人也都加入这个阵营了，其中包括小巴尔布斯，盖乌斯·奥皮乌斯（他相信是奥克塔维乌斯偷了那些战备资金），还有恺撒的老朋友盖乌斯·马提乌斯。此外，还有奥克塔维乌斯生父的亲戚马尔库斯·明狄乌斯·马尔塞鲁斯。就连小心谨慎的提图斯·阿提库斯也对奥克塔维乌斯十分看重，他还提醒自己的身边人要礼貌对待恺撒的继承人。

“我要做的第一件事，”奥克塔维乌斯对阿格里帕、马塞纳斯和撒尔维狄恩乌斯说，“就是让自己进入元老院。在我进入元老院之前，我只能以一个私人公民的身份去行事。”

“这可能吗？”阿格里帕疑惑地问。他很享受自己的工作，因为他和撒尔维狄恩乌斯都把精力集中在军中事务，而且他发现自己跟撒尔维狄恩乌斯一样颇具天赋。他在第四军团和马尔提亚军团中都很受欢迎。

“哦，很有可能，”马塞纳斯说，“我们会通过提贝里乌斯·卡努提乌斯去运作，即便在他的保民官任期结束之后也可以继续。我们还会再收买几个人。除此之外，一等到新任执政官在元旦日就职，你就要去做他们的工作。希尔提乌斯和潘萨是恺撒的人，而不是安东尼乌斯的人。只要安东尼乌斯不再是执政官，他们就会有更多勇气。元老院重审了对他们的委任，而且把马其顿从盖乌斯·安东尼乌斯手中夺走了。这一切都对你很有利。”

“那么，”奥克塔维乌斯露出一个酷似恺撒的微笑，“我们只需等待，看看新年会带来什么礼物。我拥有恺撒的幸运，所以我不会倒下。我的未来只有一个方向，那就是向上、向上、向上。”

第 6 节

八月底，布鲁图斯到达雅典。他一直希望刺杀恺撒能给自己赢得名声，现在他期待已久的荣誉终于来了。除灭暴君在希腊备受推崇，他们认为布鲁图斯就是除灭暴君的英雄。让布鲁图斯有点尴尬的是，他发现自己和卡西乌斯的雕像已经开始建造了，而且他们的雕像将会矗立在市集广场，就在除灭暴君的希腊人阿利斯托吉顿和哈尔莫迪乌斯旁边。

布鲁图斯带着三位追随他的哲学家同行，他们是伊庇鲁斯的斯特拉托、斯塔提卢斯和普布利乌斯·沃伦尼乌斯，这几人写的文章很好，但喝的酒也很多。他们四人兴高采烈地投入到雅典的文化生活之中，不仅四处去听人演讲，还拜倒在当下最受欢迎的哲学家泰奥尼斯图斯和克拉提普斯的脚下。

这让雅典人非常疑惑。这个除灭暴君的家伙就像其他热衷学问的罗马人一样，只顾着在各个剧院、课堂和图书馆之间跑来跑去。雅典人本以为布鲁图斯会在东方召集军队，彻底推翻罗马政府。但是他却毫无动静！

一个月后，卡西乌斯也来到雅典。他们一起搬进一座宽敞的房子。布鲁图斯的巨额财富很少留在罗马或意大利，而是随着他一起转移到东方，而司卡普提乌斯身为总管就像马提尼乌斯一样出色。事实上，司卡普提乌斯一直铆足劲儿要超过马提尼乌斯。所以他们一点都不缺钱，而那三个哲学家都生活得非常舒适。斯塔提卢斯虽然已经习惯了加图的艰苦朴素，但眼下这种改变对他来说也是一件好事。

“你要做的第一件事，就是去看看我们在市集广场上的雕像，”布鲁图斯热切地说，几乎是把卡西乌斯推出门口，“噢，我真的大受震撼！卡西乌斯，这真是杰作！我看起来就像神明。不，不，我并不是要模仿恺撒，但我可以告诉你，跟希腊雕刻家的雕塑相比，维拉布鲁姆作坊里制造的雕塑根本就不值一提。”

当卡西乌斯看到雕像时，他笑得瘫软在地，然后他勉强走到一个看不到雕塑的地方，才慢慢恢复平静。两尊雕像都有真人大小，而且都一丝不挂。布鲁图斯身材瘦长、肩膀单薄、毫无力量，但他的雕像看起来就像普拉克西特利斯的拳击手，浑身上下都是饱满的肌肉，而且下身的阴茎和阴囊都十分壮硕。难怪布鲁图斯觉得棒极了！至于他自己，虽然他的身体就像他的雕塑一样漂亮，但是看着那些希腊基佬垂涎欲滴地盯着自己的裸体，实在是太荒唐、太滑稽。布鲁图斯大发脾气，然后就一声不吭地跑回家里。

卡西乌斯跟布鲁图斯相处了一天，就知道他的妻舅很享受这种罗马富人在世界文化之都的生活，而卡西乌斯却迫不及待地想要做点什么更有意义的事。赛尔维利娅送来消息，说叙利亚希望他去担任总督，这给了他一个好主意，他决定到叙利亚去。

“如果你拥有与生俱来的那种意识，”卡西乌斯对布鲁图斯说，“那你就应该抢在安东尼乌斯把马其顿的军队都抽走之前赶去那里担任总督。你只要留住那里的军队，就可以安枕无忧了。你可以写信到帖撒罗尼加给昆图斯·霍尔滕西乌斯，问问他那里情况如何。”

但是布鲁图斯还没来得及写信，霍尔滕西乌斯就先给他写信了。霍尔滕西乌斯在信中说，他非常欢迎布鲁图斯去马其顿担任总督。安东尼乌斯和多拉贝拉并不是真正的执政官，他们都是狼心狗肺的家伙。在卡西乌斯的督促之下，布鲁图斯给霍尔滕西乌斯回信说，他会前往帖撒罗尼加，还会带几个年轻人去充当副将，这几个年轻人包括西塞罗的儿子马尔库斯、比布路斯的小儿子卢基乌斯，还有其他人。

卡西乌斯在几天之内就登上船只，从爱琴海前往亚细亚行省。而布鲁图斯还留在原地犹豫：到底是应该履行职责去马其顿，还是应该听从内心的呼喊留在雅典。于是，虽然他已经听说多拉贝拉正在赶往叙利亚，但他还是没有急着赶往北方。

当然，他从雅典出发之前还要写一些信。现在赛尔维利娅和波尔基娅住在一起，这真是让他非常忧虑。于是他写信给赛尔维利娅，说从现在开始要跟他联系不太容易，但是等到情况允许，他就会派司卡普提乌斯去看望赛尔维利娅。他写信给波尔基娅要艰难得多，因为他只能请求波尔基娅尽量跟婆婆好好相处。他还告诉波尔基娅，自己是多么爱她，多么想念她。波尔基娅就是他的生命之火。

十一月底，布鲁图斯终于来到马其顿的首府帖撒罗尼加。霍尔滕西乌斯非常热情地迎接他的到来，并承诺这个行省就交给他了。但是布鲁图斯却有点迟疑在新年之前就接过霍尔滕西乌斯的职位到底对不对？霍尔滕西乌斯的任期快要结束了，但如果他提前上任，那元老院可能会派兵来对付他这个提前上位的总督。安东尼乌斯的四个精锐军团已经走了，但是霍尔滕西乌斯说现在还剩下两个军团，这两个军团看来会在底拉西乌姆停留一段时间。即便如此，布鲁图斯还是决定再等一等，结果第五个军团也离开了。

从罗马传来一个惊人的消息，奥克塔维乌斯竟然向罗马进军，这让布鲁图斯相当困惑。这个乳臭未干的小子以为自己是什么人？他以为挑战了安东尼乌斯这样的野蛮人之后还能全身而退吗？恺撒家的人都是一个模子里出来的吗？最后，布鲁图斯还是认为奥克塔维乌斯毫无前途，他的小命在新年之前就会结束。

伊利里库姆的总督普布利乌斯·瓦提尼乌斯带着两个军团守在萨罗

奈，等待安东尼乌斯下达命令让他出兵进入达努比乌斯河地区。十二月底，他终于收到安东尼乌斯的来信，命令他带着军队向着南边进军，帮助盖乌斯·安东尼乌斯占领马其顿西部地区。瓦提尼乌斯并不知道安东尼乌斯是多么不受欢迎，于是他遵照安东尼乌斯的命令而行。不过他还是心存疑虑，因为安东尼乌斯说布鲁图斯正准备夺取马其顿，而卡西乌斯正准备把叙利亚从多拉贝拉手中抢走。

于是瓦提尼乌斯在十二月底向南进军准备攻占底拉西乌姆，提前到来的严冬特别寒冷，所以瓦提尼乌斯只能在冰雪中艰苦行军。他发现原本驻守在底拉西乌姆的两个军团都不见了，这两个军团其中一个比较精锐，另外一个不是那么精锐。无论如何，底拉西乌姆总算是一个舒适的大本营。他在底拉西乌姆安顿下来，等着盖乌斯·安东尼乌斯的到来，据他所知盖乌斯·安东尼乌斯才是合法的马其顿总督。

布鲁图斯还在等待罗马的消息，一直到十二月中旬司卡普提乌斯终于给他带来消息。奥克塔维乌斯躲在阿瑞提乌姆，现在的局势很诡异。安东尼乌斯的两个军团宣布效忠奥克塔维乌斯，但是双方都按兵不动，奥克塔维乌斯的军队没有去攻打安东尼乌斯，安东尼乌斯的军队也没有去攻打奥克塔维乌斯。司卡普提乌斯说，恺撒的继承人现在已经被许多人直接称为恺撒，而且他看起来也很像恺撒。安东尼乌斯想把奥克塔维乌斯列为国家公敌，但他的两次尝试都失败了。于是安东尼乌斯出兵到山内高卢，目前正在攻打德基穆斯·布鲁图斯据守的穆蒂纳。情况真是出人意料！

对布鲁图斯来说，更重要的是他得知元老院夺走了他的克里特岛和卡西乌斯的昔兰尼加。他们还没有被列为国家公敌，但是马其顿已经交由盖乌斯·安东尼乌斯去管理，而瓦提尼乌斯正奉命去协助盖乌斯·安东尼乌斯。

根据赛尔维利娅和瓦提亚·伊绍里库斯的说法，安东尼乌斯的野心很大。他现在拥有五年期限的至高统帅权，在打败德基穆斯·布鲁图斯之后，他可以跟罗马最精锐的军队一起留在意大利北部边境五年时间，还有普兰库斯、勒皮杜斯和波尔利奥可以帮他守住西部边境，还有瓦提尼乌斯和盖乌斯·安东尼乌斯可以帮他守住东部边境。是的，他有统治罗马的野心，不过他也知道因为奥克塔维乌斯的存在，再往后的五年他不一定能保住统治权。

布鲁图斯终于采取行动。他把霍尔滕西乌斯留在帖撒罗尼加，自己带领军队沿着埃格纳提亚大道前进。他的军队包括霍尔滕西乌斯的一个军团，还有庞培·马格努斯残余的几个步兵大队，这些老兵一直在行省首府的郊区扎营。小马尔库斯·西塞罗和卢基乌斯·比布路斯也跟他一起出发，此外还有那几个追随他的哲学家。

但是天气实在太严酷，布鲁图斯只能缓慢地艰苦跋涉。他以蜗牛的速度前进，直到恺撒去世这一年的年底，他还停留在坎达维亚山区。

十一月初，卡西乌斯到达亚细亚行省的示麦那，发现盖乌斯·特里波尼乌斯已经舒舒服服地在那里当起总督。还有另外一个刺杀恺撒的参与者卡西乌斯·帕尔门西斯也在那儿，他现在是特里波尼乌斯的副将。

“我从来没有遮遮掩掩，”卡西乌斯对他们说，“我准备打败多拉贝拉，抢走他的叙利亚行省。”

“很好，”特里波尼乌斯笑着表示赞同，“你有钱吗？”

“一点都没有。”卡西乌斯坦白承认。

“那我可以给你提供一点战备资金，”特里波尼乌斯说，“而且，我还可以给你一支小船队，还会让赛克斯提利乌斯·鲁弗斯和帕提斯库斯去给你充当副将，他们都是优秀的海军将领。”

“我也擅长海战，”卡西乌斯·帕尔门西斯说，“如果你愿意用我，那我也可以跟你一起去。”

“少了三个得力助手，你能应付得过来吗？”卡西乌斯对着特里波尼乌斯问。

“哦，可以的。亚细亚行省虽然不算太平静，但也没有什么大不了的事情。他们很高兴有点事做。”

“特里波尼乌斯，我要告诉你一个不太乐观的消息。多拉贝拉正从陆路前往叙利亚，所以你肯定会碰到他。”

特里波尼乌斯耸耸肩膀。“让他来吧。他在我的行省根本就不能行使什么权力。”

“因为我想尽快出发，所以如果你能帮我征集一些战船，那我会非常感激。”卡西乌斯说。

十一月底，战船集结完毕。卡西乌斯和他的三个海军副将一起扬帆起航，他已经下定决心要在沿途收集更多船只。跟他一起出发的还有一个堂兄弟，此人是他许多个名为卢基乌斯·卡西乌斯的亲戚之一，此外还有一个叫做法比乌斯的百夫长。至于那些唯唯诺诺的哲学家，卡西乌斯才不会带着他们同行！

不过他在罗德岛并没有碰上好运气。罗德岛人注重名正言顺，所以不肯给卡西乌斯提供船只或资金，他们解释说不想卷进罗马的内部纷争。

“总有一天，”卡西乌斯和颜悦色地对着罗德岛的行政长官和码头总长说，“我会让你们为此付出代价。盖乌斯·卡西乌斯是个可怕的敌人，而且盖乌斯·卡西乌斯不会忘记别人的羞辱。”

在塔尔苏斯，他遇到了同样的情况，而且做出了同样的回答。然后他就继续航行到叙利亚北部，不过他很聪明，没有让他的船队停靠在可能会遇到多拉贝拉船队的地方。

凯基利乌斯·巴苏斯占据着阿帕梅亚，但是刺客之一卢基乌斯·斯泰乌斯·穆尔库斯占据着安条克，并且掌控着六个躁动不安的军团。当卡西乌斯出现时，穆尔库斯非常高兴地把职位交给他，并且在阅兵式上让士兵们亲眼看到，他们一心渴望的总督盖乌斯·卡西乌斯终于来了。

“我感觉好像回家了，”卡西乌斯在给赛尔维利娅的信中说，赛尔维利娅一直都是他最喜欢的笔友，“叙利亚就是我心神向往的地方。”

这一切都预示着一场内战即将爆发，如果说这场内战将从这些混乱的行省和总督而起的话。一切都取决于掌控罗马的人如何把握局势，在这种情况下发挥决定作用的并不是布鲁图斯或卡西乌斯，甚至连德基穆斯·布鲁图斯也不是元老院和罗马人民的真正威胁。只要有两位优秀的执政官和一个强大的元老院，就可以压制所有这些动乱，没有任何人能够以一己之力真正威胁到中央政府。

但是盖乌斯·维比乌斯·潘萨和奥卢斯·希尔提乌斯有没有足够的势力去控制元老院呢？还有安东尼乌斯，还有他在东边和西边的军事同盟，还有布鲁图斯，还有卡西乌斯，还有恺撒的继承人，他们有没有足够的势力去控制元老院呢？

自从三月十五日之后，这一年已经变得很可怕了。当这一年快要结束时，没有人知道将来会发生什么事。

第十章
军队遍地
（从公元前43年1月到8月）

第 1 节

马尔库斯·图利乌斯·西塞罗在二十年前担任过执政官，并且在他担任执政官期间拯救过他的国家（他很乐意向任何愿意倾听的人讲述这个故事），现在他发现自己再次成为众人注意力的中心。在过去二十年中，他有许多次因为担心自己的安全而不敢说话。他曾经极力劝说庞培·马格努斯放弃内战，这次试图拯救共和国的行动差点就要成功，但却因为加图而功败垂成。现在，安东尼乌斯去了北方，西塞罗环视罗马，发现终于没有人能够阻碍他。他那三寸不烂之舌终于可以展示出比千军万马更强的威力！

虽然他很讨厌恺撒，并持之以恒地搞破坏，但他心中一直明白，恺撒是凤凰，能够浴火重生。在恺撒的身体被火化之后，这种想法竟然得到证实。那颗星星在空中升起，告诉所有罗马人恺撒永远都不会消失。不过，要对付安东尼乌斯就容易多了，因为安东尼乌斯暴露出那么多弱点：粗暴、放纵、残酷、鲁莽、冲动。而且安东尼乌斯的口才绝对不能跟他相比，于是西塞罗非常肯定安东尼乌斯绝对不能东山再起。

他总想着要让共和国回到往昔，由诚心敬意的人来掌管政府，由这些人来捍卫罗马传统。他要做的就是让元老院和人民都相信那些解放者是真正的英雄，马尔库斯·布鲁图斯、德基穆斯·布鲁图斯和盖乌斯·卡西乌斯，这三个被安东尼乌斯列为大仇敌的人才是正义卫士。而安东尼乌斯代表的是邪恶。如果说在这种简单归类中，西塞罗没有把奥克塔维乌斯纳入其中，那是因为他拥有充分的理由：奥克塔维乌斯只是一个十九岁的小伙子，奥克塔维乌斯只是这场游戏中的一个小小诱饵，最后注定要被敌人吞噬。

元旦日，盖乌斯·维比乌斯·潘萨和奥卢斯·希尔提乌斯成为新任执政官，安东尼乌斯的地位发生改变了。他现在不是执政官，而是前任执政官，所以他的权力随时都可能被人夺去。安东尼乌斯像他之前的那些人一样，根本就懒得从元老院这个法定机构中获得他的总督职位和至高统帅权，而是直接在平民大会中得到他想要的权力。因此西塞罗可以提出质疑，全体罗马人民并没有同意他取得的权力，因为所有贵族都被排除在平民大会之外。与其他民会和元老院不同，平民大会在开会之前并没有进行宗教仪式，既没有祷告，也没有占卜。庞培·马格努斯、马尔库斯·克拉苏和恺撒都曾经通过平民大会得到他们的行省和至高统帅权，他们的行为也曾经引起诸多争议，但西塞罗还从未利用过这些争议。

在九月二日到元旦日之间，他就有四次公开指责安东尼乌斯。元老院中那些安东尼乌斯的爪牙也开始动摇了，因为安东尼乌斯自己的行为让他们很为难。虽然没有确凿的证据，但西塞罗针对安东尼乌斯跟解放者一起密谋刺杀恺撒的指控确实不无道理，而且他对恺撒的继承人非常无礼，这也让他的手下进退两难，因为这些人大部分是因为恺撒的委任才得以进入元老院。虽然恺撒的遗嘱中没有提到安东尼乌斯，但安东尼乌斯却是自诩为恺撒的继承人才得到那么多权势。因为他已经成年了，看来应该是恺撒理所当然的继承人，他可以接过恺撒庞大的食客队伍，而且他也笼络了足够多的人来巩固自己的位置。但现在恺撒真正的继承人却在招纳这些食客为他服务，而且招纳对象是自下而上。奥克塔维乌斯还不能肯定地说，大多数元老已经因为跟安东尼乌斯联合而后悔，但是西塞罗眼下正在努力促成这件事。只要那些元老放弃支持安东尼乌斯，那西塞罗就会诱导他们去支持那些解放者，而不是去支持奥克塔维乌斯。这么一来，就好像奥克塔维乌斯对安东尼乌斯的憎恨甚至还超过对那些解放者，更显得安东尼乌斯实在是不可接受。在这件事上，奥克塔维乌斯不是元老院成员对西塞罗来说有很大帮助，因为奥克塔维乌斯很难当场指明西塞罗营造出来的并不是自己的真实态度。

十二月底，西塞罗在一次元老院会议上开始采取行动。因为安东尼乌斯不在罗马，所以他很难对抗当下的群情汹涌。这让安东尼乌斯和奥克塔维乌斯陷入同样的局势，只能听凭西塞罗这个战术大师的仁慈。

瓦提亚·伊绍里库斯是西塞罗的有力同盟，因为他认为是安东尼乌斯导致了他父亲的自杀，而且暗自推测安东尼乌斯参与了刺杀恺撒的阴谋。瓦提亚的势力相当庞大，他的势力范围包括那些后座元老，因为他和格涅乌斯·多米提乌斯·卡尔维努斯都是恺撒最为坚定的贵族支持者。

到了一月二日，西塞罗对安东尼乌斯的攻击已经非常彻底了，于是元老院准备确认德基穆斯·布鲁图斯为真正的山内高卢总督，通过投票撤销安东尼乌斯的职务并宣布他为国家公敌。在西塞罗和瓦提亚的讲话之后，元老们都动摇了。事实上，保住自身地位是每个人的真正愿望，而支持一个注定要失败的人只会给自己带来危险。

时机成熟了吗？他们准备好了吗？如果要宣布安东尼乌斯是国家公敌，是元老院和罗马人民的敌人，是不是现在就要进行分组表决？辩论看来已经结束了，只要看看坐在最后面的数百个后座元老，很容易就能推测出投票的结果肯定对安东尼乌斯不利。

但是西塞罗和瓦提亚·伊绍里库斯忽略了一件事，那就是执政官可以在分组表决之前让任何人出来发言。高级执政官是盖乌斯·维比乌斯·潘萨，他拥有一月份的法西斯，所以这个会议由他主持。他娶了昆图斯·弗菲乌斯·卡勒努斯的女儿，而卡勒努斯是安东尼乌斯的死忠分子，所以他出于道义要尽力保全他岳父的朋友安东尼乌斯。

“我想请昆图斯·弗菲乌斯·卡勒努斯发表他的意见！”潘萨坐在他的位置上说。好啦，他已经做了能做的事，现在就看卡勒努斯的。

“我提议，”卡勒努斯精明地说，“在元老院分组表决之前，应该先派出一个代表团去跟马尔库斯·安东尼乌斯见面。这个代表团的成员必须具备足够的权威，这样他们才能对马尔库斯·安东尼乌斯下达命令，让他停止围攻穆蒂纳，并服从元老院和罗马人民的安排。”

“听听！”卢基乌斯·皮索大叫道，他是个中间派。

那些后座元老一阵骚动，他们开始露出微笑。总算找到出路了！

“早在十二年前，元老院就宣布他是个不法之徒，派出代表团去跟这么一个狂徒见面简直是疯了！”西塞罗咆哮道。

“马尔库斯·西塞罗，你言过其实了，”卡勒努斯说，“元老院曾经讨论过他是否违法，但最后没有正式确认。如果已经确认，那今天又何必在这里讨论？”

“你这是故意挑刺！”西塞罗咬牙切齿，“当时元老院是不是下令让统帅和士兵一起抵抗安东尼乌斯？那些士兵是不是属于德基穆斯·布鲁图斯，换句话说，是不是德基穆斯·布鲁图斯本人？是的，事实就是如此！”

然后西塞罗又开始罗列安东尼乌斯的罪过：他通过无效的法令，他用全副武装的士兵包围罗马广场，他伪造文件，他侵占公共财产，他出卖领土、公民权和免税权，他妨碍法庭公正，他带着一群强盗进入协和神庙，他在布伦狄西姆屠杀百夫长和士兵，他还威胁要杀死所有反对他的人。

“派出代表团去跟这个人见面，这样只会拖延无法避免的战争，还会削弱罗马人的义愤！我提议，宣布国家进入紧急状态！法庭和其他政府事务应该暂时停止！普通市民应该进行军事动员！此外还要在整个意大利征集士兵！元老院必须通过终极决议，让执政官全权保护国家利益！”

西塞罗这番慷慨陈词引起一阵骚动，他停了停等待听众恢复安静。他兴奋得浑身战栗，完全没有意识到这番话将把罗马推向又一场内战。噢，这才是生命！他仿佛回到了担任执政官的时候，当时他针对喀提林也说了类似的话。

“我还提议，”现场稍安，他继续发言，“通过投票对德基穆斯·布鲁图斯的忍耐表示感谢，还有马尔库斯·勒皮杜斯也应该得到感谢，因为他跟赛克斯图斯·庞培达成和平协议。事实上，”他补充道，“我认为应该给马尔库斯·勒皮杜斯打造一尊雕像摆在演讲台上面，因为他阻止了我们最不想要的内战。”

没有人知道他这么说是不是认真的，所以潘萨直接忽略了他说要给马尔库斯·勒皮杜斯打造雕像，非常精明地把他的提议放在一边。

“元老院还有其他事情要讨论吗？”

瓦提亚立刻站起来，对奥克塔维乌斯大加赞赏，他的长篇大论一直持续到太阳下山，于是会议只能暂时停止。潘萨宣布，元老院会议明天继续进行，直到解决所有事情。

第二天，瓦提亚继续他对奥克塔维乌斯的赞扬。“我承认，”他说道，“盖乌斯·尤利乌斯·恺撒·奥克塔维阿努斯确实非常年轻，但是有几个确定无疑的事实：第一，他是恺撒的继承人；第二，他展示出远超年龄的成熟;第三，他拥有许多恺撒老兵的支持。我提议，让他马上进入元老院，而且他竞选执政官的年龄要比惯例提前十年。因为他是贵族，所以他竞选执政官的常规年龄是三十九岁。这意味着再过十年他就可以竞选执政官，也就是在他二十九岁的时候。我为什么要提出这些特殊的建议呢？元老们，因为我们需要那些没有追随安东尼乌斯的恺撒老兵的服务。恺撒·奥克塔维阿努斯已经拥有两个老兵军团，还有另外一个军团由各种士兵组成。既然他已经拥有一支军队，所以我提议授予他同大法官的至高统帅权，马尔库斯·安东尼乌斯的军队应该分出三分之一交给奥克塔维乌斯。”

这么一来可真是有戏看了！不过这也让许多后座元老看出，他们不能按照原来的计划去支持安东尼乌斯，他们最多只能拒绝宣布安东尼乌斯为国家公敌。于是元老院的争论一直持续到一月四日，这一天终于通过了几项决议。奥克塔维乌斯进入元老院，并且得到了罗马的三分之一军队，元老院还通过投票给他一笔拨款，用来兑现他之前承诺发给士兵的津贴。所有的罗马行省都按照恺撒之前的命令去分配，这意味着德基穆斯·布鲁图斯才是山内高卢的合法总督，他的军队也是合法的。

第四天的情况因为两个女人的出现而发生改变，弗尔维娅和尤利娅·安东尼娅来到了元老院会堂外面的门廊。安东尼乌斯的妻子和母亲都是一身黑衣，还有安东尼乌斯的两个小儿子也来了。正在蹒跚学步的安提鲁斯拉着他祖母的手，而刚刚出生的尤卢斯被抱在他母亲怀中。这四人不停地大声哭嚎，可是当西塞罗要求关上大门时，潘萨拒绝了。他可以看出，安东尼乌斯的女眷和孩子对后座元老有一定影响，而他不想看到安东尼乌斯被列为国家公敌，他希望能派出代表团。

代表团的人选是卢基乌斯·皮索、卢基乌斯·菲利普斯和塞尔维乌斯·苏尔皮基乌斯·鲁弗斯，这三人都是地位显赫的前任执政官。但是西塞罗还是极力反对这个代表团，他坚持要进行分组表决。但是保民官萨尔维乌斯否决了这次分组表决，于是元老院只好同意派出代表团。虽然安东尼乌斯被控藐视元老院和罗马人民，但他仍然保住了罗马公民的身份。

元老们都不想继续在椅子上坐着，于是他们迅速确定了代表团的人员。皮索、菲利普斯和塞尔维乌斯·苏尔皮基乌斯将组成代表团，他们要去跟安东尼乌斯见面，并告诉安东尼乌斯元老院希望他从山内高卢撤军，要带着军队回到距离罗马二百里外的地区，要顺从元老院和罗马人民的权威。代表团向安东尼乌斯传达消息之后，还要跟德基穆斯·布鲁图斯见面，告诉他元老院已经确认他才是合法的总督。

卢基乌斯·恺撒又回到了元老院。皮索神色凝重地对他说："现在看来，我真不知道这一切是怎么发生的。是的，安东尼乌斯的行为既愚蠢又傲慢，但是你说说有哪一个不是如此？"

"这都是因为西塞罗，"卢基乌斯·恺撒说，"人们的情感总是战胜他们的理智，没有人比西塞罗更能挑动情感了。不过，我觉得那些看他文章的人永远都不能体会听他说话是什么感觉。他实在太能说了。"

“当然了，你会置身事外的。”

“我还能怎么办呢？皮索，安东尼乌斯和奥克塔维乌斯都是我的亲戚，一个是狼心狗肺的恶棍，一个是我前所未见的异类。”

奥克塔维乌斯听说发生了什么事，于是就带着军队从阿瑞提乌姆沿着弗拉米尼娅大道向北前进。当他到达斯波勒提乌姆时，元老院的代表刚好碰上他。他手下的三个军团都看到他现在拥有了同大法官的统帅权，因为有六位穿着红色托伲的扈从，而且这些扈从手里的法西斯都插着斧头。带头的两位扈从是法比乌斯和科尔涅利乌斯，所有扈从都曾经为恺撒服务，他们从恺撒还是大法官时就跟着恺撒了。

“不错吧？”奥克塔维乌斯对着阿格里帕、撒尔维狄恩乌斯和马塞纳斯问，他的语气听起来有点得意。

阿格里帕露出自豪的笑容，撒尔维狄恩乌斯开始考虑军事行动，而马塞纳斯则提出一个问题。

“恺撒，你是怎么做到的？”

“你是说怎么搞定瓦提亚·伊绍里库斯？”

“嗯，差不多是这个意思。”

“我提出，等到他的大女儿到达结婚年龄，我就跟他女儿结婚，”奥克塔维乌斯气定神闲地说，“幸好还要再等好几年，而好几年里可能会发生很多事。”

“你是说，你不想跟赛尔维利娅·瓦提亚结婚？”

“马塞纳斯，除非我被打败了，否则我不想跟任何人结婚。不过情况可能不会像我想象得那样。”

“你想跟安东尼乌斯打仗吗？”撒尔维狄恩乌斯问。

“我当然不想！”奥克塔维乌斯笑着说，“特别是现在这个地方只有我一个高级官员。我很高兴跟某位执政官联合。我猜测，应该是希尔提乌斯。”

奥卢斯·希尔提乌斯拖着病体成为低级执政官。他得了肺炎，不过还是坚持着完成了就职仪式，然后就回去卧床休息了。

希尔提乌斯接到元老院的通知，让他带领三个军团去追赶奥克塔维乌斯，跟奥克塔维乌斯的军队组成联合大军。虽然他的身体不宜奔波，但他为人忠诚无私，所以还是披上厚厚的围巾和皮草出发了。他选择乘坐轿子，然后就沿着弗拉米尼娅大道走进那刺骨的寒风之中。他像奥克塔维乌斯一样，也不想跟安东尼乌斯打仗，总之他下定决心要用其他方式去解决这件事。

他和奥克塔维乌斯的军队在艾弥利娅大道上会合，他们会合的地方位于山内高卢境内，就在博诺尼亚[①]这座大城的南边。然后他们就在克拉特纳和科尔涅利乌斯广场之间扎营，这两个城镇的人都很高兴，因为这些军队会给他们带来许多收益。

"我们待在这里，等到天气好一些再前进。"希尔提乌斯对奥克塔维乌斯说，他的牙齿在不停打架。奥克塔维乌斯关切地看着他。他可不想让这个执政官去世，让自己独挑大梁是他最不想见的事。于是他非常恳切地表示同意，还开始帮助希尔提乌斯好好养病，因为他之前从哈德凡伊那里吸收了不少关于肺病的知识。

在意大利的征兵工作正在迅速进行。几乎没有任何罗马人意识到，安东尼乌斯在许多意大利地区引起的愤怒比他在罗马引起的还要严重。菲尔乌姆-皮塞努姆承诺会提供资金，萨莫尼乌姆北部的马尔鲁基尼人想要夺走那些反对马尔鲁基尼势力的财产，还有几百个富有的意大利骑士出钱给军队购买武器装备。外面的群情激奋比罗马的还要严重。

一月底，西塞罗非常高兴地抓住又一次攻击安东尼乌斯的机会。这一次的元老院会议只是讨论一些琐碎事情。这时所有人都已经得知，奥克塔维乌斯和瓦提亚的大女儿订婚了。许多人都一边点头，一边微笑。通过婚姻进行政治联合的古老风俗依然生生不息，经历过这么多改变之

① 博诺尼亚（Bononia）现称博洛尼亚，位于意大利北部。——译者注

后，知道这一点真是令人高兴。

在代表团回来之前，已经有消息说他们跟安东尼乌斯的谈判失败了，不过安东尼乌斯究竟说了什么还不清楚。这并没有妨碍西塞罗发表第七个针对安东尼乌斯的演讲。这一次他对弗菲乌斯·卡勒努斯和安东尼乌斯的其他爪牙进行了猛烈攻击，并说明为什么安东尼乌斯不可能接受元老院的条件。

“他必须被列为国家公敌！”西塞罗咆哮道。

卢基乌斯·恺撒表示反对。“我们不该轻易说出这个名词，”他说道，“把一个人列为国家公敌，就等于剥夺了他的公民权，而且任何人见到他都可以把他就地杀死。我同意，安东尼乌斯是个糟糕的执政官，他做的很多事都给罗马带来了损失和羞耻。但是把他列为国家公敌实在太过分，给他一个敌对分子的罪名作为惩罚就够了。”

“你当然会这么想！因为你是安东尼乌斯的舅舅，”西塞罗反唇相讥，“我绝不容许这个狂徒保有公民权。”

这场争论一直持续到第二天，西塞罗一直不依不饶，铁了心要把安东尼乌斯列为国家公敌。

这时候，代表团的两个成员回来了。塞尔维乌斯·苏尔皮基乌斯·鲁弗斯没有抵御住严寒的天气，竟然在中途死去。

“马尔库斯·安东尼乌斯拒绝接受元老院的条件，”卢基乌斯·皮索他看起来憔悴而疲惫，“而且，他还提出了一些条件。他说，他可以把山内高卢交给德基穆斯·布鲁图斯，条件是他要掌管山外高卢，直到马尔库斯·布鲁图斯和盖乌斯·卡西乌斯在四年后成为执政官。”

西塞罗坐在那儿惊呆了。安东尼乌斯抢占先机了！他这是在向元老院表示，他转变态度了，他承认那些解放者应该享有的权力，这些人应该享有他们杀死恺撒之前恺撒给予他们的一切东西！但这是他，也就是西塞罗的计策！现在反对安东尼乌斯就等于反对解放者。

这样解读的人不只是西塞罗一个。元老院认为安东尼乌斯的计策是对恺撒的模仿，现在的情况就像恺撒越过卢比孔河之前一样。于是元老院拒绝了安东尼乌斯，而且对他提及布鲁图斯和卡西乌斯的事也置之不理。因为元老院现在面对的选择就跟当年面对恺撒时一样：同意安东尼乌斯的要求，就等于承认元老院无法控制自己的官员。于是元老院宣布国家进入紧急状态，这就意味着内战的到来。然后元老院又通过最终决议，授予执政官潘萨和希尔提乌斯到战场上跟安东尼乌斯打仗的权力。这一切都被卢基乌斯·恺撒不幸言中了。安东尼乌斯身为执政官时通过的法令一概作废，这就意味着：他那个身为大法官的弟弟盖乌斯·安东尼乌斯再也不是马其顿的总督；他从奥普斯神庙中得到的银子是非法的；他给老兵分配土地的计划中途夭折；诸如此类的连锁反应一个接一个。

在二月望日的前一刻，马尔库斯·布鲁图斯送来一封信告知元老院，昆图斯·霍尔滕西乌斯已经确认他为马其顿总督，现在盖乌斯·安东尼乌斯被他关在阿波罗尼亚。布鲁图斯说，马其顿的军队都认为他才是总督，并拥戴他充当他们的统帅。

可怕的消息！可怕至极！这么一来，元老院彻底陷入混乱，完全不知道该怎么办。西塞罗建议元老院正式确认马尔库斯·布鲁图斯为马其顿总督，他还质问那些支持安东尼乌斯的人，为什么他们如此反对马尔库斯·布鲁图斯和德基穆斯·布鲁图斯。

“因为他们是谋杀犯！”弗菲乌斯·卡勒努斯大叫道。

“他们是爱国者！”西塞罗说。

二月望日，元老院确认布鲁图斯为马其顿总督，并授予他同执政官的至高统帅权，还把克里特岛、希腊和伊利里库姆也加入他的行省。西塞罗高兴极了。现在他只剩下两件事：第一，看着安东尼乌斯在山内高卢战败；第二，看着卡西乌斯把叙利亚从多拉贝拉手中抢走。

恺撒去世一周年时，又一件恐怖的事发生了。三月望日，罗马人得知普布利乌斯·科尔涅利乌斯·多拉贝拉干下的恶事。在前往叙利亚的路上，多拉贝拉洗劫了亚细亚行省的多个城镇。当他到达总督特里波尼乌斯所在的示麦那时，他在夜里悄悄进城，然后把特里波尼乌斯关起来，开始追问这个行省的钱藏在哪儿。就算多拉贝拉开始拷打逼问，特里波尼乌斯也不肯告诉他。无论多拉贝拉采取何种酷刑，特里波尼乌斯都不肯松口。多拉贝拉在暴怒中杀死特里波尼乌斯，他砍下特里波尼乌斯的脑袋，把脑袋钉在广场上恺撒雕像的基座上面。于是特里波尼乌斯成了那些刺客中第一个丧命的。

这个消息让那些支持安东尼乌斯的人大受打击。安东尼乌斯的盟友犯下这种野蛮人的恶行，他们怎么能再为安东尼乌斯说话呢？潘萨让元老院立刻进行分组表决，弗菲乌斯·卡勒努斯和他的支持者都别无选择，只能跟其他人一起投票剥夺多拉贝拉的至高统帅权，并宣布多拉贝拉为国家公敌。多拉贝拉的财产将被全部没收，但是这根本就无济于事，因为多拉贝拉还有许多债务没有还清。

然后又有新的争执，因为叙利亚总督的位子现在空下来了。卢基乌斯·恺撒提议给瓦提亚·伊绍里库斯一支军队，让他带着军队去对付多拉贝拉。这个提议让高级执政官潘萨非常生气。

“我和奥卢斯·希尔提乌斯明年都要到东方去担任总督，”潘萨在元老院中说，“希尔提乌斯要去管理亚细亚行省和西里西亚，而我要去管理叙利亚。今年我们的军队必须去山内高卢对付安东尼乌斯，我们不可能同时到叙利亚去对付多拉贝拉。所以我建议，今年我们就把力量集中在山内高卢，明年再到叙利亚去对付多拉贝拉。”

那些安东尼乌斯的支持者认为这个提议是他们的最佳选择。现在元老院想要打败安东尼乌斯，但是他们认为安东尼乌斯不可能被打败。潘萨的提议可以让现有的军队继续留在意大利，等到安东尼乌斯打败希尔提乌斯、潘萨和奥克塔维乌斯，安东尼乌斯就会掌握所有军队。到时安东尼乌斯就可以去叙利亚了。

西塞罗有不同意见。必须把叙利亚交给盖乌斯·卡西乌斯！现在，立刻！因为其他人都不知道卡西乌斯在哪儿，所以这个提议让大家都相当吃惊。西塞罗是不是知道什么元老院不知道的事？

“不要把这个任务交给像瓦提亚·伊绍里库斯这样慢吞吞的人，也不要把这件事留到明年交给潘萨！”西塞罗说，有点忘记保持礼貌了，“叙利亚的问题现在就要解决，不能继续拖延。而且必须由一个年轻力壮的人来解决这个问题。这个年轻力壮的人应该比较熟悉叙利亚，甚至曾经跟帕提亚人打过交道。盖乌斯·卡西乌斯·隆吉努斯就是叙利亚总督的最佳人选！而且，我们还应该赋予他权力，让他能够向比希尼亚、本都、亚细亚行省和西里西亚请求军事援助。我们应该给予他不受限制的至高统帅权，期限应该是五年。我们的执政官潘萨和希尔提乌斯，他们必须去解决山内高卢的问题。”

说到这儿，西塞罗又开始提起安东尼乌斯。“不要忘记安东尼乌斯是个叛徒！”西塞罗大叫道，“在牧神节时，他试图给恺撒戴上王冠，这样就已经向全世界表明他才是谋杀恺撒的真凶！”

他看了看听众的脸色，发现自己关于卡西乌斯的提议还没有深入人心。“我认为多拉贝拉就像安东尼乌斯一样野蛮！所以应该立刻把叙利亚交给盖乌斯·卡西乌斯！”

但是潘萨不会接受这个提议。他促使元老院通过决议，让他和希尔提乌斯在结束山内高卢的战争之后就去跟多拉贝拉打仗。现在他肯定要去山内高卢打仗，而且他要尽可能速战速决，这样他才能在今年就出兵叙利亚，而不用拖到明年。于是潘萨把管理罗马的职责交给几位大法官，然后就带着军队前往山内高卢。

潘萨离开的第二天，山外高卢的总督卢基乌斯·穆纳提乌斯·普兰库斯，还有近西班牙与纳尔旁高卢的总督马尔库斯·艾弥利乌斯·勒皮杜斯送来书信，身为忠诚的罗马人，他们希望元老院能够跟安东尼乌斯达成协议。这件事暗示着：元老院不应该忘记，在阿尔卑斯山区的另一侧还有两支大军，而且掌管这两支军队的总督支持安东尼乌斯。

威胁恐吓！西塞罗心中暗道，然后就坐下来给普兰库斯和勒皮杜斯写信，尽管他并没有这样做的权力。他已经发表了十一个攻击安东尼乌斯的演讲，所以他已经进入一种极为亢奋的状态，根本就不能让自己的语气平缓下来。所以他给普兰库斯和勒皮杜斯的书信充满了不理智的自负：不要去管那些离你们太远的事，管好自己的行省就好了，不要对罗马的事情过多干涉！普兰库斯并不是出身高贵的贵族，所以他看到西塞罗的书信并没有太大反应。但是勒皮杜斯觉得自己就像挨了一棍子，西塞罗这个出身低下的新人竟敢对艾弥利乌斯·勒皮杜斯家族的人横加指责！

第2节

三月来临，山内高卢的天气开始好转。希尔提乌斯和奥克塔维乌斯拔营出发，向着穆蒂纳逼近，迫使安东尼乌斯放弃他已经占据的博诺尼亚，把他的兵力都集中在穆蒂纳附近。

当潘萨带着三个军团从罗马出发的消息传来时，希尔提乌斯和奥克塔维乌斯决定等到跟潘萨会合再去跟安东尼乌斯开战。但是安东尼乌斯也知道潘萨正在进军，于是他赶在潘萨跟另外两位统帅会合之前对潘萨发动袭击。这场交锋的地点是伽洛鲁姆广场，此处距离穆蒂纳七里地。安东尼乌斯赢得胜利，潘萨身负重伤，但还是设法给希尔提乌斯和奥克塔维乌斯送信，告知他们自己遭到伏击。稍后送往罗马的公函说，希尔提乌斯让奥克塔维乌斯留在后面守住营地，而希尔提乌斯自己则带兵去支援潘萨，但事实是奥克塔维乌斯的哮喘发作了。

安东尼乌斯在伽洛鲁姆广场的表现清楚显示出他是什么样的统帅，他打败潘萨之后并没有收拢士兵返回营地，而是让手下士兵到处乱跑，纵容他们去抢掠潘萨的行李部队。希尔提乌斯突然出现时，安东尼乌斯的军队根本不及应对，结果被打得落花流水。安东尼乌斯失去了大部分的精锐部队，而他自己也是勉强逃脱。于是这场战斗的胜利最后属于奥卢斯·希尔提乌斯，他本来就能文能武，曾经深受恺撒信任。

四月二十一日，希尔提乌斯和奥克塔维乌斯再次引诱安东尼乌斯出来交锋，这一次他们把安东尼乌斯打得一败涂地。安东尼乌斯别无选择，只好放弃对穆蒂纳的围攻，沿着艾弥利娅大道向西逃跑。希尔提乌斯负责指挥这场战斗，奥克塔维乌斯只是配合希尔提乌斯的计划行事。虽然如此，奥克塔维乌斯还是把自己的军队分为两部分，让撒尔维狄恩乌斯带领左翼部队，让阿格里帕带领右翼部队。他知道自己没有领兵作战的天赋，但他也不想把自己的军队交给一个既有背景又有能力的副将，让那个副将夺走属于他的一半军功。

虽然他们赢得胜利，而且参与刺杀恺撒的卢基乌斯·蓬提乌斯·阿奎拉也死了,但是幸运女神并没有完全站在奥克塔维乌斯这边。奥卢斯·希尔提乌斯骑着马在一个土堆上指挥战斗，但却被一根长矛刺中当场死亡。第二天，潘萨也因伤去世。这么一来，元老院委任的统帅就只剩下奥克塔维乌斯一人。

当然，还有德基穆斯·布鲁图斯，他终于摆脱了穆蒂纳的围困，只是很郁闷没有机会跟安东尼乌斯战斗。

“安东尼乌斯那些军团中只有阿劳达军团没有受损，”奥克塔维乌斯对德基穆斯·布鲁图斯说，他们在穆蒂纳城中见面，“但是他的残余部队中还有一些四散奔逃的士兵，而且他向西移动的速度非常快。”

对奥克塔维乌斯来说，跟德基穆斯·布鲁图斯见面很不愉快。身为元老院委任的统帅，他不得不跟这个谋杀恺撒的人保持友好协作的关系。于是他的态度显得生硬而冷淡。“你准备去追赶安东尼乌斯吗？”他问道。

“我要看看具体情况才能决定，”德基穆斯说，他对奥克塔维乌斯也没有什么好感，“你成为恺撒的私人随从之后，还真是步步高升啊。恺撒的继承人，元老院成员，拥有同大法官的至高统帅权。不得了啊！”

“你为什么要杀害他？”奥克塔维乌斯问。

“恺撒？”

“还有谁的死会让我这么在乎呢？”

德基穆斯闭上他的浅色眼眸，他那颗长着浅色头发的脑袋往后一仰。然后，他用一种疏离的语气悠然道：“我杀死他，是因为我和其他罗马上层人都要看他的脸色，都是靠他的恩赐而活着。虽然没有国王的头衔，但他却掌握了国王的特权，而且自以为只有他才能统治罗马。”

“德基穆斯，他是正确的。”

“他错了。”

“罗马，”奥克塔维乌斯说，“已经成为一个庞大的帝国。这就意味着罗马需要新的统治方式。每年选出一批官员，这种统治方式已经不适用了。在各个行省中，即便总督的至高统帅权延长到五年，也无法适应实际情况。这是庞培·马格努斯采用的办法，恺撒一开始也采用这种办法，但是早在他遇刺之前，他就看出应该怎么办。”

“你想成为下一个恺撒？”德基穆斯不怀好意地问。

“我就是下一个恺撒。”

“你只是挂上这个名字罢了。你无法轻易摆脱安东尼乌斯。”

“这个我也知道。但是我早晚都会摆脱他。”奥克塔维乌斯说。

“永远都会有安东尼乌斯这样的人。”

“我不这么认为。德基穆斯，跟恺撒不一样的是，对于那些反对我的人，我不会那么仁慈。这也包括你和其他刺客。”

“奥克塔维乌斯，你个小屁孩，真不知天高地厚，就应该挨一顿狠揍。”

“我不是，我是恺撒，神明之子。”

“哦，是的，那颗彗星。得啦，成神的恺撒都没有活着的恺撒那么危险。”

“是的。但是，身为神明，他一定会显出威力。而我，也会替他显出神明的威力。”

德基穆斯哈哈大笑。“我希望我活得足够久，能看到安东尼乌斯把你一顿狠揍！”

“你不会看到。”奥克塔维乌斯说。

虽然德基穆斯真诚邀请，但奥克塔维乌斯还是不肯搬进德基穆斯在穆蒂纳城中的房子。他留在帐篷里替潘萨和希尔提乌斯主持葬礼，然后派人把他们的骨灰送回罗马。

两天后，德基穆斯愁容满面地来找奥克塔维乌斯。

“我听说普布利乌斯·温提狄乌斯正准备跟安东尼乌斯会合，他还带着在皮塞努姆招募的三个军团。”德基穆斯说。

“这可真有意思，”奥克塔维乌斯波澜不惊地说，“你认为我应该做些什么呢？”

“当然是去拦截温提狄乌斯。”德基穆斯莫名其妙地说。

“这不是我的责任，而是你的。你拥有同执政官的至高统帅权，而且你是元老院委任的总督。”

“奥克塔维乌斯，因为我的至高统帅权，所以我不能合法地进入意大利，你忘了吗？而去拦截温提狄乌斯的人必须能够合法进入意大利，因为他正穿过埃特鲁里亚，逼近托斯卡纳海岸。而且，”德基穆斯毫不掩饰地说，“我的部队都是刚招募的新兵，他们根本就不能抵挡温提狄乌斯手下的皮塞努姆人，这些人都是庞培·马格努斯安置在他领地上的老兵。你的部队也是老兵，而希尔提乌斯和潘萨带来的部队也是久经沙场的老兵。所以必须由你去拦截温提狄乌斯。”

奥克塔维乌斯的脑子迅速运转起来。他知道我不能领兵打仗，他想让我挨一顿狠揍。好吧，我想撒尔维狄恩乌斯可以领兵打仗，但这不是我要解决的问题。我不能在这个问题上妥协。如果我妥协了，那元老院会以为我是另一个年轻的庞培·马格努斯，会以为我真的是自高自大、野心勃勃。如果我不小心谨慎，那我可能会失去统帅权，而且我失去的还不仅如此，可能连性命也会丢了。我该怎么办呢？我该如何拒绝德基穆斯？

“我不会带兵去拦截温提狄乌斯。”他冷冷地说。

“为什么？”德基穆斯大为震惊。

“因为你是杀死我父亲的刺客，所以我不会听从你的建议。”

“你在开玩笑！这次我们是同一阵营！”

“我永远都不会跟杀死我父亲的人同一阵营。”

“但是我们必须在埃特鲁里亚拦住温提狄乌斯！如果他跟安东尼乌斯会合，那我们就要大费力气了！”

“如果必须这样，那就这样好了。”奥克塔维乌斯说。

看着德基穆斯气鼓鼓地离开，奥克塔维乌斯松了一口气。他有一个完美的借口。德基穆斯是杀死恺撒的刺客，所以他有理由拒绝这个刺客让他去做的事，他这样做也会得到手下士兵的支持。

而且奥克塔维乌斯也无法完全信任元老院。元老院中的人都巴不得能找到一个借口，把恺撒的继承人列为国家公敌，如果恺撒的继承人带着军队进入意大利，那他们就有借口了。奥克塔维乌斯对自己说，等我带着军队进入意大利，那将是我第二次向罗马进军。

几天之后，他收到一份通知，确认了自己的直觉是正确的。元老院送来公函，称赞他们在穆蒂纳战役中赢得胜利。但因为这次胜利而赢得凯旋式的人是德基穆斯·布鲁图斯，可是德基穆斯根本就没有参与战斗！元老院还委任德基穆斯为对战安东尼乌斯的最高统帅，并且把所有军团都交给德基穆斯，包括那些原本属于奥克塔维乌斯的军团。至于奥克塔维乌斯，他的回报只是一个小凯旋式[①]。元老院说，两位已故执政官的法西斯必须送回"生命力之神"维纳斯[②]神庙，直到选出新的执政官。但是元老院并没有提及在什么时候举行竞选，而奥克塔维乌斯觉得根本就不会有什么竞选。

更让奥克塔维乌斯失望的是，元老院收回了给他手下士兵发放津贴的承诺。元老院正在组织一个代表团，准备跟军队代表进行面对面的谈判，而且元老院的代表团绕过了两位统帅，奥克塔维乌斯和德基穆斯都不在这个代表团里面。

"好啊，好啊，好啊！"奥克塔维乌斯对阿格里帕说，"现在我们知道自己处于什么位置了，是不是？"

"恺撒，你准备怎么做？"

"什么都不做。静观其变。顺便跟你说一句，"他补充道，"你和其他几人为什么不在军中悄悄透露一点消息？你们就说，元老院独断专行，

① 小凯旋式（ovation）是无法举行凯旋式时的代替方式，通常授予在对内战争或镇压暴乱中取得胜利的统帅。小凯旋式的规模低于凯旋式，统帅步行或骑马进入罗马城，身穿紫边托迦，头戴香桃木花环。——译者注

② "生命力之神"维纳斯（Venus Libitina）是罗马的葬礼女神，她的神庙用于保管死亡登记，也是葬礼操办者的集合地。——译者注

我的士兵能够得到多少津贴要由他们决定。你们还可以强调一下，元老院的代表团向来都很小气。”

希尔提乌斯的军团独自扎营，而潘萨的三个军团跟奥克塔维乌斯的三个军团一起扎营。四月底，德基穆斯接管了希尔提乌斯的军团，并要求奥克塔维乌斯把自己和潘萨的军团都交给他。奥克塔维乌斯温和而坚定地拒绝了，他坚称元老院已经给了他正式委任，而后来收到的信函不够明确，所以他无法确定德基穆斯真的有权夺走他的军队和统帅权。

德基穆斯非常生气，他直接向那六个军团下达命令，但是这些军团的代表却毫不客气地告诉他:他们属于小恺撒，而且宁愿继续跟着小恺撒。小恺撒给他们的津贴很丰厚。再说，他们为什么要为一个杀害恺撒的人打仗呢？他们会跟着恺撒的继承人，不想跟那些刺客有任何牵扯。

于是德基穆斯只好自己向着西边进军去追赶，他带着自己在穆蒂纳的军队，还有希尔提乌斯新招募的三个军团一起出发，这些新兵在穆蒂纳经过一番历练，所以是他所能拥有的最佳士兵。但是，那六个军团竟然留在奥克塔维乌斯那儿，真是太可恶了！

奥克塔维乌斯转移到博诺尼亚，他待在那儿希望德基穆斯自己把事情搞砸。奥克塔维乌斯虽然不是什么优秀的统帅，但他在权力斗争中却是一个优秀的学生。如果德基穆斯没有自己把事情搞砸，那奥克塔维乌斯的前途将充满艰险。奥克塔维乌斯知道，如果安东尼乌斯跟温提狄乌斯会合，然后再把普兰库斯和勒皮杜斯拉到他那边，那么德基穆斯就只能跟安东尼乌斯达成某种妥协。如果发生这种情况，那他们这帮人都会转过头来对付他，奥克塔维乌斯将被他们撕成碎片。奥克塔维乌斯的唯一希望就在于德基穆斯太过傲慢，而且目光太过短浅，无法看出拒绝跟安东尼乌斯联合将会导致自己的灭亡

马尔库斯·艾弥利乌斯·勒皮杜斯一收到西塞罗让他不要多管闲事的书信，就带着自己的全部军队转移到罗达努斯河以西，也就是他的纳

尔旁高卢行省边界。无论罗马和山内高卢发生什么事，他都准备占据有利位置，让西塞罗这种暴发户瞧瞧行省总督的威力不容忽视。元老院把安东尼乌斯列为国家公敌，但这是西塞罗的元老院，而不是勒皮杜斯的元老院。

卢基乌斯·穆纳提乌斯·普兰库斯身在山外高卢，他无法确定自己应该支持哪一方的元老院。但是意大利已经进入紧急状态，这就足以让他带着十个军团开始沿着罗达努斯河往南进发。当他来到阿劳西奥[①]时，他匆匆忙忙地停下了。因为他的探子报告说，勒皮杜斯带着六个军团驻扎在距离此处只有四十里的地方。

勒皮杜斯给普兰库斯送来一封友好的信函，大意是："过来见个面！"

虽然普兰库斯知道安东尼乌斯在穆蒂纳战败了，但是他并不知道温提狄乌斯正带着三个军团去援助安东尼乌斯，也不知道奥克塔维乌斯拒绝跟德基穆斯·布鲁图斯合作。于是普兰库斯决定对勒皮杜斯的友好信息置之不理。他调转方向，退回北方一点，想看看接下来会发生什么情况。

与此同时，安东尼乌斯赶到德尔托纳[②]，在那里沿着艾弥利亚司考里大道去到托斯卡纳海岸边的热努阿，他在那里跟温提狄乌斯的三个皮塞努姆人军团会合。然后安东尼乌斯和温提狄乌斯制造了一个假象，让紧追不舍的德基穆斯·布鲁图斯以为他们正沿着多米提娅大道前往山外高卢，而不是一路向下到海岸边。他们的计策成功了。德基穆斯穿过普拉森提亚，沿着多米提娅大道翻越阿尔班山，这样一路向北距离安东尼乌斯和温提狄乌斯越来越远。

安东尼乌斯和温提狄乌斯沿着海边的道路来到尤利乌斯广场，此处是恺撒老兵所在的一个新安置点。勒皮杜斯从罗达努斯河一路向东刚好来到这里，然后让他的士兵在河对岸扎营。两支军队离得这么近，再加上安东尼乌斯的两位副将从中牵线，所以两边的士兵开始密切来往。勒皮杜斯带领着原来的第十军团，这个军团自从安东尼乌斯在坎帕尼亚让

---

① 阿劳西奥（Arausio）即现代法国南部城市奥朗日。——译者注

② 德托那（Dertona）即现代意大利的托尔托纳，位于意大利西北部。——译者注

他们发动兵变时就开始喜欢上安东尼乌斯了。所以对安东尼乌斯来说，要在尤利乌斯广场招揽第十军团真是轻而易举，于是勒皮杜斯只好顺势而为加入安东尼乌斯和温提狄乌斯的大部队。

此时五月已经过去一半，即便是在尤利乌斯广场也能听到一些传言说盖乌斯·卡西乌斯正忙着占据叙利亚。这个消息引起了大家的注意，但并非眼下最重要的问题。普兰库斯正带着大军沿着罗达努斯河而上，这比卡西乌斯在叙利亚的事重要多了。

普兰库斯距离安东尼乌斯越来越近，但当他的探子报告说勒皮杜斯也在尤利乌斯广场时，普兰库斯惊慌失措地退到多米提娅大道北边的库拉罗，然后又派人送信给还在多米提娅大道行军的德基穆斯·布鲁图斯。德基穆斯收到信后立刻调整路线，朝着普兰库斯所在的方向前进，终于在六月初到达库拉罗。

这两人决定把他们的军队合并在一起，并且支持现在那个由西塞罗掌控的元老院。毕竟德基穆斯拥有这个元老院的全部授权，而普兰库斯也是这个元老院指定的合法总督。当普兰库斯听说勒皮杜斯宣布反对西塞罗的元老院时，他非常庆幸自己做出了正确的选择。

问题是德基穆斯的改变太大了，他失去往日的那种天赋，就是他跟着恺撒在长发高卢战斗时一直表现出的那种军事才能。他根本就不敢离开库拉罗，而且对自己手下的新兵非常不满。总之，他一再坚持，他们绝对不能主动跟安东尼乌斯开战。他们的十四个军团根本就不够，远远不够！

于是所有人都在静观其变，他们都不确定如果两军交锋谁能打赢。这一次双方并不是为了不同的信念而战，士兵们并没有什么为之战斗的坚定信念，而且也没有什么特别厉害的虎狼之师。

八月初，安东尼乌斯这边又有好消息。波尔利奥带着两个军团从远西班牙过来投奔安东尼乌斯和勒皮杜斯。波尔利奥咧着嘴问：为什么不呢？他的行省再也没有什么令人兴奋的事情了，因为西塞罗掌控的元老院把地中海的控制权交给了赛克斯图斯·庞培。元老院这么做实在太愚蠢！

“真的，”波尔利奥说，一脸失望地摇着头，“元老院越来越糟糕了。任何一个有点理智的人都能看出，赛克斯图斯·庞培是在蓄积力量，然后用粮食供应来威胁罗马。总之，现在这样对我这个撰写史书的人来说真是太无聊了。安东尼乌斯，我跟着你会有更多可写的东西。”他高兴地环顾四周，“你选中的军营很不错！这里靠山面海，想要捕鱼或游泳都很方便，而滨海阿尔卑斯山脉又是一道极好的屏障，这里比科尔杜巴好多了！”

如果说波尔利奥的日子过得很不错，那普兰库斯的日子就有点难过了。首先，他实在受不了德基穆斯·布鲁图斯没完没了的抱怨。其次，因为德基穆斯心情低落不肯管事，只好由他给元老院写信，试图说明为什么他和德基穆斯没有向着安东尼乌斯和勒皮杜斯进军。他只好把责任都推到奥克塔维乌斯身上，指责奥克塔维乌斯没有去拦截温提狄乌斯，而且不肯交出手中的军队。

安东尼乌斯和勒皮杜斯一看到波尔利奥过来投奔，就写信邀请普兰库斯加入他们。普兰库斯松了一口气，他接受了邀请，留下德基穆斯·布鲁图斯去自生自灭。他高高兴兴地向着尤利乌斯广场前进，没有注意到沿途的罗达努斯河谷异常干旱，这本来是一片肥沃的土地，但地里的小麦并没有结穗。

在恺撒去世之后，德基穆斯·布鲁图斯曾经陷入严重的恐慌和抑郁，现在那种感觉又回到他身上。在普兰库斯弃他而去之后，他对军中事务就甩手不管了。然后他抛下自己的至高统帅权，把那些不知所措的军队留在库拉罗，自己带着一小群亲近的人从陆路出发赶往马其顿去投奔马尔库斯·布鲁图斯。德基穆斯觉得这条路应该走得通，因为他熟悉好几种高卢语，所以一路上应该不会有什么问题。当时已经是盛夏时节，所有的山道都可以通行，而且越是向着东边前进，地势就越平缓。

他一路顺利，直到他们进入布伦尼人的领地。布伦尼人住在一片高地上，此处就在通往山内高卢的山道后方。在这个地方，德基穆斯·布鲁图斯一行被布伦尼人抓住，然后送到他们的首领卡米卢斯面前。德基穆斯的一个朋友想着所有高卢人应该都很讨厌恺撒，因为恺撒是高卢人的征服者，于是他告诉首领说，他们抓住的是德基穆斯·布鲁图斯，这个人杀死了伟大的恺撒。问题是在高卢人心目中，恺撒已经和维尔金革托里克斯一起成为他们的偶像，成了深受他们尊敬的战斗英雄。

卡米卢斯知道现在是什么情况，于是他派人送信到尤利乌斯广场给安东尼乌斯。他说德基穆斯·朱尼乌斯·布鲁图斯就在他手中，请问安东尼乌斯想如何处置。

“杀了他。”安东尼乌斯干脆利落地回答，伴随这个回答的是一大袋金币。

于是布伦尼人杀了德基穆斯·布鲁图斯，然后把他的脑袋送去给安东尼乌斯，作为他们挣得那袋金子的凭证。

第 3 节

马尔库斯·艾弥利乌斯·勒皮杜斯加入安东尼乌斯，因此在六月的最后一天元老院宣布他为敌对分子，并没收他的财产。勒皮杜斯是大祭司长，这带来了一些混乱，因为罗马的最高祭司不能被剥夺圣职，元老院也不能中断国库给他发放的大笔津贴。国家公敌可以这样处理，但敌对分子不可以。布鲁图斯特地从马其顿送来书信，谴责如此处置将让他的妹妹朱尼拉陷入贫困。但事实是朱尼拉仍然舒舒服服地住在公共圣所，而且可以随心所欲地搬到她位于安提乌姆和苏伦图姆之间的任何一座别墅。没有人会没收朱尼拉的珠宝、金银和奴仆，而瓦提亚·伊绍里库斯娶了她的姐姐，所以也不会以国家名义对她进行任何经济制裁。布鲁图斯这样做只是一种政治策略，只有那些傻瓜才会相信他，才会流下同情的眼泪。

留在罗马的解放者越来越少了。卢基乌斯·米努基乌斯·巴西卢斯从折磨奴隶中取乐，最后却被群起攻击的奴隶杀死了。没有人觉得他的死是个损失，特别是那些还留在罗马的解放者，从凯基利乌斯兄弟到卡斯卡兄弟概莫如此。他们仍然会出席元老院的会议，但是私底下都不知道这种情况还能维持多久。奥克塔维乌斯藏起来了，但他的食客正在替他行事。罗马城里好像到处都是他的食客，这些食客不停地质问：为什么那些解放者还没有受到惩罚？

事实上，安东尼乌斯、勒皮杜斯、温提狄乌斯、普兰库斯、波尔利奥和他们的二十三个军团全部加起来，都不像奥克塔维乌斯那样让罗马担忧。尤利乌斯广场跟博诺尼亚比起来就好像远在天边，而博诺尼亚就位于艾弥利娅大道和安尼娅大道这两条通往罗马之路的相交处，就连远在马其顿的布鲁图斯都觉得奥克塔维乌斯比安东尼乌斯更加危险。

奥克塔维乌斯引起了许多担忧，但他本人却好整以暇地待在博诺尼亚，没有采取任何行动，也没有发表任何言论。这样的结果就好像有一团迷雾笼罩在他身上，没有人说得准奥克塔维乌斯到底想干什么。传闻说他想要成为执政官，因为执政官的位置还空着。有人询问他的继父菲利普斯和他的姐夫小马尔塞鲁斯，但他们都显得神秘莫测。

现在，大家都知道多拉贝拉已死，叙利亚落入了卡西乌斯手中。不过，比起奥克塔维乌斯所在的博诺尼亚，叙利亚就像尤利乌斯广场一样远在天边。

然后，又有一件事让西塞罗大为震惊（虽然他私底下有点期待这件事情），有传言说：奥克塔维乌斯想成为低级执政官，而让西塞罗成为高级执政官。这个年轻人就在他这个年老睿智的前辈旁边坐着，向他学习种种政治权谋。听起来挺浪漫、挺诱人。西塞罗虽然已经被那些针对安东尼乌斯的系列演讲耗尽力气，但他还是有足够的判断力，知道这种传言拼凑出的只是一个假象。奥克塔维乌斯完全不可信任。

七月底，四百个久经沙场的老兵和百夫长来到罗马，他们带着一份来自他们战友和盖乌斯·尤利乌斯·恺撒·菲利乌斯的委托书跟元老院见面。他们的要求是得到元老院承诺的津贴。而恺撒·菲利乌斯的要求是成为执政官。元老院斩钉截铁地拒绝了这两个要求。

在以奥克塔维乌斯养父命名的这个月份最后一天，奥克塔维乌斯带着八个军团越过卢比孔河进入意大利，然后带着精挑细选出来的两个军团一路挺进。元老院陷入恐慌，派出信使请求奥克塔维乌斯停止进军。他不用出现在罗马城内就可以参与执政官的竞选，所以实在没理由继续进军！

与此同时，从非洲行省过来的两个老兵军团到达奥斯提亚。元老院紧急征召这两个军团，把他们派到雅尼库卢姆山上的堡垒，从这里可以俯瞰恺撒的美丽花园和克娄巴特拉那空无一人的宫殿。第一等级的所有骑士，还有排在第二等级前列的人都披盔戴甲，由年轻骑士组成的民兵团组织起来去守卫塞维安城墙。

这一切只是徒劳的挣扎，那些有名无实的掌权者都不知道该怎么办，而那些地位低于第二等级的人则若无其事地进行他们的日常事务。这是那些上层人的争斗，流血牺牲的也是那些上层人。老百姓只有在发生暴乱时才会流血牺牲，但现在就连那些最底层的人都不想发起暴乱。免费粮食继续发放，商业经营继续进行，所以他们可以照常工作，而且下个月就是罗马节，任何一个头脑正常的人都不想冒险跑去罗马广场，而罗马广场正是那些上层人通常会流血的地方。

那些上层人继续垂死挣扎。有传闻说奥克塔维乌斯最初拥有的两个军团，马尔提亚军团和第四军团准备抛弃奥克塔维乌斯转而帮助罗马城。那些上层人听到这个消息长舒一口气，但这个传闻最后证明毫无根据，于是他们又是一片绝望的叹息。

八月十七日，恺撒的继承人一路畅通地进入罗马城。那些在雅尼库卢姆山上堡垒驻守的士兵放下刀剑和投枪，加入到用欢呼和鲜花欢迎入侵者的群众之中。唯一流血的是城市大法官马尔库斯·凯基利乌斯·科努图斯，他在奥克塔维乌斯进入罗马广场时拔剑自刎了。老百姓都兴高采烈地对着奥克塔维乌斯欢呼喝彩，但元老院那边却毫无动静。奥克塔维乌斯非常克制地带着军队退到战神原野，在那里跟所有登门拜访的人见面。

第二天，元老院认输了。元老院表示会马上进行竞选，并谦卑地询问奥克塔维乌斯是否愿意成为执政官竞选的候选人。至于第二个候选人，元老院扭扭捏捏地提议由恺撒的外甥昆图斯·皮狄乌斯担任。奥克塔维乌斯慷慨大度地同意了，然后他就成了高级执政官，而昆图斯·皮狄乌斯成了他手下的低级执政官。

八月十九日，在距离奥克塔维乌斯二十岁生日还有一个多月时，奥克塔维乌斯在卡皮托尔山上献上他的白色公牛，正式就任执政官一职。十二只雄鹰在他头上盘旋，这一幕真是令人震撼，自从罗慕路斯之后还从未出现如此惊人的征象。虽然奥克塔维乌斯的母亲和姐姐不能出席这个只有男人出现的场面，但奥克塔维乌斯还是很高兴看到那些来到现场的男人，他那个迟疑不定的继父和那些大为惊骇的元老都来了。至于昆图斯·皮狄乌斯在想什么，奥克塔维乌斯既不清楚也不在乎。

这个恺撒已经登上世界舞台，而且他绝对不会提早离开。

第十一章
三头同盟
（从公元前43年8月到12月）

第 1 节

对马尔库斯·维普撒尼乌斯·阿格里帕来说，他已经成为奥克塔维乌斯最忠诚的追随者，他完全融入并享受这个角色。阿格里帕没有什么嫉妒心和野心，他对奥克塔维乌斯的感情是纯粹的喜爱、完全的崇拜和温柔的守护。其他人可能会谴责、讨厌或嘲笑奥克塔维乌斯，但是阿格里帕完全明白奥克塔维乌斯是什么样的人，对奥克塔维乌斯的一些性格弱点也从不介意。阿格里帕觉得，如果说恺撒的智慧让他飞升空中，那么奥克塔维乌斯那种别具一格的智慧将让他深入地底。奥克塔维乌斯不会忽略任何人的缺陷和弱点，也不会忽略各种言论。他性情沉稳，能够在别人轻举妄动时一动不动。当他真的行动时，他的动作要么快得让人眼花缭乱，要么慢得让人难以察觉。

阿格里帕认为自己的工作就是保护好奥克塔维乌斯，确保奥克塔维乌斯能够实现命中注定的伟大事业。对阿格里帕来说，他最大的收获就是成为奥克塔维乌斯最好的朋友，成为奥克塔维乌斯推心置腹的人。他不会设法阻止奥克塔维乌斯去关注其他人，比如撒尔维狄恩乌斯和马塞纳斯，或者像盖乌斯·斯塔提利乌斯·陶鲁斯这样开始跟奥克塔维乌斯成为好朋友的人。阿格里帕没必要这样做，因为奥克塔维乌斯自己就把这些人排除在他最隐秘的思想和欲望之外。这些秘密奥克塔维乌斯只会跟阿格里帕倾诉。

“我要做的第一件事，”奥克塔维乌斯对阿格里帕说，“就是让你、马塞纳斯、撒尔维狄恩乌斯、卢基乌斯·科尔尼菲基乌斯和陶鲁斯进入元老院。你们没有时间去参加财务官的竞选，所以只能通过直接委任。这件事可以通过菲利普斯去做。然后，我们要设立一个特别法庭来审判那些刺客。你会控告卡西乌斯，卢基乌斯·科尔尼菲基乌斯会控告马尔库斯·布鲁图斯。我的每一个朋友会控告一个刺客。当然，我希望每个陪审员都给出有罪的判决。但如果有任何陪审员给出无罪的判决，我想要知道他的名字。你知道，这可以作为日后的参考。知道哪些人有勇气做出有罪或无罪的判决，”他笑了起来，“这样会有很大用处。”

“你会亲自主持审判？”阿格里帕问。

“哦，不，这样不太明智。让昆图斯·皮狄乌斯去做就好了。”

“听起来，”阿格里帕皱着眉头说，“你似乎想尽快办好这件事。但是现在这个时间，我可能又要到某个地方去拉一车木板。”

“阿格里帕，现在不需要。元老院同意给我的每个士兵两千银币的津贴，所以这些钱会由国库来出。”

“恺撒，我想国库里已经被搬空了。”

“钱不多，但还不至于被搬空，我也不准备把国库搬空。按照传统，国库里的金子一直都不能动用。不过，平民营造官的报告实在令人担心，”奥克塔维乌斯说，他显然不会让自己要办的事被耽搁。他身为执政官绝对是言出必行。“去年的粮食收成不太好，但今年的更糟糕。不仅是我们那些出产粮食的行省，而是从西到东的所有地方都是如此。尼罗河没有泛滥，幼发拉底河和底格里斯河的水位都很低，而且很多地方春季都没有下雨。这是一场大旱灾。这也是为什么我的哮喘这么厉害。”

“你的哮喘已经比以前好多了，”阿格里帕安抚道，“也许你会慢慢痊愈。”

“但愿如此。我很讨厌出现在元老院时嘴唇青紫、喘气呼哧，但是我别无选择。不过，确实没有那么频繁地严重发作。”

“我会向萨卢斯[1]献祭。”

“我每天都献祭。”

“那粮食收成的事呢？”阿格里帕继续追问。他在心中记下这个信息：我也要每天都向萨卢斯献祭。

“看来不会有什么粮食收成了。现有的粮食到时肯定会卖出很高的价格，所以昆图斯·皮狄乌斯要采取一些紧急措施，禁止大家把粮食卖给私人而不卖给国家。这就是为什么我不能搬空国库。我不想妨碍商业贸易，但粮食是一个特殊问题。虽然我的养父把城里的平民安置到殖民地去，但是有十五万人需要领取免费粮食，而免费粮食的发放必须进行下去。西塞罗和马尔库斯·布鲁图斯不会同意我的观点，但是我很看重无产贫民。因为无产贫民为罗马提供了大部分的士兵。”

“恺撒，为什么不用一车木板来给军队发放津贴呢？”

“因为这牵涉到一个原则问题，”奥克塔维乌斯以不容置疑的语气说，“要么是我控制元老院，要么是元老院控制我。如果元老院是个明智的团体，那我很高兴听元老院的建议，但是元老院只是充满各种斗争和派系。”

“你想废除元老院吗？”阿格里帕关切地问。

奥克塔维乌斯一脸震惊。“不，绝不！阿格里帕，我只想重塑元老院，虽然这项工程不会在一天之内或一个执政官的任期之内完成。元老院的正确功用是提出适当的法案，然后交给那些竞选产生的官员去完成各项职能。”

“那还要不要去拉木板了？”

“那些木板就继续留在原地。情况只会变得更糟，而不会变得更好，

① 萨卢斯（Salus）是古罗马的健康女神。——译者注

我需要留着这些钱，去应付比旱灾和安东尼乌斯更可怕的情况。明天这个时候，继承权的法令将会通过，我就会正式成为恺撒·菲利乌斯。这意味着我会得到恺撒的财产。当然，那些他送给人民的钱不算，那些钱我会立刻发放。但我不会浪费我父亲送给我的任何资产，无论是那些战备资金，还是他的个人财产。现在我必须独自承担保护罗马的责任，但你以为我不知道必须结束这种情况吗？只要安东尼乌斯这种废物继续存在，国库就必须把钱掏出来。”他伸伸懒腰，对着阿格里帕露出一个酷似恺撒的微笑，“我希望，我能在公共圣所里办公。我的房子太小了。”

阿格里帕咧嘴一笑。“恺撒，买一所大房子就好了。或者通过竞选，让你自己成为大祭司长。”

“不，勒皮杜斯可以继续充当大祭司长。我看中的不是公共圣所，而是另外一所更大的房子。我跟恺撒不一样，我并不准备让罗马大受震撼。他总是弄出很大动静，因为这符合他的性情。他也无惧恶名。但我不是这样。”奥克塔维乌斯说。

“但是，”阿格里帕提出异议，他仍然想着怎么给军队发放津贴，“你要付给军队的津贴超过三亿塞特提尔乌斯，也就是一万两千塔兰特银子。恺撒，如果不动用那些战备资金，我实在不知道你还能怎么解决这些事情。”

“我不打算全部付清，”奥克塔维乌斯平静地说，“先付一半就好了。其余的暂且欠着。”

“他们会转换阵营！”

“等我跟他们解释之后就不会了，我会告诉他们拖欠的钱会给他们带来更多收益，我会给他们百分之十的利息。阿格里帕，你别担心了，我知道自己在做什么。我会说服他们，还会让他们保持忠诚。”

阿格里帕心中叹服，他暗自想着：我也会保持忠诚。他可真是个精明的财阀！就连阿提库斯也要自愧不如。

两天后，菲利普斯举办家宴，庆祝两位执政官的上任。他有点担心，不知道怎么告诉两位执政官，他的小儿子昆图斯正在叙利亚跟卡西乌斯打得火热。噢，他的一生都用来享受美食、阅读和一个美丽优雅的妻子！但是，他的生活却被一个突然大权在握的小伙子扰乱了。这个小伙子无所畏惧地攫取权力。他隐约记得，恺撒的母亲奥瑞利娅常常说恺撒无所畏惧。现在这个恺撒也是无所畏惧。可是他之前是那么可爱、温和、安静，只是一个病病歪歪的小男孩！而现在病病歪歪的却是菲利普斯。他们之前组成代表团，在严冬时节长途跋涉地前往山内高卢，这次远行不仅要了塞尔维乌斯·苏尔皮基乌斯的命，也差点要了卢基乌斯·皮索和他的命。卢基乌斯·皮索得了肺病，而菲利普斯的脚趾都快烂掉了。菲利普斯脚上的冻伤带来严重后果，许多医生都摇着头表示无法医治，还有医生建议他进行截肢。菲利普斯惊慌地拒绝了截肢的提议。于是他现在只能穿着拖鞋迎接客人，而且他的袜子里还塞满香料，用来掩盖他的脚趾发黑腐烂的臭味。

宴会上的男人比女人多，因为其中有三个男人是单身汉。其中包括菲利普斯的大儿子卢基乌斯，菲利普斯给他物色了许多新娘，但他全都顽固地拒绝了。另外两个单身汉是奥克塔维乌斯和阿格里帕。奥克塔维乌斯坚持要带着阿格里帕来赴宴。当菲利普斯看到这个不曾相识的阿格里帕时，他的呼吸顿时停住了。这人是如此俊美，又是如此阳刚！他的身材有恺撒那么高，肩膀有安东尼乌斯那么宽，浑身上下都是身为军人的飒爽英姿。噢，奥克塔维乌斯！菲利普斯在心中惊叫，这个年轻人会抢走你的风头！但是等到宴会结束时，菲利普斯改变主意了。阿格里帕完全是奥克塔维乌斯的人。这并不是说他们之间有什么不当关系，因为他们从不互相触碰，就算是一起走路时也保持距离，而且他们看向彼此的眼神中并没有丝毫暧昧。无论这个人中豪杰对奥克塔维乌斯有何看法，总之他完全没有表现出自己的野心。我的继子正在他的同龄人中建立派系，而且他比恺撒更精明。恺撒总是拒人千里，从不对任何男性朋友表现出丝毫亲密。哦，当然，这都是因为那个关于尼科美德斯国王的陈年谣言。但是如果恺撒有一个阿格里帕，那他绝对不会被人刺杀。我的继子很不一样。他不在乎谣言，那些谣言根本就不能沾到他身上。

这个宴席让奥克塔维乌斯很高兴，因为他姐姐也来了。在他生命中遇到的所有人，甚至包括他母亲，都不如奥克塔维娅跟他那么亲近。奥克塔维娅现在漂亮极了！她的美丽让阿提娅相形失色。虽然她的鼻子没有那么完美，她的颧骨也不够高挺。但她的魅力全都在于她的眼睛，她拥有所有女人中最美丽的眼睛。这双大眼睛非常清秀，眼眸是清澈透亮的海蓝色,闪耀着无比动人的光泽。她本来就是一个充满爱心和仁慈的人，而这种爱心和仁慈完全在她的眼睛中流露出来了。她一到马尔伽里塔里亚长廊买东西，所有人看到她都会一见倾心。我的父亲恺撒有他的女儿尤利娅,作为他跟老百姓之间的桥梁,而我有奥克塔维娅。只要我还活着，我就会尽心竭力地爱护她。

在座的三个女人都很高兴。阿提娅是因为她亲爱的儿子实在是让人刮目相看。为什么她之前没有发现？将近二十年来，她一直担心这个病弱的孩子活不下去，现在才发现她亲爱的小儿子实在不容小视。虽然他有哮喘病，但阿提娅终于惊奇地发觉，他可能比任何人都要长命，甚至比那个英俊逼人的阿格里帕还要长命。

奥克塔维娅也很高兴，因为她的弟弟就在那儿。他们向来姐弟情深。她比奥克塔维乌斯年长三岁，而且她自己的身体非常健康。他小时候就像她最爱的玩偶，总是屁颠屁颠地跟在她身后，总是对她露出甜甜的微笑，总是向她提出好奇的问题，总是在妈妈唠叨得让人受不了时就到她这儿寻找庇护。奥克塔维娅早就看出罗马人和她家人现在才发现的事实：奥克塔维乌斯隐藏的力量、毅力、聪明和独特。她猜想，这些特质都是从尤利乌斯氏族的血脉中继承的。不过，奥克塔维娅也清楚，他的那种冷静、刻苦、踏实是来自他生父那无可挑剔的拉丁血统。他是多么沉稳！我弟弟将会统治世界。

瓦勒里娅·梅撒拉很高兴，因为她的生活顿时展开美好的画面。她是占卜官梅撒拉·鲁弗斯的妹妹，嫁给昆图斯·皮狄乌斯已经三十年，给丈夫生了两个儿子和一个女儿，大儿子已经成年，小儿子也快要成年，而女儿才十六岁。她最美丽的是一头浓密的红发，不过她那迷离的绿眼睛也很迷人。她和昆图斯·皮狄乌斯的婚姻是恺撒安排的政治联盟。她是贵族出身，家世背景比出自坎帕尼亚的皮狄乌斯好多了，不过她跟皮狄乌斯的婚姻很契合。如果说有什么事情让她担心，那就是他丈夫对恺撒的绝对忠诚，而恺撒却没有像她期待的那样让皮狄乌斯迅速上升。现在皮狄乌斯成了低级执政官，她终于心满意足了。这样她的两个儿子父母双方都是出过执政官的，而她的女儿皮狄娅·梅撒利娜也可以结一门好亲事。

女人们对那些男人的话题不太关心，她们正在谈论孩子的事情。奥克塔维娅去年生了女儿克劳狄娅·马尔塞拉，现在又怀孕了。她希望这一次是个儿子。

奥克塔维娅的丈夫是小盖乌斯·克劳狄乌斯·马尔塞鲁斯，他发现自己的处境有点尴尬，因为他自己的家族向来都是恺撒的反对者。因为跟奥克塔维娅的婚姻，他保住了自己的前程，也保住了大笔财产。他热烈地爱着奥克塔维娅，因为奥克塔维娅真的很可爱。但是谁能想到他妻子的小弟弟竟然会在十九岁时成为高级执政官呢？这个小舅子将去往何处？他觉得，奥克塔维阿努斯应该会爬上令人目眩的高度。因为奥克塔维阿努斯散发出一种成功者的霸气，尽管这种霸气不像恺撒那样引人注意。

“你认为，”小马尔塞鲁斯对着奥克塔维乌斯和皮狄乌斯问，“现在是指控那些解放者的好时机吗？”他发现自己一说出解放者，奥克塔维乌斯就开始眼冒红光了。于是他赶紧进行补救，“当然，我的意思是那些刺客。大部分罗马人都把‘解放者’作为一个讽刺的名词，而不是真的认为他们是解放者。但是回到我刚刚说的，恺撒·奥克塔维阿努斯，你现在还要对付马尔库斯·安东尼乌斯和西部行省的总督，所以在这个时候进行审判是否合适？”

“而且，我还听说，”菲利普斯赶紧出来救场，“瓦提尼乌斯并没有到伊利里库姆去对付马尔库斯·布鲁图斯，而是在返回罗马的路上。这样布鲁图斯的地位就更稳固了。还有叙利亚的卡西乌斯，他也是一个威胁。为什么要在这种情况下去审判那些刺客呢？如果布鲁图斯和卡西乌斯被判有罪，那他们就成了不能回家的罪人。这样他们就可能会挑起战争，而罗马最不需要的就是更多一场战争。安东尼乌斯和那几个总督挑起的战争已经够罗马受了。”

昆图斯·皮狄乌斯静静听着，但没有开口说话的意思。他很不高兴，因为他总是被卷入尤利乌斯家的事，这种情况他真是讨厌极了。他那种乡下人的性情来自他父亲，但他的命运却取决于他母亲，因为他母亲是恺撒的大姐。他只想在坎帕尼亚广阔的土地上过着安静的日子，而不想成为执政官。然后他看看自己的妻子，她的眼睛闪闪发光，让他不由得一声长叹。他疲倦地想着，贵族永远都是贵族。瓦勒里娅喜欢成为执政官的妻子，她开口闭口都是良善女神。

“那些刺客必须受审，”奥克塔维乌斯说，“这些人没有在行刺的第二天受审，这已经够丢人了。如果他们当时就受审，那现在也不会出现这种局面。西塞罗控制的元老院让布鲁图斯和卡西乌斯享有合法地位，但是安东尼乌斯控制的元老院也没有对他们进行审判。”

“这正是我想说的，”小马尔塞鲁斯说，“他们不但没有立刻进行审判，还给那些刺客以特赦。既然当初是这样处置，那人民现在还能不能明白是怎么回事？”

“马尔塞鲁斯，我不在乎人民是否明白。元老院和罗马人民必须得到一个教训，那就是政府不能用冠冕堂皇的理由去纵容那群谋杀恺撒的权贵。谋杀就是谋杀。如果那些刺客真的认为我父亲想要成为罗马国王，那他们就应该在法庭上提起控诉。”奥克塔维乌斯说。

“他们怎么可能这样做呢？”马尔塞鲁斯问，“恺撒是终身独裁官，他凌驾于法律之上，神圣不可侵犯。”

“他们只要反对他得到独裁官的职位就行了。毕竟，独裁官的职位是投票产生的。但是他们投票时并没有反对他。那些刺客都投票支持他成为终身独裁官。”

“他们害怕恺撒。”皮狄乌斯说，他自己也害怕恺撒。

“胡说八道！怕什么呢？除了战争，我父亲什么时候夺走过罗马人的生命。他采取的是仁政，这是一个失误，但这也是一个事实。皮狄乌斯，那些刺客大部分得到过他的宽恕，有的还两次得到他的宽恕！”

“不管怎么说，他们就是害怕他。”马尔塞鲁斯说。

奥克塔维乌斯那张年轻英俊的脸孔顿时显出一种冷酷的神情，散发出令人恐惧的威力。“他们更有理由害怕我！所有刺客都必须受死，他们都要名誉扫地，他们的财产都被没收，他们的女人和孩子都变成穷人，在那之前我绝不停手。”

现场陷入一阵怪异的沉默。菲利普斯打破沉默。

“接受审判的人越来越少了，”他说道，“盖乌斯·特里波尼乌斯、阿奎拉、德基穆斯·布鲁图斯、巴西卢斯都死了。”

“但是为什么赛克斯图斯·庞培也要受审呢？”马尔塞鲁斯问道，“他并不是刺客，而且他现在享有同执政官的合法权力。”

“你应该知道，他的同执政官地位很快就会结束。我有很多证人可以作证，证明他的船只在十几天前抢劫了非洲行省的运粮船。这让他成了叛徒。而且，他是庞培·马格努斯的儿子，”奥克塔维乌斯波澜不惊地说，“我会消灭恺撒的所有敌人。”

在座众人都知道他说的恺撒是指他自己。

盖乌斯·尤利乌斯·恺撒·奥克塔维阿努斯和昆图斯·皮狄乌斯上任执政官的第一个月，针对那些解放者的审判就开始了。虽然总共有二十三场审判（那些已经死去的解放者也受到审判），但整个过程还是在一个市集日的间隔之内完成。陪审团毫无例外地判定每个解放者有罪，他们都被列为国家公敌，他们的财产都被国家没收。像保民官盖乌斯·赛尔维利乌斯·卡斯卡这样仍然留在罗马的解放者都逃跑了，不过对他们的追捕行动却很迟缓。突然间，赛尔维利娅和特尔图拉无家可归了，不过这种情况没有持续太久。她们的私人财产向来都放在阿提库斯那边投资，于是阿提库斯给赛尔维利娅在帕拉丁山上买了一所新房子，并因为帮助这两个女人而赢得了超出实际的名誉。

当赛克斯图斯·庞培也被判定犯了叛国罪时，三十三名陪审员中只有一个判定他“无罪，”其余的陪审员都乖乖地判定他“有罪”。

“你为什么这样做呢？”阿格里帕问那个选择无罪判决的陪审员，这个陪审员是个骑士。

“因为赛克斯图斯·庞培不是叛徒。”那个陪审员回答道。

奥克塔维乌斯记下这个陪审员的名字，很高兴这个人拥有的财产数额，因为他将会没收这些财产。

恺撒的遗赠都分发给罗马人，而且恺撒的花园也向罗马人开放。各行各业的罗马人都很喜欢在这些美丽安静的花园中散步和野餐。奥克塔维乌斯还把克娄巴特拉的宫殿租出去，租用这座宫殿的主要是第一等级中那些野心勃勃的人，他们用这个场所来举办招待食客的大型宴会。这些人的名字也进入了奥克塔维乌斯的“特别名单”。

奥克塔维乌斯还让他的两个好友当选为保民官，这两人就是马尔库斯·阿格里帕和卢基乌斯·科尔尼菲基乌斯，因为卡斯卡的逃亡，保民官中出现了两个空缺。外事大法官昆图斯·伽卢斯试图谋杀奥克塔维乌斯，但保民官普布利乌斯·提提乌斯救了奥克塔维乌斯一命，因为提提乌斯很想赢得奥克塔维乌斯的好感。事后，伽卢斯的职位被撤掉了，元老院通过表决让伽卢斯不接受审判就直接处死，而老百姓也被纵容去抢掠他的房子。第一等级中又兴起一阵小小的恐慌，他们开始自问：奥克塔维乌斯是不是比安东尼乌斯好不了多少呢？

身为高级执政官的奥克塔维乌斯信守承诺，他从国库中拿出足够的钱给最初跟随他的三个军团发放津贴，每个士兵都得到了一万塞斯特尔提乌斯。士兵的代表都很高兴地接受了奥克塔维乌斯的提议，同意剩下的一半津贴暂缓领取，等着以后加上利息再来领取。不过百夫长的额外津贴并没有延迟发放，这部分的津贴总计不到四千塔兰特，奥克塔维乌斯从国库中拿走六千塔兰特（考虑到正在飞涨的粮食价格，他不敢拿得太多），然后把剩余的两千塔兰特分给后来跟随他的三个军团。他还在每个军团中招募了六十名底层士兵作为他的卧底，每个军团中都有一名卧底。他们的工作是在军中散布言论，宣传奥克塔维乌斯的慷慨大方和坚定立场，并负责报告军中的异常动向。他们要在军中宣传一种思想，那就是成为军人将是一个长期职业，士兵经过十五年或二十年的服役，最后退伍时将会成为一个有钱人。奥克塔维乌斯的慷慨当然很好，但是一份稳定而丰厚的报酬就更好了。这就是奥克塔维乌斯想要传达的信息。对罗马和奥克塔维乌斯忠诚，然后罗马和奥克塔维乌斯就会一直照顾你，即便是在没有战争可打的时候。作为守卫军，士兵们可以在服役时兼顾家庭。当兵成了一个诱人的职业！于是，在这个初始阶段，奥克塔维乌斯就开始在军中传播常规军的想法。

九月二十三日是奥克塔维乌斯的二十岁生日，他带着十一个军团向着北方进军，准备跟安东尼乌斯和西部行省的总督开战。

他带着保民官卢基乌斯·科尔尼菲基乌斯一起出发，说是为了照顾那些平民出身的士兵。这真是一件不同寻常的事情。他留下皮狄乌斯去管理罗马，还有阿格里帕和提提乌斯两个保民官，以便在平民大会中推行皮狄乌斯的法令。另外还有盖乌斯·马塞纳斯这个不太起眼的助手也留在罗马，马塞纳斯负责的是一些比较隐蔽的事情，主要是在底层人民中招揽一些敢想敢干的人。

阿格里帕不愿离开奥克塔维乌斯。“没有我在你身边，你肯定会遇到麻烦。”他说道。

“阿格里帕，我可以应付。我需要你留在罗马，吸收一些除了战斗之外的经验，并学习关于制定法令的事情。相信我，我在这场战争中不会有危险。”

“但是你带着一个保民官一起去。”阿格里帕提出抗议。

“他也是我的忠诚追随者之一，只是不太引人注意。”奥克塔维乌斯说。

他们的行军颇为放松，军队到达博诺尼亚之后，奥克塔维乌斯就停下来扎营，并派人去把穆蒂纳的六个军团带过来。德基穆斯·布鲁图斯认为这六个新兵军团毫无指望，于是就把他们扔在后面，自己跑到西边去追赶安东尼乌斯。所有士兵都在撒尔维狄恩乌斯的指挥下进行艰苦训练，他们一边训练一边等待安东尼乌斯发现他们。

等到安东尼乌斯到来时，奥克塔维乌斯并不急着跟他开战，而是想出了另外的方案。他认为这个方案更有胜算，而胜利的概率就取决于他有多大的说服力。他知道自己必须把之前内战中支持恺撒的所有派系都联合起来，如果他做不到这一点，那罗马就会落入布鲁图斯和卡西乌斯手下，因为这两人现在已经控制了亚得里亚海以东的所有行省。他必须结束这种局面，但他只有联合起恺撒的所有追随者才能结束这种局面。

十月初，安东尼乌斯带着十七个军团离开尤利乌斯广场的军营，留下六个军团在卢基乌斯·瓦里乌斯·科提拉的领导下守卫后方。经过一个安宁的夏季，士兵们都得到很好的休息，他们身强体壮，斗志昂扬。普兰库斯、勒皮杜斯和波尔利奥这三位总督都跟着安东尼乌斯一起出发。但是他们并没有任何周密的计划。安东尼乌斯知道布鲁图斯和卡西乌斯就在东方，也知道必须镇压这两人的势力，但是他的注意力都集中在奥克塔维乌斯身上，因为奥克塔维乌斯这个可恶的家伙出现在这场权力游戏中实在令他难以接受。他也不想因为跟奥克塔维乌斯的战争而损失宝贵的军队，但是他看不到自己还有什么其他选择。只要把奥克塔维乌斯赶出这场游戏，那他就可以接收奥克塔维乌斯的军队，不过他也知道这些军队的忠诚将是个长久的问题。如果马尔提亚军团和第四军团可以因为一个让他们想起恺撒的小屁孩而离开安东尼乌斯，那当这个小屁孩死在安东尼乌斯手中时，这些军队又会怎么想呢？

安东尼乌斯通过多米提娅大道来到山内高卢的欧策鲁姆，他一路上都心情郁闷。此外还有西塞罗给他送来的系列演讲，他每天晚上都会看看这些演讲，但是看完之后心情就更郁闷了。他对奥克塔维乌斯是鄙视厌恶，而他对西塞罗则是恨之入骨。如果不是西塞罗，那他的地位会比较稳固，而且他也不会被列为敌对分子。在这种情况下，奥克塔维乌斯根本就不是什么大问题。没收财产对他来说并不是什么问题，虽然他的债务已经还清，但他也没有留下什么资产。虽然元老院对弗尔维娅的财富垂涎欲滴，但是他们不敢去动弗尔维娅的财产和安东尼乌斯在卡里奈山上的豪宅，因为弗尔维娅是盖乌斯·塞姆普罗尼乌斯·格拉古的外孙女，而且在阿提库斯的保护之下。

他想念弗尔维娅，也想念他跟弗尔维娅所生的孩子。弗尔维娅的信写得很好，而且总是充满各种新闻。他通过这些信件知道发生在罗马的每一件事，因此他也对阿提库斯心怀感激。他还知道，弗尔维娅对西塞罗的仇恨甚至比他的还深，如果一个人的仇恨可以如此深刻的话。

安东尼乌斯来到穆蒂纳，这里距离奥克塔维乌斯在博诺尼亚郊外的军营只有二十里。在这里安东尼乌斯遇到了保民官卢基乌斯·科尔尼菲基乌斯。身为保民官就是最好的使者，因为就连安东尼乌斯都知道他的事业必须有一个保民官的帮助才能进步。保民官在履行职务时是神圣不可侵犯的，尽管科尔尼菲基乌斯的老板是个贵族，不过他却声音称自己正在履行保民官的职务。

“执政官恺撒想跟马尔库斯·安东尼乌斯和马尔库斯·勒皮杜斯进行友好协商。”科尔尼菲基乌斯说。

“协商还是投降？”安东尼乌斯鄙夷道。

“协商，当然是协商。我传达的是善意，而没有任何恶意。”

普兰库斯和勒皮杜斯根本就不想跟奥克塔维乌斯见面，不过波尔利奥却觉得这是一件好事。安东尼乌斯经过一番考虑之后也是这么觉得。

“告诉奥克塔维阿努斯，我会考虑他的提议。”安东尼乌斯说。

接下来几天，卢基乌斯·科尔尼菲基乌斯骑着马在两个军营之间多次往返，最后终于商定安东尼乌斯、勒皮杜斯和奥克塔维乌斯会在一个小岛上进行协商，这个岛位于水流强劲的拉维努斯河中间，靠近博诺尼亚。科尔尼菲基乌斯在最后一趟奔波中提出这个地点。

“好吧，就这个地方，”安东尼乌斯经过全方位的考虑之后说，“不过奥克塔维阿努斯要把他的军营转移到博诺尼亚一侧的岸边，而我要把军营转移到穆蒂纳一侧的岸边。这样如果发生什么情况，我们就可以当场开战。”

“让我和波尔利奥跟你和勒皮杜斯一起去，”普兰库斯说，他不太高兴，因为他知道无论协商的结果如何，都会影响他的前程，“安东尼乌斯，这个协商应该有更多人参与。”

盖乌斯·阿西尼乌斯·波尔利奥眸光闪烁，他有点好笑地看着普兰库斯。可怜的普兰库斯！这是一个优秀的作者，一个饱学之士，但是他却不像波尔利奥那样能看透本质。普兰库斯和波尔利奥能起多大作用呢？那个愚蠢的勒皮杜斯又能起多大作用呢？安东尼乌斯和奥克塔维乌斯之间的事。一个四十岁的男人和一个二十岁的男人互相较量。一个情况明了的人和一个情况不明的人互相较量。勒皮杜斯只是他们扔给冥界恶犬的诱饵，让他们可以进入冥界而不被吞噬。身为一个历史学家，能够亲眼见证大事件感觉多好啊！之前是卢比孔河，现在是拉维努斯河。两条河，而波尔利奥都在那儿。

这个小岛上草木葱茏，一些高大的杨树投下片片阴凉。岛上还有一些柳树，不过一些士兵把那些柳树拔掉了，这样两边河岸的人都可以毫无遮挡地看到岛上的情况。一棵杨树下摆着三把折椅，这就是三位统帅进行协商的地点，这个地点距离小岛的另一头足够远，另一头有一群仆人和秘书在那儿候着，随时准备送上点心或进行记录。

安东尼乌斯和勒皮杜斯从他们所在的河岸乘船过去，他们两人都穿着盔甲，而奥克塔维乌斯则穿着他的紫边托迦和元老专用的褐色鞋子，他没有穿着那双特制的靴子。旁观的人很多，因为双方士兵都沿着拉维努斯河岸排开，望着岛上的那三个人在那儿或坐或站，踱着步子、比着手势、看着彼此或望着水面。

他们的开场白都很典型，奥克塔维乌斯彬彬有礼，勒皮杜斯和蔼可亲，安东尼乌斯直奔主题。

“我们开始说事吧。”安东尼乌斯说着坐下来。

“马尔库斯·安东尼乌斯，你认为我们的事情是什么呢？”奥克塔维乌斯问。他等着勒皮杜斯落座，然后自己才坐下来。

“帮你爬出你给自己挖的坑，”安东尼乌斯说，“你知道，如果开始打仗，那你一定会打败。”

“我们都有十七个军团，而且我的军团中有许多久经沙场的士兵，”奥克塔维乌斯淡淡地说，一双清秀的眉毛向上扬起，“不过，你在领兵作战方面更有优势。”

“换句话说，你想爬出那个坑。”

“不，我考虑的不是自己。安东尼乌斯，在我这个年纪，我可以承受一些羞耻，而不会让我的前途蒙上灰色。我考虑的是他们。”奥克塔维乌斯指着那些围观的士兵，“我提议进行协商，是想看看我们能不能找到出路，让他们不用流血牺牲。安东尼乌斯，你的士兵或我的士兵并没有什么不同。他们都是罗马公民，都应该活下去为罗马和意大利生儿育女。罗马和意大利在我父亲看来是一个整体。他们为什么要为了是你还是我来充当领袖而流血牺牲？”

这个问题实在很难回答，安东尼乌斯不安地挪了挪脚步，然后有点别扭地说：“因为你的罗马不是我的罗马。”

“罗马就是罗马。罗马并不属于我们任何一个。我们都是罗马的仆人，而不是罗马的主人。你做的所有事，还有我做的所有事，都应该为了提升罗马的荣誉和地位。对于布鲁图斯和卡西乌斯来说也是如此。如果说，你、我和马尔库斯·勒皮杜斯为了什么而活，那应该是为了竭尽全力为罗马赢得更多荣誉。我们都是凡人，无论我们是在战斗中死于此地，还是以后在和平中死于别处，罗马都将永垂不朽。我们是为罗马所有。”

安东尼乌斯咧嘴一笑。“我必须承认，你挺会说话，可惜你不会领兵打仗。”

“如果说话是我的特长，那我确实选择了一个很好的战场，”奥克塔维乌斯露出酷似恺撒的微笑，“真的，安东尼乌斯，我不想要流血牺牲。我想看到我们这些追随恺撒的人都联合起来。那些刺客谋杀了我们那位无可争辩的领袖，他们这样做没有给我们带来任何好处。那位领袖一去世，我们就分崩离析了。现在这种局面西塞罗也有很大责任，他不仅是恺撒的敌人，也是每个恺撒支持者的敌人。对我来说，如果我们在这里流血牺牲，那我们就背叛了恺撒，也背叛了罗马。罗马的真正敌人并不在这里，而是在东方。刺客马尔库斯·布鲁图斯占据了马其顿、伊利里库姆、希腊、克里特，并通过他的爪牙控制着比希尼亚、本都和亚细亚行省。刺客盖乌斯·卡西乌斯掌控着西里西亚、昔兰尼加和叙利亚，也许连埃及也已经落入他手中。”

“我同意你说到布鲁图斯和卡西乌斯的部分，”安东尼乌斯说，他明显放松下来了，“接着说，奥克塔维阿努斯。”

“马尔库斯·安东尼乌斯，马尔库斯·勒皮杜斯，我想要的是一个联盟。恺撒的所有忠诚支持者应该再次联合。布鲁图斯和卡西乌斯拥有跟我们同样强大的势力，如果我们能解决彼此之间的问题，那我们就可以去对付真正的敌人。否则，布鲁图斯和卡西乌斯就会赢得胜利，而罗马将不复存在。因为布鲁图斯和卡西乌斯会把行省交回那些收税人手中，他们会拼命压榨那些行省，最后那些行省宁可要野蛮人或帕提亚人的统治，也不要罗马人的统治。”

奥克塔维乌斯侃侃而谈，安东尼乌斯时不时插几句，而勒皮杜斯一直在认真听着。奥克塔维乌斯的这些话听起来确实很有道理，尽管勒皮杜斯实在想不通这究竟是为什么，因为这个年轻人说的并不是什么新奇之事。

“我不是害怕打仗，我只是不想打仗，”奥克塔维乌斯重复道，“我们必须集中一切力量去对付真正的敌人。”

“要打得他们再也没有翻身的机会，才不会发生法萨卢斯战役之后那种事，”安东尼乌斯说，他总算听进去了，“罗马就是因为共和派的长期争斗才弄得精疲力竭。先是法纳西斯，接着是非洲，然后是西班牙。”

于是协商开始进入正轨，不过他们还是花了一整天的时间，才完全达成共识：所有的恺撒支持者应该再次联合，因为除了他们三个人，还有更多人需要考虑。安东尼乌斯和奥克塔维乌斯都很清楚，如果说他之前已经厌倦了一切都在恺撒的控制之下，那他现在已经绕过这个坎，可以考虑跟一个二十岁的新手分享领导权，尽管这个新手的唯一资产就是跟恺撒的关系，还有因为这层关系而产生的权力。他们能够达成的最佳共识就是暂时停止争夺最高领导权。在拉维努斯河中的这个岛上，奥克塔维乌斯能够做到的就是让安东尼乌斯以为：在他年纪老迈之前恺撒的继承人会放弃最高领导权。奥克塔维乌斯对自己说：如果他这么想，那我们在打败布鲁图斯和卡西乌斯之前就可以相安无事。在那之后，我们再等着瞧。一个时间完成一件事就好了。

“如果最后看起来像是你赢了，那我的军队肯定不答应。”安东尼乌斯说，他们第二天继续讨论。

“如果最后看起来像是我输了，那我的军队也不会答应。”奥克塔维乌斯回击道。

“还有我的军队，还有普兰库斯和波尔利奥的军队，”勒皮杜斯说，“他们都不想看到我们分享领导权。”

“普兰库斯和波尔利奥只能满足于在不久之后成为执政官，”安东尼乌斯毫不客气地说，“权力的舞台上有我们三个人就够多了。”他昨天晚上一直在思考，而且他一点都不愚蠢，他的主要缺陷在于他的鲁莽冲动、热衷享乐和不懂政治。“如果我们三人平分罗马的领导权怎么样？”他问道。

“这听起来很有意思，”奥克塔维乌斯说，“接着讲。”

“嗯，我们都不会成为执政官，但是我们都拥有比执政官更大的权力。你知道，就是把独裁官的权力分到我们三个人的头上。”

“独裁官的职位已经被你废除了。”奥克塔维乌斯和颜悦色地说。

“是的，我并不是在暗示我后悔了！”安东尼乌斯咆哮道，“我想说的是，在消灭那些解放者之前，罗马不能由一连串执政官来统治，但是一个真正的独裁官又会让那些相信民主的人觉得大受冒犯。如果我们三人共享属于独裁官的实权，那我们之间就可以互相牵制，同时还能按照罗马需要的方式去施行统治。”

“一个三头同盟，”奥克塔维乌斯说，“三人组成一个同盟去管理共和国的事。是的，听起来很不错。这样可以安抚元老院，还可以让人民非常高兴。所有罗马人都知道我们准备打仗。想想看，如果我们三人以好朋友的身份回到罗马，而且我们的军团都毫发无伤，那是多么了不起的场面。我们可以向所有人证明，罗马人不用动刀动枪就能解决纷争。我们更关心元老院和罗马人民，而不只是关心我们自己。”

他们坐在各自的椅子上，心满意足地看着对方。是的，好极了！这是一个新时代。

“这也向人民表明我们是真正的政府，”安东尼乌斯说，“而且我们到东方去攻打布鲁图斯和卡西乌斯，也不会有人说我们是在发动内战。奥克塔维乌斯，你对那些解放者进行审判，并且给他们判定叛国罪，这真是个好主意。我们可以说，我们不是去跟其他罗马人打仗，而是去跟那些失去罗马公民身份的人打仗。”

“安东尼乌斯，我们要做的还不仅如此。我们要让人在整个意大利传播消息，让人民对他们爱戴的恺撒被谋杀感到愤怒。然后，等到粮食收成减少时，我们就可以把责任推到布鲁图斯和卡西乌斯身上，因为他们霸占了罗马的税收。”

“粮食收成减少？”勒皮杜斯惊讶地问。

“已经减少了，”奥克塔维乌斯回答道，“勒皮杜斯，身为行省总督，你应该注意到你的行省今年没有什么粮食收成。”

“我在初夏时就离开我的行省了。”勒皮杜斯辩解道。

“我注意到，要喂饱我的军队突然变得很昂贵，”安东尼乌斯说，“是不是发生旱灾了？”

“到处都是，包括东方也是如此。所以布鲁图斯和卡西乌斯的日子应该也不太好过。”

“你真正想说的是，我们快没钱了，”安东尼乌斯咆哮道，“好吧，既然你偷了恺撒的战备资金，那你就应该为我们到东方的征战出钱！”

“安东尼乌斯，我没有偷走战备资金。我回到意大利时，就把我的私房钱全都拿出来给士兵发放津贴了，而且我不得不从国库中拿钱支付部分津贴。我现在还欠着士兵的钱，而且会欠上很长时间。我不知道是谁拿走那些战备资金，但你别怪到我身上。”

“那肯定是奥皮乌斯。”

“你无法肯定。一个萨莫奈人也可以轻而易举地完成这件事。安东尼乌斯，解决问题的办法不在于抱怨过去。我们最重要的是让罗马人和意大利人吃饭和娱乐，这两件事是最重要的，然后我们还要供养战场上的大批军队。你觉得我们需要多少个军团呢？”

“四十个。二十个跟我们一起去打仗，还有二十个要守卫西部行省和非洲行省，在我们出征时守住大后方。另外还要一万或一万五千名骑兵。”

“再加上非作战人员和马匹，这样就超过二十五万人了。”奥克塔维乌斯那双灰色的大眼睛闪闪发亮，“想想这些人需要的粮食、豆子、腊肉和油，每个月需要一百二十五万莫迪乌斯的小麦，每莫迪乌斯的小麦是十五塞斯特尔提乌斯，这样每个月光是粮食就要花费七百五十塔兰特银子。其他口粮会让这个数字翻倍，考虑到现在的旱灾，也许还要花更多银子。”

“奥克塔维阿努斯，你可以当一个很好的军需官！”安东尼乌斯目光闪烁地说。

“安东尼乌斯，你要开玩笑就尽管开好了，但是我想说的是我们无力承担如此巨大的开支。更何况我们还要喂饱罗马人和意大利人。”

“哦，我有一个办法。”安东尼乌斯举重若轻地说。

“我的耳朵都竖起来了。”奥克塔维乌斯说。

“你的耳朵本来就竖着！”

“你开够玩笑了吗？”

“是的，因为这个解决办法可不是开玩笑。我们可以采取定罪行动。”

这最后一个词让大家陷入一阵沉默，现场只剩下河中的水流哗哗作响，杨树上那等待被秋风吹落的金色树叶沙沙作响，远处的几千名士兵嗡嗡作响，还有马匹的阵阵嘶鸣。

“我们可以采取定罪行动。”奥克塔维乌斯重复道。

勒皮杜斯脸色灰白，看起来快要晕倒了。“安东尼乌斯，我们不能这么做！”他大叫道。

安东尼乌斯那双棕红色的眼眸凌厉地盯着勒皮杜斯：“得了，勒皮杜斯，别表现得像个傻子！如果不这么做，我们又怎么能在这场旱灾中养活人民和军队？就算没有旱灾，我们都养不起这些人。”

奥克塔维乌斯一脸沉思地坐在那儿。“我父亲因为他的仁慈而著名，”他说道，“但正是这种仁慈断送了他的生命。大部分刺客都是得到他宽恕的人。如果他把这些人杀了，那我们现在就不用担心布鲁图斯和卡西乌斯的问题，罗马也能拿到东方行省的所有税收，我们就可以毫无障碍地乘船进入黑海到辛梅里亚去购买粮食。我赞同你的提议，马尔库斯·安东尼乌斯。我们没收财产，就像苏拉那样。自由人或被释奴可以得到一塔兰特的赏银，奴隶可以得到半塔兰特的赏银，还可以赢得自由之身。但是我们不要在档案里留下发放赏银的记录。为什么要让某些野心勃勃的保民官有机可乘，在未来的某一天迫使我们惩罚这些提供信息的人？苏拉的定罪行动给国库带来了一万六千塔兰特。我们的目标也是如此。”

“亲爱的奥克塔维阿努斯，你总是令人惊喜。我以为要费很大力气才能说服你。”安东尼乌斯说。

“我本来就是个理智的人。”奥克塔维乌斯微笑道，“采取定罪行动是唯一的答案。这样还可以让我们摆脱自己的敌人，无论是现实的还是潜在的敌人。所有同情那些刺客和解放者的人都可以一并解决。”

“我不同意！”勒皮杜斯大声嚎叫，“我的兄弟保卢斯就是共和派的死忠分子！”

“那我们只好把你的兄弟保卢斯定罪了，”安东尼乌斯说，“我也有几个亲戚必须定罪，这些亲戚有的跟奥克塔维阿努斯也有亲戚关系。比如卢基乌斯·恺撒舅舅。他有许多财富，而且他对我没有任何帮助。”

“他对我也没有任何帮助。”奥克塔维乌斯点着头说。然后他皱起眉头，

“但是，安东尼乌斯，我建议不要处死自己的亲戚，这样会把我们弄得声名狼藉。保卢斯和卢基乌斯·恺撒都不会对我们的生命造成威胁。我们只要没收他们的财产就好了。我想，我们都要牺牲几个亲戚。”

“就这么定了！”安东尼乌斯心满意足地哼了一声，“但是奥皮乌斯已经死了。我知道他偷走了恺撒的战备资金。”

“我们不能动那些银行家和顶级财阀。”奥克塔维乌斯坚定地说。

“什么？但大钱都在那些人手上！”安东尼乌斯反对道。

“正是如此，安东尼乌斯。请你想一想。定罪行动只是填充国库的短期手段，这种手段不可能一直延续下去。我们最不想看到的就是罗马失去那些理财高手。我们永远都需要这些人。如果你以为像苏拉的希腊裔被释奴克里索戈努斯那样的人可以代替奥皮乌斯或阿提库斯，那你的头脑肯定是坏掉了。看看庞培·马格努斯的那个被释奴德梅特里乌斯，他积累了巨额财富，但是他的理财能力跟阿提库斯相比根本就不值一提。所以我们会把德梅特里乌斯定罪，但是我们不会把阿提库斯定罪。还有赛克斯图斯·佩尔奎提恩努斯、巴尔布斯、奥皮乌斯、拉比里乌斯·波斯图穆斯，也是如此。阿提库斯和佩尔奎提恩努斯都是以中间人的身份两头挣钱，这一点我同意你的意见，但他们自从恺撒崛起之后就一直是恺撒的支持者。无论他们的财产有多大诱惑力，我们都不能动自己的人。特别是他们还拥有理财的技能。我们可以把弗拉维乌斯·赫米基卢斯和法比乌斯都进行定罪，他们都是帮布鲁图斯管理金钱的银行家。但那些罗马需要的人才不能受到迫害。”

“安东尼乌斯，他说得对。”勒皮杜斯低声说。

安东尼乌斯一直听着，现在他陷入沉思，嘴唇一伸一缩的，一双褐色的眉毛也纠缠在一起。最后他说道：“我明白你的意思。”他的脑袋往后一缩，假装打了个寒战，“而且，如果我动了阿提库斯，那弗尔维娅肯定会把我杀了。元老院把我列为敌对分子之后,阿提库斯对弗尔维娅非常好。不过，西塞罗必须除掉。我的意思是，他必须掉脑袋。你是否明白？”

“完全明白，”奥克塔维乌斯说，“我们集中对付那些有钱人，但只对付部分非常有钱的人。如果有足够的人被定罪，那我们很快就会得到很多现金。当然，至于那些地产，我们肯定不能在拍卖中获得这些地产的应有价格。恺撒的拍卖和苏拉的拍卖都是如此。但是我们可以为自己和亲友买到一些非常便宜的优质地产。勒皮杜斯之前失去的别墅和土地应该得到补偿，所以他拿回原来的土地不用花一分钱。”

勒皮杜斯本来大为震惊，但他现在看起来已经比较平静，他没想到定罪行动还能给自己带来这种好事情。

“还有给退役士兵的土地，”安东尼乌斯说，他很讨厌分配土地的工作，“我建议，我们可以没收一些城镇的公地，那些反对恺撒或支持布鲁图斯和卡西乌斯的城镇，比如维努西亚、卡普亚和贝内文图姆，还有几个萨莫奈人的老巢。克雷莫纳没有尽力完成在山内高卢的任务。我还知道怎样才能阻止布鲁提乌姆向赛克斯图斯·庞培提供援助。我们要在维博和瑞吉乌姆建立一些老兵安置点。”

“好极了！”奥克塔维乌斯大声说，“我建议，我们在打败布鲁图斯和卡西乌斯之后不要解散所有军队。我们要保留一部分军队作为常规军，比如说可以让一些士兵服役十五年。每次需要时才招募军队，这种方式也许是罗马传统的一部分，但是这样又麻烦又费钱。一个士兵每次退役时都要得到一块土地。在过去二十年中，有些人进进出出军队好多次，结果就得到了很多土地，于是他们把这些土地租给佃农或牧民。常规军可以守卫行省，随时随地都可以去打仗，不用每次招募军队都给他们配备武器，也不用每次解散军队时都给他们分配土地。”

但是这些话对安东尼乌斯来说有点太多，他的注意力不像奥克塔维乌斯那么强大持久。于是他不耐烦地耸耸肩膀说：“是的，是的，但我们已经拖了好长时间，我想今天就结束这件事，而不是等到下个月。”他露出一个狡黠的表情，“当然，我们要有一些行动来表明彼此的忠诚。我和勒皮杜斯已经让我们的两个孩子订婚了。奥克塔维阿努斯，你还是单身，跟我联姻怎么样？”

“我已经跟赛尔维利娅·瓦提亚订婚了。”奥克塔维乌斯木然道。

“噢，瓦提亚不会介意你解除婚约！我的妻子弗尔维娅，她的大女儿克劳狄娅十八岁了。让她做你的新娘怎么样？你们的孩子将拥有无与伦比的家世！他将拥有尤利乌斯、格拉古、克劳狄乌斯、弗尔维乌斯家族的血统。你找不到比弗尔维娅和普布利乌斯·克洛狄乌斯之女更好的对象了。怎么样？”

“不，我不能，”奥克塔维乌斯毫不犹豫地说，“如果瓦提亚同意，我才能跟克劳狄娅订婚。”

“不是订婚，是结婚，”安东尼乌斯不容置疑地说，“我们一回到罗马，勒皮杜斯就可以给你们主持婚礼。”

“好吧，如你所愿。”

“你还要卸下执政官一职。”安东尼乌斯情绪高亢地说。

“是的，我想是该这么做。你想让谁来充当今年的补缺执政官？”

“盖乌斯·卡里纳斯充当高级执政官，普布利乌斯·温提狄乌斯充当低级执政官。”

“他们都是你的人。”

安东尼乌斯没有回应而是继续说下去：“明年勒皮杜斯是高级执政官，普兰库斯是低级执政官。”

“是的，我们三人中肯定要有一个人来充当明年的高级执政官。那后年呢？”

“瓦提亚是高级执政官，我的弟弟卢基乌斯是低级执政官。”

“我为盖乌斯·安东尼乌斯感到难过。”

安东尼乌斯热泪上涌，他使劲地把眼泪压下去。“布鲁图斯杀了我弟弟，我一定要让他付出代价！”他恶狠狠地说。

奥克塔维乌斯私底下觉得布鲁图斯成功除掉盖乌斯·安东尼乌斯是对罗马的一大贡献，因为盖乌斯·安东尼乌斯就是个大傻瓜，但是他表现出满脸的悲伤和同情，然后就转换了话题。“你想过怎么通过法律来确立我们的三头同盟吗？”他问道。

“通过平民大会，这已经成为一个习惯了。超越同执政官的权力，无限制的至高统帅权，甚至是在意大利境内，期限是五年。同时还有提名执政官的权力。在意大利之内，我们三人享有同等权力，平起平坐地施行统治。但是在意大利之外，我觉得我们应该分配好那些行省。我想要山内和山外高卢。勒皮杜斯可以拥有纳尔旁高卢和远西班牙与近西班牙，因为我想让波尔利奥充当我所在行省的副将，所以实际的行省管理就交给他好了。”

“这样，”奥克塔维乌斯说，看起来谦卑而温和，“留给我的就是非洲行省、西西里、撒丁尼亚和科西嘉。嗯，这些都是提供粮食的地区。按照我听到的消息，这些行省都不太安定。非洲行省的总督维图斯正在新非洲进行一场私人的小型战争，而在皮狄乌斯的法庭对赛克斯图斯·庞培进行审判之前，赛克斯图斯·庞培就已经利用元老院给他的船只去抢劫我们的运粮船。”

“奥克塔维阿努斯，你对这些行省不太满意是不是？”安东尼乌斯问。

“安东尼乌斯，这么说吧，如果我们到东方去征讨布鲁图斯和卡西乌斯时，我能拥有跟你同等的联合统帅权，那我就会接受这些行省。”

“不行，我不同意。”

“安东尼乌斯，你在这件事上没有别的选择。我的军队会坚持这一点，而你没有他们就无法到东方去征战。”

安东尼乌斯从他的椅子上蹦起来，大步走到水边，勒皮杜斯赶紧追过去。

“好啦，安东尼乌斯，”勒皮杜斯对着他低声说，“不能全都听你的。他已经做出很大让步了。而且他说得对，如果不这样，他的军队就不会跟着你。”

安东尼乌斯盯着河面，陷入一阵漫长的沉默。勒皮杜斯一只手搭着安东尼乌斯的手臂。然后安东尼乌斯甩开他的手，转身走回去。

“好吧，奥克塔维阿努斯，你可以拥有跟我同等的联合统帅权。”

“好。那我们就说定了，”奥克塔维乌斯高兴地说着伸出手，“让我们握握手，向那些士兵显示我们已经达成共识，大家都不用打仗了。”

这三人走到岛中央，在那里互相握手。每个围观的人都发出欢呼声，三头同盟成为现实了。

第二天，又出现了一个争议，就是三头同盟进入罗马城的顺序。

“我们一起进去。”勒皮杜斯说。

“不，分三天进去，”安东尼乌斯反对说，“我第一个进去，奥克塔维阿努斯第二，勒皮杜斯第三。”

“我先进去。”奥克塔维乌斯坚定地说。

“不，我先进去。”安东尼乌斯说。

“马尔库斯·安东尼乌斯，我先进去，因为我是高级执政官，而现在还没有通过任何法令赋予你和马尔库斯·勒皮杜斯任何权利。你仍然是敌对分子，就算你不是敌对分子，你一越过罗马城的神圣边界，就等于放弃最高统帅权变成私人公民。这件事无须争执。我必须先进去，帮你解除非法身份。”

虽然安东尼乌斯很失望，但他只能无可奈何地同意了。奥克塔维乌斯会第一个进入罗马城。

第 2 节

山内高卢的大部分土地是冲积平原，得到帕都斯河和许多支流的灌溉。没有下雨时，当地的农夫也可以用河水灌溉，所以这个地区的庄稼长得很好，粮仓里也有很多存粮。这个地方距离意大利很近，但有一件令人抓狂的事情，那就是这里的粮食无法喂饱意大利人。因为亚平宁山脉自动向西延伸，并且在利古里亚与滨海阿尔卑斯山脉连成一片，于是给从陆路运送粮食造成了巨大的障碍。而且山内高卢的粮食也无法通过海路运输，因为风向跟船只的航行刚好相反。考虑到这些因素，三头同盟决定把他们的军队留在山内高卢，只挑选少数精兵跟他们一起返回罗马。

奥克塔维乌斯和波尔利奥同乘一辆车，他在车上对波尔利奥说，“既然喂饱意大利人和罗马人的任务落到我肩上，那我就要开始安排运粮车队从山内高卢的西部出发，穿过德尔托纳再沿着托斯卡纳海岸南下。从这条路线运送粮食并非全无可能，只是之前没有人尝试。”

波尔利奥惊讶地看着他，自从他们在博诺尼亚出发，他就发现这个年轻人从未停止思考。波尔利奥觉得，这个年轻人的思维敏锐而切实，而且他特别注重后勤方面的事，他关心的是如何把平凡的事情做好。波尔利奥心想，如果你让他数出一百万颗鹰嘴豆，那他也会坚持到底，而且不会在数数时出错。难怪安东尼乌斯看不起他！因为安东尼乌斯考虑的是立下战功和成为罗马第一人，而奥克塔维乌斯考虑的却是如何喂饱人民。安东尼乌斯花钱如流水，而奥克塔维乌斯却设法用最便宜的方法去办事。奥克塔维乌斯不是一个谋划者，而是一个计划者。但愿我能活得足够久，看看他最后能达成什么成就。

于是波尔利奥引着奥克塔维乌斯讨论更多话题,包括罗马的命运。“奥克塔维乌斯，你最大的抱负是什么？”他问道。

“看到整个罗马世界和平安宁。”

“为了达成这个目的，你愿意付出什么东西？”

“一切，”奥克塔维乌斯说，“不惜一切。”

“这是一个伟大的理想，但几乎不可能实现。”

奥克塔维乌斯那双灰色的眼眸望向波尔利奥的褐色眼眸，眼神中流露出真诚的惊奇。“为什么？”

“哦，也许是因为战争深植于罗马人心中。战争和征服给罗马带来收入，大多数人都有这种想法。”

“罗马的税赋收入已经足够罗马所需，”奥克塔维乌斯说，“战争把国库里的钱都耗尽了。”

“这不是罗马人的想法！战争给国库带来许多收入，看看恺撒和庞培就明白，还有保卢斯、西庇阿和穆米乌斯就更不用说了。”波尔利奥说，有点洋洋自得。

“波尔利奥，那样的日子已经结束了。那些主要的财富已经被收进罗马国库，除了一个地方的财富。”

“帕提亚人的财富？”

“不！”奥克塔维乌斯轻蔑道，“帕提亚战争只有恺撒才能考虑。帕提亚的距离太远，我们的军队要在那里耗上好几年，而且四周围都是敌军和不利地形。我说的是埃及人的财富。”

“你同意让罗马去占有那些财富吗？”

“我会占有那些财富。在适当的时候，”奥克塔维乌斯说，语气有点志在必得，“考虑到两个因素，这是一个可以达成的目标。”

“什么因素？”

“第一,罗马军队穿越地中海之后不必长途跋涉。第二,除了那些财富，埃及还可以为我们不断增加的人口提供粮食。”

“很多人说，那些财富根本就不存在。”

“噢，那些财富确实存在，”奥克塔维乌斯说，“恺撒看见过。我跟他在西班牙时，他告诉我的。我知道那些财宝藏在哪里，也知道如何拿到。罗马需要这些财富，因为战争已经把罗马榨干了。”

“你是说，因为内战。”

“波尔利奥，你想想看。在过去六十多年中，我们的对内战争比对外战争还要多。罗马人攻打罗马人。我们就因为共和国与自己的种种理念而冲突不断。”

“你会不会像希腊人那样为了理念而打仗？”

“不，我不会。”

“那如果打仗是为了维护和平呢？”

“如果是跟罗马人打仗就不行。我们跟布鲁图斯和卡西乌斯的战争必须是最后一场内战。”

“赛克斯图斯·庞培可能不会同意。他肯定是跟布鲁图斯和卡西乌斯有所来往，但是他不会完全把自己交给他们。他最后肯定会自己发动战争。”

“波尔利奥，赛克斯图斯·庞培是个海盗。”

“所以你并不认为，他会在布鲁图斯和卡西乌斯被打败后召集那些解放者的残余势力？”

“他已经选择了他的战场，而他的战场是在水上。这就意味着他不可能发动全面进攻。”奥克塔维乌斯说。

“还有另外一场内战的可能，”波尔利奥狡猾地说，“如果三头同盟闹翻了呢？”

“就像阿基米德那样，我会移动地球去避免这种情况。波尔利奥，我可以向你保证，我永远都不会跟安东尼乌斯打仗。”

波尔利奥问自己：我为什么会相信他呢？总之，我真的相信。

十一月底，奥克塔维乌斯进入罗马，他穿着托迦走路进入罗马城。他的身旁围着一些唱歌跳舞的演员，他们大声歌颂着三头同盟达成的和平协议，围观群众也高兴地大声欢呼。奥克塔维乌斯对着群众像恺撒那样面露微笑，像恺撒那样挥手致意。他脚上穿着那双高跟靴子，直接登上演讲台，宣布了三头同盟的形成。他那简短动人的演讲让大家觉得，在联合各方的行动中，他发挥了关键作用。他是带来和平的恺撒，不是带来战争的恺撒。

然后他去到元老院，元老们舒舒服服地坐在会堂里，等着在这个没有那么公开的地方聆听他的消息。普布利乌斯·提提乌斯奉命立刻在平民大会中召集会议，撤销给安东尼乌斯和勒皮杜斯定罪的法令。虽然昆图斯·皮狄乌斯当众得知他的执政官任期即将结束，不过奥克塔维乌斯把定罪行动的消息留到后面再告诉他。

“提提乌斯会在平民大会中通过确立三头同盟的法令，”奥克塔维乌斯在皮狄乌斯的书房中对他说，“但是他还会通过其他法令，这些也是同样必要的措施。”

“什么同样必要的措施？”皮狄乌斯有点警惕地问。他不喜欢奥克塔维乌斯脸上的表情，那种表情说明一切都已经确定。

“罗马已经破产了，所以我们要采取定罪行动。”

皮狄乌斯往后退缩，他伸出手好像要挡住某些不可见的危险。“我不同意进行定罪行动，”他尖着嗓子说，“身为执政官，我会表示反对。”

“身为执政官，你必须表示支持。昆图斯，如果你表示反对，提提乌斯即将张贴在演讲台和雷吉亚圣殿的名单上面，第一个就会是你的名字。好啦，亲爱的伙伴，你要理智一些，”奥克塔维乌斯柔声说，“你想让瓦勒里娅·梅撒拉成为一个无家可归的寡妇，想让你的孩子失去继承权，而且还要丧失他们的大好前途吗？他们可是恺撒的外甥孙。小昆图斯很快就会参加军团指挥官的竞选。如果你被定罪，那我们也只好把梅撒拉·鲁弗斯定罪。”奥克塔维乌斯站起来，“我请求你，要三思而后行。”

昆图斯·皮狄乌斯确实是三思而后行。那天晚上，在他的家人都入睡之后，他挥剑自刎了。

奥克塔维乌斯一大早就赶到现场，瓦勒里娅·梅撒拉正在六神无主地哭泣，她那个身为占卜官的兄弟也在那里。奥克塔维乌斯对这姐弟二人严肃道：“我会宣布昆图斯·皮狄乌斯是在睡眠中死去，因为他为执政官的职责而殚精竭虑。请你们理解，我确实有充分的理由这样描述他的死因。如果你们珍惜自己的生命，还有你们孩子的生命，还有你们的财产，那就听从我的意思。你们很快就会知道这是为什么了。”

十一月底，奥克塔维乌斯卸任执政官，补缺执政官是山内高卢战争中的两位老将盖乌斯·卡里纳斯和普布利乌斯·温提狄乌斯。补缺执政官一上任，普布利乌斯·提提乌斯就开始在平民大会中行动。他通过的第一条法令得到了所有部落的支持，这条法令确认了三头同盟的正式建立。然后他又通过公敌法令，这条法令几乎在所有细节上都模仿了苏拉的法令，从提供信息者得到的赏银到公开张贴的公敌名单都极为相似。第一份名单上有一百三十个名字，按照安东尼乌斯的要求，西塞罗的名字是第一个。名单上的其他人大部分已经死去或逃离，布鲁图斯和卡西乌斯的名字也在其中。这次定罪行动的理由是“同情解放者”。

第一和第二等级完全措手不及，保民官萨尔维乌斯在平民大会结束后就被逮捕处决了，这更加剧了那些上层人的恐慌。那些被处决者的脑袋没有公开展示，只是和他们的尸体一起扔进埃斯奎利努斯广场公墓的石灰坑里。奥克塔维乌斯说服了安东尼乌斯，让他相信没有可见证据的恐怖气氛更能持久。唯一的例外是西塞罗，如果还能在意大利抓到他的话。

勒皮杜斯牺牲了他的兄弟保卢斯，安东尼乌斯牺牲了他的舅舅卢基乌斯·恺撒，奥克塔维乌斯也牺牲了好几个亲戚，不过这些亲戚都没有被处死。至于波尔利奥的岳父，还有普兰库斯那个身为大法官的兄弟，他们没有得到死刑豁免，所以都被处死了。另外三个被定罪的大法官也被处死，还有保民官普布利乌斯·阿普列乌斯也是，他不像盖乌斯·卡斯卡那么幸运跟着自己的兄弟逃到东方。瓦提尼乌斯的副将昆图斯·科尔尼菲基乌斯也在名单之中，也被处决了。

阿提库斯和其他银行家得到私下通知，知道他们不会被定罪，这样就阻止了他们的资金转移，这在非常时期中向来是个危险问题。国库里原本只剩下那些宝贵的黄金和一万塔兰特银子，现在又慢慢被现金和移动资产填满，这些财产来自卢基乌斯·恺撒、阿普列乌斯家族的几个人、保卢斯·艾弥利乌斯·勒皮杜斯、刺杀恺撒的凯基利乌斯兄弟、年老体弱的前任执政官马尔库斯·特伦提乌斯·瓦罗、家财万贯的盖乌斯·卢基利乌斯·希尔鲁斯，还有其他数百个有钱人。

这些被没收财产的人并没有全部丧命。昆图斯·弗菲乌斯·卡勒努斯收留了老瓦罗，并且拦住了定罪行动的执行机构（就像苏拉时期一样，这次定罪行动也有一个执行机构），不让他们杀死瓦罗，然后又去找安东尼乌斯求情，保住了瓦罗的生命。卢基利乌斯·希尔鲁斯和他的奴隶和食客一起逃跑，并且一路顽抗逃到海边。卡勒斯的城镇也紧闭城门，不肯交出普布利乌斯·西提乌斯的兄弟。深受加图赏识的马尔库斯·法翁尼乌斯也被定罪，不过他像其他人一样设法逃离了意大利。只要他们把财产留下，那么三头同盟并不在乎他们逃到哪里。

但是西塞罗除外，安东尼乌斯铁了心要让他不得好死。按照安东尼乌斯的命令，军团指挥官盖乌斯·波皮利乌斯·拉埃纳斯（这是一个显赫的名字[①]）带着一群士兵和一个叫做赫伦尼乌斯的百夫长离开罗马，到西塞罗的各座别墅去搜捕。昆图斯·西塞罗和他儿子虽然是恺撒的忠诚支持者，但他们也被列入第二批公敌名单。有一个奴隶去告发他们，言之凿凿地说他们的态度已经改变，他们现在已经决定要逃离意大利去加入那些解放者。于是拉埃纳斯有三个抓捕目标，不过马尔库斯·西塞罗是最重要的一个，必须最先解决。

奥克塔维乌斯第二次向罗马进军让西塞罗大为震惊。于是西塞罗找到奥克塔维乌斯，希望这位新任高级执政官可以准许他以后都不用出席元老院会议。

"奥克塔维阿努斯，我体弱多病，"西塞罗解释说，"而且我很希望能够随时到我的别墅去。可以吗？"

"当然可以！"奥克塔维乌斯亲切地说，"既然我可以让我的继父不必出席会议，那我也可以让你和卢基乌斯·皮索不必出席会议。你知道，因为那次可怕的冬季出行，菲利普斯和皮索到现在还深受其害。"

"我当时就反对派出代表团。"

"你确实反对了。可惜元老院没有听从你的建议。"

西塞罗看着这个俊美的年轻人，他的外貌跟几个月前在布伦狄西姆登陆时相比并没有丝毫改变，但西塞罗突然意识到奥克塔维乌斯早就决定要不惜一切代价去追逐权力。西塞罗曾经给了自己太多幻想，以为可以对这个冷酷无情的年轻人施加影响。恺撒有他的情绪，包括令人震惊的怒气，但奥克塔维乌斯却排除了一切感情。他跟恺撒的相似之处只是他刻意表演出来的。

---

① 盖乌斯·波皮利乌斯·拉埃纳斯（Gaius Popillius Laenas）是单枪匹马就阻止了一场战争的古罗马大使。公元前168年塞琉古国王安条克四世入侵埃及，罗马派拉埃纳斯作为使臣出面干涉这次战争，他要求安条克四世退出埃及、结束战争，并威胁若不同意，罗马将会与塞琉古帝国开战。安条克推说要思量一番后再回答，然而罗马大使很不客气地拿着手杖在国王所在的沙地上画了一个圆圈，说："在你跨出这圆圈之前，我就要听到你对罗马元老院的回复。"安条克沉吟半晌，被迫接受罗马撤军的要求，结束了这场战争。——译者注

从那一刻开始，西塞罗就放弃一切希望了。西塞罗也不再劝说布鲁图斯回到罗马，在他们最后的通信中布鲁图斯的语气变得尖酸刻薄，所以西塞罗再也不想给他写信，不想告诉他自己对于恺撒·奥克塔维阿努斯和昆图斯·皮狄乌斯成为执政官的看法。

西塞罗跟奥克塔维乌斯见面之后立刻就去找阿提库斯。“我再也不会来看你了，”西塞罗说，“也不会给你写信。真的，阿提图斯，这样对我们彼此都好。你要照顾好皮利娅、小阿提卡和你自己。千万不要跟奥克塔维阿努斯作对！当他让自己成为执政官时，罗马共和国就彻底覆灭了。布鲁图斯和卡西乌斯不会胜利，甚至连马尔库斯·安东尼乌斯也不会胜利。我们那个实行仁慈政策的老主人笑到最后了。当恺撒让奥克塔维阿努斯成为他的继承人时，他非常清楚这个继承人将会做出什么事。相信我，奥克塔维阿努斯会完成他的工作。”

阿提库斯泪眼朦胧地看着他。他现在看起来多么苍老！浑身上下只剩下皮和骨头，那双美丽的黑眼睛就像被狼群围攻的小鹿。在过去四十年里，他在法庭上的表现一直令人震撼，但这一切都消失了。阿提库斯看着他这个曾经生机勃勃的老友，当西塞罗开始发表针对马尔库斯·安东尼乌斯的系列演讲时，他还希望西塞罗已经从那些苦涩的失望中恢复过来了。西塞罗确实经历了很多痛苦，其中有失去女儿和妻子的孤独，也有兄弟失和的折磨。阿提库斯心想，但是奥克塔维阿努斯的出现摧毁了这种希望，现在西塞罗最害怕的人应该是奥克塔维阿努斯。

“我会怀念我们的通信，”阿提库斯说，不知道还能说些什么，“你的每一封信我都会好好珍藏。”

“好。等你有足够的胆量，就把这些书信出版。”

“我会的，马尔库斯，我会的。”

在那之后，西塞罗就彻底退出公众生活，也不再写信。当他听说那三人在博诺尼亚结成同盟时，他就离开了罗马城，留下那个忠心耿耿的提罗在罗马给他通风报信。

他首先来到图斯库卢姆，但是这所老房子里充满回忆，有他的女儿和妻子图利娅和特伦提娅，还有他那个活泼开朗的儿子。感谢诸神，小马尔库斯在布鲁图斯那儿！但愿诸神保佑，让布鲁图斯赢得胜利！

提罗送来紧急通知，告诉西塞罗关于定罪行动的事，还有公敌名单上第一个就是西塞罗的名字。于是西塞罗赶紧收拾东西从小路赶往他在福尔弥艾的别墅，他还是乘着轿子，虽然在轿子上行动极为缓慢，但这是他唯一能够忍受的出行方式。他准备在最靠近的海岸卡伊厄塔乘船，去投奔布鲁图斯，或者到西西里去投奔赛克斯图斯·庞培。他犹豫不决，无法拿定主意。

看来幸运女神对他颇为眷顾，因为他在卡伊厄塔的港口租到一艘船，而且船主虽然知道他已经被定罪，但还是愿意送他出海。现在关于定罪行动的通知已经传遍所有的意大利乡镇。

“马尔库斯·西塞罗，你是特殊情况，”那个船主说，“我不能看着罗马最了不起的人遭受迫害。”

但现在是十二月初，冬季的寒风已经袭来，还有一点雨夹雪。那艘船到了海上，又几次被迫靠岸。不过船主不肯放弃，仍然坚持至少能到达撒丁尼亚。

西塞罗的情绪十分低落，他在一种无法抵御的疲惫中明白了一个信息：马尔库斯·图利乌斯·西塞罗不可能离开意大利，因为他的每根心弦都紧紧地连着这片土地。

“在卡伊厄塔进港，让我上岸。”他说道。

他让一个仆人跑在前面赶往他的别墅，这座别墅位于福尔弥艾高地上面大概一里处。十二月七日，天亮之后的第三个小时，这个仆人带着西塞罗的轿子和轿夫回来了。西塞罗浑身湿透，哆哆嗦嗦地爬进轿子里。他舒舒服服地躺进去躲避风雨，等待着即将到来的未知命运。

我要死了，但我至少可以死在自己的国家，这片我竭尽全力试图拯救的国土。我在跟喀提林的斗争中胜利了，但是恺撒用他的讲话破坏了我的胜利。我没有经过审判就处死了罗马的敌人，但这样做并没有违背法律！就连加图也是这么说，可是恺撒的演讲就像一把利刃，从此之后有些人看到我时就流露出鄙视的眼神。即便如此，在此之后我也只是行尸走肉地活着，除了我那些针对安东尼乌斯的演讲。我已经活腻了。我再也不想忍受生命的残酷和生活的痛苦。

在西塞罗的轿子缓慢登山时，盖乌斯·波皮利乌斯·拉埃纳斯和他的手下把他们团团围住。百夫长赫伦尼乌斯抽出他的长剑，这把剑有两尺长，两边的剑刃都锋利无比。西塞罗把脑袋伸到轿子外面张望。

“不，不！”西塞罗对他的仆人说，“不要反抗！安静投降，保住你们的性命，拜托了。”

赫伦尼乌斯走过来，对着阴沉的天空举起长剑。西塞罗盯着那把剑，发现剑锋的灰色比天空更阴沉，没有那种闪闪发亮的感觉。他双手抓住轿子的边缘，努力把肩膀伸出去，尽可能地伸长脖子。

“动手吧。”他说道。

长剑高高举起，干脆利落地把西塞罗的脑袋砍下来，那个脑袋鲜血溅地，那个身体歪倒下去。脑袋落在地上，在泥泞的路上滚了一小段距离，然后停下来。仆人们都在尖叫哭嚎，但是波皮利乌斯·拉埃纳斯一伙人毫不在意。赫伦尼乌斯弯下腰，伸手抓住那个脑袋后面的头发。西塞罗特意把头发留长，这样就能把后面的头发梳到前面遮住他的秃头。一个士兵拿出一个盒子，那个脑袋被扔进去了。

拉埃纳斯全神贯注地看着这一幕，没有注意到他的两个手下把那个鲜血喷涌的身体从轿子里面拖出来，直到他听到拔剑出鞘的声音才回过神来。

“你们这是在干什么？”他问道。

“他写字是用右手还是左手？”一个士兵问。

拉埃纳斯一脸茫然。“我不知道。”他说。

“那我们就把他的两只手都砍下来。反正有一只手写了那些可怕的东西，对马尔库斯·安东尼乌斯进行攻击。”

拉埃纳斯想了想，然后点点头。“好吧，把两只手都放进盒子里，然后我们就开始赶路。”

这些人一路不停地赶回罗马，等他们到达安东尼乌斯那座位于卡里奈山的豪宅时，那些马匹都累得口吐白沫了。安东尼乌斯的管家有点受惊地把他们带到屋里，拉埃纳斯捧着那个盒子大步走进中庭，发现安东尼乌斯和弗尔维娅正在那儿等着，他们身上穿着睡袍，还有点睡眼朦胧。

“我相信，你想要这个。”波皮利乌斯·拉埃纳斯一边说一边把盒子递给安东尼乌斯。

安东尼乌斯拿出西塞罗的脑袋高高举起，他大笑着高喊：“终于抓住你这个老混蛋！”

弗尔维娅毫无惧色地想要抢过那个脑袋。“给我，给我，给我！”她尖叫着，而安东尼乌斯高举着那个脑袋让她够不着，继续一边大笑一边嬉戏。

“我的手下还给你带了别的东西，”拉埃纳斯说，“看看那个盒子，马尔库斯·安东尼乌斯。”

于是弗尔维娅终于成功地抢过那个脑袋。安东尼乌斯正忙着查看那两只手。“我们不知道他是用右手还是左手写字，所以我们把他的两只手都给你带来了。正如我的手下所说，他们写了那些可怕的东西去攻击你。”

“你可以再得到一塔兰特的赏银。”安东尼乌斯笑着说。他看向弗尔维娅，她把那个脑袋放在一张条案上，然后在抽屉里东翻西找，抽屉里有书卷、纸张、墨、笔和蜡板。

“你在干什么？”安东尼乌斯问。

“啊！”她大叫着举起一根铁笔。

西塞罗的眼睛闭着，但他的嘴巴大张着。安东尼乌斯的妻子把她那留着长指甲的手指伸进西塞罗嘴里摸索着，然后得意地一声大叫。她用指尖捏住西塞罗的舌头拉出来。然后她更用力地拉长那根舌头，用铁笔穿过去，这样就可以让舌头伸在外面。

“这就是他胡说八道的回报。”弗尔维娅说，非常满意地看着她的杰作。

“在演讲台上立起一个木架，然后把他的脑袋钉上去，”安东尼乌斯对着拉埃纳斯下达命令，“他的脑袋在中间，一边是一只手。”

于是罗马人第二天醒来时，发现西塞罗的脑袋和双手被钉在演讲台上的一个木框里。

那些广场常客都很难过。因为西塞罗从他十二岁生日开始，就一直在罗马广场上发表演讲，而且他的口才无人能敌。那些审判！那些演讲！他简直是出口成章！“但是，”一个广场常客抹着眼泪说，“亲爱的西塞罗仍然是罗马广场的冠军。”

昆图斯·西塞罗父子也很快被处死，不过他们的脑袋没有公开展示。蓬波尼娅已经跟昆图斯·西塞罗离婚，不过她对前夫，或者对儿子的感情很快就让罗马人大吃一惊。她绑架了那个告密的奴隶，然后千刀万剐地把那个奴隶杀了，并且把那个奴隶的肉煮熟吃掉。

奥克塔维乌斯对安东尼乌斯的野蛮报复很反感，但是因为他也无可奈何，所以他并没有公开或私下评论此事。他只是尽量避免跟安东尼乌斯接触。奥克塔维乌斯第一次见到克劳狄娅时，曾经想过自己也许会爱上她，因为她很漂亮，肤色也很黝黑（他喜欢黝黑的女人），而且是符合他要求的处女。但是他看到西塞罗被刺穿的舌头，又听弗尔维娅说起她侮辱西塞罗的遗体时是多么高兴，于是他下定决心不会让克劳狄娅怀上他的孩子。

“所以，”奥克塔维乌斯对马塞纳斯说，“她只能成为我名义上的妻子。你去找六个人高马大的日耳曼女奴，确保克劳狄娅永远都不会落单。我想让她保持处女之身，直到我能把她还给安东尼乌斯和她那个可怕的母亲。”

“你确定？”马塞纳斯皱着眉头问。

“相信我，盖乌斯，我宁可碰一只烂掉的黑狗，也不会碰弗尔维娅的女儿！”

因为菲利普斯去世跟奥克塔维乌斯的婚礼是同一天，所以这个婚礼非常低调安静地完成了。阿提娅和奥克塔维娅都无法出席，而婚礼仪式一结束，奥克塔维乌斯就到他母亲和姐姐那边去了，留下他的妻子和那几个日耳曼女仆。

因为亲人去世，所以奥克塔维乌斯有了完美的理由不跟妻子圆房。但随着时间的流逝，克劳狄娅发现所谓的圆房根本就不会发生。她觉得丈夫和女仆的态度实在令人费解。她觉得自己的丈夫挺英俊，但对她却是冷冰冰。现在她成了一个处女囚徒，不被碰触也不被渴望。

“你希望我能做什么？”弗尔维娅问，克劳狄娅向她求助。

“妈妈，带我回家！”

“我不能这么做。你是安东尼乌斯和你丈夫联合的友好赠礼。”

“但是他不想要我！他甚至不跟我说话！”

“这是政治联姻中时有发生的事。”弗尔维娅站起来，轻轻地拍了拍她女儿的脸蛋以示鼓励，“孩子，他总会恢复理智。你就等着他好了。”

“你可以请安东尼乌斯替我说情！”克劳狄娅恳求道。

“我不会这么做。他太忙了，没时间去管这种琐事。”然后弗尔维娅就离开了，她的注意力都集中在现在的家庭，克洛狄乌斯已经是很久之前的事情。

克劳狄娅孤立无援，只能艰难度日。奥克塔维乌斯在拍卖中买下昆图斯·霍尔滕西乌斯的豪宅，克劳狄娅的日子也变得好过一些了。这所大房子让她可以拥有自己的套房，这让她跟奥克塔维乌斯几乎完全隔离。年轻人拥有良好的适应性，她跟那些日耳曼女仆成了朋友，尽可能地让这种守活寡的日子快乐一些。

奥克塔维乌斯并不是一个人睡。他有了一个情妇。

身为三头同盟中最年轻的一员，奥克塔维乌斯从来都没有受到强烈情欲的困扰，在结婚之前他只是通过自慰去满足自己的需求。不过善于察言观色的马塞纳斯出手相助了。马塞纳斯认为，奥克塔维乌斯是时候有个女人了。于是他去到以贩卖性奴著称的梅库里乌斯·斯提库斯那里，给奥克塔维乌斯找了一个理想的女人。这个二十多岁的女人有一个小男孩，她来自西里西亚，曾经是潘菲利亚一个海岛首领的床伴。她的名字叫做萨福，就跟那个诗人一样。她非常美丽，拥有一头黑色的头发和一双黑色的眼睛，她的身材丰满诱人，而且梅库里乌斯·斯提库斯说她的性情也很可人。马塞纳斯把他带回家，然后在奥克塔维乌斯搬到霍尔滕西乌斯旧宅的第一个夜晚，就把她送到奥克塔维乌斯的床上。他的礼物被奥克塔维乌斯接纳了，因为跟一个奴隶发生关系并不是什么丢人的事，这个奴隶永远都不可能给她的主人奥克塔维乌斯带来任何辖制。他喜欢她的温顺，他同情她的处境，他允许她陪伴孩子，他喜欢她的成熟和她给自己带来的性自由。

事实上，如果不是有了萨福，奥克塔维乌斯在三头同盟的最初阶段会过得很不愉快。想要控制住安东尼乌斯总是很困难，有时候更是全无可能，比如处死西塞罗的事。在定罪行动中拍卖的财物远未达标，于是奥克塔维乌斯只好在告密名单中挑选一些足够有钱的人，给这些人套上支持那些解放者的罪名。必须增加额外的税收，而且那些没有遭到迫害的财阀和银行家也得到暗示，要拿出大笔捐款去帮助国家购买粮食，因为粮食价格不断飞涨。进入十二月后没多久，从第一等级到第五等级的所有罗马公民发现，他们必须拿出一年的收入，以现金的形式上交给国家。

但就算这样还是不够。十二月底，保民官安东尼乌斯让他的一个爪牙开始行动，这个叫做卢基乌斯·克洛狄乌斯的保民官通过了一道克洛狄娅法令，规定那些自己拥有资产的女人都必须上交一年的收入。

这道法令让霍尔滕西娅非常恼火。霍尔滕西娅是加图的同母异父兄弟凯皮欧的遗孀，也是凯皮欧的独女（嫁给了阿赫诺巴布斯的儿子）的母亲。霍尔滕西娅从她父亲那里继承的口才要比她的兄弟多得多，她的兄弟因为把马其顿交给布鲁图斯而被定罪了。霍尔滕西娅带上西塞罗的遗孀特伦提娅，还有包括马尔基娅、蓬波尼娅、首席维斯塔贞女法比娅和卡尔普尔尼娅在内的一群女人跟在她身后，一起来到罗马广场并登上演讲台。她们站在演讲台上，身上穿着战衣，头上戴着头盔，手里拿着盾牌和刀剑。如此惊人的一幕让那些广场常客都惊呆了。随后又有一大群各行各业的女人来到现场，其中包括几个穿着红色托迦，戴着假发、浓妆艳抹的职业妓女。

“我是罗马公民！”霍尔滕西娅高声大喊，她的声音在马尔伽里塔里亚长廊都能听到，“我还是一个女人！一个第一等级的女人！这意味着什么呢？这意味着我以处女之身嫁人，然后成了我丈夫的私产！他可以因为我不贞而将我处死，但我却不能指责他跟其他女人或男人鬼混！当我成为寡妇时，大家并不支持我再婚。于是我必须依靠自己家族的仁慈而生活，因为根据瓦科尼乌斯法令，我不能继承任何财产，而且如果我丈夫想要霸占我的嫁妆，想要阻止他非常困难！”

嘣！她用剑背敲响盾牌，下面的听众都吓了一跳。

“这就是罗马第一等级的女人！如果我属于比较低的等级，或者根本就没有任何等级呢？那我仍然是一个罗马公民！我仍然会以处女之身嫁人，我仍然是丈夫的私产！我成为寡妇时还是要依靠自己家族的仁慈过活。但是我至少有机会再嫁给其他男人！我可以从事某个职业，可以做点生意，可以学点手艺。我能够以画师、木匠或医生的职业讨生活。我可以种菜或养鸡去买。如果我愿意，我甚至可以当妓女，出卖自己的身体。我可以存下自己挣的钱，用来给自己养老！”

嘣！这一次演讲台上所有的刀剑都敲响盾牌，围观的女人都非常兴奋，而男人们则目瞪口呆。

“所以，身为罗马公民和一个女人，我觉得必须代表每个自己挣钱和自己管钱的女性公民表达愤怒！我代表第一等级的女人站在这里，我们的收入来自嫁妆或继承的少量财产。至于那些更低等级的女人，她们的收入来自鸡蛋、蔬菜、杂役、画图、建筑或卖淫，等等。我们都要失去一年的收入，就为了去支持罗马男人的疯狂！我说到疯狂，是因为我真的觉得那些男人疯掉了！”

嘣！嘣！嘣！这一次，不只是刀剑敲击盾牌的声音，还有那些妓女敲响铙钹，还有人群中的女人用脚踏地，种种声音汇集在一起响个不停。那些广场常客越来越愤怒，他们都挥舞着拳头大声怒吼。

霍尔滕西娅举起她的剑，在头顶上挥舞着。“罗马女人能够投票吗？”她大声问，“我们可以选举官员吗？我们可以投票支持或反对法令吗？我们有机会投票反对这项要求女人交出一年收入的克洛狄乌斯法令吗？不，我们不能投票去反对这种疯狂！这种疯狂得到三头同盟的支持，所谓的三头同盟就是马尔库斯·安东尼乌斯、恺撒·奥克塔维阿努斯和马尔库斯·勒皮杜斯这三个愚蠢自大的男人！如果罗马想让我们交税，那罗马就必须给我们身为公民的权利！如果罗马想让我们交税，那罗马就必须让我们投票选举官员，让我们投票反对法令！”

霍尔滕西娅又举起她的剑，这一次所有人手中的剑都举起来，那些在下面聆听的女人高声欢呼，那些广场常客也开始大声怒吼。

“而且，那些掌管罗马的白痴准备怎么收取这项该死的税收呢？”霍尔滕西娅大声质问，“五个等级的男人都记录在监察官的档案里面，他们的收入都被记录下来了！但是我们这些罗马女人根本就没有任何记录，不是吗？所以那些掌管罗马的白痴准备怎么确定我们的收入呢？一个可怜的老女人在市场上卖她的刺绣或灯芯或鸡蛋，是不是就会有一个国库派出的爪牙大步走到她前面，问她一年挣多少钱？或者，甚至是更糟糕的方式，他们根据自己盲目的判断随意决定她一年挣多少钱？我们要这样被恐吓欺负吗？我们要不要这样？我们要不要这样？”

“不要！”几千个女人高声尖叫，“不要！不要！”那些男人的叫声顿时被淹没了，那些广场常客突然发现在场的女人远远超过男人。

“我也觉得不要！我们这些站在演讲台上的女人都是寡妇，恺撒的遗孀、加图的遗孀、西塞罗的遗孀就在我们中间！恺撒有没有向女人收税？加图有没有向女人收税？西塞罗有没有向女人收税？不，他们没有！恺撒、加图和西塞罗都明白，女人没有公共权力！我们唯一的合法权利就是自由地拥有一点小钱，而现在这道克洛狄乌斯法令连我们的这个权力也要夺走！所以，我们拒绝缴纳这项税收！一个硬币都不交！除非我们得到了不同以往的权力，除非我们有权去投票，有权去进入元老院，有权去竞选官员！”

她的声音被一阵巨大的欢呼淹没了。

“还有，马尔库斯·安东尼乌斯是三头同盟的成员，他的妻子弗尔维娅要交税吗？”霍尔滕西娅声若惊雷，她注意到一群扈从正从听众后方向演讲台逼近，“弗尔维娅是罗马最有钱的女人，而且她掌管着自己的金钱！但是她要不要缴纳这项税收呢？不！不，她不要！为什么？因为她给罗马生了七个孩子！我要补充一下，她跟三个男人生了这些孩子，在曾经爬上演讲台和女人身上的男人之中，这三个男人都是臭名昭著的恶棍！而我们按照罗马传统坚守寡妇之身，但我们却要交纳这项税收！”

她走到演讲台边上，对着那些正在逼近的扈从伸出自己的脸。“你们别想逮捕我们！”她高声大吼，“回去向你们的主人报告，昆图斯·霍尔滕西乌斯的女儿告诉他们，从最高层到最底层的罗马女人都不会缴纳这项税收！我们不会交税！滚吧！滚，滚，滚！”

人群中的女人也跟着大吼：“滚，滚，滚！”

“我要把这头母猪定罪！我要把那些母猪全部定罪！”安东尼乌斯咆哮道，气得脸色铁青。

“你什么都不能做！”勒皮杜斯生气地说。

“而且你什么都不能说。”奥克塔维乌斯一声低吼。

第二天，卢基乌斯·克洛狄乌斯面红耳赤地回到平民大会撤销之前的法令，然后又通过了一项新的法令，规定所有掌管自己财产的罗马女人（包括弗尔维娅）都要交税，她们必须把自己三十分之一的收入上缴国库。但是这条法令从未执行。

第十二章
亚得里亚海以东
（从公元前42年1月至12月）

第 1 节

布鲁图斯和他的小群队伍经过一个冬季的跋涉，终于翻越坎达维亚山在二月三日来到底拉西乌姆城外。伊利里库姆的总督普布利乌斯·瓦提尼乌斯按照安东尼乌斯的命令从萨罗奈出发，他带着一个军团的士兵在佩特拉扎营。布鲁图斯一点都不害怕，他带着自己的军队去到五年前恺撒和庞培·马格努斯打仗时修建的一处防御工事之中。不过事实证明布鲁图斯的行动毫无必要。因为四天之后，瓦提尼乌斯的士兵就打开佩特拉的营门去投奔布鲁图斯，他们说瓦提尼乌斯已经跑回伊利里库姆。

突然间，布鲁图斯拥有了一支三个军团和两百骑兵的部队！他比任何人都要惊喜，也比任何人都不知道应该怎么领兵。不过，他还是知道需要一个军需官，来给一万五千名士兵配备军粮和装备。于是他写信给自己的老朋友盖乌斯·弗拉维乌斯·赫米基卢斯，赫米基卢斯是个银行家，曾经担任过庞培·马格努斯的军需官。布鲁图斯在信中问赫米基卢斯是否愿意来充当他的军需官。他送出这封信之后，就决定往南行军前往阿波罗尼亚，马其顿的总督盖乌斯·安东尼乌斯就在这个地方。

然后又有金钱从天而降！亚细亚行省的财务官小伦图卢斯·斯宾特尔带着行省的税收准备上缴国库，但斯宾特尔很讨厌安东尼乌斯，于是他就直接把那些钱送给布鲁图斯，然后就回到他的上司盖乌斯·特里波尼乌斯那儿。他向盖乌斯·特里波尼乌斯报告，解放者终于不准备乖乖就范了。斯宾特尔刚离开，叙利亚行省的财务官盖乌斯·安提斯提乌斯·维图斯就带着行省的税收返回罗马，他也把那些钱都送给布鲁图斯，然后他选择留下来。谁知道叙利亚会发生什么事呢？还是留在马其顿好了。

二月中旬，阿波罗尼亚不战而降，城中的士兵宣布他们宁愿跟随布鲁图斯，而不是那个令人讨厌的盖乌斯·安东尼乌斯。虽然小西塞罗和安提斯提乌斯·维图斯都劝布鲁图斯把安东尼乌斯三兄弟中最无能、最倒霉的一个杀死，但是布鲁图斯拒绝了。布鲁图斯允许盖乌斯·安东尼乌斯在军营中自由行动，而且对他以礼相待。

原本由元老院分配给布鲁图斯的克里特，还有原本由元老院分配给卡西乌斯的昔兰尼加也通知布鲁图斯，说他们都愿意站在解放者这边，只要元老院以后能够给他们委派一些好处多的行省总督就行。布鲁图斯当然是高高兴兴地答应了。

现在他有六个军团，六百名骑兵，还有至少三个行省：马其顿、克里特和昔兰尼加。他还没来得及消化这些好消息，希腊、伊庇鲁斯和沿海地区的色雷斯也宣布效忠于他。好极了！

布鲁图斯得意扬扬地写信送回罗马，让元老院知道这些事实。于是元老院在二月望日正式委任他为这些行省的总督，还把瓦提尼乌斯的行省伊利里库姆也送给他。现在罗马的东方行省几乎有一大半都由他掌控！

与此同时，亚细亚行省传来消息。布鲁图斯听说，多拉贝拉在示麦那对盖乌斯·特里波尼乌斯严刑拷打，最后还砍了特里波尼乌斯的头。这种行径真是骇人听闻。噢，但是那个勇敢的伦图卢斯·斯宾特尔怎么样了？布鲁图斯很快就收到斯宾特尔的来信，告诉他多拉贝拉已经跑到以弗所，想在那里找出被特里波尼乌斯藏起来的行省财富。而斯宾特尔很会装傻，于是一无所获的多拉贝拉只是命令他卷包裹滚蛋，然后就继续前往卡帕多西亚。

现在布鲁图斯对卡西乌斯非常担心，因为他无法得到卡西乌斯的任何音信。他写信到许多地方，提醒卡西乌斯说多拉贝拉已经到了叙利亚，但是不知道卡西乌斯有没有收到他的书信。

尽管如此，西塞罗仍然在写信劝说布鲁图斯回到意大利，现在布鲁图斯已经得到元老院的正式任命，所以西塞罗的劝说确实是一个很有诱惑力的选择。但布鲁图斯最后还是决定，他的最佳选择就是继续控制从罗马通往马其顿和色雷斯的通道，也就是埃格纳提亚大道。这样如果卡西乌斯需要他，那他就可以带兵援助。

现在他已经拥有一小群忠诚的追随者，其中包括阿赫诺巴布斯的儿子、西塞罗的儿子、卢基乌斯·比布路斯、赛尔维利娅的妹妹跟卢库卢斯所生的儿子，还有另外一个来投奔的财务官马尔库斯·阿普列乌斯。虽然这些人大多只有二十来岁，有的甚至还不到二十岁，但布鲁图斯把他们全都委任为副将，让他们分布在各个军团之中。布鲁图斯认为自己确实非常幸运。

布鲁图斯不在意大利的最大问题，就是他无法确定那些来自罗马的消息。有十几个人一直在给布鲁图斯写信，但是这些人的说法互相冲突。他们的视角不一样，有时候是正好相反，他们所说的常常是谣言而非事实。潘萨和希尔提乌斯在山内高卢的战场上死去之后，他就收到来信说西塞罗将会成为高级执政官，而年仅十九岁的奥克塔维乌斯会成为低级执政官。然后他又收到来信说，西塞罗已经成为执政官！但随着时间的流逝，这些说法证明都是假的，可是他要怎么样才能隔着这么远的距离辨别真假呢？波尔基娅频繁的书信让他非常困扰，她不停诉说自己在赛尔维利娅的手中是多么悲惨，而赛尔维利娅用不太频繁的书信告诉他，他的妻子是个疯女人。西塞罗来信说他不是执政官，也不会成为执政官，太多荣誉都被奥克塔维乌斯抢去。于是当元老院命令布鲁图斯返回罗马时，他对元老院的命令置之不理。谁说的是真的？什么才是真的？

对于布鲁图斯的以礼相待，盖乌斯·安东尼乌斯毫不感激。盖乌斯·安东尼乌斯不断制造麻烦，他穿上紫边托迦在布鲁图斯的士兵中抱怨自己遭受的不公待遇，抱怨他的总督职位被布鲁图斯强行夺走。布鲁图斯禁止盖乌斯·安东尼乌斯继续穿着紫边托迦，于是他就换上了白色托迦，继续在士兵中抱怨不休。这迫使布鲁图斯把他关起来，并派了一个卫兵看守他。到目前为止，他还没有在军队中造成什么影响，但是布鲁图斯身为统帅本来就心中不安，所以绝对不敢冒这个险。

盖乌斯·安东尼乌斯的大哥马尔库斯·安东尼乌斯派兵来解救盖乌斯，结果这些士兵都倒戈投向布鲁图斯。现在布鲁图斯总共有七个军团和一千骑兵！

这些军力让布鲁图斯信心大增，于是他决定是时候到东方去把卡西乌斯从多拉贝拉的手中解救出来。他留下原来的马其顿军团在阿波罗尼亚作为守卫部队，至于安东尼乌斯的弟弟则交给盖乌斯·克洛狄乌斯，此人是克劳狄乌斯氏族中那个离经叛道的克洛狄乌斯分支的一员。

五月望日，布鲁图斯带着军队从阿波罗尼亚出发，六月底到达赫勒斯滂海峡，这说明他并不是一个行动迅速的人。渡过赫勒斯滂海峡之后，布鲁图斯继续前往比希尼亚的首都尼科美狄亚，然后他在总督的府邸住下。比希尼亚的总督是卢基乌斯·提利乌斯·辛贝尔，他也是那些解放者之一，不过他已经收拾行李转移到东边的本都了。辛贝尔的财务官是德基穆斯·图鲁利乌斯，他也是那些解放者之一，此人也神秘失踪了。布鲁图斯心想：没有人愿意卷入这场内战。

然后布鲁图斯收到赛尔维利娅的来信。

我有一些坏消息要告诉你，不过这对我来说是好消息。波尔基娅死了。正如我在之前的信中所说，她在你离开以后就一直不好。我想，这种情况其他人也跟你说过了。

她先是不顾自己的形象，然后就拒绝吃饭。我警告她说，必要时我会把她绑起来强制喂饭，于是她又勉强进食了。但是她吃的东西仅仅足够让她活下去，结果她身上的每根骨头都凸出来了。后来她开始自言自语。她在房子里到处游荡，嘴巴里一直在胡言乱语，没有人能听懂她在说些什么东西。她就是胡言乱语,纯粹的胡言乱语。

虽然我让人盯着她，但我必须承认，我没能识破她的诡计。我的意思是，谁能想到她为什么想要一个火炉呢？在六月望日之后的第三天，天气开始变得凉爽。我以为，她一直不肯进食，所以才比较怕冷。而且，她确实浑身发抖，牙齿打架。

火炉送到她的起居室后一个小时，她的仆人西尔维娅发现她死了。她吃下了烧红的煤炭，她手里还抓着一块煤炭。这显然是她渴望的食物，你说是不是呢？

我有她的骨灰，但是我不确定，你想让我如何处置她的骨灰？现在加图的骨灰已经从乌提卡送回家了，我是把她的骨灰跟加图的骨灰混在一起呢？还是留着她的骨灰，等以后跟你的骨灰混在一起？还是给她单独建一座坟墓？如果你想给她建坟墓，那你就要出钱。

布鲁图斯扔下这封信，好像那张信纸就是烧红的煤炭。他两眼发直，但他的目光却转向自己内心。他在心中想象，赛尔维利娅把他的妻子绑在椅子上，撬开她的嘴巴，强迫她吞下烧红的煤炭。

噢，是的，妈妈，就是你干的。你警告说，要给我那可怜的妻子强制喂食，然后你就想出这个主意了。这种骇人听闻的残酷会让你兴奋。你是我知道的最残酷的人。妈妈，你以为我是傻瓜吗？任何人无论怎么发疯,都不会用这种方式自杀。单单是身体的自然反应就会阻止这种行为。你把她绑起来，强迫她吞下煤炭。这是多么痛苦！啊，波尔基娅，我的生命之火！我亲密的爱人，我存在的核心。加图的女儿，如此满怀勇气，如此勃勃生机，如此热情洋溢。

布鲁图斯没有哭泣。他甚至没有毁掉那封信。他只是走到外面的阳台，望着远方的河流和山林。妈妈，我诅咒你。但愿复仇女神日日纠缠你。但愿你不得片刻安宁。知道你的情人阿奎拉在穆蒂纳死去，我感到一丝安慰，但是你根本就不在乎他。除了恺撒，你整个生命的热情就在于对加图的怨恨，而加图是你的亲兄弟。可是，你杀死波尔基娅，是在对我释放信号。你没想着能再见到我了。你认为我的事业毫无希望，你认为我根本就没有机会赢得胜利。因为如果我能再见到你,我也会把你绑起来，让你吞下烧红的煤炭。

当德奥塔鲁斯国王给布鲁图斯派去一个军团的步兵，并且说他会竭尽所能地帮助解放者时，布鲁图斯给亚细亚行省的所有城镇都写了信，要求给他提供军队、船只和金钱。不过，他写的这些信并没有起到任何作用。他向比希尼亚要求两百艘战船和五十艘运输船，但是根本就没有人回应他的要求，当地的索西人也不会配合。布鲁图斯现在才发现，辛贝尔的财务官图鲁利乌斯已经带着他从行省搜刮的一切东西去投奔卡西乌斯。

从罗马传来的消息仍然令人不安：安东尼乌斯和勒皮杜斯都成了国家公敌。还有布鲁图斯留下守卫阿波罗尼亚的副将盖乌斯·克洛狄乌斯也送来书信，他在信中告诉布鲁图斯，他听到确切的消息，安东尼乌斯为了救出他的弟弟，正准备对马其顿西部发动全线进攻。克洛狄乌斯的反应是让自己和马其顿军团躲在阿波罗尼亚城内，并且杀死了盖乌斯·安东尼乌斯。他拥有克洛狄乌斯家族的典型思维：一旦安东尼乌斯得知他的弟弟已经死了，那安东尼乌斯就会取消这次军事行动。

噢，盖乌斯·克洛狄乌斯，你为什么要这么做呢？马尔库斯·安东尼乌斯是敌对分子，他根本就没有资格展开什么营救行动！

布鲁图斯很害怕安东尼乌斯知道他弟弟被杀之后会干出什么事，于是他带着一些军团在比希尼亚的格拉尼库斯河边扎营，然后就命令其余的军队返回西边的帖撒罗尼加[①]，而他自己则跑到前面，亲眼去看看亚得里亚海沿岸的马其顿是什么情况。

没有任何情况。当他在七月底到达阿波罗尼亚时，他发现马其顿军

① 帖撒罗尼加（Thessalonica）是古代马其顿王国的重要海港城市，位于现代希腊的东北部。——译者注

团正在紧张忙乱地四处调查，核实安东尼乌斯的军队登陆的消息。

“但是所有消息都是假的。”盖乌斯·克洛狄乌斯说。

“克洛狄乌斯，你不应该处死盖乌斯·安东尼乌斯！”布鲁图斯说。

“我当然应该把他处死，”盖乌斯·克洛狄乌斯毫无悔悟地说，“我觉得，这个世界少了那个混蛋好多了。而且，我在信中跟你说过，我敢肯定马尔库斯·安东尼乌斯一听说他弟弟已经死了，就不会兴师动众来抢救一具尸体。事实证明我是正确的。”

布鲁图斯只能举手投降。谁能跟克洛狄乌斯家族的人讲道理呢？他们都是疯子。于是他又回到帖撒罗尼加，等他到达那里时发现他的军团和盖乌斯·弗拉维乌斯·赫米基卢斯已经开始工作了。

布鲁图斯终于跟卡西乌斯取得联系，卡西乌斯告诉布鲁图斯：现在叙利亚已经无可争论地属于他了。多拉贝拉死了，而他正准备入侵埃及，以此惩罚埃及王后没有支援他。卡西乌斯说，入侵埃及只需要两个月，然后他就会开始远征去入侵帕提亚王国。他要从埃克巴坦那[①]夺回克拉苏丢失的七根罗马鹰旗。

“卡西乌斯的计划够他忙上好长时间了。”赫米基卢斯说。赫米基卢斯具备了罗马上层人的典型特质：小心翼翼、极富效率、头脑清晰、精于算计。“他这么忙，你正好让自己的军队去打上小小一仗。”

“小小一仗？”布鲁图斯警惕地问。

“是的，跟色雷斯的贝西人打仗。”

原来，赫米基卢斯结交了一个叫做拉斯库波利斯的色雷斯人王子，这个王子的部族臣服于贝西人的萨达拉国王，贝西人是色雷斯内陆的最大部族。

拉斯库波利斯在赫米基卢斯的引荐下跟布鲁图斯见面。“我让我的部族赢得独立，还想成为罗马的友好同盟。作为回报，我可以帮助你打败贝西人。”

---

① 埃克巴坦那（Ecbatana）位于现代伊朗的哈马丹市附近，公元前8世纪是米底亚王国的首都，公元前1世纪是帕提亚王国的夏都。——译者注

“但贝西人是非常勇猛的战士。”布鲁图斯说。

“确实如此，马尔库斯·布鲁图斯。但是，他们也有弱点，而我对这些弱点了如指掌。只要你让我成为军师，我可以保证你在一个月内就战胜贝西人，而且你还可以得到许多战利品。”拉斯库波利斯说。

像许多沿岸地区的色雷斯人一样，拉斯库波利斯看起来并不像是一个野蛮人。他衣着得体，没有纹身，会说希腊语，表现得就像任何一个文明人。

“拉斯库波利斯，你是你们部族的首领吗？”布鲁图斯问，他感觉到有什么事情不太对劲。

“是的，但是我还有一个哥哥叫做拉斯库斯，他认为应该由他担任首领。”拉斯库波利斯坦白道。

“这个拉斯库斯在哪里呢？”

“他已经离开了，马尔库斯·布鲁图斯。他不会造成什么危险。”

看来他确实不会造成什么危险。布鲁图斯带着他的军队进入色雷斯的心脏地带，这是一片位于达努比乌斯河和斯特律蒙河与爱琴海之间的广阔地区。布鲁图斯得知，这里更多的是低地而非高地，而且他很快就听说即便到处都有旱灾，这个地区仍然能出产粮食。布鲁图斯要花费许多钱才能喂饱他的军队，但是他用牛车运走了贝西人种植的许多粮食，这样他的军队这个冬季就能安然度过了。

整个八月一直都处于战争状态，布鲁图斯在恺撒手下从军时的表现向来糟糕，不过到了八月底他终于以很小的代价让自己的军队取得胜利。士兵们在战场上称呼他为“凯旋统帅[①]”，这让他有资格举行凯旋式。萨达拉国王投降了，而且将会在他的凯旋式游行中出现。拉斯库波利斯毫无疑问地成了色雷斯的主人，而且布鲁图斯承诺等他跟元老院取得联系，就会让色雷斯成为罗马的友好同盟。但是布鲁图斯和拉斯库波利斯都从

① 凯旋统帅（imperator）是指古罗马在对外战争中凯旋归来的统帅。罗马军队取得巨大胜利之后，军队士兵会推举他们的统帅为“凯旋统帅”，再经由元老院的核实批准就可以为其举行表彰军功的“凯旋式”。——译者注

未想过，拉斯库波利斯的哥哥拉斯库斯这个被赶走的部族首领现在情况如何。已经找到藏身之地的拉斯库斯也不会告诉他们，他仍然在想着自己要怎么样才能成为色雷斯的国王。

那一年的九月中旬，布鲁图斯第二次渡过赫勒斯滂海峡，带走了他留在格拉尼库斯河边扎营的军队。

然后他听说奥克塔维乌斯和昆图斯·皮狄乌斯现在成了新任执政官，于是他着急忙慌地给卡西乌斯写信，劝说他放弃跟埃及或帕提亚的战争。布鲁图斯告诉卡西乌斯，现在的当务之急是向北方进军跟他会合，因为那个令人惊骇的奥克塔维乌斯已经控制了罗马，一切都改变了。一个充满破坏性的孩子得到了罗马这个最庞大、最复杂的玩具。

在尼科美狄亚，布鲁图斯听说同为解放者的总督卢基乌斯·提利乌斯·辛贝尔已经从本都出发去投奔卡西乌斯，不过他给布鲁图斯留下了六十艘战船。

于是布鲁图斯出发前往帕加马，在那里他虽然没有试图除掉恺撒安插的帕加马的密特里达提，但他却要求得到一笔献金。只要密特里达提能给布鲁图斯提供一大笔钱作为战备资金，那他就能保住自己的小封地。密特里达提无可奈何，只好掏钱了事。

十一月，布鲁图斯终于来到示麦那，他在那里安顿下来，等着卡西乌斯前来会合。亚细亚行省的现金早就被搜刮一空，现在只剩下神庙里的金银雕像、金银盘子和艺术品。布鲁图斯压下自己的良心不安，没收了所有地方的所有东西，然后把他抢来的金银融掉铸成钱币。他心想，既然恺撒生前可以把自己的头像印在钱币上，那马尔库斯·布鲁图斯也可以这么干。于是布鲁图斯铸造的钱币上印有他的头像，在钱币的另一面还有关于三月望日的许多印记：一顶自由之帽、一把匕首、一行写着“三月望日”的小字。

加入布鲁图斯的人越来越多。梅撒拉·尼格尔的儿子马尔库斯·瓦勒里乌斯·梅撒拉·科尔维努斯也来到示麦那，跟他一起来的还有安东尼乌斯曾经的密友卢基乌斯·革利乌斯·波普利科拉。卡斯卡兄弟也来了，还有恺撒曾经最看不起的提贝里乌斯·克劳狄乌斯·尼禄，跟克劳狄乌斯·尼禄同来的还有他的近亲马尔库斯·李维乌斯·德鲁苏斯·尼禄。更重要的是，控制着希腊以西海域的赛克斯图斯·庞培也表示他不会跟解放者为敌。

布鲁图斯唯一的手下问题就在于拉比恩努斯的儿子昆图斯，他那些凶残野蛮的行径简直比他父亲有过之而无不及。布鲁图斯问自己：我该怎么做才能避免昆图斯·拉比恩努斯的行为毁了我呢？赫米基卢斯给出了一个答案。

"让他作为你的使节，到帕提亚国王那里去，"赫米基卢斯说，"他在那里肯定会如鱼得水。"

于是布鲁图斯就这么做了。这个决定将在遥远的未来造成深远影响。

此外还有一些令人担忧的消息：罗马的执政官让所有解放者都接受审判，而且把这些人全都列为国家公敌，剥夺了他们的公民权和全部财产。卡斯卡兄弟带来了这个消息。现在布鲁图斯不可能回去了，想要跟奥克塔维乌斯掌控的元老院达成协议是毫无希望的事。

第 2 节

二月中旬，卡西乌斯已经拥有六个军团，还控制了除阿帕梅亚之外的整个叙利亚。那个起来反叛的凯基利乌斯·巴苏斯仍然占据着阿帕梅亚。然后凯基利乌斯·巴苏斯打开阿帕梅亚的城门，把他的两个军团也送给卡西乌斯，这样卡西乌斯的兵力就上升为八个军团。这个行省的各个地区一听说，盖乌斯·卡西乌斯这个传奇人物又回来了，当地的各种派系斗争就纷纷停止。

安提帕特从犹地亚赶来，向卡西乌斯保证犹太人会站在他这边。于是卡西乌斯命令安提帕特返回耶路撒冷，到那里去筹集资金并确保犹太人中的反对分子不会出来制造麻烦。因为恺撒善待犹太人，所以犹太人一直都很喜欢恺撒，但卡西乌斯一点都不喜欢犹太人，不过他还是准备好好利用这个古怪而倔强的民族。

安提帕特听说，奥卢斯·阿利恩乌斯到亚历山大里亚为多拉贝拉带走了那里的四个军团，而且正带着这四个军团朝着北边进军。于是安提帕特立刻派人去安条克通知卡西乌斯。卡西乌斯赶到南边跟安提帕特会合，他们两人一起劝说阿利恩乌斯把军队交出来，结果卡西乌斯毫不费力地得到了这四个军团。现在卡西乌斯拥有十二个久经沙场的军团，还有四千名骑兵，这些是整个罗马世界中最精锐的军队。卡西乌斯寻思着，如果自己还有船只，那就心满意足了，可惜他没有任何船只。

卡西乌斯不知道，小伦图卢斯·斯宾特尔已经跟帕提斯库斯，赛克斯提利乌斯·鲁弗斯和解放者卡西乌斯·帕尔门西斯这些海军将领会合，赶到叙利亚去跟多拉贝拉的船队作战。多拉贝拉自己从陆路穿过卡帕多西亚，当他翻越阿马努斯山进入叙利亚时，他根本就不知道斯宾特尔、帕提斯库斯和其他人已经打败了他的船队，然后把这些船队交给卡西乌斯使用。

多拉贝拉又惊又怕，他发现叙利亚的所有人都在反对他。甚至连安条克也对他关上城门，宣布这座城市现在已经属于卡西乌斯，因为卡西乌斯才是叙利亚真正的总督。多拉贝拉气得咬牙切齿，他跑去跟劳狄塞亚城的长老谈条件：如果劳狄塞亚能给多拉贝拉提供援助和庇护，那等他打败卡西乌斯之后就会让劳狄塞亚成为叙利亚行省的首府。那些长老高高兴兴地接受了。多拉贝拉一边加强劳狄塞亚的防守，一边派人去收买卡西乌斯的军队。但是他的收买行动劳而无功。所有士兵都坚定地支持他们的英雄卡西乌斯。这个多拉贝拉算什么东西呢？他只不过是个疯狂的酒鬼，而且还把一位罗马总督在严刑拷打之后砍了头。

四月份，卡西乌斯仍然不知道斯宾特尔等人取得的海战胜利。卡西乌斯想着多拉贝拉很快就会占有数百艘战船，于是他派人去见埃及王后克娄巴特拉，要求埃及尽快提供大批战船和运输船。克娄巴特拉的回复不太乐观，她说埃及正在遭受饥荒和瘟疫，所以想要提供帮助实在无能为力。不过她在塞浦路斯的手下确实送出了一些船只，还有腓尼基的泰尔和阿拉杜斯也送出了一些船只，但是这远远不能满足卡西乌斯的要求。他下定决心要入侵埃及，让那个支持恺撒的王后明白，如此轻待一个解放者万万不可。

多拉贝拉相信自己的船队很快就会到达，而且相信安东尼乌斯会给他派来增援部队，所以他只是躲在劳狄塞亚城中。他根本就不知道，安东尼乌斯已经成了敌对分子，不再是山内高卢的总督了。

劳狄塞亚位于一个海角的圆形顶端，一道只有四百里宽的地峡让劳狄塞亚与叙利亚大陆相连。这让劳狄塞亚具备易守难攻的优势。多拉贝拉的军队驻扎在城墙外面，城墙的一段被推倒了，然后又横跨地峡建了一道围墙。到了五月中旬，开始有几艘船出现，船上的人向多拉贝拉保证，后面还有很多船只很快就到了。

大家其实都不清楚别人在做什么，于是在叙利亚的战争关键不是统帅的能力而是各自的运气。斯宾特尔去往潘菲利亚[①]的佩尔格城，准备拿到已故的特里波尼乌斯留下的资金去送给卡西乌斯，而他的同伴帕提斯库斯、赛克斯提利乌斯·鲁弗斯和卡西乌斯·帕尔门西斯则在海上押运多拉贝拉的船队。这种情况多拉贝拉和卡西乌斯都不知道。卡西乌斯带着他的一部分军队赶到劳狄塞亚，然后在多拉贝拉横跨地峡的围墙外面又建起一道高大的围墙，这道围墙比多拉贝拉的围墙还要高。然后，他就把许多大炮搬到围墙上面，对着多拉贝拉的军营狂轰滥炸。

最后，卡西乌斯终于发现所有船队都归他所有了。卡西乌斯·帕尔门西斯带着一支由五桨座战船组成的船队到达，突破了劳狄塞亚的海港防线，船队长驱直入，然后让多拉贝拉的所有船只把整个海港团团围住。现在劳狄塞亚被彻底封锁了。没有任何物资可以运进劳狄塞亚。

劳狄塞亚城中开始出现饥荒和疾病，但是这座城一直坚持到七月初

---

① 潘菲利亚（Pamphylia）是古代安纳托利亚南部的一个地区，位于今土耳其安塔利亚省境内。——译者注

才投降。那一天，为多拉贝拉看守围墙的负责人打开所有大门，让卡西乌斯的军队进入城中。等到卡西乌斯到达劳狄塞亚城中时,普布利乌斯·科尔涅利乌斯·多拉贝拉已经自杀身亡了。

现在从埃及一侧到幼发拉底河一侧的叙利亚都落入卡西乌斯手中。在幼发拉底河的另一边，帕提亚人在暗中观察，他们不清楚究竟发生了什么事，考虑到卡西乌斯就在附近，所以他们也不想入侵叙利亚。

卡西乌斯为自己的幸运感到惊奇。不过他相信这一切都是他应得的，他写信给罗马和布鲁图斯，感觉自己简直战无不胜。他比恺撒还要厉害。

不过，卡西乌斯现在要找到大笔资金去继续自己的宏图大业，但是要在这个先后经历过庞培·马格努斯和恺撒洗劫的行省筹集资金很不容易。卡西乌斯采用了恺撒的办法，要求每座城镇都要付给他曾经付给庞培的等量罚金。不过卡西乌斯非常清楚，他根本就不可能得到自己要求的数目。但是，他到时可以勉强接受一个比较少的数目，这样还能显得他是多么仁慈大度。

犹太人对恺撒非常忠诚，所以卡西乌斯对他们要求的罚金是最多的。卡西乌斯要求的是七百塔兰特金子，而犹地亚的居民根本就没有那么多钱。克拉苏把犹太人圣殿中的金子都抢走了，在那之后罗马人根本就没有给他们任何机会去积累财富。安提帕特竭尽所能，他把这项任务交给他的两个儿子法赛尔和希律，还有一个叫做马里库斯的人，此人是一个秘密组织的成员，这个组织决心要让犹地亚摆脱希尔卡努斯国王，还有那个效忠于国王的以土买人安提帕特。

在那三个负责收集金子的人中，希律做得最好。他带着一百塔兰特金子到大马士革交给卡西乌斯，在这位总督面前表现得谦卑而迷人。卡西乌斯曾经在叙利亚待过，年少时的希律给他留下了深刻的印象，现在他很想看看这个其貌不扬的少年变成什么样。卡西乌斯发现自己挺喜欢这个狡猾的以土买人，可惜这个以土买人永远都不可能成为国王，因为他的母亲是一个异教徒。卡西乌斯心想，真遗憾。希律积极支持罗马在东方的统治势力，如果他成为犹太人的统治者，那他就可以让犹太人变成罗马的忠诚同盟了。因为罗马对待犹地亚还比较客气，如果犹地亚被帕提亚人统治，那情况只会更糟糕。

另外两个负责收集金子的人都表现得很糟糕。安提帕特东拼西凑，让法赛尔筹集的资金数目勉强过得去。但是马里库斯根本就不想给罗马人任何东西，所以他的业绩实在是难看至极。卡西乌斯决心要让人知道他不可轻视，于是他把马里库斯叫到大马士革判了死刑。安提帕特带着另外一百塔兰特金子，匆忙赶去拜见卡西乌斯，恳求卡西乌斯不要执行死刑。卡西乌斯得到安抚，于是就饶了马里库斯一命。然后安提帕特又把马里库斯带回耶路撒冷，他根本就不知道马里库斯想要成为一位殉道者。

一些城镇，比如哥普法、劳狄塞亚、埃玛于斯和坦拿被洗劫一空，当地居民被送到西顿和安条克的奴隶市场。

这一切都意味着，卡西乌斯现在有条件来考虑入侵埃及了。这不仅是为了惩罚埃及王后，也是因为据说埃及是世界上最富有的国家，埃及的财富也许只有帕提亚王国能够与之相比。卡西乌斯心想，他会在埃及找到足够的资金去统治罗马。至于布鲁图斯？布鲁图斯可以成为他的政府首脑。卡西乌斯早就对恢复共和国不抱希望，他认为共和国的死亡比恺撒的死亡还要彻底。而他，盖乌斯·卡西乌斯·隆吉努斯，将成为罗马国王。

然后他收到了布鲁图斯的来信。

> 卡西乌斯，从罗马传来可怕的消息。我派人快马加鞭地给你送出这封信，希望这封信能在你出发去入侵埃及之前送到你手中。因为入侵埃及现在是不太可能的事。
>
> 奥克塔维乌斯和昆图斯·皮狄乌斯成了执政官。奥克塔维乌斯向着罗马进军，于是罗马一声不吭地妥协了。看来他们很可能会跟安东尼乌斯发生内战，安东尼乌斯和勒皮杜斯已经被定罪，而所有

解放者都在奥克塔维乌斯的法庭中被列为国家公敌。我们的财产全都被没收了，不过阿提库斯写信向我保证，赛尔维利娅、特尔图拉和朱尼拉都得到他的照顾。瓦提亚·伊绍里库斯和朱尼娅什么东西都没有了。德基穆斯·布鲁图斯在山内高卢战败逃跑了，没有人知道他逃到哪儿。

这是我们赢得罗马的最佳时机。如果安东尼乌斯和奥克塔维乌斯能够解决他们之间的问题（尽管我认为这不太可能），那我们将永远背负罪人之身。所以，我认为，如果你还没有出发前往埃及，那就不要去了。我们必须联合起来，去攻占罗马和意大利。我们也许有一天能跟安东尼乌斯达成协议，但是跟奥克塔维乌斯绝无可能。恺撒的继承人已经铁了心，所有解放者都必须丧命，他们的亲人必须陷入赤贫。

在你离开期间，可以留下必要的军力去守卫叙利亚，而你自己要尽快来跟我会合。我打败了贝西人,得到了大量的粮食和其他食物，所以我们的联军有足够的东西可以吃。比希尼亚和本都的一些地方仍然能够出产粮食，这些粮食都会属于我们，而不会给奥克塔维乌斯拿去安抚罗马。我听说意大利、西部行省和整个希腊都遭遇旱灾，还有非洲和马其顿也是如此。卡西乌斯，我们现在必须采取行动，趁着我们还能喂饱我们的士兵，趁着我们还有足够的战备资金。

波尔基娅去世了。我母亲说她自杀了。我痛不欲生。

卡西乌斯立刻回信。是的，他会带兵前往亚细亚行省，可能会从内陆的卡帕多西亚和加拉提亚经过。布鲁图斯是不是想跟奥克塔维乌斯打仗，然后跟安东尼乌斯达成协议？

布鲁图斯迅速回复：是的，我正是如此打算。立刻出发，我们将在十二月于示麦那会合。你要派出尽可能多的船只。

卡西乌斯留下两个最好的军团，一个驻守安条克，一个驻守大马士革。然后他委任了一个临时总督，这个叫作法比乌斯的前任百夫长是他最为忠诚的追随者。根据卡西乌斯的经验，留下那些出身高贵的人去管事总会惹出麻烦。这一点恺撒也深有同感。

卡西乌斯正准备离开安条克前往北方，就接到希律的报告：那个忘恩负义的马里库斯竟然在耶路撒冷毒死了自己的恩人安提帕特，而且马里库斯对他的所作所为扬扬自得。

“我把他关起来了，”希律写道，“我该怎么办？”

“报仇雪恨。”卡西乌斯回答道。

希律依言而行。他把那个疯狂的犹太人马里库斯带到泰尔，泰尔是紫色染料的出产地，也是犹太人痛恨的巴力神的发源地。所以这个城市对犹太人来说是不洁之地。卡西乌斯的两个士兵带着赤身裸体的马里库斯走到一堆腐烂恶臭的贝类残骸之中，然后希律就在一旁看着马里库斯被慢慢折磨死。马里库斯的尸体被留在那里，跟那些骨螺一起腐烂。

卡西乌斯听说了希律对马里库斯的复仇，他轻轻一笑。噢，希律，你这人真有趣！

比希尼亚和本都的总督是提利乌斯·辛贝尔，他带着本都的一个军团在穿越阿马努斯山区的山道时跟卡西乌斯会合。这让卡西乌斯的军力变成十一个军团，此外还有三千名骑兵和许多马匹。卡西乌斯的思维很实际，他之前已经考虑过这片草木繁茂的加拉提亚山区能够承载多少马匹。

卡西乌斯和辛贝尔都认为他们应该慢慢前进，以便在他们途经的每个地方多榨取一些金钱。

在塔尔苏斯，他们给这座城市开出了一百五十塔兰特金子的罚金，并坚持这笔罚金必须在他们离开之前付清。这座城市的长官大受惊吓，他们把神庙中所有的贵重金属都熔掉了，然后又把塔尔苏斯的穷人卖为奴隶，尽管如此仍然不能达到规定数额，于是他们继续把塔尔苏斯的居民卖为奴隶，被卖为奴之人的社会阶层也不断升级。当他们勉强凑出五百塔兰特时，卡西乌斯和辛贝尔表示满意，然后就从西里西亚山道前往卡帕多西亚。

他们派遣骑兵部队走在前面去向阿里奥巴尔扎尼斯要钱，而阿里奥巴尔扎尼斯只是平静地告诉他们自己没有钱，并且指着他门上和窗户上的孔洞，那些洞里曾经钉着黄金打造的钉子。老国王被当场杀死，他的王宫和马扎卡[①]的神庙都遭到抢掠，只是那些士兵抢到的东西实在少得可怜。加拉提亚的德奥塔鲁斯按照要求提供了步兵和骑兵，然后就站在一旁看着他的神庙和宫殿遭受抢掠。他心中暗想：不难看出布鲁图斯和卡西乌斯是放高利贷的人。在他们眼中，除了金钱之外，没有任何东西被视为神圣。

十二月初，卡西乌斯、辛贝尔和他们的军队经过美丽的弗里吉亚山区进入亚细亚行省，然后就沿着赫尔穆斯河下到爱琴海边。这样只要在宽敞的罗马大道上再走一小段距离就能跟布鲁图斯会合。他们一路上见到的每个人看起来都饱受蹂躏，每座神庙和公共建筑看起来都破败不堪，但是他们都视而不见。密特里达提六世[②]在亚细亚行省造成的破坏比任何罗马人造成的破坏都要严重。

第 3 节

恺撒去世三个月后，克娄巴特拉在六月到达亚历山大里亚。她发现恺撒里昂很安全，帕加马的密特里达提把孩子照顾得很好。克娄巴特拉趴在她舅舅的胸膛上一顿大哭，衷心感谢密特里达提代替她照顾国家，然后就送了密特里达提一千塔兰特金子，让他返回帕加马。当布鲁图斯要求密特里达提缴纳大笔献金时，密特里达提才发现这笔钱来得太及时了。他按照规定的数目付了钱，然后就把剩余的许多钱悄悄藏着。

---

① 马扎卡（Mazaca）是卡帕多西亚的首都，位于现代土耳其的中部，现称开塞利。——译者注

② 密特里达提六世（Mithridates the Great）是本都国王。他是罗马共和国末期地中海地区的重要政治人物，也是罗马最著名的敌人之一。他与罗马之间为争夺小亚细亚而进行的三次战争，在历史上被称为“密特里达提战争”。——译者注

克娄巴特拉的儿子现在三岁了。他长得很高，金发碧眼，越来越像恺撒。他会读书写字，还会讨论一点关于国家的事，对于他的家世背景赋予他的使命非常感兴趣。这是一个好时机，是时候摆脱克娄巴特拉的异母弟弟和丈夫托勒密十四世·菲拉德尔普斯了。克娄巴特拉把这个十四岁的男孩交给阿波罗多鲁斯，阿波罗多鲁斯把他勒死了，然后就告诉亚历山大里亚的市民,他们的国王因为家庭纷争去世了。他说的倒也是事实。恺撒里昂登上王位，成为托勒密十五世·恺撒·爱父者·爱母者。查恩让他受膏成为法老和普塔大祭司。他成了上下埃及的君主，莎草与蜜蜂之地的君主。他还得到哈德凡伊作为私人医生。

但是恺撒里昂不能跟克娄巴特拉结婚。父女乱伦或母子乱伦在宗教上不被接受。噢，恺撒没有给她一个女儿！这真是一个谜，这显然是神明的旨意。但这是为什么？为什么？为什么？为什么？她是尼罗河神的化身，但她却没有怀上孩子，即便她跟恺撒同在罗马好几个月，即便他们有过许多个夜晚的欢爱。当她的船只从奥斯提亚起航时，她的月经开始奔涌而出。她趴在甲板上大声哭嚎，她撕扯头发，捶胸顿足。她的经期推迟了，她原先还以为自己怀上了孩子！现在，她再也不可能给恺撒里昂一个同父同母的妹妹或弟弟了。

埃及出现了一位新国王，这个消息从亚历山大里亚传到西里西亚。在此消息差不多可以传个来回的时间里，克娄巴特拉收到了她妹妹阿尔西诺伊的一封来信。恺撒原本计划让阿尔西诺伊的余生都待在以弗所的阿耳忒弥斯神庙，但是阿尔西诺伊一得知恺撒遇刺就逃跑了。她藏在奥尔巴王国的神庙之中，据说埃阿斯的兄弟透克罗斯的后裔仍然统治着那个地方。这种传说记载于亚历山大里亚的一些文献之中，克娄巴特拉一接到阿尔西诺伊的消息就去翻阅那些档案，希望找到如何除掉她妹妹的线索。那些档案上说，奥尔巴非常美丽，那里有许多峡谷和奔腾的白色河流，还有五彩斑斓的山峰。当地人在峭壁上挖出宽敞的房间，住在里面冬暖夏凉，他们制作精美的花边去换取收入。克娄巴特拉读到的信息让她有点灰心。阿尔西诺伊在那里很安全，她认为自己不会有任何危险。

阿尔西诺伊在信中要求回到埃及，获得她身为托勒密王室公主的应有地位。阿尔西诺伊在信上保证，她绝对不会篡夺王位！因为她没必要这么做。她请求得到回家的准许,这样她就可以跟她的侄子恺撒里昂结婚。如果这样，那在十年之内，他们就可以生出血统纯正的孩子来继承埃及王位。

克娄巴特拉的回复只有一个字：不!

然后克娄巴特拉就向她的所有臣民发布诏令，禁止阿尔西诺伊公主进入埃及。如果阿尔西诺伊进入埃及，就要立刻将她处死，并把她的头颅送给两位法老。这道诏令让她在尼罗河地区的臣民很高兴，但是亚历山大里亚的那些马其顿人和希腊人都不太高兴。虽然这些人已经被恺撒彻底征服，但他们仍然认为让恺撒里昂拥有一个出自托勒密王室的新娘是个好主意。毕竟，恺撒里昂不能跟一个毫无共同血统的人结婚!

七月望日，祭司在象岛的河边读取了首个水位数据。这个数据记录在一封密函中，沿着尼罗河送往孟斐斯。克娄巴特拉心情沉重地打开这封信。她知道信上肯定是写着：尼罗河不会泛滥，在恺撒去世的这一年，尼罗河的水位处于死亡之量。她的预感得到验证。尼罗河的水位只有十二尺，甚至远远低于死亡之量。

恺撒死了，尼罗河也枯竭了。奥西里斯回到西方的死亡之境，他的身体被切成二十三块，伊西斯徒劳无功地寻找他的尸体。虽然克娄巴特拉也看到了北方天空的那颗彗星，但她并不知道这颗彗星出现的时间跟恺撒在罗马的葬礼庆典时间一致。她等到两个月后才知道这件事，但这时候那种精神意义已经消失了。

好吧，一切都必须继续，而一个统治者的任务就是施行统治，但是这一年克娄巴特拉实在没有心思去施行统治。她的唯一乐趣来自恺撒里昂，这个孩子越来越多地占据着她的生活。她迫切地需要一个新丈夫和更多孩子，但是她可以跟谁结婚呢？她的丈夫必须具备托勒密或尤利乌斯血统。她考虑了一下她在辛梅里亚的表兄弟阿桑德，但是很快就毫不犹豫地放弃这个人选了。她的臣民，无论是埃及人还是亚历山大里亚人，都不会喜欢密特里达提六世的外孙成为密特里达提六世的外孙女的丈夫。这样本都的血统太多了，而托勒密的血统就结束了。所以，她的丈夫必须拥有尤利乌斯血统，但是这几乎不可能！他们是罗马人，他们有自己的法律。

克娄巴特拉所能做的就是派人去把阿尔西诺伊赶出奥尔巴。在她送出金子作为礼物之后,她的目的达到了。阿尔西诺伊先是被运到塞浦路斯，然后又被运回以弗所的阿耳忒弥斯神庙。克娄巴特拉派人在那里严密看守她。想要杀死她不太可能，但是只要阿尔西诺伊还活着，亚历山大里亚人就会觉得她比克娄巴特拉更有价值。因为她可以跟国王结婚，但是克娄巴特拉却不能。也许会有人问，为什么克娄巴特拉坚决反对阿尔西诺伊跟她儿子结婚呢？答案很简单，一旦阿尔西诺伊成为法老的妻子，那她要除掉自己的姐姐就很容易了。下毒、刺杀、放蛇，甚至发动政变。一旦恺撒里昂有了一个能够得到亚历山大里亚和埃及接纳的妻子，那恺撒里昂的母亲就可以出局了。

王宫中没有人想到饥荒会如此来势汹汹。以往的办法是到别处购买粮食，但是今年整个地中海地区都粮食歉收，所以根本就无法买到粮食来喂饱亚历山大里亚人。克娄巴特拉心急如焚地派遣船只前往黑海，从辛梅里亚的阿桑德那里买到一些粮食。但是不知是谁（也许是阿尔西诺伊？）在阿桑德那儿挑拨离间，说克娄巴特拉认为他不配跟自己共享王位。于是来自辛梅里亚的粮食供应也中断了。还有哪里，还有哪里？船队去到昔兰尼加，当其他地方粮食歉收时，昔兰尼加通常都会有粮食收成。但是船队却一无所获地回来报告，他们说布鲁图斯把昔兰尼加的粮食都拉去喂养他的大军，而他的同伴卡西乌斯随后把昔兰尼加留给自己的粮食也强行抢走。

三月份，本来应该是粮食满仓的时节，但现在尼罗河谷中的田鼠却没有任何可以囤积起来的大麦或小麦。于是它们离开田地，进入努比亚和塔斯赫之间的上埃及村庄。这个地区的房屋都是泥砖建成，地板也都是泥地，无论是穷人还是富人的房屋都是如此。于是那些田鼠携带着大量的跳蚤进入这些房屋，跳蚤从那些瘦骨嶙峋的田鼠身上跳到人们的床上、垫子上和衣服上，放开肚皮喝起人血。

上埃及的农村人开始生病，他们浑身寒热交错，头痛欲裂，还有骨头和腹部也阵阵发痛。有些人口吐白沫，三天之内就死了。有些人没有口吐白沫，但是他们的腹股沟和胳肢窝长出了拳头大的肿块，这些硬块滚烫发热、发红发紫。这些人大部分在长出肿块的阶段就死了，但是有些人存活的时间比较长，直到那些肿块裂开流出恶臭的脓液。这些人是比较幸运的，他们大多数慢慢好转了。但是没有任何人知道，甚至连塞克米特的祭司都不知道这种可怕的疾病究竟如何传播。

努比亚和上埃及的居民成千上万地死去，瘟疫开始沿着尼罗河的下游传播。

已经收成的少量粮食装在罐子里留在河岸边的码头，当地人许多都生病了，根本就没有人力去把这些粮食搬到船上，运往亚历山大里亚和尼罗河三角洲，也没有人敢冒险到上游地区去装运粮食。

克娄巴特拉陷入窘迫的困境。亚历山大里亚城中及周边有三百万人，三角洲地区还有另外一百万人。瘟病中断了航运，无法运送粮食去喂饱这些人。虽然国库中有大量黄金，但却无法到外地去购买粮食。叙利亚南部的阿拉伯人听说，那些愿意去尼罗河上游装运粮食的人将会得到丰厚报酬，但是关于瘟病的可怕传闻让这些阿拉伯人也不敢过来。阿拉伯人的土地和埃及之间隔着一片沙漠，所以无论埃及那边发生什么瘟病都不至于传到他们那边去。叙利亚南部和埃及之间的商旅往来中断了，甚至连海上的航运也停止了。克娄巴特拉的仓库里还有去年收成的粮食，这些粮食可以在接下来几个月喂饱几百万市民，但如果明年的尼罗河水位还是死亡之量，就算三角洲农村地区的人能够勉强应付，亚历山大里亚也会不可避免地陷入饥荒。

少数的几个安慰之一是，多拉贝拉的副将奥卢斯·阿利恩乌斯来到亚历山大里亚带走四个军团的守卫军。奥卢斯·阿利恩乌斯本以为会遭遇反对，但却发现埃及的王后巴不得他把军队带走。是的，是的，带走他们！明天就带走他们！少了这些军队，就能省下三万人的口粮。

她必须做出一些决定。恺撒已经跟她说过要防患于未然，但是她的天性并不是这样。身为养尊处优的君王，她并不了解关于瘟病的事，而其他人也不明所以。查恩告诉她，祭司们会尽力控制瘟病，不会让瘟病蔓延到多利买以北，多利买的所有道路和河流运输都被切断了。当然，地里的田鼠仍在四处活动，还有随之而来的跳蚤。查恩实在太忙，没有时间带着他手下的祭司到亚历山大里亚去面见法老，而法老也没有南下去跟他见面。克娄巴特拉没有人可以给她出谋划策，她完全不知道自己应该怎么办。

自从恺撒去世，克娄巴特拉就陷入情绪低落之中，她无法调集那种置身事外的判断力去做出决定。结合以往的经验，她推断明年的尼罗河水位很可能还会处于死亡之量。于是她发布诏令，规定在亚历山大里亚城内，只有那些拥有亚历山大里亚公民权的人才能购买粮食。至于三角洲上的居民，只有那些参与农业生产或纸张制造的人才能购买粮食。造纸是属于法老的垄断经营，所以当然要继续进行。

亚历山大里亚城内有一百万犹太人和外邦人，恺撒曾经授予他们罗马公民权,随后克娄巴特拉也慷慨地授予他们亚历山大里亚公民权。但是，在恺撒离开之后，亚历山大里亚城里的一百万名希腊人出来抗争，既然犹太人和外邦人都拥有公民权，那他们也应该拥有公民权。在亚历山大里亚的居民中，最初只有三十万马其顿人拥有公民权，但现在只有那些混血的埃及人没有公民权。如果拥有公民权的人数还是现在这个规模，那么每个月就要拨出超过两百万莫迪乌斯的大麦或小麦。如果拨出的粮食能够减少到一百万莫迪乌斯，那么前景也许会光明一些。

于是克娄巴特拉违背承诺，剥夺了亚历山大里亚城中犹太人和外邦人的公民权,而让希腊人继续保留公民权。她身为统治者的智慧正在倒退。她从未听取恺撒的建议，给穷人发放免费粮食，而她现在为了保护某些血统更为优越的臣民，就剥夺了亚历山大里亚城中三分之一人口的公民权。宫廷之中没有人敢出言反对，这就是君王统治的劣势，因为君王更喜欢臣民唯命是从，不喜欢别人提出异议，除非提出异议的人也拥有同等地位。但是在亚历山大里亚，除了恺撒还有谁跟克娄巴特拉拥有同等地位呢？

这道诏令对犹太人和外邦人来说简直是晴天霹雳。他们曾经为这位君王尽忠竭力，牺牲了包括生命在内的许多东西，但这位君王现在竟然要他们活活饿死。他们就算卖掉自己拥有的一切东西，也无法得到准许去购买粮食来维持生命。但是马其顿人或希腊人却可以继续享有公民权。在旱灾之中，城中居民有什么其他能吃的东西？肉类？在饥荒之中根本就没有什么动物。水果？蔬菜？在旱灾之中，市场上根本就没有什么瓜果蔬菜。虽然马里奥提斯湖就在附近，但是那里的沙土不能种植任何东西。亚历山大里亚，这根嫁接在埃及大树上的枝叶根本就无法自给自足。三角洲上的居民还能找到一些吃的东西，但是亚历山大里亚的居民却毫无办法。

居民开始离开，特别是德尔塔区和依普西隆的居民，但是想要离开也不容易。瘟疫的消息一传到地中海沿岸的港口，亚历山大里亚和佩鲁西乌姆就再也没有看到外国船只靠岸了，而且亚历山大里亚的商人发现外国的港口根本就不准他们的船只停靠。在世界上的这个小小角落，埃及并没有政府法令来规定病人隔离，阻挡人们的只有对瘟疫的深刻恐惧。

骚乱开始了，亚历山大里亚的马其顿人和希腊人设置路障来保护粮仓，并且在所有存放食物的地方都派出大批人力去把守。德尔塔区和依普西隆区一片乱哄哄，王城成了一个战斗堡垒。

雪上加霜的是，克娄巴特拉还要担心叙利亚的问题。卡西乌斯派人来征集战船和运输船时，她还希望能够在其他地方找到粮食，而运输粮食需要包括战船在内的所有船只，所以她拒绝了卡西乌斯的要求。不然她哪来的船只去装载和运送粮食呢？

夏季开始时，她听说卡西乌斯准备入侵埃及。紧接着，又有消息传来，尼罗河的第一处水位记录正如她预料的那样，又一次处于死亡之量。粮食收成是不可能了，即便尼罗河边还有足够的人活着去种植粮食，但有没有足够的人活着还是有待商榷的事。查恩给她送来的数据表明，上埃及有百分之六十的人已经丧命。查恩还告诉克娄巴特拉，他认为瘟疫已经越过了祭司们在多利买建立的防线，现在他只希望能把瘟疫拦截在孟斐斯以下地区。怎么办，怎么办?

九月底，情况突然有所好转。克娄巴特拉松了一口气，因为她听说卡西乌斯已经带着军队前往北方的安纳托利亚，不会有军队入侵埃及了。她不知道布鲁图斯写给卡西乌斯的书信，以为卡西乌斯是听说了埃及的瘟疫，才决定不要冒险来到这里。在几乎同一时刻，帕提亚国王的使节来了，他们提出可以把许多大麦卖给埃及。

克娄巴特拉实在是太心烦意乱，所以她一开始只能絮絮叨叨地跟那些使节说要运送粮食是多么困难，因为叙利亚、佩鲁西乌姆和亚历山大里亚无法通行，所以运粮船只能从以弗所那边进入波斯湾，再绕过阿拉伯进入红海，然后再绕到将西奈与埃及分开的海峡。她对着那些面无表情的使节唠叨，现在整个尼罗河地区都有瘟疫，所以粮食不能在米奥斯-霍尔摩斯或红海的海港装卸，因为现在不能从陆路前往尼罗河。她一直唠叨个没完。

“神圣的法老，”帕提亚使节团的领头人说,他终于抓住说话的机会了。“不必如此麻烦。现在负责管理叙利亚的总督叫做法比乌斯，他是一个可以收买的人。只要收买他就好了！然后我们就可以从陆路把大麦运到尼罗河三角洲。”

克娄巴特拉耗费了大笔黄金，不过她的黄金多得要命。法比乌斯高高兴兴地收下属于他的那部分黄金，然后大麦就从陆路运到尼罗河三角洲。

亚历山大里亚的粮食能够维持更长时间了。

帕提亚使节回去禀告他们的国王，埃及王后是个无能的白痴。由于佩鲁西乌姆和亚历山大里亚处于封锁之中，所以来自罗马的消息非常少，不过在帕提亚使节离开之后不久，克娄巴特拉收到了阿蒙尼乌斯的来信。

阿蒙尼乌斯是她在罗马的代理人。

她惊讶地发现，罗马即将面临两场内战：一场是奥克塔维乌斯和马尔库斯·安东尼乌斯，另一场是那些解放者和兵临城下时实际控制罗马的人。阿蒙尼乌斯说，没有人知道会发生什么事，只知道恺撒的继承人成了高级执政官，而其他人都成了罪人。

盖乌斯·奥克塔维乌斯！不，恺撒·奥克塔维阿努斯。一个二十岁的人成了罗马的高级执政官？这简直不可思议！她清楚地记着奥克塔维乌斯。一个非常英俊的年轻人，带着一丝跟恺撒相似的气息。他有一双灰色眼睛，显得非常安静。但是克娄巴特拉可以感觉到，他身上隐藏着一股力量。恺撒的外甥孙，所以他也是恺撒里昂的亲戚。

恺撒里昂的亲戚！

克娄巴特拉有点头晕目眩，她走到书桌旁边，坐下抽出一张纸，然后拿起一根芦苇笔。

恺撒，我要恭喜你在竞选中成为罗马的高级执政官。你的优秀无与伦比，知道恺撒的血脉在你身上流淌，真是令人高兴。我清楚地记得你，那时你和你的父母出席了我的招待会。我想，你的母亲和继父一切都好？他们肯定非常自豪！

我能够给你提供什么有益的信息呢？埃及正陷于饥荒之中，似乎所有地方都处于饥荒之中。不过，我刚刚得到一个好消息，我可以从帕提亚国王那里购买大麦。上埃及陷入了可怕的瘟疫，不过神明让亚历山大里亚和尼罗河三角洲幸免于难。我在亚历山大里亚给你写信，今天阳光灿烂、空气香甜。我希望罗马的秋风也同意令人舒畅。

当然，你应该听说了，盖乌斯·卡西乌斯已经离开叙利亚前往安纳托利亚。我们猜测，他很可能是去跟他的罪恶同盟马尔库斯·布鲁图斯会合。只要是能让那些刺客受到惩罚的事，我都会竭尽全力与你配合。

在你的执政官任期结束之后，你也许会选择叙利亚作为你的行省。能够拥有如此迷人的邻居，真是让我非常高兴。埃及离得很近，而这里确实值得一来。恺撒曾经跟你说过他在尼罗河上的旅游，那些神奇的风景只能在埃及看到，这一点你无须怀疑。亲爱的恺撒，请考虑尽快来埃及游览！

这里的一切你都可以尽情享用。这里的欢乐绝对超出你的想象。我再重复一次，埃及的一切你都可以尽情享用。

这封信当天就用一艘三桨座快船直接送往罗马。随信同去的还有一个小盒子，盒子里装着一颗硕大无比、完美无瑕的粉色海水珍珠。

法老像她最卑微的臣民一样趴在地上祷告：亲爱的伊西斯，请把这个新的恺撒送到我身边！再次赐予埃及生命和希望！让法老怀上拥有恺撒血统的儿女！保护我的王权！保护我的王朝！请把这个新的恺撒送到我身边，请把侍奉您和阿蒙－拉的诸神之力都倾注到我身上，请所有的埃及神明都帮助我胜任法老之位。

她希望能够在两个月内收到回信，但是查恩的书信先到了，查恩告诉她瘟疫已经蔓延到孟斐斯，已经有许多人死去了。不知出于什么原因，在普塔神庙区域的祭司都没有染病，只有塞克米特的那些祭司生病了，因为他们到城中为人治病。这种瘟疫的传染性很强，所以他们都不敢回到普塔神庙，而是留在他们行医的地方。这种情况让查恩深感悲痛。不过他警告说，现在瘟疫会蔓延到尼罗河三角洲和亚历山大里亚。王城必须与城区隔离。

克娄巴特拉把查恩的书信给哈德凡伊看了。“也许，”哈德凡伊若有所思地说，“这跟石头有关系。神庙是石头建筑，地上也铺着石板。不知道是什么东西在传播瘟疫，但那种东西可能不喜欢如此贫瘠的环境。如果是这样，那么这座石头宫殿应该是个保护。而且，如果是这样，那么花园里的土可能会有危险。我必须跟那些园丁商量一下，让他们在花圃里种上苦艾。”

十一月底，奥克塔维乌斯的回信赶在瘟疫之前抵达亚历山大里亚。

埃及王后，感谢你的好意。仍然存活于世的刺客越来越少了，你应该会很高兴知道这件事。除非所有刺客都死掉，否则我绝不停手。

我想，我明年的任务是对付布鲁图斯和卡西乌斯。

我的继父菲利普斯正在慢慢死去。我们都觉得他应该活不过这个月了。他的脚趾烂掉了，而且那些毒素已经蔓延到他的血液中。卢基乌斯·皮索也正在死去，因为他的肺炎一直未能治愈。

我在山内高卢的博诺尼亚给你写信，这里的秋天已经非常寒冷，空气中夹带着霜雪。我在这里跟马尔库斯·安东尼乌斯会合。因为我不喜欢旅行，所以我永远都不会以游客的身份前往埃及。你的邀请满怀善意，但是我必须拒绝。

珍珠非常漂亮。我把珍珠镶在金链上，戴在恺撒广场的"母神"维纳斯脖子上。

跟安东尼乌斯会合？会合？他究竟是什么意思？还有，他对我邀请的回答。克娄巴特拉，你被人甩了一巴掌。奥克塔维阿努斯是个冰冷的男人，他对埃及的事情毫无兴趣，即便是埃及之心。

所以不可能是恺撒的继承人。他拒绝我了。我喜欢卢基乌斯·恺撒，但他绝对不会跟恺撒的情人做爱。所以，还有谁拥有尤利乌斯的血统呢？昆图斯·皮狄乌斯，还有他的两个儿子。卢基乌斯·皮纳里乌斯。安东尼乌斯三兄弟，马尔库斯、盖乌斯和卢基乌斯。总共七个男人。哪一个先渡过地中海来到我这儿，会是哪一个？因为我不能到罗马去。七个男人。他们总不会每一个都像奥克塔维阿努斯那么冰冷。我要向伊西斯祈祷，请求她给我送来一个拥有尤利乌斯血统的男人，然后给恺撒里昂生下弟弟和妹妹。

十二月，瘟疫蔓延到亚历山大里亚，让这座城市的人口减少了百分之七十。马其顿人、希腊人、犹太人、外邦人和混血埃及人，所有种族死去的人数都差不多。那些活下来的人能够好好吃饭了。克娄巴特拉毫无必要地招致了一百万人的怨恨。

“上帝并不偏心。”犹太人西米恩说。

第十三章
筹集战备资金
（从公元前42年1月至8月）

第 1 节

“如果没有更多钱，那就无法入侵意大利。”赫米基卢斯对布鲁图斯和卡西乌斯说。

“更多钱？”布鲁图斯惊讶地问，“但是我们不可能找到更多钱了！”

“为什么？”卡西乌斯皱着眉头问。“把我在叙利亚压榨的钱，还有辛贝尔赶来这里途中收集的钱加起来，我应该有两千塔兰特金子。”他转向布鲁图斯一声怒吼，“布鲁图斯，你是不是什么钱都没捞到？”

“当然不是，”布鲁图斯有点生硬地回答，他不喜欢卡西乌斯这种口气，“我筹集到的全是钱币，三分之二是银币，三分之一是金币，加起来大概是……”他带着询问的表情看向赫米基卢斯。

“两亿塞斯特尔提乌斯。”

“那么，我们的钱全部加起来应该有四亿塞斯特尔提乌斯，”卡西乌斯说，“这么多钱去攻打冥界都够了。”

“你忘了，”赫米基卢斯耐心地说，“这场战争不会有战利品，这就是内战不得不面对的问题。恺撒除了给他的士兵现金，还有战利品，但是他给士兵的金钱跟现在士兵的要求相比差远了。奥克塔维乌斯对他的军队承诺，每个士兵会得到两万塞斯特尔提乌斯，最高级的百夫长会得到十万塞斯特尔提乌斯，最低级的百夫长会得到四万塞斯特尔提乌斯。消息都传开了，所以士兵们都想拿大钱。”

布鲁图斯站起来走到窗边，他瞭望着外面的海港，海港中停着几百艘战船和运输船。

布鲁图斯的精神样貌让卡西乌斯有点吃惊，他原先像只老鼠那样畏畏缩缩，但现在看起来却积极勇敢得多。战胜贝西人给了他几许的自信，而波尔基娅之死也让他变得更加强硬。卡西乌斯经常跟赛尔维利娅通信，对于波尔基娅那种可怕的自杀，赛尔维利娅表现出的冷酷无情让卡西乌斯十分震惊。但跟布鲁图斯不同的是，他相信波尔基娅真的是自杀而死。他喜爱的那个赛尔维利娅，并不是布鲁图斯从有记忆开始就熟知和恐惧的那个女人。对于这个最受赛尔维利娅喜爱的男性亲属，布鲁图斯没有说出自己的推测，因为卡西乌斯肯定会断然否认。

“罗马是怎么了？”布鲁图斯对着那一大片船只发问，“爱国和忠诚在哪里呢？”

“还在这儿，”卡西乌斯语气凌厉道，“天啊，布鲁图斯，你是个傻子！那些士兵怎么会知道他们统帅的派系之争呢？士兵会相信谁对爱国的定义？你的定义，还是三头同盟的定义？大家只知道，当他们拔出刀剑时，他们要对付的是罗马同胞。”

“是的，当然了。”布鲁图斯转过身来，发出一声长叹。他坐下来，凝视着赫米基卢斯：“盖乌斯，我们该怎么办？”

“找到更多钱。”赫米基卢斯直截了当地回答。

“去哪儿找？”

“可以先从罗德岛开始，”卡西乌斯说，“我已经跟伦图卢斯·斯宾特尔说过了，他试了好几次，想从罗德岛弄到船和钱，但是都没有成功。我也试过了。按照罗德岛的说法，他们跟罗马的协议，并不包括在内战中向任何一方提供任何援助。”

“还有，”赫米基卢斯说，“吕西亚[①]是亚细亚行省的另外一部分，但这个部分从未真正挖掘过。对亚细亚行省的总督来说，到那里去太麻烦了。”

“罗德岛和吕西亚，”布鲁图斯说，“我想，我们要跟他们打仗，才能让他们帮忙。”

“罗德岛肯定是这样，”卡西乌斯说，“至于其他地方，比如桑索斯、帕塔拉和米拉，也许只要向他们提出要求就够了，如果他们知道不答应就会面临入侵的话。”

“我们应该向吕西亚要多少钱呢？”布鲁图斯对着赫米基卢斯问。

“两亿塞斯特尔提乌斯。”

“罗德岛至少能给我们这个数的两倍，”卡西乌斯说着咧嘴一笑，“而且还能剩下一点。”

“你认为十亿塞斯特尔提乌斯是否足够我们去攻打意大利？”布鲁图斯问。

“等我知道我们军队的确切人数，我就会算出一个总数。”赫米基卢斯说。

即便是在这异常干旱的一年，在示麦那过冬还是很舒服。这里没有下雪，也没怎么刮风，宽阔的赫尔穆斯河谷可以让解放者的大军各自扎营，这片军营绵延六十里，各个军营很快就得到附近乡镇供应的酒水、妓女和娱乐。一些小农场主带着菜、鸡、鸭、鹅、蛋和奶酪来卖给那些急需供应的士兵，还有黏糊糊的蜜饯和油乎乎的糕饼，还有这个地区出产的可食用蜗牛，甚至还有沼泽地里的肥美青蛙。对于一支自备口粮的军队，虽然城里的大商人无法从中发财，但是这些善于经营的农民却可以从中

---

① 吕西亚（Lycia）是小亚细亚西南部的古代地区，在今土耳其境内，位于地中海沿岸，在卡里亚与潘菲利亚之间。公元前8世纪是一个兴旺的航海国家，后来落入居鲁士、波斯的阿契美尼德王朝，最后归属罗马。——译者注

获益。他们因为各种税赋而陷入贫困，现在终于看到一点发家致富的机会了。

布鲁图斯和卡西乌斯住在示麦那港口附近的总督府邸，在这里过冬的最大好处是可以及时收到来自罗马的消息。三头同盟的消息让他们大为震惊。他们知道，这说明在奥克塔维乌斯看来：对于他掌控下的罗马，解放者比马尔库斯·安东尼乌斯更加危险。三头同盟的意图很清楚：布鲁图斯和卡西乌斯必须彻底剪除。整个意大利和山内高卢都处于备战状态，而在三头同盟手下的四十多个军团一个都没有被解散。据说，现任高级执政官勒皮杜斯和低级执政官普兰库斯会留下来管理罗马，安东尼乌斯和奥克塔维乌斯会去对付那些解放者，而大多数人都说他们出发的时间是五月。

比这些更可怕的消息是，恺撒被正式确认为神明了，对神明尤利乌斯（恺撒的尊称）的崇拜将遍及意大利和山内高卢，为此还会设立神庙、祭司和节日。奥克塔维乌斯现在公开自称为“神之子”，而安东尼乌斯也没有表示反对。三头同盟的一个成员是神明之子，这样他们自然是正义一方了！自从安东尼乌斯结束了他那灾难性的执政官任期之后，他的态度已经发生了很大的变化，现在他和奥克塔维乌斯一起迫使元老院发誓坚持神明尤利乌斯的一切法令和规定。在罗马广场上恺撒进行火化的地方，将会建起一座宏伟的神庙来纪念他。罗马人民把恺撒奉为神明，现在他们的崇拜终于得到政府批准。

“就算我们能打败安东尼乌斯赢得罗马，那我们也要永远忍受神明尤利乌斯。”布鲁图斯郁闷地说。

“罗马已经沦落，”卡西乌斯回答道，皱着眉头，“你能想象竟然有人去强暴维斯塔贞女吗？”

他们得知一个消息：维斯塔贞女是罗马最受人尊敬的女人，她们本来可以独自在罗马城中自由来去，但现在却要带上一个扈从作为保镖。因为科尔涅利娅·梅鲁拉走路去奎里纳尔山拜访法比娅时，竟然遭到攻击和骚扰。不过，强暴只是卡西乌斯说的，赛尔维利娅在信中并没有这样说。在整个罗马历史中，维斯塔贞女都穿戴着特制的白色衣袍和面纱，她们总是可以毫无畏惧地自由来去。

“这是一个信号，”布鲁图斯伤感地说，“传统的价值和禁忌不再受到尊重。我甚至不确定，我还想不想进入罗马城。”

“布鲁图斯，如果安东尼乌斯和奥克塔维乌斯还跟罗马城有任何关系，那你肯定不会进去。我只知道，他们要经过残酷的战斗去阻止我进入罗马城。”卡西乌斯说。

卡西乌斯手下有十九个军团、五千骑兵和七百艘战船，他开始考虑怎样才能从罗德岛和吕西亚压榨出六亿塞斯特尔提乌斯。布鲁图斯跟卡西乌斯在一起，在过去几十天中，布鲁图斯已经学会在卡西乌斯运筹帷幄时保持安静。对卡西乌斯来说，布鲁图斯在色雷斯赢得胜利，主要不是因为领兵作战的能力，而是因为他的好运气。

“罗德岛就交给我好了，”卡西乌斯说，“这就意味着我要进行海战，至少在开始阶段是这样。你去入侵吕西亚，这是陆地战，不过你还是要从水路把士兵运过去。我怀疑，我们的战役都用不到马匹，所以我提议留下一千匹马给我们的骑兵，然后把其余的马匹都送到加拉提亚去度过接下来的春天和夏天。”他咧嘴一笑，“让德奥塔鲁斯来承担养马的开支好了。”

“他之前慷慨地提供了帮助。”布鲁图斯有点不好意思地说。

“那就让他继续慷慨地提供帮助好了。”卡西乌斯说。

“我为什么不能从卡里亚带兵过去？”布鲁图斯问。

“我觉得没什么不能，只是你为什么要这么做？”

“因为罗马步兵讨厌航海。”

“好吧，随你便。你要翻越一些险峻的山区，但是你不能像蜗牛那样慢吞吞地走路。”

“我明白。”布鲁图斯耐心地说。

“十个军团，还有五百名作为探子的骑兵。”

“如果要翻越险峻的山区，那就不能带上行李部队。我们必须用骡子来运送货物，这意味着我们的行军时间不能太长。我只希望，等我们到达时，桑索斯有足够的食物给我们。我想，桑索斯应该是我的第一个攻击目标。你觉得呢？”

卡西乌斯眨眨眼睛，他有点吃惊。谁能想到，布鲁图斯竟然还拥有这样的军事才能？“是的，第一个目标应该是桑索斯，”他表示赞同，“但是等你到达桑索斯之后，你还是可以通过海路运送更多食物。”

“好主意，”布鲁图斯微笑道，“那你呢？”

“海战，就像我之前说的那样。不过我需要十个军团，无论他们喜不喜欢，都要忍受船上的种种艰难。”卡西乌斯说。

第 2 节

三月份，布鲁图斯带着他的十个军团和五百骑兵出发了。他们沿着宽敞的罗马大道穿过麦安德河谷来到塞拉穆斯，然后他尽可能沿着海岸边行军。这一路上他找到了许多物资，因为粮仓里还有一些去年收成的粮食。他根本就不在乎抢走这些粮食会不会让当地人挨饿，当地人恳求他留下足够的种子来种植今年的粮食，他比较理智地答应了。不幸的是春天的雨水没有如期而至，这是一个凶险的征兆。当地人只好从河里打水灌溉。那些农民可怜兮兮地问：如果他们饿得浑身发软，那又怎么能打水灌溉呢？

“吃鸡蛋和鸡肉。”布鲁图斯说。

“那就不要让你的士兵偷走我们的鸡！”

布鲁图斯认为这是合理要求，于是他对士兵偷盗家禽的行为严加管束。士兵们开始发现，他们的统帅比他看起来的样子要严厉多了。

吕西亚的索利马山巍峨高耸，从水边向上拔起八千尺。正因为这样的地势，所有的亚细亚行省总督都懒得亲自前往吕西亚，总是派遣一位财务官或副将去执行法令就算了。这里向来是海盗的乐园，当地居民只聚集在一些狭长的河谷地带，与外界的联系一般都是通过海上航行。吕西亚的领地从特尔美苏斯开始，此处是罗马大道的终点。从特尔美苏斯往前，就只有一些羊肠小道了。

布鲁图斯一边行军一边修路，士兵们拿着锄头和铲子劈石挖土。虽然他们都因为这种辛劳而叫苦连天，但是没有人敢撒手不干，因为百夫长拿着木棍在一旁监督。

气候干燥晴朗，所以没有山体滑坡的危险，也没有泥泞的路面来妨碍骡子的前进，但是建立军营已经是以前的事情，士兵们每天晚上都蜷缩在十尺宽的碎石路边，没有心思去注意天空中闪烁的星星、小溪中奔腾的流水、山林中疏密相间的松树，还有青黑色的树梢上缭绕的晨雾。但是他们全都留意到自己的锄头挖出了一颗颗乌黑光亮的石头。他们一开始以为这是某种稀罕的宝石，但他们很快就听说这只是报废的玻璃，于是他们一边咒骂这累死人的苦工，一边建造那通往索利马山的道路。

只有布鲁图斯和他的三个哲学家，他们才有那种闲情逸致去欣赏被白日掩盖的美丽。那种神奇的美丽在黑夜之后继续，各种动物窸窸窣窣地从森林中冒出来，蝙蝠扑棱棱地飞翔，夜晚的鸟儿在银色的月光中投下一道道剪影。除了欣赏这种宁静的美景，他们还有各自感兴趣的活动。斯塔提卢斯和伊庇鲁斯的斯特拉托演算数学问题，那个叫做沃伦尼乌斯的罗马人开始写日记，布鲁图斯给已经死去的波尔基娅和加图写信。

他们的行军路程是三百五十里，总共用了三十天来完成。虽然从特尔美苏斯到桑索斯河谷只有二十里，但这段路程却占据了一大半的时间。桑索斯和帕塔拉是吕西亚最大的城市，这两座城市都在河边，帕塔拉在河口，而桑索斯再往上游方向十五里。

布鲁图斯的军队把罗马道路修进河谷之中，这条路更靠近帕塔拉而非桑索斯。布鲁图斯的第一个目标是桑索斯。但是布鲁图斯碰到一件倒霉事，一个迷路的牧羊人对这两座城市发出警告，于是城中居民迅速采取防范措施。他们把郊区全部清空，并放火烧光一切，然后就紧闭城门。所有粮仓都转移到城里，城外只有山泉和清水，而桑索斯高大的城墙完全可以把罗马人阻挡在外。

布鲁图斯有两个主要的副将。一个副将是奥卢斯·阿利恩乌斯，这个优秀的军人是毫无家世背景的皮塞努姆人。另一个副将是马尔库斯·李维乌斯·德鲁苏斯·尼禄，他原本出自李维乌斯氏族，后来被收养成为克劳狄乌斯氏族的贵族。他的妹妹李维娅跟提贝里乌斯·克劳狄乌斯·尼禄订婚了，但是还没有达到出嫁的年龄。至于提贝里乌斯·克劳狄乌斯·尼禄，此人为恺撒所厌恶，不过西塞罗却想让他成为自己的女婿。布鲁图斯听取了阿利恩乌斯和德鲁苏斯·尼禄的建议，开始准备进行围城战。一片焦黑的土地让布鲁图斯很生气，因为这样他的士兵就没有蔬菜可吃了。他不想让桑索斯城里的人慢慢饿死，只想迅速攻下这座城。

虽然大家都认为布鲁图斯学富五车，但他熟悉的东西其实仅限于几个主题：哲学、修辞和某些文学。他觉得地理学很无聊，而除了修昔底德作品之外的非罗马历史他都不感兴趣。他从未读过希罗多德这类游历作家的作品。所以他对桑索斯一无所知，只是听说这座城市是荷马时代的萨耳珀冬[①]国王所建，而这位国王成了当地居民崇拜的主要神明，拥有最为宏伟的神庙。但是布鲁图斯不知道，桑索斯还有另外一个传统。这座城市曾经遭遇两次围城战，一次是居鲁士大帝，另一次是亚历山大大帝。当这座城市陷落时，城中的居民全都自杀了。在牧羊人给城中居民警告时，他们不仅忙着坚壁清野，还收集了大量的柴火。罗马人开始围城，城中居民就用那些柴火在每个空地上堆成柴火堆。

罗马人按照经典方式建起攻城塔楼和军事工程，许多大炮都各就各位，发射器和投掷器向城中投进除了燃烧弹之外的一切东西，因为这座城市必须完好无损地攻下来。紧接着，三个撞捶到达了，这是罗马军队从新修好的路上运来的最后一批东西。锤头用坚固的橡木制造，然后用坚韧的绳子绑在一个快速组装起来的支架上，每个撞锤前面都有一个铜羊头，羊头上卷曲的羊角、翘起的嘴巴和半闭的眼睛都惟妙惟肖。

城墙上只有三个大门，而且这些大门几乎不可能被撞锤打开，因为

① 萨耳珀冬（Sarpedon）是希腊神话中宙斯与欧罗巴的儿子。他是吕西亚国王，他的军队在特洛伊战争中属于特洛伊一方。——译者注

这些悬吊的橡木大门上还钉着厚厚的铁片，所以大门在撞锤撞击时就像弹簧一样反弹开来。布鲁图斯不屈不挠，他又安排撞锤去撞击城墙，城墙没有那种坚韧的抵抗力，所以开始慢慢崩溃。但是城墙非常厚，所以崩溃的速度实在太慢了。

阿利恩乌斯和德鲁苏斯·尼禄推测，桑索斯人应该开始陷入绝望了。于是布鲁图斯假装因为劳而无功而撤军，好像要转身去看看能否攻下帕塔拉。一千个被围困的桑索斯人举着火把冲出城门，准备烧毁那些发射器和攻城塔。布鲁图斯那些埋伏的士兵突然杀出来，桑索斯人赶紧逃跑，但却发现他们被关在城门外面，因为谨慎的守门人放下了吊闸。这一千个突袭者全部阵亡了。

第二天中午，桑索斯人再次尝试。这一次，他们确保城门开着。他们扔出火把之后就迅速撤退，但却发现放下吊闸的机器运行太慢，那些紧追不舍的罗马人开始冲进城里。于是守门人砍断绳索，吊闸轰然坠落。那些在吊闸下面的人当场毙命，但是冲进城里的已经有两千罗马兵。这些罗马兵没有惊慌失措，而是排列成紧密的队形转移到大广场，然后就躲在广场上的萨耳珀冬神庙之中，他们关紧神庙的大门在里面据守。

吊闸突然落下，这给进行围攻战的罗马士兵造成很大惊吓。军中战友情深，布鲁图斯的士兵一想到有两千名战友被困在桑索斯城内，他们的悲痛简直近乎疯狂。不过，这是一种清醒冷静的疯狂。

“他们肯定会聚在一起，寻找藏身之地，”阿利恩乌斯对一群高级百夫长说，“所以我们可以认为，他们现在还比较安全。我们的任务是想出办法，进入城中营救他们。”

“想要打开城门，根本就不可能，”第一先锋百夫长马勒乌斯说，“撞锤完全无法发挥作用，而且我们也没有什么工具能切开那些铁片。”

“但是，我们还是可以制造假象，表现得好像我们认为能打开城门，”阿利恩乌斯说。“说说吧，”他扬起眉毛，“还有什么办法？”

“到处都有梯子和抓钩。他们不可能在每一寸城墙上面都摆着一锅热油，而且那些笨蛋也没有足够多的长矛。我们可以找到薄弱点，”苏狄斯说。

“除了这些。还有什么办法？”

“找到一些留在城外的当地人，然后，嗯，‘客气’地问问他，想要进城有没有其他办法。”第一先锋百夫长卡尔卢姆说。

“你说的还真是个办法！”阿利恩乌斯说着咧嘴一笑。

不久之后，卡尔卢姆的手下就从附近一个小村子带回两个人。事实证明，他们根本就不用“客气”地询问这两个当地人，他们都因为桑索斯人烧了他们的菜园和果园而气得要命。

“看到那里了吗？”一个人指着问。

桑索斯之所以如此易守难攻，主要就在于这座城市的后面是一片悬崖峭壁。

“看到了，但不知道你是什么意思。”阿利恩乌斯说。

“那片峭壁并没有看起来的那么险峻。我们可以指出十多条小路，让你们沿着这些小路爬上去。我知道，这样并不能让你们进入城里，但是这对你们这些聪明人来说是个好开端。你们不会遇到哨兵，不过你们会遇到障碍。”那个果园主人说，“那些该死的混蛋，竟然把我们正在开花的苹果树都烧死了，还有我们所有的卷心菜和油麦菜。现在我们只剩下洋葱和萝卜。”

“朋友，放心吧，等我们攻下这个地方，你们村子可以第一个过来拿走里面的东西，”卡尔卢姆说，“我是说，可以吃的东西。”他摇晃着脑袋，头盔上红色的马鬃毛也跟着晃动起来。他拍着自己的大腿。“好吧，所有动作灵敏的士兵都要行动起来。马克罗、蓬提乌斯、卡福，你们的军团都没有什么经验，但是我不想要那些一登高就头晕的软蛋。立刻行动！”

到了中午，峭壁上已经爬满士兵，他们所在的高度足以看到城墙里面，于是看到了城里等着他们的是什么障碍：一片密密麻麻的尖头桩蔓延开去好长距离。一些士兵带着铁钉，他们用锤子把铁钉敲进岩石里，然后绑上长长的绳子甩过峭壁的凹陷处。一个士兵抓住绳子的一头，他的战友就像爸爸推着孩子荡秋千一样推动他，然后借助惯性让他飞越那片尖头桩，在后面的安全地带落下。

整个下午士兵们陆续越过城后的防御地带，然后就聚集起来形成一个紧密的方阵。方阵的人数越来越多，于是方阵又一分为二，然后就一路拼杀冲向两个比较方便的城门。门外有大批罗马士兵正在等候，门里的罗马士兵用锯子、斧头、楔子和锤子破坏城门，因为朝向里面的城门没有用铁片加固。士兵们疯狂劈砍，他们有条不紊地劈开了城门的顶部和两侧，直到外面的铁片裸露出来。然后他们用长长的撬棍把铁片拧开，直到整个城门都倒在地上。罗马军队发出震耳欲聋的欢呼，然后就冲入城内。

但是桑索斯人一直谨守传统。街上摆满柴火堆，每座公寓楼的天井和每座房子的花园中也都摆满柴火堆。男人杀死女人和孩子，然后把他们扔上柴火堆，点火之后自己也爬到柴火堆上，用同一把鲜血淋漓的刀子结束自己的生命。

桑索斯的一切都化为灰烬，每一片土地都化为灰烬。那些躲在萨耳珀冬神庙中的士兵尽量把值钱的东西搬出来，其他士兵也尽量抢救财物，但是布鲁图斯最后得到的财富还不如他进行围攻战的付出。他为这场围攻战付出的时间、食物和生命都太多了。他觉得不能让自己在吕西亚的第一场战斗如此狼狈地结束，于是他等到大火熄灭之后又让他的士兵在每一片焦土中搜寻，尽量把融化的金子和银子都收集起来。

布鲁图斯在帕塔拉的遭遇就好多了。刚开始面对罗马人的围攻时，帕塔拉也奋力抵抗，但是他们并没有桑索斯的那种自杀传统，而且他们后来主动投降，没有让围城战的痛苦拖得太长。这座城市非常富裕，而且最后有五千名男人、女人和孩子被卖为奴隶。

这个世界对奴隶的需求永不满足，正如俗语所说：你要么拥有奴隶，要么沦为奴隶。没有人反对蓄奴，只是每个地方和民族对待奴隶有所不同罢了。一个罗马人的家庭奴隶可以得到工资，而且一般十年或十五年内就会得到自由。但是在矿场或采石场工作的奴隶却会在一年内就死于苦役。奴隶也有社会等级：如果你是一个雄心勃勃的希腊人，而且拥有某项技能，那你可以卖身给一个赏识你的罗马人，这样你最后不仅会发家致富，还会拥有罗马公民权。如果你是一个人高马大的日耳曼人，或者是在战争中被俘的某个野蛮部族，那么你会被卖到矿场和采石场并死在那里。不过，到目前为止，最大的奴隶市场是帕提亚王国。这个王国比整个地中海世界和高卢地区加起来还大。不管布鲁图斯能提供多少奴隶，奥罗德斯国王都想购买，因为吕西亚居民是受过教育的文明人，他们精于许多技艺，而且他们相貌俊美，所以他们的女人和女孩都很受欢迎。国王通过他的代理人直接付钱购买奴隶，这些代理人开着自己的船队追随着布鲁图斯的军队，就像秃鹫追踪正在移动的猎物一样。

布鲁图斯的下一个目标是米拉，从帕塔拉到米拉有五十里地，这段距离的地形就像他们之前走过的一样美丽而崎岖。再修建一条道路实在不是什么好选择，布鲁图斯终于明白为什么卡西乌斯建议他走海路了。于是他调集了帕塔拉港口的所有船只，还有他之前派往米利都运送粮食的运输船。然后就在卡塔拉克图斯河口起航前往米拉。

走海路除了更方便，还有另外一个好处。吕西亚的海盗就像潘菲利亚和西里西亚沿岸的海盗一样著名，因为这一带有许多小海湾，而且这些海湾地区还有淡水河，所以这是海盗最理想的藏身之处。布鲁图斯一发现海盗的窝点，就会派遣一支部队上岸，然后就会得到许多战利品。布鲁图斯得到的战利品实在太多，所以他决定不必大费周折去米拉了。于是他调转船头，带着他的船队再次向着西方航行。

布鲁图斯这次出征吕西亚得到了三亿塞斯特尔提乌斯，这些战备资金大部分来自海盗。六月份，布鲁图斯带着他的军队回到赫尔穆斯河谷。这一次他和他的副将住在美丽的萨尔狄斯城，这里距离海岸四十里，生活条件比示麦那好多了。

第 3 节

亚细亚行省的海岸线不仅非常曲折，还有很多半岛伸入爱琴海中，这给靠近海岸的商业航行带来许多麻烦，因为这些商船总要绕过许多突出的半岛。前往罗德岛的航道上最后一座半岛是切尔松尼斯，这座半岛的顶端是海港城市尼多斯，因此这一块狭长突出的土地常常被直接称为尼多斯。

对卡西乌斯来说，尼多斯是一个便利的地点。他从赫尔穆斯河谷带了四个军团驻扎在这个地方，而他自己则带着船队前往下一个半岛上的米杜斯，此处就在著名城市哈利卡纳苏斯[①]的西边。卡西乌斯采用了一大批体型庞大、行动缓慢的战船，这些船只全都是五桨座战船和三桨座战船，根本就没有更小一些的战船。卡西乌斯知道，那些精于海战的罗德岛人肯定会认为要打败他很容易。他的海军指挥官是那些彻底击垮多拉贝拉的忠诚追随者：帕提斯库斯，解放者卡西乌斯·帕尔门西斯和德基穆斯·图鲁利乌斯，还有赛克斯提利乌斯·鲁弗斯。他的陆军指挥官则由盖乌斯·法尼乌斯·凯皮欧和伦图卢斯·斯宾特尔共同担任。

当然，这些情况罗德岛人都听说了，于是他们派出一艘经过伪装的小船去跟踪卡西乌斯。小船上的人回去报告，说卡西乌斯的船队中都是些巨型战船，这让罗德岛的海军将领大笑出声。罗德岛人喜欢小巧灵活的三桨座和二桨座战船，这种战船通常没有甲板，而且只有两排船桨和非常尖锐的铜撞角。罗德岛人从来都不会让自己的士兵登上敌船，他们只是灵巧地围绕着那些笨重的战船，要么是迫使这些战船互相碰撞，要么是直接冲向这些战船，用他们船上的撞角把敌船撞出窟窿。他们还擅长紧贴着敌船，然后把敌船上的船桨弄断。

“如果卡西乌斯用这些大笨船来攻击我们，那他就太愚蠢了，”战时行政总长亚历山大对战时海军总长姆纳西斯说，“他的下场会跟波利奥科特斯和密特里达提六世一样，哈哈哈！一败涂地！我同意迦太基人的说法，没有一个罗马人能在海上打败一个航海民族。”

“是的，但是罗马人最后还是打败迦太基人了。”修辞教师阿尔克劳

① 哈利卡纳苏斯（Halicarnassus）即现今小亚细亚西部的博德鲁姆。——译者注

斯说。他从自己的乡间小屋被请进城中，因为他曾经教过年少时的卡西乌斯修辞术。

“哦，是的！”姆纳西斯嗤之以鼻，“但是他们用一百五十年打了三场仗！而且他们最后战胜时是在陆地上。”

“不全是这样，”阿尔克劳斯固执地坚持，“他们发明了科尔乌斯跳板之后，士兵们就能登上敌船，所以迦太基的船队就形势不妙了。”

两位战时长官瞪着这个老学究，开始后悔把他带过来了。

“给卡西乌斯派出一个使节团吧。”阿尔克劳斯恳求道。

于是罗德岛人派出一个使节团到米杜斯去见卡西乌斯。他们派出使节团主要是为了让阿尔克劳斯闭嘴，而不是想要达成什么协议。卡西乌斯傲慢地接见了使节团，高高在上地说会把他们打得满地找牙。

“你们回去吧，”卡西乌斯说，“告诉你们的长官要开始考虑制定和平协议。”于是使节团回去告诉亚历山大和姆纳西斯：卡西乌斯看起来非常自信！也许还是进行协商比较好？但是亚历山大和姆纳西斯都不以为然。

“罗德岛不可能在海上打败仗。”姆纳西斯说。他轻蔑的撇撇嘴，显出一副深思熟虑的模样。“我注意到卡西乌斯每天都让他的船只在外面操练，所以我们为什么不让他尝尝罗德岛的厉害呢？他以为罗马人的演练能打败罗德岛人的技能，那我们就要让他知道这只是痴人说梦！”

“你简直是个诗人。”阿尔克劳斯说，他实在是太讨人厌了。

“你自己为什么不去米杜斯见见卡西乌斯？”亚历山大建议道。

“好吧，我会去。”阿尔克劳斯。

阿尔克劳斯乘着一艘小船到米杜斯去看他曾经的学生，他极尽所能地好说歹说，但结果只是白费口舌。卡西乌斯根本就不为所动。

“回去告诉那些傻子，他们的日子屈指可数了。”这就是阿尔克劳斯得到的回答。

“卡西乌斯说，你们的日子屈指可数了。”阿尔克劳斯对两位战时长官说。然后就灰头土脸地被送回自己的乡间小屋。

卡西乌斯非常清楚自己正在做什么，而罗德岛人却对这一切毫无所知。卡西乌斯一直在艰苦训练，他亲自监督士兵演练。他的船只如果没有达到要求，就会受到严厉惩罚。他的大部分时间用于在米杜斯和尼多斯之间来回奔波，因为他一方面要监督海军演练，另一方面还要确保陆军能够随时出动，而且他相信这些事情需要他亲力亲为。

四月初，罗德岛人选出三十五艘最好的战船去发动突袭，袭击目标是卡西乌斯那些正忙着演练的巨型五桨座战船。一开始罗德岛人看来好像会轻易取胜，但是卡西乌斯站在他的船上挥舞着旗子向船长们发出信号，而且他看起来毫不慌乱。他的船长们也是不慌不忙，他们向着彼此靠近，并且对着敌人露出迷人的微笑。罗德岛人逐渐发现，罗马人的船只把他们赶到一个越来越小的水域之中，直到他们再也无法转向、撞击或发挥他们那些著名的水上技能。夜幕降临,罗德岛人乘着夜色突围返航，但他们留在后面的船只有两艘被撞沉，还有三艘被俘虏。

罗德岛位置极佳，正好位于爱琴海的东部角落。这个菱形的岛屿有八十里长，岛上山峦起伏、土壤肥沃，有足够大的土地可以自给自足，同时还是通往西里西亚、叙利亚、塞浦路斯和其他东部海岸城市的交通要道。罗德岛人充分利用这个天然优势，并利用自身强大的海军势力来保护他们的岛屿。

五月一日，卡西乌斯的陆地部队登上一百艘运输船出发了。卡西乌斯则亲自带着八十艘满载海军的战船。他已经一切就绪。

罗德岛人看到这支庞大的船队正在逼近，于是派出所有的船只出去迎战，但却被卡西乌斯在米杜斯运用的同一种战术困住了。就在海战激烈进行时，卡西乌斯的运输船顺利地绕过去，法尼乌斯·凯皮欧和伦图卢斯·斯宾特尔带着四个军团安全地登上罗德岛的西部海岸。这支军队不仅有两万名装备齐全、队形严整的士兵，还有吊车和货车轰隆隆地运来许多大炮和攻城武器！噢，噢，噢！惊慌失措的罗德岛人根本就没有陆战部队，也不知道该如何应付一场围城战。

亚历山大和罗德岛政府赶紧送去信息，向卡西乌斯表示他们愿意投降。虽然已经表示投降，但罗德岛内的居民还是着急忙慌，他们打开所有城门让罗马军队进城。

这场战斗中只有一个士兵不小心摔断了手臂。

于是罗德岛没有遭到洗劫，整座岛屿也没有遭受什么破坏。

卡西乌斯在市集广场上建起一个审判台。他登上审判台，浅棕色的头上戴着一个胜利桂冠，身上穿着紫边托迦。他的身边还有十二位扈从，这些扈从穿着红色托伲，扛着插有斧头的法西斯。此外还有两位头发斑白的第一先锋百夫长，这两人穿着佩有军功章的黄金铠甲，其中一个手中拿着典礼长矛。

卡西乌斯比了一个手势，那个百夫长就把长矛插进审判台的桌面上，这表明罗德岛人已经沦为罗马战争的囚徒。

卡西乌斯让另外一个百夫长开始宣读，这个以声音洪亮著称的百夫长念出了五十个名字，其中就包括姆纳西斯和亚历山大。然后，卡西乌斯下令把这五十人带到审判台前当场处决。那个百夫长又接着读出另外二十五个人的名字，这些人都被处以流放，他们的财产和已经已故五十人的财产都被没收。然后卡西乌斯的临时传令官用蹩脚的希腊语大声宣布:所有的珠宝，所有的钱币，所有的金、银、铜、锡，所有的神庙珍宝，所有贵重的家具和布料都要送到市集广场。那些乖乖听命、诚实守信的人不会遭受惩罚，但是那些试图逃跑或隐藏财物的人将被处死。无论是自由人、被释奴还是奴隶，只要提供相关信息，都可以得到奖励。

这些措施制造了完美的恐怖气息，于是卡西乌斯很快就达到目的。广场上的财物堆积如山，让罗马士兵的搬运速度显得十分缓慢。卡西乌斯宽宏大量地允许罗德岛留下太阳战车，这是他们最珍贵的艺术品，但是其他东西他毫不留情。一个副将进入城中的所有房屋，确保没有任何珍贵物品留在原处，而卡西乌斯则亲自带着三个军团去到郊区，把那里的所有东西都搜刮一空。阿尔克劳斯没有失去任何东西，而这只是因为一个非常合理的原因：他本来就一无所有。

卡西乌斯从罗德岛得到了八千塔兰特黄金，如此巨额的财富简直令人难以置信。这些黄金大概相当于六亿塞斯特尔提乌斯。

卡西乌斯回到米杜斯，他发布了一道命令：亚细亚行省的每个城市和地区都要向他提前缴纳十年的赋税，包括那些之前得到赋税减免的地区也不例外。这些钱必须送到萨尔狄斯交给他。

虽然卡西乌斯没有立刻前往萨尔狄斯，但塞浦路斯的摄政塞拉皮翁还是惊恐万分地送来消息：克娄巴特拉王后为三头同盟征集了大量的战船和商船，其中甚至包括那些她从帕提亚人手中买来的珍贵船只。塞拉皮翁说，无论是饥荒还是瘟疫，都没有阻止她做出这个决定。塞拉皮翁是那些希望阿尔西诺伊登上王位的臣民之一。

卡西乌斯派出解放者卢基乌斯·斯泰乌斯·穆尔库斯和六十艘大型战船，让他带着这些船只在希腊的伯罗奔尼撒等着埃及人的船只经过泰纳鲁姆海角。斯泰乌斯·穆尔库斯是个很有办事效率的人，他迅速按照卡西乌斯的吩咐去办，但结果却空等一场。最后他终于接到消息：克娄巴特拉的船队在卡塔巴特摩斯的岸边遇到暴风雨，只能调转方向回到亚历山大里亚去。

不过，斯泰乌斯·穆尔库斯在送给卡西乌斯的报告中说：他并不认为自己在地中海的东边没有任何用处，所以他准备带上六十艘战船到布伦狄西姆沿岸的亚得里亚海。他认为在那里可以给三头同盟制造很多麻烦，因为三头同盟正准备让他们的军队渡过亚得里亚海前往马其顿西部。

第 4 节

萨尔狄斯是古老王国吕底亚的首都，这个城市是如此富裕，以致于五百年前的克罗伊斯国王直到现在仍然是人们衡量财富的标准。后来吕底亚落入波斯人手中，然后又落入帕加马的阿塔利王室手中，直到最后一任国王阿塔路斯在遗嘱中将这个王国送给罗马。那个时期，罗马通过遗赠得到了许多土地。

布鲁图斯很高兴选择克罗伊斯国王的城市作为解放者的大本营，他和卡西乌斯的军队将从这个地方出发向着西边长途行军。但是卡西乌斯来到这里时却很不高兴。

“我们为什么不在海边？”卡西乌斯质问道，他刚刚脱下身上的皮革战衣。

“我再也不想看着船只，闻着鱼腥味了！”布鲁图斯猝不及防地回答。

“所以，为了满足你的鼻子，我要多走一百里的海路才能去视察我的船队！”

“你要是不乐意，那就去跟那些该死的船队住在一起！”这对解放者的大业来说可不是什么好开始。

不过，盖乌斯·弗拉维乌斯·赫米基卢斯倒是挺高兴。“我们会有足够的资金。”他宣布说。他在几天之后到达，随之而来的还有大批人手和许多算盘。

“伦图卢斯·斯宾特尔会从吕西亚送来更多钱，”布鲁图斯说，“他写信说，在烧毁米拉之前，他得到了许多财物。我不知道，他为什么要烧毁那座城市。真可惜，那个地方很美丽。”

这句话又把卡西乌斯惹恼了。米拉是否美丽又有什么关系呢？

“听起来，斯宾特尔比你能干多了，”卡西乌斯毫不客气地说，“吕西亚没有向你提前支付十年的税赋。”

“吕西亚从来都没有做过这种事，我又怎么可能要求他们这样做呢？我根本就没有想到这种事。”布鲁图斯辩解道。

“你应该想到的，斯宾特尔就想到了。”

“斯宾特尔是个铁石心肠的人。”布鲁图斯高傲地说。

卡西乌斯无声地发问：这个人是怎么回事？对于如何进行战争，他的认识并不比一个维斯塔贞女更多。如果他再为西塞罗的死哼哼唧唧，那我一定要勒得他喘不过气！在西塞罗死去之前好几个月，他并没有为西塞罗说过一句好话，但现在西塞罗之死简直比索福克勒斯的悲剧还要伟大了。布鲁图斯只顾着在他自己的世界中游荡，而所有的实际工作都要由我去干。

不仅是布鲁图斯让卡西乌斯生气，卡西乌斯也同样让布鲁图斯生气，主要是因为卡西乌斯一直念叨着埃及。

“我本来打算南下入侵埃及，”卡西乌斯皱着眉头说，“但是你却用罗德岛把我哄走了，我在罗德岛只得到八千塔兰特金子，可是如果我去了埃及那应该能得到一百万塔兰特！但是，你却说，不要去入侵埃及！你在信里说，向北行军，来跟我会合，好像安东尼乌斯几天之内就要杀到亚细亚。然后，我相信你了！”

“我没有这么说，我只是说，现在是我们入侵罗马的好时机！再说，我们从罗德岛和吕西亚得到的钱已经够多了。”布鲁图斯生硬地回答。

于是两个人看彼此都不顺眼。一部分是因为忧虑，一部分是因为他们完全不同的个性：布鲁图斯谨小慎微、不切实际；卡西乌斯胆大妄为、讲求实际。他们虽然是妹夫与妻舅，但过去只是在同一个屋檐下生活过几天，他们一起相处的机会其实很少。而且他们的矛盾还没爆发，就总是被赛尔维利娅和特尔图拉压下。

可怜的赫米基卢斯不能带来多少帮助，不过他并没有意识到自己的努力对这种局面于事无补。他总是在关注军中的最新传闻，想知道士兵们期待得到多少饷银，并且因为自己要重新计算这些开支而烦恼。

七月底，马尔库斯·法翁尼乌斯来到萨尔狄斯，请求加入解放者的大业。法翁尼乌斯从定罪行动中逃脱之后就去了雅典，他在那里停留了好几个月，寻思着自己能做些什么事。等到他的钱都用完时，他才意识到自己唯一的选择就是继续为加图的共和派而战。他敬爱的加图已经去世四年了，他自己根本就没有任何值得一说的家人，而加图的儿子和女婿都在军中。

布鲁图斯看到法翁尼乌斯很高兴，但卡西乌斯就没有那么高兴了。不过他的出现迫使布鲁图斯和卡西乌斯在分歧中勉强给对方一点好脸色。可惜法翁尼乌斯最后还是亲眼目睹了一次严重冲突。

“你的一些低级军官对待萨尔狄斯人真是太过分了，”布鲁图斯生气地说，“他们实在不该如此，卡西乌斯，这种事情没有任何借口！他们以为自己是什么人？竟然在路上粗暴地推搡萨尔狄斯人。他们以为自己是什么人？竟然跑到酒馆中喝了许多昂贵的酒，然后拒绝付钱。你应该惩罚他们！”

“我不打算惩罚他们，”卡西乌斯说，他龇牙咧嘴地咆哮，“萨尔狄斯人需要一点教训，他们表现得傲慢自负、不知感恩。”

“如果我的手下做出这种事，那我就会惩罚他们，你也应该惩罚你的手下。”布鲁图斯继续坚持。

“得了吧，”卡西乌斯说，“你惩罚个屁！”

布鲁图斯目瞪口呆。“你，你真是一个典型的卡西乌斯！你们卡西乌斯家族的人都是白痴，而你是其中最大的一个白痴！”

法翁尼乌斯静静地站在门口，他觉得是时候打断他们的争吵了。但是他刚抬起脚步，卡西乌斯就一拳打向布鲁图斯。布鲁图斯躲过去了。

“别，别动手！拜托了，拜托了！”法翁尼乌斯大叫道，他手忙脚乱地想要拦住卡西乌斯，而卡西乌斯正追赶着一脸惊恐的布鲁图斯。法翁尼乌斯急着要把卡西乌斯挡开，于是他像只受惊的公鸡一样扑向两人中间。

至少在卡西乌斯看来他确实很像一只大公鸡，于是他稍稍压下怒气，爆发出一阵大笑。与此同时，饱受惊吓的布鲁图斯已经躲在一张书桌后面了。

“整个房子里的人都能听到你们的争吵！”法翁尼乌斯大叫道，“如果你们连自己的情绪都无法控制，又怎么能控制军队？”

“法翁尼乌斯，你说得太对了。”卡西乌斯一边说，一边擦了擦他笑出的泪水。

“你简直让人无法忍受！”布鲁图斯对卡西乌斯说。

“布鲁图斯，不管我是否令人无法忍受，你都要继续忍受我，就像我要继续忍受你一样。我觉得，你就是一个娘娘腔，你是那个被操的！而我是那个操人的，这说明我是个男人。”

布鲁图斯的回应是摔门而去。

法翁尼乌斯无可奈何地看着卡西乌斯。

“高兴一点，法翁尼乌斯，他会平静下来的。”卡西乌斯说，轻快地拍了拍法翁尼乌斯的后背。

“但愿如此，卡西乌斯，否则你的大业就要完蛋了。所有的萨尔狄斯人都在议论你们的争执。”

“老朋友，萨尔狄斯人很快就有其他事情可以谈论了。感谢诸神，我们已经准备好出征。”

八月二日，解放者开始出征。军队从陆路前往赫勒斯滂海峡，而船队起航前往萨莫色雷斯。伦图卢斯·斯宾特尔送来消息，说他会在赫勒斯滂海峡的阿拜多斯跟他们会合。色雷斯人拉斯库波利斯也送来消息，说他在梅拉斯峡谷找到了一个安置大型军营的理想地点，从这个地方走路到海峡只需要一天时间。

解放者在迅速行动方面完全比不上恺撒，布鲁图斯和卡西乌斯向着西北方向行军的速度非常缓慢，他们足足花了一个月时间才到达梅拉斯峡谷，而那里距离萨尔狄斯只有两百里。至于让军队渡过赫勒斯滂海峡的工程，也足足花了八天时间才完成。然后他们沿着那条切断切尔松尼斯山脉的海边通道继续前进，终于来到那片又肥沃又宽阔的梅拉斯河谷，他们在这里建起一个准备长期使用的军营。卡西乌斯的海军将领离开他们的船队，到阿弗罗狄西亚的一个小镇参加两位统帅主持的会议。

在这个地方，赫米基卢斯终于算出了最后开支，因为解放者们决定要在这里给他们的陆军和海军发放饷银。

虽然没有一个军团人数齐备，平均起来每个军团只有四千五百人，不过布鲁图斯和卡西乌斯的十九个军团加起来也有九万名罗马步兵，此外他们还有一万外国步兵在罗马的军旗下服役。他们拥有的骑兵数量也相当可观，属于罗马人的高卢和日耳曼骑兵有八千，来自德奥塔鲁斯国王的加拉提亚骑兵有五千，来自新任阿里阿拉特国王的卡帕多西亚骑兵有五千，来自所有小王国和幼发拉底河沿岸辖地的骑兵弓箭手有四千。总共是十万名步兵和两万两千名骑兵。在海上，他们有五百艘战船和六百艘运输船停靠在萨莫色雷斯附近的海港，此外还有穆尔库斯的六十艘船和格涅乌斯·阿赫诺巴布斯的八十艘船在布伦狄西姆附近的亚得里亚海上。穆尔库斯和阿赫诺巴布斯也代表他们的船队来开会。

在恺撒时期，要花费两千万塞斯特尔提乌斯才能给一个军团配齐所有东西：衣服、武器和盔甲、弩炮、骡子、货车、公牛、草料、工匠的工具、木材、铁器、火砖、模具、泥灰和其他用于行军或攻城的东西。此外，在粮食充足的年份，想让一个军团以比较好的状态待在战场上一年还要花费一千两百万塞斯特尔提乌斯，这包括食物和更换的衣服，衣服有些需要进行修补，还有些破损的衣服需要更换。骑兵的花费没有那么多，因为大部分骑兵是外邦国王或部族首领赠送的，这些国王和首领会负责骑兵在战场上的开支。不过，在恺撒遣散埃杜伊人骑兵，开始依靠日耳曼骑兵之后，这种情况就改变了。从此之后，恺撒就要自己出钱供养骑兵。

布鲁图斯和卡西乌斯必须承担组建和装备打扮军团的开支，还要承担属于罗马人的八千骑兵和四千弓箭手的开支。于是他们之前从罗德岛和吕西亚得到的钱都用于装备军队了。只剩下从梅拉斯得到的金钱，还有伦图卢斯·斯宾特尔在布鲁图斯之后从吕西亚压榨的金钱，还有从东方各个城市和地区搜刮的金钱，这些钱加在一起给解放者提供了十五亿塞斯特尔提乌斯的战备资金。

但是他们的开支还不只是步兵和骑兵，他们的开支还包括非作战人员，还有船上的人员，包括桨手、水手、船长、工匠和非作战人员。在海上的非作战人员大概有五万，在陆地上的非作战人员大概有两万。

赛克斯图斯·庞培确实没有因为他在西部提供的帮助而收取酬劳，

现在他基本控制了出产粮食的行省把粮食运往意大利的海上通道。不过他卖给解放者的粮食价格是每莫迪乌斯十塞斯特尔提乌斯，而他卖给三头同盟的粮食价格是每莫迪乌斯十五塞斯特尔提乌斯。每个士兵每个月要吃掉五莫迪乌斯的粮食。赛克斯图斯·庞培抢掠罗马的运粮船，然后又把粮食卖给罗马，再加上他卖给解放者的粮食，他已经变得非常有钱了。

“我已经算出来了，”赫米基卢斯在阿弗罗狄西亚的战争会议上说，“我们可以付给每个罗马士兵六千塞斯特尔提乌斯，而每个第一先锋百夫长可以得到五万塞斯特尔提乌斯，也就是说在所有等级的百夫长中，每个百夫长平均可以得到两万塞斯特尔提乌斯，而每个军团中有六十个百夫长。这样我们要付给士兵六亿塞斯特尔提乌斯，付给百夫长一亿一千四百万塞斯特尔提乌斯，付给骑兵七千两百万塞斯特尔提乌斯，付给船队一亿五千万塞斯特尔提乌斯。这样总共大概是十亿塞斯特尔提乌斯，所以我们的战备资金大概剩下四亿塞斯特尔提乌斯可以用于购买物资和其他支出。”

“你是怎么算出要给士兵六亿塞斯特尔提乌斯？”布鲁图斯皱着眉头问，他已经在头脑里经过一番默算。

“每个非作战人员要支付一千塞斯特尔提乌斯，还有一万名非罗马公民的步兵也要支付饷银。我的意思是，士兵行军时需要饮用水，他们的需求必须得到满足。马尔库斯·布鲁图斯，你也不想冒险让那些非作战人员玩忽职守是不是？别忘了，他们也是自由的罗马公民。罗马军团并没有使用奴隶，”赫米基卢斯说，他感觉有点受到冒犯，“我的计算没问题，这个我可以向你保证。我要计算的比我在这里列举的还要多，我的统计数据没有错。”

“布鲁图斯，不要纠缠这件事，”卡西乌斯疲惫地说，“毕竟，我们得到的奖赏是罗马。”

“国库会变得空无一物。”布鲁图斯沮丧地说。

“但是只要我们让行省再次顺利运转，国库很快就会装满。”赫米基卢斯说。他偷偷瞄了瞄四周，确保赛克斯图斯·庞培的代表不在现场，然后他轻轻一咳。“我希望，你能意识到，等我们打败安东尼乌斯和奥克塔维乌斯之后，我们还要夺回赛克斯图斯·庞培控制的海域。虽然他自称是爱国者，但他的行为其实就像海盗一样。他给真正的爱国者提供粮食还要收钱，真是太不像话了！”

“等我们打败安东尼乌斯和奥克塔维乌斯，我们就会拥有他们的战备资金了。”卡西乌斯得意地说。

“什么战备资金？”布鲁图斯问，铁了心要把现场弄得愁云惨雾，“我们要搜查每个士兵的行李才能找到他们的钱，因为我们只有那些钱，我们的钱都在士兵那里。”

“其实，我正准备说说这件事，”赫米基卢斯不屈不挠地说，然后又轻轻一咳，“我提议，在我们给陆军和海军支付饷银之后，可以让他们再把钱借给我们，然后给他们恺撒规定的百分之十利息。这样，我就可以用这些钱来投资生意，获得盈利。如果我们只是把钱交给士兵，那些钱只会待在士兵的行囊之中，根本就不能创造任何价值，这样就太可惜了。”

“现在局势这么糟糕，还有谁愿意借钱去做生意呢？”布鲁图斯沉着脸问。

“比如德奥塔鲁斯，还有阿里阿拉特，还有犹地亚的希尔卡努斯，还有东方的许多辖地。我还知道，有几个罗马人的商行正在寻找资金。如果我们要求百分之十五的利息，那除了我们自己，又有谁知道呢？”赫米基卢斯笑出声来，“而且，我们收债的时候不会有任何麻烦，不是吗？我们拥有这么多陆军和海军，所以那些向我们借钱的人不敢不还。我还听说，帕提亚的奥罗德斯国王手头也有点紧张。他去年卖给埃及许多大麦，尽管他自己的土地上也在闹饥荒。我想，他的信用足够好，我们可以考虑借钱给他。”

布鲁图斯听了这些话终于高兴起来。“赫米基卢斯，好极了！那么，我们会跟陆军和海军的代表谈谈，看看他们怎么说。”他叹了一口气，“我从未想过，打仗需要这么多钱！难怪统帅都喜欢战利品。”

这些问题解决之后，卡西乌斯就开始进行部署了。“船队的大本营应该在萨索斯岛，”他干脆利落地说，“这里距离卡尔基斯比较近，无论船只数量多少都方便来去。”

“我的探子说，”奥卢斯·阿利恩乌斯非常自然地插话，他知道卡西乌斯很看重他，尽管布鲁图斯认为他只是一个来自皮塞努姆的暴发户，“安东尼乌斯带着几个军团正沿着埃格纳提亚大道向东行军，而且在没有增援力量的情况下，他现在并不适合开战。”

“而且，他在短时间内不太可能有增援力量，”格涅乌斯·阿赫诺巴布斯得意扬扬地说，“我和穆尔库斯把他其余的军队堵在布伦狄西姆了。”

卡西乌斯心想：真奇怪，果然是有其父必有其子，卢基乌斯·阿赫诺巴布斯像他父亲一样，也喜欢带领船队进行海战。

“干得漂亮，继续坚持，”卡西乌斯说着眨眨眼睛，“至于我们在萨索斯岛的船队，我推测这些船队很快就会发现三头同盟的船队出没，他们的船队会过来干扰我们的物资运送，为他们自己抢夺物资。去年的旱灾已经够严重了，但今年马其顿和希腊都不会有粮食。这就是为什么我不想开战。如果我们采取缓兵之策，那就可以让安东尼乌斯和他的爪牙饿肚子。”

第十四章
腓利比之战
（从公元前42年6月到12月）

第 1 节

安东尼乌斯和奥克塔维乌斯总共有四十三个军团，其中有二十八个军团在意大利。另外十五个军团分布在三头同盟控制的行省，不过非洲行省除外，因为非洲距离太远，而且当地正陷于战乱，所以这个行省只能再等等。

“三个军团在远西班牙，两个军团在近西班牙，”六月一日，安东尼乌斯在他的军事会议上说，“两个军团在纳尔旁高卢，三个军团在山外高卢，三个军团在山内高卢，两个军团在伊利里库姆。这样就在我们的行省和日耳曼人、达西亚人之间形成一道屏障，还可以防止赛克斯图斯·庞培袭击西班牙，而且只要有机会出现，勒皮杜斯就可以带兵前往非洲。”他哼了一声，“当然，食物是我们的主要开支，我们要喂饱那些军团和意大利的三百万人，但是等我们离开，勒皮杜斯应该能应付过来。等我们控制住布鲁图斯和卡西乌斯，我们的经济情况就会好多了。”

奥克塔维乌斯坐在那儿，听着安东尼乌斯仔细介绍他的计划。在这最初的六个月，他对这个三头同盟还挺满意。定罪行动给国库带来将近两万塔兰特银子的收入，而且罗马非常安静，因为忙于舔舐伤口而没有人出来制造麻烦，就连元老院中的反对派也很配合。通过把元老资格卖给那些渴望成为元老的人，元老院现在又恢复到恺撒时期的一千人。虽然有一些元老来自行省，但那又有什么关系呢？

“西西里的情况呢？”勒皮杜斯问。

安东尼乌斯咧嘴一笑，挤眉弄眼地看着奥克塔维乌斯：“奥克塔维阿努斯，西西里是你的行省。你认为我们离开之后应该如何处置？”

“马尔库斯·安东尼乌斯，这个很简单。”奥克塔维乌斯平静地回答。他从来都没有要求安东尼乌斯称呼他为恺撒，因为他知道安东尼乌斯会有什么反应。对于安东尼乌斯，他只能暂且容忍。

“很简单？”弗菲乌斯·卡勒努斯眨巴着眼睛问。

“当然。现在我们只能容忍赛克斯图斯·庞培，让他以为西西里是他的私人领地，并且把他当做一个合法粮商向他购买粮食。他从中获取的巨额财富早晚都要回到罗马国库。等到我们有空闲时，要对付他就像大象踩死老鼠罢了！与此同时，我建议鼓励他用那些非法所得在意大利境内投资，甚至在罗马城内投资。这样会让他以为，总有一天他能回到罗马，享受他父亲曾经有过的地位。如果他这样认为，那就太好了。”

安东尼乌斯眼中冒火，他咬牙切齿道：“给他付钱，我真是恨死了！”

“我也是，安东尼乌斯，我也是。但是，既然罗马无法控制西西里的粮食，那我们就只好掏钱购买了。罗马之前也只是征收十一税，但是我们现在无法这么做。在这个粮食歉收的时候，他要求的价格是每莫迪乌斯十五塞斯特尔提乌斯，我也认为他这是在敲诈勒索。”奥克塔维乌斯露出那个迷人的微笑，一副气定神闲的模样，“布鲁图斯和卡西乌斯支付的价格是每莫迪乌斯十塞斯特尔提乌斯，这个价格打了折扣，但也绝非免费粮食。对于赛克斯图斯·庞培，就像对另外几个人一样，也只能暂且容忍了。”

“这个孩子说得对。”勒皮杜斯说。

这么说又让奥克塔维乌斯大为恼火。竟然说我是“孩子”！你这个傲慢自大的暴发户，我也只能暂且容忍了。总有一天，你们都要称呼我正确的名字。如果，我还让你活着。

卢基乌斯·德基狄乌斯·撒克萨和盖乌斯·诺尔巴努斯·弗拉库斯，这两人已经带着二十八个军团中的八个渡过亚得里亚海前往阿波罗尼亚。他们奉命沿着埃格纳提亚大道向东行军，准备找到一个安全的地方停下扎营，然后等着后面的大部队赶上他们。从安东尼乌斯的角度来说，这是一个很好的策略。这样布鲁图斯和卡西乌斯沿着同一条路向西进军时，他们就只能在距离亚得里亚海比较远的东边停下，因为这八个军团的大军足以迫使他们突然停下，无论他们自己的军力有多么强大。

来自亚细亚行省的消息零零散散、很不可靠。一些消息说解放者在几个月前就开始他们的入侵行动，另外一些消息说他们随时都可能会出动。布鲁图斯和卡西乌斯都在萨尔狄斯，他们的春季战役赢得巨大胜利。还有什么可以拖延他们？在战争中，时间就是金钱。

“我们还有二十个军团要运到马其顿，”安东尼乌斯接着说，“这些军团必须分成两部分。我们没有足够的船只，无法一次完成全部运输。我不准备把这全部二十八个军团都用作攻击力量。马其顿西部和希腊都需要军队驻守，这样我们才能得到那里的粮食。”

“那里的粮食少得可怜。”普布利乌斯·温提狄乌斯抱怨道。

“我会带着我剩余的七个军团沿着阿皮娅大道直接前往布伦狄西姆，”安东尼乌斯说，没有理会温提狄乌斯的抱怨，“奥克塔维阿努斯，你要带着你的十三个军团沿着波皮利娅大道前往意大利西部，去跟我们的战船会合。在我们运送军队时，我不想让赛克斯图斯·庞培待在布伦狄西姆附近，所以你的任务是让他待在托斯卡纳海上。我不认为他对西西里东部的事情有多大兴趣，但是我也不想让他受到诱惑。他会发现，在解放者那边东山再起，要比在三头同盟这边更容易。”

“谁来指挥海军？”奥克塔维乌斯问。

“你是统帅，所以由你来选人。”

“那就撒尔维狄恩乌斯好了。”

“明智的选择，”安东尼乌斯表示赞同，然后对着卡勒努斯、温提狄乌斯、卡里纳斯、瓦提尼乌斯、波尔利奥这些老手微微一笑。

安东尼乌斯回到家里跟弗尔维娅在一起，他对目前的情况颇为满意。“我从未听到那个漂亮孩子发表任何异议，”安东尼乌斯说，他的脑袋枕在弗尔维娅的胸膛上。他们两人共用一张躺椅，没有其他人跟他们一起吃饭，这真是一件令人愉快的事。

“他太安静了。”弗尔维娅说着把一只虾肉塞进他嘴里。

“我之前也这么觉得，但是我现在改变主意了。他可以给我二十年时间，这件事他已经接受了。噢，我同意你的说法，他确实阴险又狡猾，但他不像恺撒那样热衷冒险。奥克塔维乌斯比较像庞培·马格努斯，他喜欢稳操胜券。”

“他很有耐心。”弗尔维娅若有所思地说。

“但是以他的实力，他绝对不敢挑战我的地位。”

“我怀疑，他是否从未考虑过实力的问题，”她说道，然后发出吸溜一声，“噢，这些牡蛎好吃极了！快试试。”

“你是说，他之前进军罗马，并且让自己成为高级执政官？”安东尼乌斯哈哈大笑，开始吃起牡蛎，“你说得对，好吃极了！噢，是的，我们那个漂亮孩子，他以为已经打败我了。”

“我不敢肯定，”弗尔维娅沉吟道，“他的路数很奇怪。”

“我现在还没有实力去挑战安东尼乌斯。”奥克塔维乌斯差不多在同一时间对阿格里帕说。

他们也在吃饭，不过是坐在硬邦邦的座椅上，围着一张小桌子，桌子上放着一盘脆皮面包，还有一个碗里装着蘸面包的油，还有一盘简单的烤肉肠。

“你准备什么时候对他发起挑战？”阿格里帕问，他的下巴闪着肉肠的油光。他这一天大部分时间都在跟斯塔提利乌斯·陶鲁斯一起打球，所以现在已经很饿了。这些简单的食物很适合他的口味，不过他一直都觉得很奇怪，像奥克塔维乌斯这样的贵族竟然也会喜欢这种简单伙食。

“在我跟他一样赢得军功，受到军队和人民的爱戴之前，我不会提出任何异议。我最大的障碍是安东尼乌斯的贪婪。等我们打败布鲁图斯和卡西乌斯，安东尼乌斯就会设法抢走所有功劳。噢，我们肯定会打败布鲁图斯和卡西乌斯，这一点我毫不怀疑！但是等到两军交锋时，我的军队必须像安东尼乌斯的军队一样立下战功，而且我要带领他们去立下战功。”奥克塔维乌斯一边说，一边呼哧喘气。

阿格里帕压下一声叹息。这种可怕的天气对身体健康很不利，每阵风中都充满灰尘。奥克塔维乌斯的身体很不好，而且在雨水洗净灰尘、草木萌芽之前都不会好转。不过，阿格里帕对奥克塔维乌斯太了解了，所以他不会主动提起奥克塔维乌斯的气喘。他能做的就是听候奥克塔维乌斯的差遣。

“我今天听说，格涅乌斯·多米提乌斯·卡尔维努斯又重新出山了。”阿格里帕说，他把烤得焦脆的肉肠两端拧下来，留到最后再吃。他从小在一个勤俭节约的家庭长大，所以很珍惜那些好吃的东西。

奥克塔维乌斯挺直身体。“在这个时候？阿格里帕，他准备跟谁联合？”

“安东尼乌斯。”

“太遗憾了。”

“我也这么觉得。”

奥克塔维乌斯耸耸肩膀，皱皱鼻头。“好吧，他们是老战友啦。”

“卡尔维努斯奉命指挥在布伦狄西姆的登陆。所有的运输船都安全地回到马其顿，不过敌人的船只很快就会试图封锁我们。”

格涅乌斯·多米提乌斯·阿赫诺巴布斯负责封锁布伦狄西姆的港口，而斯泰乌斯·穆尔库斯则赶在安东尼乌斯到达之前去跟他会合。与此同时，安东尼乌斯带着七个军团离开卡普亚，因为有将近一百五十艘战船已经下海，而且三头同盟的船队跟随奥克塔维乌斯及其军队沿着意大利的西海岸而下，所以安东尼乌斯只能坐等出发的时机。他需要的是强劲的西南风，因为这种风可以把他吹到南边，把穆尔库斯和阿赫诺巴布斯的封锁船只抛在后面。但是根本就没有西南风。

身为恺撒的继承人，奥克塔维乌斯认为自己应该效法恺撒的行动速度，于是他带着十三个军团沿着波皮利娅大道加紧行军。六月中旬，他带着大军赶到了布鲁提乌姆，而撒尔维狄恩乌斯则带领船队在海上紧随其后。赛克斯图斯·庞培派出了一些行动灵活的三桨座战船，但是撒尔维狄恩乌斯在维博和瑞吉乌姆附近海面成功绕过了敌船的封锁。至于陆地上的行军，这是非常辛苦的事情。步兵的行军距离是从阿皮娅大道到布伦狄西姆的三倍，他们要紧贴着海岸绕过意大利半岛到达塔伦图姆[1]。

隔着墨萨拿海峡，西西里已经清晰可见，就在这时安东尼乌斯送来一封简短的书信：阿赫诺巴布斯和穆尔库斯把他困住了，他无法让一个军团或一头骡子渡过亚得里亚海。所以奥克塔维乌斯必须放弃跟赛克斯图斯·庞培的缠斗，立刻派遣船队全速赶到布伦狄西姆。

奥克塔维乌斯遵照安东尼乌斯的命令，但采取行动时却遇到一个问题。奥克塔维乌斯刚刚向撒尔维狄恩乌斯下令，让他突破封锁迅速赶往布伦狄西姆，赛克斯图斯·庞培就派出大量船只堵住了海峡的南部出口。这些突发状况让撒尔维狄恩乌斯陷入慌乱，等到他想让手下船只排列成战斗阵势时已经太迟了，他还来不及做出进一步部署，就发现赛克斯图斯·庞培的快船已经冲进他的船队之中。所以一开始赛克斯图斯·庞培占尽上风，只是想要赢得胜利并没有赛克斯图斯·庞培想象得那么容易，因为撒尔维狄恩乌斯的海战技能毫不逊色。

"我可以做得更好。"阿格里帕低声说。

"嗯？"奥克塔维乌斯问，他已经心急如焚。

---

① 塔伦图姆（Tarentum）是位于意大利东南部的海港城市，现称塔兰托。——译者注

“也许这是因为我坐在岸上旁观，但是我可以看出撒尔维狄恩乌斯应该做什么，不应该做什么。比如，他让那些利古里亚的船只待在后面，但其实他应该让那些船只待在前面，因为这些船只的行动比赛克斯图斯·庞培的更加迅速灵活。”阿格里帕说。

“那下一次，船队就交给那你了。噢，真倒霉！昆图斯·撒尔维狄恩乌斯，你设法突围！我们需要你的船队到布伦狄西姆去，而不是葬身海底！”奥克塔维乌斯大叫道，他的手臂紧张地放在身侧，两只手都握成拳头了。

阿格里帕心想：他在用意念的力量让撒尔维狄恩乌斯突围。

突然间，东北方向刮起一阵风，推动着撒尔维狄恩乌斯那些比较大型的船只冲出赛克斯图斯·庞培的包围圈，而且让他那些比较小型的船只也能随之突围。三头同盟的船队向着南边前进，只有两艘三桨座战船因为船身破损需要在瑞吉乌姆停靠，另外还有少数几艘战船受到轻微的损伤。

“斯塔提利乌斯，”奥克塔维乌斯对着盖乌斯·斯塔提利乌斯·陶鲁斯高声下令，“乘上一艘小船去追赶撒尔维狄恩乌斯。告诉他要尽快赶到布伦狄西姆，然后再回到我这边。大军会尽快跟随。赫伦努斯，赫伦努斯在哪儿？”奥克塔维乌斯最后询问的是他最喜欢的被释奴盖乌斯·尤利乌斯·赫伦努斯。

“我在这儿，恺撒。”

“记下这封信：

赛克斯图斯·庞培，现在这种局面挺愚蠢的。我是盖乌斯·尤利乌斯·恺撒·神之子，你的海军将领肯定向你报告过，我正带领军队沿着波皮利娅大道而下，还有一支船队跟着我们。我很高兴在海上交锋中略胜一筹，但是我想着我们是否有可能见面协商呢？只有我们两个人见面，最好是在海上，或者在我能够乘船前往的某个地方。我送去这封信的同时，还会送去四个人质，希望你能在八天后跟我在考洛尼亚见面。”

盖乌斯·科尔涅利乌斯·伽卢斯、科塞乌斯兄弟和盖乌斯·索西乌斯被选定作为人质。科尔涅利乌斯·伽卢斯并不是出自科尔涅利乌斯氏族的贵族，而是出自利古里亚的一个普通家庭。大家都知道科尔涅利乌斯·伽卢斯是奥克塔维乌斯的密友，就连流亡在外的赛克斯图斯·庞培也知道他对于奥克塔维乌斯的价值。伽卢斯带着那封信和另外三人登上另外一艘小船，然后渡过那片看似平静但却暗藏着西拉和克瑞迪丝[①]的海域。

奥克塔维乌斯的军队要在八天之内到达意大利半岛底部的考洛尼亚，虽然这段距离只有八十里，但是谁知道路上的情况怎么样呢。这并不是一条常规的行军路线，而且亚平宁山脉一直延伸到西西里海边，所以这个地带的地形高耸而崎岖。牛车和大炮与其他物资一起从安科纳经由船只搬运，所以行军的只有士兵和骡子。

事实证明，这段路一点都不难走。除了几处小型的山体滑坡，其他的路段都状况良好，军队在三天之内就到达考洛尼亚。奥克塔维乌斯让另外一个伽卢斯带着军队继续前进，此人的全名是卢基乌斯·卡尼尼乌斯·伽卢斯。他本来想让阿格里帕来带领军队，但是这个深受器重的手下不肯离开他。

阿格里帕的理由是："谁知道庞培·马格努斯的这个儿子会不会信守承诺？我要跟着你，还有陶鲁斯和马尔提亚军团的一个步兵大队。"

第八天天一亮，赛克斯图斯·庞培就来到考洛尼亚，奥克塔维乌斯一行不由得怀疑他昨天晚上就让船只停泊在附近的某个地方。他乘着一艘短小精悍的二桨座战船，比港口中停靠的任何船只都要行动迅速。然后他又换乘一艘小船靠岸，那些划桨的人把小船拖到码头上，然后就转

① 西拉和克瑞迪丝（Scylla and Charybdis）是希腊神话中的两个海上女妖，居住在意大利墨西拿海峡的两边。克瑞迪丝是一个大漩涡，能使船只翻沉。西拉有六个头和一群狗，专门吞食落水之人。——译者注

身离开准备去好好吃顿早饭。

奥克塔维乌斯面带微笑地迎上去，对着来客伸出自己的右手。

“我知道那些传言是什么意思了。”赛克斯图斯·庞培说着跟奥克塔维乌斯握了握手。

“传言？”奥克塔维乌斯一边问，一边带着他的客人来到当地长官的房子里。阿格里帕跟在他们后面。

“传言说，你非常年轻，非常英俊。”

“时间会改变这两个事实。”

“是的。”

“你跟你父亲的雕像挺相似，就是更黑一点。”

“恺撒，你没有见过我父亲吗？”

他承认我的身份！奥克塔维乌斯本来就有点喜欢赛克斯图斯·庞培，现在就更喜欢了。“我小时候远远见过他，不过他跟菲利普斯和那些享乐主义者并不熟络。”

“没错。”

他们进入房子里，行政长官有点惊讶地迎接了这两人，然后把他们带到他的接待室。“恺撒,我们的年龄差不多,”赛克斯图斯说着坐下来,“我二十五岁，你呢？”

“九月就二十一岁。”

赫伦努斯在外面等候差遣，但是阿格里帕却警惕地站在门里，一脸严肃地握着刀剑。

“阿格里帕是不是必须待在这儿？”赛克斯图斯·庞培问，急切地掰开一块新鲜面包。

“不是，但他自己觉得是，”奥克塔维乌斯波澜不惊地说，“他不会乱讲话。我们说的东西不会传出去。”

“啊，在海上待了四天之后，没有什么比新鲜面包更好的啦！”赛克斯图斯·庞培一边说，一边狼吞虎咽，“你不喜欢待在海上？”

“讨厌极了。”奥克塔维乌斯说着打了个寒战。

“好吧，我知道，有些人确实讨厌待在海上。但是我恰恰相反，我在海上最高兴了。”

“来点热酒？”

“好，只要一小点。”赛克斯图斯·庞培警惕地说。

“赛克斯图斯·庞培，我把酒水完全烧开了，所以这些酒不会让你头昏脑涨。我自己喜欢在早晨喝点热饮，热酒比我父亲往热水里加醋好多了。”

于是他们一边吃饭一边谈话，气氛显得愉快而轻松。然后赛克斯图斯·庞培双手抱着自己的膝盖，抬起眼睛打量着奥克塔维乌斯。

“恺撒，你为什么让我过来谈话？”

“嗯，你看，我就在这儿，而我可能要再过好几年才能有机会再次跟你谈话，”奥克塔维乌斯说，仍然是一脸的云淡风轻，“我带着军队从这条路经过，我们的军队奉命要把你限制在托斯卡纳海上。当然，我们想让军队尽快渡过亚得里亚海，及时阻断解放者前往马其顿的通道。马尔库斯·安东尼乌斯认为，你应该更喜欢解放者控制的罗马，而非三头同盟控制的罗马，所以他不想让你靠近布伦狄西姆和解放者的船队。”

“你这么说，好像你自己并不确定我会支持解放者。”赛克斯图斯·庞培说着咧嘴一笑。

“赛克斯图斯·庞培，我保持心态开放，而且我觉得你可能也跟我一样。所以我没有直接认定你会支持那些解放者。我的感觉是，你应该是你自己的支持者。所以我觉得两个心态开放的年轻人应该私下谈谈，不要有那些资历深厚、经验老到的战场和广场老手出现，让他们在这里说我们真是太年轻、太天真。”奥克塔维乌斯露出灿烂的笑容，“你也许会说，我们的行省差不多。我本来应该掌控粮食供应，但粮食供应却由你实际控制。”

“说得好！继续讲，我愿闻其详。”

“那些解放者势力庞大、出身高贵，”奥克塔维乌斯盯着赛克斯图斯·庞培的眼睛说，“太庞大、太高贵，甚至连一个庞培家族的人也可能被埋没，因为他们中的高门大户太多了，比如尤利乌斯、卡西乌斯、克劳狄乌斯、科尔涅利乌斯、卡尔普尔尼乌斯、艾弥利乌斯、多米提乌斯……我还需要继续列举吗？”

“不用了。”赛克斯图斯·庞培咬牙道。

“虽然你有一支庞大精良的船队可以送给解放者，但是除了粮食之外你还能给他们提供多少东西呢？根据我得到的消息，你给解放者提供了不少粮食，但是他们已经占据了色雷斯和整个安纳托利亚，而且已经跟辛梅里亚的阿桑德国王商量好购买粮食的事。所以在我看来，你的最佳选择并不是跟那些解放者联合。事实上，你应该希望罗马最后不是落入解放者手中。因为他们不像我这么需要你。”

“恺撒，这是你的看法。还有马尔库斯·安东尼乌斯和马尔库斯·勒皮杜斯的看法呢？”

“他们资历很深，都是战场上和广场上的老手。只要罗马和意大利能吃饱饭，只要我们能为自己的军队买到粮食，那他们并不在乎我做了什么，也不在乎我跟什么人谈生意。赛克斯图斯·庞培，我能不能问你一个问题？”

“请问。”

“你想要什么？”

“西西里，”赛克斯图斯·庞培说，“我想要西西里，而且不想通过战争。”

奥克塔维乌斯赞许地点点头。“对于一个占据运粮通道的海上将领，这是一个非常实在的目标，也是可以达到的目标。”

“我已经快要达到这个目标了，”赛克斯图斯·庞培说，“我控制了沿岸地区，而且我迫使庞培·比希尼库斯承认我跟他共同享有总督的地位。”

“他也出自庞培氏族。”奥克塔维乌斯波澜不惊地说。

赛克斯图斯·庞培那黝黑的脸上冒出红晕。“他不是我们家族的！”他激动道。

“不是，他是朱尼乌斯·尊库斯在亚细亚行省担任总督时的财务官，当时我父亲把比希尼亚并入了罗马的版图。他们私下商量好了，尊库斯得到财物，而庞培·比希尼库斯得到名号。这个庞培·比希尼库斯真是有名无实。”

“恺撒，我是否可以这样理解，如果我掌握了西西里的民兵，并赶走庞培·比希尼库斯，那你就会正式委任我为西西里的总督？”

“噢，那是肯定的，”奥克塔维乌斯热切地说，“不过，条件是你愿意以每莫迪乌斯十塞斯特尔提乌斯的价格把西西里的粮食卖给三头同盟。毕竟，如果你控制了西西里的农场和运输船，那你就会彻底消灭掉那些中间商。我想，你肯定会这么干？”

“哦，是的。我会掌控所有的粮食和运粮船。”

“赛克斯图斯·庞培，这样你的额外开支就很少了，就算你以每莫迪乌斯十塞斯特尔提乌斯的价格把粮食卖给我们，也比你现在把粮食卖给所有人并收取每莫迪乌斯十五塞斯特尔提乌斯挣的钱更多。”

“确实如此。”

“还有一个非常重要的问题。西西里今年有粮食收成吗？”奥克塔维乌斯问。

“是的。不是大丰收，但肯定会有收成。”

“这样我们就剩下非洲的难题了。如果新非洲行省的赛克斯提乌斯能够解决旧非洲行省的科尔尼菲基乌斯，那么非洲的粮食就会重新运往意大利，你肯定也会去拦截这些粮食。你可否承诺，这些粮食也以每莫迪乌斯十塞斯特尔提乌斯的价格卖给我？”

“可以，只要我独自掌控西西里，还有维博和瑞吉乌姆附近的老兵安置点也全部取消，维博和瑞吉乌姆需要他们的公共土地。”赛克斯图斯·庞培说。

奥克塔维乌斯伸出手说：“成交了！”

赛克斯图斯·庞培握住他的手说：“成交了！”

“我会立刻写信给马尔库斯·勒皮杜斯，把那些老兵安置点转移到美塔蓬图姆附近的布拉达努斯和赫拉克莱亚附近的阿西里斯，”奥克塔维乌斯高兴地说，“罗马几乎忘了这些地方，因为这些地方实在太偏远。而且那里的居民是希腊人后裔，没有什么政治势力。”

两个年轻人非常愉快地告辞，彼此都知道这个友好协议的有效期很短暂，等到情况允许时，三头同盟（或解放者）就会从赛克斯图斯·庞培手中夺走西西里，然后把他赶到海上去。但是在目前的情况下，这个协议确实可行。罗马和意大利可以用原来的价格购买粮食，而且会有足够的粮食给他们吃。在如此严重的旱灾中，能达成这样的协议已经比奥克塔维乌斯预想得还要好。至于庞培·比希尼库斯的命运，奥克塔维乌斯根本就不关心,因为这个人的父亲曾经冒犯过神明尤利乌斯。至于非洲，奥克塔维乌斯也在加紧安排，他写信到努米底亚告诉普布利乌斯·西提乌斯及其家人，因为西提乌斯曾经帮助过赛克斯提乌斯，所以他的兄弟将会从定罪名单中撤下,所有财产也将一并归还。卡勒斯可以打开城门了。

赛克斯图斯·庞培放了四个人质，然后就乘船离开了。

“你觉得他怎么样？”奥克塔维乌斯对着阿格里帕问。

“有其父必有其子。他的优点和缺点都是如此。他不会跟别人分享权力，即便他认为三头同盟或那些刺客在海上跟他势均力敌。”

“可惜我不能让他成为一个忠诚追随者。”

“我也这么觉得。”阿格里帕感叹道。

奥克塔维乌斯刚刚到达布伦狄西姆，卡尔维努斯就对他说：“阿赫诺巴布斯消失了，而且我不知道他去了哪儿，会离开多长时间。这样就只剩下穆尔库斯的六十艘船在进行封锁。这些船都很好，穆尔库斯也干得很好，但是撒尔维狄恩乌斯就在附近，只是还不能看到他的身影。我们有理由相信，穆尔库斯还不知道这件事情。所以我认为，我们应该把所有船只都装满士兵出去试一试，安东尼乌斯也同意我的看法。”

“按照你的看法去做。”奥克塔维乌斯说。他觉得，现在还没到时候说出他跟赛克斯图斯·庞培达成的协议。然后他又写了一封信送到罗马，确保勒皮杜斯能够收到他的信息。

布伦狄西姆港口有一个很好的海湾，这里有广阔的空间和充足的码头，所以那些抱怨不休的士兵在两天之内就被装上四百艘运输船。那些骂骂咧咧的百夫长设法把二十个军团中的十八个塞到船上，士兵和骡子在船上紧紧地挤在一起，那些稍差一些的船只吃水太深，只要有一点小风浪就会把这些船只打沉。

阿赫诺巴布斯消失之后，斯泰乌斯·穆尔库斯的策略就是躲在海湾口的岛屿之后，一看到有出港的船只就发动突袭。这个季节的风向对他很有利，因为对三头同盟有利的是西风，但现在不是西风的季节而是东风的季节。

八月一日，数百艘船只正式起航，这些冲出港口的船只彼此间尽可能拉开距离。大批船只冲出的同时，撒尔维狄恩乌斯带着他的船队乘着一股强风从东北方向进入海湾，然后围着海港边的岛屿绕了大半圈，把穆尔库斯团团围住。是的，穆尔库斯可以冲出来，但是这要经过一场海战，而穆尔库斯在布伦狄西姆的任务并不是进行海战，他的任务是破坏敌人的运输船。唉，阿赫诺巴布斯为什么一听到要远征埃及的传言就急匆匆地跑了？

穆尔库斯实在无计可施，只能眼睁睁地看着四百艘运输船冲出布伦狄西姆海港。船队冲出海港的行动从白天持续到黑夜，安东尼乌斯之前建造了一些可以摆放火堆的漂塔，他想要以此作为攻击武器但没有派上用场，不过现在这些火堆刚好可以为出港的船只照明。马其顿西部距离此处只有八十里，一半船只的目的地是阿波罗尼亚，另外一半船只的目的地是底拉西乌姆。值得庆幸的是，骑兵、弩炮、重型装备和行李部队之前已经从安科纳运到了底拉西乌姆。

如果意大利遭遇干旱，那希腊和马其顿的情况只会更糟糕，甚至在以潮湿多雨著称的伊庇鲁斯海岸。保卢斯[①]和恺撒都曾经深受这种多雨

① 保卢斯的全名是卢基乌斯·艾弥利乌斯·保卢斯·马其多尼库斯（Lucius Aemilius Paulus Macedonicus，前229年—前160年），他是古罗马统帅，曾担任执政官和监察官，因为征服马其顿而获得马其多尼库斯的称号。——译者注

天气的困扰，但现在却完全没有雨滴落下。安东尼乌斯的骑兵和行李部队之前已经来到这个地区，马、牛和骡子把这个地区的青草都踩成碎末，这些碎末被东风卷起吹往意大利。

船只还没有完全离开港口，奥克塔维乌斯的喘气声就大得清晰可闻，在那前途凶险的船上又多了一种噪声。阿格里帕守在奥克塔维乌斯身边，他觉得奥克塔维乌斯的哮喘并非由于晕船，因为水面非常平静，而且严重超载的船只稳稳地嵌在水面上，即便是在船桨的推动下向着东北方向前进船只也几乎没有摇晃。不，奥克塔维乌斯是因为哮喘才如此难受。

在这艘挤满士兵的船上，两个年轻人都不想让大家认为他们享有什么特权，所以他们占据的只是桅杆后面一处狭小的甲板。他们身边不是舵手和船长，只有一大群士兵围在他们身边。阿格里帕利用一块倾斜向上的木板搭起一张小床，他让奥克塔维乌斯斜靠在这张特殊的床上。然后他又用了好几张毯子铺在坚硬的木板上，但是并没有任何软垫。因为马尔提亚军团被留在了布伦狄西姆，所以阿格里帕并不认识那些围在他们身边的士兵。在这些士兵惊恐的目光下，阿格里帕扶着奥克塔维乌斯斜靠在那张小床上,这种坐起的姿势可以帮助他吸入空气。过了一个小时，他们的船只已经在亚得里亚海上自由航行了。现在奥克塔维乌斯靠在阿格里帕的怀里，不屈不挠地用尽全力把空气吸到自己肺里。他的双手紧紧抓着阿格里帕，手上因为太过用力而变得麻木，结果双手过了两天才完全恢复知觉。剧烈的咳嗽让他阵阵反胃，尽管这似乎能让他稍微喘上一点气，但是他的脸色一片灰白，他的眼睛也深深凹陷。

“马尔库斯·阿格里帕，他是怎么啦？”一个低级百夫长问。

他们知道我的名字，所以他们也知道他是谁。“这是战神马尔斯降下的病痛，”阿格里帕说，他的脑筋转得很快，“他是神明尤利乌斯的儿子，所以他把你们的病痛都揽到自己身上了。”

“所以我们才没有晕船？”一个士兵惊奇地问。

“当然了。”阿格里帕撒谎道。

“如果我们向战神和神明尤利乌斯祈祷，承诺以他的名义来献祭，这样他会不会好一点？”

“会好一点，”阿格里帕严肃地说。他环顾四周，“如果用什么东西挡住吹来的风，我相信也会好一点。”

“但是现在根本就没有风。”那个低级百夫长说。

“风里充满灰尘，”阿格里帕说，他又想到一个主意。“来，拿着这两张毯子，”他从自己和神志不清的奥克塔维乌斯身下扯出两张毯子，“举着毯子围在我们旁边。这样可以挡开灰尘。你知道神明尤利乌斯说过什么吗？灰尘就是士兵的敌人。”

阿格里帕心想，这么做总不会有什么坏处。关键是不要让这些士兵因为他们统帅的疾病而产生什么不好的想法。他们必须对他充满信心，而不是把他看成一个弱不禁风的家伙。如果哈德凡伊关于灰尘的说法是正确的，那么奥克塔维乌斯在这场战争中肯定要受罪了。所以，我要不停宣扬，身为神明尤利乌斯的儿子，他为了打赢这场仗，所以把大家的病痛都揽到自己身上。因为神明尤利乌斯不仅是罗马人的神明，也是罗马军队的神明。

经过一整夜在无边大海上的漂流，这段航程快要结束了，奥克塔维乌斯看起来也开始好转。他从昏迷中醒来，看着身边的一圈面孔露出微笑，然后向着那个低级百夫长伸出右手。

“我们快到了，”他喘息着说，“我们安全了。”

那个士兵握住他的手，温柔地拍了拍。“恺撒，是你带着我们闯过来。你真勇敢，为我们承担病痛。”

奥克塔维乌斯大吃一惊，他把目光转向阿格里帕，看到那双绿色眼眸深处的严厉提醒，于是他又露出微笑。“我会竭尽所能来照顾我的军队，”他说道，“其他船只是否安全？”

“恺撒，所有船只都在我们周围。”那个低级百夫长说。

三天后，所有军团都平安登陆。大家都传开了，恺撒·神之子献出自己的身体为他们承担病痛。与此同时，安东尼乌斯和奥克塔维乌斯发现，他们跟布伦狄西姆的联系被切断了。

“这种情况可能会一直持续下去。”安东尼乌斯说，他来到奥克塔维乌斯位于佩特拉山顶的住所。“我推测，阿赫诺巴布斯的船队已经回来了，所以那边就连一艘小船也不能出来。这意味着意大利的消息只能从安科纳传过来。”他把一份密封的信函交给奥克塔维乌斯，“这封给你的信就是从安科纳送来的，同时送来的还有卡尔维努斯和勒皮杜斯的书信。我听说,你跟赛克斯图斯·庞培谈好了,他会给我们提供粮食。真是好极了！”他又生气地哼了一声，“最糟糕的是，某个副将把马尔提亚军团和十个精锐的步兵大队留在布伦狄西姆，所以我们白白损失了这批军力。”

“真可惜。”奥克塔维乌斯说，手里拿着那封信。他躺在一张堆满靠枕的躺椅上，看起来病得很严重。他的气喘还没有平息，但是这座位于山顶的房子地势较高，所以他可以少受一些灰尘的侵扰。即便如此，他还是肉眼可见地消瘦了，他双眼深陷，眼窝下面是两团青黑。“我需要马尔提亚军团。”

“你这么说我一点都不奇怪。这个军团就是从我手下倒戈到你那边。”

“安东尼乌斯，这已经是过去的事。现在我们是同一阵营的，”奥克塔维乌斯说，“我想，我们不要去管布伦狄西姆发生了什么事，而要沿着埃格纳提亚大道向东行军吧？”

“这是肯定的。诺尔巴努斯和撒克萨在腓利比的东边不远处，占据着穿越海边山地的两条通道。看来布鲁图斯和卡西乌斯正带领军队从萨尔狄斯赶往赫勒斯滂海峡，但是他们还要再过一段时间才能碰上诺尔巴努斯和撒克萨。我们要先赶到那儿。至少我要先赶到那儿，”安东尼乌斯那双棕红色的眼眸仔细地打量着奥克塔维乌斯，“我建议，你待在这里。你是军队的幸运星，但你现在状况不适宜出行。”

“我会跟我的军队在一起。”奥克塔维乌斯固执地说。

安东尼乌斯的手指在大腿上弹跳着，他双眉紧锁。“我们在这里和阿波罗尼亚的军力有十八个军团。最没有经验的五个军团要留下来守卫马其顿西部，阿波罗尼亚需要三个，这里需要两个。这样，如果你留在这儿，也有军队可以指挥了。”

“你是说，留下来的必须是我的军团。”

“如果你的军团是最没有经验的，那确实如此！”安东尼乌斯没好气地说。

“所以在继续前进的十三个军团中，属于你的是八个，属于我的是五个。还有诺尔巴努斯之前带走的四个军团也是我的，”奥克塔维乌斯说，“这样你的军团就占据多数了。”

安东尼乌斯发出一阵短促的大笑。“这真是有史以来最奇怪的战争！两个对两个，我听说布鲁图斯和卡西乌斯也在互相较量，就像我们两个一样。”

“安东尼乌斯，双人统帅就容易出现这种事，只是谁能在较量中取胜罢了。你准备什么时候出发？”

“八天后，我就带着我的八个军团出发。你可以在我出发六天之后再动身。”

“我们的食物供应怎么样？我们的粮食够吗？”

“够，但是不能维持太久，而且我们不会从希腊或马其顿得到任何粮食，那里根本就没有粮食收成。这个冬天，那里的人都得挨饿。”

“那么，”奥克塔维乌斯沉吟道，“布鲁图斯和卡西乌斯应该会采取缓兵之策，是不是？他们会尽量避免开战，等着我们陷入饥荒。”

“绝对正确。所以我们要主动开战，还要打一场胜战，然后就可以吃他们的口粮。”安东尼乌斯点点头，然后就离开了。

奥克塔维乌斯翻过那封信，看着上面的印章，这是小马尔塞鲁斯的印章。真奇怪，他的姐夫为什么要写信呢？奥克塔维乌斯顿时一阵心慌，奥克塔维娅到时候生下她的第二个孩子了。不，我的奥克塔维娅千万不要出事！

但这封信其实是来自奥克塔维娅。

最亲爱的弟弟，我要告诉你一个令人高兴的消息：我生了一个健康漂亮的男孩。我生产顺利，一切安好。

哦，小盖乌斯，我丈夫说，我应该赶紧给你写信，免得被那些没有那么爱你的人抢在前面。我知道，这封信本来应该由妈妈来写的，但是她应该不会写了。她因为自己的羞耻而心烦意乱，尽管这与其说是羞耻，还不如说是不幸，而且我对她的爱并没有改变。

我们都知道，自从妈妈嫁给菲利普斯，我们的继兄卢基乌斯就爱上她了。她要么是选择无视这件事，要么是真的没有看出来。在她跟菲利普斯结婚的这些年里，她的行为确实无可挑剔。但是在菲利普斯去世之后，她非常孤独，而卢基乌斯又总是在她身边。你很忙，还经常不在罗马。而我有了小马尔塞拉，还期待着第二个孩子，所以我必须承认，我对妈妈的关心确实不够。所以发生这件事，都怪我太疏忽了。都怪我。是的，都怪我。

妈妈怀了卢基乌斯的孩子，而且他们已经结婚了。

信纸从奥克塔维乌斯手中掉落，他感觉下巴一阵酸麻，这种可怕的麻木蔓延到他的嘴巴，又沿着牙齿向后侵袭，让他觉得一阵恶心。羞耻、愤怒、痛苦。恺撒的外甥女，竟然像个妓女那样淫荡！恺撒的外甥女！恺撒·神之子的母亲。恺撒，读下去，然后跟这封信告别，也跟她告别。

最亲爱的弟弟，因为妈妈已经四十五岁了，所以她一开始并没有发现，等她发现时，想要避免丑闻已经太迟了。卢基乌斯当然很想跟她结婚。他们计划好了，等她为菲利普斯守完哀期就结婚。昨天，他们非常低调地举行了婚礼。亲爱的卢基乌斯·恺撒对他们很友善，虽然卢基乌斯·恺撒在他的朋友中仍然很有威望，但是他无法对那个“掌管罗马的女人”——你应该能明白我的意思——施加影响。于是传言满天飞，而且这些传言都很难听。我的丈夫说，因为你现在所处的位置，所以那些传言就更难听了。

妈妈和卢基乌斯搬到了米塞努姆的别墅，他们再也不会回到罗马了。我写出这封信，希望你能像我一样理解：这种事确实时有发生。希望你不要认为这就是道德堕落。

妈妈总是尽到一个母亲的职责，也尽到一个罗马主妇的职责，我怎么可能因此就不再爱她呢？

小盖乌斯，你能不能写信给她？告诉她，你仍然爱她，你可以理解。

过了一会儿，阿格里帕进入房间，他发现奥克塔维乌斯倚在靠枕上，呼吸急促、泪流满面。

“恺撒！怎么了？”

“奥克塔维娅来信，我母亲去世了。”

第 2 节

九月，布鲁图斯和卡西乌斯从梅拉斯峡谷向西行进。他们想着，在到达马其顿之前，也就是在帖撒罗尼加和培拉之间，应该不会遇到三头同盟的军队。卡西乌斯坚信，在这到处都是旱灾的一年，再加上解放者已经控制了海上交通，敌人应该不会去到帖撒罗尼迦以东，这样他们的物资供应很难跟得上。

两位解放者刚刚在阿伊努斯渡过赫布鲁斯河，拉斯库波利斯国王就带着他的几个大臣出现了。国王骑着一匹骏马，穿着泰尔紫的服饰。

“我是来提醒你们，”他说道，“一支大概由八个军团组成的罗马大军正在逼近，他们分成两路翻越腓利比以东的山区。”他咽了咽唾沫，看起来相当不安，“我的兄弟拉斯库斯跟他们在一起，正在给他们提供建议。”

“最近的港口在哪里？”卡西乌斯问，对于既成事实，他也就不去纠缠了。

“那波利斯。从那波利斯有一条路可以通往埃格纳提亚大道。”

“埃格纳提亚大道距离萨索斯岛远不远？”

“不远，盖乌斯·卡西乌斯。”

“我可以看出安东尼乌斯的策略，”卡西乌斯想了一会儿说，“他准备把我们挡在马其顿之外，所以他才会派遣八个军团过来。他过来不是为了开战，而是为了阻止我们继续向前。我认为安东尼乌斯根本就不想开战，因为这并不是他的最佳选择，而且他也知道八个军团根本就不够。这支正在前进的军队由谁带领？”

“德基狄乌斯·撒克萨和盖乌斯·诺尔巴努斯。他们占据的地势很有利，所以要赶走他们并不容易。”拉斯库波利斯说。

解放者的船队奉命去占领那波利斯和萨索斯岛，这样等到解放者的大军到达时就可以确保物资的迅速供应。

“我们的大军必须赶到那儿，”卡西乌斯在会议上对着他的副将说，而布鲁图斯默默地听着，他的情绪又因为某种无法言明的原因而陷入低落，“穆尔库斯和阿赫诺巴布斯已经封锁了亚得里亚海和布伦狄西姆，所以那波利斯附近的海上行动将由帕提斯库斯、帕尔门西斯和图鲁利乌斯负责。三头同盟的船队有没有在那里出现的可能？”

“绝对没有，”图鲁利乌斯肯定地说，“他们的船队很大但还不够大，这支船队带着他们的大部分士兵冲出了布伦狄西姆，但是阿赫诺巴布斯又回来了，于是他们的船队被迫退到塔伦图姆。他们的军队在爱琴海上肯定得不到任何好处。”

“这就印证了我的推测，安东尼乌斯不会带着大部队到帖撒罗尼迦以东。”卡西乌斯说。

“你为什么那么肯定三头同盟不想开战？”随后布鲁图斯私下询问卡西乌斯。

“原因就跟我们不想开战一样，”卡西乌斯说，他尽量保持耐心，“这样并不是他们的最佳选择。”

“卡西乌斯，我看不出这是为什么。”

“那就相信我好了。去睡觉吧，布鲁图斯。明天我们要向西进军。”

因为大片的盐沼地和崎岖山地，埃格纳提亚大道在干伽河平原上不得不向内陆拐进十里地。腓利比古城就位于这片崎岖的山地。在庞加乌斯山附近的高地，亚历山大大帝的父亲腓利通过战争整合了希腊和马其顿。庞加乌斯山拥有丰富的金矿，但那里的矿藏早就开采完了。腓利比之所以能存续下来，是因为河水泛滥而带来的一片沃土。恺撒去世两年半后，解放者和三头同盟在腓利比碰头，此时这座城中剩下的居民还不到一千人。

撒克萨带着四个军团守着科皮兰山道，而诺尔巴努斯带着另外四个军团守着萨派安山道,在这两条山道中科皮兰山道更靠近东边。卡西乌斯、拉斯库波利斯和其他副将骑着马去查看撒克萨那边的情况，布鲁图斯发现撒克萨那边看不到海面，而诺尔巴努斯所在的萨派安山道比较靠近西边，所以那里的两座瞭望塔可以看到海上的活动。

布鲁图斯怯怯地对卡西乌斯说："为什么我们不把撒克萨引出科皮兰山道呢？我们可以把一个军团装到运输船上，然后让这些船只围着岸边，这样就可以制造出一个假象，让撒克萨以为我们的军队要航行到那波利斯再通过陆路去包围他。"

布鲁图斯这种出人意料的军事天赋让卡西乌斯大吃一惊："如果他们是像恺撒那样的军事天才，那这种办法就不能奏效，因为我们插入他们中间并不能迫使他们出来。但如果他们并不是恺撒那样的军事天才，那这样确实可以给他们带来惊吓。我们可以试试。恭喜你了，布鲁图斯。"

在瞭望塔上，诺尔巴努斯看到一支庞大的船队装满士兵向着那波利斯驶去。于是诺尔巴努斯着急忙慌地给撒克萨送信,劝说撒克萨赶紧撤兵。撒克萨依言而行。

解放者经过科皮兰山道，这意味着他们可以直接到达那波利斯，但是他们却不得不停下来。撒克萨和诺尔巴努斯在萨派安山道会合，他们把自己的据点守得固若金汤，根本就不能被外敌驱散。

"尽管他们不是恺撒那样的军事天才，但他们还是知道在阿姆菲波利斯之前，我们不能让军队登陆到他们的西边。我们还是被堵住了。"卡西乌斯说。

“我们不能绕过他们，在阿姆菲波利斯登陆吗？”布鲁图斯问，他因为之前提出的好主意而增加了不少自信。

“把我们自己放到一个钳子的中间吗？如果安东尼乌斯有八个军团可以在我们后方发动进攻，那他就会迅速带领军队去到帖撒罗尼迦以东。”卡西乌斯说，他的语气显得很不耐烦。

“哦。”

“嗯，盖乌斯·卡西乌斯，其实在萨派安山道上方还有一条羊肠小道。”拉斯库波利斯说。

这句话并没有引起大家的注意，两位统帅都忘了他们在历史课上学到的温泉关战役，利奥尼达斯和他的斯巴达战士最后就是被一条叫做阿诺佩亚的羊肠小道打败了。三天之后，布鲁图斯终于想起这件事，因为监察官加图也用了这个办法去包抄敌人。

“这真的是一条羊肠小道，”拉斯库波利斯说，“所以这条小路要经过拓宽才能容纳军队。拓宽道路是可行的，但是去开路的人要很小声，而且要带上饮用水。相信我，要走到那条小路的尽头才有泉水。”

“拓宽道路需要多长时间？”卡西乌斯问，他忘了色雷斯的上层人对这种体力活并不熟悉。

“三天，”拉斯库波利斯说，这是他瞎猜的，“我会跟那些开路的人一起去，证明我没有说谎。”

卡西乌斯把这项任务交给小卢基乌斯·比布路斯，比布路斯带着一群熟练的工程兵出发了，每个人带着的水都足够维持三天时间。这项任务非常危险，因为撒克萨和诺尔巴努斯就在他们下方的山谷，而且布鲁图斯一出发就不打算半途而废。这是他大放光彩的机会！三天后，他们的水喝光了，但是并没有看到任何泉水。士兵们又渴又怕，比布路斯只能设法说服他们熬过第四天，但是比布路斯就像他那已故的父亲一样并不擅长说服工作。他通过鞭打来逼迫士兵继续干活，于是士兵们发生内乱，开始向着倒霉的拉斯库波利斯扔石头。此时传来一阵微弱的水流声，士兵们恢复了理智跑过去抢水喝，然后终于修完这条路回到解放者的军营。

“你为什么不派人回来取水？”卡西乌斯问，他被比布路斯的愚蠢惊呆了。

“你说那里有泉水。”这就是比布路斯的回答。

“这给我一个提醒，以后给你安排任务要适合你的脑筋！”卡西乌斯咆哮道，“噢，神明保佑，别让我被这些高贵的傻子害死！”

因为布鲁图斯和卡西乌斯都不想开战，所以他们的军队经过高处的那条小路时尽量弄出噪声，于是撒克萨和诺尔巴努斯秩序井然地撤退到阿姆菲波利斯。阿姆菲波利斯是一个大型海港，在腓利比以西五十里。他们一边安全地守着阿姆菲波利斯，一边咒骂着拉斯库斯王子，因为王子没有告诉他们关于那条小路的事。然后他们又送信给正在迅速逼近此处的安东尼乌斯。

于是到了九月底，两条山道都被布鲁图斯和卡西乌斯占据，这样他们就可以到干伽河平原的开阔处扎营，而且也不用担心会有洪水泛滥。

“腓利比是个理想地点，”卡西乌斯说，“我们控制着爱琴海和亚得里亚海，而西西里及其周边海域则属于我们的盟友赛克斯图斯·庞培。现在到处都是旱灾，所以三头同盟不会找到任何粮食。我们可以在这儿待上一阵子，等到安东尼乌斯意识到自己已经失败了，他就会回到意大利去，而我们就可以入侵意大利。到时，整个意大利都受够了三头同盟的统治，这样我们就可以不战而胜。”

他们进一步建造了坚固的军营，但是军营分成各自独立的两个。卡西乌斯的军营在埃格纳提亚大道南边的一座山上，军营外侧是绵延数里的盐沼地，再后面就是大海。布鲁图斯的军营在埃格纳提亚大道北边的两座山上，军营外侧是悬崖峭壁和无法通行的峡谷。在埃格纳提亚大道上有两个军营共用的大门，但是进入这个共同的大门之后两座军营就有各自的防御工事，两座军营之间并没有相连的通道，这意味着军队不能在南营和北营之间自由来去。

卡西乌斯所在的山顶和布鲁图斯所在的山顶之间距离刚好是一里地，所以他们在这两座山的西边建起了一道重兵把守的围墙。这道围墙并不是一条直线，而是在经过大道上的军营大门时向外凸出，在中间处形成一个巨大的拱形。在这道围墙里面，两座军营拥有各自的内部通道，这些通道位于埃格纳提亚大道的两侧，一直延伸到萨派安山道的起点。

“我们的军队太大了，放在同一个军营里并不合适，”卡西乌斯在会议上对他和布鲁图斯的副将解释说，“如果有两个独立的军营，那么就算敌军进入其中一个，还有另外一个不受影响，这样我们就有时间调兵遣将。通往那波利斯的岔道可以让我们轻松运来物资，而帕提斯库斯也在尽力确保我们能够得到物资。是的，等到这一切都完成时，我们就几乎不可能受到攻击了，我们的部署确实是万无一失。”

在场的人没有一个提出异议。出席会议的人都在想着他们听到的消息：安东尼乌斯带着另外八个军团和数千骑兵到达阿姆菲波利斯。不仅如此，奥克塔维乌斯也没有在帖撒罗尼迦停滞不前，尽管消息说他因为身患重病而乘着轿子前进。

卡西乌斯把最好的都给了布鲁图斯。最好的骑兵，最好的恺撒老兵，最好的弩炮。他不知道应该怎么做，才能让这个犹豫不决、胆小怕事的同伴振作起来。因为布鲁图斯就是这样的人，无论他有多少灵光一闪的时刻，无论能够想出多少巧妙的计策。萨尔狄斯的事让卡西乌斯看出，布鲁图斯更关心的是那些抽象概念，而不是战争中不可避免的实际手段。这并不是说布鲁图斯懦弱无能，而是战争与搏斗对他来说太可怕了，他实在不喜欢那些关于战争的事。他本来应该仔细研究地图，并且在军中给士兵鼓舞士气，但他总是跟那三个哲学家在一起高谈阔论，或者缠绵悱恻地给他的亡妻写信。虽然要面对长期存在的抑郁情绪，但他不会让自己一直沉溺！他会开始考虑西塞罗遭遇谋杀的事，还会想着如何让三头同盟受到正义的审判，无论这些任务对他来说是多么不合适。他对于自认为正义的事情有着盲目的信心，他也从不相信像安东尼乌斯和奥克塔维乌斯那样邪恶的人能够赢得胜利。他的目标是恢复共和国，让那些罗马权贵享有自由，因为他们本来就不应该失去这种自由。但是卡西乌斯跟他很不一样，卡西乌斯只能耸耸肩膀，竭尽全力地防止布鲁图斯显露出这些缺点。他让布鲁图斯拥有最好的一切，并且向疑惑与失望之神维迪奥维斯献祭，但愿这一切已经足够了。

然而，布鲁图斯从未意识到卡西乌斯为他所作的一切。

九月的最后一天，安东尼乌斯来到干伽河平原，在解放者拱形围墙的西边几里开外扎营。

安东尼乌斯非常清楚自己的位置是多么不利。他没有任何燃料，但是这里的夜晚非常寒冷，带着较好食物的行李部队要几天后才能到达，而他开挖的水井中涌出的水就像河水一样又臭又咸。他推测，解放者肯定是在那些石头山上找到了甘甜的泉水，于是他派出一些人到庞加乌斯山上去寻找水源。他们在山上发现了优质水源,但在工程兵建好水渠之前，他们只能靠人力把水运到军营里。

不过安东尼乌斯还是继续进行任何一个称职的统帅都会做的事：用高墙、矮墙、塔楼和壕沟来加强防守，然后又在各种防御工事上面摆上大炮。与布鲁图斯和卡西乌斯不同的是，安东尼乌斯只建造了一个军营来容纳他和奥克塔维乌斯的步兵，然后又在这个军营的两侧建了两个比较小的军营给骑兵使用，这些骑兵直接饮用井里的咸水。然后，他把自己最薄弱的两个军团放在靠近海边的一个小军营中，他把自己的住处也安置在那里，同时还在另外一个小军营里留出足够的空间给奥克塔维乌斯的两个军团。这两个军团将会作为后备力量。

安东尼乌斯研究过此处的地形之后认为，在这个地方的战斗只能以步兵为主力。于是他只留下三千骑兵，而让其余的骑兵趁着夜色悄悄返回阿姆菲波利斯。这些喝不上淡水的骑兵都高高兴兴地回去了。他在另外一个小军营中给奥克塔维乌斯准备了跟自己类似的私人住处，不过他根本就没有想到附近的马匹会加重奥克塔维乌斯的病症。安东尼乌斯满腔愤怒，因为士兵们不仅对那个病病歪歪的小娘娘腔毫不厌恶，还认为是他代替大家向战神求得庇护！

十月初，奥克塔维乌斯乘着轿子带着五个军团赶到了，行李部队延后一天到达。奥克塔维乌斯看到安东尼乌斯给自己安排的住处时，他一脸绝望地望向阿格里帕。但理智告诉他，根本就没必要向安东尼乌斯抗议。

“他不会明白，因为他自己壮得像头牛。我们只要把我的帐篷挪到最后面就好了，这样我就可以呼吸到穿过盐沼地的海风。但愿海风能把马蹄和牛蹄卷起的灰尘从我身边吹走。”

“这应该会有点帮助。”阿格里帕说。奥克塔维乌斯能坚持这么长时间，这让阿格里帕大受震撼。阿格里帕心想：他的心志确实远超凡人。他不愿退缩，更不愿死去。如果他退缩或死去，那安东尼乌斯将会大大获益。

“恺撒，如果风向改变或者灰尘变多，”阿格里帕说，“你就从那边的小门出去，走到盐沼地里透透气。”

对阵双方在腓利比都有十九个军团，能够出动的步兵都有十万，但是解放者有超过两万骑兵，而安东尼乌斯把他的骑兵从一万三千减少到区区三千。

“现在的情况跟恺撒在高卢时已经不一样了，”安东尼乌斯和奥克塔维乌斯一起吃饭时说，“他认为自己只要有两千骑兵，就能把一大群高卢人和苏伽姆布里人打得落花流水。我想，他向来都是用一个骑兵就可以对付三四个敌军骑兵。”

“安东尼乌斯，我知道你一直让那些骑兵四处演练，就好像你还有很多骑兵一样，但你其实没有很多骑兵，”奥克塔维乌斯说着咽下一块面包，“可是，阿格里帕告诉我，我们的敌人却有大批骑兵。为什么这样呢？这跟恺撒有什么关系吗？”

“我找不到草料，”安东尼乌斯说着摸了摸下巴，“我想着要以少胜多，就像恺撒那样。这场战争将以步兵为主力。”

“你觉得他们会开战吗？”

“我知道，他们不想开战。但他们不想开战也不行了，因为我们会一直坚持到开战为止。”

安东尼乌斯的突然到来让布鲁图斯和卡西乌斯大感意外，他们一直认为安东尼乌斯会躲在阿姆菲波利斯，直到他发现待在色雷斯不会有任何好处。但是，他来了，而且正摩拳擦掌准备开战。

“我们不会跟他打仗。”卡西乌斯一边说，一边皱着眉头望着那片盐沼地。

第二天，卡西乌斯就开始加强靠近盐沼地一侧的防线，他准备把防卫工程延伸到两军之间，这样三头同盟就无法绕过他的防线。与此同时，埃格纳提亚大道上的军营大门周围也开始加上壕沟、围墙和栅栏。卡西乌斯之前觉得他们所在山峰前面的干伽河就足够作为防卫了，但在这个寒冷无雨的秋季，河里的水位日渐降低。现在士兵们不仅能蹚过河水，甚至还能在水中战斗。所以需要建造更多防御工事。

“他们为什么忙个不停呢？”布鲁图斯对着卡西乌斯问，他们站在卡西乌斯军营的山顶，布鲁图斯的手指着三头同盟的军营。

“因为他们在准备开战。”

“哦！”布鲁图斯一声惊叹，然后就不再做声。

“但是他们不会有开战的机会。”卡西乌斯说，语气相当自信。

“这就是你把防御工事延伸到沼泽地里的原因吗？”

“是的，布鲁图斯。”

“我在想，腓利比的居民看着我们会有什么想法呢？”

卡西乌斯眨巴着眼睛。“腓利比的居民怎么想重要吗？”

“我想应该不重要，”布鲁图斯说着一声叹息，“我只是有点好奇。”

时间已经来到十月，但是双方军队只是在放马吃草时发生过几场小型冲突。三头同盟每天都期待着开战，但是解放者每一天都让他们失望。

三头同盟每天都在骂阵，卡西乌斯认为敌军的全部行动就是如此，但是他错了。安东尼乌斯决定从盐沼地过去袭击卡西乌斯，他有超过三分之一的士兵都在为此努力。那些非作战人员和行李部队的人穿着军装、挥舞着武器在那儿冒充士兵，而真正的士兵却在辛苦准备。对他们来说，这些准备工作就意味着战争快要开始，每一个像样的士兵都希望尽快开战。他们斗志昂扬，因为他们知道自己的统帅很能干，而且他们很多都身经百战。除了勇猛善战的马尔库斯·安东尼乌斯，他们还有恺撒·神之子，他不仅拥有神明的青睐，还拥有他们的爱戴。

安东尼乌斯开始建造一条穿越沼泽地的通道，这条通道会绕过卡西乌斯的防御工事，这样他就可以从后面绕过去切断通往那波利斯的道路，还可以从后方对卡西乌斯发动进攻。整整十天，他每一天都召集士兵装出一副要开战的模样，但是却有超过三分之一的士兵在沼泽地里辛苦劳作。他们在沼泽地的草丛中隐藏，避免被卡西乌斯发现。他们建造出一条坚实的道路，甚至还拉来木桩在深深无底的淤泥上架设桥梁。这一切都是在无声中进行。他们还在这条路上弄出一些土堆，这样必要时就可以把这些土堆垒成高台和矮墙。

但是卡西乌斯对这一切毫不知情。

十月二十三日，卡西乌斯就四十二岁了，而布鲁图斯比他小四个半月。按照传统，卡西乌斯今年应该成为执政官，但是他却在腓利比守着一个求战心切的敌人。在卡西乌斯生日的这一天，他发现安东尼乌斯确实是求战心切。这一天，安东尼乌斯不在暗中行动，而是派出一支突击队占据了新路上的所有土堆，并利用提前准备的材料把这些土堆变成战斗堡垒。

卡西乌斯大吃一惊，他准备把防御工事扩建到海边，从而切断安东尼乌斯的进攻路线。卡西乌斯用上自己的全部士兵，而且在使用他们时毫不留情。他完全没有考虑其他事情，甚至没有想到这可能不只是一支军队想要包抄另一支军队。只要他稍微停下来想一想，就可能察觉出真实情况，但是他并没有停下来想一想。所以他没有让自己的军队作好战斗的准备，而且完全忘了布鲁图斯那边的军队，他没有给布鲁图斯通风报信，更别提给布鲁图斯下达命令。布鲁图斯没有听到卡西乌斯的任何指示，所以他觉得自己只需要坐在那儿干等着。

中午时分，安东尼乌斯开始两面夹攻。他让自己和奥克塔维乌斯的联军一起上阵，只有奥克塔维乌斯两个最没有经验的军团仍然待在小军营中作为后备力量。安东尼乌斯让他的军队面向东边对着卡西乌斯的军营排好阵势，然后让一半士兵向着南边冲锋，去进攻卡西乌斯那些正在沼泽地里干活的士兵，而另一半士兵则冲向大道上卡西乌斯一侧的军营大门。那些在军营大门作战的士兵配备了梯子和抓钩，他们满腔热情地投入战斗，非常高兴终于可以开战。

事实是，即便安东尼乌斯开始进攻，卡西乌斯仍然认为安东尼乌斯不想开战。虽然他和安东尼乌斯差不多年纪，但他们在幼年、少年和成年时都不在一个圈子。安东尼乌斯是个无恶不作的坏小子，而卡西乌斯却是一个循规蹈矩的贵家子。当他们在腓利比相遇时，他们并不清楚对方的思维模式究竟如何。所以卡西乌斯没有把安东尼乌斯的无所顾忌列入考虑，而以为他的对手会像他一样行动。现在战斗已经开始了，想要组织抵抗或给布鲁图斯送信已经太迟。

安东尼乌斯的士兵冒着炮弹，冲向卡西乌斯在沼泽地上建造的围墙，他们逼近围墙外干燥的地面，击溃了卡西乌斯的第一道防线。三头同盟的士兵击溃第一道防线之后又冲向卡西乌斯的外围防线，去攻击那些仍然在沼泽地上干活的士兵。这些士兵也相当优秀，而且也随身带着武器和盔甲。尽管他们冲过去奋力搏斗，但是安东尼乌斯动用了好几个步兵大队来围攻他们，这几个步兵大队把这群无人带领的士兵又赶回沼泽地。这些士兵到了沼泽地里，刚好碰上安东尼乌斯那些正在修建战垒的士兵，于是安东尼乌斯的士兵把他们像羊群一样围起来。大部分士兵被击倒，只有少数士兵侥幸逃跑，他们绕过卡西乌斯所在的山峰，到布鲁图斯的军营中寻求庇护。

在沼泽地的战斗中取得胜利之后，安东尼乌斯就集中力量对卡西乌斯的军营发动攻击。他们推倒了卡西乌斯的部分围墙，接着又冲破了卡西乌斯的内部防线。

在布鲁图斯的军营中，数千名士兵全副武装地站在紧挨着埃格纳提亚大道的围墙下面，他们竖起耳朵等待上级发出战斗的命令。但他们只是一场空等。没有人下令让他们去援救卡西乌斯。于是在下午两点钟，这些一直旁观的士兵决定自己行动。他们自动自发地拔出刀剑，跳下布鲁图斯的围墙，向着在卡西乌斯军营内横冲直撞的安东尼乌斯大军扑杀过去。他们干得很好，直到安东尼乌斯带着一些后备力量把他们逼到安东尼乌斯的大军和布鲁图斯的大军中间，因为这些士兵要一边冲上山坡一边战斗，所以形势对他们很不利。

但是布鲁图斯的这些士兵原本是在恺撒手下饱经沙场的老兵，于是他们一看到情况对自己不利，就停止缠斗转移方向。奥克塔维乌斯的小军营就在那边，于是他们转身冲向奥克塔维乌斯的军营，他们冲杀进去简直毫不费力。这个军营中是那两个作为后备的军团，还有大部分的行李部队和小部分的骑兵。这些士兵根本就不是他们的对手。于是这些属于布鲁图斯的恺撒老兵攻占了这个军营，那些出来抵抗他们的士兵都被杀死，然后他们就冲向主营，但是主营之中根本就没有人防守。一直到六点钟，他们已经把三头同盟的军营洗劫一空，然后就在黑暗中返回布鲁图斯的军营。

这场战斗一开始，空气中就尘土飞扬，因为沼泽地之外的地面非常干燥。从来没有一场战斗像第一次腓利比战役这样烟尘弥漫。奥克塔维乌斯对此无比感激，因为这让他避免了被俘的耻辱。他感觉到自己的哮喘正在加重，于是就在赫伦努斯的协助下从那个小门走到沼泽地里，在那里他可以面向大海喘口气。

安东尼乌斯赢得了沼泽地战役的胜利，可是漫天飞扬的尘土却让卡西乌斯完全看不清战局。他站在山顶的军营，但还是完全看不清。布鲁图斯的军营就在咫尺，但眼前却是一片模糊。他只知道，敌军正沿着埃格纳提亚大道突破他的防线，他的军营将会面临灭顶之灾。布鲁图斯是否也面临同样的猛烈进攻？布鲁图斯的军营是否也会面临灭顶之灾？他猜测事实就是如此，但是他看不清眼下的局势。

“我要去找一个有利位置，”卡西乌斯对辛贝尔和昆克提利乌斯·瓦鲁斯说，“你们走吧，我想我们已经战败了。我这么想，但我不知道究竟怎么样！提提尼乌斯，你能跟我一起去吗？我们也许可以在腓利比城里看清战局。”

于是在下午四点半钟，卡西乌斯和提提尼乌斯骑着马走出军营后门，他们绕过布鲁图斯所在的山后，进入一条通往腓利比城的道路。一个小时后，他们来到烟尘的上方向下瞭望。他们看到天色已暗，弥漫的烟尘就像一片悬在空中的平原。

“布鲁图斯肯定也完蛋了，”卡西乌斯对提提尼乌斯说，他的声音非常低沉，“我们千里迢迢来到这里，却没有得到任何东西。”

“我们还不能真正确定。”提提尼乌斯安慰说。

有一群骑兵从那层棕色的烟尘中冒出来，他们骑着马向着山顶奔跑。“三头同盟的骑兵。”卡西乌斯看着那些骑兵说。

“也可能是我们的骑兵，让我过去看看。”提提尼乌斯说。

“不，他们看起来像是日耳曼人。不要去！”

“卡西乌斯，我们也有日耳曼骑兵。我要过去。”

提提尼乌斯踢了踢马肚子，调转马头去查看那些骑兵。卡西乌斯远远地看着那些骑兵围住他的朋友，接着又听到他们一阵大叫，那些人是不是抓住提提尼乌斯了？

“他被抓住了。”卡西乌斯对品达鲁斯说。品达鲁斯是他的被释奴，替他拿着盾牌。卡西乌斯滑下马背，解开自己的战衣。“品达鲁斯，你已经是自由人了，除了帮我一死，你没有什么欠我的。”卡西乌斯拔出匕首，他曾经用这把匕首残忍地划过恺撒的脸。此时此刻，他所能想到的只是自己当时是多么痛恨恺撒。他把匕首递给品达鲁斯。“干得漂亮一点。”他说着露出自己的左胸。

品达鲁斯干得很漂亮。卡西乌斯向前扑倒，躺在路上。他的被释奴看着他默默流泪，然后就爬上马背奔向上方的腓利比城。

但是那些骑兵其实属于解放者，他们想过来告诉卡西乌斯：布鲁图斯的士兵袭击了三头同盟的军营并赢得胜利。第一次腓利比战役打成平手了。提提尼乌斯走在这些骑兵中间，当他们走到那个山坡时，发现卡西乌斯已经独自倒在地上死去了。他的马匹对着他的脸发出阵阵哀鸣。提提尼乌斯滚下马鞍，他跑到卡西乌斯身边，抱着卡西乌斯泪流满面。

“卡西乌斯，卡西乌斯，这是好消息！你为什么不等一等？”

卡西乌斯已死，自己活着也没什么意思。于是提提尼乌斯拔剑自刎。

在这个可怕的下午，布鲁图斯一直待在他的山上，徒劳地看着那模糊不清的战场。他不知道发生了什么事，不知道他的几个军团擅自出战并赢得胜利，不知道卡西乌斯希望他怎么做。他想着，应该没有什么事。“我想，应该没有什么事。”这就是布鲁图斯对他的副将、朋友和所有请求过他采取措施的人所说的。

辛贝尔蓬头垢面、气喘吁吁地跑来告诉布鲁图斯：他的军队赢得胜利，士兵们正兴高采烈地把战利品拖过干伽河。

“但是，但是卡西乌斯没有下令这样做！”布鲁图斯磕磕巴巴地说，眼神中充满不安。

“他们已经做了，而且做得好极了！这对我们是好事，你这个磨磨唧唧的呆子！”辛贝尔咆哮道，他的耐心已经耗尽了。

“卡西乌斯在哪儿？其他人怎么样了？”

“卡西乌斯和提提尼乌斯骑着马，想到腓利比城看看这片烟尘之下究竟是什么情况。昆克提利乌斯·瓦鲁斯以为一切都完了，于是拔剑自刎。至于其他的，我也不知道。噢，怎么会这样混乱？”

夜幕降临，烟尘也慢慢平息。在天亮之前，交战双方都无法评估这一天的战况。那些幸免于难的解放者聚集在布鲁图斯的木屋，洗漱之后换上了暖和的衣服。

“今天有谁死了？”布鲁图斯在晚餐之前问。

“小卢库卢斯。”昆图斯·利伽里乌斯说。此人是恺撒的刺杀者。

“伦图卢斯·斯宾特尔，他在沼泽地里战斗。”帕库维乌斯·安提斯提乌斯·拉比奥。此人是恺撒的刺杀者。

“还有昆克提利乌斯·瓦鲁斯。”辛贝尔补充道。此人是恺撒的刺杀者。

布鲁图斯流泪了，特别是为那个性格沉静、头脑聪明的斯宾特尔，斯宾特尔的父亲远远不如他的儿子。

突然传来一阵骚动，小加图冲进房间，目光狂乱。“马尔库斯·布鲁图斯！”他大叫道。“看看！出去看看！”

他的声音让大家都站起身，然后涌到门外。在门口的地面，盖乌斯·卡西乌斯·隆吉努斯和卢基乌斯·提提尼乌斯的尸体躺在一个简陋的担架上。布鲁图斯一声尖叫，然后就双膝一软跪倒在地上。他浑身发颤，双手捂着自己的脸。

“怎么回事？”辛贝尔问，出来主持大局。

“一些日耳曼骑兵把他们带过来。”小加图说。他笔挺地站在那儿，一副英姿飒爽的样子。如果他的父亲还在，恐怕认不出他了。“当时他们在前往腓利比的路上，卡西乌斯好像以为那些骑兵属于安东尼乌斯，是过去抓捕他的。提提尼乌斯过去查看，发现那些骑兵是自己人，但是卡西乌斯在他离开时自杀了。等到他们赶到卡西乌斯身边时，才发现卡西乌斯已经死了。然后提提尼乌斯也拔剑自杀了。”

“这一切发生时你在哪儿？”安东尼乌斯大声咆哮，站在被洗劫一空的军营中。

奥克塔维乌斯靠在赫伦努斯身上，他不敢去看阿格里帕，因为阿格里帕的手中握着刀剑。奥克塔维乌斯毫不畏缩地盯着安东尼乌斯那双愤怒的小眼睛。“我在沼泽地里努力喘息。”

“让那些混蛋抢走我们的战备资金！”

“我相信，”奥克塔维乌斯喘息着说，垂下他那纤长的睫毛，“你会抢回来的，马尔库斯·安东尼乌斯。”

“你说得对，我会抢回来。你这个没用的白痴！你是妈妈的小男孩，你根本就不配充当统帅！我以为自己打了胜仗，而布鲁图斯那些该死的手下却在我的军营中扫荡！我的军营！而且有几千个士兵因此丧命！我杀了卡西乌斯的八千士兵，但我的士兵却在自己的军营里被人宰了。这样又有什么用呢？你根本就不能带兵打仗！”

“我从来都没说过我能带兵打仗，”奥克塔维乌斯平静地说，“今天的事都是你安排的，而不是我安排的。你甚至懒得告诉我，你要发动袭击，更别提跟我一起商议。”

“奥克塔维阿努斯，你为什么不卷包裹回家呢？”

“安东尼乌斯，因为我是这场战争的共同统帅，无论你如何看待这个事实。我出的人跟你一样多，而且今天死的是我的人，不是你的人！还有，虽然你在这里大吼大叫，但我出的钱比你更多。我建议，你以后开会时让我一起商量战策，并给我们的军团提供更多保卫措施。”

安东尼乌斯握紧拳头，对着奥克塔维乌斯的脚下吐了一口痰，然后就气呼呼地走了。

“让我杀了他，拜托啦，”阿格里帕恳求道，“恺撒，我可以杀了他，我知道我可以！他年纪大了，而且他喝了太多酒。让我杀了他！我们可以公平对决！”

“不，今天不行，”奥克塔维乌斯说，转身走回他那一片狼藉的营地。非作战人员正举着火把在挖坑，因为他们有很多马要掩埋。布鲁图斯的士兵非常清楚，杀死一匹马就能让一个骑兵无法上战场。“阿格里帕，陶鲁斯告诉我，你已经累坏了。你需要去睡觉，而不是去跟安东尼乌斯那样的莽夫对决。陶鲁斯告诉我，你第一个翻越卡西乌斯的围墙，因此你赢得了九个金盘。你本来应该赢得壁垒冠[①]，但是陶鲁斯说安东尼乌斯提出异议，因为那里有两道围墙，而你并没有同时翻越两道围墙。噢，你让我非常自豪！等我们跟布鲁图斯战斗时，第四军团就交给你带领好了。”

---

① 壁垒冠（corona vallaris）是用壁垒装饰的黄金冠冕，授予第一个进入敌营的战斗英雄。——译者注

虽然阿格里帕因为这些称赞而满心欢喜，但他更关心的是奥克塔维乌斯而不是自己。阿格里帕本来以为，安东尼乌斯像个公猪一样蛮横无理地肆意贬低，奥克塔维乌斯会满脸乌黑地气死过去。但是，那些攻击就像一剂神奇的良药，竟然让奥克塔维乌斯的情况大为好转。他是多么克制冷静，从来都是波澜不惊。他有他自己的勇敢刚强。而且，虽然安东尼乌斯试图在军队中说奥克塔维乌斯是个懦夫，但是奥克塔维乌斯的名誉却完好无损。士兵们知道他病了，而且他们认为正是他的疾病帮助他们赢得今天的胜利。这是一场了不起的胜利。我们损失的是最差的军团，而卡西乌斯损失的是最好的军团。不，士兵们不会相信奥克塔维乌斯是个懦夫。只有罗马城里那些安东尼乌斯的朋友和手下，才会相信安东尼乌斯的谎言。

布鲁图斯的军营挤得满满当当，因为卡西乌斯的两万五千名士兵也涌了进来。他们中有些受伤了，有些只是精疲力竭，因为他们先是在沼泽地里干活，然后又跟敌人搏斗。布鲁图斯从仓库中拨出额外的粮食，让那些负责烤面包的非作战人员加紧供应食物，让士兵们吃上新鲜面包，还有放了许多腊肉的豆子汤。天气太冷了，而后山砍下的树木还太潮湿，无法用来烧火取暖。热汤、面包和蘸酱，会让士兵们暖和起来。

一想到卡西乌斯之死对军队造成的影响，布鲁图斯就陷入恐慌。他把那些高贵同伴的尸体装在一辆车上，让小加图悄悄地把车子送到那波利斯，尸体会在那波利斯火化，然后把骨灰提前送回罗马。看着卡西乌斯那毫无生气的脸庞，多么可怕，多么虚幻。在布鲁图斯见过的人中，这曾经是最充满生机的面孔。他们从读书时就是朋友了，然后他们又成了妹夫和舅子。刺杀恺撒让他们只能同富贵、共患难，但是在那之前他们的命运就已经不可避免地紧密相连。现在只剩下布鲁图斯一个人。卡西乌斯的骨灰会送回罗马交给特尔图拉。特尔图拉是那么想要孩子，但却一直未能如愿。这似乎是拥有尤利乌斯血统的女人的共同命运，而特尔图拉的尤利乌斯血统是来自恺撒。现在想要孩子已经太迟。对特尔图拉来说太迟，对他自己来说也太迟。波尔基娅死了，妈妈还活着。波尔基娅死了，妈妈还活着。波尔基娅死了，妈妈还活着。

在卡西乌斯的尸体离开之后，布鲁图斯的身上突然涌现一股神奇的力量。现在所有重担都转移到他身上，他是唯一一个将会影响历史的解放者。于是他在自己瘦弱的身上披了一件斗篷，然后就竭尽全力去安抚卡西乌斯的士兵。布鲁图斯在一群群士兵中间穿行，发现这次失败让他们大受打击。不，不，这不是你们的错，你们并不缺乏勇气和决心，安东尼乌斯不顾原则地发动突袭，并没有展现出应有的荣誉。当然，他们都想知道卡西乌斯怎么样了，为什么卡西乌斯没有来看望他们。布鲁图斯相信卡西乌斯已经死去的消息会让他们完全失去信心，于是他撒谎说：卡西乌斯受了伤，要再过几天才能起身。他的谎言似乎奏效了。

天亮时，布鲁图斯召集所有副将、军团指挥官和高级百夫长集合开会。

"马尔库斯·西塞罗，"他对西塞罗的儿子说，"你的任务是跟我的百夫长配合，把卡西乌斯的士兵编入我的军团，尽管这样会让军团的人数大大超额。不过，你还要看看，在卡西乌斯幸存的军团中，还有没有一些能够保持原样。"

小西塞罗激动地点点头，身为伟大的西塞罗的儿子，他最大的痛苦就是自己不能像昆图斯·西塞罗的儿子那样，小昆图斯跟伟大的西塞罗更加相似。因为马尔库斯·西塞罗四肢发达头脑简单，而小昆图斯却天资聪颖、学识渊博。布鲁图斯分配的这个任务很适合他。

在安抚过卡西乌斯的士兵之后，布鲁图斯那股神奇的力量就消耗殆尽，他又陷入那种惯常的消极和哀伤。

"我们要再过几天才能出战。"辛贝尔说。

"出战？"布鲁图斯茫然地问，"哦，不，卢基乌斯·辛贝尔，我们不会出战。"

"但是我们必须出战！"卢基乌斯·比布路斯这个高贵的傻子说。

军团指挥官和百夫长都面面相觑，一脸失望。很显然，每个人都想出战。

“我们会待在这儿，”布鲁图斯说，努力表现出最大的威严，“我再说一遍，我们不会出战！”

天亮时分，安东尼乌斯列队出战。辛贝尔虽然很不乐意，但也只好让自己的士兵摆好阵势。他们差点就开始交战，但是安东尼乌斯很快就撤退了。他的士兵疲惫不堪，他的军营急需照管。他只是想让布鲁图斯知道，他不会轻易撤退。

那天之后，布鲁图斯召集了一个步兵大会，但是布鲁图斯的简短发言却让他们觉得心有不甘。因为布鲁图斯说，他接下来并不准备出战。根本就没必要出战，他的第一要务就是保护士兵的宝贵生命。马尔库斯·安东尼乌斯给自己制造了一个难题，因为他们能吃的东西只有空气。希腊、马其顿和色雷斯西部没有任何庄稼或牲畜，所以他们只能挨饿。解放者的船队控制着海洋，安东尼乌斯和奥克塔维乌斯根本就不能得到任何物资支援！

“所以你们只管舒舒服服地坐着，我们的食物足以维持到明年粮食收成时，”他说道，“不过，在那之前，马尔库斯·安东尼乌斯和恺撒·奥克塔维阿努斯早就饿死了。”

“布鲁图斯，这个发言糟透了！”辛贝尔咬牙道，“他们想要战斗！他们不想舒舒服服地坐着，自己吃着饭而让敌人饿死。他们想要战斗。他们是军人，不是政客！”

布鲁图斯的回应是掏出战备资金，给每个士兵五千塞斯特尔提乌斯奖励他们的勇敢和忠诚。但是士兵们认为这是收买手段，他们对布鲁图斯的尊重已经荡然无存。布鲁图斯向士兵们承诺，等到三头同盟的军队到处去搜寻野菜、昆虫和种子果腹时，他们就可以在希腊和马其顿来一场短期战役。想想看，他们可以去洗劫斯巴达人的拉塞达蒙，还有马其顿人的帖撒罗尼迦，这两座未受侵扰的城市都很有钱！

“士兵们不想去洗劫城市，他们想要战斗！”昆图斯·利伽里乌斯生气地说，“他们就想在这里战斗！”

但是无论什么人怎么说，布鲁图斯就是拒绝出战。

十一月初，三头同盟的军队陷入困境。安东尼乌斯派出士兵去搜寻食物，他们去到遥远的色萨利和帖撒罗尼迦附近的阿克西乌斯河谷，但回来时却一无所获。只有攻占贝西人在斯特律蒙河沿岸的地盘才能找到粮食，拉斯库斯因为之前忘了萨派安山道上方的那条小路而十分懊恼，于是他主动提出可以带领军队到有粮食的地方。拉斯库斯的出现并没有改善安东尼乌斯和奥克塔维乌斯的关系，这个色雷斯王子拒绝跟安东尼乌斯合作，他只愿意跟奥克塔维乌斯谈话。因为奥克塔维乌斯对他以礼相待，而这种尊重的态度安东尼乌斯完全做不来。奥克塔维乌斯的军队带着粮食回来了，这些粮食可以让他们再维持一个月，更长时间就没办法了。

"奥克塔维阿努斯，"安东尼乌斯随后说，"你跟我是时候好好谈谈了。"

"请坐，"奥克塔维乌斯说，"谈什么？"

"战略。你确实不是一个能够领兵打仗的军人，但你绝对是个狡猾的政客，也许我们现在需要的就是政客。你有什么主意吗？"

"有几个，"奥克塔维乌斯说，脸上一直毫无表情，"我想，首先我们可以承诺给每个士兵两万塞斯特尔提乌斯的津贴。"

"你在开玩笑！"安东尼乌斯大叫着挺起身，"虽然我们损失了一些士兵，但剩下那些士兵的津贴加起来也要八万塔兰特银子，我们根本就没有那么多钱。"

"确实如此。但是，我想，我们还是要做出承诺。亲爱的安东尼乌斯，只要做出承诺就好了。我们的士兵不是傻子，他们知道我们没有那么多钱。但是，如果我们能够攻占布鲁图斯的军营，并封锁通往那波利斯的道路，那我们就会得到成千上万塔兰特的银子。我们的士兵足够聪明，会明白这件事情。这样他们打仗时就会更加卖力。"

"我明白你的意思了。好吧，我同意。还有别的吗？"

"我的卧底告诉我，布鲁图斯的头脑里充满疑虑。"

"你的卧底？"

“安东尼乌斯，每个人都要根据自己的体力和智力去做事。你已经多次说过，我的体力和智力都不能让我成为一个领兵打仗的将军。但是，我却拥有类似奥德修斯[①]的才智，就像聪明狡黠的奥德修斯一样，我在我的特洛伊城也有卧底。那一两个卧底是高级军官，所以他们经常给我通报情况。”

安东尼乌斯惊讶地瞪大双眼，下巴都快掉下来了。“天啊，你真是老谋深算！”

“是的，确实如此，”奥克塔维乌斯气定神闲地承认，“我的卧底说，布鲁图斯担心他的军队中有太多恺撒的老兵。他对他们的忠诚并不确定。卡西乌斯的军队也让他担心，因为他觉得那些士兵根本就不信任他。”

“布鲁图斯这样充满疑虑，有多少是因为你那些卧底的窃窃私语？”安东尼乌斯精明地问。

奥克塔维乌斯露出一个微笑。“当然有一点原因。我们的布鲁图斯很脆弱，他是一个哲学家和大商人。这两种人都不喜欢战争，哲学家认为战争充满破坏力，而大商人认为战争会影响生意。”

“你这些话是想说明什么问题？”

“就是说，布鲁图斯很脆弱。我认为，他有可能迫于压力而开战。”奥克塔维乌斯身体后仰，一声长叹，“至于怎么让他的手下坚持出战，那就要留给你去办。”

安东尼乌斯站起来，皱着眉头看着奥克塔维乌斯的脑袋。“还有一个问题？”

“什么？”奥克塔维乌斯问，抬起那双炯炯有神的眼睛。

“你在我们军队中是不是也有卧底？”

奥克塔维乌斯又露出一个微笑。“你觉得呢？”

“我觉得，”安东尼乌斯大叫着掀开帐篷的门帘，“你这人曲里拐弯！你弯得简直不能在床上平躺，但恺撒就不是这样。他就像一支箭那样笔直，

---

① 奥德修斯（Odysseus）是希腊神话中的伊塔克国王。他英勇善战、足智多谋，以木马计攻破特洛伊城。——译者注

一直都是。你只配得到我的鄙视。”

随着十一月的流逝，布鲁图斯的压力越来越大了。无论他去到什么地方，每个人都对他板着脸，因为每个人都想开战。雪上加霜的是，安东尼乌斯的军队每天都列好阵势，而他军阵前排的士兵会大吼大叫，他们的叫声时而像饥饿的野兽，时而像发情的野兽，时而像受伤的野兽。他们对着布鲁图斯的士兵高声辱骂，说他们是胆小鬼、软骨头，不敢出来战斗。叫骂声传遍布鲁图斯军营的每个角落，那些听到咒骂的士兵都恨得咬牙切齿，他们最恨的是布鲁图斯拒绝出战。

十一月十日，布鲁图斯开始动摇了。除了那些一起刺杀恺撒的同伴，还有他的副将和军团指挥官都在不停施压，还有军中的百夫长和士兵也一直在帮腔。布鲁图斯不知道应该怎么办，于是他关起门来躲进自己的房间，他的双手捂着自己的脸。自从第一次腓利比战役之后，带着马匹去吃草就成了一个难题，而且马匹只有在山上才有水喝，于是只好每天一次拉着马儿去喝水。像安东尼乌斯一样，卡西乌斯知道这场战争不需要太多骑兵，于是他让一些骑兵回家去。在第一次腓利比战役之后，这些骑兵就更加显得多余。如果真的开战，那布鲁图斯能够使用的骑兵不会超过五千名，但是布鲁图斯却不知道他的骑兵太多了，反而认为他的骑兵太少了。

只有在极少数必要的时候，布鲁图斯才会冒险走出门口。那些叫骂似乎都是为了说明，布鲁图斯的许多士兵曾经属于已故的恺撒，而他们每天都会看到恺撒的继承人顶着一头金色头发在前线走来走去，对着他的士兵面露微笑、打趣逗乐。于是布鲁图斯只好躲回自己房间，坐在那儿双手捂脸。

终于，十一月望日的隔天，卢基乌斯·提利乌斯·辛贝尔突然冲进布鲁图斯的房间，走过去一把抓起大受惊吓的布鲁图斯。

“布鲁图斯，不管你想不想，我们都要开战！”辛贝尔愤怒地大吼。

“不，这样一切都会完蛋！让他们挨饿就好了。”布鲁图斯尖声说。

“布鲁图斯，你明天就要下令开战，不然我就会夺过你的统帅权，由我自己来下达命令。别以为我只是自己随便说说，所有的解放者、所有的副将、所有的军团指挥官、所有的百夫长和所有的士兵都支持我，”辛贝尔说，“布鲁图斯，你要拿定主意。你是想保留统帅权，还是想把统帅权交给我？”

“好吧，”布鲁图斯低声说，“我会下令开战。但是等到我们被打败时，你们要记得这不是我想要的。”

天亮时，布鲁图斯的士兵走出军营，在他们的那一侧河边排好队伍。布鲁图斯心烦意乱，他让军团指挥官和百夫长要确保军队距离军营入口不太远，要确保军队能够安全撤退。军团指挥官和百夫长都一脸震惊，他们选择无视布鲁图斯的命令。他这是在干嘛？在告诉士兵这场战斗还没开始就会失败吗？

不过，布鲁图斯还是设法让士兵们得知这个信息。当安东尼乌斯和奥克塔维乌斯在军中穿行，跟士兵们握手谈笑，祝愿他们得到“无敌者”马尔斯和神明尤利乌斯的保护时，布鲁图斯却骑着马在军中奔跑，跟士兵说如果今天战败了，那都是他们的错。因为是他们坚持要开战，而他自己根本就不想开战。他有更好的判断，只是在压力下不得不开战。他一脸悲伤，两眼含泪，弯腰塌背。等到他走完整个军阵，他的士兵都在纳闷；自己为什么会加入这支可悲的军队。

他们有许多时间去讨论这个疑问，因为开始战斗的号角迟迟没有吹响。他们一大早就排好阵势，拿着盾牌和投枪在那里苦等，幸好这是一个阴凉的秋日。中午时风，非作战人员送来食物，双方士兵都开始吃饭，然后又拿着盾牌和投枪摆好阵势。这简直是一场闹剧！就连普劳图斯也写不出比这更滑稽的闹剧。

“布鲁图斯，下令开战，不然就放弃统帅权。”辛贝尔在下午两点说。

“辛贝尔，再等一个小时，只要再等一个小时就好了。那样就没有足够的时间分出胜负，因为到时候很快就天黑了。两个小时的战斗不会杀死太多人，也不会分出胜负。”布鲁图斯说，他相信自己又想出了一个连卡西乌斯都感到震惊的好主意。

辛贝尔愤怒地瞪大双眼。“那法萨卢斯战役呢？布鲁图斯，你当时就在那儿！这场战斗不到一个小时就结束了。”

“是的，但是死的人很少。再过一个小时，我就会吹响号角，提前一点都不行。”布鲁图斯固执地说。

于是在三点钟，号角终于吹响了。三头同盟的士兵大声欢呼往前冲，解放者的士兵也大声欢呼往前冲。一场由步兵作为主力的战斗开始了，骑兵只是围绕在战场两侧。

两支庞大的步兵激烈交战，双方都充满激情和力量。双方都没有先射出投枪或弓箭，因为士兵们投入战斗的心情太迫切了。于是两军将士都拔出短剑近身肉搏。从一开始，这就是一场激战，因为双方为了这场战斗已经等待了太长时间。战斗带来大量死伤，交战双方都寸土不让。前排的士兵一倒下，后排的士兵就踩着已经死去或重伤的战友身体冲上去。他们舞动盾牌，发出战斗的嘶吼，举起刀剑不断地戳刺、戳刺、戳刺。

奥克塔维乌斯手下最为精锐的五个军团是安东尼乌斯的右翼部队，阿格里帕带领着第四军团在最靠近埃格纳提亚大道的地方奋战。因为之前让军营失守的是奥克塔维乌斯的军队，所以这五个军团都非常渴望能够打败布鲁图斯的老兵，他们对面就是布鲁图斯的左翼部队。经过将近一个小时的搏斗，双方仍然寸步不让。奥克塔维乌斯的五个军团开始向前猛冲，靠着巨大的冲击力逼退布鲁图斯的左翼。

“啊！”奥克塔维乌斯对着赫伦努斯激动地大叫。“他们看起来就像在推动一架巨大的机器！推啊，阿格里帕，推啊！推倒他们！”

属于布鲁图斯的恺撒老兵开始慢慢后退，压向他们的力量是如此强大，最后终于扰乱了他们的阵势。即便如此，他们也没有恐慌，更没有逃离战场。只是当后排战士发现前排正在后退时，他们也跟着后退。

两军交锋之后一个小时，相持不下的局面再也无法维持，布鲁图斯的左翼部队突然开始迅速后撤。奥克塔维乌斯的军团紧随其后，双方的刀剑仍在缠斗。阿格里帕的第四军团冒着敌军堡垒投下的石头和飞镖，直接冲过埃格纳提亚大道到达布鲁图斯的军营大门，他们关上营门不让撤退的士兵进去。于是布鲁图斯的士兵四散奔逃，有的跑到沼泽地里，有的跑到后山的谷地。

第二次腓利比战役持续的时间跟法萨卢斯战役差不多长，但是却有大量死伤。解放者的士兵有一大半当场丧命,还有很多士兵从此杳无音信。后来有消息说，一些幸存的士兵跑去为帕提亚国王服务，但是他们的命运跟那一万名在索格狄阿纳对战马萨革太人的卡雷士兵很不一样。因为拉比恩努斯的儿子昆图斯·拉比恩努斯是奥罗德斯国王的忠诚爪牙，昆图斯·拉比恩努斯邀请布鲁图斯的这些老兵去训练帕提亚军队，让他们学会罗马人的作战技巧。

布鲁图斯和他的朋友们在山顶瞭望，今天的战局他们可以看清，因为灰尘只停留在倒下的尸体附近。等到胜负分明时，布鲁图斯最忠诚的四个军团的指挥官跑来问他应该怎么办。

“保住你们的性命，”布鲁图斯说，“想办法逃到那波利斯的船队那儿，或者跑到萨索斯岛。”

“马尔库斯·布鲁图斯，我们应该护送你离开。”

“不，我宁愿自己离开。快走吧，拜托啦。”

斯塔提卢斯、伊庇鲁斯的斯特拉托和普布利乌斯·沃伦尼乌斯跟布鲁图斯在一起，还有他最信任的三个被释奴，其中包括他的秘书卢基利乌斯和克莱图斯，还有替他拿盾牌的达尔达努斯，还有另外几个人。包括奴隶在内，大概有二十来人。

“一切都结束了，”布鲁图斯说，他看着阿格里帕的第四军团冲破他的围墙，“我们要赶紧离开。卢基利乌斯，我们是不是收拾好东西了？”

“是的，马尔库斯·布鲁图斯。我能提一个请求吗？”

“你说吧。”

“把你的盔甲和红色斗篷给我。我们的身形大小和头发颜色很相似，所以我可以假装成你。如果我骑着马爬到他们阵前，跟他们说我是马尔库斯·朱尼乌斯·布鲁图斯，就可以拖延他们的追踪了。”卢基利乌斯说。

布鲁图斯想了一下，然后点点头。“好吧，但是有一个条件：你要向马尔库斯·安东尼乌斯投降。无论如何，都不能让他们把你带到奥克塔维乌斯那儿。安东尼乌斯是个没文化的莽汉，但他还有一点荣誉感。就算他发现被你骗了，也不会伤害你。但如果是奥克塔维乌斯，我觉得他会把你当场杀死。”

他们交换了衣服，卢基利乌斯骑上布鲁图斯的国家公马，奔向山脚下的军营前门。而布鲁图斯和他的朋友们则奔向山下的军营后门。天色逐渐变暗，阿格里帕的士兵还在推倒军营的围墙，所以没有人看到他们离开。他们进入最近的山谷，然后穿过一个个山谷来到那波利斯东边的埃格纳提亚大道，这段路在第一次腓利比战役的前几天就被安东尼乌斯占领了。

夜色降临，布鲁图斯决定离开大道，进入科皮兰山道。他们爬上山坡，进入一片茂密的森林。

“安东尼乌斯肯定会派出骑兵去搜寻逃跑的敌军，”布鲁图斯解释道，“如果我们在这里过夜，到天亮时就能看出哪里是最佳的逃亡方向。”

“只要我们有人放哨，就可以点起一堆篝火，”沃伦尼乌斯打着寒战说，“现在没有火把根本就看不清，所以只要放哨的人看到有火把靠近，我们就赶紧把篝火扑灭。”

“天空很晴朗。”斯塔提卢斯说，听起来很伤感。

他们用枯枝树叶点起一堆篝火，围坐下来之后才发现他们口渴得连东西都不想吃，所有人都忘记带水了。

“泉水就在附近，”拉斯库波利斯说着站起身，“我会用两匹马去带水回来。不过我要把这些罐子里的麦子倒出来，然后把罐子塞进布袋里。”

布鲁图斯几乎没有听清他的声音。他的心神太过散乱，周围好像都蒙着一片浓雾，耳朵也好像被什么东西堵住。

我到了穷途末路，在这个可怕的世界上，这是最后的痛苦时刻。我从来都不是军人的材料，我的血液里没有一点军人的天赋。我根本就不知道那些军事天才是如何思考。如果我知道，那我就会更理解卡西乌斯。他是那么充满斗志。这就是为什么妈妈更喜欢他而不喜欢我。妈妈是我见过最充满斗志的人。她比特洛伊城的塔楼更高傲，比赫拉克勒斯更强大，比金刚石更坚硬。她会比任何人都活得长久，她的寿命超过加图、恺撒、西拉努斯、波尔基娅、卡西乌斯和我。她的寿命会超过所有人，也许只有那个毒蛇般的奥克塔维乌斯例外。正是奥克塔维乌斯迫使安东尼乌斯去审判解放者。如果不是因为奥克塔维乌斯，我们还在罗马生活，而且会在适当的时候成为执政官。就在今年！

奥克塔维乌斯真是老谋深算。他是恺撒的继承人！没有人想到他会被幸运女神选中。恺撒，是恺撒开始了这一切。他勾引妈妈，他羞辱我，他把尤利娅嫁给一个老头。恺撒是个唯我独尊的人。他打了一个寒战，想起欧里庇得斯的《美狄亚》中的一句话。他大声念出来："全能的宙斯，请记住是谁引起这么多痛苦！"

"这句话出自哪儿？"沃伦尼乌斯问，他总是记下各种名言佳句，以便把这些句子写进他的日记里。

布鲁图斯没有回答，等到伊庇鲁斯的斯特拉托给出提示，沃伦尼乌斯才想起这句话出自哪儿。但是沃伦尼乌斯以为布鲁图斯说的是安东尼乌斯，根本就没有想到是恺撒。

拉斯库波利斯带着水回来了，除了布鲁图斯之外的每个人都贪婪地喝着，他们都渴坏了。然后他们开始吃东西。

过了一会儿，远处传来一阵声响，他们赶紧把火堆扑灭。沃伦尼乌斯和达尔达努斯去查看情况，其他人都浑身僵硬地坐着。"虚惊一场。"那两个回来的人说。

斯塔提卢斯突然跳起来，双手抱着身体想让自己暖和一点。"我受不了了！"他大声说，"我要回去腓利比，看看现在是什么情况。如果我发现山上的军营已经空无一人，那我就会点亮灯塔。你们在这个高度可以看清灯塔，这座灯塔本来就是准备在三头同盟包围那波利斯时用来提醒两条山道上的人。那里距离这里大概五里地，如果我走快一点，你们在一个小时之内就可以看到灯塔点亮。然后你们就会知道安东尼乌斯的手下是在睡觉还是在追捕。”

他离开了，那些留下来的人围在一起避寒。只有布鲁图斯待在一旁，继续沉思默想。

这是我的穷途末路，这一切都是徒劳。我是那么肯定，只要恺撒死了，共和国就会回来。但事实并非如此。他的死亡带来了更可怕的敌人。我的心弦跟共和国紧紧相连，所以我的死亡也是理所当然。

“今天有谁死了？”布鲁图斯突然问。

“赫米基卢斯，”拉斯库波利斯对着一片黑暗说，“小马尔库斯·波尔基乌斯·加图，他一直在奋勇作战。还有帕库维乌斯·拉比奥，我想他是死在自己手上。”

“还有李维乌斯·德鲁苏斯·尼禄。”沃伦尼乌斯说。

布鲁图斯开始痛哭，他对着一片寂静流泪，而其他人都很安静，恨不得自己在其他地方。布鲁图斯不知道自己哭了多久，只是等到眼泪流干时，他觉得自己好像从一个梦里进入另外一个更加狂野、更加美丽、更加迷人的梦里。他站起来，走到中间的空地，抬头仰望天空。天上的云朵消失了，无数的星星在闪闪发光。布鲁图斯深感震撼，只有荷马的诗句能够描绘出他眼前的景象和心中的思想。

“在那些夜晚，”他说道，“天空一片寂静，星星围绕着明月闪闪发光。所有的山峰、海岛和溪谷都被照亮，仿佛无限的苍穹都被撕开铺到地面。”

所有人都知道，这是一个信号，他们浑身僵硬地瞪大眼睛，已经习惯了黑暗的视线看着布鲁图斯的身影走回他们身旁。布鲁图斯走到行李旁边，拿起他的剑拔出剑鞘，然后把剑递给沃伦尼乌斯。

“帮帮忙，老朋友。”他说道。

沃伦尼乌斯抽泣着，摇着头退开了。

布鲁图斯把剑递给其他人，其他人也都拒绝了。

最后轮到伊庇鲁斯的斯特拉托。

“你能否帮忙？”布鲁图斯问。

一切都在瞬间完成。伊庇鲁斯的斯特拉托迅若闪电地拿过刀剑，猛地一下插入布鲁图斯的左胸。完美一击。布鲁图斯的身体还没落地就已经死去。

“我要回家，”拉斯库波利斯说，“谁想跟我一起走？”

看来没有人想跟他一起走。拉斯库波利斯耸耸肩膀，找到他的马匹爬上去，然后就消失了。

等到布鲁图斯的伤口停止流血——其实他流的血很少——西边出现了一点光亮，斯塔提卢斯点亮了军营里的灯塔。于是他们在满天星斗之下静静等待，而布鲁图斯则安静地躺在一块气味刺鼻的毯子上。他闭着双眼，嘴里含着一个金币，这个金币的正面就印着他的头像。

最后，负责拿盾牌的达尔达努斯终于动了动。“斯塔提卢斯不会回来了，”他说道，“让我们把马尔库斯·布鲁图斯送到马尔库斯·安东尼乌斯那边。这应该是他的心愿。”

他们把尸体放在布鲁图斯的马上，迎着东方破晓的微弱光亮，开始返回腓利比的战场。

一支四处搜寻的骑兵队带着他们到了安东尼乌斯的帐篷。这个腓利比战役的胜利者已经起床活动了，以他那充沛的体力应付昨晚的宴席真是绰绰有余。

“把他放在这里。”安东尼乌斯指着躺椅说。

两个日耳曼人骑兵把那小小的一卷搬到躺椅上，然后轻轻地放下来，他们把布鲁图斯的四肢展开，这才恢复了一个人的形状。

“马尔西阿斯，把我的斗篷拿过来。”安东尼乌斯对他的贴身侍从说。

统帅的红色斗篷拿来了，安东尼乌斯把斗篷摊开盖在布鲁图斯身上，只留下他的面孔露在外面。那个面孔一片灰白，脸上点缀着多年来留下的痘印，头上覆盖着丝滑的黑色鬈发。

“你有钱回家吗？”安东尼乌斯对着沃伦尼乌斯问。

“是的，盖乌斯·安东尼乌斯，不过我们还想带着斯塔提卢斯和卢基利乌斯一起回去。

“斯塔提卢斯已经死了。一些卫兵在布鲁图斯的军营抓住他，他们以为他是到那里偷盗财物。我看过他的尸体。至于假冒布鲁图斯的卢基利乌斯，我准备把他留在我身边。这样忠诚的人很难得。”安东尼乌斯转身对着他的贴身侍从。“马尔西阿斯，为布鲁图斯的人准备前往那波利斯的通行证。”

现在只剩下安东尼乌斯独自对着静默不语的布鲁图斯。布鲁图斯和卡西乌斯都死了。阿奎拉、特里波尼乌斯、德基穆斯·布鲁图斯、辛贝尔、巴西卢斯、利伽里乌斯、拉比奥、卡斯卡兄弟，还有另外几个刺杀者。何必弄成如此结局，罗马本可以按照那种不够完美的模式维持下去。但是不行，这不能让奥克塔维乌斯满意，他是恺撒专门用来进行血腥报复的替身。

他的想法立刻变成现实，安东尼乌斯一抬头就看见奥克塔维乌斯站在那儿。他站在透进光芒的帐篷门口，那个默不作声、英俊逼人的阿格里帕就站在他身后。奥克塔维乌斯披着灰色的斗篷，他的头发在灯火的映衬下像一堆金币般闪闪发光。

“我听到消息。”奥克塔维乌斯说，他走到躺椅旁边，俯视着布鲁图斯。他伸出一根手指，碰了碰布鲁图斯的脸颊，好像要确认这是真的，然后就缩回手在斗篷上使劲地擦了擦。“他变小了。”

“奥克塔维阿努斯，死亡会把我们都变小。”

“恺撒就不会。死亡让他变得更伟大。”

“确实如此。”

“这是谁的斗篷？他的？”

“不，是我的。”

那个瘦小的身体顿时僵住了，他那双灰色的眼睛眯了起来，发出冷冷的火焰。“安东尼乌斯，你给这个畜生太多荣誉了。”

“他是一个罗马显贵，而且统领着罗马军队。今天晚些时候，我会给他举行葬礼，他在葬礼上会享有更多荣誉。”

“葬礼？他不配享受葬礼！”

“奥克塔维阿努斯，这里我说了算。他将以军队的最高荣誉进行火葬。”

“你说了不算！他是杀死恺撒的刺客！”奥克塔维乌斯狠狠道，“应该把他拿去喂狗，就像尼奥普托列墨斯对待普里阿摩斯那样！”

“我不在乎你是大吼大叫还是小打小闹，”安东尼乌斯说着露出他那小小的牙齿，“布鲁图斯将以军队的最高荣誉进行火葬，而且我希望你的军团也在场！”

那张年轻的俊脸突然变得好像岩石，跟神庙中恺撒的雕像面孔如出一辙。安东尼乌斯吓了一跳，不由自由地往后退。

“我的军团可以按照他们自己的意思去办。如果你坚持要举行葬礼，那也可以，但是那个头不行。那个头是我的。把那个头给我！给我！”

安东尼乌斯看着锋芒毕露的奥克塔维乌斯，知道他的意愿不可阻挡。他完全失去平衡，他发现自己无法大声咆哮、以势逼人。“你疯了。”他说道。

“布鲁图斯谋杀了我父亲。布鲁图斯是那些刺客的领头人。布鲁图斯是我的战利品，而不是你的。我会把他的脑袋运回罗马，我会把他的脑袋插在长矛上，放在罗马广场上的神明尤利乌斯雕像下面，”奥克塔维乌斯说，“把他的头给我。”

“你想要卡西乌斯的头吗？太迟了，不在这儿。不过我可以把昨天死去的几个人交给你。”

“我只要布鲁图斯的脑袋。”奥克塔维乌斯说，他的声音冷硬如铁。

安东尼乌斯失去优势了，他也不知道这是为什么。他的语气变成劝说，接着变成恳求，然后变成哀求，最后开始流泪。他那些比较脆弱的感情都被激发出来，因为在这次联合出战中，他发现奥克塔维乌斯这个瘦瘦弱弱、病病歪歪的傻子竟然不可威吓、不可控制、不可摧折，还有那个总是跟在他身后的阿格里帕也是如此。还有，那些军团也不会妥协。

“你想要就拿吧！”安东尼乌斯最后说。

“谢谢。阿格里帕？”

这件事在电光火石之间完成了。阿格里帕抽刀向前，举起刀子把布鲁图斯的脖子连同他身下的毯子一并切断，身首分离处涌出一滩污血。然后奥克塔维乌斯伸手抓住布鲁图斯的黑色鬈发，把那个脑袋拎在自己身边，而他的脸色始终未变。

“这个脑袋在到达雅典之前就会腐烂，更别说到达罗马。”安东尼乌斯说，他感到一阵恶心。

“我已经从屠夫那里要了一罐盐卤水，”奥克塔维乌斯冷冷地说，走向帐篷门口，“他的脑子烂成浆糊也无所谓，只要还能看清他的脸就行。罗马必须知道，恺撒的儿子已经为他报仇雪恨。”

阿格里帕拿着脑袋离开了，奥克塔维乌斯停下脚步。“我知道已经死了什么人，但是被俘的还有什么人？”他问道。

“只有两个。昆图斯·霍尔滕西乌斯和马尔库斯·法翁尼乌斯。其余的都选择拔剑自杀了。这么做的原因不难解释。”安东尼乌斯说，伸手指了指布鲁图斯没有脑袋的尸体。

“你准备如何处置俘虏？”

“霍尔滕西乌斯把马其顿总督的位子交给布鲁图斯，所以他必须在我弟弟的坟前死去。法翁尼乌斯可以回家，因为他完全无害。”

“我坚持立刻处死法翁尼乌斯。”

“奥克塔维阿努斯，看在诸神的面子上，这是为什么呢？他怎么招惹你了？”安东尼乌斯抓着自己的头发大叫道。

“他是加图最好的朋友。这个理由就够了，安东尼乌斯。他今天就要死。”

“不，他可以回家。”

“处死，安东尼乌斯。我的朋友，你需要我。你不能没有我。我坚持。”

“还有其他要求吗？”

“逃走的有什么人？”

“梅撒拉·科尔维努斯。还有盖乌斯·克洛狄乌斯，他杀了我的弟弟。还有西塞罗的儿子。当然，还有所有的海军将领。”

“所以还有几个刺客没有受到惩罚。”

“除非他们全部死掉，否则你绝不收手，是不是？”

“是的。”帐篷的门帘被掀开，奥克塔维乌斯已经不在。

“马尔西阿斯！”安东尼乌斯大叫道。

“是的，主人！”

安东尼乌斯抓住他的红色斗篷，拉了一角盖住那黏糊糊的脖子，伤口处还在慢慢流血。“找到当值的高级军团指挥官，让他准备好火葬堆。我们今天要以最高的军中荣誉给马尔库斯·布鲁图斯举行葬礼。还有，不要让任何人知道马尔库斯·布鲁图斯已经没有脑袋。找个南瓜或别的什么东西，现在就去找十个日耳曼人骑兵到我这里。他们可以把他的尸体放进棺材里，再把那个南瓜放在他脑袋的位置，然后把斗篷紧紧地裹起来。明白？”

“是的，主人。”马尔西阿斯说，他已经吓得脸色灰白。

安东尼乌斯的贴身仆人瑟瑟发抖地和那些日耳曼骑兵一起处理布鲁图斯的尸体，而安东尼乌斯坐在旁边转过头一声不吭。等到布鲁图斯的尸体抬走了，他才动了一下擦去那莫名其妙突然冒出的泪水。

军队在回家之前都有东西可吃，解放者的两个军营里有很多食物，而在那波利斯的食物就更多了。那些海军将领一听说第二次腓利比战役的结局，就撇下一切东西逃走了。仓库里堆满银条，还有许多粮食，还有许多熏肉和腊肉，还有许多鹰嘴豆和扁豆。那些银条和银币加起来至少有十万塔兰特，所以他们向士兵承诺的津贴也可以兑现了。解放者的两万五千名士兵自愿加入奥克塔维乌斯的军团。虽然是安东尼乌斯赢得两次战役，但是没有人想加入安东尼乌斯的军团。

镇定下来，马尔库斯·安东尼乌斯！不要让奥克塔维乌斯那条冷血的毒蛇咬住你。他说得对，这一点他很清楚。我需要他，我不能没有他。我有一支军队要回到意大利，然后三头同盟又要开始合作。一个新的协议，一个庞大的工程让罗马恢复秩序。我很高兴把那些脏活累活都扔给奥克塔维乌斯。让他去给成千上万的老兵寻找土地，让他在赛克斯图斯·庞培掌控西西里和海面的情况下去喂饱三百万罗马市民。一年前，我会说他肯定做不到。但现在我就不确定了。卧底，他竟然想得出这种诡计！他搜罗了一小群士兵，让他们像毒蛇一样潜伏在军中，让他们散播言论、探查情况、营造氛围，利用他们来鼓吹对恺撒的崇拜，并巩固自己的地位。但是我不能跟他生活在同一个城市。我要找一个更舒服的地方待着，做一些更愉快的事，而不是去应付掏空的国库、大批的老兵和粮食的供应。

“那个脑袋是不是已经准备好送回罗马？”奥克塔维乌斯对着阿格里帕问，他刚刚回到自己的帐篷。

“全都准备好了，恺撒。”

“告诉科尔涅利乌斯·伽卢斯，把那个脑袋带到阿姆菲波利斯，然后雇一艘像样的船。我不想让那个脑袋跟军队一起回去。”

“是的，恺撒。”阿格里帕说着就转身离开。

“阿格里帕？”

“什么事？”

“你带领第四军团的表现棒极了。”奥克塔维乌斯微笑道，他的呼吸很轻松，他的姿态很放松，“就像特洛伊战争中勇敢的狄奥墨得斯。但愿你永远如此。”

“我会永远如此。恺撒。”

今天我也赢得了胜利。我镇住了安东尼乌斯，我打败他了。在一年之内，他就只能被迫当着整个罗马世界称呼我为恺撒。我会占据西部，而把东部交给安东尼乌斯去统治。勒皮杜斯可以占据非洲和公共圣所，他对我们两人都没有威胁。是的，我建立了一支小小的忠诚队伍，阿格里帕、斯塔提利乌斯·陶鲁斯、马塞纳斯、撒尔维狄恩乌斯、卢基乌斯·科尔尼菲基乌斯、提提乌斯、科尔涅利乌斯·伽卢斯、科塞乌斯兄弟、索西乌斯……这是一个正在扩大的新权贵核心。这是我父亲的严重失误。他想要保住那些老权贵，想用那些古老的显赫名字来装点自己的派系。他无法在一个貌似民主的框架中建立自己的独裁统治。但是我不会犯下这样的失误。我的健康和形象不是那么好，我永远都不能像他那样穿着大祭司长的衣袍威风凛凛地走过罗马广场。他头上带着代表英勇作战的市民冠，他浑身都散发着无与伦比、不可匹敌的光芒。女人看到他就心神荡漾。男人看到他就自卑，就因为自己的无能而产生怨恨。

但是我将成为他们的家长，成为他们仁慈、坚定、温和、快乐的爸爸。我会让他们以为是自己在当家作主，还会让他们的一言一行都受我模铸。我会让罗马的土砖变成大理石。我会让罗马的神庙堆满最伟大的艺术品。我会重新铺设罗马的街道，装饰罗马的广场，栽种树木，建造公共浴室，让无产贫民吃饱肚子、享受娱乐。我只会在必要时发动战争，但是我会守卫好自己的领土边界。我会利用埃及的金子来振兴罗马的经济。我是如此年轻，我有时间完成这一切。

但是，我首先要设法除掉马尔库斯·安东尼乌斯，与此同时又不能杀死他或跟他打仗。这是可以做到的，时间自然会揭晓答案，只要等待答案自然显示就好了。

第 3 节

科尔涅利乌斯·伽卢斯无论拿出多少钱，都无法说服阿姆菲波利斯的船主在冬季起航前往罗马。于是他只好带着那个大罐子回到腓利比的军营。他发现军营里的士兵还在忙着收拾战场。

“那就带着这个罐子到底拉西乌姆，在那里寻找船只，”奥克塔维乌斯说着一声叹息，“伽卢斯，现在就去。我不想让那个脑袋跟着军队一起行军。士兵们都很迷信。”

在这影响深远的一年快要结束时，科尔涅利乌斯·伽卢斯带着一小群日耳曼骑兵到达底拉西乌姆。他在那里找到一艘船，船主愿意穿越亚得里亚海前往安科纳。布伦狄西姆不再处于封锁之下，那里还有很多解放者的船只，那些群龙无首的海军将领都在争论应该怎么办。最后，他们中的大部分都去投奔赛克斯图斯·庞培。

伽卢斯接受的命令并不包括一路陪着那个罐子，于是他把罐子交给船长之后就回到奥克塔维乌斯身边了。但是在他离开之前，他的手下中就有人透露出那个罐子里装着什么东西，因为大家都对这个很感兴趣。一整艘船，花了那么大的价钱，就为了把一个大陶罐运回意大利？大家都觉得不可思议，直到有人透露消息。这是马尔库斯·朱尼乌斯·布鲁图斯的脑袋，就是他谋杀了神明尤利乌斯！啊，但愿“护航者”拉瑞斯保佑，别让我们被这件邪恶之物所害！

在海上，这艘商船遇到强风巨浪，船员从未遇过如此凶险的情况。那个脑袋！肯定是因为那个脑袋！当结实的船身开始严重渗水时，船员们都相信那个脑袋想要害死他们。于是船员们从船长那儿抢过罐子，赶紧扔到海里了。罐子一消失，风暴就平息了。

那个罐子装着马尔库斯·朱尼乌斯·布鲁图斯的脑袋，像沉重的石头般一直往下沉，永远躺卧于底拉西乌姆和安科纳之间亚得里亚海底的污泥里。

图书在版编目（CIP）数据

十月马 ：上、下 /（澳）考琳·麦卡洛著 ；成鸿译. —
北京 ：文化发展出版社，2020.6
ISBN 978-7-5142-3006-2

Ⅰ. ①十… Ⅱ. ①考… ②成… Ⅲ. ①长篇历史小说－
澳大利亚－现代 Ⅳ. ①I611.45

中国版本图书馆CIP数据核字（2020）第085631号

版权登记号：01-2020-2475

十月马：上、下

著　　者 | ［澳大利亚］考琳·麦卡洛
译　　者 | 成　鸿

出 版 人 | 武　赫
选题策划 | 刘训练　陈　徯
特约编辑 | 陈　徯
责任编辑 | 范　炜　刘淑婧
责任校对 | 岳智勇
装帧设计 | 刘　明
责任印制 | 邓辉明
出版发行 | 文化发展出版社（北京市翠微路 2 号　邮编：100036）
网　　址 | www.wenhuafazhan.com
经　　销 | 各地新华书店
印　　刷 | 北京富诚彩色印刷有限公司 010-69499689
（如发现印装质量问题，请与印刷厂联系调换）
开　　本 | 880mm×1230mm　1/32
印　　张 | 27.75
字　　数 | 642 千字
版　　次 | 2020 年 9 月第 1 版　　2020 年 9 月第 1 次印刷
I S B N | 978-7-5142-3006-2

定　　价 | 142.00 元